W9-AOQ-053

# Александра МАРИНИНА

## Я умер вчера

ЭКСМО-ПРЕСС

Москва, 2000

УДК 882
ББК 84(2Рос-Рус)6-4
М 26

Разработка оформления
художников *А. Старикова, С. Курбатова* («ДГЖ»)

**Маринина А. Б.**
М 26    Я умер вчера: Роман.— М.: Изд-во ЭКСМО-Пресс,
2000.— 416 с.

ISBN 5-04-004460-7
ISBN 5-04-002149-6

От взрыва в автомобиле погибают два сотрудника телепрограммы
«Лицо без грима». Через некоторое время ее ведущий, популярный тележурналист Александр Уханов, узнает, что существует заказ и на его убийство.
И заказ сделала его собственная жена. Неожиданно Уханов попадает в поле
зрения работников милиции, ведущих следствие по делу об убийстве колдуньи Инессы.

Анастасия Каменская, работающая по делу о взрыве автомобиля сотрудников телепрограммы, и Татьяна Образцова, занимающаяся убийством
колдуньи, пытаются вместе распутать сложные узлы хитроумной комбинации преступников.

УДК 882
ББК 84(2Рос-Рус)6-4

ISBN 5-04-004460-7
ISBN 5-04-002149-6

© ЗАО «Издательство «ЭКСМО», 2000

## ОБМАНЧИВЫЕ ПРОТОТИПЫ

*Александра Маринина стала первым постперестроечным автором, благодаря которому понятие «массовый читатель» сделалось реальностью. Ни один современный беллетрист не знал таких астрономических тиражей и не испытывал такого массового интереса к своему творчеству — причем, вопреки утвеждениям злых языков, до, а не после того, как началась широкая рекламная кампания.*

*На вопрос к знающим людям: «Почему ее читают?» — следовал дружный ответ: «А она богатый материал насобирала. Даже диссертацию написала про что-то такое милицейское. Да она попросту берет уголовные дела и лепит из них детективы! Нам бы доступ иметь... Тогда и мы бы...» Марининой, помнится, даже оправдываться пришлось: мол, сюжеты ее книг не имеют никакого отношения к реальным уголовным делам, она выдумывает их сама, а свой богатый милицейский опыт использует только в смысле знания среды. Куда там! Были найдены даже прототипы героев чуть ли не всех ее книг.*

*А ведь поиск прототипов в книгах Марининой — дело неблагодарное. Не потому, что подобный поиск может стать источником обид. (На Маринину обижалось и ее милицейское начальство, и даже эстрадные звезды: зачем, дескать, изобразила их не такими, какими они себя видят сами?) И не потому, что, согласно расхожей формуле, писатель преображает действительность на свой вкус и лад.*

*Наверное, дело в том, что «визитная карточка» повествовательной манеры Марининой — это перенесение узнаваемых (причем даже прототипически узнаваемых) героев в абсолютно детективные ситуации, в которых они никогда не оказывались.*

*Правда, первая мысль, которая приходит в голову: сама Маринина-Алексеева именно и оказалась в такой же ситуации, как героиня ее книги «Я умер вчера» Татьяна Томилина-Образцова — следователь уголовного розыска и автор популярных детективных романов.*

Не самой ли Марининой доводилось читать о себе рецензии, подобные тем, что читает Томилина: «Найдется ли кто-нибудь, кто остановит раз и навсегда поток низкопробной литературы, хлынувшей на наши прилавки? Высокое искусство забыто... эти новоявленные писатели получают такие гонорары, которые заставляют их выбрасывать на наши головы... по слухам, за каждую свою плохо написанную книгу она получает...»?

Не самой ли ей, а вовсе не Татьяне Томилиной приходилось давать интервью журналистам, настроенным, мягко говоря, не слишком доброжелательно?

Однако на этом узнаваемость прототипа и заканчивается. Маринина прекрасно сознает, что пишет не психологическую драму, а детектив. И значит, неприятности писательницы-милиционера должны быть не внесюжетными психологическими подробностями, а иметь детективную подоплеку. Что и происходит в романе «Я умер вчера»: каверзы журналистов по отношению к Томилиной оказываются каким-то неуловимым образом связанными с... убийством практикующей на дому колдуньи и со многими другими загадочными событиями.

Разумеется, объединить все эти события в одну цепочку под силу только Насте Каменской! Любимая героиня Марининой не в последнюю очередь привлекательна именно тем, что особенности ее характера совпадают не столько с характером автора, сколько с особенностями повествовательной манеры. Маринина любит связывать воедино абсолютно разрозненные события — и ее Настя наделяется выдающимися аналитическими способностями. Автор знает, что «деньги никогда не бывают первопричиной убийства. Они могут быть поводом, они даже могут быть второй причиной. Но первой — никогда... Причина в том, для чего человеку нужны эти самые деньги», — и Анастасия Каменская раскрывает преступления, идя от причины к следствию, а не наоборот.

Так что совпадение автора с героями в книгах Марининой, разумеется, присутствует. Только уровень совпадения — не житейский, потому и прототипы искать нет смысла. Гораздо приятнее следить за перипетиями сюжета, радуясь догадливости героини и изобретательности автора. Что ж, будем ждать новых книг Александры Марининой и новых захватывающих сюжетов...

Леонид КАЗАКОВ

# Глава 1

Я умер вчера. Позавчера я еще был жив, был таким же, как и много лет до этого, каким был всю свою жизнь. А со вчерашнего дня я умер. И черт его знает, как теперь буду существовать. Да и буду ли?

До вчерашнего дня все было более или менее понятно, хотя и не сказать, чтоб уж очень приятно. Я был ведущим одной из телевизионных программ, работал в теплой, крепко сколоченной компании единомышленников, зарабатывал вполне приличные, если не сказать больше, деньги. Был женат на женщине, которую когда-то любил страстно, потом стал любить нежно, а потом понял, что привязан к ней настолько, что любовь — не любовь и страсть — не страсть уже никакого значения не имеют. Мы прожили вместе двенадцать лет, и я был искренне уверен, что проживу рядом с ней до самой кончины. У меня были друзья, были приятели, было множество легких, эмоционально не окрашенных знакомств. Одним словом, у меня было все, что в принципе нужно нормальному мужику с нормальными потребностями, включая не самый дорогой, но хороший автомобиль и удобную, достаточно просторную для двоих квартиру.

Правда, на работе было не все гладко и просто, особенно в последнее время. Нашлись люди, которым не нравилось, как мы ведем дела с нашей передачей, и они пытались на нас давить. Давление становилось все сильнее, а неделю назад произошла трагедия: наш директор программы Витя Андреев и корреспондент Оксана Бондаренко погибли. Взорвалась машина, в которой они вместе ехали.

Конечно, всех сотрудников нашей программы долго, вынимая душу, допрашивали, по сто раз задавая одни и те же вопросы. Все мы рассказывали милиционерам одно и то же, потому что ничего больше сказать не могли. Но в то время я еще жил. Пусть переживал, страдал, но жил.

А вчера я жить перестал. Потому что произошло нечто такое, из чего я понял: жить мне осталось совсем немного, но главное — вообще неизвестно хотя бы приблизительно, сколько именно. То ли два часа, то ли пару дней, то ли месяц протяну. Все может закончиться в любой момент. И моя жена имеет к этому самое непосредственное отношение.

С момента гибели Оксаны минула неделя, за эту неделю прошли в записи все передачи, которые она успела подготовить. Другого корреспондента у нас пока нет, и с сегодняшнего дня мне придется работать в прямом эфире. Живой мертвец в живом эфире... Весело. Будем надеяться, что никто не заметит.

* * *

Настя Каменская никак не могла привыкнуть к радостному чувству, которое охватывало ее каждый раз, когда она входила в кабинет начальника. «Вот уж воистину, — думала она, усмехаясь в душе, — что имеем — не храним, а потерявши — плачем. Почти десять лет я входила сюда, видела Колобка и считала, что так и должно быть, что по-другому быть просто не может. А потом Колобок ушел, пришел новый начальник, и жизнь моя превратилась в сплошную пытку. Теперь Колобок вернулся, он снова здесь, с нами, со мной, и только сейчас я поняла, какое это счастье, когда у тебя хороший начальник».

Ей очень не хотелось заниматься убийством работников телевидения. Она хорошо понимала, что телевидение — это либо взрывоопасная информация, либо деньги, либо то и другое вместе. Более того, если речь идет об информации, то информация эта, как правило, все равно о деньгах. Чьих-то деньгах, которые кто-то присвоил, украл, перевел на счет в швейцарском банке или просто взял в виде аккуратной банальной взяточки. От самого слова «деньги» Настю мутило. Программа «Лицо без грима» не была ни информационной, ни скандально-разоблачительной, ее корреспондент Оксана Бондаренко не выезжала в «горячие точки» и не брала «острых» интервью у только что отзаседавших депутатов Госдумы, все еще разгоряченных дебатами, рассерженных и оттого плохо контролирующих свои высказывания, из чего впоследствии так удобно бывает раздуть маленький симпатичненький скандальчик, разрушающий имидж политика и ссорящий его с окружающими. Программа вообще была очень спокойной и доброжелательной: после убийства директора программы и корреспондента Настя специально посмотрела несколько выпусков, чтобы получить представление о ней. Гости программы выглядели серьезными и достойными людьми, а ведущий не пытался «обложить» их со всех сторон каверзными вопросами, даже наоборот, словно бы старался дать приглашенному возможность показать себя с самой приятной стороны, продемонстрировать нестандартность и глубину суждений, высказать неожиданные и любопытные точки зрения. Вряд ли речь могла идти об опасной информации. Значит, деньги. А преступлений, связанных с деньгами, Настя Каменская не любила просто патологически. Даже в университете экономика была предметом, который ей не хотелось учить. Ее гораздо больше интересовали месть, ревность, зависть — одним словом, страсти человеческие, а не финансовые. Но, к сожалению, личные вкусы и пристрастия никогда не считались в уголовном розыске вескими основаниями, которые следует принимать в расчет при распределении заданий.

Ну, делать нечего, придется заниматься телевидением. По Настиной просьбе Миша Доценко притащил из дома ворох журналов «ТВ Парк», которые исправно покупала его мама. В этом журнале была целая полоса, посвященная рейтингу телепередач, и Настя надеялась выудить из этого хоть какую-то отправную точку для рассуждений. Точка эта нашлась. Оказалось, что программа «Лицо без грима» в десятку самых «смотримых» никогда не попадала.

— Интересно, откуда у них деньги? — задумчиво спросила Настя у Доценко. — Если передача не самая популярная, стало быть, расценки на рекламу во время эфира невысокие. Да и спрос на размещение рекламы невелик. По идее, они должны были просуществовать максимум три-четыре месяца и потом закрыться, а они живут уже два с лишним года.

— Их, наверное, из бюджета подкармливают, — предположил Михаил.

— С какой стати? Я бы еще понимала, если бы они были проводниками, например, точки зрения правительства или открыто поддерживали президента. А так... Хорошая, добротная передача, очень профессионально сделана, не вызывает у зрителя раздражения, но в ней нет, как бы это сказать... азарта, что ли. Нет той изюминки, ради которой человек бежал бы домой после работы, чтобы непременно успеть ее увидеть. Да и время у нее не самое выгодное, с семнадцати сорока до восемнадцати, работающий народ еще и домой-то не вернулся.

— Может быть, убийство совершено по сугубо личным мотивам?

— Хорошо бы, — вздохнула Настя. — Личные мотивы — это то, что я люблю. Во всяком случае, я могу их понять и в них разобраться. А с деньгами — одна скука и головная боль. Миша, давайте делиться.

— По-честному или по-братски? — засмеялся черноглазый капитан. — Если по-честному, то вам достанутся деньги, а мне — любовь, потому что вы старше и опытнее. А я маленький еще, до денег не дорос.

— Нет уж, дружочек, — фыркнула Настя, — делиться будем по-джентльменски. Дама должна заниматься эмоциями, а мужчина — деньгами. Это закон социума, в котором нам с вами посчастливилось родиться. И не смейте намекать на мой преклонный возраст, я не намного старше вас. И ваше, Мишенька, упорное нежелание обращаться ко мне на «ты» никого в заблуждение ввести не может, не надейтесь.

Это было правдой, причем объяснения этому факту не мог дать никто, в том числе и сам Михаил. Настя была единственной из сотрудников отдела по тяжким насильственным преступлениям, за исключением, разумеется, начальства, к кому Доценко обращался на «вы» и по имени-отчеству, вынуждая тем самым ее саму соблюдать ответную вежливость. И разница в возрасте была не так уж велика, каких-нибудь шесть лет, и звание у Каменской было всего на одну ступень выше, а вот поди ж ты...

Ближе к концу дня на Настином столе звякнул внутренний телефон.

— Скучаешь? — послышался в трубке насмешливый голос Игоря Лесникова, ее коллеги, который сегодня был в составе дежурной опергруппы.

— Без тебя — всегда, — быстро отозвалась Настя. — Жду, когда ты меня чем-нибудь развеселишь.

— Ладно, тогда задаю вопрос: что можно украсть у психоаналитика?

— У кого? — удивленно переспросила она.

— У психоаналитика, — терпеливо повторил Игорь.

— У какого?

— Ну какая разница... У любого. У абстрактного психоаналитика.

— Он частнопрактикующий?

— Угу.

— Тогда деньги. У них гонорары за консультации высокие. А откуда вопрос?

— С выезда. Только что вернулись. Узко мыслишь, Настасья. Ценностей не взяли. Но факт взлома и проникновения налицо.

— А что хозяин говорит?

— Ничего не говорит. Пропаж не обнаружено.

— Думаешь, врет?

— Конечно, врет. Он знает, что у него взяли, но молчит. Вот я и хочу, чтобы ты мне сказала, что бы это могло быть такое, представляющее интерес для преступника, но о чем нельзя признаваться добрым дядям из милиции.

— Я подумаю, — пообещала Настя. — А что еще интересного произошло за отчетный период в подведомственном городе?

— Все тебе расскажи, — хмыкнул Игорь. — Чашку нальешь?

— Неправильный ты, Игорек. Современный мужик обычно стакан налить просит.

— На дежурстве только кофе. Так нальешь или я в другое место просить пойду?

— Иди уж. Сейчас воду поставлю.

Попить кофейку и выкурить сигарету к Насте забегали все кому не лень. Во-первых, она почти всегда была на месте, что для оперативника вообще-то ненормально. Во-вторых, у нее всегда был хороший кофе, потому что Настя, несмотря на смешную милицейскую зарплату, покупала только хорошие дорогие сорта, отказывая себе во многом другом, например, в обедах, а порой и в новых колготках. В-третьих, у нее всегда можно было стрельнуть сигаретку, заодно пожаловавшись на жизненные неурядицы, выплеснуть раздражение по поводу «неправильного поведения» начальника и с легким сердцем бежать дальше. Настю, по характеру не особенно общительную и любящую одиночество, это порой раздражало, но она понимала, что если и менять ситуацию в корне, то результат может быть только один: у нее появится множество врагов и скрытых «доброжелателей». Нельзя отталкивать людей и тем более нельзя их обижать. Даже если очень хочется это сделать.

Игорь появился почти мгновенно, во всяком случае, по Настиным понятиям. У нее самой путь из дежурной части до кабинета занимал раза в три больше времени. Каждый раз при виде Лесникова Настя не переставала удивляться тому, что самыми «крутыми» бабниками зачастую оказываются мужчины, не обладающие выдающейся внешностью, зато такие красавцы, как Игорь, нередко становятся самыми примерными и любящими мужьями, которых совратить с пути супружеской верности просто невозможно. По Игорю втихаря вздыхали многие девушки, работающие на Петровке, но ни одна из них не могла бы похвастаться хоть малейшим знаком внимания с его стороны. Лесников был не особенно приветлив, как правило, немногословен, с очень серьезным, а порой и хмурым выражением лица, ни с кем не сближался и дружбу не заводил. О его личной жизни коллеги знали только то, что он женат во второй раз и обожает маленькую дочку. Однако владел собой он превосходно, и если ему нужно было поддерживать беседу, то Лесников легко превращался в обаятельного и милого человека, солгать которому ну никак язык не поворачивается. Судя по его звонку из «дежурки», кража у психоаналитика чем-то его сильно заинтересовала, в противном случае он не стал бы задавать Насте никаких вопросов. Кабинет психоаналитика — не Третьяковка и не Алмазный фонд, преступлением будут заниматься ребята с территории, ну в самом крайнем случае, если выяснится, что взяли драгметаллы, камни или антиквариат, — коллеги из отдела по борьбе с кражами, а уж никак не «убойный» отдел. Лесников, как казалось Насте, не был любопытным и любознательным, чужие тайны его интересовали мало, так что предполагать чисто дежурный интерес оснований не было. Значит, что-то в этой краже есть такое...

— Не темни, Игорек, — сказала она, налив ему полную чашку крепкого кофе. — Что тебе далась эта кража?

— Кража ничего, нормальная, — неопределенно ответил он. — Мне хозяин не понравился. Какой-то он уж больно перепуганный. А пропажу чего бы то ни было отрицает.

— Может, ты преувеличиваешь? Любой человек испугается, увидев, что его жилье вскрыто. Даже если ничего не взяли, все равно неприятно и тревожно. А вдруг завтра опять придут? И вообще, интерес к изъятию чужого имущества тебе обычно не присущ. Чего-то не договариваешь?

— Да нет. — Игорь вяло пожал плечами. — Устал я что-то сегодня. Обычно в это время я еще бодр и весел, как младенец, а кажется, будто третьи сутки подряд дежурю. Как твои телевизионные страсти? Продвигаются?

— Туго. Собрала данные о том, когда, где и с кем были потерпевшие в течение последних десяти дней перед гибелью, сижу вот, ковыряюсь, пытаюсь составить точную хронологию событий. Ты, кстати, видел когда-нибудь эту передачу?

— Какую?

— «Лицо без грима».

— Нет, не пришлось.

Настя взглянула на часы:

— Хочешь посмотреть? Через три минуты как раз начнется. Я специально маленький телевизор выклянчила у Колобка, чтобы получить представление о программе, а то она в такое время идет, когда я еще на работе.

— Давай, — кивнул Лесников, — пока никто меня не дернул.

Но он, как обычно, накликал. Едва Настя успела вытащить из шкафа и включить старенький черно-белый «Шилялис», как из дежурной части позвонил подполковник Кудин.

— Настасья, гони Лесникова в шею, я знаю, что он к тебе пошел. Пусть бежит бегом, его свежий труп дожидается.

Игорь со вздохом поднялся, залпом допил остатки кофе и ушел охранять покой налогоплательщиков, а Настя стала смотреть очередной выпуск «Лица без грима».

С первой же минуты она насторожилась. Что-то шло не так. И ведущего словно подменили, и гость программы выглядел не лучшим образом. В чем дело? Неужели гибель друзей и коллег настолько выбила из колеи Александра Уланова, что он не справляется с собой перед камерой? Да нет, не похоже. После трагедии в эфир вышло пять выпусков, и каждый раз на экране Настя видела спокойного, доброжелательного, умного человека, совершенно лишенного язвительности и демонстративного остроумия.

Гостем программы в этот раз был малоизвестный кинопродюсер. Названия фильмов, которые он сделал, ничего Насте не говорили. Продюсер мямлил нечто невнятное, порой сбиваясь на откровенные глупости, Уланов же никак не помогал ему, несколько отстраненно наблюдая за неловкими попытками кинодеятеля выглядеть умным и неординарным. Хотя, надо признаться, и не мешал ему. Казалось, ведущий как личность просто-напросто отсутствует, и сидит некая бездушная машина, которая задает первый пришедший в голову вопрос и равнодушно ждет, пока собеседник с грехом пополам выпутается из ответа.

На столе перед ведущим и гостем стояли большие чашки с рекламной надписью «Билайн». Продюсер поднес чашку ко рту, сделал судорожный глоток, поперхнулся и начал долго и натужно кашлять. Камера деликатно ушла в сторону, теперь весь экран занимало лицо Уланова, с холодным любопытством наблюдающего за кашляющим собеседником. Внезапно Настю осенило: это прямой эфир. В записи затянувшуюся и совершенно неинформативную сцену обязательно вырезали бы. А что же раньше?

Все понятно. Прежние передачи всегда шли в записи. Теперь, после гибели директора и корреспондента, пришлось менять схему. Все, что успели отснять и смонтировать раньше, уже прошло, а за минувшую неделю новых записей сделать не смогли. Вместе с людьми во взорвавшейся машине сгорели блокноты с записями и кассеты... Пропала вся подготовительная работа, которая должна была лечь в основу будущих передач. И теперь Уланов вынужден будет какое-то время работать в прямом эфире, пока не подготовят новые материалы.

Но все-таки странно он себя ведет, даже с учетом стрессовой ситуации. Да, переживает, вероятно, страдает, но это должно было сказаться в первую очередь на реакции и моторике, а никак не на мастерстве и общем духе программы. Мастерство, как говорится, не пропьешь. И концепцию передачи никто, по-видимому, не изменял. Почему же он совсем не помогает своему гостю выглядеть более или менее прилично?

Программа закончилась, на экране замелькали цветные картинки рекламного блока. Настя порылась в своих бумажках, нашла телефон студии, выждала несколько минут и решительно набрала номер.

— Это Каменская, — представилась она, услышав в трубке голос Уланова. — Нам опять надо побеседовать. Когда вам удобно со мной встретиться?

— Обязательно сегодня?

— Желательно. Но можно и завтра, если вы сильно заняты.

— Хорошо, пусть будет сегодня. Вы настаиваете, чтобы я ехал к вам на Петровку?

— Вовсе нет. Мы можем встретиться на нейтральной территории, где-нибудь посередине между центром и Останкином.

— А как же протокол? — усмехнулся Уланов, и Насте почудилось что-то недоброе в этой усмешке. — Будете на коленках записывать?

— Мы протоколы не пишем, этим обычно занимается следователь. Мы с вами просто поговорим, попробуем найти ответы на интересующие меня вопросы.

— Но я уже неоднократно отвечал на самые разные вопросы и рассказал все, что знал. Ничего нового я вам не сообщу. Прошла неделя, а вы все вопросы задаете вместо того, чтобы искать преступников. Это что, новый стиль работы?

— Александр Юрьевич, мы попусту тратим время на пререкания, — мягко сказала Настя. — По поводу стиля работы я вам все расскажу при встрече. Так когда и где?

Уланов назначил время и место. Энтузиазма в его голосе Настя не услышала, но справедливости ради надо сказать, что и недовольства не было. Усталый человек, лишенный эмоций. Что это, результат пережитого стресса или что-то другое? Она хотела это понять. Пусть Мишенька Доценко ищет денежную подоплеку преступления, а она, Настя Каменская, будет заниматься эмоциями. Ей это интереснее.

\* \* \*

— По-моему, предлагаемая вами комбинация излишне сложна. Неужели нельзя было придумать что-нибудь попроще?

— Можно. Конечно, можно. Но в сложности комбинации весь смысл. Он не должен понимать, что происходит.

— Бог мой, вы произносите банальные истины! Естественно, он не должен понимать.

— Вы не дослушали меня. Когда человек испытывает недостаток информации, чтобы выстроить целостную картину, он начинает додумывать, строить собственные версии происходящего. Такая сложная комбинация, которую разработали мы, не дает возможности построения хоть сколько-нибудь логичной версии. Он будет мучиться, ломать голову, ничего стройного и последовательного не придумает и начнет сомневаться в собственной способности здраво мыслить. А это повлечет неровности и срывы в повседневном поведении. Это должно сыграть роль коррозии, ржи, которая разъедает металл.

— А если ему все же удастся придумать объяснение, которое покажется ему достаточно обоснованным? Наблюдения показали, что он далеко не глуп и обладает известной фантазией.

— Вот именно, фантазией. Если он создаст собственную версию происходящего, то она неизбежно окажется совершенно бредовой. Мания преследования, идея материализованного абсолютного зла, силы тьмы, пришельцы — все, что угодно. Пусть придумывает. Все равно это так или иначе скажется на его поведении и начнет разрушать его связи с окружающими. Каждый его поступок будет расцениваться как действие сумасшедшего, и реакция окружающих будет соответственная. Поверьте мне, мы очень тщательно анализировали его жизнь и составляли психологический портрет объекта. Вы неоднократно имели возможность убедиться в высочайшей квалификации наших психологов.

— Ну хорошо, будем считать, что вы на какое-то время умерили мои сомнения. Однако я прошу вас помнить, что это крупнейшая операция за все годы нашего существования. Речь идет об очень больших деньгах, и если мы не сумеем их получить, я вынужден буду считать, что операцию провалили именно вы. Не забывайте об этом.

— Не забуду...

* * *

Ехать на встречу с Каменской из уголовного розыска мне не так чтобы уж страстно хотелось, но кое-какие позитивные моменты в этом были. Во-первых, в ее присутствии меня вряд ли убьют, если, конечно, это не произойдет раньше и я вообще сумею добраться до места, где оно будет, это присутствие. Так что хотя бы на время беседы с этой странной дамочкой можно будет не напрягаться, расслабиться и, как говорят в армии, «оправиться и покурить». А во-вторых, это неминуемо оттянет время возвращения домой, опять же, если возвращению домой суждено будет состояться. Дома я, естественно, в безопасности, Вика меня убивать не станет и отраву в чай не подсыплет, она специального человека наняла и теперь ждет, когда он выполнит контракт. Но все равно пребывание наедине с ней превращается для меня в пытку. Почему? Ну почему? За что? Господи, ведь я так ее любил, ничем не обидел, ничего не отнял. Но я и не хочу знать, за что. Если она так решила, значит, считает это правильным. И у меня нет ни малейшего желания выяснять с ней отношения. Из ее рук я готов принять все, даже смерть.

Встречу я назначил на Колхозной площади, рядом с метро. Если пойдет дождь, посидим в машине, а если погода не испортится, можно будет выпить кофе в открытом кафе. Интересно, на сколько она опоздает? Не родилась еще женщина, которая умеет приходить вовремя даже на деловые встречи.

Но Каменская, к моему удивлению, не опоздала. Более того, когда я подъехал к Колхозной площади, она уже стояла в оговоренном месте, хотя до условленного времени оставалось минут десять. Как раз эти десять минут я и оставлял себе про запас на случай «пробки» в районе Рижского вокзала. Дождя не было, я вышел из машины и предложил ей посидеть на улице за достаточно чистым, хотя и слегка колченогим столиком.

До этого я видел Каменскую три или четыре раза, разговаривал с ней, но отчего-то не заметил, как странно она одевается. По-настоящему дорогими на ней были только кроссовки. Пожалуй, они стоили столько же, сколько и обручальное кольцо на ее руке. Все остальное — джинсы, куртка, платок на шее — было дешевым, неброского темного цвета. Впрочем, я слышал, что милиционеры получают маленькую зарплату, на нее хорошо не оденешься. Небось копила на эти «кроссы» целый год.

— Александр Юрьевич, что произошло с вашей передачей? — спросила она.

— Ничего, — я пожал плечами. — А что должно было произойти?

— Я смотрела сегодняшний эфир. Это совершенно не похоже на то, что было раньше.

— Прямой эфир, — коротко пояснил я. — Это всегда выглядит иначе, нежели заранее записанный и отредактированный сюжет.

— И теперь так будет всегда?

— Не знаю. Все зависит от того, когда появится корреспондент, который будет готовить программы вместо Оксаны.

— Просветите меня, Александр Юрьевич, — попросила она. — Я хочу понять, почему вам так необходим корреспондент, если вы прекрасно можете работать в прямом эфире.

Вопрос мне не понравился. Что значит «прекрасно могу работать»? Сегодняшний эфир был чудовищным и никак не отвечал общей концепции программы. Если бы Витя Андреев, наш директор, был жив, он бы мне голову оторвал за такую работу. То, во что я превратил беседу с кинопродюсером, было верхом непрофессионализма, и никакие оправдания на тему стресса и переживаний здесь не проходили. Я это отчетливо сознавал, но не считал нужным ничего менять в ходе эфира. Для чего напрягаться, если без Вити и Оксаны программа умрет самое позднее через неделю, а сам я умру, возможно, куда раньше. Да что там «раньше», меня все равно уже нет в живых. Пусть я еще двигаюсь и дышу, принимаю пищу и алкогольные напитки, произношу слова и произвожу впечатление нормального мужика, но разве человек может быть живым, если для него не существует понятия «завтра» и даже «через час»?

— Видите ли, — я был сама любезность и терпение, — ведущий должен знать о своем собеседнике достаточно много, чтобы сделать разговор с ним интересным для публики. Если бы программа шла один раз в неделю, то у меня было бы достаточно времени, чтобы познакомиться с человеком поближе и заранее продумать ход передачи. Но поскольку передача ежедневная, познакомиться и подготовить беседу с пятью гостями в течение одной недели я не могу просто физически. Для этого и существует корреспондент. Он встречается с будущими гостями передачи, получает сведения об их жизни, деятельности, вкусах, привычках, взглядах и проблемах. Потом, собрав нужные сведения, садится вместе с режиссером и начинает готовить программу. Ход беседы планируется заранее, неинтересные темы отбрасываются, интересные аспекты высвечиваются особенно ярко. И только на последнем этапе уже подключается ведущий. Оксана Бондаренко была уникальным работником и успевала подготовить необходимые материалы. Уж как она это делала, я не знаю, но факт есть факт. Один человек заменить ее не сможет, нужно искать как минимум трех. А это не так просто, как вы думаете. Поэтому, пока не наладится работа новых корреспондентов, мне придется работать в прямом эфире.

Мне казалось, я был вполне убедителен, хотя Вика и уверяла меня всегда, что врать я не умею. Но не рассказывать же этой дамочке с Петровки правду про нашу программу...

— Я постаралась восстановить все передвижения Андреева и Бондаренко за несколько дней, предшествовавших их гибели, — сказала Каменская, — и у меня остались «белые пятна». Может быть, вы вспомнили еще что-нибудь о своих коллегах?

— Нет, я рассказал вам все, что знал и мог припомнить.

— Значит, добавить вам нечего?

— Совершенно нечего.

— Видите ли, ни их родные, ни друзья не смогли нам даже предположительно пояснить, где Андреев и Бондаренко могли находиться в эти периоды времени. Считалось, что они на работе. Но в студии их в это время не было, и по каким заданиям уехала, например, Оксана, никто сказать не мог.

— Это должен был знать Андреев.

— Но у него теперь не спросишь, — вздохнула она.

— Не спросишь, — тупо подтвердил я. — Больше я вам ничем помочь не могу, к сожалению. У Виктора был отдельный блокнот, куда он заносил все сведения о ходе сбора материалов, там обязательно отмечалось, куда и зачем уехал корреспондент.

— Так жестко контролировали Оксану? — удивилась Каменская.

— Дело не в контроле, а в том, чтобы точно представлять себе ход сбора материала по конкретному сюжету. Ну и водителя нужно контролировать, в том смысле, чтобы точно знать, куда он уехал и как скоро вернется. Вы с водителем разговаривали?

— Конечно. Он за интересующее нас время полностью отчитался. Но был при этом ни с Андреевым и ни с Бондаренко. Александр Юрьевич, я вынуждена сделать вывод, что у ваших коллег была еще какая-то сфера интересов помимо работы в вашей программе. Может быть, бизнес?

— Может быть, — согласился я. — Но мне об этом ничего не известно.

Беседа тянулась неспешно и вяло, Каменская явно никуда не торопилась, ну а уж я-то — тем более. Куда мне спешить? К могиле? Интересно, какой заказ сделала моя Вика? Может, она велела ликвидировать меня в течение трех дней, и мне на кладбище уже прогулы ставят?

Я постарался незаметно оглядеться. А вдруг наемный убийца где-то поблизости и терпеливо ждет, когда я расстанусь с сотрудницей уголовного розыска? Но людей вокруг было много, а как выглядят наемные убийцы, я не знаю. Да ладно, черт с ним, все равно ведь достанет он меня рано или поздно. От киллеров защиту еще не придумали, вон даже высших должностных лиц вплоть до президентов убивают.

— Вы далеко живете? — внезапно спросил я.

* * *

— Вы далеко живете? — неожиданно спросил Уланов.

— Далеко, — ответила Настя. — На Щелковском шоссе. А что?

— Хотите, я вас отвезу домой?

— Хочу, — честно призналась она. — Но мне неловко. Так что давайте не будем создавать вам проблемы.

— Никаких проблем, — Уланов отчего-то развеселился, даже лицо словно помолодело, — мне все равно нужно в те края. В дороге вдвоем веселее будет.

Настя удивленно взглянула на него. Странный он какой-то, Уланов этот. То сидел понурый, разговаривал неохотно, цедил слова, как одолжение делал, а то вдруг стал любезным, улыбается, предлагает подвезти и делает вид, что нуждается в попутчике. Он совершенно не производит впечатления человека, скучающего наедине с собой. Или он таким простеньким способом пытается свернуть беседу? Что ж, можно пойти ему навстречу, ничего толкового из него все равно не вытянуть. Почему-то она, посмотрев сегодняшний выпуск «Лица без грима», была уверена, что с Улановым что-то происходит и ей удастся его разговорить. Очевидно, она просчиталась, и свое время напрасно потратила, и человека зря побеспокоила.

— Спасибо, — кивнула она, — я буду вам признательна.

В машине Уланов снова стал молчаливым и хмурым, от

недавнего оживления не осталось и следа. Нет, ни в каких попутчиках и собеседниках он не нуждался, это точно. Зачем же тогда повез ее домой?

— Александр Юрьевич, у вас никогда не возникало ощущения, что с вашей программой не все в порядке? — спросила Настя наобум.

— Нет, — резко ответил тот. — Что может быть не в порядке с программой? Выражайтесь яснее, пожалуйста.

— Попробую. Погибли двое ваших сотрудников. Это не плод больного воображения, это неоспоримый факт. Взрывное устройство было заложено в машину Андреева, в его личную машину, а не вашу «разгонную». Иными словами, мишенью преступников, по всей вероятности, был именно Андреев, директор программы «Лицо без грима». Я допускаю, что смерти его могли желать не обязательно в связи с работой на телевидении, но тогда мы с вами должны признать, что он занимался еще какой-то деятельностью, хотя почему-то ни вы, ни кто-либо другой из вашей команды об этой деятельности ничего не знает. Или знает, но не говорит, что, согласитесь, тоже непонятно и весьма подозрительно. Если же злоумышленники имели в виду убить не только его, но и Бондаренко, они должны были знать, что директор и корреспондент в это время и на этой машине поедут вместе. И тут я вынуждена делать вывод о том, что кто-то из вашего ближайшего окружения в студии либо сам поработал с машиной Андреева, либо дал заинтересованным лицам информацию о планах Виктора и Оксаны. Вам какой вариант больше нравится?

Уланов ответил не сразу, и Насте показалось, что он мысленно повторяет то, что она сказала, пытаясь обдумать и осознать услышанное.

— Никакой не нравится, — наконец подал голос телеведущий. — Я не вижу, зачем кому-то понадобилось убивать Виктора и Оксану, ни вместе, ни по отдельности. Почему бы вам не подумать над версией об ошибке преступника? Машина у Вити была самая обычная, «Жигули» седьмой модели, и цвет ходовой — белый. Может быть, взрывной механизм просто подложили не в ту машину?

— Мы работаем над этим. Владельцы всех машин, находившихся в тот момент поблизости, сейчас проверяются. Скажите, Александр Юрьевич, между Андреевым и Бондаренко не было близких отношений?

Уланов хмуро усмехнулся:

— Были. И что? Оксана не замужем, Виктор недавно развелся. Кому мешала их близость?

— О, вот тут вы не правы, — засмеялась Настя. — Штамп в паспорте имеет мало общего с правом на ревность. Собственно, ревность вообще не связана ни с какими правами. Законный муж может спокойно взирать на любовные похождения супруги, если ему так больше нравится, а брошенный много лет назад случайный любовник может до самой смерти изнывать от ревности и отчаяния.

— Возможно, — равнодушно согласился он. — Вы спортом занимаетесь?

— Я? — Настя изумленно взглянула на Уланова. — Нет. С чего вы взяли?

— Просто вижу, какие у вас кроссовки. Тщательно выбранные, дорогие, а не первые попавшиеся. Современному милиционеру это по карману?

— Что вы, это муж привез из Штатов, сделал мне подарок. Сама я никогда такие не купила бы, для меня это действительно дорого.

Она не только не купила бы такие «крутые» кроссовки, но и носить не стала бы, если бы не чрезвычайные обстоятельства. Настя любила носить недорогую удобную одежду, немаркую и не стесняющую движений, но ноги были, пожалуй, ее самым слабым местом. К вечеру, особенно в жару, они отекали, и день, проведенный в туфлях с изящной колодкой и на каблуке, превращался для нее в пытку, поэтому ради физического комфорта ей приходилось, как говорится, поступаться принципами. Надевать привезенные Алексеем кроссовки она отказалась категорически, ссылаясь на их просто вызывающую дороговизну, и упрямо ходила в спортивных ботинках, купленных почти три года назад. Ботинки она выбирала сама, они были достаточно удобными и, главное, привычными, да и в глаза никому не бросались. Но всему, к сожалению, приходит конец, и любимые ботинки не миновали этой печальной участи. Не далее как позавчера они развалились, причем одновременно и как-то одномоментно. Просто не выдержали очередного погружения в глубокую лужу, образовавшуюся после обильного апрельского мокрого снега с дождем.

Погоревав полчаса, Настя со вздохом вынуждена была достать из шкафа красно-синюю коробку с новыми кроссовками.

Однако господин Уланов как-то не стремится поддерживать разговор о возможных причинах убийства своих коллег. Кроссовки ему кажутся более интересной темой. Или более безопасной? Если так, то сейчас он наверняка повернет разговор на Настиного мужа.

— Ваш муж бизнесмен? — спросил он.

Она с трудом сдержала улыбку.

— Нет, он ученый. Ездил читать лекции.

— По политологии?

— По математике.

— Да? А я был уверен, что русские ученые ценятся за рубежом только в связи с политикой или экономикой, ездят туда, чтобы рассказывать, почему у нас реформы буксуют и как трудно переходить от развитого социализма к недоразвитому капитализму.

Настя перестала сдерживаться и расхохоталась. Уланов в ответ даже не улыбнулся, лицо его было по-прежнему хмурым и каким-то рассеянным, словно он был погружен в собственные мысли, но изо всех сил старался поддержать беседу, чтобы не выдать своей озабоченности. И чем же вы, господин Уланов, так озабочены? Уж не гибелью Виктора Андреева и Оксаны Бондаренко, это точно, иначе вы с удовольствием продолжали бы обсуждать то, что с ними случилось. Так чем же?

* * *

Я изо всех сил старался не спешить, но до дома, где жила Каменская, мы все-таки доехали. К сожалению, ни одна дорога не бывает бесконечной. Почему-то я вспомнил, как на четвертом курсе журфака ехал зимой на экзамен, которого панически боялся. Был сильный мороз, троллейбус еле-еле полз по улице Герцена, а я стоял на задней площадке, тупо разглядывая узоры на покрытом инеем окне, и мечтал о том, чтобы эта поездка длилась вечно и мне никогда не пришлось выходить на улицу, входить в здание университета, подниматься в аудиторию, тянуть билет и отвечать на экзамене. Кстати, предчувствие меня тогда не обмануло, я-таки получил тройку, первую и единственную за все пять университетских лет. Меня не спасла даже пестрящая отличными отметками зачетка.

Хлопнула дверь, Каменская вошла в свой подъезд, и я снова остался один. Бог даст, до дома я все-таки доеду, никакой машины, которая сопровождала бы нас от Колхозной площади до Щелковского шоссе, я не заметил, хотя всю дорогу внимательно следил за идущими сзади автомобилями. Дома, как я уже говорил, мне ничего не угрожает. Да и возле дома, пожалуй, тоже. Вряд ли Вика согласится на то, чтобы меня убирали рядом с местом, где она живет. Хотя как знать... Все прожитые вместе с ней годы я был наивно уверен, что хорошо знаю свою жену, однако теперь мне приходится в этом усомниться.

Прошло еще пятьдесят минут, и я вошел в свою квартиру. В квартиру, в которой прожил шесть последних лет, не самых плохих в моей жизни. Господи, всего несколько дней назад все было так хорошо, мы с Викой ездили выбирать английский сервиз, планировали празднование ее дня рождения, мечтали о поездке в сентябре на Средиземное море. Мы наконец стали выбираться из беспросветной нищеты, в которой провели всю свою молодость. Ограничивали себя во всем, откладывая каждую копейку, копили на квартиру, терпели, сцепив зубы, мою сумасшедшую мать, которая изводила Вику, желая оставаться полновластной хозяйкой нашей крошечной давно не ремонтированной квартиры. Мы жили мечтой о собственном жилье, отодвигая рождение ребенка, и наконец, сделав последний рывок и заняв в долг недостающую сумму, купили себе жилье. Как мы радовались ему! Спали первое время на полу, ели из одной тарелки, постепенно, с каждой зарплаты, с каждого гонорара покупая мебель, посуду, полотенца, простыни. Два года назад мы наконец полностью свили гнездо. И с деньгами стало значительно свободнее, мы смогли купить машину, стали носить хорошую одежду. Сегодня я с уверенностью мог бы сказать, что все мучения кончились, мы выбрались из вечных долгов и теперь начнем жить по-человечески.

И вдруг оказалось, что Вику это не устраивает. Я ей мешаю, и она хочет, чтобы меня больше не было. Почему бы не развестись? Куда проще и дешевле. Но она не хочет развода.

Что ж, я ее понимаю. При разводе придется делить имущество, от квартиры до чашек из английского сервиза. Она не хочет делить, она слишком хорошо помнит, как трудно и долго все это добывалось. Она хочет все сразу. Наверное, она с ужасом каждый вечер слышит, как я открываю дверь. Опять я явился. Меня опять не убили. Бедная... Устала ждать, наверное.

— Саша? — послышался из комнаты ее голос. — Как ты поздно.

Она вышла в прихожую в халате, наверное, уже собиралась ложиться в постель. Подошла ко мне, привычно подставила щеку для поцелуя, а я точно так же привычно наклонился и поцеловал ее. Запах духов неприятно ударил в нос. Что за дурацкая привычка пользоваться духами после душа! Черт возьми, а ведь мне всегда это нравилось. Раньше нравилось. И запах ее духов нравился, и то, что ими пахла наша постель.

— Саша, что случилось? — встревоженно спросила она. — Телефон весь вечер разрывается, все спрашивают про сегодняшний эфир.

— Ничего не случилось, — я не смог сдержать раздражения, и слова мои прозвучали, пожалуй, излишне резко.

— Но все говорят, что это было что-то невероятное! Жаль, я не видела, я как раз в это время домой ехала. Хоть ты мне толком объясни, что у тебя произошло.

— Ничего особенного. Не обращай внимания. Просто сегодня пришлось работать в прямом эфире, и гость программы выглядел не лучшим образом. Вот и все.

Она бросила на меня косой взгляд и обиженно отвернулась. Якобы обиженно. Конечно, раньше я никогда с ней так сухо не разговаривал. И вообще, все, что касалось моей и ее работы, всегда обсуждалось нами живо и заинтересованно. Мы очень дружили. Так, во всяком случае, мне казалось. Я и сегодня, несмотря ни на что, с удовольствием поделился бы с Викой подробностями об интервью с кинопродюсером, но понимал, что ей это не нужно. И обида ее — наигранная. Ни капельки она не обиделась. Ей должно быть абсолютно безразлично, что происходит у меня в студии. Ее теперь интересует только одно: как скоро нанятый ею человек избавит ее от моего тягостного присутствия.

Честно сказать, меня это тоже интересует. Правда, с несколько другими нюансами, но интересует.

## Глава 2

Со стрессом, вызванным фактом вторжения воров, Юлия Николаевна Готовчиц справилась относительно легко. Ничего не украли — и слава богу. Замок, правда, сломали на входной двери, но это и починить недолго. Однако, наблюдая за мужем, она начинала тревожиться все больше и больше. Борис Михайлович Готовчиц, доктор медицинских наук, практикующий психоаналитик, на попытку кражи отреагировал явно, по мнению супруги, неадекватно. Он нервничал, был непритворно испуган, чем и зародил в душе Юлии Николаевны не только тревогу, но и подозрения, причем далеко не самые приятные. Вывод, который она сделала, заключался в том, что у Бориса есть какие-то неучтенные семейным бюджетом ценности, которые все-таки пропали, но о которых он не смеет признаться ни работникам милиции, ни ей самой.

Юлия Николаевна всегда старалась быть добросовестным налогоплательщиком, неприятностей на свою голову не искала, поэтому все финансовые дела семьи вела сама, строго следила за всеми получаемыми мужем гонорарами, заполняла налоговую декларацию и лично следила за тем, чтобы декларация эта была вовремя представлена в инспекцию по месту жительства. Она хотела спать спокойно. Слишком много неспокойных ночей пришлось ей, дочери крупного торгового работника, провести в детстве. Папочкины махинации в конце концов закончились плачевно, и путь в тюремную камеру был прерван веревочной петлей, которую отец в преддверии неминуемого ареста накинул на собственную шею. Именно тогда четырнадцатилетняя Юля сказала себе, что больше никогда не допустит в своей жизни ничего, мешающего спокойному существованию. Родителей, как известно, не выбирают, но уж свою-то жизнь человек строит сам.

Как только муж Борис взялся за частную практику, Юлия Николаевна сразу же поставила вопрос ребром:

— Или ты даешь мне слово, что мы будем жить честно, или я немедленно ухожу и развожусь с тобой, — решительно заявила она. — Я свое уже в детстве отбоялась, когда родители на каждый шорох по ночам вскакивали. Больше я этого не потерплю.

Ей казалось, что Борис Михайлович понял ее, во всяком случае, возвращаться к этому разговору им не приходилось.

Муж не возражал, когда Юлия взялась за контроль финансовых дел и отношений с налоговыми органами, и это позволило ей быть уверенной в том, что он ничего от нее не скрывает. Неужели все-таки он утаивает часть доходов? И пускает эту «заначку» в коммерческий оборот, ввязываясь в сомнительный бизнес. А если не в просто сомнительный, а преступный? И вот теперь подельники устраивают с Борисом какие-то разборки. Никакого другого объяснения испугу и нервозности мужа Юлия Николаевна придумать не могла. Тем не менее все ее попытки прояснить ситуацию ни к чему не приводили. В свободное от консультаций время Борис Михайлович подолгу сидел в своем кабинете, методично перебирая книги и бумаги, будто что-то искал, но на вопросы супруги отвечал как-то невнятно.

— Боря, ну скажи мне честно, что у тебя украли? — ежедневно спрашивала Юлия Николаевна.

— Ничего, — рассеянно отвечал Борис Михайлович. — В том-то весь и ужас, что ничего.

— Я тебе не верю. Если ничего не пропало, то почему ты с ума сходишь? И что ты все время ищешь? Ты не можешь что-то найти и думаешь, что у тебя украли именно это? — допытывалась она.

— Да не ищу я ничего! — взрывался муж. — Оставь меня в покое.

— У тебя были деньги, о которых я не знала? Почему ты скрываешь от меня? Мы же договорились, Борис...

— Не было у меня никаких денег! Сколько можно повторять одно и то же? Не было.

Юлия Николаевна обиженно замолкала и уходила в спальню, однако уже через некоторое время обида отступала под натиском тревоги. Ведь как все просто, если разобраться: в доме есть деньги, их при желании можно найти, это несложно, но они не тронуты. И драгоценности есть, тоже все целы, лежат на своих местах. Так что же привлекло воров? Ответ очевиден: их интересовали совсем другие деньги, наверняка куда более значительные по сумме и сомнительные по происхождению. Более того, преступники знали, что эти деньги лежат отдельно, и знали, где именно. Какой отсюда вывод? У Бориса есть какие-то хитрые денежные дела, которые он ведет втайне от жены, и в этих делах есть, мягко говоря, хорошо информированные компаньоны, а грубо выражаясь —

сволочные сообщники. Этого еще не хватало в хорошо устроенной и устоявшейся жизни Юлии Николаевны! Мало ей нервотрепки в школьные годы, так теперь еще нужно из-за мужниных глупостей трястись от страха. Муж обманывает ее, это теперь яснее ясного.

Но не это самое плохое. Дело в другом. Тогда, много лет назад, она была совсем ребенком, и что бы ни натворил ее отец, ответственности за это не несла. Теперь другой разговор. Если вдруг окажется, что Борис нечист в своих денежных отношениях с государством, то вина падет и на нее. Кто поверит, что она ничего не знала и ни в чем не участвовала? Не зря же говорят: муж и жена — одна сатана. И если случится скандал, то и она, Юлия Николаевна Готовчиц, будет замарана. Она, пламенный борец за налоговую дисциплину, она, депутат Готовчиц, журналистка, сделавшая себе имя на разоблачениях нечистоплотных политиков. И прощай, репутация! Ну как же Борис этого не понимает? Ведь сколько раз говорила, просила, убеждала...

И Юлия Николаевна стала делать то, чего прежде никогда себе не позволяла. Когда муж разговаривал по телефону, она снимала трубку параллельного аппарата и слушала. Она рылась в его карманах и в ящиках письменного стола в кабинете. Она подслушивала под дверью, когда Борис Михайлович принимал посетителей. Конечно, все это были люди, приходившие на консультацию, но вдруг кто-то из них окажется из тех? Это было унизительно до отвращения, ни разу за тридцать шесть прожитых лет Юлия Готовчиц ничего подобного не делала, считая такие действия постыдными и недостойными уважающего себя человека. Но она хотела знать правду. А муж ей, что очевидно, правды не говорил.

* * *

Стало уже совсем тепло, в кабинете у Насти, на Петровке, окно было распахнуто настежь, и истошный визг тормозов заставил ее выглянуть на улицу. Нет, слава богу, не авария. Всего лишь Игорь Лесников, который яростно хлопнул дверцей сверкающего «БМВ» и влетел в здание. Не прошло и трех минут, как он ворвался к Насте.

— И все-таки я был прав! — почему-то торжествующе выдохнул он.

Настя подняла на него недоуменный взгляд.

— Тоже мне новость. Ты всегда прав. Что на этот раз?

— Помнишь, я тебе рассказывал про кражу у психоаналитика? Точнее, там был взлом, ничего не украдено.

— Помню, — кивнула она.

— И помнишь, я еще тогда тебе говорил, что мне этот психоаналитик чем-то не показался?

— Тоже помню. Что он натворил теперь?

— Пока не знаю. Зато мы имеем в наличии труп его жены. Не остыл еще.

— Красиво, — протянула Настя, откидываясь на спинку стула и расправляя плечи, затекшие от долгого сидения за столом над бумагами. — А почему эта радость досталась нам, а не округу?

— А потому, что супруга испуганного психоаналитика является депутатом Государственной Думы, ни больше и ни меньше. Вот так, любезная Анастасия. Жди теперь солнечных дней и массу приятной работы.

— Да ну тебя, — Настя расстроенно махнула рукой. — Депутатские убийства — не мой профиль. Мне бы что-нибудь про жизнь, про любовь, про застарелую вражду. Это я умею. А в политике я все равно не разбираюсь.

Лесников ехидно улыбнулся:

— Как говорил профессор, у которого я когда-то писал диплом: неграмотность — не аргумент. И не надейся, что Колобок тебя пощадит, принимая во внимание твою патологическую нелюбовь к политике и экономике.

— Да уж, — Настя обреченно вздохнула. — Выходит, можно говорить о том, что взлом был попыткой кражи не у психоаналитика, а у его жены. Кстати, как ее зовут-то?

— Юлия Николаевна Готовчиц.

— Это которая за налоговую дисциплину все время боролась?

— Ну вот, а говоришь, что газеты не читаешь. Врешь ты все, светлейшая, под дурочку работаешь.

— Но я их действительно не читаю. То есть читаю, конечно, но только то, что имеет отношение к криминалу. Зато Лешка смотрит по вечерам информационные программы, и мне приходится это слышать. Можешь мне поверить, я бы с гораздо большим удовольствием послушала «Трубадура» вместо «Вестей» и «Итогов». Но Чистяков мои вкусы в этой части не разделяет, как ни печально.

Это было правдой. Настин муж проявлял поистине чудеса терпимости и с пониманием относился ко многим ее слабостям и недостаткам, но в одном он был непреклонен: в восемь вечера «Вести», в девять «Время» и в десять часов «Сегодня» — это святое и неприкосновенное, а если супруга желает послушать классическую музыку, то пожалуйста, в любое свободное от информационных программ время.

Но шутки шутками, а взлом и вторжение в квартиру вкупе с последующим убийством хозяйки-парламентария ничего приятного не сулили. Искали скорее всего не деньги и ценности, а какие-то документы. Правильно говорил Настин отчим, много лет проработавший в уголовном розыске: во главе всего стоит борьба за информацию. И в одних случаях ее хотят добыть, а в других — уничтожить, вот, собственно, и весь расклад. Если не удалось найти и изъять документы, то после этого частенько просто избавляются от людей — носителей особо опасных знаний.

Заниматься борьбой за информацию Насте Каменской было интересно. Жаль только, что информация эта носит, судя по всему, характер политический. Но ничего не попишешь. Мало ей телевизионных денежных дел... Да, в последнее время ей везет все реже и реже, времена такие настали, что в основе преступлений все чаще оказываются мотивы и поводы, Насте совершенно неинтересные, а вот любви, ревности, мести и затаенной злобы становится все меньше.

Игорь Лесников ушел докладываться Гордееву, а через полчаса полковник вызвал к себе Настю.

— Хватит сиднем сидеть, — проворчал он, — поезжай вместе с Игорем к мужу потерпевшей. Конечно, он сейчас не в том состоянии, чтобы давать членораздельные показания, но время упускать нельзя. Сами понимаете, депутат Госдумы. Каждую минуту могут начаться звонки и всяческие требования. Двигайте, ребятки, не тяните.

— А... — начала было Настя, но Виктор Алексеевич не дал ей задать вопрос. Он слишком хорошо знал свою подчиненную.

— Не бойся, тебя в Думу не пошлю. Тебе там делать нечего. Слабовата ты для разговоров с нашими политиками. Думцами будет заниматься Коротков, его ничем не прошибешь. Сегодня поработаешь с Игорем, потом я переключу его на другую линию, а тебе оставлю мужа убитой, ее родственников и друзей.

— Спасибо, — благодарно кивнула Настя, в который уже раз возблагодарив судьбу за такого начальника.

Ну что ж, уже легче. Каждый раз, когда от руки преступников погибал кто-нибудь из видных деятелей и пресса поднимала по этому поводу страшный шум («Банкиров убивают!» «Министров отстреливают!» «Убирают неугодных журналистов!»), Насте ужасно хотелось, чтобы в результате оказалось, что преступление было совершено по сугубо личным мотивам. В конце концов, банкиры, министры и журналисты — точно такие же люди, как и все остальные, у них есть близкие, есть любимые, есть друзья, а стало быть, есть враги и есть те, кто ревнует. Есть какие-то денежные отношения, есть прошлое, из которого частенько выползают страшные полузабытые тени. Почему всех людей могут из-за этого убивать, а видных личностей — не могут. Никто и не покушается на прогрессивную деятельность честного министра, просто он садист и сволочь и довел любовницу до нервного срыва. Вот она и схватилась за нож...

Насте Каменской очень хотелось, чтобы убийство депутата Юлии Готовчиц оказалось именно таким, «бытовым». То есть самым обыкновенным.

\* \* \*

За годы работы в уголовном розыске ей довелось видеть множество людей, у которых погибли близкие. Все вели себя по-разному. Кто-то был в ступоре, словно окаменел, кто-то бился в истерике, некоторые держали себя в руках, как умели. Но такие, как Борис Михайлович Готовчиц, попадались Насте крайне редко. Положа руку на сердце, можно сказать, что и вовсе не попадались.

Борис Готовчиц был напуган. Причем напуган так сильно и так явно, что, казалось, даже не чувствовал боли утраты. Он ни минуты не сидел спокойно, постоянно меняя позу, хрустел пальцами, все время что-то вертел в руках, а взгляд его был обращен внутрь себя. Похоже, он даже плохо слышал своих собеседников.

— Борис Михайлович, тело вашей жены было обнаружено

на улице Островитянова. Вы не знаете, что она делала в этом районе?

— Нет. Я вообще не знаю, где это.

— Это на юге Москвы, рядом со станцией метро «Коньково». Там еще есть большой вещевой рынок.

— Не знаю. Может быть, что-то покупала на рынке...

— Среди ее вещей не было никаких покупок, только сумочка. На этой улице не живут ваши знакомые или родственники?

— Я же сказал, не знаю. Ну сколько можно, в самом-то деле!

— Столько, сколько нужно, — неожиданно жестко произнес Лесников.

Настя кинула на него укоризненный взгляд. Разве так можно? У человека жену убили, естественно, что у него реакция не вполне адекватная. Когда человек в таком состоянии, ему нужно прощать и хамство, и грубость, и глупость, и забывчивость. Однако Готовчиц даже не заметил резкости оперативника, настолько он был погружен в себя.

— Расскажите, пожалуйста, как можно подробнее о вчерашнем дне. Где были, что делали вы и Юлия Николаевна? Куда ходили, кто вам звонил, о чем вы разговаривали?

— Все, как обычно. Встали в половине восьмого, как и каждый день. Завтракали. Разговаривали... О чем-то... Сейчас уже точно не помню. Ничего особенного. В десять я начал прием, а Юля в своей комнате работала, готовила материалы для выступления в Думе. Потом обедали, часа в два примерно. В четыре ко мне снова пришли на консультацию. Когда пациентка уходила, Юли уже не было дома. Больше я ее не видел. Вот...

Готовчиц снова захрустел пальцами и отвернулся.

— Во время утреннего приема вам кто-нибудь звонил? — спросила Настя.

— Не знаю. В моем кабинете есть телефон, но, когда я работаю с пациентом, я его обязательно отключаю. Вы должны это понимать.

— Да-да, конечно, — торопливо согласилась она. — А другой аппарат?

— В спальне и на кухне. Но, когда я веду прием, Юля устанавливает минимальную громкость звонка, чтобы в кабинет не доносилось ни звука. Она даже по квартире ходит на цыпочках. Во время беседы должны существовать только я и пациент. Двое во всем мире. Понимаете? Ощущение, что рядом есть кто-то третий, очень мешает. Никаких посторонних шумов быть не должно.

— Значит, вы не знаете, звонил ли кто-нибудь вам или вашей жене с десяти до двух?

— Мне кто-то звонил... Я уже не помню. Юля всегда записывала, что передать, и после приема мне все рассказывала.

— Значит, вчера во время обеда она вам доложила, кто вам звонил, — уточнил Игорь.

— Да, конечно.

— А о том, кто звонил лично ей, она не говорила?

— Я не помню. Может быть... Я не очень вслушивался.

— Почему?

Вопрос был самым обычным, но психоаналитик на него не ответил, только неопределенно пожал плечами.

— Во время обеда Юлия Николаевна делилась с вами своими планами на вторую половину дня?

— Нет... Кажется... Я не вслушивался.

— Вы были чем-то озабочены, встревожены?

— Я? Нет. С чего вы взяли?

— Значит, для вас является обычным, когда вы не слушаете, что говорит ваша жена?

Это было, конечно, хамством со стороны Лесникова, но прояснить ситуацию все-таки надо. Может быть, в этой семье не все ладно? И убийство депутата Госдумы является не политическим, а самым что ни есть бытовым?

Готовчиц перевел на Лесникова взгляд, который вдруг стал осмысленным и острым.

— Не хотел бы думать, что вы пытаетесь на что-то намекать. Мы с вами, Игорь Валентинович, уже встречались, когда воры взломали дверь в мою квартиру. Надеюсь, вы помните об этом. Естественно, что сам факт взлома не давал мне покоя, хотя ничего и не пропало. И я был этим весьма озабочен.

Сейчас перед Настей сидел совсем другой человек, собранный, серьезный. Надо же, он даже вспомнил, как Лесникова зовут, хотя Настя точно знала, что в этот раз Игорь своего имени-отчества ему не называл. Просто «капитан Лесников». А она — «майор Каменская».

— Скажите, а ваша жена тоже переживала по поводу взлома? — спросила Настя.

— Да.

Сказано это было твердо, но почему-то показалось неубедительным.

— В квартире есть бумаги или документы, принадлежащие Юлии Николаевне?

— Разумеется.

— Прошу вас их показать.

Готовчиц резко поднялся с кресла, в котором сидел. Только теперь Настя обратила внимание на его внешность: красивый рослый мужчина, слегка за сорок, густые, хорошо постриженные волосы, крупные черты лица. Но нервозность отчего-то делала его маленьким и суетливым. Более того, Насте приходилось делать над собой усилие, чтобы не видеть его плешивым. «Вот ведь чудеса, — усмехнулась она про себя. — Иной актер полжизни отдал бы за то, чтобы уметь собственным усилием создавать внешний образ, не имеющий ничего общего с реальной действительностью. Надо же, как внутреннее состояние может влиять на восприятие внешности! Никогда не поверила бы, если бы своими глазами не увидела».

— Принести сюда или вы посмотрите на месте?

— Посмотрим на месте, там, где они находятся, — ответил Игорь.

Бумаги покойной находились в гостиной, в секциях мебельной стенки. Готовчиц молча вытащил их и положил на диван.

— Пожалуйста, знакомьтесь.

— А где Юлия Николаевна обычно работала, когда находилась дома? — спросил Игорь.

— Когда как. Если я вел прием, то в спальне, подальше от кабинета, я вам уже объяснял...

— Да-да, — торопливо кивнул Лесников. — А в другое время?

— Здесь, в гостиной, или на кухне.

— Значит, в спальне и кухне тоже могут быть бумаги?

— Наверное. Посмотреть?

— Будьте любезны.

Борис Михайлович вышел, оставив их одних.

— Ты что, собираешься все это смотреть прямо здесь? — недоверчиво спросил Лесников.

— Нет, конечно, заберем с собой. Но первичный просмотр надо бы сделать в присутствии хозяина. Может быть, понадобятся какие-то пояснения. Зачем же его потом дергать по телефону каждые пять минут.

— С ума сошла! — выдохнул он. — Здесь же работы на два дня.

— Не преувеличивай, — Настя поморщилась и взяла в руки тонкую пластиковую папочку. — Сейчас быстро рассортируем в первом приближении и поедем. Или ты торопишься?

— У меня ребенок болеет, жена совсем замучилась, несколько ночей не спала. Просила, чтобы я хоть раз пришел пораньше и дал ей отдохнуть.

— Так иди. Я сама справлюсь. Правда, Игорек, поезжай, будем надеяться, что уважаемый психоаналитик меня не съест.

— А вдруг это он жену... А? Не боишься оставаться один на один с убийцей?

— Да ну тебя! — фыркнула Настя. — Во-первых, я через это уже проходила много раз и пока цела. А во-вторых, если убийца — он, то почти наверняка не из-за того, что содержится в этих бумагах. Поэтому, пока я копаюсь в документах жены, я для него не опасна, потому что отрабатываю неправильную версию. И он мне в этом деле будет первым другом и верным помощником.

Лесников взглянул на часы:

— Половина восьмого. Но ты точно не обидишься, если я поеду?

— Да точно, точно. Поезжай. Завтра увидимся.

Из кухни доносился звук передвигаемых стульев, хлопали дверцы навесных шкафов.

— Пойди взгляни, чего он там копается, — шепотом попросила Настя.

Игорь быстро выскользнул из комнаты. В самом деле, нельзя было оставлять хозяина одного. Как знать, все ли бумаги убитой жены он собирается предоставить работникам уголовного розыска? А может, захочет что-то утаить?

Раздался грохот падающего стула, и Настя испуганно выскочила на кухню. На полу валялись папки, отдельные листы и опрокинутая табуретка, а хозяин квартиры молча стоял, опустив руки, и, казалось, не понимал, что происходит.

— Я вам помогу, — Настя наклонилась и принялась собирать бумаги. — Иди, Игорь, мы сами справимся.

Борис Михайлович опустился на колени рядом с ней, но ни одной бумажки с пола не поднял, просто наблюдал за Настей, ожидая, пока она все соберет. И даже не вздрогнул, когда за Лесниковым захлопнулась дверь.

— Простите меня, Борис Михайлович, я понимаю, что мои расспросы кажутся вам сейчас неуместными. И вообще мое присутствие вас тяготит. Но нам надо раскрывать преступление, и вам, к сожалению, придется терпеть наше вмешательство в вашу жизнь еще какое-то время, — как можно мягче сказала она.

— Какое именно? — спросил Готовчиц.

— Хотелось бы надеяться, что недолгое. Но тут трудно прогнозировать. Как повезет.

Он медленно поднялся с колен, поставил на место опрокинутую табуретку и сел.

— Давайте поговорим здесь. Не возражаете?

— Давайте. Сделать вам чаю? — предложила Настя.

— Да, спасибо.

Она включила электрический чайник и огляделась. Кухня была красивой, просторной, со встроенной мебелью, идеально подогнанной под размер стен. Открывая дверцу шкафа, чтобы достать чай и сахар, Настя машинально отметила, что это не цельное дерево, а шпон. Иными словами, мебель добротная, но не из самых дорогих. Тысяч за шесть-семь долларов. Из цельного дерева вышло бы куда дороже, тысяч под двадцать, если не больше. В семье царит достаток, но без шика и излишеств.

— Борис Михайлович, я могла бы объяснить ваше состояние свалившимся на вас горем. Но мне кажется, что есть что-то еще. Я ошибаюсь?

Готовчиц поднял на нее тусклый взгляд, снова обращенный внутрь себя, потом с трудом шевельнул губами:

— Нет, вы не ошибаетесь. Но, если я скажу вам, что меня тревожит, вы, вероятно, сочтете меня сумасшедшим. Мне бы этого не хотелось.

— И все-таки...

— Вы настаиваете?

— Да, я настаиваю, — твердо сказала Настя.

— Мне кажется, что я схожу с ума.

Он сделал паузу, вероятно, ожидая ответной реплики. И, не дождавшись, повторил:

— Мне кажется, что я схожу с ума.

— Почему вам так кажется?

— У меня появилась мания преследования. Это признак тяжкого расстройства.

— Давайте попроще, ладно? В чем выражается ваше расстройство?

— Мне кажется, что за мной следят. Мне кажется, что в мое отсутствие в квартиру приходят посторонние и роются в вещах и бумагах. Я умом понимаю, что этого не может быть, но постоянно нахожу всевозможные подтверждения этому. Не зря, вероятно, говорят, что человек, все время имеющий дело с психическими расстройствами, рано или поздно сам становится похож на своих пациентов. Вот и со мной это произошло.

«Прелестно, — с ужасом подумала Настя. — Сейчас выяснится, что он страдает психическим заболеванием и вполне мог убить любимую супругу в состоянии острого психоза. А я, идиотка, отпустила Игоря и осталась с ним один на один. Ну, Каменская, ты даешь! Ничему жизнь тебя не учит».

— Начнем по порядку, — как можно хладнокровнее сказала она. — Откуда появилось ощущение, что за вами следят?

— Я замечаю одних и тех же людей рядом с собой. В разных местах, в разных концах города.

— Разных людей или одного и того же человека?

— Разных. По крайней мере троих. Пожалуй, даже четверых.

— Уверены, что не ошибаетесь? Не обознались? Похожих людей очень много, уверяю вас.

— У меня прекрасная память на лица. Я отчетливо вижу, что одежда другая, а лицо то же самое.

— Борис Михайлович, но ведь это совершенно объяснимая вещь. Вспомните, вас недавно пытались обокрасть. Вы утверждаете, что ничего не пропало. Это означает, что преступники не нашли то, что искали. Просто не успели в намеченное время, и им пришлось скрыться. А коль не нашли, стало быть, будут продолжать попытки. Поэтому вполне естественно, что они следят за вами, чтобы точно знать, когда квартира будет пустой, чтобы предпринять еще один заход. Вас устраивает такое объяснение?

Готовчиц посмотрел на нее более осмысленно, во всяком случае, глаза его уже не были такими тусклыми, как несколько минут назад.

— Значит, вы считаете, что за мной действительно могут следить?

— Конечно. Это более чем реально.

— Вы хотите сказать, что это не бред? Не мания?

— Думаю, нет, — соврала Настя, хотя вовсе не была в этом уверена. — И если вас устраивает мое объяснение, то нам придется вернуться к вопросу о краже. Что искали преступники в вашей квартире?

— Но я уже говорил Игорю Валентиновичу, я не знаю. Ума не приложу.

— Вы абсолютно уверены в том, что ничего не пропало?

— Абсолютно.

Готовчиц стал раздражаться, и Насте на мгновение стало по-настоящему страшно. Что, если он на самом деле сумасшедший? Сейчас как разозлится, да и ткнет ее ножичком для разделки мяса, благо он совсем близко висит, рукой дотянуться можно. Нет, не нужно рисковать.

— У Юлии Николаевны были враги? — свернула она в другую сторону.

— Враги? — переспросил Борис Михайлович.

— Ну да. Завистники, недоброжелатели или просто обиженные ею люди. Люди, которые могли желать ей зла.

— Она журналистка... Вы должны понимать, что у любого журналиста обязательно есть враги. Хотя бы те, о ком он писал нелицеприятные вещи. У Юли было острое перо и язвительный стиль, полагаю, она многих обидела. Неужели ее из-за этого убили? Я как-то не верил, что журналистов могут убивать за то, что они публикуют.

— Журналисты такие же люди, как мы с вами, их могут убить за что угодно, совсем не обязательно за то, что они пишут. Но ваша жена была еще и депутатом. Она не рассказывала вам о каких-нибудь конфликтах в депутатской среде?

— Да нет... Впрочем, я не особенно вникал. Но если бы ситуация была достаточно серьезной, я бы запомнил. Юля, видите ли... она... очень вязкая, если вам понятно, что я имею в виду. Застревает на всем подолгу, повторяет одно и то же по многу раз. Чем серьезнее ситуация, тем чаще она о ней рассказывает... рассказывала... Да... простите...

Он на секунду зажмурился, потом снова открыл глаза.

— Одним словом, я бы запомнил.

— Хорошо, тогда помогите мне, пожалуйста, рассортировать ее бумаги. Не буду больше терзать вас разговорами, вы, наверное, все это уже рассказывали сегодня следователю.

— Нет, со следователем я не разговаривал.

— Вот как? — удивилась Настя.

— Да, он попросил меня приехать завтра. Знаете, мы с ним встретились в морге на опознании, он спросил, когда и куда вчера ушла Юля и где я сам был вечером. Наверное, я очень плохо выглядел, потому что он сжалился надо мной и сказал, что допросит меня завтра.

Настя про себя усмехнулась. Следователь Гмыря был хорошим мужиком, но состраданием к потерпевшим обычно не отличался. Просто он был многодетным отцом, своих четверых детишек обожал и собственные семейные интересы всегда ставил выше служебных. Он даже в свое время из уголовного розыска ушел на следственную работу, потому что не хотел рисковать и оставлять (тьфу-тьфу, не сглазить) жену вдовой, а детей сиротами. Правда, в нынешнее веселенькое время работа следователя не менее опасна, чем работа сыщика, но Гмыре отчего-то казалось, что так будет спокойнее. Наверное, торопился к детям, домой или на родительское собрание в школу, потому и отпустил мужа убитой после самой поверхностной беседы, хотя и не полагалось бы так поступать.

В течение часа она с помощью Бориса Михайловича рассортировала бумаги покойной, разделив их условно на «личные», «семейные», «журналистские» и «депутатские», после чего ушла, оставив Готовчица наедине со своим горем.

«Странно, — думала она, трясясь в набитом поезде метро, — я так долго пробыла в квартире, и за все это время не раздалось ни одного телефонного звонка. Ни друзей и родственников с утешением и сочувствием, ни пациентов. Вообще никого. Так не бывает. Неужели семья была настолько нелюдимой? Да нет, не похоже. Разве что Борис Михайлович предусмотрительно отключил телефон, чтобы не мешали».

Подходя к своему дому, Настя поймала себя на трусливой мысли: хорошо бы, чтобы Лешки не было. Поймала — и ужаснулась. Неужели ее решение два года назад вступить в брак было ошибкой? Неужели прошло всего два года, и она поняла, что никакой муж ей не нужен, даже такой чудесный, как Алексей? Нет, нет, долой такие мысли, они не имеют права приходить в ее голову. Лешка самый лучший, самый умный, самый терпеливый, самый добрый и внимательный.

Ей казалось, что она убедила себя, однако, открыв дверь квартиры и увидев свет, ощутила укол разочарования. Муж дома. И с ним придется общаться. Самой что-то рассказывать, слушать его, отвечать на вопросы... А может быть, все дело в том, что ей вообще никто не нужен? И какая разница, хороший Леша или плохой. Ни хороший и ни плохой, он ей все равно не нужен.

«Бред, — одернула себя Настя, — полный бред. Как это мне Лешка не нужен? Просто я устала, я вымоталась за последние месяцы так, как никогда прежде, и больше всего на свете мне хочется тишины и одиночества, вот и все. Но это же пройдет, это обязательно пройдет, нужно только набраться терпения и постараться никого не обижать. И уж тем более Лешку. Он вообще святой, потому что терпит меня вместе со всеми моими выходками и выкрутасами уже двадцать лет. В школе-то я еще ничего была, а с возрастом характер стал портиться, да и работа моя к душевности и мягкости не располагает. А Лешка все это сносит безропотно. Да ему памятник ставить надо!»

Во время этого молчаливого монолога она успела расшнуровать кроссовки и вдруг сообразила, что муж не вышел в прихожую ей навстречу, как это бывало всегда. И вообще ни из комнаты, ни из кухни не доносилось ни звука. И ужином почему-то не пахло. Может быть, ей все-таки повезло и Алексей остался в Жуковском, у родителей? Да, но свет-то горит...

Быстро сунув ноги в уютные мягкие тапочки, Настя заглянула на кухню, потом в комнату. Господи, как все просто! Лешка спал на диване, с головой завернувшись в теплый клетчатый плед. «Вот и хорошо, — с облегчением подумала она, — можно еще какое-то время побыть в одиночестве и помолчать».

Осторожно притворив дверь комнаты, она на цыпочках прошла в кухню и заглянула в холодильник в надежде найти что-нибудь пригодное для ужина. Надежды, однако, не оправдались. Продуктов, правда, было много, но все нужно готовить. А готовить, естественно, не хотелось. Ладно, обойдемся кофе с печеньем. И вкусно, и сытно, и хлопот никаких. Достать чистую чашку, печенье и банку с растворимым кофе

«Капитан Колумб» — и можно дольше не вставать с места, благо электрический чайник стоит прямо на столе.

Минут двадцать Насте удалось провести в благостной тишине, а потом отчаянно зазвонил телефон. Спохватившись, что аппарат остался в комнате рядом со спящим мужем, и кляня себя последними словами, она ринулась снимать трубку. Но было поздно. Алексей проснулся и заворочался под пледом.

— Анастасия Павловна? — послышался в трубке смутно знакомый голос.

— Да, я вас слушаю.

— Это Готовчиц.

Ну конечно, Готовчиц. Теперь она отчетливо вспомнила его голос и манеру говорить.

— Вы просили немедленно сообщить, если кто-нибудь будет звонить Юле...

— Да-да. И кто звонил?

— Какой-то Дмитрий. Фамилию не назвал.

— Вы сказали ему, что ваша жена... — Настя замялась.

— Нет, вы же предупреждали. Я спросил, что передать. Он оставил свой телефон и сказал, что будет ждать Юлиного звонка.

— Кто он такой, не знаете?

— Нет.

— И имени этого от Юлии Николаевны не слышали?

— Нет, — повторил Борис Михайлович.

Настя записала имя и номер телефона, которые продиктовал ей Готовчиц. Где-то она уже видела этот номер... Давно, это точно, но видела. И даже звонила по нему. Память на цифры у Анастасии Каменской была отменная.

— Давно пришла? — сонно спросил Алексей.

— Только что, — быстро соврала она.

— Не ври, я же чувствую, как твой «Колумб» пахнет. Ты уже и кофе выпить успела. Почему не разбудила?

— Жалко было, ты так сладко спал.

— Я, между прочим, не ужинал, тебя ждал, специально лег спать, чтобы спастись от голода. А ты и рада мужа уморить.

Насте стало стыдно. Все-таки она неисправимая эгоистка! Думает только о том, как бы избежать разговоров и побыть в тишине и одиночестве, а Лешка ждет ее голодный.

Но чувство стыда быстро заглохло под натиском любопытства. Кто такой этот Дмитрий с таким знакомым номером телефона? Она должна вспомнить, должна. Конечно, завтра утром она придет на работу и в течение десяти минут выяснит, чей это телефон, но до утра еще так долго, а узнать поскорее так хочется... Можно, правда, набрать номер и поговорить с абонентом, но есть опасность все испортить.

Она поплелась следом за мужем на кухню, повторяя мысленно семь цифр и имя: Дмитрий. Нет, определенно, она звонила по этому номеру. Несколько лет назад. Вспомнить бы, при каких обстоятельствах...

— Что ты делаешь? — вывел ее из задумчивости испуганный окрик Алексея.

— А что?

Она недоуменно посмотрела на свои руки и обнаружила, что пытается очистить огурец для салата при помощи черенка столовой ложки.

— Извини, — пробормотала она виновато, — задумалась.

— Сядь на место, пожалуйста, — сердито сказал муж, — и не наноси урон хозяйству. Толку-то от тебя...

В течение нескольких минут тишину в кухне нарушал только стук ножа: Алексей быстро резал огурцы и зелень. Настя попыталась было снова сосредоточиться на знакомом номере телефона, но муж опять прервал этот сладостный процесс самопогружения.

— Ася, что с тобой происходит? — спросил он, не оборачиваясь.

— Ничего, солнышко, я же сказала: просто задумалась.

— Может быть, ты наконец перестанешь делать из меня идиота?

В его голосе так явственно зазвучал холод, что Настя невольно поежилась. Господи, ну что еще? Чем она на этот раз провинилась?

«Мне не нужно было выходить замуж, — обреченно подумала она в очередной раз. — Ни за Лешку, ни за кого бы то ни было вообще. Я не создана для совместного проживания с другим человеком».

— Я уезжал всего на каких-то неполных три месяца, — продолжал Алексей, — а когда вернулся, застал вместо тебя совершенно другого человека. Прошло три недели с момента моего возвращения, и за все эти три недели я ни разу не увидел рядом с собой женщину, которую двадцать лет любил и знал как самого себя. Ты стала другой и не соизволила удостоить меня никакими объяснениями. Сейчас я хочу услышать от тебя вразумительный ответ: что происходит?

— Ничего, — она пожала плечами и потянулась за сигаретой.

— Ты встретила другого мужчину, которого смогла полюбить сама?

— Что значит сама? — попыталась отшутиться Настя. — Разве любить тебя мне кто-то помогает?

— Не нужно так, Ася.

Он помолчал, сосредоточенно очищая дольки чеснока и разрезая их пополам перед тем, как засунуть в «давилку».

— Я прекрасно понимаю, что из нас двоих целую я, а ты лишь подставляешь щеку. Много лет я с этим мирился, но каждый день ждал, что найдется человек, которого ты будешь целовать сама. Так что, дорогая моя, это случилось?

— Ты с ума сошел!

Она расхохоталась, несмотря на то, что поводов смеяться вообще-то не было, да и настроения, надо признаться, тоже.

— Лешка, это тебя в твоей Америке так испортили? Что за бредовые мысли в твоей голове? Ты всегда будешь для меня лучше всех на свете, и не делай, пожалуйста, вид, будто ты этого не знаешь.

— Ну, вероятно, чем-то я все-таки нехорош, коль ты не считаешь нужным делиться со мной своими проблемами.

— Леша, но мы сотни раз это обсуждали, — в отчаянии сказала Настя. — Незачем тебе вникать в мои проблемы, они носят сугубо служебный характер, и помочь в их разрешении ты все равно не можешь, как бы ни старался.

— Ты врешь.

Он произнес это абсолютно спокойно, по-прежнему стоя к ней спиной и занимаясь салатом, одновременно следя, чтобы мясо на сковороде не пригорело. Настя замерла, как кролик перед удавом, с ужасом ожидая продолжения. Но его не последовало. Алексей высказал свою точку зрения и замолк, по-видимому, не желая ничего из нее вытягивать, ловить на слове и доказывать, почему она врет. Пауза затягивалась, и с каждой секундой Настя все острее ощущала необратимость происходящего. Надо было отвечать сразу, и каждое мгновение, проведенное в молчании, делало все дальнейшие слова все более и более бессмысленными. Нужно что-то сказать, но слов не было, и желания говорить не было. Была только огромная усталость и стремление побыть в одиночестве, чтобы не нужно было ни с кем разговаривать. Никому ничего не объяснять. Не отвечать ни на какие вопросы. Никого не видеть. Просто закрыть глаза, посмотреть внутрь себя и подумать. Наверное, так устроены далеко не все, чаще всего люди любят общаться и обсуждать с близкими, а то и с не очень близкими, свои проблемы, делиться тревогами и надеждами, спрашивать совета. Но она, Настя Каменская, устроена по-другому. В последнее время она все чаще ловит себя на мысли, что ей вообще никто не нужен. Ни мама, ни отчим, ни муж, ни коллеги по работе. То есть коллеги, конечно, нужны, но именно для того, чтобы вместе делать дело, а больше ни для чего. Ни для душеспасительных бесед, ни для сплетен, ни для хныканья в жилетку.

Господи, как долго она молчит! Лешка, наверное, думает, что она испугалась его обвинений во лжи и судорожно сочиняет какие-то оправдания. Слишком много времени прошло после его последней фразы, теперь что бы она ни сказала — все покажется ему надуманным, фальшивым. Враньем, одним словом. К тому же наспех состряпанным. «А может, не нужно прерывать паузу? — подумала Настя трусливо. — Леша обиделся, теперь будет молчать по крайней мере до утра. Что, собственно говоря, и требовалось. И пусть думает, что хочет. Я-то точно знаю, что ни в чем перед ним не провинилась и никакого нового мужика не завела, так что оправдываться мне не в чем. Разве я смогу объяснить ему, что со мной происходит? Разве смогу рассказать, на сколько десятков лет постарела, пока жила с мыслью, что мой отчим — преступник? Но, если не рассказать ему обо всем, что произошло, пока он был в Штатах, он никогда не сможет понять, почему мне так хочется тишины и одиночества. Кто это написал: «Тишины хочу, тишины... Нервы, что ли, обожжены?» Кажется, Евтушенко. У меня внутри все сгорело. Все силы ушли на то, чтобы смириться с предательством отчима и не умереть от ужаса, боли и горя. А унижение, которое я перенесла, умоляя Заточного взять меня к себе на работу? Больше меня уже ни на что не хватает. А Лешка, глупый, думает про каких-то чужих мужиков...»

Она вскочила и крепко обняла мужа, прижавшись щекой к его спине.

— Осторожно, у меня острый нож, — недовольно произнес Алексей. — Я порежусь, если ты будешь меня толкать.

— Леш, ты лучше всех на свете! — искренне сказала Настя. — Без тебя я бы ни одно преступление не раскрыла.

— Да ну?

Чистяков обернулся и посмотрел на нее, скептически приподняв брови.

— Что за очередная выдумка? Пытаешься ускользнуть от разговора?

— Никогда. Я тебя обожаю.

Она чмокнула его в щеку и ушла в комнату, где стоял телефон. Она вспомнила, кому принадлежал телефонный номер, который продиктовал ей Борис Михайлович Готовчиц.

## Глава 3

Они не встречались почти пять лет. За это время Дмитрий Захаров слегка погрузнел, а виски стали совсем седыми. Но глаза оставались по-прежнему хитрыми и лукавыми, словно он постоянно хотел напомнить собеседнику о чем-то таком... пикантном. Известном только им двоим. Насте от этого взгляда делалось не по себе, хотя она точно знала, что так Димка смотрит на всех, а не только на нее.

— Значит, ты по-прежнему в сыскном агентстве?

— В охранном, — поправил Захаров. — Именно поэтому мне и пришлось отказать милейшей Юлии Николаевне. Я объяснил ей, что могу только организовать личную круглосуточную охрану ее мужа либо охрану квартиры, а слежкой мы не занимаемся, это не наш профиль.

— Она говорила тебе, почему хочет следить за собственным супругом? — поинтересовалась Настя.

— Нет. Она с ходу начала выяснять, можем ли мы установить постоянное наблюдение за ним и его связями, а я точно так же с ходу ее прервал и посоветовал обратиться в другую фирму. Дал ей несколько телефонов и сказал, что, если ее эти фирмы не устроят, могу помочь подыскать другие варианты. Вот, собственно, и все.

— А зачем ты ей вчера звонил?

— Хотел предложить услуги своего приятеля. Мы с ним когда-то вместе в отделении работали, потом потеряли друг друга из виду, а на днях он вдруг объявился, и оказалось, что он открыл агентство, как раз и специализирующееся на слежке за неверными супругами. Только-только начал, и ему нужна клиентура. Вот я и подумал, что если Юлия Николаевна еще никого не нашла, то я их солью в сыщицком экстазе. Слушай, а когда ее убили-то?

— Позавчера. Дим, будь другом, принеси мне еще кофе, — попросила Настя, — а то я никак не проснусь.

— Ничего себе! — Захаров присвистнул и посмотрел на часы. — Время — половина одиннадцатого.

— Ой, Дима, для меня это все равно что пять утра. Я до трех часов дня вообще не человек, а полусонная особь непонятного пола. Зато после часа ночи самая жизнь начинается. Надо спать, а голова пашет как заведенная, мысли всякие рождаются, придумки придумываются, даже что-то вроде охотничьего азарта во мне просыпается.

— Ну, положим, я и так знаю, что именно в тебе иногда просыпается в пять утра, — весело подмигнул он, вставая, чтобы принести Насте еще одну чашку кофе.

Они сидели в тихом уютном китайском кафе на Красной Пресне. В этот час Настя и Дмитрий Захаров были здесь единственными посетителями, остальные пять столиков пустовали, и стулья вокруг них отчего-то казались сиротливыми. Зато и оглушительной музыки, типичной для таких заведений, не было, и это радовало Настю больше всего.

— Пей, кофеманка, — Дима поставил перед ней уже третью за время их разговора чашку кофе и уселся напротив.

Настя не спеша размешала сахар, отложила ложечку и погладила Захарова по руке.

— Димочка, я не люблю прозрачных намеков на свое нецеломудренное прошлое, поэтому давай договоримся раз и навсегда: этого не было. И это не предмет для обсуждений. Хорошо?

— Как это не было, когда было, и я это прекрасно помню, — рассмеялся он, накрывая Настину ладонь другой рукой.

— Это было не со мной. Я прошу тебя, Дима... Пожалуйста. Ты просто подловил момент, когда меня можно было затащить в постель.

— Я не понимаю, — очень серьезно сказал Захаров. — Тебе что, неприятно об этом вспоминать? Ты стыдишься того, что произошло? Жалеешь об этом?

— Не жалею и не стыжусь. Это было прекрасно. Но именно было. БЫЛО. И больше не будет. Поэтому нет смысла вообще говорить об этом.

— Забавная ты, Настюха, — усмехнулся он. — По-прежнему не замужем?

— Увы, — она шутливо вздохнула и отняла руку. — Сломалась. В мае будет два года, как я стала замужней дамой.

— И, конечно, хранишь верность супругу?

— Конечно, — Настя весело улыбнулась. — Но он, к счастью, в этом сомневается.

— Не понял, — протянул Дмитрий. — Почему «к счастью»?

— Потому что он вчера устроил мне сцену ревности, заподозрив в измене, и только благодаря этому мне удалось вспомнить, что по номеру телефона, который продиктовал мне Готовчиц, я звонила когда-то именно тебе. Сидела и перебирала в голове: может, я действительно давала Лешке повод для ревности? Вот и про тебя вспомнила. Ладно, Димуля, вернемся к покойной Юлии Николаевне. Какое впечатление она на тебя произвела?

— Сильная дамочка, с характером.

— Ты хочешь сказать, с норовом? — уточнила она.

— Да нет, я бы так не сказал. Именно с характером. Сильная, волевая, умеет смотреть в глаза неприятностям и не прятаться от них. Мне даже показалось, что она как бы ищет негативную информацию.

— А поточнее? — насторожилась Настя.

— Ну вот... — Захаров на мгновение задумался. — Есть люди, которые ни за что не верят в плохое, даже если это плохое происходит на их глазах. Они придумывают сто пятьдесят объяснений и оправданий, прячут голову в песок. Самый типичный пример — матери наркоманов. Парень ходит бледный, синюшный, аппетита нет, голова кружится, на глазах худеет, а она вместо того, чтобы насторожиться, уговаривает себя, что он, бедненький, в институте надрывается, учебой себя изводит. Из дома деньги и вещи пропадают, потому как парню же нужно на что-то раскумариваться, а она готова признать себя рассеянной растеряхой, только бы не думать о том, что сын деньги ворует. А есть другая категория людей, которые за любым безобидным фактом видят страшную опасность и моментально верят в то, что случилось самое плохое. Так вот покойница была как раз из таких. Что-то такое она за своим муженьком заподозрила и тут же кинулась собирать информацию.

— И к кому ты ее направил?

Захаров назвал три частные сыскные конторы, которые порекомендовал некоторое время назад Юлии Николаевне Готовчиц.

— У тебя там приятели? — спросила Настя, быстро записывая сведения в блокнот.

— Знакомые.

— Протекцию не составишь?

— Зачем тебе моя протекция? Они нормальные ребята, не кусаются.

— Ну конечно, а то я не знаю, — фыркнула Настя. — Мы все нормальные, пока нам вопросов не задают. А как до дела доходит, так сразу начинаются проблемы с памятью. Димуля, съезди к ним вместе со мной, а?

— А что мне за это будет? — лукаво прищурился Дмитрий.

— Что попросишь, — неосмотрительно пообещала она.

— И попрошу. Дашь?

— Димка! Мы же договорились.

— Ты сама сказала: что попросишь. Я и попросил. А что, нельзя?

— Прекрати, — сказала она сердито. — Это не обсуждается.

— Почему? Давай обсудим. Нам было очень хорошо, я это отчетливо помню. Не понимаю твоего упрямства.

Настя вздохнула, сделала очередной глоток кофе, вытащила сигареты. Она не очень хорошо представляла, как правильно вести себя в такой ситуации. Мужчины никогда не домогались ее, и в запасе не оказалось выработанных и оправдавших себя приемов вежливого и не оскорбительного отказа.

— Дима, зачем тебе это нужно? Внесешь в реестр и поздравишь себя с очередной партнершей? Никогда не поверю, что ты искренне этого хочешь.

Он внимательно посмотрел на нее, потом улыбнулся.

— Ты очень красивая.

— С ума сошел! Да на меня без слез не взглянешь. Ни кожи, ни рожи. Не валяй дурака.

— Глупая. Кому нужна твоя рожа вместе с кожей? Я же помню, какие у тебя ноги, да и все остальное — высший класс. Я вижу, ты по-прежнему все свои достоинства успешно прячешь, ходишь в джинсах и свободных свитерах. Кого другого ты этим, может, и обманешь, но не меня. Я-то тебя видел.

— Ну и что из этого? Ты хочешь уложить меня в постель, потому что у меня ноги красивые?

— И грудь тоже. И вообще ты замечательная любовница. Поэтому, что бы ты ни говорила, я буду предпринимать все новые и новые попытки, пока не добьюсь своего. Предупреждаю честно, чтобы потом ты не ныла. Да не смотри ты на меня с таким ужасом! Я пошутил. Если ты хочешь, чтобы мы закрыли тему — так тому и быть.

— Меня от твоих шуток в дрожь бросает, — пробормотала Настя.

— Не в дрожь, а в краску, — уточнил он. — Не сердись, Настюха, это у меня юмор такой. И манеры плохие. Просто если женщина мне нравится, я никогда этого не скрываю. Ты хочешь ехать прямо сейчас?

— Да, если ты можешь.

Она была благодарна Захарову за резкую смену темы. Не умеет она поддерживать такие скользкие разговоры. Нет, не совсем так... Если бы она сейчас играла, притворялась роковой женщиной, предварительно одевшись соответствующим образом и сделав тщательный макияж, то вполне могла бы провести беседу на высоком, как говорится, уровне, быстро найти изящные и не обидные ответы и даже заставить собеседника смутиться. Но тогда это была бы уже не она, а та женщина, которую она изображает. А сама она, Настя Каменская, совершенно не привыкла к тому, что мужчины проявляют к ней интерес. Ну в самом деле, какой может быть интерес у нормального мужика к бесполому существу в бесформенном свитере, джинсах и кроссовках, с бесцветными бровями и ресницами, бледным лицом и бескровными губами. От отсутствия мужского интереса к себе она не страдала, ибо внимание это было ей не нужно. Просто не интересно. У нее был Лешка, сначала верный друг-одноклассник, потом такой же верный друг-любовник, а в последние два года — не менее верный муж. У нее в юности были романы, и даже страстные, которые Лешка мужественно переживал втихомолку, но романы эти не были для Насти тем главным, что полностью захватывает ум и сердце и подчиняет себе всю ее жизнь. Самым интересным для нее были логические задачи, которые она с упоением решала. Каждое новое преступление — новая задача, и работа над ней — радость, и найденное наконец верное решение — счастье. А все остальное казалось ей второстепенным и не таким уж важным. Ведь если вспомнить тот эпизод с Димкой Захаровым, то он имел место только потому, что она решила очередную задачу. Полночи крутилась на диване, перекладывала плитки мозаики то так, то эдак, и когда вдруг нашла единственно правильный расклад, при котором из этих плиток сложилась ясная и точная картинка, для нее это была такая радость, что она не смогла удержаться и помчалась в соседнюю комнату, где спал Дима, чтобы разбудить его и поделиться открытием. Она была счастлива в этот момент и от радости совершила глупость, не подумавши: позволила ему сделать то, на что он перед этим весь вечер прозрачно намекал. Как давно это было... Летом девяносто второго, когда она выманивала на себя наемного киллера Галла, убившего сотрудника милиции. Они с Захаровым тогда изображали супружескую пару и должны были какое-то время ночевать в одной квартире.

«Забавно, — с улыбкой подумала Настя, поднимаясь из-за столика и застегивая куртку, — похоже, Захаров — единственный мужчина, который видит во мне женщину и именно поэтому меня хочет, если не придуривается, конечно. Все остальные, которых было, честно говоря, совсем немного, реагировали на ясный ум и спокойный характер, а вовсе не на внешность, которой я никогда не могла похвастаться».

Машина у Дмитрия была хорошая, дорогая. Настя вспомнила, что пять лет назад он ездил на «Жигулях». Даже номер вспомнила.

— А что, охранная деятельность приносит неплохой доход, — прокомментировала она. — Твой транспорт стал существенно дороже.

— Так и я стал лучше, — тут же отозвался Захаров. — Старше, умнее и опытнее. Во всех отношениях.

— Димка!

— Что ты, что ты, — замахал он руками, — я ничего такого в виду не имел, только навыки профессиональной деятельности, которые усовершенствовались и потому стали оплачиваться гораздо лучше. А ты уж готова подумать бог знает что.

Он засмеялся и слегка обнял Настю, быстро проведя рукой по ее спине и талии.

— Что бы ты ни говорила, все-таки ты чертовски хороша, Каменская. И если бы не слово джентльмена, которое я, как дурак, тебе дал, я бы изнасиловал тебя прямо в машине.

— Но ты его дал, — напомнила Настя, осторожно высвобождаясь и отступая на шаг.

— Я ж говорю — дурак. Садись, поехали.

\* \* \*

Ну вот, наконец-то я увидел того, ради кого моя жена решила спасти наше совместно нажитое имущество от раздела. Этого мужика можно было бы считать достойным соперником, если бы не одно «но». Он готов взять Вику вместе с деньгами, половина из которых принадлежит мне. То есть моральной чистоплотностью он, вероятно, не страдает. И Вика не может этого не понимать, она никогда не была дурой, напротив, сколько я ее знал, моя жена очень трепетно относилась к подобным вещам. Достаточно вспомнить, с каким мужеством и достоинством она терпела выходки моей матушки. Я, бывало, срывался, орал на мать, но Вика каждый раз меня одергивала и корила. «Она больной человек, Саша, — говорила жена, — ты должен это понимать и быть терпимым. В конце концов, это твоя мать, она тебя любит, и этого достаточно. А меня любить она вовсе не обязана, я ей чужой человек, и ты не имеешь права требовать от нее, чтобы она хорошо ко мне относилась». Вика, Вика... Ты всегда была такой доброй, разумной, такой чудесной, и я так тебя любил. Что же произошло? Почему ты хочешь забрать себе все, с таким трудом добытое и нажитое, и бросить к ногам этого роскошного красавца?

Вероятно, он лучше меня, вот и все. Никаких других причин нет, но и этой вполне достаточно. Может быть, ты так его хочешь, что умираешь не то что от его прикосновения, а от одной мысли о нем. Такое бывает, я знаю. Я и сам когда-то точно так же умирал при мысли о Вике.

Сегодня программа в эфир не пошла, руководство телеканала, которому мы продаем нашу передачу, принесло извинения: в связи с очередным парламентским скандалом понадобилось время для дополнительного блока новостей. Поэтому вместо того, чтобы находиться в студии, как предполагалось, я отправился в свой любимый книжный магазин, в который не заходил уже несколько месяцев. Времени на то, чтобы читать, в последнее время было немного, если я выкраивал несколько свободных часов, то предпочитал проводить их с Викой и с друзьями, а теперь я вдруг понял, что нуждаюсь в книгах. До меня даже не сразу дошло, что происходит, и только спустя несколько дней я вдруг сообразил, что не могу и не хочу больше общаться ни с кем. Все меня раздражают. Только книги остались.

Так вот, сел я в машину и отправился в центр Москвы. В магазине я провел добрых полтора часа, переходя в зале самообслуживания от одного стенда к другому, снимая с полок книги, листая их, читая аннотации и наугад открытые страницы. Выбрав несколько изданий и оплатив их, я вышел, но никуда не поехал, а прошел полквартала пешком до бара, где, как я знал, варили изумительный кофе и подавали отличную пиццу. Вика тоже этот бар любила, мы часто бывали здесь. Чему же удивляться: именно там я ее и увидел. Вместе с моим «достойным соперником». Они с аппетитом ели пиццу, запивая ее светлым пивом, и оживленно разговаривали. Пиццу запивать пивом — для этого надо совсем ничего не понимать. Для пиццы существует кьянти, замечательное красное вино, и Вике оно всегда очень нравилось. Но, очевидно, у ее кавалера были несколько иные представления. Я бы сказал, представления деревенские. Ну ладно, смягчим формулировку: провинциальные.

Народу было много, большой зал набит почти битком, и они меня не увидели. Я не особенно старался прятаться, нашел свободный столик, взял кофе и принялся листать только что купленные книги, то и дело кидая взгляд на воркующую парочку, которая меня не замечала.

Странно. Вика всегда казалась мне очень красивой. Я не романтический юнец и понимаю, что абсолютного критерия красоты не существует. Вика была красивой именно для меня, никакая другая женщина мне не была нужна, но это вовсе не означало, что ее должны были считать красавицей все мужчины поголовно. Мне она нравилась, и этого было достаточно. Но сейчас я пытался увидеть ее глазами этого дорого одетого красавца и приходил в недоумение. Зачем она ему? Что он в ней нашел? Никакая Вика не красавица, у нее самая обыкновенная, даже простоватая внешность, да и годы привлекательности не прибавляют. Сорок — они и есть сорок. Не старуха, конечно, но юной прелестной свежести нет и в помине. Лицо усталое, подбородок начал отвисать, спина «поплыла». Зачем она ему?

Впрочем, вопрос был чисто риторическим. Реформы реформами, а проблемы остались. Я тысячи раз видел такие ситуации и таких мужиков. Провинциал без гроша за душой и без профессии, позволяющей зарабатывать деньги, а хочет жить в Москве, в хорошей квартире в центре города, и ездить на иномарке. Да и как ему этого не хотеть, если с кино- и телеэкранов он с самого детства видел эту красивую жизнь и мечтал о ней, с отвращением волоча ноги по раздолбанным тротуарам родного городка (а то и деревни, где тротуаров вообще нет, а горячая вода, сортир в доме и телефон до сих пор остаются несбыточными мечтами). На последние бабки он покупает дорогие шмотки и едет покорять столицу, точнее, ее истосковавшихся по «красивенькому» состоятельных обитательниц. Дарит цветы, смотрит в глаза, говорит нужные слова и вовсю старается на сексодромах. Глядишь, какая-нибудь да и клюнет.

И Вика клюнула. Я еще раз взглянул на нее и внезапно подумал: как некрасиво она ест. Почему я раньше этого не замечал? Или это появилось только в последнее время?

Мне захотелось уйти из бара, но я трусливо остался. Пока здесь Вика, наемник меня не убьет. Если это случится, всех присутствующих задержат и начнут разбираться, и очень скоро выяснится, что одна из посетительниц не кто иная, как моя родная супружница, которая находилась здесь почему-то не со мной, а с совершенно посторонним мужчиной. Еще шаг — и выяснится, что это ее любовник. Следующий шаг — и зародится подозрение, что неверная жена хотела избавиться от надоевшего мужа. Нет, так дело не пойдет. Вика не дура, да и киллер, надо думать, не на помойке себя нашел.

«Достойный» встал из-за стола и направился к двери, ведущей в туалеты. Понятное дело, пописать захотел, вон пива-то сколько выхлестал. Вика, оставшись одна, судорожно схватила сумочку, вытащила пудреницу и начала поправлять косметику. Ах ты боже мой! Сидела, видно, как на иголках, опасаясь, что лицо блестит, но не посмела в его присутствии достать зеркало и привести себя в порядок. А он, однако, парень простой, захотел в туалет — и пошел, стесняться не стал. Я хорошо знаю свою жену, она ни за что не пойдет в туалет в такой ситуации, будет мучиться, терпеть, умирать, но не пойдет. Почему-то ей это кажется неприличным. А что тут неприличного? Организм функционирует как ему положено. Закон природы. Я даже почувствовал что-то вроде симпатии к ее любовнику: парень без комплексов. А Вика всю жизнь страдает от своей жирной кожи, но стесняется припудриваться в присутствии мужчин. А уж о том, чтобы спросить, где туалет, и речи быть не может. Дурочка...

Я поймал себя на мысли о том, что совершенно не думаю о погибших ребятах, Вите и Оксане. Наверное, если бы не грядущая смерть от руки заказчика, я бы переживал, ломал голову над тем, кому понадобилось подкладывать в Витину машину взрывное устройство, может быть, даже начал бы бояться, что и до меня доберутся. Но поскольку до меня, как выяснилось совершенно случайно, уже и так добрались, то ни чужая смерть, ни тем более чужая жизнь меня больше не интересуют.

Ладно, хватит прятаться за Викину спину. Она хоть и «поплывшая», как я только что заметил, но все-таки женская. Надо уходить отсюда. Кофе свой я уже выпил, а наличие в нескольких метрах от себя собственной жены с любовником радости не прибавляет. Конечно, пока Вика рядом, я буду жив, но это не основание для того, чтобы держаться за ее юбку двадцать четыре часа в сутки. Кстати, о юбке. Что-то я раньше ее на Вике не видел. Новая, что ли? Естественно, все женщины, заведя любовника, начинают обновлять гардероб, хотят понравиться, произвести впечатление. Мужу, по их представлениям, нравиться не обязательно, он уже и так муж, никуда не денется, при нем можно ходить лахудрой, с намазанным кремом лицом и в старом халате. Господи, как я изменился за последнее время! Вика в домашнем халатике всегда казалась мне такой родной, теплой и уютной, а лечебные мази и кремы на ее милом личике приводили меня в умиление: она изо всех сил борется с жирным блеском кожи, чтобы хорошо выглядеть. Теперь я готов был ненавидеть ее за эту простоту.

Протискиваясь к выходу, я бросил последний взгляд на их столик. Красавец уже справил нужду и снова с удовольствием потягивал пиво из высокой кружки, а Вика что-то ему рассказывала. Интересно, о чем они могут разговаривать? Что между ними общего? Постель — это само собой, особенно в период взлета эмоций, но ведь в сутках двадцать четыре часа, и нельзя их полностью занять сексом. В оставшееся время приходится общаться. Начитанная, образованная, тонкая Вика — и этот провинциальный донжуан, который за всю жизнь прочитал небось полторы книжки, одна из которых — правила дорожного движения, и еще половинка — расписание автобусов до ближайшего райцентра.

Проезжая по Тверской, я заметил растянутый над проезжей частью транспарант «Мирей Матье в Кремле» и поймал себя на том, что даже не посмотрел на даты концертов. Еще месяц назад, увидев на афише ее имя, я бы запрыгал от радости и немедленно помчался бы узнавать, когда и где будут продавать билеты. Мирей Матье, певица нашей с Викой молодости, мы покупали пластинки с ее записями, мы сделали все возможное и невозможное, чтобы попасть на ее концерт в Большом театре много лет назад. Из газет я знал, что после смерти своего постоянного продюсера Матье три года не выступала, и при обычном течении событий я просто не смог бы не захотеть послушать ее после такого трагического перерыва. А теперь какой смысл думать об этом? Даже если концерт состоится уже завтра, я все равно могу не дожить до него. Завтра... Для меня это слово утратило смысл, я перестал его понимать и чувствовать. У меня нет завтра, есть только тот момент, в котором я живу. Пока еще живу. Может быть, в следующую секунду я уже прекращу это глупое и бессмысленное занятие.

До дома, как ни странно, удалось добраться вполне благополучно. Вяло бродя по квартире, я окидывал взглядом такие знакомые, любовно выбранные вместе с Викой вещи и все пытался понять, неужели можно ради них забыть и перечеркнуть те годы, которые мы прожили с ней. Ведь нам было очень хорошо, мы почти не ссорились, мы любили друг друга. А может быть, я себя обманываю? Это я любил Вику, а она всего лишь терпела меня, ожидая, когда из способного небесталанного журналиста наконец вылупится человек, умеющий делать деньги и обеспечивающий ее безбедное существование. Что ж, следует признать, что она своего дождалась. Наверное, в самом начале она и не ожидала, что я смогу делать такие деньги. За последний год мы скопили достаточно для того, чтобы вообще больше не работать ни одной минуты и жить долго и счастливо, хотя и без роскоши, но в достатке до глубокой старости. Часть этих денег предназначалась для моей матери. Она еще относительно молода, всего шестьдесят семь, сердце здоровое, так что век ей уготован отнюдь не короткий, но она совсем сумасшедшая и жить одна не может. Надо или помещать ее в больницу, или нанимать постоянную сиделку-компаньонку с проживанием. И то и другое стоит отнюдь не дешево, но я должен это сделать. Мы с Викой много раз говорили об этом, и мне казалось, она относилась к моей идее с пониманием и одобрением. Но теперь я начинаю думать, что это было совсем не так. Она умело притворялась, а внутри у нее все кипело при мысли о том, что ей придется делиться с этой ненавистной свекровью, на которую было потрачено столько нервов и душевных сил. Она все предусмотрела, даже то, что при разделе имущества через суд мне присудят не половину, а большую часть, поскольку на моем иждивении находится нетрудоспособный инвалид. А если я умру, ни с кем делиться не придется, Вика не обязана опекать мою мать.

Я могу спасти свою жизнь, просто уйдя от жены и оставив ей все. Машину, квартиру со всем, что в ней есть, деньги. Тогда она меня не тронет и будет жить в любви и финансовом согласии со своим провинциалом. Но я-то, я как буду жить? На что? Возвращаться к сумасшедшей матери, которая с утра до вечера орет по любому поводу и без повода, потому что таинственные голоса ей нашептывают всякие мерзости о происках сионистов и о прилете инопланетян, и она с упоением обсуждает эти проблемы сама с собой? Ни за что. Лучше сразу в крематорий. Рядом с матерью я не могу находиться дольше двух минут. А если не возвращаться на старую квартиру, то где жить? И на что? Витя с Оксаной погибли, денег программа больше не получит, потому что только они умели эти деньги добывать, так что с телевидением придется проститься в самое ближайшее время. «Лицо без грима» умрет самое позднее недели через три-четыре. Снова заняться журналистикой? Можно, но денег это принесет ровно столько, чтобы не сдохнуть под забором от голода. А все остальное где взять? Жилья нет. Машины нет, а журналист без машины — это почти смешно, он же ничего успевать не будет. И что тогда делать с матерью, на какие средства помещать ее в больницу или нанимать сиделку? Остается только один способ выжить: ввязаться в какой-нибудь криминал. Это может принести быстрый и неплохой доход, а через очень короткое время — долгий и нехороший срок в тюрьме.

Нет, добровольный уход без раздела имущества — не выход из положения. Придется влачить такое существование, что лучше уж вовсе не жить. Что, собственно, я и собираюсь сделать.

Вика явилась, против ожиданий, совсем не поздно, примерно за полчаса до того времени, когда я обычно возвращаюсь домой после эфира. Наверное, она снова надеялась, что я уже не приду никогда, а я — вот он, собственной персоной, валяюсь на диване в брюках от спортивного костюма с книжкой в руках.

— Ты почему так рано? — спросила она удивленно.

— А что тебя не устраивает? — ответил я вопросом на вопрос.

— Все устраивает. Я очень рада, что ты уже дома.

Она наклонилась, чтобы поцеловать меня. Запах пива ударил в нос, и я невольно поморщился. А раньше мне всегда нравилось, когда от моей жены чуть-чуть пахло алкоголем. Странно. И как мне мог нравиться этот омерзительный запах свежего перегара?

— Ты пила?

— Только пиво, — Вика бросила взгляд на журнальный столик, где стопкой лежали мои сегодняшние приобретения. — Ты купил новые книги?

— Как видишь, — сухо сказал я.

— Чем ты расстроен, Саша? — озабоченно спросила она. — Что-нибудь случилось?

— Ничего особенного. Обычные производственные трудности. Устал.

— Как прошел эфир?

— Нормально.

Я не стал объяснять ей, что эфира сегодня не было. Зачем? Ей ведь на самом деле совершенно не интересно, как прошла передача, она просто изображает заботливую и любящую жену и произносит все предписанные ролью реплики. Не стоит заставлять ее выслушивать длинные и ненужные ей рассказы о моих производственных и непроизводственных проблемах. Ей и без того сейчас нелегко: бегала на свидание к любовнику, нервничала, опасаясь нарваться на знакомых, потом торопилась домой, чтобы успеть вернуться раньше мужа, которого нанятый ею убийца все никак не прикончит. Не жизнь, а сплошное мучение.

— У тебя новая юбка? — спросил я, наблюдая, как она раздевается и вешает одежду в шкаф.

— Да, — Вика с улыбкой повернулась ко мне. — Тебе нравится?

— Нет.

— Почему?

— Тебе не идет. Она на тебе плохо сидит, и ты выглядишь в ней толстой теткой. И чего тебе в голову пришло покупать такую дрянь?

— Саша...

Ее губы задрожали, глаза мгновенно налились слезами.

— Правда? Она действительно мне не идет?

— Нет, шучу.

Я снова уткнулся в книгу, злорадно усмехаясь про себя. Пусть теперь думает, была ли это грубая и хамская шутка или она действительно сделала неудачную покупку и предстала перед глазами своего хахаля стареющей толстухой. Не все же мне страдать, право слово, пусть и Вике слегка достанется.

Она молча развесила вещи на плечиках в шкафу и ушла на кухню. Я углубился в книгу и некоторое время с удовольствием читал, забыв обо всем, в том числе и о скорой неминуемой смерти.

— Саша.

Я оторвал глаза от книги и обнаружил Вику стоящей рядом с диваном.

— Я внимательно тебя слушаю, дорогая, — предельно вежливо произнес я.

— Саша, что с тобой происходит? Тебя как подменили.

— Подменивают младенцев в роддомах, а взрослые мужчины никому не нужны. Не выдумывай, будь добра.

— Я не выдумываю, я же вижу: с тобой что-то происходит. Ты стал злым, сухим...

— Ничего подобного. Я точно такой же, каким был раньше. Это ты изменилась и теперь готова из мухи делать слона. Чего ты завелась? Только оттого, что мне твоя юбка не понравилась? Так ты себя вини, а не меня. Это ты сделала такую дурацкую покупку, а не я. Раньше ты никогда не купила бы вещь, которая тебе не идет, потому и слов таких от меня не слышала. А то, что ты в свои сорок натянула на себя юбчонку, которую впору носить двадцатилетней девчонке, говорит только о том, что это ты стала другой. Ты, а не я. И не сваливай с больной головы на здоровую.

— По-моему, если у кого голова больная, то у тебя. Что за бес в тебя вселился? Ты плохо себя чувствуешь?

— Я чувствую себя прекрасно. А что касается бесов, то они живут в каждом из нас. Если ты забыла великого Достоевского, советую перечитать. И пожалуйста, сделай одолжение, не употребляй алкогольные напитки днем, это дурной тон.

— Хорошо, — коротко ответила она. — Я могу рассчитывать на ответное одолжение с твоей стороны?

— Можешь. Я тебя слушаю, дорогая.

— Сходи к психиатру. Говорят, эти болезни передаются по наследству. Мне кажется, тебе пора позаботиться о состоянии твоих мозгов, с ними явно не все в порядке.

Она вышла из комнаты, ожесточенно хлопнув дверью. Некоторое время из кухни доносилось звяканье посуды, потом стали просачиваться аппетитные запахи жарящегося мяса с луком. Мясо Вика готовила отменно. Я успел прочесть еще несколько страниц, когда зазвонил телефон. В кухне был параллельный аппарат, поэтому я не двинулся с дивана. Пусть Вика снимет трубку и поговорит, это наверняка наш провинциал, интересуется, как добралась и успела ли стереть прелюбодейское выражение с лица до прихода мужа.

Через некоторое время Вика снова появилась в комнате.

— Только что звонила Света Любарская, — сообщила она таким тоном, словно я должен был немедленно проникнуться трагизмом происходящего и начать рвать на себе волосы.

— И что Света сказала? — вяло поинтересовался я, не отрываясь от книги, хотя отлично понимал, зачем она звонила и что сказала.

— Ты действительно сказал Виталию, что не придешь к ним на юбилей?

— Действительно сказал. Не вижу в этом повода для обсуждения.

— Почему? Почему ты сказал, что не придешь?

— Потому что не приду. Впрочем, это не означает, что ты не можешь пойти. Я говорил только о себе.

— Что происходит, Саша? Любарские — наши друзья вот уже сколько лет. Вы что, поссорились с Виталием?

— Нет. Просто я не хочу туда идти, вот и все.

— Почему?

— Потому что не хочу. Не хочу слушать идиотские разговоры о том, что мне неинтересно, не хочу слушать сопливые туристские песни, которые Виталий, когда выпьет, начнет петь под гитару своим козлиным тенором, не хочу видеть, как его престарелая жена Света строит глазки всем подряд и при этом глупо хихикает. Не хо-чу. Тебе понятно?

— Как ты можешь? — возмутилась Вика. — Виталий очень неплохо поет, тебе же всегда нравилось. И Света совсем не престарелая, она наша ровесница. Откуда в тебе столько злобы? Это же наши друзья.

— Мне никогда не нравилось, как он поет. Я притворялся и терпел, именно потому, что, как ты выразилась, они наши друзья. А что касается Светы, то я очень советую тебе посмотреть на себя в зеркало и вспомнить, в каком году ты родилась. Пора уже перестать чувствовать себя молодой и думать так же о своих ровесниках.

— Виталий на тебя обиделся, и Светка расстроилась. Нельзя так вести себя, Саша, — укоризненно сказала она. — Зачем ты обижаешь людей? Мало ли какие у всех нас недостатки, но надо быть терпимыми, иначе с ума сойдешь, замечая за всеми малейшие промахи. Да, Виталий — не Юрий Визбор и не Сергей Никитин, но он хороший порядочный человек, с которым тебя связывает очень многое. У них со Светой двадцатилетие со дня свадьбы, и ты своим отказом их глубоко оскорбил. Немедленно позвони им, скажи, что у тебя изменились обстоятельства и ты обязательно придешь, а дело, которое у тебя было назначено на вечер субботы и из-за которого ты отказался к ним пойти, ты перенес на другое время. Давай, Саша, вставай с дивана и звони.

Подтекст этой пламенной речи я услышал очень хорошо. Ты, дескать, не должен обращать внимания на то, что я старею и дурнею, потому что я твоя жена и вместе прожито немало лет, и нельзя перечеркивать все это и обижать меня только из-за того, что тебе не понравилась юбка, которую я купила. Ну, Виктория Уланова, ну, актриса! Как будто она вообще способна сейчас на меня обижаться! Я уже, можно сказать, одной ногой в могиле, из-за моих прогулов на кладбище мне давно пора строгий выговор объявлять, а она со мной разговаривает как с живым человеком, с которым собирается жить до старости. Что ж, молодец, девочка, ты всегда была умненькой и тонкой. Впрочем, это я, кажется, уже говорил.

— Я не буду никому звонить, — спокойно ответил я, перелистывая страницу. — И в субботу к Любарским не пойду. Ты можешь пойти одна.

— Они обидятся, — строго повторила Вика.

— Пусть.

— Что — пусть?

— Пусть обижаются.

— Но ты потеряешь друзей.

— Тоже пусть.

— Тебе не нужны друзья?

— Нужны. Но в принципе. В общем, так сказать. Виталик Любарский и его дурочка-жена мне не нужны. От них одни хлопоты. Мне надоели его бесконечные просьбы устроить его машину в сервис и на техосмотр, одолжить денег или составить протекцию.

— Но ведь и он тебе в чем-то помогает, — возразила она, не очень, впрочем, уверенно.

— Да? — Я оторвался от книги и с любопытством глянул на жену. — В чем, интересно? Пример приведи, пожалуйста.

Она взорвалась. Глаза яростно засверкали, губы побелели.

— Как ты можешь! — почти закричала Вика. — Как тебе не стыдно? Разве друзей оценивают по количеству оказанных ими услуг? Друзья — это друзья, и никаких расчетов тут не может быть. Немедленно иди к телефону и звони. А завтра утром поедем с тобой покупать подарок.

— Подарок ты сможешь купить и без меня, — я снова уткнулся в книгу. — На юбилей к ним я не пойду. И все. Закончим на этом.

Она долго молча смотрела на меня, потом вышла из комнаты, тихонько притворив за собой дверь, словно я был тяжелобольным и нуждался в покое. Что ж, в известном смысле так оно и есть. По крайней мере впервые в жизни я позволил себе в течение почти часа быть абсолютно искренним, высказывать собственные мысли вслух, не приукрашивая их вежливыми формулировками, и не говорить «да», когда на самом деле хочется сказать «нет».

* * *

Поездки в частные сыскные агентства заняли у Насти и Захарова целый день. Что-то произошло с московскими магистралями, они были забиты машинами так плотно, что транспортные пробки образовались даже там, где их отродясь не было, и маршрут, который при нормальной ситуации занимал не более сорока минут, удавалось преодолеть не меньше чем за три с половиной часа. Разумеется, закон Мэрфи, который в России обычно именуется законом подлости и который гласит, что, если неприятность может произойти, она обязательно произойдет, так вот, этот самый закон остался верен сам себе и сработал на полную мощность. Из трех фирм, которые они объехали, нужные люди оказались как раз в последней.

— Да, у нас есть такая клиентка, — осторожно признался руководитель агентства, невысокий плешивый блондин с густыми пшеничными усами и по-детски голубыми глазами.

— Была, — поправила его Настя.

Брови блондина поползли вверх, но выражение удивления на его круглом лице быстро сменилось выражением понимания.

— С ней что-то случилось?

— Она убита. Поэтому я полагаю, что вы дадите нам все необходимые сведения и не будете настаивать на конфиденциальности вашей информации и требовать официальных постановлений. Вы в милиции раньше работали?

— А то, — усмехнулся руководитель. — Иначе разве я взялся бы за частный сыск? Мне бы и в голову не пришло. Правда, когда я там работал, женщин в уголовном розыске не было.

— Вы хотите сказать, что нынешняя милиция — не та, что раньше, и ряды сильно оскудели, раз начали женщин на работу брать?

— Я хотел сказать, что порядки стали более демократичными, — ловко вывернулся блондин. — Так что вас интересует?

— Все, — лучезарно улыбнулась Настя. — Все, что вы можете рассказать о покойной заказчице.

— Ну, тогда — ничего, — столь же лучезарно улыбнулся в ответ руководитель агентства. — Я просто проверил по регистрации, есть ли у нас такая клиентка. А работал с ней другой сотрудник.

— И где его найти?

— А где всех сыщиков ищут? В поле, как ветра. Он же не сидит в конторе целыми днями, а задания выполняет.

— Так, — усмехнулась Настя. — И как мы с вами, уважаемый, будем выходить из положения?

— Вы оставите свой телефон, и он вам сам позвонит, когда сможет.

— А когда он сможет?

— Ну, не знаю, — развел руками блондин. — Когда вернется сюда, наверное. Не раньше.

— Понятно. Значит, недели через две. Пейджер у него есть?

— Нет, — быстро ответил он. Настолько быстро, что стало совершенно очевидным: и пейджинговая связь есть, и сам сотрудник где-то поблизости, может быть, даже в соседней комнате.

Настя понимала ситуацию правильно и была к ней готова. Руководитель частного сыскного агентства должен быть предельно аккуратен, если не хочет лишиться лицензии. Поэтому прежде чем напрямую связывать своего сотрудника с уголовным розыском, он должен сам лично проверить, о какой информации идет речь и нет ли, упаси бог, какого-нибудь криминала, о котором частному сыщику стало известно, но о котором он, в нарушение закона, не сообщил куда следует. И ежели таковой криминал все-таки имеется, тщательно отсортировать все бумажки с копиями отчетов, первые экземпляры которых предоставляются заказчику, убрать все, где этот криминал хотя бы просматривается, накрутить хвоста сотруднику за глупость и тщательно проинструктировать его перед встречей с представителями государственной сыскной машины.

Она кинула быстрый взгляд на Захарова.

— Да, Паша, — тут же вступил Дмитрий, — нехорошо получается. Чего-чего, а черной неблагодарности я от тебя никак не ожидал. Твоей конторе сколько лет-то?

— Лет? — рассмеялся блондин Паша. — Это ты хватил. Еще и года не стукнуло, десять месяцев всего.

— Ага. И клиентов небось чертова туча, в очереди стоят.

— Это ты к чему? — насторожился руководитель.

— Да ни к чему, просто так. Твои рекламные объявления на всех столбах в округе висят, я видел, когда подъезжал, и все равно по этой рекламе никто к тебе не идет, верно ведь? Я эти дела знаю. Когда нужен частный сыщик, к первому попавшемуся, по объявлению найденному, никто не пойдет, будут искать через знакомых, чтобы надежно. Вот я и спрашиваю тебя, Пашенька, где бы ты сейчас был, на каком финансовом свете, если бы мы, твои бывшие сослуживцы и добрые знакомые, не посылали бы к тебе клиентов, не рекомендовали им твою фирму. Ну-ка ответь честно. А ведь покойницу Юлию Николаевну именно я к тебе послал.

— Да что ты, Митя, — засуетился блондин, — зря меня упрекаешь. Я же не отказываюсь помочь, я только объясняю, что нужного вам человека сейчас нет на месте. Когда появится — ради бога, он ваш со всеми потрохами.

— Это хорошо, — удовлетворенно кивнул Захаров. — Ты уж похлопочи, будь любезен, чтобы потроха побыстрее прибыли. Покойница-то у нас с Анастасией непростая, депутат Госдумы как-никак.

— У вас? — переспросил недоверчиво Паша. — А ты-то тут с какого боку?

— Все тебе расскажи. Сначала сам стань разговорчивым, потом будешь мне вопросы задавать. Так как, Пашенька, мы поняли друг друга?

Блондин Паша понял все правильно, и когда Настя вернулась на Петровку, у проходной ее поджидал приятной наружности молодой человек, представившийся сотрудником частного сыскного агентства «Грант».

Было уже совсем поздно, когда она освободилась и пошла к начальнику. Виктор Алексеевич Гордеев был зол и напряжен, и хотя разговаривал, по обыкновению, спокойно и негромко, глаза его сверкали, а дужка очков, которую он то и дело грыз, грозила вот-вот с треском переломиться.

— Что у тебя? — коротко спросил он.

— Хотела доложиться по убийству депутата Готовчиц.

— Давай, — кивнул Гордеев.

— Она тоже увидела, что с мужем что-то не в порядке. После квартирного взлома он стал сам не свой. И Юлия Николаевна наняла частного сыщика, чтобы прояснить ситуацию.

— Вот даже как? Какие у нее были подозрения?

— Этого я не знаю. Точнее сказать, она об этом частному сыщику не говорила. Задание звучало следующим образом: взять под контроль всех людей, с которыми общается Борис Михайлович, и постараться выяснить, не участвует ли муж в криминальном бизнесе. А уж что она думала при этом на самом деле — неизвестно. Может быть, и вправду проверяла именно то, что сказала, а может быть, и что-то другое. Но знаете, что самое интересное?

— Не знаю, — буркнул Колобок. — Говори.

— При оформлении договора ее предупредили, что в соответствии с законом агентство обязано передать материалы в правоохранительные органы, если в ходе выполнения задания клиента будут выявлены признаки уже совершенного либо готовящегося преступления. И Юлия Николаевна с этим полностью согласилась. Единственное условие, которое она поставила, состояло в том, что эти материалы она передаст нам либо сама, либо будет присутствовать при беседе сотрудника агентства «Грант» с работниками милиции.

— Действительно, интересно. Зачем ей это нужно, как ты думаешь?

— Она хотела дистанцироваться от мужа, если вдруг окажется, что он замешан в чем-то нехорошем. Она хотела, чтобы все знали: она была в полном неведении, а когда почуяла неладное, первая забила тревогу и наняла детективов, чтобы выяснить правду. И правду эту она скрывать от широкой общественности не намерена.

— Ишь ты, — фыркнул полковник. — Тоже мне, Павлина Морозова. Получается, за муженьком действительно что-то есть, и он или его подельники, пронюхав об активности Юлии Николаевны, быстренько заткнули ей рот. С Павликом Морозовым·тоже что-то вроде этого приключилось, сколько я помню. Ну и как частный сыск, накопал что-нибудь?

— Говорят, что нет. Правда, они совсем немного успели, оттоптали всего двенадцать человек и представили отчеты клиентке.

— Врут?

— А кто их знает. Может, и врут. В душу ведь не заглянешь. Но тут другой вопрос, Виктор Алексеевич. Откуда эти подельники узнали, что Юлия Готовчиц собирает сведения и обратилась в частное агентство? У нас с вами только два варианта, которые, по сути, являются одним и тем же: либо с ними контактирует кто-то из «Гранта», кто знает, что Готовчиц заключила с агентством договор на выявление связей ее мужа, либо кто-то из заинтересованных лиц все-таки попал под колпак, почувствовал слежку, забеспокоился и стал выяснять, кто и зачем дышит ему в затылок. Но, чтобы это выяснить, надо опять-таки иметь связи с «Грантом». Можно вычислить наружника и, в свою очередь, сесть ему на «хвост». Узнать, что он работает в «Гранте». Но выяснить имя клиента, по чьему заказу ведется слежка, можно только изнутри, из «Гранта», понимаете?

— Чего ж тут не понять, не маленький, — хмуро ответил Гордеев. — Какие еще версии отрабатываются?

— Юра Коротков крутится в парламентских кругах, он вам сам доложит, я его сегодня еще не видела.

— А Лесников чем занимается, хотел бы я знать?

Настя знала, что Игорь Лесников сегодня не занимался почти ничем, потому что все мысли его были о больном ребенке, и начала подыскивать наиболее обтекаемую формулировку, но Виктор Алексеевич не стал ждать ответа, а отошел к окну и замолк, снова сунув в рот дужку очков.

— Надо что-то делать, Настасья, — произнес он наконец. — На нас сильно давят.

— В связи с чем?

— А ты как думаешь? Труп депутата на фоне нераскрытого убийства сотрудников телевидения — это что, по-твоему, наплевать и забыть? Завтра брифинг руководства ГУВД, и журналисты наших с тобой начальников будут с какашками мешать, обвиняя в профессиональной несостоятельности. Мне начальников, как ты сама понимаешь, не больно жалко, но ведь они на нас отыгрываться будут. Нужно иметь хоть какие-то слова в запасе, а их нет как нет. Не хочу тебя ругать, но ведь по телевидению ты совсем ничего не делаешь.

— Я не успеваю, Виктор Алексеевич, — жалобно сказала Настя, в душе признавая его правоту.

— Все не успевают, — жестко ответил полковник. — Но все делают. И ты постарайся. Не ставь меня в трудное положение.

— Почему в трудное? — не поняла она.

— Потому что я вижу, что с тобой стало за то время, пока ты работала под Мельником. И вины своей с себя не снимаю. Конечно, утешаю себя тем, что так надо было для дела, что это было необходимо и целесообразно, но ты за это заплатила слишком дорого. Моя вина в том, что я это допустил и не защитил тебя. Но я не смогу быть к тебе снисходительным слишком долго. Восстанавливайся, приходи в себя и начинай работать как следует. Слышишь меня, Настасья?

— Слышу, — тихо сказала Настя. — Я исправлюсь.

Ей было стыдно. Мучительно стыдно. Колобок прав, она непростительно распустилась, стала вялой, медлительной, ищет любые поводы, только бы ни с кем не общаться, никого не видеть. Может, ей к врачу обратиться? Очевидно же, что нервы у нее после той эпопеи не в порядке. Врач. По всей вероятности, ей нужен психиатр. Или психоаналитик. В конце концов, почему бы и нет? Совместим приятное с полезным.

— Виктор Алексеевич, разрешите мне поработать с мужем Готовчиц.

Полковник надел очки и внимательно посмотрел на нее.

— Что еще ты задумала?

— Он производит впечатление человека не в себе. Опасается за свое психическое здоровье. Ему кажется, что за ним следят, и он видит в этом признаки надвигающегося безумия.

— И что дальше? Ты полагаешь, что он в припадке этого самого безумия прикончил жену?

— Не совсем так. Душевнобольные обычно не сомневаются в том, что здоровы. Если человек сомневается, значит, почти наверняка он не болен. Но Готовчиц вполне мог убить жену и теперь готовит хорошо аргументированную почву под признание невменяемым. Уж кому-кому, а ему-то прекрасно известно, как нужно симулировать психическое расстройство. И он вполне грамотно начал это делать не при аресте и последующей судебно-психиатрической экспертизе, а с самого начала, с Лесникова и меня.

— А как же частная сыскная фирма? Оставишь на потом?

— Да нет же, это все будет одновременно. Если муж убил Юлию Николаевну именно в связи с тем, что она стала заниматься его второй жизнью, то это же укладывается в одну схему. А если он убил ее совершенно независимо от ее сыщицкой деятельности, то все равно нужно им заниматься. Правда, время, потраченное на агентство «Грант», уйдет впустую, но без этого же не бывает, верно? В любом случае из всего, что мы делаем, процентов девяносто пять не дает результатов.

— Что-то ты больно оживилась, — недовольно пробурчал Гордеев. — То жалуешься, что не успеваешь работать по убийству телевизионщиков, а то собралась одновременно отрабатывать Готовчица и частных сыщиков. Крутишь?

— Никогда, — честно сказала Настя и улыбнулась. — Мне

Игорь с самого начала говорил, что Готовчиц ему не нравится, а я как-то значения не придала. Теперь все больше и больше думаю о том, что мне этот психоаналитик тоже не нравится.

— Нравится — не нравится... Знаешь, как дальше?

— Знаю. «Спи, моя красавица», — процитировала Настя народный фольклор.

— Так, — Гордеев быстро прошелся по кабинету взад-вперед и остановился перед Настей, сидящей за длинным столом для совещаний, нависая над ней округлой глыбой. — Я все понял. Ты придумываешь всякие байки, чтобы не заниматься телевидением. Конечно, копаться в душе у Готовчица намного приятнее, чем искать финансовые махинации в деятельности телекомпании. Не выйдет, дорогая моя. Я тебя нежно и по-отечески люблю, но всему есть предел. Делай со своим психоаналитиком все что хочешь, но чтобы по убийству Андреева и Бондаренко был результат. Поняла?

— Поняла, — вздохнула Настя. — Никуда мне, видно, от этого убийства не деться.

— Это точно, — подтвердил Гордеев. — И не мечтай.

\* \* \*

— Я еще раз возвращаюсь к нашему проекту. Вы уверены, что убийство было необходимо?

— Абсолютно необходимо. С каждым днем я убеждаюсь в этом все больше. Это дало превосходный результат.

— Но это привлекло к нашему объекту внимание милиции. Вы не боитесь?

— Бог мой, кто боится нынешнюю милицию? Это просто смешно. И потом, механизм действия будет в точности таким же: отсутствие логической связи породит смущение и попытки совершенно невероятных объяснений. Уверяю вас, милиция никогда с этим не справится. Ни при каких, даже самых благоприятных, условиях ни наш объект, ни доблестная российская милиция не смогут связать психически неуравновешенного человека и лежащий рядом с ним труп.

— Интересно вы рассуждаете! Как это не смогут, когда они уже это сделали! Они же его допрашивали, что, впрочем, вполне естественно, поскольку он ближе всех.

— Вот именно, вот именно. Они пытаются найти связь, но они никогда ее не найдут. Или свернут на этом мозги и сойдут с ума, как и наш объект. Они не могут найти то, чего нет. А связи нет. На этом и построена вся комбинация.

— Мне приходится вам верить, но единственно потому, что все предыдущие ваши комбинации были успешными и приводили к результату. То, что вы затеяли на этот раз, вызывает у меня огромные сомнения. Я подчеркиваю — огромные.

— Такие же огромные, как и те деньги, которые мы должны получить в результате осуществления проекта?

— Я ценю ваш юмор и способность шутить даже в критической ситуации. Я пока не вижу поводов для веселья. И еще раз напоминаю вам, что ответственность за провал проекта будет лежать целиком на вас. На вас лично.

— У меня хорошая память, и мне не нужно повторять дважды.

## Глава 4

И снова Настю поразило, что в квартире Готовчица молчит телефон. Неужели ему действительно никто не звонит? Пошел уже третий час, как она сидит здесь — и ни одного звонка.

Она привезла фотографии, целую пачку, среди них были и снимки сотрудников частного сыскного агентства «Грант». Борис Михайлович долго внимательно разглядывал их, потом уверенно отобрал две фотографии.

— Вот эти ходили за мной в последнее время. Остальных здесь нет.

— Что значит «остальных»? — не поняла Настя. — Сколько же их всего было?

— Четверо. А здесь только двое.

— Вы не ошибаетесь, Борис Михайлович?

— Не ошибаюсь, — сухо ответил Готовчиц. — Первое время мне на глаза постоянно попадались совершенно другие люди, и только потом появились вот эти. Почему вы мне не верите? Почему считаете, что я непременно должен ошибаться? У меня прекрасная память на лица. Вы думаете, я сумасшедший, и перепроверяете по десять раз каждое мое слово? Нормальным людям вы верите с первого раза.

— Или вообще не верим, — отпарировала Настя. — Вы напрасно сердитесь. Я не сомневаюсь в том, что вы говорите правду, но в данном случае этого недостаточно. Мне нужна сейчас не правда, а истина.

— Вы видите разницу между этими понятиями? — вздернул брови психоаналитик.

— Огромную. Надо сказать, что ее вижу не только я, но и вся мировая философия. Правда — это то, что вы чувствуете и думаете. Когда вы не лжете, когда говорите искренне — вы говорите правду. Но совсем не обязательно, что эта правда соответствует объективной реальности. Истина — это то, что было на самом деле. Вы этого можете просто не знать или понимать неправильно. Можете добросовестно заблуждаться. Поймите, у меня нет оснований сомневаться в вашей искренности. Но основания сомневаться в вашей безошибочности у меня есть.

Настя, конечно, лгала. Основания сомневаться в искренности мужа убитой Юлии Николаевны у нее были, и еще какие!

— Борис Михайлович, — внезапно спросила она, — почему у вас телефон молчит?

Готовчиц побледнел, пальцы обеих рук переплелись и судорожно сжались.

— Никто не звонит. Что в этом особенного? Вы уже и в этом готовы видеть криминал!

«Чего он так расписховался? — подумала Настя. — Обычный вопрос. Что-то тут нечисто у вас, господин Готовчиц».

— Просто мне нужно позвонить на службу, и я подумала, что, может быть, у вас телефон испорчен. Потому и спросила, — успокаивающе произнесла она. — Так телефон исправен?

— Да.

— И я могу им воспользоваться?

Возникла неловкая пауза, Готовчиц смотрел куда-то в сторону, потом перевел глаза на Настю.

— Вы правы, я его отключил. Если вы хотите позвонить, я включу.

— А зачем отключали?

— Не хочу ни с кем разговаривать.

— Но ведь я утром до вас дозвонилась, телефон был включен, — заметила она.

— Я отключил его перед вашим приходом. Ну что вы так на меня смотрите? — снова взорвался он. — Я нормальный человек и понимаю, что в любую минуту меня может начать искать милиция. Если я не буду подходить к телефону, вы подумаете, что я скрываюсь, и решите еще, чего доброго, что это я убил Юлю или как-то замешан в этом. Но, когда вы здесь, я могу себе позволить не отвечать на звонки. Вы должны понимать... Мне тяжело. Погибла моя жена. Я не в том состоянии, чтобы общаться с кем бы то ни было. Что в этом предосудительного? В чем вы меня подозреваете?

Он говорил еще какие-то слова, говорил торопливо и возбужденно, повысив голос, и Настя, слушая его, думала: «Нет, Борис Михайлович, дело не в том, что вам тяжело. Дело в том, что вам страшно. Безумно страшно. И чего же вы так боитесь, хотела бы я знать? Человек, жена которого только что трагически погибла, обычно переживает внезапную утрату так сильно, что все остальные эмоции как-то притухают. А у вас, уважаемый Борис Михайлович, все с точностью «до наоборот»: вы так сильно чего-то боитесь, что, похоже, у вас уже нет сил горевать о своей супруге. И после этого вы еще удивляетесь, что я вас подозреваю. Я бы на вашем месте была посдержаннее».

Дождавшись, когда приступ праведного негодования иссякнет и Готовчиц успокоится, она снова открыла большой конверт и разложила снимки на столе.

— Давайте еще разочек посмотрим, может быть, вы кого-нибудь вспомните, кроме тех двоих, — предложила Настя.

Готовчиц поджал губы, но смолчал. Перебрав по одной все фотографии, он отрицательно покачал головой.

— Нет, больше никого не узнаю. Послушайте, вам что, мало этих двоих? Чего вы от меня хотите? У вас есть их фотографии, значит, вы их знаете, знаете имена и адреса. Так пойдите к ним, арестуйте их и спросите, зачем они за мной следили и кто еще в этом участвовал.

Настя вздохнула и принялась аккуратно складывать снимки обратно в конверт.

— Дело в том, Борис Михайлович, что я уже разговаривала с этими людьми. Они подтвердили, что действительно ходили за вами по пятам, но никого другого, кто бы тоже этим занимался, они не знают. Так что мне приходится делать неутешительный вывод о вашей ошибке.

— То есть?

— За вами следили только эти двое. И больше никто. Все остальное вам показалось.

— Нет, не показалось! — Готовчиц снова повысил голос. — Не делайте из меня идиота! Я их отчетливо видел и столь же отчетливо помню. Их фотографий здесь нет, но эти люди были. Вы слышите? Они были! Были! Я пока еще в своем уме!

Он резко вскочил, потом так же быстро опустился на место, словно у него внезапно подкосились ноги. Теперь он смотрел на Настю жалобным и тревожным взглядом, каким порой смотрят собаки, которые не понимают, за что хозяин их побил, но при этом знают твердо: раз побил — значит, провинились, потому что хозяин всегда прав.

— Или нет? — Голос его упал почти до шепота. — Я уже не в своем уме? Я сошел с ума? У меня галлюцинации?

Настя молчала, с любопытством наблюдая за ним. Что это? Хорошо отрепетированный спектакль? Или у психоаналитика и вправду «крыша едет»? Нормальный человек давно уже спросил бы, что же сказали работникам уголовного розыска «те двое», зачем они устроили слежку и вообще кто они такие, а Бориса Михайловича, похоже, больше всего на свете интересуют его собственные страхи и состояние его психического здоровья.

— Кто эти люди? — наконец догадался спросить он. — Что они вам сказали?

— Много интересного, — улыбнулась Настя. — Вы знали о том, что ваш образ жизни чрезвычайно беспокоил вашу жену?

Лицо Готовчица стало землисто-серым, глаза вмиг ввалились еще больше, хотя у него и без того вид был неважный.

— Что вы такое говорите? Какой образ жизни? — забормотал он.

— Ваш образ жизни. Что-то в нем Юлии Николаевне очень не нравилось, и она наняла частных сыщиков, чтобы они за вами последили.

— Этого не может быть!

— Да почему же? Может. Вот фотографии, на которых изображены опознанные вами люди. Вы же их узнали, правда?

Готовчиц молча кивнул, не отрывая от Насти затравленного взгляда.

— Эти люди работают в частном сыскном агентстве, и этим агентством Юлия Николаевна заключила договор. Она хотела узнать, где вы бываете, с кем общаетесь и что из себя представляют ваши знакомые. И теперь, Борис Михайлович, вы должны мне ответить: откуда у вашей жены появились такие нехорошие мысли на ваш счет? В чем она могла вас подозревать? Что могло ее насторожить?

— Я не знаю!

Он почти выкрикнул эти слова и уставился неподвижным взглядом куда-то в угол комнаты.

— Я вам не верю, — произнес он чуть погодя уже спокойнее. — Вы это выдумали, потому что в чем-то меня подозреваете. Это все ваши приемчики, психологические ловушки и прочая безнравственная ерунда. Вам должно быть стыдно. Я потерял жену, а вы рассказываете о ней гадости и пытаетесь меня на чем-то подловить. Стыдно.

«Так, — удовлетворенно констатировала Настя, — теперь вы уже и про убийство жены вспомнили. Долго же вы собирались с мыслями. Дальше все пойдет по привычной схеме: «Я такой несчастный, а вы ко мне с расспросами лезете». Знаем, проходили через это двести сорок пять раз. Ход безотказный, психологически безошибочный. Тому, кто задает вопросы, действительно становится стыдно. Просто все по-разному с этим стыдом справляются и выходят из ситуации кто как сумеет. Мне проще, у меня вместо сердца камень, а вместо добросердечия — сплошной цинизм. И мне в таких случаях не бывает стыдно. Может быть, немного неловко, но это уж я как-нибудь переживу».

— Я рассказываю вам не гадости, — мягко возразила она, — а то, что было на самом деле. Вот копия договора, заключенного вашей женой с агентством, можете ознакомиться. И смею вас заверить, все это ни в коей мере не порочит Юлию Николаевну. В том, что она сделала, нет ничего плохого или зазорного. Так что ваш упрек я не принимаю.

Готовчиц взял лежащую перед ним на столе копию договора и начал читать. Читал он долго, но Настя видела, что он не пытается затянуть время, просто с трудом вникает в слова и фразы. Ему было трудно сосредоточиться.

— И что все это означает? — спросил он, одолев наконец текст и откладывая бумаги в сторону. — Юля наняла частных детективов, чтобы они за мной следили?

«Слава богу! — мысленно вздохнула Настя. — Осознал».

— Совершенно верно, — подтвердила она.

— Зачем? Что она хотела узнать?

— Вот этого я не знаю и очень рассчитываю на то, что вы мне скажете сами. Кто же еще, кроме вас самого, может знать.

— Но я не знаю!

— А я — тем более, — пожала она плечами.

— И давно они за мной следят?

— С момента заключения договора.

— Ах, ну да, конечно, — спохватился Готовчиц и посмотрел на первый лист договора, где была проставлена дата.

Снова возникла пауза, Борис Михайлович что-то обдумывал.

— А те, другие? — вдруг спросил он.

— Какие другие?

— Ну те, которых я видел раньше. Частные детективы ходили за мной по пятам с восемнадцатого апреля, если верить договору. А двоих других я видел много раньше. Значит, это не они?

— Борис Михайлович, в прошлый раз мы с вами говорили о том, что это могли быть те люди, которые сделали попытку обокрасть вашу квартиру. Но теперь я готова отказаться от этой мысли.

— Почему? Вы перестали мне верить?

«Как же, перестала, — прокомментировала про себя Настя. — Я и не начинала, если быть точной».

— Я вам объясню, а вы постарайтесь вникнуть в то, что я говорю. Мы с вами в прошлый раз сошлись на том, что воры, заприметившие вашу квартиру и следившие за вами, чтобы выбрать наиболее подходящее время для кражи, сделали неудачную попытку и, поскольку не успели найти то, что им было нужно, продолжили слежку, чтобы повторить заход. Правильно?

— Да, мы с вами именно так решили, — кивнул Готовчиц.

— Теперь же, когда выяснилось, что после кражи за вами следили не воры, а частные сыщики, нанятые вашей женой...

Она замолчала и стала ждать, как отреагирует ее собеседник. Будет ли пытаться продолжить логическую цепочку сам, или сделает вид, что ничего не понимает и станет ждать, пока Настя озвучит собственные соображения, надеясь на то, что соображения эти для него не опасны. Готовчиц пошел по второму пути, чем еще больше укрепил ее подозрения.

— И что из этого следует? — спросил он.

— Из этого следует, что воры вовсе не собирались предпринимать следующую попытку обчистить вашу квартиру. И этому может быть только два объяснения.

— Какие?

Взгляд его снова стал напряженным и затравленным.

— Первое: они не захотели этого делать, потому что дважды лезть на один и тот же объект глупо и опасно. Объяснение второе: им не нужна была повторная попытка, потому что им вполне хватило первой.

— Как это? Что вы хотите сказать? Почему хватило?

— Потому что они нашли то, что искали.

— Но у меня ничего не пропало! Я вам тысячу раз повторял! Вам и Игорю Валентиновичу. У меня ничего не пропало!

— Вы тысячу раз говорили, а мы тысячу раз слышали. Но от этого ничего не меняется, факты остаются фактами, и их надо как-то объяснять. Давайте попробуем это сделать, и вы, может быть, поймете мои сомнения. Начнем с первого варианта: попытка кражи была неудачной, воры у вас ничего не взяли, но от повторной попытки отказались. Почему?

— Что — почему? Вы же сами только что сказали: дважды лезть в одну и ту же квартиру глупо и опасно. Это ваши слова? Я ничего не путаю?

— Это мои слова, — согласилась Настя. — Я спрашиваю, почему они ничего не взяли. Деньги и ценности вы хранили в легкодоступных местах, найти их никакого труда не составляло. Вы мне скажете, что воры были неопытными?

— Ну, например, — неохотно подтвердил Готовчиц.

— А я вам отвечу, что неопытные воры не будут так тщательно готовиться к краже и предварительно устанавливать режим дня будущих жертв. Если они за вами следили, значит, это люди серьезные, а серьезные люди обязательно нашли бы и деньги, и украшения вашей жены, и ее бумаги, если охотились именно за ними, это совсем несложно. Поэтому если мы хотим, чтобы наша первая версия оказалась правильной, то мы с вами вынуждены будем признать, что попытка кражи была действительно неудачной, преступники ничего не нашли, но...

— Что? — испуганно проговорил Борис Михайлович.

— Но они за вами и не следили. Переходим ко второй версии. Признаем, что преступники были достаточно предусмотрительными, предварительно следили за вами и, по всей вероятности, за Юлией Николаевной, вломились в вашу квартиру и взяли то, что хотели.

— Они ничего не взяли, — упрямо повторил он. — Я все проверил. Ничего не пропало.

— Борис Михайлович, голубчик, — Настя говорила почти ласково, — поймите же, у нас с вами получается или одно, или другое. Или никто за вами не следил, и вы на этот счет заблуждаетесь, или у вас все-таки что-то пропало, а вы не хотите мне сказать, что именно. Третьего-то не дано. Вместе факт слежки и неудачной попытки кражи никак не соединяются, хоть тресни. Логики нет.

— Я не заблуждаюсь. Я точно уверен, что до кражи за мной следили.

— Тогда давайте признаем, что попытка кражи удалась. Другого выхода у нас нет.

— Он должен быть! — Психоаналитик вновь сорвался на крик. — Должен быть этот выход! Я знаю, что за мной следили и что у меня ничего не пропало! Ищите, думайте, вы же милиция, в конце концов!

— Борис Михайлович, будьте справедливы. Да, мы — милиция, но потерпевший-то — вы, и все, что мы знаем, мы знаем только с ваших слов. Вы меня уверяете, что за вами следили до кражи, и вы же меня уверяете, что у вас ничего не украли. Мне приходится опираться на то, что вы говорите, но у меня не получается связной картинки. И мне приходится думать, что либо вы ошибаетесь в части слежки за вами, либо говорите неправду в том, что касается кражи. Из того, что вы мне сказали, связной и последовательной картины не вытекает. Если вы можете дать мне объяснение, которое связало бы воедино оба этих факта, я готова его принять и сделать все возможное, чтобы его проверить. У вас есть такое объяснение?

— У меня? Нет. Я ничего не понимаю. Но я точно знаю, что говорю правду. Вы должны мне верить.

«Должна верить, — повторила про себя Настя. — Какой заезженный оборот. Почему кто-то должен кому-то верить? Человек должен заботиться о тех, кто находится на его иждивении, он должен держать слово, должен возвращать долги. Это все понятно. Но верить? Никто никому не должен. А между тем это одна из самых распространенных и часто употребляемых фраз в нашей жизни. Вероятно, это что-то вроде магического заклинания. Ты должен мне верить, и все тут, и никаких объяснений не требуется. Человек подпадает под магию слов и начинает думать, что действительно должен верить».

* * *

Длинный разговор с Борисом Михайловичем совершенно вымотал ее. Настя не терпела отсутствия логики и ужасно уставала, если приходилось долго объяснять кому-нибудь на пальцах, почему ее не устраивает то или иное толкование фактов. Во всем должна быть связь, во всем должен быть смысл. Пусть необычный, непривычный, нетрадиционный, пусть совсем особенный смысл, но он должен быть. И когда он не просматривается, приходится либо искать искажение фактов, иными словами — ложь, либо винить себя за тупость.

Еще вчера, придя с работы, она твердо решила начать уже наконец что-нибудь делать по убийству Андреева и Бондаренко. Нельзя сказать, что по этому преступлению не делалось вообще ничего, нет, конечно. Миша Доценко добросовестно копался в финансовых делах телекомпании, торчал день и ночь то в Останкине, то в здании непонятного назначения, расположенном где-то в районе проспекта Мира, в котором «Лицо без грима» арендовало несколько помещений, в том числе съемочный павильон. Одновременно другой сотрудник, Коля Селуянов, отрабатывал связи погибших, дабы попытаться выяснить, какой коммерческой деятельностью (помимо основной, в телепрограмме) они еще занимались и не могла ли эта деятельность стать причиной их убийства. Еще один сотрудник, Юра Коротков, изучал данные на владельцев всех белых «Жигулей» седьмой модели, оставлявших в тот день свои автомобили возле Останкинского телецентра. Он проверял вполне возможную версию о банальной ошибке: взрывное устройство просто подложили не в ту машину. Казалось бы, все необходимое по делу о взрыве автомашины директора программы Виктора Андреева делалось и без Насти, но ей не давал покоя Уланов. То, что он изменился — это понятно и объяснимо. Но он изменился явно «не в ту» сторону. И изменилась сама программа «Лицо без грима».

А вчера, едва переступив порог, она услышала возбужденный голос мужа:

— Аська, как жаль, что тебя дома не было! Тут такой цирк

по телевизору был — с ума сойти. Но я вовремя спохватился и успел записать вторую половину.

Ей было совершенно не интересно, что там был за цирк по телевизору, ей не хотелось разговаривать с Алексеем, ей не хотелось вообще ничего. Но она понимала, что так вести себя нельзя, надо взять себя в руки и быть приличной. Поэтому вежливо спросила:

— Что там случилось?

— Ты не представляешь! Есть одна программа, называется «Лицо без грима». Ты наверняка ее не знаешь, она идет в такое время, когда тебя дома не бывает.

— Я знаю эту программу, — перебила его Настя, сразу насторожившись. — Что там случилось?

— Знаешь? — Алексей подозрительно посмотрел на жену. — Откуда? Ты что, на работе телик смотришь, вместо того, чтобы кровавых маньяков отлавливать?

— Лешенька, все объяснения потом. Что с программой? Кстати, я и не подозревала, что ты ее смотришь.

— Всегда, — заявил Чистяков. — Когда не занят — смотрю обязательно.

— Зачем? Она же не скандальная.

— Ну и что? Я на ней душой отдыхал. Смотрел и думал: надо же, в нашей поганой, склочной жизни осталось еще что-то доброе и порядочное. А в последнее время, между прочим, программа стала совсем другой. Так вот, сегодня господин Уланов особенно отличился. У него в гостях был целитель, в прошлом очень известный и безумно популярный, а в последние годы как-то подзабытый. Видно, решил напомнить о себе широким слоям населения и пробился в передачу. Уланов его уделал, как бог черепаху. Ася, это надо было видеть и слышать! Хочешь посмотреть то, что я успел записать?

— Хочу.

— Тогда сначала ужинать, потом посмотрим вместе. Я тоже удовольствие получу.

— Нет, — решительно сказала Настя, — сначала посмотрим.

Алексей удивленно взглянул на нее:

— Откуда такой острый интерес? Там что, криминал какой-нибудь?

— Еще какой. Там два трупа, директор программы и корреспондент. Так что давай сначала смотреть. Мне сегодня интересно все, что касается этой программы.

— Но я есть хочу! — возмутился Леша. — Я не ужинал, тебя ждал, как дурак.

— Прости, солнышко.

Настя примирительно улыбнулась и потерлась щекой о плечо мужа.

— Давай все-таки сначала посмотрим, а потом за ужином обсудим.

Перспектива обсуждения примирила Лешу с необходимостью терпеть голод еще некоторое время, и он послушно включил видеомагнитофон. Пока пленка перематывалась, Настя с ужасом подумала о том, что, кажется, начала манипулировать Чистяковым. Она так редко обсуждает с ним служебные проблемы, а в последние недели вообще почти не разговаривает ни о чем, и Лешка ради получасовой беседы с ней готов на любые жертвы. Какая мерзость! Она знала, что многие женщины точно таким же образом используют секс, допуская мужей до тела исключительно в виде награды за хорошее поведение и отказывая им в близости, если хотят наказать за что-нибудь. Ей самой это всегда казалось отвратительным и глупым, а вот поди ж ты, и сама стала так поступать. Чтобы задобрить Лешку, пообещала что-то с ним обсудить. Дрянь она бессердечная, вот что! Прав Колобок-Гордеев, она непростительно распустилась.

На экране появилось лицо Уланова, задававшего очередной вопрос собеседнику, которого Настя сразу узнала и вспомнила. Да, действительно, когда-то он гремел на всю страну, собирал на своих «концертах» многотысячные аудитории, хвастался сотнями исцеленных больных и обещал почти стопроцентное здоровье всем, кто «будет его слушаться». С первых же двух минут она поняла, что происходило в студии. Каждый играл в свою игру. Целитель хотел говорить только о целительстве и своих успехах на этом поприще, Уланов же, следуя традициям программы «Лицо без грима», старался показать телезрителям, что из себя представляет его гость в общечеловеческом, так сказать, плане, насколько он умен и образован, какие у него вкусы и пристрастия, какой характер и привычки. Он никак не помогал своему визави развивать интересные для того темы и при малейшей возможности переводил разговор на другое и задавал вопросы, отвечая на которые целитель выглядел далеко не лучшим образом. Оказывается, книги он читал в основном в детстве и юности, любимых писателей у него нет, предпочтений в музыке и театре тоже как-то не наблюдалось. Ни занятного хобби, ни интересного досуга. Правда, как говорил гость, у него просто нет свободного времени на то, чтобы читать и ходить в театры, он всего себя посвящает больным и страждущим, но тонкие и злые реплики ведущего сразу наводили телезрителя на мысль о том, можно ли отдавать свое здоровье в руки человека необразованного и не имеющего хотя бы основ собственного мировоззрения. Одним словом, из бывшего всенародного любимца Александр Уланов публично сделал безграмотного шарлатана. Было видно, что ведущий хорошо подготовился к эфиру. Он задавал много вопросов об отношении целителя к различным научным и псевдонаучным школам, в том числе и зарубежным, но в ответ звучали только расплывчатые рассуждения о карме, космической энергии и духе. Становилось ясным, что гость не читает не только художественную, но и специальную литературу и практически ничего не смыслит ни в медицине, ни в биологии, ни в химии. Гость, однако, ничего этого не замечал, был чрезвычайно доволен собой, и на лице его то и дело расплывалась торжествующая улыбка.

Зрелище было и в самом деле прелюбопытное, но Насте гораздо интереснее было наблюдать за Улановым, нежели за глуповатым целителем. Сегодня он еще меньше походил на того Уланова, которого она видела в передачах, отснятых заранее и прошедших в записи. Более того, он не был похож и на самого себя, каким выглядел тогда, когда впервые вел программу в прямом эфире. В тот раз он был равнодушным и холодно отстраненным, наблюдая как бы свысока за попытками кинопродюсера выглядеть поприличнее. А сегодня в нем словно проснулась яростная решимость уничтожить собеседника, втоптать в грязь, показать всем его глупость и примитивность. «С ума сошел! — ахнула про себя Настя. — Если он будет так себя вести, программа умрет моментально, потому что не найдется больше желающих проходить публично такую экзекуцию. И как ему это позволяют?»

— Ну, что скажешь? — весело спросил Чистяков, когда пленка закончилась. — Красивое зрелище?

— Красивое, — согласилась она. — Только опасное и бессмысленное.

— Почему? У нас теперь демократия, средствам массовой

информации можно все. Пошли на кухню, у меня сейчас обморок будет от голода.

Они быстро разогрели еду и несколько минут с аппетитом поглощали цветную капусту в полном молчании.

— Леш, ты мне рассказывал, помнится, что в Штатах тебя несколько раз приглашали на телевидение.

— Было, — кивнул он.

— Запись или прямой эфир?

— И так и эдак. А что тебя интересует?

— Поведение ведущего. Я хочу понять, есть ли разница в его поведении при записи и прямом эфире.

— Асенька, поведение ведущего зависит не от этого, а от гостя и от установки. Ну и от концепции программы, естественно. Если программа в целом скандальная, разоблачительная, то ведущий всегда вкрадчиво-агрессивен, он же должен сделать из своего гостя отрицательного героя, поэтому задает вопросы быстро, не давая времени собраться с мыслями, ловит на слове, перевирает и переиначивает все сказанное собеседником и так далее. И в этом смысле для него никакого значения не имеет, запись это или прямой эфир. Он при любом варианте будет вести себя именно так.

— А с тобой как было?

— Вот примерно так и было. Все ведущие хотели сделать из меня чудаковатого гения, которого не оценили и не признали в России, но у которого не хватает душевных сил сделать резкий шаг и порвать с ненавистной родиной, перебравшись в прекрасную страну всеобщего благоденствия. Как только я начинал говорить о том, что в России я давно признан, получил звание академика, имею собственную научную школу, возглавляю огромную лабораторию, они будто не слышали этого, тут же перебивали меня и спрашивали, сколько лет мне нужно корячиться в России, чтобы заработать столько, сколько мне в Штатах платят за одну двухчасовую лекцию. Противно, ей-богу.

— Зачем же ты соглашался участвовать в передаче? Ну ладно, в первый раз ты не знал, как дело пойдет, но потом-то мог и отказаться. Разве нет?

— В принципе мог. Но не стал.

— Почему?

— Во-первых, каждый раз надеялся, что все будет иначе,

что с прошлым ведущим мне просто не повезло, а теперь разговор пойдет по-другому.

— А во-вторых?

— А во-вторых, руководство университета, пригласившее меня читать лекции, было заинтересовано в этих передачах, и мне недвусмысленно дали это понять. У них тоже какая-то там конкуренция между собой, и им важно, чтобы другие университеты знали, что я читаю лекции именно у них. А своим работодателям я отказать не мог. Теперь ответь мне, с чего такой интерес к телевизионным интервью?

Настя убрала тарелки в раковину, поставила на стол чашки, сахар, большую плоскую тарелку с печеньем, коробку апельсинового чая в пакетиках. Она молчала, пытаясь сосредоточиться и сформулировать свои смутные ощущения в более или менее связную фразу, но получалось у нее плохо.

— Понимаешь, Лешик, меня беспокоит Уланов. Передача стала совсем другой, потому что сильно изменился ведущий. И я не могу понять, в чем тут дело. То ли у него психологический шок от внезапной гибели двух сотрудников, то ли он к их убийству причастен лично.

— Асенька, ты забываешь о третьем варианте, который на самом деле первый, потому что главный. Деньги. Возможно, у Уланова и руководителей программы были разные взгляды, а теперь у него появилась возможность делать так, как он хочет. И зарабатывать на этом деньги.

— Поясни! — потребовала Настя, мгновенно забыв про остывающий чай.

— Ты не смотришь программу, поэтому не обращаешь внимания на рекламные блоки вокруг нее. А я могу совершенно точно тебе сказать, что в последние несколько дней эти блоки заметно расширились. Если раньше это было меньше минуты до начала программы и примерно полминуты после ее окончания, то теперь первый блок идет около двух с половиной минут. Тебе это о чем-нибудь говорит?

— Ничего себе, — протянула она. — Значит, народ среагировал на разоблачительный тон передачи.

— Еще как среагировал, — подхватил Алексей. — Ты привыкла мерить все московскими мерками, поэтому тебе кажется, что «Лицо без грима» никто не смотрит, кроме пенсионеров и домохозяек. Ты исходишь из того, что основная масса работающих людей до шести часов находится на службе, потом до семи — в дороге, но это верно только для Москвы и Питера. А в других местах дорога занимает вовсе не так много времени, и рабочий день далеко не у всех с девяти до шести, огромное количество народу работает в другом режиме, так что на периферии программу смотрят. Да что там говорить, у нас в Жуковском она очень популярна, а это ведь почти Москва. У меня в институте каждый день только и разговоров об Уланове и его очередном госте. Пересказывают удачные реплики, хохочут, восхищаются. Смотреть Уланова стали даже те, кто раньше и не слышал о программе. И рекламодатели моментально усекли, что количество телезрителей у передачи резко выросло. Вот и результат. Размещением рекламы занимается специальная служба телеканала, и, естественно, они должны «отстегивать» какую-то сумму Уланову и его группе как авторам и производителям популярной передачи.

— Но ведь к нему на эфир никто не придет, если он будет так себя вести. Побоятся.

— Да бог с тобой, — расхохотался Леша. — Ты же сама мне тысячу раз рассказывала, почему преступность невозможно победить. Потому что каждый преступник прекрасно знает, что то, что он делает, неправильно, но уверен или по крайней мере надеется, что его не поймают. И здесь то же самое в точности. Человек может знать, как Уланов обращается с гостями программы, но при этом быть уверенным, что уж с ним-то ничего подобного не случится, он окажется умнее и самого ведущего, и всех его прежних гостей. Они же абсолютные ничтожества, умом недалекие, талантами обделенные, а он — ого-го! Он им всем покажет. И нам, телезрителям, тоже. Обычный ход мышления, уверяю тебя.

— Значит, ты полагаешь, что раньше программа зарабатывала деньги каким-то другим путем? — задумчиво спросила Настя. И тут же ответила сама себе: — Да, по-видимому, именно так оно и было. При Андрееве и Бондаренко у них был другой источник существования, а теперь с их гибелью этот источник тоже приказал долго жить, и Уланов, чтобы продержаться на плаву, вынужден пойти по банальному, изъезженному пути, по пути скандальности и «желтизны». Что ж, он своего добился, спрос на рекламное время вокруг передачи заметно возрос. Леша, а Леш?

— Что?

— И почему людям так нравится читать и слушать о том,

что другие люди — преступники, взяточники, коррупционеры, что они порочны или даже просто глупы? Никогда не могла этого понять. А ведь за счет этого патологического интереса процветает огромное число средств массовой информации. Печатают какие-то немыслимые байки про кровавых убийц, людоедов, серийных насильников, инопланетян, предсказателей — и ведь народ с упоением это глотает. Самые высокие тиражи у тех изданий, которые на каждой странице кого-нибудь обвиняют во взятках и злоупотреблениях. Я не спорю, писать об этом надо, но почему читать об этом любят больше всего? Вот чего я не понимаю.

— И не поймешь, — засмеялся муж. — У тебя менталитет не тот. Пей чай, он уже совсем холодный. Про страсть к скандалам мы с тобой поговорим в другой раз.

— Почему не сейчас?

— Потому что поздно уже, спать пора.

— Ну Леша, — жалобно протянула Настя.

Ей хотелось еще поговорить с ним, впервые за последнее время разговор не тяготил ее, и не просто не тяготил — был интересен. Ей казалось, что в голове стало немного проясняться, начали проступать контуры будущих рассуждений и логических построений. Какая она дура! Ведь всегда разговоры с Лешкой помогали ей думать, что-то вспоминать, строить новые догадки. Как же она могла об этом забыть?

— Не «ну Леша», а спать, — строго ответил Чистяков. — Ты на часы посмотри, прежде чем ныть. Не знаю как тебе, а мне завтра вставать в половине пятого. Точнее, не завтра, а уже сегодня.

— Зачем так рано? — испугалась Настя. — Случилось что-нибудь?

— Прилетает известное светило математики из Нидерландов, и мне как представителю принимающей стороны нужно прогнуться и лично встретить его в Шереметьеве. Кстати, Ася, напоминаю тебе, что профессор этот прилетает на конференцию, а не просто так водочки попить.

— И что это означает?

— Это означает, что конференция начинается, она будет проходить в пансионате под Москвой, и меня неделю здесь не будет. Так что, возвращаясь с работы, на горячий ужин не рассчитывай.

— Это ужасно, — пошутила Настя, неловко пытаясь справиться с охватившей ее радостью. — Я умру с голодухи, и тебе придется потратиться на мои похороны.

— Не умрешь. Тебя положительные эмоции поддержат. Я же вижу, как ты раздражаешься от моего присутствия. Вот и отдохнешь от меня недельку.

Краска бросилась ей в лицо. Двадцать два года. Они вместе уже двадцать два года, с пятнадцати лет, с девятого класса, а в этом году им исполнится по тридцать семь. Вернее, Лешке уже исполнилось, у нее самой день рождения через два месяца. За двадцать два года Чистяков научился читать ее мысли абсолютно безошибочно. Зачем она его обижает? Ведь Лешка ни в чем не виноват. И никто не виноват, кроме нее самой.

— Леша... — начала она, понимая, что нужно немедленно найти какие-то слова, чтобы снять напряжение.

— Спать, Ася, спать. Поговорим через неделю, — сказал Чистяков устало.

Только сейчас Настя заметила, какое измученное у него лицо. Он терзается подозрениями и неизвестностью уже столько дней, пытается выяснить, что произошло, а она отмахивается, уходит от объяснений, молчит, а если и говорит что-то, то это необязательные, общие фразы, которые не могут ни успокоить подозрения, ни умерить тревогу, ни смягчить душевную боль.

Но все это было вчера. Она легла спать с тяжелым сердцем, чувствуя вину перед мужем, но не смогла перебороть себя и объяснить ему наконец, что произошло за то время, пока его не было. Не смогла, и все тут. А утром встала с твердой решимостью заняться вплотную Александром Юрьевичем Улановым и теми людьми, которых приглашали в передачу «Лицо без грима». Поэтому, завершив визит к психоаналитику Готовчицу, она села в пригородную электричку и отправилась к кинопродюсеру, которому не повезло первым оказаться в прямом эфире с непредсказуемым Улановым.

## Глава 5

Кинопродюсер по фамилии Дорогань жил в Подмосковье, по странному стечению обстоятельств как раз в том городе, где проходила конференция, на которой целую неделю собирался присутствовать профессор Чистяков. Настя пожалела, что не спланировала визит к нему на первую половину дня: можно было бы напроситься к Лешке в машину, все равно ведь зарубежное математическое светило сюда везти. Но адрес и телефон продюсера ей дали только в середине дня, когда она уходила от Готовчица. Поэтому добираться пришлось на электричке, потом ехать на автобусе.

Дорогань в жизни мало напоминал того потеющего растерянного человека, каким он предстал на экране телевизора. Это был веселый толстый дядька с густыми курчавыми волосами и рокочущим басом, который ни секунды не мог усидеть на одном месте и постоянно носился по огромной комнате взад-вперед, как механический веник. Энергия била из него ключом, как, впрочем, и забавные прибаутки, которыми он перемежал свою речь.

К Настиному приходу он был готов, сам же назначил ей время и объяснил, как добраться.

— Догадываюсь, по какому поводу вы пожаловали, — радостно заявил он, едва открыв дверь. — Проходите, снимайте курточку... Помните этот блестящий фильм? «Адъютант его превосходительства».

— А в Дарницу я больше не пойду, ни в курточке, ни без курточки, — улыбаясь, процитировала в ответ Настя, которая тоже любила этот фильм.

— О, я вижу, вы знаете киноклассику. Тем лучше, — обрадовался Дорогань. — Сюда, пожалуйста, проходите, сейчас мы с вами кофейку выпьем. Или вы предпочитаете что-нибудь покрепче?

— Нет, кофе — это было бы замечательно.

— Отлично, отлично, я почему-то так и думал, что вы пьете именно кофе. Много кофе. Я угадал?

— Угадали, — удивленно ответила она. — А еще что-нибудь угадайте.

— Анастасия Павловна, я не волшебник...

— Вы только учитесь? — подала Настя реплику из «Золушки».

— Ага. Я — кинопродюсер, сделавший два десятка детективов. Вам это о чем-нибудь говорит?

— Только о том, что о сыщиках вы знаете все.

— Правильно. Когда-то в прошлом я был кинодраматургом и сам, вот этой самой головой, — он картинно схватился за волосы и стал тянуть кудри в разные стороны, — придумывал образы доблестных стражей порядка. Они у меня все поголовно пили много кофе и не выпускали сигарету изо рта. Правда, среди моих героев никогда не было женщин.

Дорогань усадил Настю в просторной гостиной и отправился на кухню варить кофе, не прерывая своего монолога. Справедливости ради надо заметить, что голос при этом ему повышать почти не приходилось, поскольку двери между гостиной и кухней не было, пространство через широкий арочный проем плавно перетекало из одного помещения в другое.

— Так вот, мне всегда говорили, что мои сыщики в разных фильмах похожи друг на друга, как родные братья, а я отвечал, что именно так вижу. Знаете эту присказку из мира творческой интеллигенции? «Я так вижу!» И спорить с этим бесполезно. Потом-то, когда я перестал писать сценарии и занялся производством фильмов, мне пришлось сталкиваться с работниками милиции куда чаще, чем раньше, и я увидел, что далеко не все пьют кофе, некоторые его вообще терпеть не могут, и некурящих среди них почти половина, но все равно держался обеими руками за придуманный когда-то образ. Не поверите, но я радуюсь, как ребенок, когда вижу сыщика, похожего на того, которого я когда-то придумал. Ну сделайте мне приятное, скажите, что вы курите, и я буду совершенно счастлив.

— Скажу, — громко ответила Настя, — если пепельницу дадите.

Дорогань высунулся из кухни и театрально взмахнул рукой.

— Я вас совсем не знаю, но я вас уже обожаю. Пепельницы стоят на подоконнике, берите любую. Кофе сейчас будет.

Через несколько минут он принес в комнату поднос с туркой и двумя маленькими керамическими чашечками.

— Прошу вас. Так о чем мы будем говорить, Анастасия Павловна?

— Вы же сказали, что догадываетесь, по какому поводу я к вам пришла.

Настя осторожно налила себе кофе, боясь капнуть на гладкую поверхность деревянного столика. С наливанием жидкостей у нее всегда были проблемы, и в гостях она панически боялась испортить чужую мебель или испачкать скатерть.

— А я пытаюсь усилить драматургию сцены. Вот мы с вами сейчас начнем препираться, выясняя, о чем я догадывался и что имели в виду вы, будем ставить друг другу психологические ловушки — все по законам жанра. Иначе получается пресно и скучно.

Она с любопытством взглянула на продюсера. Дорогань ей неожиданно понравился своей открытостью и непосредственностью, хотя обычно ребячливые взрослые люди ее раздражали.

— Нет, Всеволод Семенович, драматургию сцены мы с вами выстраивать не будем. Я хочу, чтобы вы рассказали мне об Уланове.

— А что, вы его подозреваете в убийстве?

На лице продюсера было написано такое неподдельное изумление, что Настя не выдержала и рассмеялась.

— В каком убийстве?

— В убийстве его сотрудников. У него же погибли два сотрудника, директор программы и, кажется, корреспондент. По телевизору сообщали, я слышал.

— А разве вы можете что-нибудь рассказать по этому поводу?

— Вообще-то нет.

— Ну вот видите. Поэтому расскажите лучше мне об Уланове. Как вы с ним познакомились, как попали в программу, как он себя вел, как выглядел, какое впечатление произвел на вас.

— Погодите, погодите, — Дорогань наморщил лоб и смешно засопел, — а какое это имеет отношение к убийству, если вы его не подозреваете?

— Всеволод Семенович, вы нарушаете законы жанра, — мягко заметила Настя.

— А, ну да, верно, вопросы задаете вы, а мы, простые смертные, на них только отвечаем. Нет, все-таки признайтесь, ведь вам намного легче разговаривать с человеком, который знает законы жанра, правда?

— Легче, — согласилась Настя, — но только в том случае, если этот человек их не нарушает.

— Ух, какая вы! Ладно. Значит, так. В программу меня пригласили в связи со съемками российско-финского фильма о международной мафии. Мне позвонил Витя Андреев, представился директором программы «Лицо без грима», сказал, что они хотели бы сделать материал со мной. Я, естественно, согласился.

— Почему «естественно»?

— Ну а как же! Картине нужна реклама. Мы снимаем на шестнадцатимиллиметровой пленке... Вы понимаете, что это означает?

— Нет. А что это означает?

— Это означает, что картина никогда не будет показана на большом экране. Для кинопроката она не годится, там нужна пленка в тридцать пять миллиметров. Телевидение к нашему проекту тоже интереса пока не проявляет, так что реализация пойдет только через видеопрокат. Спрос на кассету нужно готовить заранее, иначе мы прогорим. Короче, я согласился, и Андреев сказал, что ко мне подъедет корреспондент Оксана Бондаренко.

— И когда это произошло?

— Когда произошло... — Дорогань задумчиво поднес к губам чашечку, сделал аккуратный глоток. — Давно, знаете ли, где-то в начале марта. Оксана приехала и очень долго со мной разговаривала.

— О чем?

— Да обо всем! Когда родился, когда крестился, когда женился, где учился, какие отметки получал... Все в таком духе. Я еще пошутил, помню, что она как будто мою биографию в трех томах писать собирается. Расспрашивала о любимых книгах и фильмах, о друзьях, о том, какие газеты читаю, что думаю о политической ситуации. Часа три у меня съела. Потом попросила подобрать фотографии разных периодов жизни и взяла у меня кассеты с несколькими фильмами, которые я сделал за последние годы. Договорились, что она их внимательно посмотрит, потом посмотрит ведущий, а потом мы еще раз встретимся, поговорим уже более предметно о моей кинопродукции и сделаем подсъемку.

— А дальше что было?

— А дальше она снова позвонила уже в конце марта и попросила разрешения приехать вместе с оператором. Они приехали, сняли фотографии, которые я им отобрал, поснимали меня дома, в гараже, возле машины, с сыном и женой. Еще часа три разговаривали о моих фильмах, о проблемах кинопроизводства, о конфликтах со съемочными группами, короче, обо всей киношной кухне. Оксана все очень подробно записывала, делала много уточнений, одним словом, произвела на меня впечатление человека серьезного и основательного.

Настя все ждала, когда дело дойдет до Уланова, но, к ее

удивлению, пока в рассказе кинопродюсера фигурировала только корреспондент Бондаренко.

— Когда мы закончили, — продолжал Дорогань, — Оксана сказала, что подготовит материал для ведущего и меня пригласят на съемку в ближайшие дни. Однако время шло, меня никто никуда не приглашал, и вдруг позвонили и сказали, что я должен быть в Останкине, потому что передача пойдет в прямом эфире. Я, конечно, слегка напрягся, но поехал. Вот там я и увидел Уланова. В первый и в последний раз.

— И как он вам показался?

— Да никак! — раздраженно взмахнул руками Всеволод Семенович. — Такое впечатление, что Оксана Бондаренко была сама по себе, а Уланов — сам по себе. Никак в толк не возьму, зачем я тратил на эту девицу столько времени, если ведущий не использовал вообще ничего из того, что она должна была подготовить. Задавал какие-то вопросы, к ответам на которые я совершенно не был готов. Вы сами-то видели передачу?

— Видела, — кивнула Настя.

— И как она вам?

— Честно?

— Нечестно мне не надо, нечестно я и сам знаю.

— Мне не понравилось.

— Вот видите! И мне не понравилось. И всей киногруппе, с которой я сейчас работаю. Конечно, главный эффект был достигнут, название нового фильма прозвучало по крайней мере пятнадцать раз, и с точки зрения рекламы можно считать, что цель полностью достигнута. Но я-то, я-то каким уродом выглядел! Чтобы выставить меня таким кретином, не нужно было дважды присылать ко мне Оксану, тратить пленку на домашние съемки и так далее.

Тренькнул дверной звонок, Дорогань вздрогнул и поднялся.

— Прошу прощения, я сейчас.

Щелкнул замок, и из прихожей донесся звонкий капризный голосок.

— Папусик! Ты что, прячешься? Мне сказали, что ты дома и сегодня на студию не приедешь. Кто там у тебя? Целяева?

— Успокойся, детка, у меня деловой разговор.

— Я знаю, это Целяева. Ты же мне обещал! Папусик!

— Так, — голос продюсера внезапно вновь обрел зычность и твердость, хотя еще минуту назад он разговаривал с

Настей спокойно и вполголоса. — Или ты отправляешься обратно, или сидишь в комнате и делаешь вид, что читаешь книжку. Ты, конечно, букв не знаешь, но вид сделать можешь, ты же актриса, а не доярка. Вопросы есть?

— Дай слово, что это не Целяева! — Женский голос перешел на визг.

— Детка, я дважды одно и то же не повторяю. Или ты сидишь тихо, или уматываешь отсюда. На эту роль актрис навалом, ты не первая и не последняя, кто хочет ее получить, но выбирать буду я лично. И то только после рекомендации режиссера. И отчитываться перед вами, кого и почему я выбрал, я не буду ни при каких обстоятельствах.

— Значит, у тебя Целяева, — в голосе гостьи явственно зазвучали слезы. — Ты решил взять ее на эту роль, да?

— Все, мое терпение кончилось.

Дрогань щелкнул замком, скрипнула открывающаяся дверь.

— Три шага в направлении лестницы, быстро. И не имей привычки приходить без звонка, не в деревне живешь, телефоны на каждом углу есть. Все, красавица, привет и нежный поцелуй.

Он с грохотом захлопнул дверь и вернулся в гостиную. Лицо его было абсолютно спокойным, словно и не скандалил только что, а разговаривал с соседкой, пришедшей за солью или спичками.

— Еще раз прошу прощения. На чем я остановился?

— Всеволод Семенович, а вы круто обходитесь с людьми, — заметила Настя.

Он допил кофе, чуть отодвинул кресло от низкого столика и с громким вздохом вытянул ноги.

— Я вынужден. Поверьте мне, я по натуре человек мягкий и незлобивый. Но я не имею права позволять себя шантажировать.

— Кто же вас шантажирует? Эта дама?

— Все!

Он вскочил с кресла и принялся расхаживать из угла в угол, оживленно жестикулируя.

— Эта девочка считает, что если три года назад я по пьянке с ней переспал, то теперь она имеет право врываться ко мне в квартиру и требовать отчета. Заметьте себе, речь не идет о каких бы то ни было отношениях между нами, тот эпизод был случайным и для меня, и для нее и больше не повторялся. У нее за три года в постели перебывала чертова уйма мужиков, но она тем не менее полагает, что может рассчитывать на мою благосклонность при подборе актеров для нового фильма. Вы думаете, она одна такая? Я не хочу сказать, что злоупотребляю случайными связями, но ведь и мужики начинают чувствовать себя вправе претендовать на что-то после совместно выпитой рюмки или после парной.

— Все равно это жестоко, — сказала Настя. — Почему вы не объяснили ей, что у вас в гостях не конкурентка Целяева, а сотрудник милиции? Она бы сразу успокоилась. А теперь переживать будет.

— Вот!

Дрогань на секунду остановился и вперил в нее вытянутый указательный палец.

— Вот это я и называю шантажом. Актрисуля позволяет себе врываться в мой дом без приглашения и требовать от меня отчета, а я в ответ вынужден оправдываться. Нет, нет и нет! Если она что-то там в своей глупой голове придумала, то это ее проблемы, исключительно ее, и я никогда не позволю сделать эти проблемы моими. Я принимаю в своем доме кого считаю нужным, и никто не вправе мне указывать. Позволить им хотя бы один раз — и конец! Я уже никогда не отобьюсь, я буду вынужден всю оставшуюся жизнь объясняться с друзьями и приятелями, почему я взял этого режиссера, а не другого, этого сценариста, этого актера. А я не могу и не хочу ничего объяснять и ни перед кем оправдываться. Я — производитель, вы понимаете? Мое дело — сделать кино, прокат которого позволит вернуть вложенные деньги и получить хоть какую-то прибыль. И только я знаю, кого на эту работу приглашать, чтобы вернуть затраты. Только я, а вовсе не те актеры, которые хотят сниматься. Представьте себе директора металлургического комбината, к которому приходит приятель и говорит: давай будем лить металл из моей руды, ну и что, что она некачественная и не соответствует стандартам, ну и что, что этот металл у тебя потом никто не купит, ну и что, что станки, сделанные из этого металла, через неделю развалятся, да наплевать на все это, мы же с тобой столько водки выпили вместе, столько девок перетрахали, так купи у меня руду, а то мне рабочим зарплату платить нечем. И я точно в таком же положении. Никто и никогда не будет мне указывать, как и с кем делать кино.

Он замолчал, выдержал паузу и расхохотался. Лицо его снова стало мягким и веселым.

— Каков я, а? Фантомас разбушевался.

— Ну, в данном случае правильнее было бы сказать: Фантомас против Скотленд-Ярда, поскольку я все-таки из милиции.

— О! Умница! Я сразу почувствовал в вас киношную душу. Ну все, я выпустил пар, можно заняться делом. На чем мы остановились?

— На том, что передача вам не понравилась и вы не поняли, зачем нужна была работа корреспондента.

— Да-да, именно так. Собственно говоря, больше мне и рассказать-то нечего. На этой пронзительной ноте мое общение с «Лицом без грима» закончилось.

— А Уланов? Я хотела бы услышать о нем подробнее.

— Уланов...

Дорогань перестал бегать и снова плюхнулся в кресло напротив Насти.

— Он мне показался чужим, если вы понимаете, что я имею в виду.

— Не понимаю, — честно призналась Настя.

— Бондаренко мне сто раз повторяла во время наших двух встреч, чтобы я не волновался, у них в программе ведущий очень доброжелательный и приятный во всех отношениях человек, он никогда не поставит гостя в неловкое положение, он, дескать, любит своих гостей, и причин для беспокойства у меня никаких нет. А что я увидел?

Он взял драматическую паузу и выжидательно взглянул на Настю.

— И что же?

— Я увидел человека, который не только не любит своих гостей, он не любит вообще никого и ничего. Ему все, извините, до одного места. Я хочу сказать: до лампочки. И передача, которую он ведет, и гость, которого они пригласили. Ему смертельно скучно и уже ничего не нужно. Более того, он оказался еще и плохо воспитан. Сразу после эфира он встал и вышел из студии, даже не попрощался. Такое впечатление, что это я напросился к нему в программу, и он мне сделал большое одолжение, дав возможность вякнуть пару слов в прямом эфире. Оно мне надо? У меня мало другой головной боли?

— Вы были сильно расстроены?

— Да как вам сказать? И да, и нет. Я уже сказал, что главная моя цель была достигнута, информация о новой картине прозвучала, и прозвучала неоднократно. А то, что меня публично унизили и растерли, как плевок по асфальту, так уверяю вас, мне к этому не привыкать. Я на это дело жутко тренированный. Всю жизнь только и делаю, что унижаюсь. При советской власти унижался перед Госкино и руководством «Мосфильма», чтобы взяли в работу мой сценарий. Теперь, при недоразвитом капитализме, унижаюсь перед спонсорами, прогибаюсь, заискиваю, убеждая их, что фильм, который я хочу сделать, получится очень хорошим и они смогут вернуть свои деньги. Мне, Анастасия Павловна, унизиться не жалко и не стыдно, если я знаю, что от этого будет польза. Так что в этом смысле у меня претензий к программе нет.

— И все-таки что-то вас задело.

— Да. Меня задело то, что я ничего не понял. Почему Уланов вытащил меня на прямой эфир, если передача не была готова? Зачем он размазывал меня по стенке, когда Оксана уверяла, что он ведет себя вполне корректно и доброжелательно? Она меня обманула? Опять же вопрос: зачем?

Настя поняла, что зря потратила время на кинопродюсера. Она-то думала, что он встречался с Улановым хотя бы два раза и сможет рассказать о том, каким он был до несчастья, происшедшего с его коллегами, и каким стал после него. Оказалось, что образа «в динамике» не получилось, встреча с Улановым была единственной, и Дорогань рассказал ей все то же самое, что она и без того видела собственными глазами.

— Спасибо, Всеволод Семенович.

Она собралась уходить, однако Дорогань жестом попросил ее не вставать.

— А теперь, Анастасия Павловна, открою вам маленький секрет. Вы позволите?

— Позволю, — кивнула Настя, открывая пачку и доставая новую сигарету.

Ей не хотелось уходить отсюда. Против обыкновения ей было хорошо в этой просторной, не очень тщательно убранной, но удивительно уютной гостиной, хотя она всегда чувствовала себя хорошо и спокойно только в двух помещениях: в собственной квартире и в своем кабинетике на Петровке. И даже громогласный суетливый хозяин квартиры ее не раздрожал, а ведь она обычно моментально уставала от громких звуков и совершенно не переносила мельтешащих перед глазами людей. И все-таки ей здесь нравилось.

— Как вы думаете, откуда я знаю, что вы любите кофе и пьете его постоянно?

— Вы это угадали. Вы же сами так сказали. Солгали, что ли? — улыбнулась она.

— А как же. Продюсер, который никогда не врет, — это не продюсер, а режиссер. Режиссер должен быть правдив, потому что он творец и должен донести свои мысли и чувства до зрителя. Если он не будет правдив, ему не поверят. А продюсер должен врать на каждом углу, иначе он и денег на фильм не достанет, и потом ничего не заработает. Так вот, Анастасия Павловна, я видел вас полтора года назад в «Сириусе», когда убили Алину Вазнис. Вы сидели в кабинете начальника службы безопасности и пили кофе. Долго сидели. Я заглядывал в кабинет несколько раз, и каждый раз у вас в руках была дымящаяся чашка, из чего я сделал вывод, что кофе в ней не тот же самый, уже давно остывший, а свежий. И в пепельнице перед вами все время лежала зажженная сигарета. Так что, как видите, шарлатанства никакого.

— А как же ваш любимый образ сыщика? Тоже ложь?

— Обижаете, хозяйка, — фыркнул веселый кинопродюсер. — Чистая правда. Как на духу. Скажите, вы с начальником службы безопасности «Сириуса» поддерживаете отношения?

— Со Стасовым? Да, конечно. А в чем дело?

— А с его женой вы знакомы?

— Знакома.

— Насколько близко?

— Всеволод Семенович, я не понимаю цели ваших расспросов, — напряженно сказала Настя.

Кинопродюсер сразу перестал ей нравиться. Жена Стасова Татьяна работала следователем, и попытки найти к ней ходы, как говорил незабвенный Аркадий Исаакович, «через заднее кирильцо» ничего приятного не сулили.

— Да цель ясная как божий день! Я хочу снимать хорошие детективы. И я хочу, чтобы Татьяна Томилина написала сценарий.

Настя недоуменно пожала плечами:

— Так попросите ее. Не вижу, в чем проблема.

— Вы не видите? Вы лжете, очаровательная сыщица. Татьяна Григорьевна, во-первых, занята по службе так, что не находит времени не то что на сценарий, но даже на разговор со мной. Знаете, как она меня послала? Элегантно, но вполне конкретно. Даже на встречу не согласилась, отфутболила меня по телефону. А во-вторых, насколько мне известно, она беременна и вот-вот уйдет в декретный отпуск. Умоляю, Анастасия Павловна, составьте мне протекцию. Пусть она согласится хотя бы выслушать меня, а уж я сумею уговорить ее написать сценарий за то время, пока она будет в отпуске, но еще не родит. Хотите еще кофе?

Настя хотела. И еще она хотела сидеть здесь долго-долго.

— Подлизываетесь? — улыбнулась она.

— А как же. Нужно же чем-то вас задобрить. Ну пожалуйста, Анастасия Павловна, не отказывайте мне. Я прочел все книги Томилиной, я выбрал из них пять, которые можно роскошно экранизировать. Остальные тоже можно, но эти пять — это что-то! Сильные, выстроенные, с яркими характерами, но разножанровые. Можно сделать и триллер, и психологический детектив, и настоящий экшн. Так я сварю кофе?

— Варите.

Дорогань пулей выскочил на кухню, продолжая переговариваться с Настей.

— Всеволод Семенович, а почему бы вам не попросить Стасова? Вы же с ним знакомы.

— О! Вы, как всегда, попали в точку. Через Стасова уже пробовали другие, и результат получился плачевным. Стасов не имеет на жену никакого влияния. Я попытался действовать напрямую, разговаривал с Татьяной Григорьевной сам. И, как вы уже знаете, встретил решительный отказ. Но сейчас ситуация острая. Тот факт, что кино по книгам Томилиной хочу снимать не только я один, говорит о том, что киношная братия раскусила ее детективы и сейчас точит на них зубки. Они робко подползли к ней, но Татьяна отказала, мотивируя это загруженностью по службе. Причина уважительная, и от нее отстали. Я — единственный, кто знает, что жена Стасова через три месяца родит, то есть в ближайшее время уйдет с работы и будет сидеть дома. Если я не получу ее согласия немедленно, то завтра на нее накинутся все остальные.

— Все равно я не понимаю, в чем трудность. Пусть сценарий напишет кто-нибудь другой, если Таня сама не может.

— Ага! Другой напишет! Читать не захочется. Не то что снимать.

— Почему так?

— Потому что у Томилиной переходящие персонажи, и только она сама может точно помнить, что у нее написано в следующих произведениях. А посторонний сценарист такого наворотит, что первый-то фильм я сниму, а что дальше делать — непонятно. Он в интересах драматургии первого фильма так расставит героев и так сложит их судьбы, что следующие фильмы уже снимать будет не с кем, он всех нужных мне людей поубивал, отправил на постоянное жительство за границу или поссорил между собой. Можете мне поверить, я это уже проходил.

Дорогань умолк, вероятно, сосредоточившись на процессе приготовления кофе, а Настя встала, чтобы размять затекающую от сидения в мягком кресле спину. Повернувшись, она увидела прямо над креслом написанный маслом портрет известной шведской актрисы. Размашистая надпись по-английски в нижнем углу полотна гласила о том, что это подарок продюсеру, с которым актрисе так славно и легко работалось. «Надо же, — с усмешкой подумала Настя, — какие звезды у него снимались. Наверное, он в своем мире человек достаточно известный. А я, как водится, опять отстала от жизни и никогда о нем не слышала».

Она прошлась вдоль стены, рассматривая расставленные на стеллажах книги. «Размышления о киноискусстве» Рене Клера, двухтомник «Истории киноискусства» Жоржа Садуля, издания зарубежных киносценариев — от вида этих книг на душе стало уютно и тепло. Точно такие же книги, те же самые издания шестидесятых годов стояли на полках в квартире, где прошло Настино детство. На мгновение ей захотелось снова стать маленькой, оказаться в той квартире, и чтобы из кухни вышла мама, и чтобы не было тоскливой пустоты в душе. Чтобы все стало как раньше, чтобы не было трех зимних месяцев этого года, и того ужаса и отчаяния, через которые ей пришлось пройти. Чтобы она снова могла разговаривать с Лешкой, как прежде, часами, сутками напролет. Чтобы ее не пугали поездки в гости к родителям...

Но из кухни вышел Дорогань, и ей пришлось вернуться к реальности.

— И все равно я не понимаю, — сказала она как ни в чем

не бывало, мгновенно включаясь в сцену, — почему сценарист не сможет написать нормальный сценарий. Пусть прочтет все книги, тогда и с персонажами не будет неразберихи.

— Э, да вы идеалистка, — покачал головой Всеволод Семенович. — Я сказал вам, что хочу снять пять фильмов. Так?

— Так, — согласилась она, наливая себе кофе.

— А разве я сказал, что у меня есть деньги на пять фильмов? Говорил я такое?

— Не говорили.

— Вот видите. Пять фильмов — это проект. Прожект, выражаясь высокопарно. Иными словами — мечта, прекрасная и несбыточная. Чтобы превратить ее в реальность, нужно найти деньги на первый фильм, сделать его, хорошо продать, получить прибыль, доказать инвесторам, что пилот состоялся... Вы знаете, что такое пилот?

— Первое изделие на пробу. Да?

— Именно. Так вот, пилот получился, проект жизнеспособен, и можно начинать выпекать второй пирожок. У меня нет возможности заказать человеку пять сценариев, понимаете? Я могу заказать только один. Но под один сценарий он и прочитает только одну книжку. И если я начну требовать, чтобы он, прежде чем начинать работу, прочел все, что написала Томилина, он либо пошлет меня подальше, либо взвинтит свой гонорар до поднебесных размеров, поскольку чтение требует времени и затраты усилий на запоминание и выписывание деталей, либо потребует, чтобы я ангажировал его на весь проект. А я не могу себе позволить ни первого, ни второго, ни третьего.

— Про первое и второе — я согласна. А насчет третьего не поняла. Почему вы не можете позволить себе делать весь проект с одним сценаристом?

— Могу. Делать могу. А заранее давать обещания не могу. Кинопроизводство — это производство, а не богадельня, и в работе над фильмом должны участвовать те, кто сделает этот фильм наилучшим образом, а не те, с кем продюсер связан близкими отношениями или кому он что-то когда-то пообещал. Впрочем, я вам это уже говорил. Мне может не понравиться, как работает сценарист, он может оказаться необязательным, он может не соблюдать сроки, он может не найти общего языка с режиссером и со мной. Да, в конце концов, автору может не понравиться, что он сотворил с ее литературой. Мадам Томилина продаст нам права на экранизацию одного произведения, мы сделаем фильм, сделаем удачно, проект раскрутится, а Татьяна Григорьевна скажет, что мы изуродовали ее идею и она не хочет, чтобы мы калечили остальных ее детей. Вот и все, дорогая Анастасия Павловна. Права на экранизацию остальных четырех книг мы уже не получим никогда. Купить у Томилиной права сразу на пять книг я не могу, у меня нет на это денег. Сменить сценариста я тоже не могу, я подписал с ним контракт на пять фильмов, и в случае отказа я должен заплатить неустойку, на которую у меня опять же нет денег. И с чем я останусь? С разбитыми мечтами. С четырьмя прекрасными книгами, по которым не будут сняты прекрасные фильмы. Поэтому мне нужна Томилина. Сама. Лично. Я вас умоляю! Хотите, на колени встану?

— Я попробую, — неожиданно сказала Настя, хотя еще полминуты назад и не собиралась давать ему никаких обещаний. — Но вы, в свою очередь, должны помочь мне.

— Все, что угодно! Голубушка! Я вас обожаю! Говорите, чем я могу быть вам полезен?

— Вы должны позвонить Уланову и предложить ему пригласить в программу Татьяну.

— Господи, вот уж не думал, что у вас с этим проблемы! — всплеснул руками продюсер. — Вы же расследуете убийство сотрудников программы, вы в постоянном контакте с Улановым, неужели вы думаете, что он вам откажет?

— Разумеется, не откажет. Куда он денется. Но я не хочу, чтобы инициатива исходила от меня. Для него Татьяна Томилина должна быть только автором популярных детективов, а вовсе не моей приятельницей и тем более не сотрудником органов внутренних дел. Вы меня поняли, Всеволод Семенович?

Дорогань отставил чашку подальше и скрестил руки на груди. Правда, удержаться в этой монументальной позе ему удалось не дольше десяти секунд. Он снова начал ерзать и жестикулировать.

— Я могу сказать Уланову, что существует проект создания пяти фильмов по книгам Томилиной? Мне же нужно его заинтересовать, объяснить, почему Томилина может представлять интерес для программы. Было бы хорошо сказать ему, что она следователь и одновременно известный писатель...

— Ни в коем случае, — оборвала его Настя. — Слово «следователь» вообще не произносится. Кстати, сообщаю вам, что у Тани совершенно другая фамилия, а Томилина — это псевдоним.

— Что вы говорите? — удивленно воскликнул Дорогань. — Неужели псевдоним? Я и не подозревал.

— И об этом тоже говорить Уланову не нужно. Речь должна идти только о писательнице, авторе двух десятков бестселлеров, по которым вы собираетесь снимать несколько фильмов.

— А если он не заинтересуется?

— Пообещайте ему деньги.

— В какой, позвольте спросить, форме?

— В прямой. Скажите, что вы крайне заинтересованы в предварительной рекламе проекта и готовы отнестись к приглашению Томилиной в эфир именно как к рекламе. Они там все большие мальчики и девочки, такие вещи понимают с полуслова. Только не связывайте Уланова с Таней напрямую, замкните все на себя.

— Ладно, если вы обещаете ее уговорить...

— Я пока только обещаю с ней поговорить. И больше ничего. Но мою просьбу вам выполнить придется. Потому что если я с ней не поговорю, то у вас шансов не будет вообще, а так все-таки есть надежда.

— Ну вот, — Дорогань вдруг развеселился, — теперь уже и вы меня шантажируете. И как это я расслабился? Надо же, на пять минут отвлекся, разговорился с дамой из милиции — и на тебе, пожалуйста, меня уже взяли за горло.

— Так я же из милиции, — улыбнулась Настя.

— У вас там все такие?

— Поголовно. Я еще цветочек, а вот когда вам ягодка попадется — мало не покажется. Я могу считать, что мы договорились?

— Можете, — вздохнул продюсер. — Только вы уж там постарайтесь с Татьяной Григорьевной, ладно?

— Уж постараюсь.

\* \* \*

Выйдя из дома, где жил Дорогань, Настя дошла до автобусной остановки, но поехала не на станцию, а в совершенно другую сторону, к пансионату, в котором должна была проходить конференция. Она слабо представляла себе, зачем едет туда, испытывая лишь острое чувство вины перед мужем.

Укрытый в лесополосе пансионат она нашла легко, из всех дорог только та, что вела к нему, была тщательно заасфальтирована. Настя вспомнила, что раньше это был «спецобъект», получить путевку для отдыха в котором могли только лица, приближенные к императору. Потому и дорога хорошая, и забор высокий, и будка охраны наличествует. Взглянув на служебное удостоверение, плечистый парень в синей униформе кивком головы разрешил Насте пройти на территорию.

Она медленно брела по обсаженной березами аллее в направлении красивого шестиэтажного корпуса с зеркальными стеклами, в которых отражалось голубовато-серое весеннее небо. Дойдя до здания, Настя выбрала скамейку, с которой хорошо был виден вход, уселась поудобнее и достала сигареты. Мимо нее то и дело проходили солидные дамы и господа в распахнутых коротких шубах или отделанных мехом куртках. Настя ловила обрывки фраз, произносимых на разных языках, и удивлялась, как это им не жарко в такой теплой одежде, москвичи давно уже ходили в плащах и легких курточках, а эти умные математики будто на Северный полюс приехали. Неужели за границей до сих пор верят в байки о том, что в России белые медведи прямо по улицам ходят?

Из здания выскочила молодая девушка в мини-юбке и в глухом обтягивающем свитере. Пробегая мимо Насти, она внезапно затормозила.

— Ой, Анастасия Павловна!

Настя подняла глаза и узнала Галочку, делопроизводителя из лаборатории, которой заведовал Чистяков.

— Здравствуйте, Галя.

— Вы Алексея Михайловича ждете?

— Да. Он здесь?

— Я сейчас ему скажу. Он в холле с профессором Звекичем. Сейчас! Я мигом...

Галочка умчалась обратно в здание, легко и быстро перебирая стройными ножками в туфлях на высоком толстом каблуке. На какое-то мгновение Настя даже позавидовала ей. Сама она так легко не смогла бы бежать даже в удобных кроссовках, а уж на каблуках такой высоты ходила только в случаях острой необходимости и очень медленно.

На крыльце показался Чистяков, следом за которым вышли представительный седой мужчина и элегантная дама в очках. Настя отчего-то испугалась. Вот дура, зачем она притащилась сюда? Что она может сказать Леше? Что виновата, что любит его, что все его подозрения лишены каких бы то ни было оснований? Такие разговоры хороши для дома, а не для официального места, где все страшно заняты и делают дело, а не сопли распускают. Да и вид у нее... Лешка в дорогом костюме, серьезный, солидный, как-никак академик, автор десятков научных трудов, председатель оргкомитета конференции, а она — в джинсах, в дешевой куртке, в кроссовках, даже глаза не накрашены. Профессорская жена.

Алексей что-то сказал своим спутникам, те закивали и заулыбались. Он не спеша сошел с высокого крыльца и направился к Насте.

— Что случилось? — спросил он, подойдя к ней.

— Я...

Она вдруг смешалась, испытывая неловкость и ругая себя. Ну что, что она ему скажет? Тоже мне, нашла время отношения выяснять. Примчалась на другой конец света признаваться собственному мужу в любви. Мелодрама, да и только.

— Я приехала по своим делам, оказалась здесь рядом, вот и заглянула. Извини, я не хотела тебя отрывать от гостей, я просто сидела на скамейке и отдыхала, и если бы твоя Галочка меня не увидела, я бы через несколько минут ушла.

— Я спрашиваю: что случилось? — уже жестко повторил Чистяков.

Настя посмотрела ему в глаза и не увидела в них того ласкового тепла и мягкой насмешки, которые видела двадцать лет. Это был не тот домашний рассеянный Лешка, заботливый, внимательный, все понимающий и все ей прощающий, готовящий для нее еду и стирающий сам себе рубашки. Перед ней стоял посторонний мужчина, чьи рыжие волосы стали уже наполовину седыми, рослый, статный, в строгом темносером костюме из дорогого английского магазина, с чужим лицом и холодными глазами. Нет, ни за что она не скажет ему то, что собиралась. Ему сейчас не до этого. Он занят, а она лезет к нему с глупостями. Ведь еще вчера, когда она пыталась как-то снять возникшее между ними напряжение, он сказал: «Поговорим через неделю».

— Честное слово, ничего не случилось. Я действительно приехала сюда по делу, опрашивала свидетеля. До следующей электрички почти полтора часа, и я просто решила убить время, прогулявшись до пансионата и посмотрев, где вы заседаете. Извини, солнышко, я правда не хотела тебя беспокоить. Я уже ухожу.

Она поднялась, но Алексей сильными пальцами ухватил ее за предплечье.

— Галочка во всеуслышанье заявила, что приехала моя жена. Теперь мне придется тебя представить гостям.

— Леш, не надо...

— Так требует этикет. Пойдем.

— Лешенька, но я в таким виде... Мне неудобно.

— Потерпишь. Ты должна была подумать об этом, когда шла сюда. А теперь отступать некуда. Они смотрят на нас и ждут, когда я познакомлю их со своей женой. Я не имею права быть невежливым и нарушать приличия. Идем. И убери, пожалуйста, с лица виноватое выражение, гостям совершенно необязательно знать, что у нас с тобой не все в порядке.

— Но у нас действительно не все в порядке, — быстро ответила Настя. — Я потому и приехала. Я...

— У тебя будет возможность обсудить это, когда я вернусь домой. Сейчас мы ничего выяснять не будем.

Он взял ее за руку и быстро повел к крыльцу.

— Позвольте представить вам мою жену, — заговорил он по-английски, когда подвел Настю к седому мужчине и даме в очках. — Ее зовут Анастасия, она офицер полиции, детектив. Анастасия, знакомься, это профессор Розанна Патриньяни и профессор Милан Звекич.

Профессора приветливо заулыбались и пожали Насте руку. Она еле-еле выдержала, пока не истекут протокольные пять минут светской беседы, и вежливо попрощалась, сославшись на необходимость успеть на электричку.

— Разве вы не ездите на машине? — удивилась Розанна.

— Я не умею, — соврала Настя. — У меня нет прав.

Не объяснять же ей, что иметь машину по карману далеко не каждому работнику милиции. В их семье есть машина, но она Лешкина, и он сам на ней ездит, а Настя терпеть не может вождение и садится за руль только в самых крайних случаях, когда никакого другого выхода нет.

— На Западе все офицеры полиции ездят на машине. Человек не может работать в полиции, если не умеет водить машину. А что, в России нет такого правила?

— Нет.

— Это странно, — недоуменно протянула Розанна. —

С вашими расстояниями... Это более чем странно. Теперь я понимаю, почему наша пресса пишет о том, что русская полиция не справляется с преступностью. Чему удивляться, если у вас такие низкие требования к полицейским.

Настя еще раз мило улыбнулась и быстро пошла к воротам, стараясь подавить кипящее в душе раздражение. Эта холеная профессорша из богатой благополучной страны — что она может знать о русской полиции? Что она вообще понимает в нашей жизни?

## Глава 6

Говорят, у всех болезней бывает кризис, после которого человек или идет на поправку, или движется в прямо противоположном направлении. Похоже, со мной случилось именно это.

Сегодня я увидел его совсем близко. Так близко, что чувствовал его дыхание на своей щеке. Кого — его? Да наемника этого, кого же еще! Киллера, которого наняла моя благоверная. Кажется, ей надоело ждать, пока представится удобный случай меня прикончить, и она решила поспособствовать развитию событий. Сегодня суббота, и с самого утра она завелась насчет юбилея Любарских.

— Я надеюсь, ты все-таки передумал и пойдешь к ним, — заявила Вика за завтраком.

— Ни в одном глазу, — весело сообщил я. — Иди одна, если хочешь.

— Саша, возьми себя в руки. Шутки шутками, но ты ведешь себя просто неприлично. Любарские наши друзья, и мы сегодня к пяти часам пойдем к ним.

— Ты пойдешь. А я останусь дома. Все, Вика, хватит это обсуждать. Ты разговариваешь со мной, как с неразумным ребенком. Если в тебе так силен материнский инстинкт, возьми младенца из детского дома и воспитывай, а меня оставь в покое.

Это было жестоко с моей стороны. Вика не виновата, что у нас до сих пор не было детей, это же я всегда говорил, что нужно подождать, что у нас нет условий. Условий действительно не было, жить с малышом рядом с сумасшедшей матерью небезопасно. Потом, когда мы переехали, нам казалось, что еще год-два можно передохнуть от постоянной гонки за заработками и вечного безденежья. Пожить для себя. И первую скрипку в этих разговорах играл, конечно, я. Вот и доигрался. С другой стороны, если бы Вика забеременела, об аборте речь не шла бы. Но мы всегда так тщательно предохранялись... Что ж, зато сейчас она свободна и бездетна и может со всем пылом предаваться любви со своим провинциальным Ромео, не заботясь о том, что дома ребенок один или его нужно забирать из детского садика. Так что все к лучшему.

В уголках ее глаз закипели слезы, но Вика сдержалась, только губы сжала плотнее.

— Я не понимаю, что с тобой происходит, Саша, — сказала она немного погодя. — Иногда мне кажется, что ты сошел с ума. Ты стал совершенно другим человеком.

— Не говори глупости, — отмахнулся я.

Ссориться с Викой с утра пораньше не хотелось, поэтому я перевел разговор на что-то совершенно безобидное, а потом заявил, что собираюсь весь день пробыть дома и заняться домашними делами.

— Ты можешь сходить в магазин, — милостиво разрешил я, — а я заряжу стиральную машину и параллельно буду пылесосить. Мы, по-моему, уже месяц в квартире не убирались. Грязью заросли по самые уши. Кафель давно пора чистить, и ванну с унитазом тоже. Кстати, если ты собираешься на пьянку к Любарским, рекомендую тебе посетить парикмахерскую, у тебя седина видна, пора краситься. И маникюр сделай заодно.

Я, конечно, кривил душой. Мне просто не хотелось выходить из дому. Но не говорить же об этом Вике...

Она ушла в магазин, хлопнув дверью. Впрочем, мое утреннее хамство вполне этого заслуживало. Домашней работы хватило на полдня, и занимался я ею с неожиданным для себя энтузиазмом. Вика явилась в четвертом часу, и я сразу заметил, что в парикмахерской она все-таки побывала. Ногти на руках сверкали свежим лаком, а волосы стали чуть-чуть темнее, чем были утром. Она не сказала ни слова, не задала ни единого вопроса, молча выложила продукты в холодильник и ушла в комнату переодеваться. Я в это время на кухне драил раковину и плиту каким-то импортным широко рекламируемым порошком.

Через некоторое время Вика заглянула на кухню. Она была полностью одета, лицо накрашено, волосы уложены.

— Я ухожу, — сообщила она спокойно. — Ты будешь дома или собираешься куда-нибудь?

— Никуда, — ответил я, не отрывая глаз от блестящей поверхности раковины, словно намеревался увидеть на ней огненные буквы, складывающиеся в слова вечной и непреходящей мудрости. — Буду дома.

Ее каблучки простучали до входной двери, щелкнул замок, звонкие шаги по кафельному полу лестничной площадки до лифта. Все. Она ушла. Можно свободно вздохнуть и заняться чем-нибудь приятным.

Однако как легко она уступила! Несколько фраз утром — и больше ничего. Я, честно признаться, ждал истерики, криков, слез, просьб, угроз — чего угодно, только не такого легкого и молчаливого отступления. Нет, что ни говори, а моя жена умна. И меня знает как облупленного. Вернее, не знает, а чувствует. Знать, что у меня сейчас в голове, она не может, потому что не может даже предполагать, что мне известно о ее заказе наемному убийце. Но чувствует, мерзавка, чувствует безошибочно, где можно поднажать, а где не имеет смысла упираться. Тонкая натура, будь она неладна со своим деревенским донжуаном. Господи, как я ее любил!

Стоило Вике уйти, как я тут же быстренько свернул уборку и улегся на диван с книжкой. И не заметил, как задремал. Проснулся, глянул на часы и увидел, что уже восемь вечера. Голова была тяжелой и дурной, и я вспомнил, что мама, когда я был еще пацаном, часто повторяла: на закате спать нельзя, это вредно. Похоже, она была права. С трудом стряхнув с себя одурь, я поплелся в стерильную кухню, чтобы сделать себе кофе. Проходя мимо телевизора, лениво ткнул пальцем кнопку в надежде, что громкие звуки помогут побыстрее проснуться.

— ...убийство депутата Госдумы Юлии Готовчиц, — заверещал из динамика голос диктора информационной программы. — Руководство столичной милиции в очередной раз дает обещания раскрыть преступление в кратчайшие сроки. Репортаж нашего специального корреспондента из Главного управления внутренних дел Москвы.

Держа в одной руке пакет с кофейными зернами, в другой — кофемолку, я выглянул в комнату. На экране сверкал генеральскими погонами какой-то милицейский чин.

— Сразу же после обнаружения преступления нами была создана бригада, в которую вошли сотрудники и нашего управления, и территориальных органов внутренних дел, — сообщил генерал. — У нас есть несколько версий, и все они отрабатываются одновременно. Депутат Готовчиц много лет занималась журналистикой, писала острые разоблачительные материалы, и одна из выдвинутых версий как раз состоит в том, что убийство связано каким-то образом с ее журналистской деятельностью.

— Отрабатываете ли вы версию о том, что Готовчиц убили из-за ее деятельности как депутата? — задал вопрос корреспондент.

— Разумеется. Мы работаем во всех направлениях.

— После убийства прошла неделя, за это время, наверное, ваши сотрудники успели многое сделать. Скажите, есть ли какая-нибудь версия, которая полностью опровергнута? Вы можете сегодня точно сказать, какие обстоятельства наверняка не были причиной убийства?

— Сказать точно может только господь бог, — зло ответил милицейский чин, — а я всего лишь генерал. Когда поймаем преступника, тогда скажем точно.

На экране снова появился диктор, и я вернулся на кухню. А что, если пригласить в программу кого-нибудь из милиции и поспрашивать об убийстве депутата? Материал горячий, если сегодня найти такого человека и созвониться с ним, оговорить заранее день эфира, а накануне или денька за два дать анонс, то можно оттянуть на себя большой рекламный блок. Ах, был бы жив Витя Андреев, он такие проблемы решал в два счета, а я даже не знаю, куда кидаться и кому звонить. Этой женщине, что ли? Как ее, Каменской. У меня, кажется, и телефона-то ее нет. Ладно, что-нибудь придумаю. В конце концов, и без этого материала можно обойтись, все равно программа — не жилец, да и я тоже. Пусть идет как идет.

Кофе уже готовился убежать из турки, когда раздался звонок. Вот уж кого я не ожидал услышать, так это Дорогаия. Был уверен, что после того позорного эфира он будет шарахаться от меня как от чумы.

— Александр Юрьевич, у меня к вам деловое предложение, — сказал он зычным басом. — Я собираюсь снимать цикл фильмов по книгам известной писательницы Татьяны Томилиной. Вы знаете ее?

— Слышал, — коротко ответил я.

— Но сами не читали?

— Нет, не приходилось. Я не любитель подобной литературы.

— Очень хорошие книги, смею вас уверить. Так вот, я собираюсь заняться экранизацией ряда ее произведений и хочу вам предложить пригласить ее на передачу.

— Зачем? — спросил я, строя из себя полного идиота.

— Как это зачем? Мне нужна реклама. Я нормальный человек, Александр Юрьевич, и готов расценить приглашение Томилиной в эфир именно как рекламу. Вы меня понимаете?

Естественно, я его понимал. Чего ж тут непонятного? Ясно как божий день. Дорогань платит наличными и не каналу, который покупает нашу программу, а сотрудникам «Лица без грима». В наш собственный, индивидуальный, горячо любимый и близкий к телу карман. И ведь в чем прелесть моего нынешнего положения? В том, что я могу со спокойной совестью давать любые обещания и строить любые планы, потому что мне все это абсолютно ничем не грозит. Я, может, и до завтра-то не доживу. Раньше мне было трудно отказывать людям, я боялся испортить с ними отношения, все думал: вот сегодня я скажу «нет», а завтра как мне с человеком разговаривать? Он же на меня обидится. А когда «завтра» как такового для меня не существует, то и отказать легко и просто. Но, с другой стороны, желание отказывать как-то пропало. Ну пообещаю, ну соглашусь, все равно делать не придется, так что можно не обострять отношения. К Любарским я не пошел, потому что не хотел. Нахально послал в довольно грубой форме еще некоторых знакомых, отношения с которыми поддерживал раньше по инерции, из того самого пресловутого страха перед «завтра». Эти ребята мне давно не нравились, ну не то чтобы совсем не нравились, но раздражали, и я бы удовольствием с ними не общался, но приходилось терпеть. Теперь, слава богу, терпеть больше не надо.

Короче, с предложением Дороганя я согласился. Томилина так Томилина, какая разница. Подбором гостей занимались Оксана и Витя, мое дело было провести с ними беседу на должном уровне. Искать людей для программы я не умею, кого помощники режиссера найдут — того и тащу в эфир, и если человек сам предлагает, то почему бы и нет? Дорогань сказал, что проработает вопрос с Томилиной и позвонит мне еще раз на днях. С тем и распрощались.

Выпив кофе, я посмотрел по видаку очередной фильм про

американскую наемницу Никиту и собрался было уже поставить другую кассету, поспокойнее, когда позвонила Вика.

— Ты не заедешь за мной? — спросила она как ни в чем не бывало. — Уже поздно, я боюсь идти одна. Ты же знаешь, какие здесь дворы.

Это правда, Любарские жили в доме, стоящем в глубине большого жилого комплекса. Там было темно и противно, и все время что-нибудь случалось. А до метро шлепать минут двадцать пешком. Вика не была особенно боязливой, поэтому я решил, что она хочет таким нехитрым способом затащить меня к Любарским. Якобы я действительно жутко занят, но как только освободился — тут же примчался к друзьям на праздник. Фигушки.

— Хорошо, я приеду за тобой. Но подниматься не буду. Через час жди меня у подъезда.

— Ладно, — неожиданно покладисто согласилась она. — Через час внизу.

Ехать мне не хотелось, но, как бы я сегодня ни относился к Вике, я все-таки мужчина. И не могу отказать, если женщина просит поздно вечером отвезти ее на машине. Неторопливо переодевшись, я спустился вниз, вывел машину из имитирующей гараж металлической коробочки и поехал к Любарским.

Где-то на середине пути я заметил его. Вернее, сначала я заметил машину — темно-зеленый «Форд-Эскорт», аккуратненький, небольшой, маневренный. Он будто прилип ко мне, даже не обгонял, хотя ехал я не спеша. «Ну вот, сейчас начнется», — как-то отстраненно и даже равнодушно подумал я. Однако примерно за километр до жилого массива, куда мне нужно было попасть, «Форд» исчез. И я решил, что на этот раз ошибся, он не преследовал меня, просто ему было по пути. Я даже ощутил что-то вроде сожаления: отмучился бы уже — и все, а так опять буду пребывать в подвешенном состоянии, каждую секунду ожидая смерти.

Когда до цели оставалось совсем немного, возникло неожиданное препятствие. Дорога, по которой можно было подъехать прямо к дому, оказалась перекрыта, шли ремонтные работы. Запарковав машину, я стал вглядываться в темноту в поисках тропинки, по которой можно было обойти наваленные кучи земли, не увязнув в грязи по колено и не упав в яму. Света, как водится, тоже не было, впрочем, окраинные районы всегда этим славились.

Чтобы обойти опасное место, мне пришлось сделать изрядный крюк, огибая стоящий передо мной дом. И почему Вика меня не предупредила, что проезд закрыт? Хотя, впрочем, это ничего не изменило бы, все равно надо ее встречать. И все равно машину пришлось бы оставлять перед этой огромной ямой и дальше пробираться на своих двоих.

Я бодро шагал между домами и вдруг услышал шаги за спиной. Шаги легкие и быстрые, почти бесшумные. Но я все равно услышал. Обернулся. Шаги стихли. Померещилось, что ли? Но как только я тронулся с места, шаги возобновились. Темп был высоким, человек явно меня догонял. Я отчаянно закрутил головой во все стороны, надеясь увидеть людей, все равно каких, пусть даже источающую опасность компанию пьяных молодчиков, к которым я мог бы прибиться. Но вокруг не было ни души. Черт знает что! По такой грязи и в темноте даже хулиганы гулять не хотят.

Я прибавил шаг, свернул за угол ближайшего дома и вжался в стену. Даже если это не убийца, а случайный прохожий, пусть лучше пройдет мимо. Но он не прошел. Он тоже остановился и стал ждать, когда я выйду из укрытия. Я стоял неподвижно, как окаменел, и в этот момент вдруг понял, что не хочу умирать. Еще несколько минут назад я относился к своей скорой и неминуемой смерти вполне, как мне казалось, равнодушно, решив раз и навсегда, что если Вика так хочет — так тому и быть. Я не борец, я никогда никому ничего не доказывал, никогда не добивался чего бы то ни было в обход других, не отстаивал свое мнение. И известие о наемном убийце, которому моя жена заказала меня убить, принял с горечью и обидой, но ни на секунду мне и в голову не приходила мысль попытаться изменить ход событий. От наемника все равно не убежишь, он хитрее, сильнее и опытнее. Так было несколько минут назад... А сейчас я стоял, стараясь не дышать, и думал только о том, что не хочу умирать. Не хочу, не хочу! Мне страшно. Я хочу жить. Все равно как, все равно где и с кем, пусть в нищете и болезнях, но жить!

Я почувствовал его приближение. Не услышал, а именно почувствовал. Он двигался очень осторожно, по миллиметру сокращая расстояние между нами, не производя ни единого шороха, будто шел не по грязной весенней земле, а по воздуху. Но я все равно почувствовал. И точно знал, что убийца находится в полуметре от меня. Именно полметра было от того места, где я стоял, до угла дома, и именно эти полметра нас и разделяли. Мне казалось, что я даже вижу край его одежды.

И я сорвался. Нервы не выдержали, отчаянное желание жить захлестнуло меня, и, мощным усилием оторвав себя от стены, к которой прижимался, я побежал. Вслед мне раздались мягкие «чмокающие» звуки, три подряд. Убийца стрелял из пистолета с глушителем. Два выстрела были совсем тихими, третий чуть погромче, видно, глушитель был самопальный и быстро приходил в негодность после первого же употребления. Но было темно, а бежал я быстро. Он промахнулся.

Ноги несли меня сами, я не соображал, в каком направлении двигаюсь. И, только оказавшись на мощеном тротуаре, я сообразил, что проскочил весь жилой квартал насквозь и выбежал с противоположной стороны. Сердце колотилось где-то в горле, было трудно дышать, ноги подгибались, и мне пришлось прислониться к дереву, чтобы не упасть. И почти одновременно слева от меня раздался шум двигателя. Зеленый «Форд-Эскорт» пулей пролетел мимо и скрылся. Теперь понятно, что произошло. Убийца знал, что въезд в жилой массив перекрыт, поэтому, убедившись, что я действительно еду сюда, оторвался и поставил машину с другой стороны, чтобы я не увидел ее, когда буду парковаться. Вика выманила меня и позвонила ему. И совершенно ясно, почему она не сказала мне о том, что въехать в массив невозможно. Потому что я обязательно предложил бы ей встретиться именно у въезда. Пусть кто-нибудь ее проводит, чтобы мне не оставлять машину в этом неприятном криминогенном местечке, а то еще угонят, чего доброго. Ей и возразить-то было бы нечего. А ей нужно было, чтобы я непременно пошел по темным безлюдным проходам между домами.

Интересно, ждет она меня у подъезда или нет? Скорее всего нет. Она же уверена, что меня здесь наконец уже прикончат, и сидит себе в теплой компании с Любарскими и их друзьями, пьет вино, чтобы расслабиться, может быть, даже танцует. Небось сказала всем, что я только-только освободился и сейчас приеду, и ждет меня на глазах у честного народа, как верная жена. И это правильно. Пусть ее видят. А то если она будет стоять одна возле подъезда, потом нечем будет алиби доказывать. Посидит еще какое-то время, попьет шампанского, поест салатиков, а часов в двенадцать скажет, что, наверное, я уже не приеду и ей пора домой. Все вместе уйдут, и, дойдя до разрытой ямы, Вика увидит нашу машину. Все тут же кинутся меня искать и, по замыслу автора пьесы, найдут мой остывающий труп. Занавес. Аплодисменты. Выход на «бис». Конец спектакля. Можно взять в гардеробе пальто и идти домой. В данном конкретном случае — изобразить неутешную вдову и упасть в объятия сельского любителя пива.

Дыхание понемногу восстановилось, ноги уже уверенно держали меня. Я расправил плечи и посмотрел на часы. Надо же, я почти не опоздал! С того момента, как Вика позвонила домой, прошло всего час десять. Ну и что теперь? Она ведь наверняка не ждет меня у подъезда, это я уже просчитал. А подниматься к Любарским я не буду. Ладно, подойду к дому, подожду ее полчаса, а там посмотрим.

И снова я ошибся. Вика стояла в условленном месте. Надо же, она все время оказывается хитрее, чем я предполагаю. Почему она здесь? Хотя, возможно, у нее с киллером есть договоренность о каком-нибудь условном знаке, при помощи которого он дает ей знать, как обстоят дела. Пока я стоял в обнимку с деревом и приходил в себя от пережитого страха, он успел сообщить Вике, что опять ничего не вышло, и она быстренько спустилась.

— Извини, я забыла тебя предупредить, что проезд закрыт, — сказала она с олимпийским спокойствием.

Черт возьми, я даже начал ее уважать за силу духа. Ни следа волнения, ни капли нервозности, ни малейшего неудовольствия по поводу того, что я все еще жив.

Я молча взял жену под руку и повел через весь квартал обратно к машине. Я хочу жить. Я не хочу умирать. И я знаю, что надо делать.

Я принял решение.

\* \* \*

Татьяна Образцова, она же Татьяна Томилина встретила предложение Насти в штыки. Просмотрев записанные на видеокассеты программы «Лицо без грима», она ужаснулась:

— Ты что, хочешь, чтобы он и со мной сделал то же самое? Ни за что! И не проси. Первые программы хорошие, а две последние, которые ты мне показала, — это мгновенная смерть.

— Танечка, миленькая, в этом же весь смысл, — взмолилась Настя. — Лешка популярно объяснил мне, что изменение имиджа программы может быть связано с изменением коммерческой политики. Теперь они делают программу скандальной и яркой и живут за счет размещенной вокруг нее рекламы. А раньше они на что жили, когда никого не кусали, а только по головке гладили? Я вот это хочу узнать.

— И ты полагаешь, что за одну-единственную встречу с ведущим я тебе все узнаю? — усмехнулась Татьяна. — Дорогая моя, ты меня сильно переоцениваешь. И потом, на работе меня не поймут, если я появлюсь на экране в качестве литературной звезды. На меня и так уже косо смотрят. После любого, даже самого мелкого упоминания моего имени в прессе разговоров бывает на неделю.

— Таня, ну что тебе работа эта? Ты все равно вот-вот уйдешь в декрет, потом будешь сидеть с ребенком до трех лет...

— С чего это ты взяла? — прервала ее Татьяна. — И не подумаю. С ребенком будет сидеть Ира.

— Ну все равно, к тому времени, когда ты снова начнешь работать, все уже забудут про передачу. Кстати, меня настоятельно просили поговорить с тобой насчет сценария.

— Кто просил?

— Дорогань Всеволод Семенович. Он как-то тебе звонил, помнишь?

— Помню. Настырный такой тип с громким голосом. Я же ему все сказала, так он теперь обходной маневр предпринял, так?

— Танечка, не злись, пожалуйста, в том, что он говорит, есть смысл. Если ты сама возьмешься написать сценарий, по крайней мере есть гарантия, что твоя книга не будет погублена. Чем ты собираешься заниматься до родов? Ты же с ума сойдешь от скуки, сидючи дома.

— Не волнуйся, мне это не грозит, — усмехнулась Татьяна.

В этой квартире Настя была впервые. В последний раз она видела Татьяну в январе, когда Стасов, его жена и родственница жены Ирочка еще жили в крошечной однокомнатной квартирке в Черемушках. К тому времени новая большая квартира уже была куплена, но хозяйственная и дальновидная Ирочка категорически запретила переезжать, пока не будет сделан ремонт с полной перепланировкой нового жилья. Найденный ею дизайнер разработал действительно хороший, толковый проект перепланировки, и из обычной трехкомнатной коробки получилось пространство, в котором нашлась возможность устроить личный и удобный угол для каждого, даже для будущего младенца.

Тогда, в январе, Татьяна страдала от токсикоза, выглядела плохо, была молчаливой и почти ничего не ела. Сейчас она и чувствовала себя, и выглядела немного лучше, но на смену токсикозу пришли новые муки: она ни во что не влезала.

— Я и так-то с трудом покупаю на себя одежду, — жаловалась она Насте, — на мой пятьдесят четвертый размерчик почему-то шьют такое убожество, в котором даже посуду мыть противно, не то что на работу ходить. А теперь я стала еще толще. Прямо хоть голой ходи. Ты вот меня на телевидение сватаешь, а ведь мне туда и надеть нечего. Хороша будет на экране известная писательница в трикотажной майке из магазина «Богатырь». Смех один. Нет, Настюша, брось эту затею.

— Если дело только в одежде, это можно решить, — торопливо сказала Настя, чувствуя, что Татьяна поддается. Когда за категорическим «нет» следуют объяснения, это уже прогресс. Против каждого аргумента можно найти контраргумент. Спорить бессмысленно только тогда, когда спорить не с чем. — Жена моего брата оденет тебя в лучшем виде, не сомневайся. Ты только согласись, все остальное мы сделаем.

— Нет.

Настя решила сделать перерыв и сменить тему. Они поговорили о Стасове и его дочери от первого брака десятилетней Лиле, об Ирочке, которая за четыре месяца после переезда из Петербурга так и не завела себе никакого нового романа, поскольку полностью взяла на себя руководство ремонтом новой квартиры и занималась исключительно этим. Татьяна очень переживала из-за своей родственницы, считая себя единственной виновницей того, что молодая женщина до сих пор не устроена ни в плане работы, ни в плане семейной жизни.

— Ира считает, что может и дальше играть роль нашей домработницы и экономки. Думает, что у нее вся жизнь впереди, она еще все успеет. А какая это жизнь? Кухня да магазины. Света белого не видит. В Питере у нее хоть подружки были, а здесь вообще никого, — удрученно говорила Татьяна.

— Слушай, — внезапно оживилась Настя, — у меня есть для Ирки роскошный жених.

— Кто такой? — подозрительно спросила Татьяна.

Стасов был у нее третьим мужем, и всех троих она нашла в свое время вполне самостоятельно, а к замаскированному под случайное знакомство сватовству относилась настороженно и неодобрительно.

— Наш сотрудник Миша Доценко. Чудесный парень, умница, характер хороший, внешность вполне соответствует. И обожает стройных длинноногих брюнеток.

— Обожает? — переспросила Татьяна. — Ходок, что ли?

— Не ходок, а нормальный молодой человек, обладающий развитым чувством прекрасного. И красиво ухаживать умеет. Нет, серьезно, Таня, они составят отличную пару. И как мне раньше в голову не пришло? Давно надо было их познакомить.

Однако Татьяна не скрывала скепсиса:

— Чего ж он до сих пор не женился, если в нем такой кладезь достоинств? Небось точно такой же кладезь скрытых пороков. Анастасия, перестань устраивать мне мировую славу, а Ирке мужей. Из того, что устраивается специально, никогда ничего путного не получается. Проверено опытом. Значит, так, дорогая. Сценарий писать я не буду. На «Лицо без грима» не пойду. И знакомить Иру с твоим коллегой не надо. Вопросы есть?

— Есть, — радостно ответила Настя. — Что ты сейчас пишешь?

— Это имеет отношение к обсуждаемой теме?

— Ни малейшего. Просто интересно. С той темой мы закончили.

— Тогда пошли ужинать. Ирка, по-моему, собиралась пирожки с капустой печь. Судя по доносящимся запахам, она угрозу выполнила.

Настя неохотно поднялась с дивана, на котором сидела, забравшись с ногами и свернувшись калачиком. Она прекрасно относилась к Татьяне, давно дружила с ее мужем Стасовым и искренне симпатизировала хорошенькой веселой домовитой Ирочке, но все равно разговор давался ей с трудом. Ей и приходить сюда не хотелось. И уж тем более вести длинные беседы. И не потому, что семья Стасова ей не нравилась. Просто любое общение причиняло ей невыносимую боль, как при ходьбе причиняет боль нога с натертой мозолью. И если полуторачасовой разговор вполголоса с Татьяной она выдержала стоически, то перспектива слушать звонкий голосок и неумолкающую болтовню Ирочки повергала Настю в ужас. А скоро еще и Стасов придет. Боже мой, да что же это с ней, почему она никак не придет в себя, почему все время хочет закрыться в своей раковине, как улитка, и никого не видеть и не слышать?

Все самые худшие опасения подтвердились. Ирочка без умолку щебетала, но не «в пространство», как это умеют некоторые люди, а настоятельно требуя ответных реплик, так что Насте никак не удавалось выключиться из разговора. Вскоре появился и Стасов, огромный, широкоплечий, зеленоглазый, и Настя совсем скисла. Компания из четырех человек — для нее это явно многовато. Но неожиданно сказанные Ирочкой вскользь слова заставили ее приободриться.

— ...никаких условий для нормальной работы. В Питере она хоть по выходным могла книжки писать, а здесь, в Москве вашей, вообще ни минуты продыху нет. Мы так рассчитывали, что Таня к маю закончит новую книгу и получит гонорар, а там еще конца не видно. Если б я знала, что так получится, я бы на ремонт поменьше тратила.

Настя обернулась к Татьяне и спросила тихонько:

— Ты именно поэтому отказываешься заниматься сценарием?

— Конечно. Какой тут сценарий, когда мне книжку надо заканчивать.

— А что, у тебя жесткие сроки?

— Да нет, мне издатели никаких сроков не устанавливают, понимают, что я на службе и собой не распоряжаюсь. Но деньги нужны. За сценарий мне все равно не заплатят столько, сколько за книгу, поэтому если уж у меня будет пара месяцев законного дородового отпуска, так лучше я их использую для работы над книгой.

— Но ведь твои издатели должны быть заинтересованы в том, чтобы по твоим книгам снимали фильм. Популярность-то сразу возрастет, стало быть, они смогут увеличить тиражи и больше заработать на тебе.

— Да толку-то! — почти взорвалась Татьяна. — Что мне с

этих тиражей? У меня фиксированный гонорар, который я получаю при сдаче рукописи. И все, ни копейки больше. Чего они там тиражируют — меня не касается.

— А почему так? — удивилась Настя. — Разве ты не можешь поставить вопрос о том, чтобы тебе платили с тиражей? Это же обычная практика.

— Не надо мне этой головной боли, — поморщилась Татьяна. — Бегать по книжным ярмаркам, следить за тем, чего и сколько они выпустили... Я не девочка, чтобы самой мотаться и тратить на это время, а «шестерок» на побегушках у меня нет. А если не проверять, то и половины полагающейся суммы не получишь. Не хочу чувствовать себя дурочкой, которую регулярно обманывают. Пусть уж лучше обманут один раз, когда выплачивают гонорар, а не постоянно. Хоть не так противно.

Эти аргументы были Насте понятны, на месте Татьяны она рассуждала бы точно так же. Но поскольку в данный момент она была не на месте приятельницы, а на своем собственном, то решительно кинулась в бой. Ей очень хотелось, чтобы Таня попала в программу «Лицо без грима» и посмотрела на процесс изнутри.

— Стасов, ты вообще бывший милиционер или кто? — громко сказала она.

— Бывший, — согласно кивнул Стасов. — Какие проблемы?

— Проблемы у твоей жены, а ты сидишь, как Илья Муромец, двухметровый балбес на печи, и ждешь у моря погоды. У тебя есть возможность оперативно проверять типографии, в которых печатают ее книжки?

— А что, уже пора? Где-то выскочил левый тираж? — обеспокоился Владислав.

— Не в этом дело. Таня может получать куда больше денег, если перейдет на потиражную оплату, а она упирается, дескать, издатели все равно обманут, а самой следить за тиражами у нее нет возможности. Ты можешь хотя бы это сделать для своей жены?

— Настя, прекрати, — сердито сказала Татьяна. — Вся твоя комбинация шита белыми нитками. Стасов, не слушай ее, она дурака валяет.

— Ничего я не валяю! — возмутилась Настя. — Я забочусь о вашем благосостоянии.

Татьяна вздохнула, отложила вилку и ласково взяла мужа за руку.

— Объясняю для доверчивых. Наша подруга Анастасия заинтересована в том, чтобы подсунуть меня в качестве писателя в программу «Лицо без грима» и таким путем выяснить кое-какие детали. Я отказалась. И теперь наша подруга Анастасия пытается убедить нас всех в том, что участие в этой программе сулит нашей семье невероятные финансовые выгоды. После моего появления на телеэкране, по ее представлениям, интерес к моему творчеству сильно возрастет. И поскольку я в эти сказочки не верю, я надеюсь, Стасов, что ты отнесешься с пониманием к моему отказу участвовать в этом мероприятии.

Владислав развел руками и повернулся к Насте.

— Ничем не могу помочь, Настюша. Я не могу заставить Таню делать то, что она делать не хочет. Мне судьбой был отпущен лимит размером в один раз, и я его уже израсходовал, заставив ее выйти за меня замуж и переехать в Москву. Остальное не в моих силах.

— Да ну вас, ребята, — расстроенно сказала Настя, — я вам дело предлагаю, а вы... Ира, ну хоть ты-то понимаешь, что я права?

Ирочка мягко улыбнулась, забрала у Стасова грязную тарелку, пододвинула к нему поближе блюдо с пирожками.

— Честно говоря, я тоже против. Деньги, конечно, нужны, но не такой ценой.

— Да что тут особенного?! Я что, предлагаю Тане принести какую-то невероятную жертву? Господи, поехать на телевидение, потратить полтора часа на все про все и вернуться домой. Есть о чем говорить!

— Есть о чем говорить, — возразила Ира. — Стасов, ты даже не понимаешь, о чем идет речь, потому что ты целыми днями на работе. А я всегда дома, и «Лицо без грима» смотрю регулярно. И мне не нравится, как Уланов себя ведет. Раньше он был такая душка — прелесть! А сейчас это монстр какой-то, и попасть к нему в лапы — врагу не пожелаю. Вы все, наверное, забыли, что Таня ждет ребенка, и нервные перегрузки ей противопоказаны. А встреча с хамоватым монстром Улановым ничего, кроме отрицательных эмоций, ей не принесет. Он ее будет унижать, втаптывать в грязь, она расстроится, распереживается, а ребеночку это во вред. Так что если вам интересно мое мнение, то я против.

Настя удрученно рассматривала кофейный осадок в своей чашке. Ничего у нее не вышло. А ведь она была изначально уверена, что уговорит Татьяну без малейшего труда. В чем же дело? В том, что она совсем мало знает жену своего давнего приятеля Стасова и не смогла найти нужных слов, подобрать ключик к ее характеру? Или в том, что она вообще утратила способность искать эти нужные слова и ключики, потому что инстинктивно старается говорить как можно меньше и максимально сокращать время общения с другими людьми? Неужели пережитый зимой стресс так мощно ударил по ее профессионализму? Кошмар. С этим надо что-то делать. Не уговорить писателя выступить по телевидению! И не какого-то чужого, незнакомого писателя, а человека, которого знаешь целых четыре месяца лично, да еще полтора года по рассказам Стасова. Это же надо совсем ничего не уметь, чтобы не выполнить такую простейшую задачу!

— Ладно, — грустно сказала она, — я поняла, на участие в передаче ты ни за что не согласишься. А что мне ответить Дороганю?

— Кто такой Дорогань? — тут же встрял ревнивый Стасов.

— Продюсер. Хочет снимать фильмы по Таниным книгам и просит ее написать сценарий, — пояснила Настя.

— Я уже все объяснила, — чуть раздраженно сказала Татьяна. — Мне нужно закончить книгу. Пока книга не будет дописана, никаких сценариев. А потом можно будет вернуться к этому разговору, если твой Дорогань не остынет.

Настя решила больше ни на чем не настаивать. В конце концов, Дорогань ей был нужен только для проталкивания Татьяны в программу к Уланову в качестве писательницы. Если же Таня отказывается, то и интересы кинопродюсера Настя отстаивать не будет.

Посидев для приличия еще минут двадцать, она распрощалась и поехала домой.

* * *

С Лутовым я познакомился примерно месяц назад, когда Оксана Бондаренко готовила передачу об очередном кризисном центре. Центров этих наплодилось в последние годы видимо-невидимо, из всех щелей повыползали милосердные доморощенные психологи, жаждущие помочь людям, попавшим в тяжелую жизненную ситуацию и намеревающимся свести счеты с опостылевшим бытием. Гостем программы был, собственно, руководитель такого центра, а Лутов пришел вместе с ним на запись в качестве ходячей моральной поддержки.

Перед записью я, как и полагалось, минут сорок просто потрепался с гостем и его сопровождающим, Оксана поила нас кофе с пирожными, а я, что называется, «устанавливал контакт». И только к тому моменту, когда пора было идти в студию, я вдруг понял, что сам гость мне совершенно не интересен, а вот его сопровождающий, среднего роста мужчина с абсолютно лысым черепом, слегка горбатым носом и глубокими серыми глазами, меня буквально заворожил. Все время, пока шла запись, я думал только о том, что в этом мужике такого особенного. И сразу же после окончания беседы перед камерой я пригласил их обоих выпить еще кофе. Оксана, помнится, кинула на меня изумленный взгляд: такое раньше не практиковалось. После записи мой гость (я даже не удосужился запомнить его фамилию, до такой степени он был мне безразличен) как-то приутих, видно, осознал, что свой долг перед Отечеством он выполнил и больше от него ничего не требуется, а Лутов, напротив, активно включился в разговор. Он показался мне человеком необыкновенно доброжелательным, но самое главное — он обладал тем, что многие называют магнетизмом. Я совершенно не мог противиться его обаянию, и, когда он улыбался мне, я как дурак непроизвольно растягивал губы в ответной улыбке и чувствовал себя абсолютно счастливым. Мне отчего-то ужасно хотелось заслужить его похвалу, и я ощущал себя рядом с ним маленьким школьником, отвечающим урок любимому учителю, которого я боготворю.

Когда передача была смонтирована, Оксана, как обычно, пригласила руководителя кризисного центра на просмотр, и я волновался, как ребенок: придет ли он один или снова с Лутовым. И, увидев их вместе, обрадовался, как юнец, дождавшийся свою девушку на углу у телеграфа. На этот раз Лутов понравился мне еще сильнее. Собственно, гостя программы я нагло спихнул Оксане и режиссеру, пусть смотрят, что получилось, и вносят поправки, от меня уже ничего не требуется, ну, может быть, дописать какой-нибудь кусочек, но это решаю не я, а опять же режиссер. Я вцепился в Лутова, как нищий в прохожего, стараясь выглядеть умным и образованным и периодически ловя себя на том, что заискивающе заглядываю ему в глаза.

Мне показалось, что Лутов тоже ко мне проникся чем-то дружеским, потому что стал рассказывать о кризисном центре кое-какие подробности, не прозвучавшие во время записи. Сами подробности меня мало интересовали, но он несколько раз обмолвился, что, дескать, человеку с моими данными куда интереснее и полезнее работать у них, чем прозябать в сомнительной телевизионной программе. Под «моими данными» он подразумевал умение спокойно и доброжелательно разговаривать с людьми, показывая им, что они на самом деле намного умнее и интереснее, чем думают о себе сами.

— После беседы с вами у человека повышается самооценка, — говорил он, — а для пациентов нашего центра это, пожалуй, самое главное. Помочь человеку взглянуть на себя другими глазами — это и есть тот ключ, при помощи которого мы открываем ему дверь, и он получает возможность выйти из того угла, куда сам себя загнал.

— Я могу расценивать ваши слова как приглашение на работу? — пошутил я.

Лутов тогда посмотрел на меня очень серьезно и кивнул.

— Безусловно. Правда, если вы надумаете бросить телевидение и стать членом нашего коллектива, вам придется принять наш образ жизни. Он может вам совсем не понравиться.

Тогда, месяц назад, я еще был жив, и живы были Витя с Оксаной, я еще любил Вику и не помышлял о том, чтобы бросить телевидение, поэтому предложением Лутова не заинтересовался. Но сам этот лысый горбоносый человек притягивал меня как магнит. Я бы с огромным удовольствием послал подальше всех своих друзей-приятелей, если бы взамен получил одного такого друга, как Лутов. Умного, спокойного, надежного, не перекладывающего на тебя свои бесконечные мелкие проблемы. Что-то в нем было такое... Даже словами не выразить.

В третий раз мы встретились с ним после того, как запись передачи прошла в эфире. Я, честно признаться, был сильно удивлен тому, что Лутов захотел повидаться со мной. Витя Андреев вел дела таким образом, что наши гости как-то не пылали желанием встречаться с нами после передачи. Вероятно, они испытывали к нам некую смесь благодарности и отвращения. И звонок Лутова поверг меня в недоумение. Правда, надо признаться, радостное. Я догадывался, что он собирался мне сказать, но от него готов был выслушать даже это. Почему-то мне казалось, что от такого человека, как Лутов, можно принять любую критику, даже самую нелицеприятную. Короче, я согласился встретиться с ним в том самом заведении, где мы с Викой любили пить кофе и где я на днях увидел ее с любовником.

К моему удивлению, Лутов не произнес ни слова по поводу программы. То ли делал вид, что не знает, то ли и в самом деле не знал, хотя мне это казалось маловероятным. Разговор у нас пошел совсем о другом.

— Александр Юрьевич, — начал Лутов, — я хотел с вами посоветоваться. Или проконсультироваться, если вам угодно.

— Я к вашим услугам, — радостно заявил я, с облегчением понимая, что он не собирается меня ни в чем упрекать.

— Наша организация наконец пришла к тому, чтобы делать собственную телевизионную программу. Не помню, говорил ли я вам о наших филиалах... Говорил?

— Нет.

— Так вот, наша организация имеет филиалы практически по всему миру. Пусть вас это не удивляет, люди, оказавшиеся в психологическом тупике, живут всюду, и все они нуждаются в помощи. Не обязательно именно в нашей помощи, но они в ней нуждаются. Поэтому нам удалось создать достаточно разветвленную сеть центров. Наша особенность состоит в том, что человек не лежит в наших кризисных центрах, как в психиатрических или неврологических клиниках. Он живет с нами. Вам понятно, о чем я говорю?

— Не совсем, — озадаченно откликнулся я.

— Тогда поясню. Человек приходит к нам и говорит: мне плохо, я не хочу жить так, как я живу. Я хочу умереть. И мы отвечаем ему: иди к нам, и ты будешь жить по-другому. У тебя не складывается карьера, ты не справляешься с работой, она перестала быть тебе интересной? Мы дадим тебе работу по твоим способностям и склонностям. Тебя никто не любит? Тебя предали друзья? Мы окружим тебя дружбой и любовью. Твоя семья разрушилась? Ты войдешь в нашу большую семью, где найдутся люди, которые заменят тебе родителей, и люди, к которым ты сможешь относиться как к собственным детям. Ты утратил нравственные ориентиры? Мы дадим тебе веру и учение.

— И какую же работу вы им даете? — скептически осведомился я. — Мыть полы и готовить на всех?

— Ну зачем же, — мягко усмехнулся Лутов. — Мы создали собственные предприятия, опять же по всему миру. Вы даже представить себе не можете, какое количество людей идет к нам. Вот из этих людей и создаются фирмы, конторы, агентства и даже маленькие производства.

— Интересно... А живут они как? В казармах?

— Бог мой, — рассмеялся Лутов, окидывая меня теплым взглядом своих серых глубоких глаз, — где вы набрались этих бредней? Да, они живут не во дворцах, но они живут вполне достойно. Во всяком случае, ни о какой казарме речь не идет и идти не может. Если у человека есть собственная квартира, то он живет в ней. Если своего жилья нет, то он может жить с кем-нибудь из наших пациентов. Живут по двое, по трое. Мы обеспечиваем жильем всех.

— На какие деньги? Или об этом неприлично спрашивать?

— Вполне прилично. Сразу видно, что вы не сильны в экономике. Я ведь только что сказал вам, что у нас собственная сеть предприятий. И предприятия эти приносят доход. Хороший доход. Он позволяет обеспечивать наших пациентов всем необходимым. Еще и на развитие остается. В некоторых странах мы выпускаем собственную газету. Еженедельник в четыре полосы. Конечно, вам это может показаться смешным, но наша цель — информировать людей и о нашем центре, и давать им практические советы по выходу из психологического кризиса. Газета, должен вам сказать, полностью раскупается, так что мы не внакладе. А теперь доходы от наших предприятий позволяют нам подумать и о собственной телевизионной программе. Для начала один раз в месяц, а если все пойдет успешно, перейдем на еженедельные выпуски. Вот на эту тему я и хотел с вами поговорить.

Мы просидели в баре до глубокого вечера. Лутов задавал вопросы, я добросовестно отвечал на них, раскрывая перед ним технологию создания телевизионных программ и рассказывая о тонкостях взаимоотношений с каналом, которому программа будет продаваться. Мне очень хотелось выглядеть в его глазах опытным и компетентным, и я даже пошел на то, чтобы раскрыть перед ним некоторые секреты, которые обычно огласке не предаются. Но я верил ему. И (страшно признаться) хотел ему понравиться. Каким-то отстраненным взглядом наблюдая за ситуацией, я понимал, что такой центр, о котором он рассказал, это полная глупость и благотворительные слюни. Религиозная чушь. Веру они, видите ли, дают! Но другая часть меня, включенная в ситуацию, в разговор с Лутовым, этого не видела, она просто наслаждалась обществом умного и серьезного человека, который не пытался учить меня жить и не давал никому никаких оценок, зато рассуждал здраво и логично.

— Спасибо, Александр Юрьевич, — сказал на прощание Лутов, крепко пожимая мне руку, — я обдумаю все, что вы мне рассказали. Если возникнет надобность, я могу попросить вас проконсультировать меня еще раз?

— Разумеется. Буду рад оказаться полезным, — искренне ответил я.

На том мы и расстались. Больше он мне не звонил. Первое время я часто вспоминал его, особенно когда приходилось общаться с людьми, разительно непохожими на него, амбициозными, неумными, суетливыми. Потом, после того, как я узнал о собственной грядущей кончине, я как-то забыл о нем, как, впрочем, и о многом другом.

А после встречи с убийцей вспомнил. Я понял, что не хочу умирать. Но заявлять на Вику в милицию я тоже не хочу. И прозябать в нищете не хочу. Я хочу жить.

И я позвонил Лутову.

## Глава 7

Он встретил меня улыбкой, и, почувствовав тепло его серых глаз, я удивился тому, что не позвонил раньше. Только сейчас, оказавшись рядом с ним, я понял, как мне было плохо все время. Почему я так легко смирился со смертью? Только потому, что она исходила от Вики, которую я обожал и которой готов был простить все? Наверное. А может быть, потому, что я и в самом деле не борец, я всегда легко отступал, сталкиваясь с сопротивлением или с препятствиями, мне проще было отказаться от задуманного, чем прилагать усилия к тому, чтобы преодолеть то, что мешает достижению цели.

На этот раз Лутов был не в костюме, как раньше, а в

джинсах и темно-сером свитере, точь-в-точь такого же цвета, как его глаза. Я приехал к нему домой, и вполне понятно, что дома он ходил не при параде. Обычная двухкомнатная малогабаритка с тонкими стенами, пропускающими каждый звук, как раз в такой мы и прожили много лет с Викой и моей сумасшедшей матерью.

— У вас очень знакомое выражение лица, — сказал он почти сразу же, усадив меня в комнате на жесткий, неудобный старый диван.

— Почему знакомое? — удивился я.

— Именно такие лица бывают у наших пациентов, когда они впервые приходят к нам. Выражение ужаса, отчаяния и решимости. У вас что-то случилось?

— Случилось.

Я не стал рассказывать Лутову про Вику и про нанятого ею киллера, просто постарался дать понять, что хотел бы, как выразился сам Лутов, стать членом их коллектива.

— Я рад, — коротко ответил он. — Но, если помните, я говорил вам, что у нас существуют правила, которым должны подчиниться все, кто к нам приходит. Эти правила не всем нравятся, и многие отказываются от жизни в нашем центре.

— Что это за правила?

— Мы все — одна семья. В полном смысле этого слова. Вы понимаете? В полном.

— Не понимаю, — я покачал головой. — Все друг с другом спят, что ли?

— Не упрощайте, Александр Юрьевич. Все друг друга любят, все друг другу верят, все друг о друге заботятся, и никто никому не хочет зла. А вопрос, кому с кем спать, решается в добровольном порядке. Но в браке наши пациенты друг с другом не состоят. Это закон.

— Почему? — Я не мог скрыть удивления. — Что плохого, если два человека познакомятся в вашем центре и поженятся?

— Вы сами поймете, если придете к нам. Сейчас обсуждать это бессмысленно. Скажу лишь, что оформление брака между нашими пациентами ведет к осложнениям финансовых отношений. Это и есть самое важное и самое трудное.

Лутов замолк, и я с напряжением ждал продолжения, понимая, что самое существенное он скажет именно сейчас. Неужели какое-то правило, которое должны соблюдать пациенты кризисного центра, окажется настолько неприемлемым для меня, что мне придется расстаться с надеждой остаться в живых? Ни за что! Что бы Лутов ни сказал, я все приму. Это моя единственная соломинка, схватившись за которую я смогу выплыть. Все остальные пути ведут либо к смерти, либо к нищете и ежедневному кошмару пребывания рядом с матерью.

— Наши пациенты приходят к нам со всем своим имуществом. И имущество это становится собственностью центра. Иными словами, оно принадлежит всем, потому что центр на эти средства содержит пациентов и развивается, создает производства, филиалы, выпускает газету и так далее.

Сердце у меня упало. Имущество. Если бы я мог поделить его с Викой и остаться в живых, я не сидел бы сейчас здесь. В том-то весь и смысл, что я не могу отнять у жены ничего, кроме своей одежды и туалетных принадлежностей. Да, нищие не нужны, как выяснилось, нигде, даже в кризисных центрах.

— И каков минимальный размер имущества, с которым можно к вам прийти? — спросил я безнадежно.

Лутов легко рассмеялся и налил мне минеральной воды из стоящей на столе бутылки.

— Минимального размера не существует. Сколько есть — столько и есть. Если нет ничего — значит, ничего. Мы принимаем к себе всех. Мы не делим своих пациентов на богатых и бедных. Суть, Александр Юрьевич, не в том, кто сколько нам принесет, а в том, кто сколько заработает, живя с нами. С того момента, как вы вливаетесь в наши ряды, все, что вам причитается от всех видов деятельности и по всем гражданско-правовым отношениям, становится общим достоянием. Центр обеспечивает всех пациентов обильной и вкусной пищей, хорошими жилищными условиями, наличными деньгами на покупку одежды и личных вещей. Но всех — в равных долях, независимо от того, сколько человек заработал на самом деле. Все, что остается, идет на развитие.

— Вы хотите сказать, что те, кто заработал мало, живут за счет тех, кто заработал много?

Я не верил своим ушам. Какой-то доморощенный коммунизм-коллективизм. Раскулачивание тех, кто умело ведет хозяйство, и экспроприация в пользу тех, кто ничего не умеет и не хочет делать. Наша многострадальная страна уже прошла через это и на собственном печальном опыте убедилась, что ни к чему хорошему это не привело. Зачем же повторять ошибки?

— Я хочу сказать, что те, кто заработал больше, делятся с теми, кто заработал меньше, — мягко поправил меня Лутов. — На этом принципе построена жизнь любого экономически нормального общества. Богатые граждане платят в государственную казну высокие налоги, и именно из этих денег выплачиваются социальные пособия пенсионерам и неимущим. И это правильно. Это справедливо.

— Но ведь при этом богатые все-таки остаются богатыми, — возразил я. — Они и после уплаты налогов живут в больших хороших домах и ездят на дорогих автомобилях, а бедные и после получения пособия остаются бедными, только что с голоду не умирают. А вы их делаете одинаковыми. Мне это не кажется справедливым.

— Александр Юрьевич, вы когда-нибудь задумывались над тем, почему сегодня так много людей нуждаются в помощи психологов и психиатров? Я имею в виду — здесь, в России. Кто-то из великих и мудрых сказал, что сделать всех людей равными в имущественном отношении нельзя. Можно в какой-то момент отобрать у всех поголовно все, что есть, и заново переделить между всеми, дав каждому поровну. И что будет через год? Кто-то сможет свое богатство приумножить, использует его с умом, а кто-то прогуляет его, пропьет, растранжирит. И все. И снова все оказались неравными. А вот от воспитания, именно от воспитания зависит, с каким достоинством человек будет переносить это неравенство. Поскольку у нас в стране неравенства якобы не было на протяжении нескольких десятков лет, то и людей никто соответствующим образом не воспитывал. Люди не привыкли к мысли, что огромная разница в уровне жизни между соседями — это нормально. Нормально не в смысле «хорошо», а в смысле — широко распространено и вполне естественно. Людей корежит от этого, они не умеют с этим жить, они сходят с ума от злобы, зависти, ненависти и даже от простого недоумения: как же так? В одной школе учились, я был отличником, а он — двоечником, я в институт поступил, а он дурака валял, хулиганил, воровал, даже подсел в свое время за что-то, не то за изнасилование, не то за драку, я добросовестно вкалывал на своей инженерной должности, а он водку пил и девок любил, шестерил на какого-то мафиози, а теперь я — безработный, а он — на «Мерседесе» и весь сотовыми телефонами обвешанный. Люди перестают чувствовать логику происходящего и теряются. Отсюда и психологические кризисы. И вот такой потерянный человек приходит к нам. Мы даем ему работу, к которой у него душа лежит и которая у него хорошо получается, снимая таким образом комплекс неудачника. Он не знает, сколько реально он зарабатывает, потому что по нашим правилам никто свою зарплату в собственные руки не получает. Наши пациенты работают только на наших предприятиях, а там установлен жесткий порядок: все деньги перечисляются на счет центра и никаких сведений о заработках, ни о своих, ни о чужих, пациенты не получают. Уровень жизни мы всем обеспечиваем одинаковый, а так как никто не знает, сколько реально заработал он и сколько — его сосед, то нет ни ревности, ни зависти, ни ненависти. Если человек не умеет справляться с условиями реально существующей жизни, не может адаптироваться к объективным экономическим условиям страны, где он живет, мы создаем для него другие условия. И он выходит из кризиса, справляется со своими проблемами.

— А что потом? — спросил я. — Когда он выйдет из кризиса, он может от вас уйти?

— Конечно, — снова рассмеялся Лутов. — Мы никого не удерживаем.

— И многие уходят?

— Никто. Ни один человек за все годы существования центра не захотел вернуться в тот мир, в котором ему было так больно и плохо, что он вообще жить не хотел. Вам это, может быть, пока непонятно, потому что вам не приходилось жить в атмосфере любви, согласия и доброжелательности. В обычной жизни нас любят два-три человека, я хочу сказать — по-настоящему любят, искренне и преданно. А со всем остальным человечеством мы пребываем в состоянии войны или в лучшем случае взаимной терпимости сквозь зубы. В нашем центре все по-другому. Разумеется, далеко не все люди умеют желать другому добра и принимать его таким, каков он есть, но у нас этому учат. Групповые и индивидуальные занятия с опытными психологами ведутся ежедневно и являются для всех обязательными. Это лечение, без которого нельзя обойтись.

Я услышал, как хлопнула входная дверь, в коридоре раздались чьи-то шаги, и вопросительно взглянул на Лутова. Его лицо мгновенно стало жестким, и со своим лысым черепом и горбатым носом он теперь напоминал большую хищную птицу.

— Прошу прощения, — сухо сказал он, — я на минуту вас покину.

Он вышел из комнаты и плотно притворил за собой дверь. До меня доносился женский голос, что-то раздраженно и быстро говоривший, и голос Лутова, но слов разобрать я не мог, впрочем, не очень-то и старался. «Минута» превратилась в добрых пятнадцать, но я их почти не заметил, судорожно обдумывая услышанное. Уход со всем имуществом? Похоже на секту. Я слышал, есть такие религиозные секты, которые требуют от своих адептов чего-то подобного. Но, с другой стороны, Лутов почти ничего не говорил о религии и вероучении, так, обмолвился во время нашей прошлой встречи почти месяц назад. И потом, я что-то не слыхал, чтобы секты создавали собственные предприятия и обеспечивали своих членов полезной работой. Для них весь смысл ухода с имуществом в том и состоял, чтобы на эти средства поддерживать сектантов, которые ничего не делают, только молятся и пропагандируют свое учение. В конце концов, какая мне разница? Я должен думать только о том, годится ли это для меня. И пришел к выводу, что годится. Даже более чем. Никаким имуществом я не рискую, ибо приду к ним голым и босым, с десятком рубашек и тремя костюмами. Зато получу работу, которую умею и люблю делать. Например, займусь той самой телевизионной программой, о которой мне в прошлый раз говорил Лутов. А если с программой у них не получится, то ведь есть газета, а я по образованию как-никак журналист. И Вика не захочет меня убивать, если я прямо сегодня предложу ей развод без раздела имущества. Она отменит свой заказ. Только вот мать... Непонятно, как быть с ней.

Лутов вернулся в комнату, и почти следом за ним вошла женщина лет сорока с опухшими от слез глазами. В руках у нее был поднос с чайником, чашками, сахарницей и огромной тарелкой, на которой аппетитной горкой возвышались источающие аромат корицы круглые плюшки. Женщина посмотрела на меня как-то затравленно, но при этом улыбнулась.

— Угощайтесь, пожалуйста.

Она ловко расставила на столе чашки, пристроила блюдо с плюшками и заискивающе глянула на Лутова.

— Еще что-нибудь подать?

— Нет, иди. Спасибо, — холодно ответил он, кивком головы отпуская ее, как прислугу.

Женщина вышла, тихонько прикрыв за собой дверь. Наверное, это жена Лутова, подумал я. Похоже, у них тоже в семейной жизни не все в порядке. Чудеса, да и только! Мне казалось, у такого мужика, как Лутов, вообще не должно быть проблем, бабы его наверняка обожают, если уж даже на меня подействовало его обаяние.

— Ваша супруга отлично готовит, — восхищенно сказал я, откусив кусок мягкой горячей плюшки.

— Это не жена, — коротко ответил Лутов.

Я понял, что он не горит желанием обсуждать женщину, которая только что плакала, а потом подавала нам чай.

— У вас есть еще вопросы, Александр Юрьевич, или вы хотите взять тайм-аут и подумать? — спросил он, возвращаясь к нашему разговору.

Тайм-аут! Можно подумать, у меня есть хотя бы минута. Решение нужно принимать немедленно и как можно скорее поговорить с Викой о разводе, иначе пуля из пистолета с глушителем достанет меня в любой момент.

— Пожалуй, мне все ясно, — медленно сказал я, подыскивая правильные слова, чтобы спросить насчет матери, объяснить ситуацию и в то же время не проговориться насчет Вики. — Только вот... Видите ли, у меня мать — инвалид по психическому заболеванию. Сейчас она живет одна, но с каждым днем это становится все проблематичнее. Я рассчитывал на то, что смогу нанять ей сиделку или оплачивать пребывание в хорошем интернате, но теперь все обернулось таким образом... Я не хотел бы вдаваться в детали, это наше сугубо семейное дело, но теперь у меня нет денег. Совсем нет. Вплоть до того, что мне негде и не на что жить. И если я уйду к вам, в ваш центр, то мать останется совсем одна. Моя жена о ней заботиться не будет.

— Вам придется развестись, — напомнил Лутов. — Я вас предупреждал, состоящие в браке люди не могут быть нашими пациентами. В противном случае, в соответствии с законодательством их супруги смогут претендовать на часть доходов наших пациентов, и это повлечет за собой массу сложностей.

— Да-да, я понимаю, — торопливо согласился я. Мне было глубоко наплевать на их правила и их сложности, развод с

Викой нужен был только для того, чтобы сохранить собственную жизнь. — Конечно, я оформлю развод в самое ближайшее время, у нас нет детей, и имущество мы не делим, так что все будет быстро и не сложно. Но я тем более не могу рассчитывать на то, что за моей матерью будет ухаживать моя бывшая жена. Я имею в виду, оплачивать уход за ней.

— Какая квартира у вашей матушки? — сочувственно осведомился Лутов.

— Да точно такая же, как у вас. Две комнаты, общая площадь тридцать семь квадратных метров, жилая — двадцать три. Комнаты смежные, четырнадцать и девять метров.

— Это решаемая проблема, — успокоил он меня. — Конечно, она решается только в том случае, если вы придете к нам. Мы предоставим вам жилье, таким образом, квартира вашей матушки будет вам лично уже не нужна, и вы сможете распорядиться ею наилучшим образом. Например, продадите ее и из этих денег будете оплачивать пребывание матери в частной клинике. Передадите квартиру государству и устроите мать в дом престарелых. Или наймете сиделку и оформите квартиру матери на нее. Так многие делают. Составляют завещание в пользу того, кто за тобой ухаживает. Можно даже обменять квартиру на комнату в коммуналке и взять большую доплату, на эти деньги нанять сиделку. Я прекрасно вас понимаю, Александр Юрьевич, жить с женой по каким-то причинам вы не хотите, а с матерью — не можете, но, кроме как у матери, жить вам негде. Если вы придете к нам, все решается легко. Еще какие проблемы?

— Больше никаких, — с облегчением произнес я. — Какие шаги от меня требуются?

— Только развод. После этого вы приходите к нам, встречаетесь с нашими юристами, оформляете все бумаги на право распоряжаться вашей собственностью и переезжаете на ту квартиру, которую мы вам подберем. В первое время вам, вероятно, придется пожить с соседями, но их будет максимум двое и у каждого из вас будет своя комната. У вас есть пожелания по этой части?

— Какие же могут быть пожелания? — удивился я, внезапно ощутив в себе способность шутить, которую я в последнее время полностью утратил. — Конечно, я бы хотел, чтобы это были молодые красивые женщины. Если нельзя молодых, то пусть будут просто красивые. Если и это недоступно, то лучше мужчины, и лучше курящие, но непьющие.

Обсуждение перешло в практическую область, словно все самое сложное осталось позади, все решения уже приняты и теперь можно заняться деталями. Я и в самом деле испытывал невероятное облегчение от того, что все мои проблемы, еще вчера казавшиеся неразрешимыми, вдруг предстали в совершенно ином свете. Совсем не обязательно умирать от пули киллера, можно остаться в живых и при этом не жить с сумасшедшей старухой и не ввязываться в явный или скрытый криминал, чтобы заработать на кусок хлеба. Можно жить вполне прилично с материальной точки зрения и заниматься делом, которое получается и которое интересно. И при всем том Вика не оказывается в тюрьме. Да мог ли я даже мечтать об этом?

* * *

В отличие от Насти Каменской следователь Татьяна Образцова любила заниматься экономическими преступлениями и делала это очень даже неплохо. А вот убийства она не любила. Но в преддверии ухода в дородовой отпуск ей нужно было «подчищать концы». Начальник сказал ей:

— Татьяна Григорьевна, постарайтесь довести до конца те дела, которые можно реально успеть завершить за оставшееся время. Остальное будем передавать другим следователям. Не тратьте время на работу по тем делам, где сроки пока не жмут, завершайте то, что не терпит отлагательства.

Вернувшись в свой кабинет, который она делила еще с двумя следователями, Татьяна достала реестр и стала выбирать из списка уголовные дела, отмечая карандашом те, по которым все сроки или уже прошли, или вот-вот истекут. К этому моменту у нее в производстве находилось восемнадцать уголовных дел разной степени сложности: восемь квартирных краж, три разбоя, четыре невероятно ловких мошенничества, одно изнасилование и два убийства. Из этих восемнадцати дел в первую очередь следовало заняться тремя. Разбойное нападение на отделение сбербанка висело на Татьяне уже бог знает сколько месяцев, вернее, Татьяна приняла дело в январе, когда переехала из Петербурга в Москву и перешла на работу в одно из окружных управлений внутренних дел. А до этого нападением на сбербанк больше полугода занимался другой следователь. Сроки по делу дважды продлевали, но процесс расследования с места не сдвигался, и никаких перспектив закончить его в течение ближайшего месяца Татьяна не видела. Полистав до смешного убогое дело, она со вздохом отложила его в сторону, понимая, что материалы придется передавать третьему следователю и при этом выслушать от начальства все, что причитается. Ладно, не в первый и не в последний раз.

Теперь мошенничество. Эта папка, в отличие от предыдущей, была пухлой, мошенники оказались ребятами разворотливыми и успели «нагреть» почти тридцать человек и около десятка организаций, пока их не поймали. В настоящий момент шесть членов преступной группы находились под стражей, но делу никак не удавалось придать законченный вид и составить обвинительное заключение, потому что, как обычно в таких случаях, возникали сложности с потерпевшими. Почти все они были не москвичами, и их розыск и допрос требовали много времени. Люди не сидели на месте, они разъезжали по всей стране, выезжали за границу на отдых или по делам, отказывались давать показания, потом все-таки давали их, но путались, ошибались, лгали, отказывались от сказанного. Нужно было проводить очные ставки и опознания, а время шло, шло... Такие дела Татьяна любила и, когда удавалось благополучно дотащить их до суда, счастливо вздыхала, шла в магазин и покупала себе какую-нибудь милую женскую глупость вроде зажима для шейного платка или очередного лака для ногтей.

И, наконец, убийство. Почти двухмесячной давности. Материалов в папке немало, а толку — чуть. И двухмесячный срок близится к концу, нужно либо выносить постановление и приостанавливать дело «в связи с неустановлением лица, подлежащего привлечению к уголовной ответственности», либо получать разрешение на продление срока предварительного следствия. Приостанавливать дела следователь Образцова терпеть не могла. И хотя в этом не было ничего особенного и никого за этого сильно не ругали, для нее самой каждое приостановленное дело превращалось в маленькую трагедию. Приостановить дело для нее означало публично расписаться в полной беспомощности, в том, что она больше ничего придумать не может, что она исчерпала ресурсы своего интеллекта и фантазии. Ей каждый раз казалось, что кто-нибудь, начальник, например, или прокурор по надзору за следствием, или просто коллега-следователь посмотрит дело и тут же найдет массу «проколов» и «дырок», придумает новые, лежащие на поверхности версии, которые Татьяна не додумалась выдвинуть и проверить, обнаружит несостыковки в показаниях, уцепившись за которые можно было вытянуть необходимую информацию, но которые Татьяна проглядела.

Суть же состояла в следующем. Труп молодой женщины по имени Инна Пашкова был обнаружен в ее собственной квартире. Проживала Пашкова одна, и тело обнаружила милиция, когда взломали дверь по заявлению соседей о том, что Инны давно не видно, а из квартиры исходит подозрительный неприятный запах. На теле погибшей были множественные следы истязаний и пыток, она умерла от потери крови.

Выяснилось, что Инна Пашкова занималась «снятием сглаза, порчи, восстановлением супружеских отношений и потенции». Во всяком случае, именно так гласили регулярно помещаемые ею в газетах рекламные объявления. Поэтому первое, чем занялись оперативники и следователь, была отработка всех клиентов Пашковой, более известной под именем Инесса. Предполагаемые мотивы — ограбление, месть, психопатологическая мотивация. Версия убийства в ходе ограбления была более чем правдоподобной, Инесса была дамой небедной, о чем недвусмысленно свидетельствовала обстановка ее квартиры. Месть могла иметь место со стороны клиента (или клиентки), которому Пашкова не помогла, хотя и давала твердые гарантии, и денег взяла много. Что касается психопатологии, то и это вполне могло иметь место, ибо клиентура Инессы состояла из людей, которые не могли справиться со своими проблемами и искали помощи от потусторонних сил. Стало быть, в эти силы искренне верили. А отсюда и до патологии недалеко.

Самые большие трудности возникли с версией об ограблении, поскольку Пашкова, как уже говорилось, проживала одна, и никто точно не мог сказать, какие у нее были ценности и где она их хранила. Близких подруг у нее не обнаружилось. Соседи, правда, утверждали, что у нее бывал приятной наружности мужчина лет около сорока, и предполагали, что это ее любовник, но кто он такой — никто не знал. Образ жизни Инесса вела замкнутый, в гости к себе соседей не звала и к ним не ходила. Да они и побаивались ее, называли между собой колдуньей и ничего хорошего от такого соседства не ждали.

Тот факт, что личность этого «любовника» так и осталась невыясненной, породил еще одну версию: Пашкову убил именно он, то ли из ревности, то ли еще по каким причинам. Но искать его было нужно. Хотя как это делать — совершенно непонятно, имени его не смог назвать ни один человек из числа знакомых или родственников Инессы. И не потому, что она как-то особенно тщательно это имя скрывала, а просто потому, что вообще была скрытной по натуре и все давно к этому привыкли.

— Что вы хотите, — заявила на допросе старшая сестра Пашковой, — она же колдунья. Она должна быть окружена тайной, завесой загадочности, иначе ей никто не поверит. Инка с самого детства увлекалась этой мурой. Мы с родителями специально уговорили ее в медицинский институт поступать, надеялись, что чистая наука у нее всю дурь из головы выбьет, а она диплом получила и сказала: «Я теперь знаю намного больше. И чем больше я узнаю, тем тверже верю в непознанное». Мы на нее рукой махнули, пусть живет как знает. Она в последние два года у нас и не бывала почти, приезжала только родителей с днем рождения поздравлять. Забежит на полчаса, поцелует, подарок принесет и убежит. Мы на нее не обижались, даже радовались в глубине души, что она не бывает у нас. Перед соседями стыдно, все знают, чем Инка занимается, смеются над ней. Да и быть в ее обществе, скажу я вам, мало приятного. Вся из себя мрачная, всегда в темном, на веках черные тени, говорит медленно, даже не говорит, а вещает. Колдунью из себя строит.

— Значит, вы не верили в то, что она действительно снимает сглаз и порчу? — спросила ее Татьяна.

— Да вы что! Нет, конечно. Бредни это все.

Примерно то же самое сказали и родители Пашковой. Никаких других источников информации, более осведомленных, следствию обнаружить не удалось, поэтому было принято решение оперативным путем отработать клиентуру Инессы. Это дело тоже было непростым, ибо списки страждущих снять сглаз и вернуть супружескую гармонию, с фамилиями, адресами и телефонами, почему-то не были вывешены на самом видном месте. Пашкова вела записи, но беспорядочно и бестолково, вернее, так показалось оперативникам, нашедшим ее бумаги. Вероятно, какая-то система в этих записях была, но знать ее могла только сама погибшая. В записях подробно указывалась причина обращения, проблема, с которой пришел клиент, динамика его состояния (если были повторные обращения), но не было ни одного имени. Только буквы или загадочные псевдонимы. И двигаться можно было, только отталкиваясь от указанного в записях существа проблемы. Если, например, к Инессе приходила некая женщина и просила снять порчу с ее семьи, потому что в течение только одного года на нее обрушились скоропостижная смерть мужа, гибель в автокатастрофе дочери с зятем и внучкой, тяжелая болезнь внука, оставшегося сиротой, а вдобавок еще и пожар в квартире, то, сопоставляя данные, имеющиеся в ГАИ, с данными из управления пожарной охраны, эту женщину находили. Два месяца было потрачено на то, чтобы установить тех, кто обращался к Инессе, но дело шло туго, удалось найти только нескольких человек. Но Татьяна не теряла надежды, она знала, что к гадалкам и колдуньям ходят не просто так, а после того, как у них побывает кто-то из знакомых и даст хороший отзыв, положительную рекомендацию. Клиенты Инессы должны быть в той или иной степени знакомы друг с другом, и, установив плотное наблюдение за теми, кто уже известен, можно постепенно найти всех остальных. Нужно только набраться терпения и не халтурить.

Раз в неделю Татьяне приносили сведения о результатах наблюдения за клиентами Инессы. Метод уже принес свои плоды, если первоначально по записям Пашковой были установлены четверо, то к сегодняшнему дню число отрабатываемых «сглаженных и порченых» достигло одиннадцати человек. Некоторые производили впечатление абсолютно нормальных людей, но были и такие, чье поведение вызывало большие подозрения по части их психического здоровья. К этим персонажам внимание было более пристальное, хотя, если признаться честно, возможности делать эту работу добросовестно и тщательно просто не было. Откуда взять столько людей? Какая-то колдунья Инесса — это вам не депутат Готовчиц. И дело на контроле у министра не стоит.

Следователь Образцова не обольщалась насчет работы оперативников и «наружников», она хорошо понимала все их сложности, но все равно надеялась, что где-нибудь когда-нибудь что-нибудь вылезет. Надо только уметь ждать. А разрешение на продление срока следствия она всегда получит. Сегодня же, заглянув в дело, она вспомнила, что еще не получила сведений за минувшую неделю. Поколебавшись, Татьяна сняла телефонную трубку и позвонила оперативникам, которые вместе с ней работали по убийству Пашковой. Оперативники без тени смущения в голосе извинились и обещали представить справку завтра утром.

«Ну, завтра так завтра», — подумала Татьяна и занялась делом, по которому в камере сидели шестеро мошенников.

На другой день перед ней положили очередные сведения о клиентах колдуньи Инессы. Прочитав справку, Татьяна задумчиво повертела в руках ручку, открутила колпачок, убедилась в том, что паста в стержне почти закончилась, поискала в столе новый стержень и аккуратно заменила старый. Очень любопытно! Среди клиентов Пашковой установлена некая гражданка Лутова, и позавчера, в воскресенье, ее квартиру посетил не кто иной, как сам господин Уланов Александр Юрьевич, ведущий программы «Лицо без грима». Тот самый Уланов, на передачу к которому Настя Каменская недавно «сватала» Татьяну. А директор программы и корреспондент погибли при взрыве автомашины... Не многовато ли трупов вокруг господина Уланова? Правда, из трех трупов два совсем близко, а третий, честно признаться, далековато, связи никакой не видно, но все-таки, все-таки...

«Все равно надо что-то делать по убийству Пашковой, чего сиднем-то сидеть», — решила Татьяна. И позвонила Насте.

— Ты знаешь, я тут подумала над твоим предложением насчет «Лица без грима».

— Ну и?..

— Я, пожалуй, соглашусь, если тебе это действительно надо.

— Таня, если ты делаешь это только ради меня, то не стоит, — возразила Настя. — Ира права, лишние волнения тебе ни к чему, а общение с Улановым может принести только стресс и ничего приятного.

Татьяна рассмеялась в трубку:

— Настенька, дорогая моя, человек, который может заставить меня волноваться, еще не родился. Меня голыми руками не возьмешь, я и не таких, как Уланов, обламывала. Не забывай, у меня почти пятнадцать лет следовательского стажа, и я уже давно не девочка. Кроме того, я прикинула по деньгам и поняла, что действительно нуждаюсь в рекламе. Конечно, с потиражными выплатами я связываться не стану, себе дороже, но если твой приятель Дорогань начнет пробивать идею создания фильма, мое участие в программе пойдет ему на пользу; а сам фильм, в свою очередь, пойдет на пользу моим издателям, и в конечном итоге — мне самой. Я просто подниму свой гонорар.

— Так я могу передать Дороганю, что ты согласна?

— Можешь.

— А как насчет сценария?

— Нет. Тут я не отступлю.

— Ладно, — весело сказала Настя, — я подожду, пока ты еще что-нибудь прикинешь по деньгам. Надежда умирает последней.

* * *

Конечно, дело об убийстве колдуньи Инны Пашковой велось из рук вон плохо. Вяло велось оно, медленно, с перерывами. Но, с другой стороны, сами посудите, господа хорошие, как еще оно могло вестись? У следователя Образцовой в производстве одновременно находится восемнадцать дел. Это ей еще повезло, у некоторых и до тридцати случается. Теперь прикиньте, сколько часов в сутках. Прикинули? Минус на сон, на дорогу от дома до работы и обратно, на прием пищи и некоторые прочие мелочи, включая регулярное посещение женской консультации. Остается не более десяти часов в рабочий день. Выходит, по полчаса на одно уголовное дело в день. И много вы за полчаса наработаете? Это в идеале. А по жизни если посмотреть, то вы подозреваемого на допрос вызвали, два часа с ним промучились — и вот вам, пожалуйста, израсходовали норму времени, полагающуюся на четыре уголовных дела. Понятно, что никто рабочий день на кусочки не делит и по тридцать минут каждым делом не занимается, а отсюда и выходит, что до некоторых дел просто руки не доходят. Не то что по нескольку дней, а неделями. И дело об убийстве Инны Пашковой было именно таким. Положа руку на сердце Татьяну Образцову куда больше волновали обворованные и обманутые люди, доверившие мошенникам свои последние сбережения, нежели сомнительная колдунья, обещающая снять сглаз и порчу и вернуть супругам взаимопонимание и любовь.

Но теперь, когда в деле об убийстве мелькнул, пусть пока и в отдалении, Александр Уланов, в Татьяне что-то проснулось. То ли совестно ей стало за волокиту, то ли интерес появился, то ли еще что, но она взялась за работу. И первым делом велела оперативникам разыскать бывших сокурсников Пашковой по медицинскому институту. Давно нужно было это сделать, если по уму-то. Инна закончила институт шесть лет назад, и через три дня перед Татьяной лежал список людей, с которыми можно было побеседовать. Еще через день оперативники положили перед ней новый список, куда короче предыдущего. Из всех сокурсников Пашковой, которые ныне находились в Москве и были доступны контакту, отчетливо помнили Инну только пятеро, из них всего двое могли сказать о ней чуть больше, чем просто «красивая такая девчонка, но жутко нелюдимая». Вот с этими двоими Татьяна и решила побеседовать.

Расчет, однако, себя не оправдал. Оба свидетеля, точнее, свидетель и свидетельница, недавно разведенные муж и жена, никаких отношений с Пашковой после окончания института не поддерживали и ничего о ее судьбе не знали. Об институтских годах рассказывали охотно и подробно, но никакой интересной фактуры, кроме характеристики личности погибшей, не дали. Инна, по их словам, вовсе не была замкнутой и нелюдимой, просто делала вид, чтобы к ней не цеплялись. Она очень интересовалась мистикой, магией, учениями о духе и потусторонних силах, но поскольку в среде студентов-медиков это вызывало только иронию, девушка старалась скрывать свои пристрастия. С теми же, с кем дружила, она была веселой и общительной, любила танцевать, могла гулять всю ночь напролет, а утром являлась на занятия свежая и бодрая, без малейшего следа усталости и похмелья. Супруги-свидетели познакомились с Инной еще во время вступительных экзаменов и так втроем и прошли через все шесть лет обучения. Их роман вспыхнул, развивался и пришел к логическому завершению в виде свадьбы у Инны на глазах, но она никогда не мешала счастливым влюбленным, напротив, они так привыкли быть вместе, что без Инки вроде чего-то не хватало. Она была их наперсницей, если они ссорились, она «прикрывала» подругу перед родителями, когда та улучала возможность где-то остаться на ночь со своим возлюбленным, она давала им свои конспекты, когда они прогуливали лекции, убегая на чью-нибудь пустую квартиру или просто бродили по городу. Будущие супруги все время удивлялись тому, что у такой красавицы, какой была Инна Пашкова, нет никакого романа. Но Инна, судя по всему, от этого совершенно не страдала и не комплексовала. И только примерно на пятом курсе, когда она исчезла на несколько дней, а потом появилась и сказала, что делала аборт, они поняли, что какую-то сексуальную жизнь их подружка все-таки вела. И еще раз подивились ее скрытности.

— Вы не догадывались, с кем у нее был роман? — спросила Татьяна.

— Ну... Догадывались, конечно. Но точно не знали, Инна так и не сказала. Честно признаться, мы не очень-то присматривались.

— А почему Инне приходилось прикрывать вас, как вы сами выразились, от родителей?

— О, это Монтекки и Капулетти от медицины! Мы с Володей из медицинских семей, потомственные врачи. А наши предки были злейшими врагами. Мой отец в свое время зарубил диссертацию Володиной матери, потом между ними начались какие-то длительные дрязги вплоть до анонимок. Ни его, ни мои родители не допустили бы нашей свадьбы. А так мы вроде втроем гуляли, никаких романтических отношений. Мы же еще год после свадьбы от них скрывали, что поженились. Только когда я уже рожать собралась, пошли признаваться.

— И как, вас простили? — с любопытством спросила Образцова.

— Ну да, они простят! — в сердцах ответила свидетельница. — Знаете, как бывает: конфликт тянется так долго, что уже превращается в самоценность и начинает существовать как бы сам по себе, а не в головах враждующих сторон. Он существует и подчиняет себе их поведение, всю их жизнь. Нас выгнали с треском. Впрочем, как знать, может быть, они были правы. Наш брак все равно распался.

Татьяна понимала, как все произошло. Все очень просто. Трое молодых людей, две девушки и юноша, познакомились на вступительных экзаменах. Потом у юноши с одной из девушек сделался роман, но чтобы не тревожить родителей, куда удобнее гужеваться втроем. Двое влюбленных на самом деле полностью поглощены друг другом, им и дела нет до подружки, которой они прикрываются как ширмой и повсюду таскают за собой для отвода глаз. Инна же, судя по всему, на них за это не обижалась, они ведь тоже нужны были ей чисто номинально, просто чтобы не чувствовать себя совсем уж одинокой. Они были единственными на всем курсе, кто не смеялся над ней и над ее интересом к магии, и не потому, что разделяли этот интерес, а потому, что Инна была им, в сущности, совершенно безразлична. Какая разница, в самом деле, из шелка сделана ширма или из картона, лишь бы выполняла свою функцию и прикрывала от посторонних глаз. В данном случае — от родительских. Но и Инна имела свою выгоду, находясь рядом с ними. Никто не относился к ней как к дикарке, она принадлежала к клану, пусть крошечному, состоящему всего из трех человек, но клану, и в этом смысле была как все и могла не чувствовать себя изгоем. Рядом с ней были как бы друзья, и эти друзья не смеялись над ней. А после окончания института Инна стала не нужна, тайным супругам все равно пришлось легализоваться. И понятно поэтому, что они не проявили ни малейшего интереса к вопросу о том, а от кого же, собственно, Инна сделала на пятом курсе аборт. Ну сделала и сделала, подумаешь, большое дело.

— И все-таки кто, по вашим догадкам, был возлюбленным Пашковой во время учебы в институте?

— Точно я не знаю, то есть я не знаю, кто он и как его зовут. Он не наш был, не институтский. Когда мы получили дипломы, Инка сказала, что хочет поехать показать кое-кому диплом. И добавила: «Я еще интернатуру у него пройду, пусть знает». Ну, мы с Володей тогда решили, что у нее роман был с каким-то врачом, который усомнился в ее способностях, и они на этой почве поссорились.

— Кстати, а как у Пашковой было со способностями? — поинтересовалась Татьяна.

— Нормально было, — пожала плечами свидетельница. — Инка старательная была, изо всех сил науку осваивала, не то что мы с Володей. Мы больше друг другом занимались, а Инка — медициной. Даже странно, что она не стала практикующим врачом. Мы-то ладно, с нами все понятно, тупо пошли по стопам родителей, не имея никакого вкуса к медицине, поэтому бросили это занятие при первой же возможности.

Я закончила курсы бухгалтеров, сейчас в фирме работаю. Володя тоже быстро от медицины отошел, хотя и не так далеко, как я, он занялся медицинской промышленностью, оборудование производит. Но Инка... Она любила медицину и должна была стать очень хорошим врачом.

Прошел еще день, и Татьяна Образцова получила сведения о том, когда и где Инна Пашкова проходила интернатуру, а также поименный состав всего медперсонала клиники на тот период. И первой фамилией, которая бросилась ей в глаза, была фамилия доктора медицинских наук Готовчица Б. М.

## Глава 8

Убийство депутата Государственной Думы Юлии Николаевны Готовчиц обрастало все новыми и новыми деталями. Поскольку дело стояло на контроле у руководства МВД и прокуратуры, для расследования была создана, как водится, следственно-оперативная бригада, и полковник Гордеев вздохнул с некоторым облегчением. Теперь от его отдела убийством Юлии Готовчиц занимались официально только майор Коротков и капитан Лесников, и Анастасию можно было не дергать без особой надобности.

Отчеты о ходе раскрытия преступления заслушивались ежедневно, потому и возможности отлынивать не было. Как следствие этого — сбор данных велся интенсивно, папка с материалами разбухала на глазах, но, как говорится, чем дальше в лес, тем... сами знаете. Каждый день появлялись все новые и новые кандидаты в убийцы.

Во-первых, Юлия Николаевна возглавляла в парламенте небольшую, но очень активную и влиятельную группировку, изо всех сил боровшуюся с лоббированием того варианта налогового кодекса, который поддерживали депутаты, имевшие за спиной крупные финансовые структуры, в том числе и криминальные. Готовчиц категорически возражала против предоставления целого ряда налоговых льгот и привилегий, доказывая с фактами в руках, что до нынешнего времени такие льготы использовались исключительно в целях личной наживы и обмана государства и нет никаких оснований полагать, что в дальнейшем ситуация изменится. Соратники Юлии Николаевны по парламентской деятельности рассказывали Короткову, что ее несколько раз пытались купить и систематически запугивали. Назвать конкретных лиц, предлагавших деньги, они не смогли: все такого рода предложения были анонимными и завуалированными. Что же касается угроз, то они имели вполне вещественное оформление в виде подметных писем, которые Готовчиц показывала коллегам и тут же рвала на мелкие кусочки у них на глазах, дабы продемонстрировать свое пренебрежение и бесстрашие.

Во-вторых, Игорь Лесников, занимавшийся изучением журналистской деятельности Юлии Николаевны, составил список из двадцати шести публикаций, в которых Готовчиц довольно-таки нахально задевала людей весьма могущественных и известных. И не просто задевала, а открыто обвиняла в махинациях и злоупотреблениях. За десять лет работы в газете она снискала себе прочную репутацию бесстрашного правдоискателя, что, собственно, и сделало возможным избрание ее депутатом. Народ знал ее имя и уважал отчаянную журналистку.

Тщательное изучение бумаг, изъятых из квартиры покойной, никакой ясности не внесло. Поскольку после избрания депутатом Юлия Николаевна журналистскую деятельность прекратила, то никаких интересных черновиков и материалов к новым статьям в этих бумагах не оказалось. Зато нашлись черновики и наработки к статьям, которые так и не были опубликованы, и это стало объектом самого пристального внимания как оперативников, так и возглавлявшего бригаду следователя Гмыри.

— Человек, которого Готовчиц охаяла публично в газете, может мстить, — сказал он, — а человек, о котором она только еще собиралась написать, оберегает собственную безопасность. Это совсем разные вещи, и второй мотив кажется мне более существенным, нежели первый. Конечно, насколько мне известно, потерпевшая перестала работать в газете, но ведь она могла передать материалы другому журналисту, и заинтересованные лица вполне могли позаботиться о том, чтобы круг излишне информированных людей не расширялся. Кстати, сюда хорошо ложится непонятная кража. Может быть, искали именно эти материалы, а не найдя — убили саму Юлию.

— Да что там искать-то, Борис Витальевич, — не выдержал Игорь Лесников, — они же не в сейфе были спрятаны, просто лежали в общей куче в мебельной стенке. Почему же их не взяли?

— Объясняю, если сам не понимаешь. Хозяйка приходит домой, обнаруживает взломанную дверь и понимает, что у нее побывали воры. Она пересматривает все свое хозяйство и легко вычисляет, что именно у нее пропало. И тут же заявляет об этом в милицию. Дальше все просто, как на новогодней елке в детском саду. Если же убедиться в том, что материал действительно есть, но оставить его на месте и быстренько убрать чересчур любопытную Готовчиц, то милиция, то есть ты, Лесников, и прокуратура в моем лице будут долго ломать голову над тем, кто же это убил нашу Юлию Николаевну. Ты взгляни повнимательнее, какого рода эти материалы. Для возбуждения уголовного дела в них нет ничего. Ты понял? Ни-че-го. Есть общие слова и гневные формулировки, есть напыщенные фразы со есылкой на источники, приближенные к Кремлю, и больше ничего. Обыватель на эти фразы покупается, потому как привык верить печатному слову, и в этом смысле публикация представляет опасность для заинтересованного лица, поскольку он не может допустить, чтобы его честное имя запятнали скандалом. Скандала он не хочет. А что касается уголовного дела, то им тут и не пахнет. Доказательств никаких. Более того, таких вот черновых набросков мы с тобой сколько нашли? Вот то-то. И теперь в равной мере подозреваем каждого, о ком в этих набросках упоминается. Сколько таких личностей у нас набралось?

— Четверо, — вздохнул Лесников.

— Вот то-то, — назидательно повторил Гмыря. — Преступник не дурак был. Я еще вот что тебе скажу: не удивлюсь, если окажется в конце концов, что при проникновении в квартиру дверь взламывали нарочито демонстративно. Я вполне допускаю, что можно было открыть замок подбором ключей, но воры его разворотили напрочь. Знаешь, для чего?

Гмыря не ждал от оперативника ответной реплики, просто у него была такая манера излагать. Риторические вопросы он использовал в качестве дидактического приема, который широко применял при объяснении собственным детям школьной программы.

— Для того чтобы хозяева наверняка заметили, что в квартире кто-то побывал. Они уже тогда планировали последующее убийство Юлии Готовчиц и прекрасно понимали, что мы с тобой попытаемся связать попытку кражи и убийство в единое целое. Если у нас не будет сведений о покушении на кражу, мы будем рассматривать убийство Готовчиц в первую очередь как убийство депутата, во вторую очередь — как убийство журналиста. А при наличии факта проникновения в квартиру без реальной кражи у нас с тобой мозги поплывут, мы начнем искать корыстный интерес, будем трясти мужа убитой на предмет имевшихся у нее ценностей и так далее. То есть преступники наш поиск заранее хотели развернуть в сторону изъятия имущества.

— Тогда почему они ничего не взяли в квартире? — недоумевающе спросил Игорь. — Все было на виду, только руку протяни. Если бы супруги Готовчиц обнаружили пропажу, все было бы куда убедительнее.

— Молодой ты еще, — тяжело вздохнул Гмыря. — Дети у тебя есть?

— Есть, девочка.

— Большая?

— Кроха совсем. Два с половиной годика.

— Вот когда она у тебя подрастет чуток и научится папку с мамкой обманывать, тогда поймешь. Это все сказки, что дети врать не умеют. Врать не умеют только особо умные дети, потому что пытаются мыслить так же, как взрослые. А нормальный ребенок врет так, что тебе и в голову не придет ему не поверить. В его враках отсутствует наша с тобой взрослая логика, и нам его никогда не понять. Что же касается воров, которые проникли в квартиру депутата, то они мыслят на шаг вперед по сравнению с нами. Реальная кража и последующее убийство хозяйки квартиры — примитив. А вот когда вроде бы ничего не взяли, а потом убили депутата, у которой из сумочки тоже на первый взгляд ничего не пропало, то мы с тобой как оглашенные кидаемся шерстить парламент и журналистскую общественность, и только потом, спустя несколько недель, а то и месяцев, нам приходит в голову гениальная мысль о том, что проникновение в квартиру и убийство както между собой связаны. И мы так гордимся этой догадкой, мы так радуемся, что оказались умными и проницательными, что с головой бросаемся в поиски грабителей-разбойников, начинаем копать под мужа убитой на предмет спрятанных от общественности денег и ценностей и буквально жилы рвем, отрабатывая эту версию. Мы ее любим, версию эту, мы ее холим и лелеем, потому что она пришла к нам как озарение, пришла после долгих мытарств и бесполезных и безуспешных поисков в других направлениях. Мы упираемся и ни на шаг от своего пути не отступаем. А время идет, между прочим... Нет, Игорек, тот, кто спланировал эту комбинацию, был чертовски хитер и прекрасно знал нашу психологию. Может быть, он сам сыщик или следователь, хотя бы в прошлом. Он все точно рассчитал. Он подумал даже о том, что за версию ограбления мы уцепимся хотя бы для того, чтобы убийство перестали считать политическим и сняли с жесткого контроля. Чем больше я думаю об этом, тем больше прихожу к убеждению, что комбинацию разработал кто-то из наших.

Гмыря помолчал немного, словно обдумывая то, что сам только что сказал, потом удовлетворенно кивнул головой в такт собственным мыслям.

— Значит, так, Игорек. Тех четверых, которых мы обозначили по черновым материалам Готовчиц, начинай отрабатывать. Все на себя не бери, в бригаде, слава богу, и из РУОПа ребята есть, это вообще-то их хлеб. Короткову передай, пусть из Госдумы не вылезает, но выяснит, кто пытался подкупить Готовчиц и угрожал ей. Хотя бы направление поиска пусть унюхает, а потом уж мы туда ударные силы бросим. А про кражу, вернее про покушение на кражу, забудь. Как будто ее и не было вовсе. Ты понял? Не позволяй преступникам управлять ходом твоих мыслей. Они нам этот взлом навязали, буквально в глаза впихивают. Не поддавайся.

— Не могу, Борис Витальевич. Я ведь выезжал на эту кражу, я помню, как хозяин квартиры был напуган. Неспроста это. Что-то там не так.

— А я тебе говорю: забудь! — Гмыря повысил голос и пристукнул кулаком по столу. — Это все спектакль для идиотов. Хозяин был напуган? Я на тебя посмотрю, когда ты придешь домой и увидишь взломанный замок. Ты, видать, психологию в школе милиции плохо учил, во всем пытаешься увидеть логически обоснованный злой умысел. А у людей еще и эмоции есть, самые разные эмоции, которые возникают по самым разным поводам, и они бывают такими сильными, что человек просто не справляется с ними. Я вот сколько раз таких людей видел: сидит весь белый, руки трясутся, губы дрожат, глаза бегают, взгляд безумный, аж заикается от ужаса, а что оказалось? Оказалось, у него за спиной телефон громко зазвонил. В кабинете, видите ли, два аппарата было, один аппарат он видел, а второй — нет, и когда раздался громкий звук непонятно из какого источника, испугался. У этого человека, понимаешь ли, особенность такая, он громких резких звуков не переносит. Нервная система у него так интересно устроена. Я первое время ловился на это, как салага. Вижу, допрашиваемый испугался на ровном месте и десять минут в себя прийти не может, начинаю судорожно искать то ключевое слово, на которое он так отреагировал, и с этой стороны к нему подлезаю, и с той, и чуть ли не про детские воспоминания с ним разговариваю. Колю его, стало быть, по всем правилам науки. Психологические ловушки ему ставлю. Пытаюсь на слове поймать. Несколько часов на это неблагодарное дело убиваю, а потом оказывается: телефон. Всего-навсего. А я-то уж размечтался было, как этот человек сейчас из моего кабинета в наручниках выйдет, как, значит, я его одним мановением руки из простого свидетеля сразу в главные подозреваемые определю. Фиг тебе. А все оттого, что психологию с физиологией в расчет не брал. Так что повторяю тебе, Игорь, про кражу забудь. Выкинь ее к чертовой матери из своей красивой головы и отрабатывай тех, кто имел реальные основания бояться огласки материалов, которые мы нашли в квартире у Готовчиц.

Оказавшись ближе к вечеру на Петровке, Игорь Лесников столкнулся в коридоре с Настей, которая шла из туалета, держа в одной руке наполненный водой графин, а в другой — две мытые чашки, с которых робко капала вода.

— Ася, ты с Гмырей работала когда-нибудь? — спросил он, резко разворачиваясь и идя с ней рядом.

— Работала.

— Он вообще как? Нормальный?

— Более чем. Только он о детях своих очень печется и при каждой возможности старается с работы пораньше уйти, чтобы с ними побыть. А так хороший мужик. Тебе должен понравиться.

— Почему это? — подозрительно спросил Лесников, которому Борис Витальевич Гмыря ну просто совсем не нравился.

— А он из оперов, в розыске лет пятнадцать отпахал и только недавно ушел на следствие. Он нашу душу хорошо понимает и к нарушениям не цепляется. Это тебе не Костя Ольшанский. Костя даже Аль Капоне смог бы посадить только за неуплату налогов, а у Гмыри этот гангстер долго не потрепыхался бы. Аналогия понятна?

Они вместе вошли в Настин кабинет. Настя достала из шкафа полотенце и принялась вытирать мокрые чашки, а Игорь молча стоял посреди комнаты, раскачиваясь на носках.

— Чего ты молчишь? — спросила она. — Говори уж, не мучайся.

— Ты помнишь мои первые впечатления от Готовчица?

— Помню. Ты говорил, что он был очень напуган.

— А свои собственные впечатления от него ты помнишь?

— Конечно. Борис Михайлович ужасно чего-то боялся. Мы с тобой оба это видели, и оба строили по этому поводу какие-то догадки. А потом выяснилось, что Готовчиц заметил за собой слежку, и это его здорово испугало. Он решил, что сошел с ума, что у него мания преследования, оттого и нервничал. Ты что, все забыл?

— Да нет...

Игорь еще немного покачался на носках, потом все-таки сел, пододвинув стул к самому окну. Настя знала за ним такую привычку: он не любил находиться в физической близости к другим людям, всегда старался стоять или сидеть как можно дальше от собеседника, а если это не удавалось, он начинал злиться и почти терял самообладание. Во всяком случае, соображал он в таких условиях явно хуже.

— Гмыря считает, что факт взлома и проникновения нужно выбросить из логической цепочки, — сказал он наконец. — Это звено мешает. Он говорит, что его включили в цепь намеренно, чтобы нас дезориентировать.

— Гмыря — толковый человек и опытный следователь, — осторожно заметила Настя, не зная, как реагировать на слова Лесникова. — Если он так чувствует, к этому стоит прислушаться. У него много чего за плечами.

— Гмыря не допросил Готовчица сразу после обнаружения трупа его жены. Ты помнишь, мы с тобой еще удивились этому, когда в первый раз приехали к Борису Михайловичу?

— Помню. И что?

— Если он такой толковый и опытный, как он мог так поступить? Это же верх непрофессионализма: не допросить мужа убитой. Почему он так сделал? Почему отпустил Готовчица домой?

— Не знаю. Может быть, торопился по каким-то делам.

А может быть, у него не было оснований его подозревать и Гмыря просто проявил человечность и не стал терзать человека, только что опознавшего труп своей жены. Я не понимаю тебя, Игорь. Тебя что-то мучает?

— Да.

Он резко повернулся к Насте:

— Да. Мне не нравится Гмыря. И мне не нравится, как он ведет следствие. Он пытается увести нас от правильной версии и рассказывает какие-то байки, которым грош цена в базарный день. Он хочет, чтобы мы не занимались кражей. Он лепит мне какую-то чернуху о необыкновенной хитрости преступников, которые заранее спрогнозировали ход наших рассуждений и пытаются им управлять. Я ему не верю.

Настя вздрогнула. Как все знакомо! И ей приходилось через это проходить, когда она понимала, что рядом — чужой, рядом тот, кто хочет помешать, сбить с толку, навредить. Но ей бывало и труднее, чем сейчас Игорю, потому что всякий раз это был кто-то из своих, близких. Кто-то из отдела, из тех, с кем каждый день пьешь кофе и треплешься о пустяках, кого просишь о мелких одолжениях, кому сочувственно отдаешь последнюю таблетку от головной боли и последнюю сигарету из пачки. А Гмыря... Что ж, Гмыря работает в прокуратуре, ни у нее, ни у Игоря нет с ним никаких личных отношений. Конечно, это противно. Но хотя бы не больно. Не дай бог Игорю пережить такую боль, как довелось Насте этой зимой.

— Ты помнишь дело Платонова два года назад? — внезапно спросил Лесников.

— Еще бы. Такое не забудешь.

— Мне его друг сразу понравился. Как-то проникся я к нему. Он такой серьезный был, доброжелательный и профессионал отличный. А оказался предателем. И я, как дурак, утешаю себя мыслью, что раз Гмыря мне сразу не понравился, то, может быть, я ошибаюсь.

— Игорь, в таких делах советчиков не бывает. Ты или веришь человеку, или не веришь, вот и все. Это вопрос твоей собственной интуиции, и кто бы что ни говорил — никого не слушай. Слушай только себя. Окажешься прав — молодец, ошибешься — сам виноват. Ты собираешься поговорить с Колобком об этом?

— Я?

На лице у Лесникова проступило такое изумление, что Настя невольно улыбнулась.

— Да ты что! Я и тебе-то сказал только потому, что ты тоже занималась Готовчицем. Думал, может, ты что-нибудь дельное подскажешь.

— Я могу тебе сказать только одно: Готовчиц лжет. Я еще не знаю точно, в чем именно, но какую-то неправду он нам пытался всучить. Колобок разрешил мне покопаться в этом, но пока успехов никаких. Если что надумаю, поделюсь с тобой.

— А как насчет взлома? Ты тоже считаешь, что он не имеет отношения к убийству Юлии?

Настя поставила локти на стол и обхватила голову руками. Почему такие простые и привычные слова вдруг стали для нее мучительно сложными? Сказать: «Да, я тоже так считаю», или: «Нет, я так не думаю»? Она ничего не считает и ничего не думает, она ни в чем не может быть уверена, потому что весь мир в последние месяцы стал каким-то ирреальным, неправдоподобным, неправильным. Она теперь постоянно сомневается, сомневается во всем, даже в самых простых вещах, и она совершенно утратила способность принимать решения. Превратилась в безвольную амебу, тупо выполняющую приказы, производящую минимально необходимые действия, не имеющую собственного мнения и мечтающую только об одном: остаться в одиночестве и тишине. Наверное, она больна. Ей нужно лечиться, а не изображать из себя великого сыщика. Тоже мне, мисс Марпл в молодые годы.

— Я не знаю, Игорь, — медленно сказала она. — Я ничего точно не знаю. Может быть, прав Гмыря, а ты ошибаешься и напрасно его подозреваешь. Может быть, прав ты, а Гмыря — предатель. Все может быть. Ни одну возможность исключать нельзя.

— Да, Каменская, — разочарованно протянул Игорь, — зря я на тебя понадеялся. Не годишься ты в советчики в острых ситуациях.

— Значит, не гожусь. Ты уж извини, что не оправдала твоих надежд.

— И ты извини, что отнял твое драгоценное время, — усмехнулся он.

Ей почудился сарказм в его голосе, но не было ни сил, ни желания разбираться в этом. Недавно Колобок заметил, что она сдала, стала хуже работать, а сегодня и Лесников это увидел. Но она же старается! Она изо всех сил старается делать свою работу хорошо, а у нее ничего не выходит. Пропал азарт, притупилось чутье, ушел интерес. Единственное, что еще у нее осталось, так это безусловная преданность делу. Но на одной преданности далеко не уедешь, даже самый мощный двигатель не заведется, если искры нет. А искры-то как раз и нет.

* * *

Она вышла из ворот и пошла по Петровке в сторону метро, когда услышала совсем рядом знакомый голос:

— Тетя Настя!

Обернувшись, Настя увидела невысокого ладного паренька в форме рядового милиции. Короткая курточка обтягивала налитые плечи и была явно мала на целый размер.

— Привет, — удивленно откликнулась она. — Ты здесь какими судьбами?

— А я вас встречаю.

— Да ну? Зачем?

В первый момент она испугалась, не случилось ли чего-нибудь с отцом паренька, генералом Заточным, но Максим весело улыбался.

— Отец просил вас найти. Он днем не смог вам дозвониться, а сейчас он уже в самолете летит. Прилетает поздно ночью, и ему будет неудобно вам звонить.

— И что хотел твой отец?

— Как всегда, назначает вам свидание рано утром в Измайловском парке.

— И больше ничего? — с подозрением спросила Настя. — Завтра ведь не воскресенье, а только четверг.

— Не знаю, тетя Настя, — пожал плечами Максим. — Он просил вам передать — я передаю.

— Ты мог бы домой мне позвонить, — заметила она. — Рискованно было караулить меня здесь, я могла оказаться совсем в другом месте. Ты же знаешь нашу милицейскую жизнь.

Максим беззаботно махнул рукой.

— У меня выхода не было. Отец мне ваш номер продиктовал по телефону, а у меня ручки под рукой не оказалось, я понадеялся, что запомню, а когда стал потом записывать, понял, что забыл.

Утренние прогулки по воскресеньям в Измайловском парке были для генерала Заточного обязательными, если, конечно, он не уезжал из Москвы. И вот уже два года Настя периодически составляла ему компанию в этом ритуальном променаде. Никто, в том числе и сама Настя, не смог бы дать правильное определение ее более чем странным отношениям с этим человеком. Не любовь (об этом и речь не шла), не дружба (какая же может быть дружба между генералом, начальником главка в Министерстве внутренних дел, и рядовым оперативником с Петровки, всего лишь майором милиции, да к тому же женщиной), не деловое сотрудничество (хотя таковое и имело место, но лишь эпизодически). Что же тогда? Ответа не знал никто. Вероятно, не знал его и сам Иван Алексеевич Заточный. Мнения по этому поводу, конечно, были самые разные, но ни одно из них к истине не приближалось. Сын генерала Максим, например, считал, что папа ухаживает за тетей Настей и, вероятнее всего, женится на ней когда-нибудь. Тот факт, что тетя Настя замужем, его, по-видимому, совершенно не смущал и в расчет не принимался. Настин муж Алексей полагал, что у его жены просто очередная блажь, но поскольку нетривиальных черт в ее характере было и без того великое множество, то одной больше — одной меньше роли не играло. Чистяков хорошо знал свою Настю и признаки влюбленности с ее стороны улавливал моментально. Поскольку таковых в ситуации с Заточным не обнаруживалось, он и не беспокоился, полагая, что Анастасия уже большая и сама знает, что делает. Если ей хочется прогуливаться по парку с генералом — пусть прогуливается, это полезно для здоровья. Доброжелатели из числа работающих как на Петровке, так и в министерстве были твердо уверены в том, что Заточный спит с Каменской и за это делает ей карьеру, хотя на вопрос, в чем это выражается, ответить было бы крайне затруднительно. Майор Каменская работала там же, где и раньше, никакого повышения по службе не получала и до сих пор носила майорские погоны, хотя по сроку ей уже полагалось бы быть подполковником. Но должность у нее была майорская, и присвоить очередное звание «подполковник милиции» ей могли только в виде большого исключения. Так даже исключения этого для нее не делали!

Однако что же такое стряслось у генерала, если он, находясь за пределами Москвы, просит сына срочно разыскать Настю и пригласить ее на встречу рано утром в будний день? Такого за два года их знакомства не случалось ни разу. Настя так увлеклась построением самых разных предположений на этот счет, что не заметила, как добралась до дому. И только открывая замок своей квартиры, вдруг вспомнила, что сегодня Леша должен уже появиться дома. Неделя прошла, конференция закончилась. Неужели опять все сначала? Ежедневные вопросы «что случилось, пока я был в Америке?», и ее ежедневные попытки собраться с силами и все ему рассказать, и постоянно углубляющаяся пропасть между ними...

Она повернула ключ в замке, толкнула дверь и удивленно замерла на пороге. В квартире было темно и тихо. Спит? Настя на цыпочках пересекла прихожую и заглянула в комнату. Пусто. Но вещи лежат не так, как она их оставила утром. Значит, Алексей приезжал. Куда же он делся? Впрочем, она напрасно беспокоится, Леша — человек ответственный, и если он вышел из дома не на пять минут, то обязательно оставил записку. Сейчас она разденется, найдет записку и все узнает.

Записка действительно лежала на столе в кухне. Прочитав ее, Настя обессиленно упала на табуретку и тихо заплакала. Вот и все. Она доигралась в свои невротические игрушки. Записка, написанная мелким неразборчивым почерком Чистякова, гласила: «Не могу видеть, как ты мучаешься в моем обществе. Вероятно, тебе нужно отдохнуть от меня. Буду у родителей. Когда захочешь, чтобы я вернулся, — позвони. Никогда не ставил тебе условий, поэтому просто прошу: не зови меня обратно, пока не найдешь в себе силы разговаривать со мной. Если я приеду и снова не услышу внятного ответа на свои вопросы, мне придется думать самое плохое. Надеюсь, ты к этому не стремишься. Целую».

Она обидела Лешку, и он ее бросил. Ну, не бросил, конечно, не нужно преувеличивать, просто отступил, отошел в сторону до лучших времен, но это она может кому угодно объяснять, а самой себе нужно говорить правду. Он не вынес ее фокусов, ее молчания, подавленного настроения и нежелания хоть что-нибудь вразумительное ответить на его беспокойство и тревогу. Он сказал: «С такой, какой ты стала, я жить не хочу. Если ты изменишься, я вернусь». Как это не бросил?

Конечно, бросил. И поставил условие, не выполнив которое, она его не вернет.

Ее начало знобить. Выйдя в прихожую, Настя быстро нашла на вешалке теплый вязаный жакет и закуталась в него, но это не помогло. Озноб становился все сильнее, и через некоторое время ее уже трясло так, что руки не удерживали чашку с кофе. «Надо выпить», — подумала она, открывая дверцы кухонного шкафа в поисках спиртного. На полке стояла едва початая бутылка коньяка и полбутылки сливочного ирландского ликера. Ликер покупал Лешка в беспошлинном магазине в Шереметьеве, а откуда взялся коньяк, Настя припомнить не могла, как ни силилась. Кто-то принес, наверное, иначе откуда бы ему взяться? Ни она, ни Чистяков коньяк не любили и не покупали. Леша был ценителем хороших сухих вин, Настя же отдавала предпочтение мартини «Бьянко» или джину с тоником.

Достав из шкафа бутылку с коньяком, она налила почти полный стакан и сделала три больших глотка. Горло сразу перехватило, на глазах выступили слезы. Настя терпеть не могла этот напиток, не понимала его вкуса, даже запах не переносила, но сейчас пила его как лекарство. Конечно, противное, но лекарство и не должно доставлять удовольствие, оно должно помогать.

И оно помогло, правда, только частично, но все-таки... Озноб пропал, руки стали теплыми и не дрожали. А вот душевная боль не утихла, наоборот, теперь она казалась Насте еще сильнее. Что же она наделала! Как могла допустить, чтобы Лешка дошел до такого шага! Лешка, верный, преданный, знающий ее двадцать два года, умеющий понять ее, что бы ни случилось, и простить, что бы она ни натворила. До какой же степени она злоупотребила его терпением и любовью, если он не выдержал и ушел!

«А что, собственно, происходит? — спросила она себя. — Почему, ну почему я не могу набраться сил поговорить с ним? Что такого особенного я сделала? Украла? Нет. Убила? Тоже нет. Обманула кого-то, предала? И да, и нет... Вот это и есть самое сложное. Я не могу понять, что я наделала. И до тех пор, пока не пойму сама, я не смогу рассказать об этом Лешке. Интересно, почему? Сколько раз бывало, когда я специально рассказывала ему то, в чем не могла разобраться, и он всегда мне помогал. У него совершенно другой взгляд на вещи, и иногда это бывает очень полезным. Так почему же я не могу поделиться с ним тем, в чем сама не разобралась? Ответа нет. Но только я точно знаю, что не могу».

Настя еще долго сидела на кухне, не в силах двинуться с места, встать, пойти в комнату, постелить постель и лечь. В голове стучала только одна мысль: она обидела Алексея, и он ушел. Она во всем виновата, ей не нужно было вообще выходить замуж, ни за Лешу, ни за кого бы то ни было другого, она не приспособлена к совместному существованию с другим человеком. Она — одиночка, ей никто не нужен. Совсем никто. Наверное, это какой-то психический дефект. Она — моральный урод. Она обидела Лешу, и он ушел.

Около половины третьего ночи она наконец доползла до дивана и упала на него, не раздеваясь и не доставая постельное белье. Натянула на себя теплый клетчатый плед, уткнулась лицом в подушку и снова заплакала.

* * *

В половине шестого утра она с трудом продрала глаза и вяло полезла под душ. Идти на встречу с Заточным не хотелось смертельно, но придется. Отказать ему Настя не могла. Она выпила подряд две чашки кофе, но вкуса почти не почувствовала. Налила из стоящего в холодильнике пакета апельсиновый сок и выпила залпом полстакана, но сок показался ей пресным и тепловатым, хотя этого никак не могло быть: пакет стоял в холодильнике как минимум три дня.

Ровно в семь Настя вышла из поезда на станции «Измайловская», с недоумением пытаясь ответить на вопрос, что она здесь делает и почему не сказала вчера Максиму, что не может встретиться с Заточным. Спала бы себе и спала еще. Генерала она увидела издалека, он был, как обычно, в легком спортивном костюме, стройный, сухощавый, и двигался ей навстречу легко и пружинисто.

— Доброе утро, — весело поздоровался он. — Прошу извинить за то, что потревожил в неурочное время, но в воскресенье меня в Москве не будет, я сегодня вечером снова улетаю.

— Ничего, — мрачно ответила Настя, — гулять полезно. Так, во всяком случае, считает мой муж.

— А почему такой траур в голосе? Неприятности?

Неприятности. «Как будто он не знает, — с досадой подумала Настя. — Сам же подставил меня, а теперь удивляется. Господи, я должна ненавидеть его, а я послушно бегу в парк по первому его свистку. Он же все знал, он не мог не понимать, каково мне, но молчал, предоставив мне самостоятельно барахтаться в этом кошмаре. А потом еще пришел ко мне и заявил, что молчал специально, ибо в делах такого масштаба можно руководствоваться только целесообразностью, а уж никак не человечностью. Целесообразность требовала, чтобы я была доведена до ручки, до полного отчаяния. А теперь я в гордом одиночестве пожинаю плоды этой операции. Но напоминать ему я не буду и жаловаться не буду. Однажды я уже попыталась пожаловаться ему и попросить помощи и получила хороший урок. Майор не должен жаловаться генералу. Это неприлично. Но весь ужас в том, что я почему-то не могу на него сердиться».

И вслух сказала:

— Не выспалась. Не обращайте внимания.

— Хорошо, тогда перейду к делу. Вы, вероятно, знаете о том, что наше министерство наконец-то создает собственную информационно-аналитическую службу. Это не то, чем всегда занимался штаб.

— Слышала, — кивнула Настя. — Что-то вроде стратегической разведки.

— Вот-вот. И в этой информационно-аналитической службе предусмотрены даже такие специалисты, как психологи и психоаналитики.

— И об этом я слышала. Но, честно говоря, думала, что это шутка.

— Почему же? — вздернул брови генерал. — Вы не разделяете идеи использования в нашей работе этой отрасли знаний?

— Разделяю. Но мне почему-то казалось, что разделяю я их сама с собой. Что-то мне единомышленники среди наших коллег не встречались. Правда, должности психологов у нас введены, и я этому искренне рада, но я точно знаю, что используют их вовсе не для анализа информации. В основном они работают «переговорщиками» при захвате заложников, помогают составлять психологический портрет преступника, консультируют оперативников при разработке легенд для внедрения. А в стратегическом плане... Даже удивительно, что вы на это пошли.

— Пошли, как видите. И сейчас у нас идет отбор психологов и психоаналитиков для работы в информационно-аналитическом подразделении. Я слышал, вы имеете отношение к расследованию убийства депутата Готовчиц?

— Да, — удивленно протянула Настя. — Не очень близкое, но имею. А какая связь?

— Видите ли, Борис Михайлович Готовчиц — один из кандидатов.

— Серьезно?! Ну надо же!

— Представьте себе. Конечно, предварительно мы всех кандидатов проверили, но вы сами понимаете, решение это очень ответственное. Человек, принятый на работу в аналитическую службу, получает доступ к информации такой важности, что ошибок с кадрами у нас быть не должно. Мы просто не имеем на это права. И кроме того, очень важен вопрос квалификации психолога, потому что, основываясь на его рекомендациях, будут планироваться и проводиться весьма серьезные и крупномасштабные операции, и если психолог недостаточно грамотен, все окажется под угрозой. Одним словом, я хотел обратиться к вам с просьбой. Присмотритесь к Готовчицу повнимательнее и, если представится возможность, оцените его профессионализм.

— А законопослушность? — пошутила Настя. — Законопослушность и уровень правосознания оценивать не надо?

— Анастасия, Готовчица проверяли в течение трех месяцев. Он не замешан ни в каком криминале, это установлено абсолютно точно. Знаете, у него была совершенно удивительная жена, Юлия Николаевна. Вы слышали о том, что она вела все финансовые дела семьи?

— Нет. А это важно?

— Для понимания характера — да, важно. Юлия Николаевна была дочерью крупного расхитителя. Ее отец покончил с собой буквально накануне ареста. И с тех пор она решила жить так, чтобы ничего никогда не бояться. Я имею в виду карающий меч правосудия, разумеется. Потому что во всем остальном она была женщиной отважной и не боялась наживать врагов. Но с властью всегда жила в мире и согласии. Она просто не допустила бы, чтобы ее муж впутался в какой-нибудь криминал. Конечно, если вы что-то такое узнаете, вы нам немедленно сообщите, но я главным образом хочу понять сейчас, что это за человек и хороший ли он специалист.

— Но ведь в кандидаты на работу в министерство он, наверное, попал именно как хороший специалист. Откуда же у вас сомнения?

— Ох, Анастасия, порой вы меня приводите в восторг своей наивностью, — рассмеялся генерал. — Как появляются кандидаты на должность? Кто-то кого-то рекомендует, кто-то кого-то знает лично или понаслышке от друзей. В данном случае фамилию Готовчица назвал один из начальников главков, поскольку его племянница прошла у Бориса Михайловича курс реабилитации после крайне тяжелого бракоразводного процесса. Племянница осталась весьма удовлетворена результатами лечения и сказала об этом дядюшке, дядюшка соответственно передал информацию дальше. Вот и все. Так я могу рассчитывать на вашу помощь?

— Не знаю, — она пожала плечами. — Я не уверена, что смогу быть вам полезной. Я же не специалист, чтобы оценить уровень его квалификации.

Заточный остановился, повернувшись лицом к Насте. Его желтые тигриные глаза были совсем близко, они излучали тепло и ласку, и от этого взгляда ей стало как-то не по себе.

— Не кривите душой, — сказал он негромко. — Вы до сих пор не можете меня простить, да? Вы сердитесь на меня, и должен заметить, сердитесь справедливо. Ну и что мы со всем этим будем делать? Сейчас вы отказываетесь мне помочь в такой завуалированной форме, завтра вы откажете мне более прямо, послезавтра начнете грубить, и мы погубим нашу дружбу или как вам удобнее называть наши отношения. Вы мне глубоко симпатичны, я дорожу вашим добрым отношением ко мне, и мне будет больно, если мы не достигнем взаимопонимания. Да, я был груб с вами, даже безжалостен, но это было вызвано интересами дела. Впрочем, я вам все уже объяснял, повторяться нет смысла. Проявите великодушие, поднимитесь над ситуацией и подумайте о том, что у нас с вами не так уж много близких людей, которым мы можем доверять полностью и безоговорочно. Так нужно ли терять их, идя на поводу у амбиций?

«Он вертит мной, как куклой, — подумала Настя как-то отстраненно, будто наблюдая за собой со стороны. — У него потрясающий дар убеждать. Я ведь умом понимаю, что он был не прав, подставив меня тогда, зимой, и ничем, ни единым словом, ни жестом не облегчив мои мучения. И все равно не могу на него сердиться. Мне хочется его простить. Более того, я начинаю чувствовать себя виноватой перед ним, словно моя обида — это пустой бабский каприз. А может быть, так оно и есть, и все мои страдания выеденного яйца не стоят?»

— Вы сегодня уезжаете? — спросила она вместо ответа.

— Да, вечером.

— Надолго?

— На пять дней.

— Когда вы вернетесь, я нарисую вам Готовчица маслом на холсте.

Заточный улыбнулся тепло и солнечно, сверкнув двумя рядами безупречных ослепительно белых зубов. Его желтые глаза вмиг превратились в два расплавленных золотых слитка. Никто не мог устоять перед этой знаменитой улыбкой.

— Можно, я вас поцелую? — спросил он тихо.

— Не надо, — так же тихо ответила Настя.

— Почему?

— Это может быть неправильно понято.

— Кем?

— Мной.

— Это не важно, — ответил с улыбкой Иван Алексеевич. — Главное, чтобы я сам правильно это понимал. А я понимаю это правильно, вы можете не беспокоиться.

Он осторожно коснулся сухими губами сначала одной ее щеки, потом другой.

— Я рад, что вы смогли перешагнуть через себя. Через пять дней я вам позвоню.

Он круто повернулся и быстро пошел к выходу из парка, хотя обычно провожал Настю до поезда метро.

## Глава 9

Поднимаясь в лифте в квартиру Бориса Михайловича Готовчица, Настя все еще сомневалась в правильности того, что делает. Разумеется, просьбу Заточного нужно выполнить, тем более она обещала. Но вот таким ли способом?

После разговора с генералом подозрения в адрес психоаналитика сошли практически «на нет». Если его проверяли как возможного кандидата на работу в информационно-аналитическую службу в МВД, то в эту проверку в обязательном порядке входило и наружное наблюдение. Плохие, видно, попались наружники, если Готовчиц их срисовал, а может быть, он и в самом деле удивительно наблюдательный человек, обладающий великолепной памятью на лица. Так что уважаемый Борис Михайлович в этой части ничего не выдумал, просто так совпало, что до кражи за ним ходили люди из МВД, а после кражи, то бишь взлома, — частные сыщики, нанятые его супругой. Эту позицию следует еще уточнить. Пусть Готовчиц даст словесное описание тех двоих наблюдателей, которых он не опознал среди сотрудников сыскного агентства «Грант», а Настя потом попросит Заточного узнать, эти люди висели на «хвосте» у психоаналитика или нет.

Да и к убийству собственной супруги Готовчиц при таком раскладе вряд ли причастен. Одна из версий состояла в том, что частные детективы, осуществлявшие слежку за Готовчицем, наткнулись на кого-то, с кем он был связан криминальным бизнесом. Потому и убили Юлию Николаевну, чтобы не проявляла излишнего интереса к тому, к чему не следует. Но если Заточный утверждает, что Готовчиц чист, аки дитя невинное, то эта версия не выдерживает никакой критики и должна быть немедленно отброшена. Никаких «опасных» людей среди связей Бориса Михайловича нет.

После последней встречи Насти с Готовчицем прошло всего четыре дня, и она удивилась тому, как сдал он за это время. Щеки ввалились, под глазами чернота, взгляд потухший. «Господи, что страх делает с человеком, — сочувственно подумала она. — Я, наверное, тоже расписиховалась бы не меньше, если бы за мной следили, а я не понимала, кто и почему. А он еще и жену похоронил».

— Что на этот раз? — устало спросил Готовчиц, провожая Настю в комнату. — У вас появились новые вопросы?

— Да. Но не в связи с убийством вашей жены. Борис Михайлович, я пришла к вам как к частному лицу. Это ничего? Вы не сочтете, что я злоупотребляю служебным положением?

Готовчиц заметно оживился, даже глаза слегка заблестели.

— Вам нужна консультация? Психологический портрет преступника?

Настя поняла, что он рад был бы отвлечься от своих переживаний и поговорить о чем-нибудь не связанном со смертью жены.

— Консультация нужна, но не по поводу преступника. Я хотела бы поговорить с вами о себе.

— О вас? — Он не сумел скрыть удивления. — Вы не производите впечатления человека, у которого есть такого рода проблемы. Может быть, алкоголь, наркотики? У вас зависимость?

— Что вы, — она рассмеялась, настолько нелепым показалось ей такое предположение.

— Тогда что же?

— Я постараюсь объяснить, хотя и не уверена, что смогу внятно что-то сказать. Я и сама с трудом понимаю. Мне стало трудно общаться с людьми. Я даже с мужем не могу разговаривать, и это его обижает.

— Вам трудно излагать собственные мысли? Не хватает слов?

— Со словами все в порядке. Я могу сформулировать и в вербальной форме изложить любое суждение, если вы это имеете в виду. Но мне не хочется. Какой-то ступор на меня находит, понимаете? Будто барьер поставили, и я не могу через него перешагнуть.

— Как давно это началось? Или это было всегда?

— Не всегда. Это началось зимой, в феврале.

— После каких-то событий?

— Да.

— Вам придется рассказать мне о них.

— Конечно, я понимаю. Видите ли, Борис Михайлович, я знаю, что должна рассказать о них мужу, чтобы вернуть его доверие, но не могу заставить себя. Вот это и плохо. Он видит, что со мной что-то происходит, что я стала вялой и раздражительной, избегаю разговоров и вообще любого общества, но не понимает, в чем дело. А я не могу набраться сил ему рассказать.

— Почему? Вам стыдно? Это что-то порочащее вас? Супружеская измена?

— Нет. Это связано со службой. В ходе раскрытия одного преступления я обнаружила улики, свидетельствующие о том, что к преступлению причастен близкий мне человек. Мой отчим, который меня воспитывал и полностью заменил мне отца. Я сразу поверила в его виновность, и с этой минуты моя жизнь превратилась в кошмар. А потом выяснилось, что улика появилась случайно и отчим не имеет к криминалу никакого отношения. Вот и все.

— И с тех пор вы испытываете трудности в общении?

— Да, с тех самых пор. Больше двух месяцев.

— Вам трудно общаться со всеми или только с определенными людьми?

Настя задумалась. Вопрос ей понравился. А ведь в самом деле, общается же она с лицами, проходящими по делам, вот хоть с Готовчицем, например, и с Димой Захаровым она нормально разговаривала, и с Улановым. Да со многими. А вот с коллегами по работе дело шло хуже. Не говоря уже о Леше и о родителях. Выходит, общение с посторонними ее не пугает. Даже странно, почему она сама не заметила этого, пока психоаналитик не спросил.

— Вы правы, — она подняла глаза на Готовчица, — чем ближе человек, тем мне труднее. А почему так?

— Давайте разбираться, — с готовностью произнес Борис Михайлович.

Настя видела, что разговор доставляет ему удовольствие, такое же, какое испытывает она сама, когда решает очередную логическую задачу. Человек любит свое дело и делает его с наслаждением, даже тогда, когда на душе черно. Что ж, такой человек, несомненно, заслуживает всяческого уважения и вполне может быть рекомендован на ту работу, о которой говорил Заточный.

Готовчиц задавал еще множество вопросов, заставлял Настю рассказывать подробности ее взаимоотношений с отчимом и с матерью, спрашивал о муже.

— Ну что ж, Анастасия Павловна, — наконец сказал он, — подведем итог. Вы попали в типичную ловушку, в которую попадают тысячи людей, если не миллионы. Знаете поговорку: чужую беду руками отведу? Когда неприятности случаются с другими, мы можем посмотреть на ситуацию со стороны и найти выход легко и безболезненно. Когда она сваливается на нас, мы с ней не справляемся. Сейчас, когда прошло столько времени, вы прекрасно видите, что для подозрений в адрес отчима у вас основания были не очень-то сильные, правда? Мы с вами только что в этом разобрались. Но вы отчего-то сразу поверили в то, что он — предатель. Поверили сразу и безоговорочно. И теперь вам за это мучительно стыдно. Вам стыдно за то, что вы растерялись, что не смогли обдумать ситуацию хладнокровно и неторопливо, вы поспешили сделать вывод и тут же в него поверили. Это случается со всеми, трудно найти человека, который хотя бы раз в жизни не допустил такую ошибку. Так что стыдиться вам не нужно. Что произошло дальше? Две вещи. Во-первых, вы разуверились в своих профессиональных способностях, когда поняли, что ошиблись. Во-вторых, вы стали инстинктивно избегать общения с близкими вам людьми, подсознательно опасаясь повторения ситуации. Вы боитесь, что кто-нибудь из них вольно или невольно заставит вас думать о них плохо, и еще больше боитесь снова допустить ту же ошибку и поверить своим подозрениям. Вы стараетесь отдалиться от близких вам людей, чтобы в случае повторения ситуации вам не было так больно. Иными словами, именно в близких вы видите источник опасности и пытаетесь максимально ограничить контакты с ними, потому что именно близкий вам человек, ваш отчим, заставил вас страдать. Но заставил не по собственной воле, не по злому умыслу, а вследствие вашей же ошибки. Вы ненавидите себя за это, но одновременно продолжаете бояться своих близких. И не пытайтесь найти логику в этих страхах, они иррациональны, как почти любой страх. Вас раздирают два разнонаправленных чувства: с одной стороны, вы стыдитесь своей ошибки, с другой стороны, боитесь повторения. И это как бы ставит блок, не позволяет вам нормально общаться с близкими.

— И что мне теперь делать? — спросила Настя, внутренне соглашаясь с каждым его словом.

— Ничего. Просто все время помните о том, что я вам сказал. Повторяйте себе: я теперь знаю, что мне мешает, я знаю, откуда это появилось и что означает, но я не позволю этому управлять собой. Не нужно думать, что как только вы произнесете это магическое заклинание, все сразу встанет на свои места. Ничего подобного. Но повторять его надо, и в конце концов это принесет свои плоды. В один прекрасный момент в вас проснется обычный азарт, который и заставит вас сделать над собой усилие и перешагнуть преграду.

— И сколько времени нужно ждать, пока азарт проснется? — грустно пошутила Настя.

— Скорых результатов не обещаю. Если вы будете бороться с ситуацией самостоятельно, то первый успех придет не раньше чем через несколько месяцев. Если вы хотите, чтобы я вам помог, эффект наступит несколько быстрее. Поймите, Анастасия Павловна, невроз — штука очень коварная и лечению практически не поддается. А у вас именно невроз. Можно выйти из той ситуации, в которой вы оказались, точнее, куда сами себя загнали, можно преодолеть барьер и начать нормально общаться с близкими, а потом этот же невроз проявится в совершенно неожиданной форме и в совершенно неожиданный момент. Он уже сформировался, и теперь вам придется тащить его в себе всю жизнь. У вас появился стойкий страх совершить непоправимую ошибку, и с этим ничего нельзя поделать. Не хочу выглядеть шарлатаном, поэтому говорю вам все как есть. Сегодня этот страх мешает вам поддерживать отношения с друзьями и родственниками, а завтра он проявится в чем-нибудь другом.

— Вы правы, — снова кивнула она, — сегодня он еще и работать мне мешает. Мне стало трудно принимать решения.

— Именно из-за того, что вы боитесь ошибиться и поступить неправильно?

— Да, именно из-за этого. Может быть, мне сменить работу?

— Не имеет смысла. Страх все равно останется, вы и на другой работе будете бояться совершить ошибку. Страх нужно преодолевать. Вы должны научиться бороться с ним, понимаете? Выработать приемы, при помощи которых вы не позволите ему управлять вашей жизнью. Это долгая и трудная работа, но другого способа нет.

— А как же вы? — внезапно спросила Настя.

— Что — я?

— Ваши страхи. Вы говорили мне, что боитесь сойти с ума, потому что у вас мания преследования и вам мерещится слежка. Мы с вами выяснили, если помните, что слежка действительно была, так что никакой мании у вас нет. А вы все равно продолжаете бояться.

Готовчиц изменился в лице и буквально посерел на глазах. Только что, ну вот только что, разговаривая с Настей как психоаналитик, он был совершенно нормальным, он не прятал глаза и не хрустел пальцами и вдруг в один миг превратился в того, прежнего, вызвавшего такие сильные подозрения и у Игоря Лесникова, и у самой Насти. Взгляд его уперся в какую-то точку в верхней части стены. Он молчал.

— Так как же, Борис Михайлович? — настойчиво повторила Настя.

— Вы... Мы с вами выяснили... То есть вы выяснили, что за мной следили люди, которых наняла Юля. Но были еще двое, раньше, до них. Про них вы ничего не сказали. Вы знаете, кто они? Почему они ходили за мной по пятам?

«Знаю, — подумала Настя. — Но вам, Борис Михайлович, знать об этом не нужно. Если бы Заточный хотел, чтобы я вам об этом сказала, он дал бы мне это понять».

— Мне кажется, вы ошибаетесь, — сказала она. — Вам просто померещилось. Скажите мне, как вы боретесь со своим страхом? И почему позволяете ему управлять вами, если так хорошо во всем разбираетесь?

— Почему? — Он перевел на нее больные глаза. — Почему? Потому же, почему и вы совершили свою ошибку. Я могу бороться с вашими страхами. А со своими — не могу. Страх иррационален... Впрочем, я, кажется, уже говорил вам это. Вы, глядя на меня, находите миллион логических объяснений и не понимаете, почему я так боюсь. Вам кажется, что вы на моем месте не испугались бы. Точно так же как я, слушая вашу историю, думаю о том, что на вашем месте никогда не сделал бы такой ошибки и тем более не стал бы так переживать из-за нее. Но каждый из нас, к сожалению, стоит на своем месте, и с этого места наши беды и проблемы выглядят совсем не так, как со стороны.

— Может быть, вам нужно обратиться к специалисту? — предположила Настя.

Она вдруг испытала острую жалость к этому человеку, который, в сущности, ни в чем не виноват, кроме того, что обладает хорошей памятью и наблюдательностью. Его рекомендовали как грамотного специалиста, МВД устроило обычную рутинную проверку, ну, может быть, более тщательную, чем в других случаях, потому что речь идет об очень ответственной должности, но таких проверок проводятся тысячи. В ходе проверки проводилось и наружное наблюдение, и Готовчиц имел несчастье это засечь. Вот и вся его вина. А он с ума сходит от страха, бедняга. И сказать ему нельзя. Приходится молчать и смотреть, как он мучается. Черт возьми, ну когда же в милиции появятся хорошие профессионалы в нужном количестве, чтобы не калечить психику людей почем зря?!

— К специалисту? — непонимающе повторил Готовчиц. — К какому специалисту?

— К такому же, как вы. К психоаналитику.

— Нет!

Он выкрикнул это поспешно и резко, словно сама мысль показалась ему кощунственной.

— Нет, — повторил он чуть спокойнее, будто испугавшись собственного порыва и устыдившись его.

— Но почему же?

— Нет. Я мог бы это сделать, если бы среди таких специалистов у меня был близкий друг, которому я могу полностью доверять. Но такого друга у меня нет. У нас тоже существует конкуренция, как и везде. И я не могу допустить, чтобы обо мне говорили, что у меня есть проблемы, с которыми я не справляюсь. Вы пойдете лечиться к дерматологу, который весь покрыт язвами и прыщами?

— Не пойду, — согласилась Настя.

Она просидела у Готовчица почти три часа. За это время он дважды угощал ее чаем, при этом смущенно извинялся, что к чаю у него ничего нет, даже лимона. Настя поняла, что он давно не выходил из дома, даже в магазин не наведывался. «Надо же, как он боится, — думала она по дороге на Петровку. — Того и гляди, с голоду умрет. Но из дому не выйдет. Что же мне сказать Заточному? С одной стороны, дядька вроде бы приличный, и специалист явно неплохой. Про меня он все понял правильно. Я слушала его и внутренне соглашалась со всем, что он сказал. Правда, он не сказал ничего нового, слава богу, у меня пока еще хватает мозгов и силы воли разобраться в своих проблемах и сказать самой себе неприятную правду, но тот факт, что Готовчиц с первого же предъявления все увидел, говорит в его пользу. Но с другой стороны, если у него бывают такие страхи, то как он сможет работать в министерстве? Там же взрывоопасная информация, только и жди, что наезжать начнут с целью ее получить. Наверное, Готовчиц и сам еще не знает, что его примеряют к этой работе. Ну и правильно. Что толку приглашать человека, обещать ему должность, а потом, после проверки, отказывать? Лучше сначала проверить, а потом уж предлагать работу, если он подойдет. Но как мне его жалко было! Так хотелось сказать про наружников... Но нельзя было. Только теперь я понимаю, как трудно было тому же Заточному тогда, зимой. Он видел, как мне тяжело, но не мог мне помочь, потому что должен был молчать, чтобы не сорвать комбинацию. Пожалуй, зря я на него так окрысилась. Ему тоже несладко пришлось. Ладно, с выводами по господину Готовчицу пока подождем. Мы договорились, что он попытается мне помочь, я буду приходить к нему раз в неделю на прием. Помощи я от него, конечно, никакой не жду, сама справлюсь, после сегодняшнего разговора мне стало как-то полегче. А понаблюдать за ним нужно, чтобы не ошибиться в оценке, а то перед Иваном неудобно будет. Он же на мое мнение понадеялся... Черт возьми, опять я боюсь ошибиться! Ну уж нет, не выйдет. Я знаю, откуда этот страх, я знаю, почему он появился, но я же не стала глупее за последнее время, я такая же, как была раньше, и если раньше я была уверена в своих оценках, то почему сейчас должна сомневаться? Не должна. Я не должна сомневаться... Я не должна бояться...»

* * *

Мое известие о намерении развестись и уйти, оставив ей все имущество и деньги, Вика восприняла на удивление спокойно. Все-таки она молодец, прекрасно владеет собой, даже тень радости не мелькнула на ее лице. Молча пожала плечами, покрутила пальцем у виска и ушла в другую комнату. Через некоторое время вышла, одетая в строгий деловой костюм. И снова мое обоняние больно резанул запах ее духов. Какие противные! И как они могли мне раньше нравиться?

— Твое решение окончательно? — спросила она, серьезно глядя на меня.

— И обжалованию не подлежит, — весело подтвердил я, чувствуя невероятное облегчение оттого, что вышел из кризиса и нашел лазейку в ситуации, которая казалась мне безвыходной.

— Объясниться не хочешь?

— Не хочу.

— Тогда одевайся.

— Зачем?

— Пойдем в загс, подадим заявление. Чего ж тянуть, если ты решил.

Торопится, мерзавка! Делает вид, что смирилась с моим решением, а у самой небось внутри все поет от радости. Как же, от душегубства ее спасли, грех на душу не дали взять.

Мы вышли на улицу и отправились в сторону загса, который находился в трех кварталах от нашего дома. Солнце сияло, деревья покрылись зеленой дымкой, мимо нас проходили красивые девушки в мини-юбках, и жизнь казалась мне почти прекрасной. Я словно заново родился. Надо же, столько времени я был ходячим мертвецом, которого ничего не радовало и ничего ему не было нужно, который не строил планов ни на завтра, ни на ближайший вечер, а сегодня я снова жив и обрел способность радоваться существованию. Как хорошо, что на моем пути попался Лутов! Если бы не он, я бы так и сидел сложа руки, чувствуя себя ягненком, предназначенным для жертвоприношения. Как ни странно, но Вике я готов был принести любую жертву, ибо понимал, сколь многим пожертвовала она сама и сколько вытерпела за все годы жизни вместе с моей матерью. Честно говоря, если бы не она, я бы никогда не стал тем, чем стал, потому что только ради нее, ради Вики, я насиловал себя в «Лице без грима», чтобы обеспечить ей хотя бы на пятом десятке достойное существование. Я очень любил ее и готов был ради нее на все. Для самого себя я бы ничего делать не стал, так и просидел бы рядом с сумасшедшей матерью, зарабатывая жалкие гроши. В определенном смысле Вика имела право претендовать на все мои деньги, точнее, наши деньги, поскольку не будь ее рядом со мной — и денег бы этих не было. Интересно, понимает она это так же, как понимаю я? Наверное, нет. Она всегда была деликатной и никогда не считала, кто кому чем обязан. Впрочем, кто знает, какой она стала теперь, когда завела себе любовника...

В загсе я оставил Вику в коридоре и сразу заглянул в кабинет к заведующей.

— Моя фамилия Уланов, — представился я.

Заведующая недоуменно посмотрела на меня, наморщив лоб, потом вздохнула.

— А, да, насчет вас звонили. Вы пришли с супругой или один?

— С супругой. Она ждет в коридоре.

— Хорошо. Минутку подождите.

Она сняла телефонную трубку и набрала номер.

— Маша? Зайди ко мне. Да, сейчас.

Ослепительно молоденькая Маша впорхнула в кабинет и одарила меня солнечной улыбкой.

— Ой, здрасьте, — заявила она прямо с порога, — а я вас по телевизору видела.

— Это замечательно, — сухо остановила ее заведующая. — Господин Уланов хочет расторгнуть брак. Прими заявление и к завтрашнему дню подготовь свидетельство.

— Но как же... — начала было девушка, привыкшая, по-видимому, строго выполнять инструкции, в соответствии с которыми между подачей заявления о разводе и оформлением документов должно пройти немало времени.

— Завтра, — твердо повторила заведующая и повернулась ко мне: — Пройдите с Машей, она все сделает.

Мы с Викой заполнили заявления.

— Завтра после пяти приходите, — прощебетала Маша, глядя на меня, как на икону. — И паспорта не забудьте, мне нужно будет в них штамп проставить.

Я молча кивнул, наказав себе не забыть завтра купить для девчушки цветы и коробку конфет.

— Как порядки изменились, — заметила Вика, когда мы уже вышли на улицу.

— Что ты имеешь в виду?

— Быстро оформляют. Раньше нужно было три месяца ждать.

— Теперь тоже нужно ждать. Я дал взятку заведующей.

— Так ты для этого к ней заходил?

— Естественно, — соврал я.

Не рассказывать же было Вике про Лутова. Он специально спросил меня, в каком районе города я живу и где находится загс, и пообещал организовать «звонок содействия». Что ж, свое обещание он выполнил, человек надежный, и это меня радует. Впрочем, сегодня меня радует все. Я снова начал жить.

Вика некоторое время молчала, будто что-то обдумывала.

— Куда ты так торопишься, Саша? — наконец спросила она. — У тебя другая женщина, и ты должен как можно скорее жениться?

Вот хитрюга, а? Это у нее, а не у меня матримониальные намерения, это она, а не я, решила обзавестись новым супругом. Почему-то в этот момент я обратил внимание на то, как некрасиво Вика двигается. Одно плечо выше другого, походка тяжелая. И почему я раньше этого не видел? А может быть, раньше этого и не было, просто она стареет.

— Да, у меня другая женщина, — отрезал я. — И она ждет

ребенка. Поэтому я должен получить развод как можно быстрее и зарегистрировать брак с ней.

— Ты очень изменился за последнее время, — сказала Вика грустно. — Теперь я понимаю, почему. Ты стал злым и раздражительным, ты отдалился от старых друзей. Саша, я ведь не дура и не истеричка, можно же было решить все по-человечески. Сейчас мало браков держатся до глубокой старости, многие разводятся, я бы все поняла. Конечно, любовь, а тем более беременность... Я бы поняла, Саша. Зачем же ты меня обижал? Ты превратил мою жизнь в ад. Я боялась, что ты сошел с ума. Мне было стыдно перед друзьями, которым ты хамил и которых подводил, не выполняя данные им обещания.

Я слушал ее слова, я слышал совсем другое. «Почему ты сразу не сказал мне, что любишь другую женщину и хочешь уйти от меня без раздела имущества? Я не искала бы киллера и не затевала весь этот кошмар, все получилось бы легко и просто. Моя жизнь превратилась в ад, потому каждую минуту я ждала, что тебя наконец убьют, и боялась, что ничего не получится. Ты останешься жив, а меня посадят. Я жила все это время в страхе. Я отпустила бы тебя на все четыре стороны без единого упрека, без слез и скандалов. Если бы ты только знал, как легко тебе было бы сейчас со мной развестись! Но ты тянул, скрывал, как, впрочем, поступают все мужики. Великое множество жен на этом свете вдруг узнают, что у их любимых мужей уже взрослые внебрачные дети. Вы очень не любите разводиться и держитесь за старые браки, пока вас не взять за горло. Твоя новая, видно, сумела это сделать».

— Не будем это обсуждать, — равнодушно ответил я. — Что сделано — то сделано. Я рад, что ты восприняла это спокойно, это делает тебе честь.

В холодном молчании мы дошли до дома. Вика поднялась в квартиру, а я вывел машину из «коробки» и поехал к матери. Мне предстояло еще с ней объясняться. Тоже задача не из легких.

* * *

В квартире матери витал устойчивый запах хлорки. За много лет я к нему привык. Одним из проявлений ее сумасшествия было маниакальное стремление к чистоте, в котором не было бы ничего сомнительного, если бы не твердая убежденность в том, что единственное дезинфицирующее средство на свете — это хлорка. Мать умудрялась выискивать в магазинах именно те чистящие и моющие средства, которые содержали в себе этот замечательный компонент и издавали соответствующий аромат. Уборкой она занималась целыми днями напролет. Пока мы жили вместе, я с ужасом ждал каждый день, что кто-нибудь из нас рано или поздно отравится, потому что мать где-нибудь, например, на посуде, оставит несмытый хлорированный препарат. Ну сами посудите, разве можно было в такой квартире иметь ребенка?

Мне повезло. Когда я к ней заявился, она была почти нормальной. Так сказать, в ремиссии. Это давало мне шанс добиться хоть какого-то понимания. Поцеловав мать, выгрузив из сумок продукты и выпив чаю из чашки, от которой исходил подозрительный, но так хорошо знакомый запах все той же хлорки, я приступил к главному.

— Мама, ты не можешь больше жить одна, — начал я.

— Но вы же от меня уехали, — капризно возразила она, впрочем, не погрешив при этом против истины.

— Даже если бы мы не уехали, это ничего не изменило бы. Мы с Викой целыми днями на работе, а ты одна. Ты уже не в том возрасте, чтобы обходиться без посторонней помощи.

— Ты хочешь запереть меня в застенок, — тут же заявила мать. — Я всем в тягость, вы хотите от меня поскорее избавиться и получить эту квартиру. Я все знаю, Саша, и тебе меня не обмануть. И думать не смей!

— Мама, мне не нужна твоя квартира. Я только хочу, чтобы рядом с тобой находился кто-нибудь, кто присматривал бы за тобой и помогал по хозяйству.

— Мне никто не нужен, — безапелляционно отрезала она. — Я прекрасно справляюсь сама.

Спорить с ней было трудно, она не осознавала своего безумия и своей болезни, а физическая форма у нее была прекрасная. Здоровое сердце, хорошие сосуды, отличные суставы без малейших признаков отложения солей. Вон лицо гладкое какое, морщин не больше, чем у Вики. Она могла по десять часов подряд заниматься мытьем полов и окон, стирать, гладить белье, вытирать пыль с книг на высоких, под потолок, стеллажах, таская за собой стремянку по всей квартире. Особую любовь она питала к ручной стирке, хотя стиральную машину мы купили давным-давно, и при этом почти никогда не пользовалась услугами химчисток. Так что можете себе представить, как часто, например, в ванной замачивались шторы и занавеси, а также скатерти и покрывала с диванов. Конечно, такому человеку невозможно доказать, что он нуждается в посторонней помощи.

Страх перед грязью был у моей матушки просто патологическим, и это становилось в период обострений болезни основной темой ее выступлений. В таких случаях она громко и по нескольку часов подряд вещала в пространство о крысах, которые наводнили город и разносят заразу, о врагах народа, которые ведут специальные разработки в тайных лабораториях с целью создать препарат, который сделает ядовитым и смертоносным обыкновенную бытовую и уличную пыль и тем самым изведет на корню всех русских, а также о коррумпированном правительстве, которое умышленно не борется с грязью, дабы заставить честных граждан покупать чистящие средства, поставляемые из-за рубежа, и таким образом наживается, так как средства эти, разумеется, низкого качества и экологически вредные, а зарубежные фирмы дают нашему правительству огромные взятки за заключение контрактов на поставку. Логическим выводом из всего вышесказанного было то, что все кругом — сволочи и вредители, а доверять можно только родной отечественной хлорке.

Пришлось идти на обман, другого пути я не видел.

— Мама, нам с Викой придется уехать года на два, на три, нам предлагают очень интересную работу за пределами Москвы, и я не могу допустить, чтобы ты осталась здесь совсем одна. Давай подумаем о том, чтобы рядом с тобой кто-то был. Можно, например, найти приличную женщину, которая будет с тобой жить...

— И пачкать мою квартиру? — с негодованием прервала меня мать. — Еще чего! Убирать за чужими я не собираюсь.

— Она сама будет убирать, — терпеливо объяснял я, — и в магазин будет ходить, и ухаживать за тобой, если ты заболеешь.

— Она уберет! — с нескрываемым презрением фыркнула она. — Два раза махнет тряпкой — и готово. Нет, я никому не доверяю, я все должна делать сама.

— Не забывай, ты инвалид, ты не всегда сможешь делать все сама, а у меня душа будет спокойна, если я буду знать, что рядом с тобой есть помощница. Мама, пойми, я не смогу уехать из Москвы, если ты останешься одна. Ты что, хочешь, чтобы я загубил свою карьеру? Дай мне возможность нормально работать и зарабатывать деньги, в конце-то концов! Пусть тебе никто не нужен, но ради меня ты можешь согласиться? Ради меня.

— Интересно ты рассуждаешь, — язвительно заявила мать. — У тебя что, денег нет?

— Представь себе, нет, — тут же солгал я. — Все, что я заработал, ушло на квартиру, я до сих пор не рассчитался с долгами. Поэтому мне нужно зарабатывать больше. А квартиру на время моего отсутствия я сдам за хорошие деньги, и это тоже будет доход.

— Зачем тебе столько денег? Ты одет, обут, сыт, даже на машине ездишь. Куда тебе еще? Откуда эта жадность, Саша? Я не понимаю нынешнее поколение. Вот я в молодости имела одно пальтишко на все четыре сезона и была счастлива, потому что у других и этого не было.

Она начала заводиться и битых полчаса читала мне лекцию про достоинства сталинских времен и про царящий ныне в России бардак, про мою жадность и безнравственность и про то, какую чудовищную жену я себе выбрал.

— Я знаю, зачем тебе деньги! — визжала мать. — Это она, это все она из тебя кровь сосет! Ей нужны тряпки, побрякушки, развлечения, недаром она детей не рожала, ей нужны только удовольствия, а не заботы! А ты как телок послушный идешь у нее на поводу и ничего не видишь! Я уверена, что она тебе изменяет, и деньги ей нужны на молодых любовников, а ты готов бросить старую, беспомощную мать, чтобы потакать ее прихотям!

Я похолодел. Не зря, видно, говорят, что у сумасшедших появляется удивительная проницательность, какое-то ясновидение, они смотрят на мир совершенно другими глазами и умеют видеть то, чего не видит никто. Как она почувствовала это в Вике? Даже для меня, прожившего с женой бок о бок столько лет, эта сторона ее личности оказалась неожиданной, а мать, оказывается, давно это знала.

— Ты говоришь, тебе нужны деньги? — продолжала она. — Ты в долгах? А на какие, позволь спросить, средства ты собираешься нанять мне помощницу?

— Она будет работать бесплатно, за жилье. Она будет жить

здесь, с тобой, в этой квартире. Ты завещаешь квартиру ей, и за это она будет тебе помогать.

— Конечно! Она будет мне помогать как можно скорее отправиться на тот свет. Как будто я не знаю! Я, слава богу, еще пока в своем уме.

— Хорошо, если ты боишься недобросовестной компаньонки, можно продать квартиру и на эти деньги жить в очень хорошем интернате для пожилых людей, где за тобой будет прекрасный уход и где тебе не будет скучно и одиноко. Может быть, ты даже встретишь там человека, за которого выйдешь замуж. Такое случается очень часто. Зато в интернате ты не будешь опасаться, что кто-то желает твоей смерти.

— Ни за что, — отрезала мать. — Там все заросло в грязи. Я же не могу каждый день собственными руками мыть весь этот вонючий приют.

Все ясно, добром мне ее не уговорить. Собственно, мне и не нужно ее уговаривать, достаточно оформить документы о признании ее недееспособной и о моем опекунстве, и можно спокойно решить все вопросы без ее согласия. Продать квартиру, благо она приватизирована, и оплатить интернат. Но мне ужасно не хотелось этого делать. Как-то не по-людски... Я хотел, чтобы мать осознала ситуацию и согласилась со мной, чтобы потом она не говорила на каждом углу, что родной сын ее обобрал, выкинул из квартиры и пристроил в приют.

Она будто прочитала мои мысли.

— Разве думала я, что доживу до этого страшного дня? Родной сын хочет выжить меня из моей собственной квартиры и выкинуть на улицу! А все потому, что не может справиться со шлюхой-женой, которая наставляет ему рога. Ты безвольное глупое существо, — она вперила в меня указательный палец, — твой отец был бы в ужасе, если бы узнал, какой идиот у него сын. Он столько сил вкладывал в твое образование, он так гордился тобой, когда ты был маленьким. Какое счастье, что он не видит, во что ты превратился! У тебя все мозги ушли туда, где ширинка, ты думаешь только о том, как бы заслужить одобрение своей проститутки, чтобы она тебе давала хоть раз в месяц. Мне стыдно, что у меня такой сын. Убирайся!

Я молча вышел в прихожую и стал надевать куртку. Мать осталась в комнате, не сделав попытки меня проводить. Когда я уже открыл входную дверь и сделал шаг на лестничную площадку, вслед мне донесся ее пронзительный голос:

— Ты умер! Для меня ты умер! Считай, что ты покойник!

Я ринулся вниз по лестнице, не дожидаясь лифта. Конечно, нельзя воспринимать эти крики всерьез. Она сумасшедшая, больная пожилая женщина, и, конечно же, она не желает мне смерти, ведь я — ее единственный сын. Просто она не соображает, что делает и что говорит, и я не имею права обижаться на нее. Но каким-то десятым чувством я понимал, что ее последние слова были вызваны не злобой и не раздражением. Это опять было то самое ясновидение, которое встречается у сумасшедших. Она права, я действительно умер. Правда, в последние дни я ожил, но ведь покойником я пробыл достаточно долго, и это не могло пройти без следа в столь короткое время. А может быть, дело вообще не в этом? Может быть, моя сумасшедшая мать чует, что за мной по пятам ходит киллер? Неужели Вика не отменила заказ? Но почему, почему? Завтра мы получим свидетельство о разводе, и она будет свободна и богата.

Тьфу ты, господи, ерунда какая! Уланов, ты ли это? Возьми себя в руки и прояви хладнокровие. Ты что, пытаешься анализировать поведение своей жены, опираясь на выкрики сумасшедшей матери? Тоже мне, нашел источник вселенской мудрости. Ты еще пойди в милицию и заяви на коррумпированных членов правительства, которые берут взятки за заключение контрактов на поставку экологически вредных чистящих препаратов. А что? Мать же тебе говорит об этом регулярно, так почему не поверить в ясновидение и в этом вопросе?

Мне стало немного легче. В самом деле, о чем я говорю? Какое ясновидение? Тот факт, что мать сегодня разоралась на тему Викиной неверности, просто попал в струю, а ведь если вспомнить, то она это заявляла всегда. Все годы, что я был женат на Вике, мы вынуждены были слушать ее бесконечные пассажи по этому поводу, и степень тонкости или грубости намеков варьировалась исключительно в соответствии с состоянием психического здоровья. Если мать была в ремиссии, ее высказывания были не более чем просто оскорбительны, вот как сегодня, если же наступало обострение, а длилось оно, как правило, от нескольких дней до двух-трех недель, то речь ее, адресованная Вике, становилась нецензурной и изобиловала ненормативной лексикой. А Вика мужественно все это сносила, еще и меня успокаивала, уговаривала, чтобы я не сердился на мать, потому что она больна и не ведает, что творит. Бедная девочка... Пусть она получит то, что хочет. В конце концов, она это заслужила.

На машине я доехал до ближайшего метро и зашел в вестибюль в поисках телефона-автомата, с которого можно звонить по карте. Я терпеть не могу жетонные автоматы, они вечно неисправны, глотают жетоны и не соединяют, а кроме того, через короткие промежутки времени надрывно и угрожающе пищат, требуя очередной добавки. Телефон нашелся, и я позвонил Лутову.

— Вы были в загсе? — спросил он.

— Да, все в порядке, спасибо, что подстраховали. Завтра свидетельство будет готово.

— Ну и отлично. А как ваша матушка?

— С матушкой хуже. Она все мои предложения приняла в штыки и категорически отказалась. Придется, вероятно, действовать через суд и через органы опеки, но это столько мороки!

— Александр Юрьевич, неразрешимых проблем нет, — рассмеялся в ответ Лутов. — Ваше дело в этом случае абсолютно правое. Если ваша матушка действительно страдает психзаболеванием и имеет инвалидность, то вы вправе поставить перед судом вопрос о признании ее недееспособной. Вам никогда не откажут в иске, потому что все строго по закону. Другое дело, что это и впрямь очень долго. Поэтому если вы торопитесь, я могу предложить вам помощь. Если же не торопитесь, то моя помощь вам не нужна, потому что, повторяю, основания для иска у вас законные.

— Я тороплюсь, — сказал я.

Я действительно торопился. Та жизнь, в которой я барахтался больше сорока лет, та жизнь, в которой я уже побыл мертвецом, стала для меня непереносимой. Я не мог находиться рядом с Викой, зная о том, что она мне изменяет, что она хотела меня убить, и раздражаясь от ее вида и запаха ее духов. После похода в загс мы перестали быть мужем и женой, и я не понимал, как мы теперь сможем жить в одной квартире. А больше мне жить негде. Не к матери же бежать? Мне и сегодняшнего-то хватило по самое горло. Я не мог заниматься программой на телевидении, потому что делать деньги так, как Витя Андреев, я не умел, а оттягивать на себя рекламу за счет унижения и оскорбления хороших в общем-то людей мне было противно. Я хотел уйти к Лутову как можно скорее.

Он казался мне надежным кровом, под которым меня не настигнет ни одна неприятность.

— Хорошо, я посмотрю, что можно сделать, — ответил Лутов. — Конечно, мне вряд ли удастся помочь вам оформить все документы так же быстро, как развод.

— Я понимаю.

— Позвоните мне завтра с утра, я скажу, куда и к кому вам обратиться.

— Спасибо, — тепло поблагодарил я, — прямо не знаю, что бы я без вас делал. Умер бы, наверное.

— Ну, не преувеличивайте. Всего доброго, до завтра.

А ведь я не преувеличивал. Лутов даже не догадывался, до какой степени я был точен и близок к истине в своем высказывании.

## Глава 10

Татьяна Григорьевна Образцова решения принимала легко. Разумеется, сомнения не были ей чужды, но излишние колебания она преодолевала быстро. Годы следственной работы, в течение которых ей доводилось отдавать под суд не только мелких жуликов и жалких идиотов, но и настоящих акул теневого бизнеса, сделали ее жесткой и резкой. Она, в отличие от той же Насти Каменской, мало чего боялась в этой жизни. Поэтому если проблема была, как она выражалась, не витальной и неправильное решение ничьей жизни не угрожало, она сомневалась недолго.

Дело об убийстве колдуньи Инессы было непростительно запущенным, и виновата в этом была только она, Татьяна, да еще, может быть, объективные условия, которые просто не позволяли добросовестно и тщательно заниматься всеми восемнадцатью делами, находящимися в производстве у следователя Образцовой. Времени до ухода в дородовой отпуск оставалось немного, и единственным шансом хоть как-то сдвинуть расследование с мертвой точки была беседа с профессором Готовчицем, в отделении у которого Инна Пашкова несколько лет назад проходила интернатуру. Другим шансом был Александр Уланов, зачем-то посещавший квартиру одной из клиенток Инессы, некоей гражданки Лутовой Валентины Петровны. Разумеется, никаких откровений от Уланова Татьяна не ждала, но через него можно приблизиться к

Лутовой или хотя бы узнать о ней побольше. Большой опыт работы не позволял Образцовой надеяться на то, что, потянув за ниточку «Лутова — Уланов», она что-нибудь вытянет. Все люди связаны друг с другом, и нет ничего необычного в том, что два человека, проживающих в одном городе, оказались знакомы друг с другом. Тоже мне, криминал! Кто такой Уланов? Ведущий телевизионной программы, красивый, уверенный в себе, хамоватый. Кто такая Лутова? Судя по справке, представленной оперативниками, воспитательница в детском саду. Что между ними общего? Да что угодно, вплоть до романа или нежной дружбы со школьных времен. Разве это повод подозревать их обоих в причастности к убийству колдуньи? Нет, конечно, не повод. Интуиция в этом случае ничего Татьяне не подсказывала, но ей было ужасно совестно за заволокиченное дело, совестно перед самой собой. В последнее время она слишком погрузилась в мысли о будущем малыше, и все остальное порой казалось ей второстепенным и не имеющим никакого значения. Вот и сказалось на работе... Поэтому Татьяна, в ужасе обозрев материалы неоконченных дел, в оставшееся до ухода в отпуск время решила сделать все возможное, даже если сами эти действия никакой перспективы не сулили. И если уж она разработала линию расследования, согласно которой нужно попытаться установить всех клиентов колдуньи Инессы, то нужно эту линию вести до конца и собирать подробные сведения об этих людях. Не перекладывать же все на плечи оперативников, в самом-то деле! Надо и самой шевелиться. Тем более контакт с Улановым прямо в руки идет, грех же не воспользоваться.

Профессора Готовчица Татьяна намеревалась пригласить к себе на допрос повесткой. Повестка уже была выписана, и Татьяна собиралась отправить ее в секретариат, когда позвонила Ирочка.

— Ты не забыла, что тебе сегодня к врачу? — требовательно вопросила она.

— Забыла, — призналась Татьяна. — А что, действительно сегодня?

— Таня, ну я не знаю... — По голосу Ирочки было слышно, как она расстроилась. — Ну сколько можно об одном и том же, честное слово! Я тебе сто раз напоминала, что твой врач с первого мая уходит в отпуск, и ты должна обязательно показаться ей в ближайшее же время. Я тебе сто, нет, тысячу раз говорила, что первые роды в тридцать шесть лет — это не шуточки, тем более с твоим здоровьем, и к врачу надо ходить регулярно. Я тебе миллион раз говорила, что звонила в консультацию и записала тебя на сегодня, на восемнадцать тридцать. Если ты сегодня не пойдешь, то следующий осмотр тебе придется проходить у другого врача, который тебя никогда не видел и не наблюдал, который не знает твоих особенностей, и может что-нибудь проглядеть или неправильно понять. Ну, ты прочухалась наконец?

Татьяна поморщилась и слегка отвела трубку от уха во время этой пламенной тирады.

— Все, тормози, Ирка, не надо так волноваться. Я все вспомнила. И что у тебя за страсть меня воспитывать? Не забывай, я все-таки старше тебя.

— Ты не старше, а глупее, — заявила Ирочка. — Дай слово, что пойдешь в консультацию.

— Пойду, — вздохнула Татьяна.

— Сегодня, — строго уточнила родственница.

— Ладно, сегодня.

— В восемнадцать тридцать. Перевожу для тупых: в половине седьмого вечера. И не вздумай мне врать. Я в половине седьмого приду в консультацию, сяду перед кабинетом твоего врача и сама прослежу, чтобы ты его посетила.

— Отстань, — беззлобно ответила Татьяна и невольно улыбнулась, — мне работать надо.

Она повесила трубку, взглянула на часы, потом на лежащий перед ней документ. Надо же, профессор Готовчиц живет недалеко от консультации, куда ей нужно явиться к половине седьмого. Зачем же таскать его сюда повесткой? Можно совместить полезное служебное дело с полезным личным.

Позвонив Борису Михайловичу и заручившись его обещанием быть весь день дома, Татьяна начала собираться. Посмотрела на себя в зеркало, укрепленное на внутренней стороне шкафа для одежды, и в очередной раз грустно усмехнулась. Беременность мало кого красит, но если у женщины в принципе фигура нормальная, то на седьмом месяце всем видно, что она ждет ребенка, а потому мучнистое одутловатое лицо никому не покажется некрасивым. Зато если будущая мама такая, как Татьяна, то все думают, что она просто толстая. Так мало того, что толстая, а еще и лицо нездоровое и отекшее. Вот уж масса удовольствия от такой внешности!

Стасов, правда, уверяет, что Татьяна — самая красивая женщина на свете, самая желанная и самая лучшая во всех отношениях, но то Стасов, а все остальные смотрят на нее куда более критическими глазами. Да и чувствует она себя не лучшим образом, Ирка права, рожать впервые в ее возрасте и при ее весе — затея не для слабонервных. Впрочем, слабонервной Татьяна Образцова никогда не была.

\* \* \*

Тянулся еще один день, наполненный тоской и страхом. Сколько еще таких дней ему придется пережить? Борис Михайлович Готовчиц мужеством и отвагой не отличался, но пока рядом была Юлия Николаевна, эти качества ему не были особенно нужны, ибо все самые трудные решения принимала жена, а ему следовало всего лишь уяснить их и подчиниться. И это его вполне устраивало. Юлия была разумным и добрым человеком, и Борис Михайлович давно уже сделал для себя вывод: она плохого не посоветует.

Теперь же он остался один на один со своим страхом, да что там страхом — ужасом. Сын Мишенька в Англии, Юля отправила его туда учиться, благо английским языком мальчик владеет как родным, с младенчества занимался. Миша живет в семье Юлиной троюродной сестры, которая много лет назад вышла замуж за англичанина и уехала в Лондон на постоянное жительство. Готовчиц не стал вызывать сынишку на похороны, и не потому, что дорого, деньги-то есть, а потому, что дети не любят горя. Одно дело, когда ребенок здесь, в Москве, и рядом с ним есть кто-то из близких, и вообще, можно как-то управлять ситуацией, и совсем другое дело — десятилетний мальчик летит один через всю Европу на похороны матери. Юлина сестра приезжать не собиралась, ей такие расходы не по карману, она отвезла бы Мишу в аэропорт, а потом он был бы предоставлен сам себе, одинокий и потерянный, с огромным горем, с которым не справляется его маленькое сердечко. Нет уж, пусть лучше останется в Лондоне, подальше от гроба, венков, траурных речей и слез.

Мишенька далеко, Юли больше нет, зато есть пустая просторная квартира, наполненная страхом. Борис Михайлович боялся подходить к телефону и обливался холодным потом, когда раздавался звонок в дверь. Но не отвечать на телефонные звонки он не мог, потому что идет следствие по делу об убийстве Юли и он может в любую минуту понадобиться работникам милиции. И радовался, когда они приходили к нему домой, потому что это давало возможность хоть ненадолго отключить телефон, не говоря уже о том, что избавляло от необходимости выходить на улицу. После похорон Юли он из квартиры ни разу не вышел. Хлеба давно уже не было, сахар тоже кончился, да и другие продукты были на исходе, нужно было думать о том, как жить дальше, но не было сил. Страх парализовал его, не давая ни думать, ни тем более что-то делать. Готовчиц оживал только тогда, когда к нему приходил следователь Гмыря или эта девочка из уголовного розыска, Каменская. Их он не боялся, ибо точно знал, что не убивал свою жену и может спокойно отвечать на любые их вопросы. Следователь Гмыря, конечно, мужик ушлый, ответы слушает, записывает, но по лицу видно, что ни одному слову не верит. Да и пусть не верит, лишь бы к себе не вызывал. А девочка с Петровки, Анастасия, — она забавная. И даже трогательная какая-то. Смотрит сочувственно, кивает, верит всему, проблемами своими делится. Надо же, оказывается, и у милиционеров неврозы бывают. Впрочем, что ж удивляться, работа-то у них какая! С девочкой он, кажется, удачно разобрался, теперь она при случае скажет, где надо, что профессор Готовчиц — специалист экстра-класса, и еще одна гирька упадет на весы, на которых взвешиваются «за» и «против» его приглашения на работу в МВД. А работу эту получить очень хочется. Очень. Племянница крупного чиновника из МВД сказала Готовчицу, что его имя попало в списки кандидатов, и теперь остается только ждать.

Сейчас еще какая-то следовательша придет, Образцова. Чему удивляться, Юля все-таки депутатом Госдумы была, наверное, над раскрытием преступления много людей работают. А может, Гмырю этого отстранили от дела, потому как результата нет, другому следователю поручили. Слава богу, можно отключить телефон и не включать его уже до завтрашнего утра. Если кто будет искать, так Образцова потом подтвердит, что он был дома, никуда не уезжал и от следствия скрыться не пытался.

Надо бы прибраться немного... Готовчиц взял тряпку с намерением протереть мебель и тут же обессиленно опустился на диван. Ничего не хочется, ни на что нет сил. Черт с ней, с пылью, не будет он убираться. Перед гостьей неловко?

А чего тут неловкого, когда человек жену похоронил. Ему все простительно, и пустой холодильник, и неубранная квартира.

Когда прозвенел дверной звонок, он замер в ужасе, не в состоянии пошевелиться. «Иди и открой, — говорил себе Борис Михайлович, — это следователь, она же звонила и предупредила, что придет около половины пятого. Сейчас без двадцати пять, это наверняка она. Даже если это не она, то она тоже вот-вот подойдет, и тебе ничего не успеют сделать. Иди же, открывай дверь. А вдруг это не она?»

Каждый раз, идя к входной двери, Готовчиц мысленно прощался с жизнью. Сейчас он тоже внутренне зажмурился и вышел в прихожую на негнущихся ногах. «Глазка» в двери не было, все собирались сделать, да руки не доходили.

— Кто там? — спросил он, не слыша самого себя.

— Образцова, — раздался в ответ женский голос.

Пальцы плохо справлялись с замком. Наконец дверь распахнулась. На пороге стояла толстая баба с отечным лицом и усталыми глазами.

— Здравствуйте, Борис Михайлович, — поздоровалась она. — Я могу войти?

— Проходите.

Он посторонился, пропуская толстуху в квартиру. Глядя, как неловко она двигается, снимая широкий плащ, Готовчиц удивился тому, что следователи, оказывается, бывают и такими. Не жесткими ушлыми мужиками, как Гмыря, а такими вот тетками, грузными и неповоротливыми, с нездоровым цветом лица и безразличием в глазах. Такой что ни напой — все скушает, всему поверит, ей работа до лампочки, ей лишь бы домой скорее прибежать да к плите встать. Небось детей штуки три по дому носятся, прикинул Готовчиц, уж больно лишнего веса в ней много, а по сложению она как раз похожа на тех мамочек, которые с каждым рожденным малышом приобретают по десять килограммов. Да и муж, наверное, ей под стать, такого прокормить — целый день готовить надо.

— Не возражаете, если мы посидим на кухне? — спросил он.

Кухня была относительно небольшой, и в ней Готовчиц еще как-то ухитрялся поддерживать порядок. Вести следователя в пыльную, неубранную комнату ему было стыдно.

— Конечно, если вам там удобнее, — согласилась Образцова.

Она устроилась за кухонным столом, открыла сумку, достала из нее папку, а из папки — бланк протокола.

— Меня зовут Татьяной Григорьевной, — сообщила она, не глядя на Готовчица. — Вы не будете так любезны принести свой паспорт?

Он молча протянул ей паспорт, который держал здесь же, на кухне, в одном из ящиков. Гмыря приходил к нему три раза и каждый раз требовал паспорт. Борис Михайлович не понимал, зачем это нужно, но документ на всякий случай держал под рукой. Кто их знает, эти милицейские порядки!

— А где мой тезка? — спросил он.

— Вы кого имеете в виду? — откликнулась Образцова, быстро переписывая паспортные данные в бланк протокола и не поднимая головы.

— Следователя Гмырю. Бориса Витальевича Гмырю.

— Не знаю. Вероятно, он на службе. Он вам нужен?

— Нет, просто... Я подумал, раз вы пришли вместо него, то, может быть, он заболел, или в отпуск уехал, или его от дела отстранили.

— А почему вы решили, что я пришла вместо него? Я сама по себе, а Гмыря — сам по себе.

Он все не мог взять в толк, о чем она говорит, поэтому продолжал допытываться.

— Вы тоже занимаетесь убийством моей жены?

— Нет. Убийством вашей жены я не занимаюсь.

Она наконец закончила списывать данные с его паспорта и подняла глаза на Готовчица. Глаза были серыми и спокойными, и в них почему-то не было и следа той усталости, которую Борис Михайлович заметил, когда Образцова вошла в квартиру.

— А... чем же тогда? Зачем вы пришли?

— Я занимаюсь совсем другим убийством. Борис Михайлович, вы помните Инну Пашкову? Она была врачом-интерном в клинике, где вы работали. Шесть лет назад.

В голове у него зашумело, перед глазами поплыли красные круги. Вот оно, началось. Но как? Почему?

* * *

«Точно, — подумала Татьяна, — у них был роман, и аборт Инна делала от него. Вон какая реакция. Так не меняются в лице, когда вспоминают о рядовом враче-интерне».

— Пашкову? Да, припоминаю... Красивая такая девушка, да?

— Вероятно, — сдержанно ответила Татьяна. — Не знаю, я ее шесть лет назад не видела. Расскажите мне о ней все, что помните.

— А что случилось? Она в чем-то замешана? Я мало что помню, врач как врач, они каждый год меняются...

— Борис Михайлович, а дамы сердца у вас тоже каждый год меняются?

— При чем тут... Как вы смеете!

Она видела, что Готовчиц плохо справляется с собой, и мысленно улыбнулась. Чего он так боится? Ну был у него роман с молоденькой красавицей, так это когда было. Будь жива его жена — тогда понятно, есть что скрывать, а сейчас... По инерции, что ли, на автомате отрекается? Привык скрывать свои похождения и не может свыкнуться с мыслью, что теперь это уже не обязательно.

— Я смею все что угодно, — сказала она. — Потому что я — следователь, и у меня в производстве находится дело об убийстве Инны Пашковой.

— Как об убийстве? — перебил ее Готовчиц. — Она что, умерла?

— Она убита. Так что не обессудьте, если нам придется затрагивать неприятные для вас темы. То, что у вас был роман с Инной, будем считать установленным, она говорила об этом своим друзьям по институту, а те, в свою очередь, довели это до моего сведения.

— Я вам не верю, — твердо заявил Готовчиц.

— Почему же?

— Инна была очень скрытной. Она никогда и никому не рассказывала о своих личных делах. И тем более о романах. У нее и друзей-то настоящих не было.

— Ну вот видите, — Татьяна ласково улыбнулась, — вы, оказывается, очень хорошо ее знали, и характер доподлинно изучили. А говорите, что не помните ее. Так как, Борис Михайлович, будем считать факт установленным или еще пообсуждаем?

Он молчал, глядя куда-то в потолок. Татьяна воспользовалась паузой и быстро оглядела кухню. Кругом следы запущенности. Трудно поверить, что так было всегда, скорее всего регулярная уборка закончилась одновременно со смертью хозяйки. Просто удивительно, как быстро мужчины умудряются привести помещение в такое состояние. Ставят вещи на свои места и полагают, что все в порядке, а про пятна на столе, потеки на плите и тусклую от грязи и жира поверхность раковины почему-то забывают. Не говоря уж про немытый пол.

— Борис Михайлович, — негромко окликнула его Татьяна, — о чем вы задумались?

Он перевел глаза на нее.

— Об Инне, — тихо ответил Готовчиц. — Даже не верится, что она умерла. Да, вы правы, у нас был роман. Недолгий и несерьезный, обычная легкая, ни к чему не обязывающая связь между завотделением и врачом-интерном. Это то же самое, что романы научных руководителей с аспирантками, они длятся ровно столько, сколько аспирантка работает над диссертацией, и являются не более чем атрибутом отношений подчиненности.

«Недолгий и несерьезный, — повторила про себя Татьяна. — А как же аборт, который имел место задолго до интернатуры? А как же диплом, который Инна хотела показать вам, чтобы что-то доказать? Одно из двух: или у нее до вас был еще какой-то любовник, или ваш роман длился как минимум два с половиной года и был вовсе не рядовым атрибутом отношений между завотделением и интерном. Ладно, будем по очереди проверять оба предположения. Ну, начали».

— Расскажите мне, как вы с ней познакомились, — попросила она.

— Обыкновенно. Из мединститута пришли молодые врачи с дипломами в карманах, но без врачебной практики. Интернатура — это фактически дополнительный год обучения. Через год интерны уходят, приходят новые. Никаких особых обстоятельств знакомства с Инной не было. Она была очень хорошенькая, я сразу ее выделил среди других. Роман завязался быстро, она легко пошла на эту связь, видно, привыкла к вниманию со стороны мужчин, не шарахалась, глаза не отводила. Обыкновенная современная девушка, каких тысячи.

— Инна не настаивала на том, чтобы придать вашим отношениям больше серьезности?

— Это как? — не понял Готовчиц.

— Ну, например, вступить в брак.

— Но я был женат! И разводиться не собирался. У нас рос ребенок. И вообще...

— Что — вообще?

— Я вам уже сказал, легкие служебные романы — это не повод для развода. Во всяком случае, и я, и Инна считали именно так.

— Значит, никаких претензий с ее стороны не было?

— Ни малейших, — уверенно ответил Борис Михайлович.

— Она была хорошим врачом?

Снова пауза. Готовчиц задумался, вперив неподвижный взгляд в собственные пальцы, в которых он постоянно крутил шариковую ручку. Татьяне спустя некоторое время пришлось опять окликать его.

— Борис Михайлович, я задала вопрос.

— Что? — встрепенулся Готовчиц. — А... Да... Трудно сказать, каким она была врачом и каким стала. В то время, когда я ее знал, она была не без способностей, но практиковала еще так мало, что ничего точно сказать нельзя было.

— Но способности были?

— Несомненно. Она была очень одарена от природы.

— Одарена чем?

— Чутьем. Вы знаете, что самое главное в работе психолога, психиатра или психоаналитика? Именно чутье. Потому что только чутье позволяет из всего набора фактов и сведений вычленить тот ключевой момент, ту ниточку, потянув за которую можно наконец понять, что мучает человека, терзает его и мешает ему жить. Существует великое множество методик поиска этого момента, но если есть чутье — это совсем другое дело. Применение методики дает успех в восьмидесяти процентах случаев и требует значительного времени, чутье действует сразу и безошибочно.

— И у Инны такое чутье было?

— Было. Правда, она еще плохо умела им пользоваться, не доверяла ему и все стремилась овладеть как можно большим числом методик. Она до смешного искренне верила в науку и в чужой опыт.

— А потом? Что было потом, после интернатуры?

— Потом? — Он пожал плечами. — Не знаю. Мы расстались и больше никогда не виделись.

— Ни разу?

— Ни разу, — твердо сказал Готовчиц. — Я вам уже говорил, такие романы заканчиваются, как только заканчивается совместная работа.

— И вы не знаете, как в дальнейшем сложилась ее судьба?

— Нет. А от чего она умерла?

— От кровопотери. Ее истязали и пытали, пытали долго и жестоко, а потом бросили. Она пролежала в своей квартире почти сутки, пока не умерла.

— Она жила одна?

— Да.

— Ужасно.

Он прикрыл глаза, будто пытался представить себе эту картину: истерзанное, истекающее кровью тело молодой красивой женщины. Татьяна выдержала деликатную паузу, считаясь с его чувствами. Все-таки возлюбленная, хоть и давняя.

— Борис Михайлович, в то время, когда вы были близки, Инна упоминала каких-нибудь своих друзей? Может быть, знакомила вас с кем-то?

— У нее не было друзей. Она была на удивление замкнута и необщительна.

— Почему вас это удивляло?

— Ну, знаете... Молодые красавицы всегда находятся в центре внимания, окружены поклонниками, ходят на дискотеки или куда там еще... Их внешность сама по себе навязывает и диктует определенный стиль жизни. А Инна была совсем не такая. Она как будто не знала о своей красоте или не замечала ее, не знаю, как правильнее. Когда мы познакомились, ей было двадцать три года, почти двадцать четыре, а она была целомудренна. Простите, что я об этом говорю, это, наверное, не по-мужски, но вы сами сказали, что хотите понять ее характер.

— Конечно, — кивнула Татьяна, — вам не за что извиняться. Продолжайте, пожалуйста.

Она задавала вопросы, записывала ответы, внимательно следя за словами собеседника и одобрительно кивая, как кивает учитель, когда заядлый двоечник вдруг сподобился выучить урок и произносит у доски какие-то на удивление связные фразы, а про себя оценивала услышанное.

— Борис Михайлович, а что бы вы сказали, если бы услышали, что Инна занялась частной практикой в качестве колдуньи?

— В качестве кого, простите?

На лице недоумение, смешанное с недоверием.

— Колдуньи. Во всяком случае, именно так она именовала себя в рекламных объявлениях. Колдунья Инесса.

— Да бред это! Какая еще колдунья? Что вы такое говорите?

— Говорю то, что есть. Значит, вы об этом не знали?

— Нет. Разумеется, нет. А если бы узнал, пошел бы к ней и закатил скандал.

— Да ну? — Татьяна вздернула брови. — Прямо-таки настоящий скандал?

— Настоящий.

— Из-за чего же?

— Из-за шарлатанства. Не терплю шарлатанства. А тем более Инна... Нет, невероятно. Зачем ей это? Она же могла стать прекрасным врачом.

Снова вопросы, снова ответы. Строчки ровно ложились на бумагу, ручка легко летала по бланку, а в голове у Татьяны шла неслышная работа.

«Значит, так, уважаемый. Скандал бы вы ей закатили. Это почему же, интересно знать? Разве какая-нибудь посторонняя тетка посмеет закатывать мне скандалы? Никогда. Кто она мне, чтобы я прислушивалась к ее мнению? А кто вы Инне Пашковой, Борис Михайлович, чтобы высказывать ей свои оценки и праведное негодование? Вероятно, ваша оценка для нее значила очень многое, недаром же она побежала показывать вам свой новенький диплом, чтобы доказать, что она тоже что-то может. Посторонним и безразличным ничего не доказывают. Вы утверждаете, что она была красавицей, привыкшей к вниманию мужчин, поэтому, как вы выразились, глаза не отводила и легко пошла на интимные отношения с вами, с заведующим отделением. А потом, спустя двадцать минут, рассказываете мне, что Инна как бы не знала о своей привлекательности, не замечала ее и вела образ жизни, более присущий невзрачным дурнушкам. Говорите, Инна была целомудренной, когда познакомилась с вами? Иными словами, девственницей. Вполне возможно. Только случилось это, когда ей было не двадцать три года, даже почти двадцать четыре, а гораздо раньше. И зачем вы врете, уважаемый? Глупо же. Придумали себе легенду о легком служебном романе, а прокалываетесь на пустяках. Ну и признались бы, что роман у вас был длительный и серьезный, что в этом постыдного? Миллионы мужчин так живут. Мужья, которые ни разу не изменили своим женам, это доисторическая редкость по нынешним временам. Тем более сейчас вы уже вдовец, так что признаваться можно в чем угодно. Так нет ведь... Любопытно все-таки мужчины устроены. Когда женщину уличают в адюльтере так, что она уже не может отпереться, она почти всегда говорит о том, что это большое светлое чувство, настоящая любовь, которая бывает раз в жизни, и поэтому она заслуживает прощения. Когда ловят мужика, он крайне редко прибегает к таким аргументам, у него всегда получается наоборот: да что ты, да ерунда это, подумаешь, случайно вышло, за этим ничего нет, это просто физиологический контакт, не более, бес попутал, затмение нашло, был пьян, а люблю я только тебя, мою единственную. У мужчин на удивление сильно развит инстинкт собственника, он ни за что не отпустит женщину просто так, не позволит ей уйти, даже если она ему не очень-то и нужна. Но пусть будет. Поэтому он врет про легкость физиологического контакта. Вам, Борис Михайлович, никого уже удерживать не надо, ваша жена погибла, но вы все равно врете, по инерции, по привычке. Что ж, это понятно и объяснимо».

Татьяна бросила взгляд на часы и решила, что пора закругляться. Через двадцать минут ей нужно быть в женской консультации. Какое-то время понадобится на то, чтобы тщательно обдумать и проверить все услышанное от Готовчица, а потом можно будет еще разочек его допросить. Заодно и к врачу заглянуть, все польза.

— Спасибо, — вежливо поблагодарила она, складывая в сумку папку с бумагами, — мне, возможно, придется еще вас побеспокоить. Если не возражаете, я не буду вызывать вас повесткой. Мне удобнее навестить вас дома.

— Конечно, — почему-то обрадовался Готовчиц, — всегда рад вас видеть.

— Так уж и рады, — усмехнулась Татьяна.

* * *

Он понял, что слегка переборщил. В самом деле, с чего это он будет всегда ей рад? Просто обрадовался как дурак, что не нужно будет выходить из дому, если он снова ей понадобится. Вот и ляпнул, не сдержавшись.

Готовчиц проводил следователя до двери, помог ей надеть

плащ, тщательно запер за ней дверь. Медленно, приволаки-
вая ноги, вернулся на кухню, включил чайник.

Ничего страшного не произошло, торпеда прошла мимо.
Ах Инна, Инна, будь оно проклято, твое пресловутое природное чутье! Если бы не оно, может быть, все обернулось бы
иначе. И не было бы сейчас этого жуткого, всеобъемлющего,
всепоглощающего страха, который подчинил себе все существование профессора Готовчица.

\* \* \*

— Ваши сомнения были напрасны, комбинация разыгра-
на просто блестяще и дала результат. Все идет как планирова-
лось. Это еще раз доказывает, что страх — лучший двигатель.
Если лень — двигатель прогресса, то страх — двигатель денег.

— Вы уверены, что не торопитесь радоваться? Операция
еще не окончена, а вы уже делите шкуру неубитого медведя.

— А что может сорваться на этом этапе? Все самые главные поступки уже совершены. Не понимаю вашего скепти-
цизма.

— Скептицизм никогда не повредит, а вот излишний оп-
тимизм меня пугает. Вероятно, это возрастное. Старческая
осторожность. Вы еще молоды, мой друг, поэтому вам трудно
меня понять. Во всяком случае, примите мои поздравления
по поводу успешно проводимой операции. Вы хотите еще
что-то мне сказать?

— Да. У меня важное сообщение. Но я хотел бы прежде
получить от вас обещание, что если вы примете мое сообщение, то и эту комбинацию разрабатывать поручите мне.

— Я не даю обещаний впрок, вам это должно быть хорошо известно.

— Что, старческая осторожность?

— Считайте как вам угодно. Так я вас слушаю.

— Как вам понравится популярная писательница, которая посещает психоаналитика? Заметьте себе, дама на гребне
успеха, более того, она ждет ребенка. Зачем ей психоаналитик? У нее проблемы, и проблемы серьезные. Это ли не повод
поработать с ней?

— Откуда взялась эта дама?

— Ох, не морщитесь, я вас умоляю! Она приходила к Готовчицу. Группа наблюдения фиксирует всех, кто его посеща-

ет, чтобы держать руку на пульсе в случае осложнений, и ребята ее узнали. Все книжные лотки в Москве завалены ее детективами, и на каждой обложке — ее лицо. Ошибиться невозможно. Это она. Ребята на всякий случай немножко проводили ее. Так вот, от Готовчица писательница направилась в женскую консультацию, откуда вышла вместе с молодой брюнеткой. Пока они шли до метро, ребята слушали их разговор. Брюнетка называла ее Таней, и обсуждали они ход работы над очередной книгой и еще кое-что. Оказывается, какой-то продюсер хочет делать кино по ее произведениям, и ей предлагают написать сценарий, а она отказывается. Ошибки быть не может, это она, Татьяна Томилина. Даже не сомневайтесь.

— Любопытно... Весьма любопытно, весьма. Все лотки, говорите, ее книгами завалены? Это хорошо, это перспективно. Нужно в первую очередь прояснить ее финансовое состояние. Займитесь этим. Если окажется, что ваша Томилина является для нас подходящим объектом, будем разрабатывать операцию.

— Значит, вы согласны поручить это мне?

— Я пока ни на что не соглашался. Сделайте мне отчет о ее финансах, и тогда я приму решение. Кстати, почему вы так рветесь этим заняться? Какой у вас интерес?

— У меня появилась любопытная идея по составлению психологического портрета писателей. Я бы хотел отработать методику на Томилиной. С художниками мы с вами уже работали, с музыкантами тоже, а с писателями пока нет. Здесь, в России, это может оказаться невероятно перспективным. Огромное население, а значит — огромные тиражи.

— Хорошо, занимайтесь этим. Повторяю, я пока еще ни на что согласия не дал. Мне нужно понимать, о каких деньгах идет речь.

* * *

Главный редактор санкт-петербургского издательства, публиковавшего книги Татьяны Томилиной, ничуть не удивился, когда человек, представившийся корреспондентом какой-то сибирской газеты, попросил рассказать о Татьяне. Более того, он был этому обстоятельству искренне рад, ибо понимал, что статья в газете привлечет внимание к книгам Томилиной, а стало быть, повысит их продаваемость за Уралом. Сама Татьяна в последнее время интервью не давала, и каждая публикация была для издательства в полном смысле слова на вес золота.

— Расскажите мне о Томилиной, — попросил корреспондент. — Как давно она пишет, какое у нее образование, какая семья. Мне все интересно.

— Пишет она недавно, всего пять лет, — с готовностью начал рассказывать главред.

— Неужели всего пять лет? — удивился корреспондент. — Это просто поразительно. За пять лет успеть столько написать!

— Она очень работоспособна. Про образование ничего сказать не могу, к стыду своему, вынужден признаться, что просто не знаю. Разговор об этом как-то не заходил, а повода спрашивать не было. Что касается семьи, то она замужем, причем в третий раз. Детей у нее нет. До недавнего времени жила в Питере, теперь переехала в Москву к очередному мужу.

Главред очень тщательно выбирал слова, чтобы не ляпнуть лишнего. Когда-то, в самом начале писательской карьеры Татьяны Томилиной, они в сведениях об авторе, помещаемых на обложку книг, указывали, что она работает следователем. И находились люди, которые считали, что раз она пишет такие хорошие книги, то обязательно разберется в их проблемах, связанных со взаимоотношениями с правоохранительными структурами. Они осаждали издательство звонками с требованием дать им телефон и адрес писательницы, писали письма и приходили лично. Давать свои координаты Татьяна строго-настрого запретила, разглашать тайну псевдонима — тоже. У нее было по горло собственных служебных обязанностей, чтобы еще выслушивать жалобщиков. Она потребовала, чтобы с книжных обложек навсегда исчезло упоминание о ее работе в органах внутренних дел. Единственная уступка, на которую она согласилась пойти, это фотография. Все-таки хоть какие-то сведения об авторе должны быть, иначе у читателя не будет ощущения причастности, личного знакомства, и книга, взятая в руки, не будет манить обаятельной улыбкой милого женского лица. Главный редактор хорошо помнил сцену, которая разыгралась здесь же, в издательстве.

...Татьяна принесла очередную рукопись, подписала авторский договор, получила на руки гонорар и собралась уходить. Была люто холодная питерская зима с пронизывающим свирепым ветром, и главный редактор попросил дать писательнице машину, до дому доехать. Машину, конечно, предоставили, и он спустился вместе с Татьяной вниз, чтобы дать указания водителю. В вестибюле к ним подлетела женщина средних лет с измученным лицом.

— Вы Татьяна Томилина? Наконец-то! Я вас тут уже месяц караулю.

Главред внимательно посмотрел на нее и узнал. Она действительно каждый день попадалась ему на глаза здесь, в вестибюле, но в здании было много офисов самых разных фирм, ему и в голову не пришло, что дамочка поджидает именно Татьяну.

— Вы должны со мной встретиться и поговорить, — требовательно заявила женщина. — Мне очень нужно с вами поговорить.

Татьяна растерялась. Она не ожидала такого напора и вообще не была готова к ситуации.

— О чем поговорить?

— Я хочу вам рассказать о своей беде. Вы так хорошо пишете, вы так разбираетесь в людях, я уверена, что вы мне поможете. Вы следователь, может, вы подскажете, что мне делать, я уж куда только не писала, к кому только не обращалась.

Татьяна в ужасе посмотрела на главного редактора, но тот ничем не мог ей помочь. Он просто не знал, что делать, такое случалось в первый раз.

— Извините меня, — сказала Татьяна, — но я вряд ли смогу вам помочь. Я сейчас не могу уделить вам время, я очень тороплюсь.

— Дайте мне ваш телефон, я вам позвоню, и вы мне назначите время, когда вам удобно. Пожалуйста, я очень вас прошу, мне так надо...

— Мне трудно будет найти время, — терпеливо ответила Татьяна, — я ведь целый день на работе, и отлучаться мне нельзя.

— А после работы? — не отставала женщина. — Я и вечером могу, и в субботу, и в воскресенье. Когда скажете.

— Вечером мне нужно идти домой, у меня семья и домашние заботы. Пожалуйста, не обижайтесь, постарайтесь меня понять.

— Я могу домой к вам прийти. Вы будете по хозяйству

хлопотать, я вам даже помогу, и буду рассказывать. Пожалуйста...

— Извините, — твердо сказала Татьяна, которая наконец обрела присутствие духа, необходимое для решительного отказа, — но домой я никого не приглашаю. У меня тоже есть право на частную жизнь, и если у меня появляется свободная минута, я пишу книги. Не сердитесь на меня. Всего доброго.

Она с неожиданной для ее комплекции скоростью рванула через вестибюль к выходу, главный редактор едва поспевал за ней. Выскочив на улицу, Татьяна почти бегом помчалась к машине, забралась на заднее сиденье и только после этого перевела дух.

— Ну вы подумайте, — жалобно сказала она главреду, который тоже сел в машину следом за ней, — стояла и караулила меня. Идиотизм какой-то! И вечером она может, и в субботу, и в воскресенье! А я? Почему никого не интересует, чего я хочу и что могу? Наверное, у нее действительно беда, но почему я-то должна этим заниматься? Я — государственный служащий, мое рабочее время принадлежит не мне, а Министерству внутренних дел, никаких задушевных бесед я на службе вести не могу. Что остается? Личное время. Так оно же личное, у меня муж, дом, у меня престарелый отец, которого я навещаю преступно редко, у меня есть, между прочим, друзья, с которыми я почти не вижусь из-за своей вечной занятости и которые на меня обижаются, у меня книги, наконец, которые я пишу. И если у меня вдруг образуется несколько свободных часов, то я уж как-нибудь найду, на что их употребить. Вы считаете, что я не права? Мне нужно было остановиться и выслушать эту женщину?

— Что вы, Татьяна Григорьевна, — торопливо откликнулся главред, — вы никому ничего не должны. Вы очень занятой человек, я не перестаю удивляться, как вы еще книги-то писать успеваете.

— Значит, так, друг мой. Я с самого начала, если помните, была против того, чтобы вы писали на обложке о том, что я следователь. Но вы настаивали, вы уверяли меня, что это сформирует отношение к моим книгам как к достоверному материалу, и я по неопытности пошла у вас на поводу. Теперь я об этом сожалею. Вам удалось меня уговорить, и это было неправильно. Сведения об авторе на обложках придется переделать и впредь никаких упоминаний о том, что я работаю следователем и вообще имею отношение к органам внутренних дел, быть не должно. Настоящую фамилию никому не называть и, разумеется, никаких телефонов и адресов не давать. Если от работников издательства хоть что-то просочится, больше ни одной рукописи не получите. Я не шучу.

— Помилуйте, Татьяна Григорьевна, — главред прижал обе руки к сердцу, — будем немы, как рыбы.

— И ездить к вам я тоже больше не буду. Сами видите, это небезопасно. Буду присылать свою родственницу или мужа.

— Да не нужно, — замахал руками главред, — я сам к вам ездить буду, вы только пишите, а уж забрать рукопись и отдать деньги — это будут мои проблемы.

— Ну спасибо, — улыбнулась Татьяна.

Через несколько дней она позвонила и звенящим от ярости голосом сообщила, что очередная желающая пообщаться дамочка подкараулила ее у здания ГУВД на Литейном проспекте.

— Еще раз предупреждаю вас, если вы не смените текст на обложке, мы поссоримся. И не присылайте ко мне журналистов, больше не будет ни одного интервью.

Главред видел, что Татьяна не шутит. И с тех пор все в издательстве, от генерального директора до водителя-экспедитора, твердо знали три заветных слова: писательница Татьяна Томилина. За рамки этих трех заветных слов выходить было категорически запрещено. Можно обсуждать сюжеты ее книг, можно рассказывать о том, что через две недели она обещала принести новую рукопись и уже через полтора месяца в продаже появится очередное произведение, можно даже делиться сведениями о том, что она развелась со вторым мужем и вышла замуж за третьего, но в любом случае речь должна идти о писательнице Татьяне Томилиной, а не о следователе Татьяне Григорьевне Образцовой.

Поэтому сейчас, беседуя с сибирским журналистом, главный редактор издательства внимательно следил за собственной речью, опасаясь проронить хоть одно неверное слово. Татьяна — дама серьезная, на подходе новая книга, которую они ждут в течение ближайших двух месяцев, и если что не так, не видать им этой рукописи как своих ушей. Недаром Образцова, то есть Томилина, никогда не подписывает с издательством договор заказа, мотивируя это тем, что обстановка на службе непредсказуема и она не может гарантировать им представление нового произведения в оговоренный в договоре срок. А раз нет договора заказа и аванс не платили, то автор и не обязан приносить свой новый роман именно в это издательство. Куда захочет, туда и отдаст, он человек свободный. Отношения издательства с Томилиной строились на доверии. До сих пор она их не подводила, но если брякнуть журналисту лишнее и она об этом узнает, то может взбрыкнуть. А уж охотников до публикации ее книг искать не придется, вон они, в очередь выстроились, дня не проходит, чтобы не позвонили директору насчет переуступки прав или совместного издания.

— Ее книги выходят большими тиражами? — спросил журналист.

— Очень большими. Мы ежемесячно допечатываем по пятнадцать-двадцать тысяч экземпляров каждой книги, и все они расходятся.

— Значит, я могу написать, что Томилина — одна из самых издаваемых писательниц в России?

— Можете. Вы не погрешите против истины.

— А как у нее со звездной болезнью? Слава ее не испортила?

Главред собрался было сказать, что при такой работе, как у нее, уже не до славы и тем более не до звездной болезни, потому как милицейские начальники крылышки-то быстро пооборвут зазнавшемуся следователю, но вовремя прикусил язык.

— Что вы, Томилина очень скромный человек. И потом, она, знаете, пишет не для славы, а для удовольствия. Я бы даже сказал, что она пишет для своих мужчин.

— То есть как? — встрепенулся журналист, почуяв здесь жилу для разработки.

— Она замужем уже в третий раз. Вероятно, что-то не ладится в личной жизни. Смею предположить, что Татьяна своим писательским трудом пытается сделать себя привлекательной. Внешностью ее природа наделить поскупилась.

Главред умышленно опустился до похабных сплетен, которые вообще-то не к лицу настоящему мужчине. Но тому были две причины. Во-первых, он неоднократно разговаривал с Татьяной насчет публикаций в прессе, ведь они необходимы для рекламы. Она же категорически отказывалась от интервью, чтобы не «светиться» перед журналистами со своей работой и настоящей фамилией, но допускала возможность авторских статей, как критических, так и описательных. То, что собирался изваять этот сибирский мальчик, как раз и было авторской статьей, и с требованиями Томилиной вразрез не шло. А во-вторых, сама Татьяна как-то сказала ему:

— Пусть пишут что угодно, только чтобы меня не доставали. Я понимаю, что своим отказом давать интервью я даю пищу для домыслов, но меня это не пугает. Пусть журналисты выдумывают про меня всякие байки, например, что у меня три головы и ни одной ноги. Зато если я дам интервью и оно появится в газете, на работе меня заклюют, потому что от звонков и «караульщиков» будет не отбиться. Я даже согласна на телевидение, но без упоминания места работы и без съемок у меня дома.

На первых этапах писательской карьеры, когда ни издатели, ни сама Татьяна даже и не подозревали, какая популярность ждет детективы Томилиной, Татьяна спокойно и охотно давала интервью, разрешала приходить к себе домой и представителям прессы, и съемочным группам с телевидения, но, когда дело дошло до читателей, которым хотелось «встретиться и поговорить», все это пришлось разом прекратить.

Но ведь, кроме соблюдения интересов автора, есть еще и интересы издательства. И отсутствие интервью самого популярного автора на пользу издательству явно не шло. Чтобы книги хорошо продавались, недостаточно их хорошо написать. Нужна реклама. Нужно привлечь внимание потенциальных покупателей, то есть тех, кто по складу своего характера, по своим вкусам и пристрастиям может стать поклонником творчества Татьяны Томилиной, кому наверняка понравятся ее книги, но кто никогда их пока не читал и даже имени такого — Томилина — не слыхал. А для этого все средства хороши, в том числе и сплетни, даже если они не соответствуют действительности.

Результатами беседы с журналистом главный редактор остался доволен. Если мальчик не дурак, а он не производит впечатления полного идиота, то статья в сибирской газете получится залихватская. Во всяком случае, женщины, которые в Зауралье, наверное, никогда не слышали о Татьяне Томилиной, наверняка побегут искать ее книги. Всегда любопытно почитать, что же такое может написать некрасивая женщина, чтобы стать интересной для мужчины. Конечно, на самом деле Татьяна — баба что надо, кожа, волосы, глаза — просто

сказочные. Наверняка от мужчин отбоя нет. Она и самому главреду очень нравилась, он даже пытался одно время за ней ухаживать. Но чего не сделаешь ради рекламы! Книги должны продаваться, и продаваться хорошо, это закон. А Татьяна сама говорила, что не будет в претензии, какой бы бред про нее ни
написали.

## Глава 11

Как и следовало ожидать, Ирочка не одобрила согласие
Татьяны появиться в телевизионной программе «Лицо без
грима». Она продолжала ежедневно смотреть передачу и все
больше приходила к убеждению, что, кроме стресса и расстройства, это ничего не принесет. Один вред для ребеночка и
никакой пользы.

— Ты разнервничаешься, разволнуешься, — убеждала она
Татьяну. — Ну ты только посмотри, как себя ведет этот Уланов! Нет, ты не отворачивайся, ты посмотри, я специально
каждый день записываю программу, чтобы ты видела, на что
соглашаешься. Таня, зачем тебе это?

Татьяна послушно смотрела на экран телевизора, видела
равнодушное, отстраненное, высокомерное лицо ведущего,
слушала нервный, бессвязный лепет приглашенных гостей и
думала о том, на какое унижение готовы идти люди, если это
может принести им деньги. Она не боялась Уланова, потому
что он нужен был ей не для рекламы, а для работы. Но Ире
совсем не обязательно об этом знать.

— Ира, я обещаю тебе, что не буду нервничать, — увеще-
вала она родственницу. — Эти люди чувствуют себя не в своей
тарелке, потому что хотят произвести хорошее впечатление, а
Уланов им мешает, он их давит своим высокомерием и холод-
ностью. Со мной все не так будет.

— Это почему же? — подозрительно прищуривалась Ирочка. — Ты что, не хочешь произвести хорошее впечатление?
Разве ты не для этого собираешься участвовать в программе?

— Конечно, нет, — смеялась в ответ Татьяна. — Ты пойми
разницу между мной и этими людьми. О них никто не знает, и
им нужно заявить о себе, чтобы привлечь внимание к тому
делу, которое они делают. Сделать ему рекламу. Чем лучше
они себя покажут, тем больше интереса будет проявлено к их

делу. Я в рекламе не нуждаюсь, потому что и без того есть люди, которым нравятся мои книги, и они все равно будут их читать, независимо от того, какой я покажусь на экране. А те, кому мои детективы не нравятся, не станут моими поклонниками, даже если у Уланова я буду выглядеть суперзвездой. Им не нравится мой стиль, или они в принципе детективы не любят, и от моей личности тут уже ничего не зависит. Цель моего участия в программе одна-единственная: помочь продюсеру, который хочет делать кино, и помочь Насте, которой нужны хорошие отношения с этим продюсером, вот и все. И потом, дорогая моя, не забывай: у меня огромный опыт общения с людьми, которые настроены по отношению ко мне более чем негативно. Уверяю тебя, этот хамоватый Уланов — невинное дитя по сравнению с моими подследственными.

Иру это, конечно, не успокаивало, но найти контраргументы ей было трудно. Она пыталась апеллировать к Стасову, но тот только разводил руками и говорил, что не может влиять на жену.

— Следователи, Ирусечка, существа жутко независимые и терпеть не могут, когда на них пытаются давить, — отшучивался он. — Они сами все решают и вмешиваться в этот великий процесс не позволяют никому. Профессиональная деформация.

Всеволод Семенович Дорогань решил взять все в свои руки, дабы не сорвать начатое мероприятие, и сам лично отвез Татьяну в студию, откуда передача должна была идти в прямом эфире.

— Эфир в семнадцать сорок, но мы должны приехать к четырем, — предупредил он.

— Зачем так рано?

— Чтобы ведущий с вами познакомился. Кроме того, нужно сделать грим, и оператору необходимо время, чтобы приладить камеру к вам или вас к камере.

Это Татьяну вполне устраивало. Чем больше времени она проведет в обществе Уланова, тем лучше. Процесс сборов, правда, отнял у нее массу сил и времени, потому что Ирочка, смирившись с неизбежностью, настаивала по крайней мере на том, чтобы Татьяна была одета элегантно и дорого.

— Ты не какая-нибудь там, — твердила она накануне, роясь в шкафу и швыряя на кровать вешалки с платьями и костюмами. — Ты должна выглядеть соответственно, как преуспевающая писательница.

— Какая же я преуспевающая, — устало отмахивалась Татьяна. Она не очень хорошо себя чувствовала, и Ирочкины хлопоты казались ей раздражающе назойливыми. — Я обыкновенный следователь, а не звезда литературы.

— Ага, так ты же не хочешь быть следователем, ты же это скрываешь от общественности. И как они должны относиться к тому, что ты появишься на экране в затрапезной кофточке?

— Пусть как хотят, так и относятся. Ирка, не терзай меня, это не самое главное дело в моей жизни.

— Нет, самое, — упрямилась Ира, роясь в ворохе одежды.

Татьяна молча наблюдала за ней, лежа на кровати и страдая от головной боли. Вообще-то Ира не так уж не права, думала она, мне действительно безразлично, какой я появлюсь на экране, но мне совсем не безразлично, какой меня увидит Уланов. Мне же с ним работать. Первый заход будет совсем коротким, чуть меньше двух часов до эфира, потом полчаса беседы перед камерой — и все. За это время я должна узнать и увидеть достаточно для того, чтобы продолжать работу с ним. Или не продолжать. После завтрашней встречи мне придется принимать решение, поэтому саму встречу надо использовать максимально, до последней секунды. Пожалуй, стоит подумать о своем внешнем виде.

— Ируська, притормози, — попросила она, морщась от очередного приступа боли, раскаленным обручем обхватившего ее голову. — Поищи что-нибудь прошлогоднее.

Ира в изумлении замерла, медленно положила на кровать рядом с Татьяной очередную вешалку с летним платьем и сочувственно поглядела на нее.

— Зачем тебе прошлогоднее? Тебе же все мало, ты ни во что не влезаешь.

— Вот именно. Найди что-нибудь обтягивающее, чтобы живот был виден. Пусть все поймут, что я жду ребенка. Обидеть беременную — это надо суметь, это не каждому по плечу.

— Хочешь вызвать жалость? — недоверчиво прищурилась Ира. — Думаешь, Уланов тебя пощадит?

— Или пощадит, или нет. Хочу проверить.

— Для чего? Что еще за эксперименты?

— Ира, ну я же писатель как-никак. Как говорил дед Щукарь, помнишь? Хучь и плохонький, а все ж... Мне нужно собирать материал, и не только в виде фактов, но и в виде человеческих типов, характеров. Пора начинать думать о том, про что будет следующая книга.

— Ты эту сначала допиши, Агата Кристи! — фыркнула Ирочка.

— Допишу, не волнуйся. Вон ту голубую водолазку вытащи, пожалуйста. Да-да, эту. И синюю юбку.

— С ума сошла, — проворчала Ира, но требуемые вещи все-таки достала. — Ты в этом будешь выглядеть, как подстреленная. Мерить будешь?

— Завтра, — вздохнула Татьяна. — Все завтра. Устала.

— Вот видишь, — снова завелась родственница, — не нужно было соглашаться. Ты устаешь, тебе нужно как следует отдыхать, а ты кидаешься в какую-то сомнительную авантюру.

Они пререкались до тех пор, пока не разошлись по своим комнатам спать. С утра Татьяна отправилась на службу, а в начале четвертого за ней заехал Дорогань. До этого они ни разу не встречались, и мина на лице у кинопродюсера, когда он увидел знаменитую писательницу Томилину, была, прямо скажем, весьма выразительной. Неуклюжая толстуха с выпирающим животом и мучнисто-белым лицом совершенно не походила на ту милую женщину, чья улыбка сияла с глянцевых книжных обложек. С трудом забравшись в высокий салон «Аэростара», на котором приехал Дорогань, она заявила:

— Уважаемый Всеволод Семенович, нам нужно с вами договориться сразу, чтобы потом не было недоразумений. Уланов знает, кто я и где работаю?

— По-моему, он вас вообще не знает, — весело хмыкнул продюсер. — Вы уж не обижайтесь, но мне показалось, что ваше имя он слышал впервые, когда я ему звонил.

— Вот и отлично. Кому еще вы говорили о том, что я следователь?

— Да вроде никому, — он задумался на несколько мгновений, потом добавил уже тверже: — Точно никому.

— Откуда у вас мой телефон? Вы же звонили мне домой два месяца назад, помните?

— Ваш муж дал мне номер, я его просил. Вернее, даже не так. Я обратился к нему с просьбой дать мне возможность связаться с вами, и он сам набрал номер и передал мне трубку. Я разговаривал с вами из его кабинета в «Сириусе». А почему вы спрашиваете?

— Я спрашиваю потому, что хочу сохранить род своих занятий в секрете, и в первую очередь от господина Уланова. В доме, где вы живете, все знают, что вы занимаетесь кинобизнесом, знакомы со многими режиссерами и имеете отношение к съемкам фильмов?

— Ах, вы об этом? — Дорогань оглушительно расхохотался. — Да, конечно, я вас понимаю. Меня одолевают просители в лице юных див и их родителей. А вас кто? Поклонники?

— Тоже просители. Первое время я была настолько глупа, что не скрывала своей принадлежности к МВД, и в результате меня буквально осаждали с просьбами разобраться в их деле и повлиять на других следователей, судей и даже прокуроров. Так что пришлось уйти в глухое подполье. Были и такие, которые хотели лично высказать мне, что им нравится и что не нравится в моих книгах. Они не хотят понимать, что я пишу так, как пишу, и по-другому писать не буду, потому что пишу так, как мне самой нравится, как я чувствую. А если им не нравится, так пусть не читают, никто же их не заставляет, правда? Все читатели разные, и все писатели тоже разные, у каждого автора есть своя читательская ниша, свой контингент, которому по душе именно эти книги, и слава богу. А стараться учесть замечания и пожелания всех без исключения — это глупо и бесперспективно. Я буду нравиться тем, чьи пожелания учту, и тут же разонравлюсь из-за этого кому-то другому. Это процесс бесконечный. Ни один автор не может нравиться всем подряд.

— Ясно. Значит, Уланову не говорим страшную правду?

— Никому не говорим. И имейте в виду, Всеволод Семенович, я — существо на редкость безжалостное. Если информация уйдет от вас, прав на экранизацию вы не получите. Даже если вы пригласите самого лучшего режиссера и голливудских звезд, даже если это будет такой фильм, который сможет получить «Оскара», я вам права не отдам.

— Вы не хотите славы? Никогда не поверю.

— Я хочу покоя. У меня слишком много забот, чтобы добавлять их себе своими неосмотрительными поступками.

Она откинулась на спинку сиденья и вытянула ноги. Конечно, залезать в эту машину трудно, зато сидеть в ней удобно. Дорогань заехал в переулок и притормозил у чугунных ворот.

— Приехали, Татьяна Григорьевна.

Их встретила милая молодая девушка с приветливой улыбкой и повела за собой.

— Вы не волнуйтесь, — щебетала она, легко порхая по ступенькам, — Александр Юрьевич очень хороший ведущий, он любит своих гостей и не обижает. Все будет хорошо.

«Как он любит своих гостей, я уже видела, — думала Татьяна, с трудом поспевая следом. — В этом творческом коллективе весьма своеобразное представление о любви».

— Вы смотрите нашу передачу? — спросила провожатая.

— Нет.

— Ни разу не видели?

— Нет, не приходилось.

— А кто-нибудь из ваших знакомых смотрит?

— Да, моя близкая родственница смотрит «Лицо без грима» постоянно.

— И что она говорит? Ей нравится?

— Нравится, — улыбнулась Татьяна. — Она говорит, что ваш ведущий очень не любит своих гостей и всячески унижает их.

— Ой, ну что вы, — переполошилась девушка, — это совсем не так. Вот сюда, пожалуйста, проходите. Давайте ваш плащ, я повешу. Присаживайтесь, сейчас придет Александр Юрьевич. Чай, кофе?

— А минеральная вода есть? — спросила Татьяна, снимая плащ.

— Конечно, сейчас принесу. А вам? — обратилась она к продюсеру.

— Мне кофе, и покрепче, — громогласно заявил Дороган, по-хозяйски располагаясь за длинным офисным столом.

Татьяна садиться не стала. Она подошла к окну и встала, уперев ладони в поясницу. За окном шел дождь. Надо же, она его и не заметила, пока ехала в машине. И когда только он успел начаться? Уже май, праздники позади, на деревьях пышная зелень, весна скоро закончится, лето на носу. Жизнь идет, а она, Татьяна, ее не замечает, погруженная в повседневные дела, в чьи-то беды, трупы, потерянные деньги, слезы, обиды. И в собственные мысли о будущем материнстве. Зачем она здесь, в этой пустой чужой комнате, в ожидании встречи с неприятным, недобрым человеком? Неужели ее жизнь и ее время настолько не имеют никакой ценности, что можно их тратить вот так, впустую, на всякую ерунду?

Скрипнула дверь у нее за спиной, Татьяна обернулась и увидела женщину лет тридцати, элегантную, с холеным красивым лицом. В руках у нее была большая коробка. Женщина показалась Татьяне смутно знакомой, но она никак не могла припомнить, откуда знает ее. Или не знает, а просто видела где-то? Но где?

— Присядьте, пожалуйста, — холодно произнесла женщина с коробкой, — будем делать грим.

— А это обязательно?

— Вы не хотите? — Голос ее потеплел. — Поверьте мне, так будет лучше. Даже ведущий гримируется. Камера безжалостна.

— Хорошо.

Татьяна со вздохом опустилась на неудобный, жесткий стул. Гример поставила на стол коробку, встала перед Татьяной и стала внимательно изучать ее лицо. Потом взяла в руки овальную губку и основу под макияж.

— Что у вас на лице? — спросила она. — Тон накладывали?

— Нет.

— Это хорошо. У вас прекрасная кожа. Будете на экране первой красавицей.

Она начала работать. Татьяна сидела, прикрыв глаза и погрузившись в свои невеселые мысли. Снова скрипнула дверь, но на этот раз она не смогла увидеть вошедшего, потому что гример в этот момент накладывала тени на веки.

— Добрый день, Татьяна Григорьевна, — послышался приятный мужской голос.

Голос Татьяна узнала, она слышала его каждый раз, когда Ирочка заставляла ее смотреть записанные на видеомагнитофон программы Уланова.

— Добрый день, — пробормотала она, не открывая глаз.

— Всеволод Семенович, рад вас видеть. Спасибо, что привезли к нам такую замечательную писательницу. Это большая честь для нашей программы. Здравствуй, Леночка.

— Привет, Саша, — откликнулась гример, не прерывая своего занятия.

— Татьяна Григорьевна, я бы хотел задать вам в эфире ряд вопросов, давайте сейчас поговорим об этом.

— А о чем мы будем говорить в эфире, если все обсудим прямо сейчас? — спросила она.

— О том же самом. Я задам вам вопросы, а вы мне скажете, какие из них кажутся вам интересными, а на какие вы отвечать не хотите. Тогда я и задавать их не буду, чтобы время не терять. Это же прямой эфир, каждая секунда на вес золота.

Татьяна напряглась, ей было неприятно разговаривать с человеком, которого она не видела. С закрытыми глазами она казалась самой себе очень уязвимой и как будто голой.

— Александр Юрьевич, говорить надо главным образом о произведениях Томилиной и о перспективах экранизаций, — тут же встрял Дорогань, все время помнивший о том, зачем он здесь. — Мы же с вами договаривались.

Но Уланов словно не слышал этих слов.

— Скажите, вас не оскорбляет, что детективы, в том числе и ваши, читают в основном в метро, на бегу, потому что это литература второго и даже третьего сорта, которая не требует серьезного отношения и вдумчивости?

Татьяна открыла было глаза и собралась повернуться лицом к собеседнику, но гример тут же закричала:

— Тихо-тихо-тихо! Глазки закроем, я еще не закончила.

Татьяна послушно выполнила указание, усилием воли подавив раздражение. Не нужно показывать зубки, рано еще.

— А говорить можно? — спросила она гримера.

— Лучше не надо. Саша, не приставай к человеку, когда я работаю. Мне еще чуть-чуть осталось.

— Ладно, — покладисто согласился Уланов. — А где кофе? Почему до сих пор не принесли?

— Татьяна Григорьевна просила минералку, — снова встрял Дорогань, по-видимому, взявший на себя роль защитника и блюстителя интересов известной писательницы.

В этот момент дверь снова открылась.

— Ой, Александр Юрьевич, вы уже здесь? — послышался голос девушки-провожатой. — Вам чай?

— Да, будь добра.

Наконец гример сделала шаг назад и критически оглядела полученный результат. Что-то ей не понравилось, потому что она взяла макияжную кисть и еще несколько раз коснулась лба и подбородка Татьяны.

— Вот теперь хорошо, — удовлетворенно сказала она. —

А помаду я наложу перед эфиром, вы все равно еще пить будете.

— Дайте хоть взглянуть, что вы из меня сделали, — попросила Татьяна.

Гример подала ей зеркало. Что ж, работа была сделана на славу, отрицать это невозможно. Из зеркала на Татьяну смотрела она сама, но лет на восемь моложе. Кожа обрела свой природный цвет и стала матовой и нежно-телесной, а не болезненно-мучнистой. Отеки под глазами исчезли, а сами глаза стали большими и выразительными. Даже овал лица изменился, стал более четким.

Не говоря ни слова, она отложила зеркало и повернулась к Уланову. Он был почти таким же, каким она видела его на экране. Но именно почти. Сейчас в нем не было холодности, надменности и отстраненности, которые так пугали трепетную Ирочку. Перед Татьяной сидел обыкновенный мужчина лет сорока или чуть больше, с приятным лицом и располагающей улыбкой.

Что ж, потерпим еще, решила она, время для демонстрации когтей пока не наступило. Он мне нужен, этот приятный добренький Уланов, который якобы любит своих гостей. Знаем мы эту любовь. Заманивает, как мышей в мышеловку бесплатным сыром, гость расслабляется, пускает слюни и наивно думает, что перед камерой все будет так же мило, как и за этим столом, за чашечкой кофе и непринужденной беседой. Ан нет. Перед камерой не собравшегося и не готового к прыжку гостя ждут неприятные сюрпризы.

Татьяна постаралась улыбнуться как можно мягче.

— Вот вы какой, Александр Уланов, — пропела она, вложив в голос всю имевшуюся в наличии женственность. — Приятно видеть вас живьем, а не на экране.

— Спасибо. Так мы можем вернуться к нашим вопросам?

— Да, пожалуйста. Что вы там спрашивали? Повторите, пожалуйста.

— Я спросил, не обидно ли вам бывает, что детективы считают литературой третьего сорта и читают в основном в метро и электричках?

— Обидно, — не моргнув глазом солгала Татьяна.

У нее был в голове совсем другой ответ, но время для него еще не наступило.

— Так, может быть, вам имеет смысл переквалифицироваться и начать сочинять что-нибудь другое, более серьезное? Например, большие философские романы, как у Сартра или Гессе. Вы любите Сартра?

— Сартра? — Она сделала вид, что замялась, якобы желая скрыть собственную неграмотность. — Ну, в общем... А еще какие у вас вопросы?

— Вы — преуспевающая писательница. Вы считаете себя состоятельным человеком?

— Я... Ну, как сказать... Не особенно. Издатели платят мало.

— На что же вы живете?

— На доходы мужа. Как и полагается мужней жене.

— Значит, вы пишете книги не для заработка?

— Нет, скорее для удовольствия.

— А муж, который вас содержит, не смущают ваша популярность и слава? Он ведь, наверное, честолюбив.

— Мы что, в эфире будем обсуждать моего мужа? — окрысилась Татьяна.

— Да, — снова подал голос Дорогань, — мы уходим от темы, Александр Юрьевич. Вы обещали поговорить об экранизациях.

— Конечно. Татьяна Григорьевна, вам хочется, чтобы по вашим книгам снималось кино?

— Хочется, — она снова улыбнулась, широко и радостно. — А какому писателю этого не хочется?

— Не знаю, — Уланов развел руками. — Думаю, что Хемингуэю, например, этого не очень хотелось. Его проза полна ощущений и потоков сознания, это трудно поддается экранизации. Вероятно, ваши книги не такие?

— Не такие, — согласилась она. — Детективы — это другой жанр.

— Не возражаете, если мы разовьем эту тему во время передачи?

— Пожалуйста. Еще какие у вас вопросы?

— О ваших политических пристрастиях. Как вы относитесь к существующему положению в стране и к нашей нынешней власти?

— Как отношусь? — Она задумалась. — Хорошо отношусь.

— То есть вам все нравится и все устраивает? — уточнил Уланов.

— Да, устраивает.

— И рабочие, которые месяцами не получают зарплату? И финансовые злоупотребления, которые процветают? Или вы считаете, что это допустимая плата за те порядки, которые позволяют вам издавать не по одной книге в год, как когда-то, а по нескольку, даже при том, что вы не член Союза писателей?

— Как вам сказать... — она уставилась в потолок и изобразила на лице мыслительное усилие.

— Хорошо, мы поговорим об этом перед камерой, — решительно произнес Уланов. — Кого вы ждете, мальчика или девочку?

Переход был таким разительным, что Татьяна в первый момент растерялась. Потом сообразила, что это было частью спектакля, и успокоилась. Конечно, Уланов задал ей несколько вопросов, определил для себя уровень ее интеллекта и те вопросы, которыми он будет ее размазывать перед многотысячной аудиторией телезрителей, а теперь можно и о нейтральном поговорить, о приятном, чтобы она шла в студию спокойной и убежденной в благорасположенности к себе ведущего.

— Кто родится — того и жду, — неопределенно ответила она.

— А кого хотите?

— Муж хочет мальчика.

— А вы?

— А мне все равно. Муж хочет мальчика, потому что девочка у него уже есть от первого брака, а я просто хочу родить ребенка от любимого мужчины. Пол при этом значения не имеет.

— Вы, наверное, поздно вышли замуж?

— Нет, почему же, в первый раз я вышла замуж в восемнадцать лет, вряд ли можно считать, что это поздно.

— Так вы во второй раз замужем?

— В третий.

— С ума сойти! — восхищенно присвистнул Уланов. — И два раза разводились?

— Конечно. Бог миловал меня от вдовства, оба моих бывших супруга пребывают в полном здравии.

— Наверное, они сейчас локти кусают от досады, что расстались с вами. Вы стали знаменитостью.

— Не думаю. Они оба вполне благополучны, один из них

процветает за границей, у него собственный бизнес, второй, насколько мне известно, тоже под забором не валяется. Вряд ли у них есть поводы для подобных сожалений.

— Не скажите, — возразил Уланов, — бизнес бизнесом, а слава или хотя бы причастность к ней — это совсем другое дело. Ваши бывшие мужья не пытались вернуть вас после того, как вы обрели такую бешеную популярность?

— Пытались, — она снова улыбнулась, на этот раз кокетливо и слегка глуповато, — но не после, а до того. Они хотели вернуть меня не как известную писательницу, а как женщину и жену.

— Надо ли понимать так, что вы не хранили верность своим мужьям?

— Это с чего же вы так решили? — изумилась Татьяна, на этот раз совершенно непритворно.

— Ну как же, если вы в третий раз замужем, значит, находясь в предыдущем браке, вы вступали в близкие отношения с другим мужчиной. Правда, это были серьезные отношения, приводящие к следующему браку, но факт адюльтера отрицать нельзя.

— Можно. Можно отрицать. Александр Юрьевич, вы, может быть, мне не поверите, но со вторым и третьим мужьями я познакомилась уже будучи разведенной. Вот так-то.

— То есть вы хотите сказать, что при разводе не отходили на заранее подготовленные позиции? — теперь уже он не смог скрыть удивления. — Вы расставались с мужем, не имея перспективы нового брака?

Все ясно как божий день, с усмешкой подумала Татьяна. Господин Уланов у нас пал жертвой распространенного заблуждения, согласно которому любая женщина должна хотеть быть замужем любой ценой, и он совершенно не понимает, как это можно уйти от мужа не к любовнику, а просто так, в никуда. По его разумению, в таком случае не я уходила от мужа, а он меня бросал, но раз бросал, значит, я никудышная и никчемная, и абсолютно непонятно, откуда же тогда взялись второй и третий мужья. «Вероятно, он смотрит на меня, толстую и неуклюжую, и не может взять в толк, почему это я такая смелая. По его представлениям, такая, как я, должна обеими руками вцепиться в мужа и удерживать его из последних сил, потому что больше на меня никто не позарится. Самому ему скорее всего нравятся изящные стройные женщины, и ему даже в голову не приходит, что есть мужчины, которым нравятся именно такие женщины, как я. Знал бы он, сколько на самом деле таких мужчин, его бы, наверное, кондрашка хватил. И почему великое множество людей считает собственные вкусы эталонными и единственно правильными?»

— Что ж, Татьяна Григорьевна, нам пора в студию. Лена, давай последние штрихи, — обратился Уланов к гримеру, которая все время их беседы просидела в уголке с чашкой кофе в руках. — И мне лицо сделай.

Лена долго и придирчиво выбирала помаду для Татьяны, потом наложила тон и пудру на лицо ведущего. Они все вместе вышли из комнаты и пошли по длинному коридору. Татьяна сначала пыталась запомнить дорогу, но очень скоро бросила это занятие: все равно не уследить за многочисленными поворотами и переходами от лестницы к лестнице.

В студии было жарко и душно. Ее усадили в неудобное кресло перед неудобным низким столом и оставили одну. Вокруг суетились оператор и осветитель, Уланов через вставленный в ухо аппаратик общался с невидимым режиссером, и никому, казалось, не было дела до Татьяны. Она постаралась сосредоточиться и, чтобы не терять даром времени, обдумать и проанализировать свои впечатления от Уланова.

\* \* \*

Ирочка Милованова, родная сестра одного из бывших мужей Татьяны, металась по квартире, не находя себе места. Она с ума сходила от волнения за родственницу и корила себя нещадно за то, что не сумела настоять на своем и отговорить Таню от этого глупого, рискованного и, в сущности, абсолютно ненужного мероприятия. Примерно за час до начала передачи Ира поняла, что не может находиться в одиночестве, и позвонила Стасову на работу.

— Владик, — умоляюще попросила она, — приезжай домой, пожалуйста.

— Зачем это? — недовольно откликнулся Владислав.

Ира слышала гул голосов в его кабинете, кажется, там было много народу.

— Скоро передача начнется, — пояснила она. — Приходи, вместе на Таню посмотрим.

— Я здесь посмотрю. Извини, Ируся, у меня люди.

Стасов положил трубку. Ирина сглотнула слезы, но постаралась успокоиться. В самом деле, ну что такого страшного? Не съест же Уланов Татьяну. Покусает немножко и отпустит. Нет, все-таки страшно. А вдруг Таня начнет нервничать? Ира слышала, что от сильного волнения даже преждевременные роды случаются.

Чтобы отвлечься, она принялась за тесто для очередных пирогов. Пироги у нее получались знатные, только Татьяна всегда ругалась, потому что ей нельзя мучное, а удержаться и не попробовать Ирочкиных пирожков — силы воли не хватает. Когда до начала передачи осталось минут десять, Ира поняла, что делает все не так и тесто погублено почти бесповоротно. Отерев согнутой рукой брызнувшие от досады слезы, она с ожесточением вывалила содержимое миски в большой полиэтиленовый пакет, который тут же швырнула в мусоропровод.

За пять минут до начала она сидела перед экраном телевизора, с ужасом ожидая Татьяниного позора. Последнее, о чем она успела подумать, прежде чем на экране появилась знакомая заставка, было: «Я так и не поставила пироги. Придет Стасов голодный, чем я буду его кормить?»

Она поразилась тому, как великолепно выглядела Татьяна. Матовая белоснежная кожа сияла молодостью и здоровьем, глаза были большими, теплыми и лучистыми, губы — сочными и подрагивающими готовой разлиться по лицу улыбкой. Татьяна, казалось, ни капельки не волнуется, напротив, предстоящее действо ее просто-таки забавляет. Ира слегка перевела дух. Может, обойдется?

Первые полторы-две минуты прошли в спокойном обмене короткими репликами, ведущий представлял гостью, Татьяна кивала и мило улыбалась. А потом последовал вопрос, от которого у Ирочки все внутри оборвалось.

— Татьяна Григорьевна, вы — образованный интеллигентный человек и наверняка читаете и любите хорошие серьезные книги. И в то же время пишете второсортную литературу. Вы поступаетесь собственным вкусом ради денег?

— Голубчик, — улыбнулась в ответ Татьяна, — у литературы не бывает сортности, так же, как у осетрины не бывает степеней свежести. Еще Воланд, если помните, сказал, что у осетрины может быть только одна свежесть, первая, она же и последняя. Литература не бывает первого, второго и пятого сорта. Это либо литература, либо нет, вот и все. Если вам непонятно, я скажу еще проще: книгу читать либо можно, либо нельзя. Если книгу читает не только сам автор и его редактор, но хотя бы еще десять человек и получают от этого удовольствие, значит, книга достойна того, чтобы быть написанной. Если же автор настолько безграмотен и бесталанен, что, кроме него самого, никто его творение читать не может и не хочет, тогда я поднимаю руки. Это действительно не литература. Обо всем остальном можно спорить. Так как, Александр Юрьевич, будем спорить?

«Что происходит? — в недоумении подумала Ира. — Она ведет себя, как на допросе в собственном служебном кабинете. Она что, забыла, что пришла на телевидение? Кошмар!»

— Не будем спорить, — тут же нашелся Уланов. — Я сформулирую свой вопрос по-другому. Вам не бывает обидно, что ваши книги читают в основном на бегу, то есть в метро, в электричках, от скуки, чтобы убить время в дороге?

— А вы сами что читаете в метро? — спросила Татьяна.

— Я? — Уланов, похоже, чуть-чуть растерялся. — Я в метро давно уже не езжу.

— У вас машина?

— Да.

— Тогда откуда вам вообще известно, что именно читают пассажиры?

— Мне об этом рассказывают. Это же общеизвестный факт.

— Голубчик, вас погубит ваша доверчивость, — снисходительно сказала Татьяна. — Никогда не верьте тому, чего не видели сами. Поскольку я, в отличие от вас, в метро езжу постоянно, то могу вам совершенно ответственно заявить, что пассажиры читают самую разную литературу, в том числе и очень серьезную. Начиная от учебников и специальных пособий и кончая Библией и Торой. Как вы думаете, господь обиделся бы, узнай он, что человек каждую свободную минуту хватается за Библию, чтобы прочесть еще страницу из его учения?

— То есть вы ставите себя на одну доску с всевышним, поскольку люди каждую свободную минуту хватаются и за ваши книги тоже? — мгновенно отпарировал Уланов.

Сердце у Иры ухнуло, даже дыхание на секунду остановилось. «Вот сволочь, — в сердцах подумала она. — Ну какая же сволочь!»

— А с чего вы это взяли? — На лице у Татьяны было написано такое искреннее изумление, что даже Ира в него поверила.

— Вы же сами сказали, что пассажиры в метро и поездах читают и ваши книги, и Божественное писание.

— Я этого не говорила. Писание читают, это правда. А вот людей с моими книгами в руках я там не видела. А вы видели?

«Во дает! — с восхищением подумала Ира. — Ну Танька! Каждый день мне докладывает, сколько человек видела в транспорте со своими книжками. Мы даже иногда сравниваем, кто больше увидел, она или я. Но Уланов только что сказал, что в метро не ездит, так что возразить ему нечего. Ссылаться на чьи-то слова он теперь тоже не может, Таня уже попеняла ему за излишнюю доверчивость. Пожалуй, она была права, когда говорила, что не боится никаких улановых. Следственная практика — это тебе не фунт изюма. Что, Уланов, съел? Не знаешь теперь, что отвечать?»

— Но вы тем не менее не можете отрицать, что детектив — это далеко не философский роман. Почему же наши сограждане в последнее время так тянутся к легкому чтению и пренебрегают сложными произведениями? Не кажется ли вам, что общее падение уровня культуры и образованности способствует тому, что на литературной ниве сегодня процветают все кому не лень, даже авторы, не имеющие специальной подготовки?

— Давайте не будем складывать все в одну кучу. Я согласна с тем, что детектив — это не философский роман, точно так же как, «Запорожец» — это не «Феррари». И что с того? Не будем выпускать «Запорожцы» и все стройными рядами побежим пересаживаться на «Феррари»? «Феррари», конечно, престижнее и лучше, но кому-то может просто-напросто не понравиться дизайн. Мне, например, не нравится.

— Вам нравится «Запорожец»? — ехидно кивнул Уланов.

— Нет, мне нравится «Макларен». Но это опять-таки не значит, что я хочу на нем ездить. Мне нравится на него смотреть, его дизайн радует мой глаз, но он же совершенно не предназначен для перевозки немолодых беременных женщин вроде меня.

По лицу Уланова Ира видела, что он не понял ни одного слова, и торжествующе улыбнулась. Конечно, куда ему, он небось и названия-то такого — «Макларен» — не слышал. Сам виноват, нарвался, не надо было ехидничать насчет «Запорожца». Про автомобили Татьяна Образцова знала все. Даже такое, чего иной специалист не знает. Ира помнила, что Татьяне несколько раз приходилось работать по делам о финансовых аферах в сфере торговли иномарками, а уж если она чем занималась, то на совесть.

— Вернемся к нашей теме, — между тем продолжала Татьяна, словно ведущей была именно она, а Уланов — приглашенным гостем. — Чтобы закрыть вопрос, скажу, что не считаю кого бы то ни было, в том числе и вас, Александр Юрьевич, вправе публично обсуждать вопрос сортности и качества литературы, как, впрочем, и любых других произведений искусства. Вы тем самым оскорбляете огромное количество людей, которые имеют свой собственный вкус, отличный от вашего. Если лично вам не нравятся детективы, я готова поговорить с вами об этом и выслушать ваши личные претензии к жанру и, в частности, к моим книгам. Но это не означает, что вы имеете право считать людей, имеющих другое мнение, людьми с дурным вкусом. Так я слушаю вас, голубчик. Чем же вам так не угодили детективы, в том числе те, которые написала я?

Ире стало смешно. Напряжение отпустило, она поняла, что Татьяна полностью владеет ситуацией и ведет разговор так, как хочется ей самой, а не так, как хочет Уланов.

— Ну что ж, коль вы считаете неприличным обсуждать вопросы вкусов, — обаятельно улыбнулся Уланов, — давайте поговорим о вас, писательнице Татьяне Томилиной.

«Выскользнул, гаденыш, — с досадой сказала про себя Ира. — Наверное, и сказать-то ему нечего, ни одного детектива за всю жизнь не прочел, потому и претензии высказать не может. Зазубрил, как попугай, одну-единственную истину: детектив — это помойка литературы, это недостойно настоящего интеллектуала, это дорожное чтиво второго сорта. И повторяет теперь на каждом углу, кичится своим изысканным вкусом. А на самом деле не знает о детективах ничего».

— Вами написано уже пятнадцать книг, а вот фильмов, поставленных по вашим произведениям, я пока не видел. Почему же кинематограф не проявляет интереса к вашему творчеству?

— А кто вам сказал, что не проявляет? Интерес к моим книгам очень большой.

— Значит, есть надежда в ближайшее время увидеть ваши детективы на экране?

— Нет, Александр Юрьевич, — Татьяна вздохнула и виновато развела руками, — шансов нет никаких. В ближайшее время вы никаких киноверсий не увидите.

— Почему так?

— Я не хочу, чтобы мои книги экранизировали. Более того, мне доподлинно известно, что один московский продюсер уже начал работу и проводит подготовительный этап, чтобы сделать цикл фильмов по моим книгам. Права на произведения ему не переданы, работа над фильмом ведется подпольно, и, если картина появится на свет, я обращусь в суд. Надеюсь, что этот продюсер меня сейчас слышит и сделает все возможное, чтобы впоследствии не получить неприятный сюрприз.

— А почему вы против экранизаций? Обычно все писатели хотят, чтобы их произведения обрели вторую жизнь в экранном варианте, это нормально.

— Не хочу быть неправильно понятой, но могу привести вам множество примеров, когда книги, написанные очень талантливыми авторами, совершенно не годятся для кинематографа. Вы же не будете спорить с тем, что Хемингуэй, например, был невероятно талантлив, но что-то я не вижу экранизаций его книг, хотя написано им отнюдь не мало. Я, конечно, не сравниваю себя с этим великим мастером, но до сих пор желания увидеть экранизацию своих книг у меня не возникало. Хотя, повторяю, интерес у кинематографистов очень большой, меня буквально одолевают предложениями одно выгоднее и интереснее другого.

* * *

Татьяна говорила не спеша, не сводя взгляда с Уланова. Она почти дословно повторяла его же собственные слова, сказанные за полчаса до съемки, и теперь ждала, как он отреагирует. Растеряется? Рассердится? Рассмеется? Ведь он сам держал эту тираду наготове, чтобы «уесть» Татьяну, а она нахально и с милой улыбкой украла у него любовно приготовленное оружие, столь неосмотрительно оставленное без присмотра.

Уланов, однако, не растерялся, он все-таки профессионал, и Татьяна оценила это по достоинству.

— Но вы можете хотя бы назвать фамилию того продюсера, который подпольно делает фильм по вашим книгам?

— Могу. Его фамилия Дорогань. Всеволод Семенович Дорогань.

— Таким образом, как только фильм появится в видеопрокате, вы немедленно обратитесь в суд? — уточнил Уланов.

— Немедленно, — подтвердила Татьяна.

— И что должен будет сделать суд?

— Для начала будут арестованы все копии видеофильма. Конечно, то, что уже будет продано, останется у тех, кто купил кассету, но все остальное будет арестовано и, вероятнее всего, уничтожено.

— Что ж, друзья, — теперь Уланов смотрел не на Татьяну, а прямо в камеру, — как только вы увидите в продаже фильм, снятый по произведению Татьяны Томилиной, спешите его купить, пока не стало поздно, то есть пока автор не обратилась в суд. Если вы не сделаете это сразу, принципиальная писательница добьется уничтожения всех копий, и вы уже никогда не увидите это замечательное кино с такой скандальной предысторией. Спасибо вам, Татьяна Григорьевна, за участие в нашей программе, а нашим телезрителям я напоминаю, что программа «Лицо без грима» выходит пять дней в неделю с понедельника по пятницу в семнадцать часов сорок минут. Завтра у нас в гостях необыкновенный человек, разговор с которым сулит нам много интересного и неожиданного. Ждем вас на нашем канале. До встречи.

Оператор сделал знак рукой, означающий, что можно вставать. Татьяна с сожалением подумала, что ей опять не хватило времени. Она совершенно забыла, что была в прямом эфире и ее перепалку с Улановым могла видеть вся страна вкупе с ближним и дальним зарубежьем. Она работала с Улановым как с недобросовестным свидетелем, пытаясь понять его характер и ход мыслей и понимая, что сам он к этому отнюдь не стремится.

Уланов мгновенно покинул студию, не попрощавшись с Татьяной. Та же девушка-провожатая довела ее до комнаты, где сидел перед включенным телевизором Дорогань, который тут же вскочил и кинулся целовать ручки Татьяне.

— Спасибо! Все прошло изумительно! Все, как я и хотел! Вокруг фильма возникает скандальчик, и теперь про него уже не забудут. Но вы лихо разделались с Улановым. Он, наверное, не ожидал от вас такой прыти?

— Не знаю, — Татьяна устало пожала плечами и открыла шкаф, в котором висел ее плащ. — Мне как-то все равно, чего он ожидал и чего не ожидал. Я устала, Всеволод Семенович, а у меня еще масса дел. Нам пора ехать.

Неожиданно дверь распахнулась, и на пороге возник Уланов.

— Ну, Татьяна Григорьевна, примите мои поздравления! Вы были великолепны. У вас, вероятно, большой опыт выступлений на телевидении, да?

— Нет. Просто я достаточно независима по характеру и никому не позволяю говорить мне гадости, даже в прямом эфире. Я вас не обидела?

— Обидели, — рассмеялся Уланов. — Вы меня жестоко и беспощадно унижали на всю страну. Но какое это имеет значение? Это получилось очень телевизионно, зрелищно. Скандал — это всегда хорошо, это на пользу любой передаче. Теперь нас будут смотреть с еще большим интересом, ожидая, что кто-нибудь из гостей окажется под стать вам. Кстати, что это за автомобиль «Макларен»? Я о таком и не слыхал.

— Это очень дорогой автомобиль, стоит больше миллиона долларов, он самый дорогой в мире. Развивает скорость свыше трехсот пятидесяти километров в час.

Уланов помог ей надеть плащ, и она в сопровождении кинопродюсера спустилась вниз к машине.

# Глава 12

Таких людей, как Дмитрий Захаров, Настя считала людьми без комплексов. Их было трудно обидеть, но не менее трудно и переубедить в чем-либо, если они уверены в своей правоте. Самое главное — они были полностью лишены стеснительности, именно поэтому и не были ранимы и неуверенны в правильности своих поступков.

Захарову было откровенно скучно на своей хорошо оплачиваемой охранной работе, и потому он настойчиво предлагал Насте свою помощь. Помощь, конечно, была нужна, кто же спорит, но Настю несколько настораживало постоянное мужское внимание Димы. Не то чтобы он был ей неприятен, наоборот, он славный и очень симпатичный, но ей это все совсем не нужно...

И тем не менее помощь она все-таки приняла. Первого визита в частное сыскное агентство «Грант» вполне хватило, чтобы понять: ей там не рады и рады никогда не будут. Зато Димка умеет разговаривать с ними на своем языке, и есть шанс, что он будет понят.

Убийство депутата Государственной Думы Юлии Готовчиц висело на Насте тяжким грузом. Она не умела и не любила разбираться в политике и была искренне рада, что эту часть работы вел Юра Коротков. Сама же она занималась версией, согласно которой Юлию Николаевну убили из-за того, что она организовала слежку за собственным мужем. В соответствии с этой версией, искомый убийца обнаружил наблюдателей и выяснил, кто их послал. Вот это и был самый деликатный вопрос, ибо узнать имя заказчика можно было только либо от тех, кто осуществлял слежку, либо от руководства сыскного агентства. И Дмитрий Захаров пообещал Насте в этом направлении поработать.

На Настину же долю в разработке этой версии досталась проверка всех тех людей, которые были указаны в отчетах, представленных агентством «Грант» заказчице Готовчиц. Если версия верна, то среди них есть тот, кто обнаружил слежку и кому это сильно не понравилось. Однако время шло, количество разных справок и документов на столе у Насти росло, а толку все не было. С момента оформления договора в агентстве и вплоть до убийства заказчицы муж Юлии Николаевны встречался и общался с крайне ограниченным кругом лиц, из дома выходил редко, перечень его контактов охватывал преимущественно тех, кто приходил к нему на прием как к психоаналитику. Пациенты у Бориса Михайловича Готовчица были самые разные, никто из них не был похож на убийцу, но в то же время ни о ком нельзя было сказать что-то абсолютно точное. Люди как люди, со своими проблемами, с которыми они не могут справиться, со своими странностями (а кто без них?), со своими чувствами любви и ненависти (опять же, а у кого их нет?), со своими достоинствами и недостатками. Каждый из них не был похож на преступника, и каждый из них в равной степени мог им оказаться. Глубоко разрабатывать каждого — бессмысленно. Если бы вся Петровка дружно раскрывала одно-единственное убийство, тогда конечно, а так...

Полковник Гордеев не делил своих подчиненных на любимчиков и черную кость, и если и шел кому-то навстречу, то не из чувства особой любви, а исключительно из соображений житейской целесообразности. Он хорошо усвоил еще с первых лет своего пребывания в должности начальника отдела, что рабский труд — самый непродуктивный. Если человек не хочет делать дело, он никогда не сделает его хорошо, даже если проявит феноменальную добросовестность, потому что принуждение убивает фантазию и интуицию. А без фантазии и интуиции ты не мастер, ты просто ремесленник. Исходя из этих соображений, Виктор Алексеевич уберег Настю от участия в работе оперативно-следственной бригады, созданной для расследования убийства депутата Готовчиц. Зачем мучить человека, все равно толку не будет. Кроме того, полковник сделал ставку на Настину совестливость и, как обычно, оказался прав. Он знал ее много лет и успел за это время хорошо изучить, поэтому почти всегда мог точно предсказать ее поступки.

— А можно, я втихаря все-таки отработаю версию с частными сыщиками? — спросила она.

— Можно, — кивнул Гордеев, — но не втихаря. Партизанщины не терплю, от нее один вред и сплошные недоразумения. Договорись с Коротковым, пусть предложит Гмыре отработку версии и возьмет на себя, а делать будешь ты. Вообще-то я в чужие дела не лезу, особенно постельные, но ты мне скажи: эта версия в самом деле кажется тебе перспективной, или все дело в Захарове?

Настя залилась краской. Откуда Колобок узнал? Это же было почти пять лет назад, и всего один раз. Больше она с Димой нигде не пересекалась.

— А ты чего краснеешь-то? — удивился Виктор Алексеевич. — Ты подумаешь, тоже мне еще. Когда по Галлу работали, Захаров на тебя глаз положил, это даже слепой не смог бы не увидеть. Уж как он на тебя смотрел, уж как слюни пускал! Ты не думай, что раз я старый, то перестал быть мужиком. Я такие вещи с лета улавливаю, чутье еще не потерял. Вот и подумал, что он, наверное, рад случаю с тобой снова пообщаться, а коль так, то специально подогревает в тебе интерес к этой версии, потому как без него тебе с ней не разобраться. Ну? Прав твой старый начальник или нет?

— Нет, — твердо сказала Настя. — Но вообще-то — да. Захаров действительно пытается за мной ухаживать, но, во-первых, это совершенно несерьезно, а во-вторых, влиять на мой интерес к той или иной версии невозможно. Никаким способом. Даже швырянием под ноги роскошных букетов. Интерес у меня или есть, или его нет, и никакой прекрасный принц тут ничего поделать не сможет.

— Ох ты боже мой, какие мы самостоятельные! — фыркнул начальник. — Я смотрю, ты сопли распускать перестала. Никак за ум взялась?

— Я стараюсь, — улыбнулась она.

— Ладно, старайся дальше, — проворчал Гордеев.

Она сделала так, как велел Колобок, договорилась с Юрой Коротковым, который долго кричал, что врать нехорошо и тем более дурно присваивать себе чужие заслуги. А если вдруг окажется, что работа именно по Настиной версии дала положительный результат? Все награды и похвалы достанутся кому? Ему, Короткову, который якобы придумал и предложил следствию перспективную версию, а потом еще и успешно реализовал ее.

— Да ладно тебе, Юрик, — уговаривала его Настя, — у меня нет честолюбия.

— Зато у меня есть совесть, — упрямился он.

Но в конце концов все-таки сдался. Следователь Гмыря к версии отнесся более чем скептически.

— Политиков убивают из политических соображений, — сердито говорил он Короткову, — а депутат Готовчиц — именно политик. Так что в первую очередь разбирайся в ее конфликтах по поводу налоговых проблем в парламенте. А частными сыщиками займешься в свободное время. Все понял?

Это Короткова не обескуражило, ибо в отличие от Насти он на интонации не реагировал и вызвать чье-либо недовольство не боялся. Он был нормальным сорокалетним оперативником, который думает в первую очередь о деле, а не о том, что кто-то на него косо посмотрел или не так что-то сказал. Главное — Гмыря поставлен в известность, теперь можно проводить любые мероприятия, не опасаясь упреков в самодеятельности и партизанщине.

* * *

Накануне, в субботу, Настя сладостно мечтала о том, как будет завтра спать до полного изнеможения. То есть часов до десяти, а если повезет, то и до одиннадцати. Она все еще не нашла в себе сил поговорить с Алексеем, дни, проведенные без мужа, шли один за другим, чувство неловкости и стыда за свое поведение как-то ослабевало, словно так и должно быть: она живет одна, а Лешка где-то там, в Подмосковье, в Жуковском. Так лучше. Так привычнее. Иногда даже закрадывалась трусливая мысль оставить все как есть и ничего не менять, не говорить с Лешей, не извиняться и ничего не объяснять. Если в конце концов он из-за этого разведется с ней — что ж, так тому и быть. Она от природы не приспособлена для семейной жизни. А работа в уголовном розыске, в свою очередь, тоже нормальным семейным отношениям противопоказана.

Но мечтам, как водится, сбыться не удалось. Около половины одиннадцатого вечера в субботу позвонил генерал Заточный.

— Как насчет Готовчица? — спросил он. — Вам есть что рассказать мне?

— Немного, — призналась Настя. — Только личные впечатления.

— А большего я и не прошу, — усмехнулся Иван Алексеевич. — Все остальное я в состоянии узнать и без вас. Встретимся завтра.

Он не спрашивал и не просил, он приказывал. «И почему я все это терплю от него?» — не переставала удивляться Настя. В самом деле, никто, даже любимый муж не мог вот так запросто заставить ее встать в воскресенье в шесть утра. А Заточному достаточно было просто сказать: встретимся завтра. Она могла скрипеть зубами от злости, могла жалобно просить его назначить встречу не на семь утра, а хотя бы на девять (и, разумеется, получить отказ, ибо генерал Заточный своих привычек не менял), могла проклинать все на свете, но тем не менее вставала ни свет ни заря и шла в Измайловский парк.

Ночь с субботы на воскресенье Настя провела в целом спокойно, но как-то бестолково. Вроде и не нервничала, но и отдохнуть как следует не сумела. Перед сном залезла в горячий душ, чтобы согреться и расслабиться, проветрила комнату, приняла три таблетки валерьянки и улеглась в чистую свежую постель. Подгребла под себя обе подушки, закуталась в теплое одеяло, свернулась в клубочек и тут же поймала себя на том, что лежит по привычке на самом краю дивана, хотя она одна и места более чем достаточно. С удовольствием переместившись подальше от края, она вместо того, чтобы засыпать, стала ни с того ни с сего перечислять по пунктам все положительные и отрицательные стороны отсутствия мужа. Главным отрицательным фактом было то, что Алексей обижен и потому не хочет больше с ней жить. Конечно, это ее вина, только ее, так нельзя себя вести. Что бы ни случилось, людей обижать нельзя, если они этого не заслужили. Настя изо всех сил напряглась, но больше ни одного отрицательного момента найти не смогла, и это привело ее в ужас. Она одна в квартире, можно молчать и ни с кем не разговаривать. Разве не этого она хотела, когда мысленно умоляла мужа замолчать? Этого. Вот и получила. Не нужно оправдываться и извиняться за то, что вовремя не позвонила и не предупредила, что задержится. Не нужно заставлять себя съедать приготовленный Лешкой ужин, когда есть совсем не хочется и кусок в горло не лезет. Куда ни кинь — одни сплошные плюсы. Идиотка, и зачем она дала себя уговорить и вышла за него замуж? Не надо было этого делать.

Она раздраженно повернулась на другой бок, почувствовала непривычно большое пространство рядом и с досадой подумала: «И спать одной куда как приятнее. Места много. А то Лешка вечно меня в стенку вжимает. Интересно, на кого это я так разозлилась? На себя, не иначе. Больше-то все равно не на кого».

Заснув с этой мыслью, она через некоторое время проснулась и удивилась сама себе. Как это только один отрицательный момент? Да не может такого быть. Наверное, она просто устала, неделя была тяжелая, как всегда после длинных праздников, поэтому голова работает плохо, вот и насчитала невесть чего. Надо продумать все сначала, и наверняка окажется, что акценты должны быть расставлены совсем не так.

Она улыбнулась в темноте и снова принялась перечислять плюсы и минусы отсутствия Алексея. Результат ее огорчил донельзя, ибо получился тем же самым. «Я еще мало отдохнула, — расстроенно подумала Настя, — в голове сплошная каша из каких-то полубредовых идей. Еще немножко посплю, потом повторю попытку».

Но и третья попытка ни к чему новому не привела. Так ночь и прошла: час-полтора сна, потом подведение баланса плюсов и минусов, снова недолгий сон — и так далее. Встав в шесть утра, Настя с неудовольствием оценила минувшую ночь как малопродуктивную. И отдохнуть толком не сумела, и никаких пригодных к использованию мыслей не появилось. Подавленная и унылая, она пришла в Измайловский парк на встречу с генералом Заточным.

Иван Алексеевич появился в сопровождении Максима. Несмотря на то, что оба они были одеты в одинаковые красные спортивные костюмы, их даже издалека нельзя было принять за отца и сына. Настю каждый раз поражало их абсолютное несходство. Худощавый невысокий генерал с желтыми тигриными глазами и солнечной улыбкой, и крепкий широкоплечий Максим, совсем недавно избавившийся от лишнего веса и еще год назад бывший пухлым и неуклюжим, кареглазый, ужасно серьезный и скупой на проявления приветливости.

— Здрасьте, теть Насть, — буркнул Максим, который, как и сама Настя, был классической «совой», вставать рано не любил, но справляться с возникающим по этому поводу раздражением, в отличие от Насти, пока еще не научился.

— Что это? — удивилась она. — Опять тренировки?

— Опять, — кивнул генерал. — Максим начал терять форму. В прошлом году перед вступительными экзаменами он занимался ежедневно, а теперь поступил в институт, разленился, решил, что все самое страшное позади и можно валять дурака. Вчера я предложил ему поотжиматься, и результат меня не порадовал. Он свалился после двадцати пяти отжиманий. Ну куда это годится?

— А вы сами-то сколько раз отжались? — поинтересовалась Настя.

— А я, Анастасия, делаю это каждый день по триста раз. Поэтому мне стыдно за своего сына. Я с себя вины не снимаю, не надо было упускать, но главное — вовремя спохватиться. Максим, начинай заниматься, а мы с Анастасией побродим вокруг тебя.

Юноша безысходно махнул рукой, сделал глубокий вдох и трусцой побежал в глубь аллеи.

— Вы жестоки, Иван Алексеевич, — покачала головой

Настя. — Вы в восемнадцать лет тоже, наверное, едва-едва двадцать пять раз отжимались.

— И десяти не вытягивал, — рассмеялся генерал. — Я в детстве был самым маленьким и худеньким, меня вечно соседские мальчишки колотили, бутерброды отбирали, деньги, которые родители на кино и на мороженое давали. А когда мне было восемнадцать, культа физической формы не было. Это была середина шестидесятых, тогда, чтобы считаться современным и модным, нужно было знать много стихов и бардовских песен, ходить в походы, петь под гитару у костра, ездить в Питер на белые ночи и хотеть быть геологом. Вы этого не помните, вам тогда лет пять-шесть было, верно?

— Верно. Сама этого не помню, но от родителей наслышана.

Они некоторое время молча шли по аллее в том направлении, куда убежал Максим. Разговаривать Насте не хотелось, и она радовалась, что Заточный не спешит задавать вопросы. День обещал быть теплым и солнечным, и воздух в парке был сочным и вкусным. Настя подумала, что, если бы не ее вечная занятость и природная патологическая лень, можно было бы получать от жизни множество маленьких радостей, вот хоть, например, от таких утренних прогулок среди пышной зелени, наслаждаясь прохладной утренней свежестью. Каждый раз она злится чуть ли не до слез, когда встает в выходной день, чтобы идти на прогулку с Иваном, а потом радуется, что он ее вытащил на воздух.

Из неспешных приятных раздумий ее вывел голос генерала.

— Корпус не наклоняй вперед, Максим! Плечи свободнее! Вот так, молодец. Ну, Анастасия, я жду. Каковы ваши впечатления от Готовчица?

— Впечатления сложные, но, Иван Алексеевич, вы должны быть снисходительны и отнестись к тому, что я скажу, с пониманием. У человека огромное горе, у него погибла жена, поэтому вполне естественно, что его поведение сейчас — это вовсе не норма для него. Он подавлен, у него депрессия. Борис Михайлович, насколько я успела заметить, практически не выходит из дому. Но к его чести следует отметить, что единственное, что способно вывести его из депрессии, — это работа. Работу свою он любит, живет ею, дышит. Это, пожалуй, единственное, что осталось в его жизни. И он цепляется за нее как за спасательный круг, который не даст ему утонуть в его горе.

— У него есть сын, — заметил генерал. — Он много о нем говорит?

— Не говорит вообще. Один раз я задала вопрос о мальчике, он сказал, что сын в Англии, учится там и живет в семье родственников Юлии Николаевны. На похороны он его не вызывал, чтобы не травмировать ребенка. И все, больше ни слова не произнес. А что, с сыном что-то не так? У вас другие сведения?

— Нет-нет, сведения у меня те же самые. Готовчиц не лжет насчет мальчика, все именно так, как он вам сказал. Вероятно, он считает сына отрезанным ломтем. Мальчик будет учиться в Англии, закончит колледж, поступит в престижный университет, денег у Бориса Михайловича достаточно, чтобы оплатить его образование. Смешно надеяться, что после всего этого Готовчиц-младший захочет вернуться в Россию. Что ему здесь делать? Жены нет, сына нет, остается только профессиональная деятельность. Простите, я вас перебил. Продолжайте, пожалуйста.

— Он очень хочет произвести хорошее впечатление как профессионал, но мы с вами только что этот момент прояснили. Действительно, после гибели жены работа вышла для него на первое место, и вполне понятно, что он очень хочет быть принятым к вам на службу. Оставаться частнопрактикующим психоаналитиком означает остаться в том же замкнутом кругу своей квартиры, где он ведет прием. А ему хочется сменить обстановку. Конечно, он мог бы пойти работать в какую-нибудь клинику, институт или в центр чего-нибудь, например, по работе с наркоманами или с неудавшимися самоубийцами, их много всяких в Москве, но, вероятно, работа в МВД кажется ему более интересной, привлекательной и престижной. И это говорит, как мне кажется, в его пользу.

— Это хорошо. Что еще говорит в его пользу? Вы же понимаете, что желание работать — это далеко не все. Нужно еще и умение.

— Ну... — Настя замялась. — Я все-таки не психиатр, поэтому вряд ли могу дать достаточно надежную оценку его профессионализму. Я попробовала поговорить с ним о своих проблемах и могу вам сказать, что он разобрался в них довольно быстро и безошибочно. Другой вопрос, что он так же быстро и уверенно поставил диагноз, чего психиатры обычно не делают. У них на постановку диагноза уходит много времени, и в первый же визит больного этого не происходит никогда. А Борис Михайлович ничтоже сумняшеся заявил, что у меня невроз. Меня это немножко насторожило, но потом я нашла объяснение.

— Да? И какое же?

— Для него действительно сейчас важнее всего — понравиться вам, его будущим работодателям. Он же неглупый человек и прекрасно понимает, что мои впечатления от встреч с ним будут обязательно доведены до вас. Он не имеет в виду лично вас, Иван Алексеевич, поскольку вас не знает, он имеет в виду тех, от кого зависит принятие решения о приглашении его на работу в МВД. Готовчиц, как и все граждане, не работающие в правоохранительной системе, не делит сотрудников органов внутренних дел на работников центрального аппарата и низовых звеньев, не отличает друг от друга следователей и оперативников, кадровиков и патрульных. Для него мы все — одна сплошная милиция. И поскольку Готовчицу наверняка и в голову не приходит, что старший опер с Петровки, то есть я, не имеет ничего общего с руководителем главка по организованной преступности, то есть вами, он искренне старается произвести на меня хорошее впечатление, полагая, что мы с вами варимся в одном котле, знакомы друг с другом и что вы непременно со мной поговорите о нем и спросите мое мнение. А потому он поторопился поставить мне диагноз, чтобы показать, как легко и быстро он умеет разбираться в чужих душах. Достает кроликов из шляпы на глазах у изумленной публики.

— Позвольте, разве он не боится, что именно эта поспешность заставит нас усомниться в его профессионализме? — недоверчиво спросил Заточный. — Или он считает нас всех безграмотными идиотами, которые не понимают, что такого рода диагнозы с первого раза не ставятся?

— Ну, Иван Алексеевич, я же просила вас быть снисходительным. Борис Михайлович рассудил вполне здраво. Он видел, что я не обманываю его, рассказывая о своих проблемах, стало быть, проблемы эти у меня действительно есть. Так неужели же я, майор милиции, старший оперуполномоченный уголовного розыска, побегу рассказывать вам о том, что у меня, по мнению опытного специалиста, невроз? Конечно, не побегу. Про невроз я буду молчать даже под пытками, ибо это не пристало милиционеру. А вам скажу, что Борис Михайлович Готовчиц — очень хороший специалист, вот и все. И о его милом маленьком фокусе никто никогда не узнает.

— А вы? Вы ведь с самого начала знали, что это фокус, обман. Почему он не боится, что вы оцените это должным образом и дадите профессору Готовчицу нелестную характеристику?

— Я? — Настя расхохоталась. — Да что вы! Кто, глядя на меня, поверит, что я что-то понимаю в неврозах? Так, серая мышка, ни два ни полтора, сплошное недоразумение. Я же не кричу на каждом углу о том, что в свое время прослушала курс психодиагностики у одного из крупнейших специалистов в нашей стране. Да и судебную психиатрию в университете изучала целый год. Скажу вам честно, что существо своих проблем я прекрасно понимала и без консультации Готовчица, я просто проверила сама себя, а заодно и его.

— Правильно ли я понял, что со мной вы об этих проблемах говорить не хотите?

Настя резко остановилась. Заточный, однако, продолжал медленно идти вперед, даже не обернувшись. Справившись с оторопью, она сделала несколько быстрых шагов и догнала его.

— В чем дело? Чем вам так не понравился мой вопрос?

— Бестактностью, — брякнула она первое, что пришло в голову.

— Мило, — усмехнулся Иван Алексеевич. — Вы таким образом ставите меня на место. Мол, не лезь мне в душу, Заточный, и без тебя разберусь. Кто ты такой, чтобы я рассказывала тебе о своих бедах. Так?

— Нет, — она растерялась и одновременно разозлилась, — не так. Зимой вы мне ясно дали понять, что вы — не жилетка для моих слез. А мне дважды повторять одно и то же не нужно, я вообще-то понятливая.

— Вы не понятливая, вы злопамятная, — поправил ее генерал. — Не далее как той же зимой я вам объяснил, что мое поведение тогда было вынужденным, оно было продиктовано интересами операции, которую мы проводили в отношении вашего начальника Мельника. Но вы не сочли нужным извинить меня, обиделись и продолжаете дуться до сих пор. Это неправильно, Анастасия. Друзей надо уметь прощать. Но, поскольку вы этому еще не научились, вернемся к Готовчицу. Судя по аккуратности ваших формулировок, есть что-то еще, о чем вы умалчиваете.

— Есть, — согласилась она. — Все, что я говорила о Борисе Михайловиче, нужно принимать с большой поправкой на его состояние. Полагаю, что в обычном состоянии он действительно хороший специалист и может принести пользу в работе информационно-аналитической службы. А его смешная попытка произвести впечатление путем немедленной постановки мне диагноза может объясняться тем, что в нынешних условиях он просто плоховато соображает.

— То есть вы полагаете, что по миновании депрессии, связанной со смертью жены...

— Я имею в виду другое, — перебила его Настя. — Дело не в депрессии. Дело в страхе. И винить в этом нужно наших сотрудников.

— А что такое? — спокойно поинтересовался Заточный. — Вы со следователем с размаху напугали бедного психоаналитика подозрениями в убийстве собственной жены?

— Да нет, мы с ним ласковы и внимательны, а вот те, кто проводил проверку Готовчица на благонадежность, сработали топорно. В службе наружного наблюдения, кажется, не осталось ни одного крепкого профессионала, во всяком случае, они действуют так неумело и грубо, что Борис Михайлович их срисовал в ту же минуту, постоянно чувствовал их внимание к своей особе, и вполне естественно, что это выбило его из колеи. Знать, что за тобой следят, и не понимать, кто и почему — развлеченьице, которого и врагу не пожелаешь.

— Бардак, — в сердцах бросил Заточный. — Хорошо, что вы мне об этом сказали. Завтра же с утра свяжусь с руководством «наружки». Чтобы разговор был более предметным, я возьму у них фотографии всех, кто проводил проверку Готовчица, пусть он ткнет пальчиком в тех, кто его пас. Это будет наглядным уроком того, как не надо работать. И что, Готовчиц сильно испугался?

— А вы как думаете? Конечно, сильно. Он же обычный человек, ни в каком криминале не замешанный. Скажу вам больше: он решил, что сошел с ума. А что еще должен был подумать человек, который знает, что никто за ним следить не может? Он ничего не украл, никого не убил, с криминальными структурами дела не имеет. Вот Борис Михайлович и решил, что у него развивается мания преследования. Хуже того: кто-то взломал дверь и проник в его квартиру, но ничего не украл. Это вам ни о чем не говорит?

— Вы думаете, тоже наши постарались?

— Уверена. Если они проводили проверку, то вполне могли захотеть порыться в его бумагах. Вот и порылись. А человек теперь сам не свой от ужаса. И я не знаю, как его успокоить. Ведь правду сказать нельзя, а придумать приемлемое объяснение я не могу. Иван Алексеевич, ну сколько же это будет продолжаться, а? Ну когда у нас появится возможность осуществлять высококачественную профессиональную подготовку?

— Вероятно, когда вас, Анастасия, назначат министром внутренних дел, — усмехнулся Заточный. — Не нужно мечтать о несбыточном. До тех пор, пока государственная казна будет латать тришкин кафтан, в нашем ведомстве ничего не изменится. Придется терпеть и мириться с тем, что есть.

Они присели на поваленное дерево, наблюдая за Максимом, который чередовал подтягивания на турнике с отжиманиями. Настя молча курила, думая о своем, Иван Алексеевич следил за сыном с секундомером в руках.

— А если вернуться к нашему разговору, который состоялся зимой? — неожиданно спросил он.

Настя так глубоко ушла в свои мысли, что даже не сразу сообразила, о чем он говорит.

— К какому разговору? — непонимающе спросила она.

— О том, чтобы вам сменить работу.

— Спасибо, — она слабо улыбнулась, — но я уже не хочу. Ложка, как говорится, дорога к обеду, а яичко — к Христову дню. Гордеев вернулся, больше мне желать нечего.

— Так и просидите до самой пенсии в майорских погонах?

— А, вы об этом... Ну что ж делать, значит, просижу. Отчим считает, что мне нужно попытаться поступить в адъюнктуру, защитить диссертацию и остаться на преподавательской или на научной работе, тогда есть все шансы дослужиться до полковника.

— И как вам такой план?

— Да не очень, честно признаться. Преподавать не хочу категорически, а наука... Что ж, это дело интересное и полезное, но я, знаете ли, насмотрелась на научных работников, которые, кроме унижения и оскорблений, не получали за свои научные изыскания ничего. Не хочу оказаться на их месте.

— Ну, ради звезд на погонах можно и унижение перетерпеть, — заметил генерал, не глядя на нее.

— Вы думаете?

— Знаю.

— Все равно не буду. Не хочу. Звезды — это ваши мальчиковые игрища, а для девушки честь дороже. Унижаться и терпеть оскорбления я не стану ни за какие звезды.

— А если без этих самолюбивых страстей? — спросил генерал. — Если я предложу вам хорошую, интересную работу, пойдете?

— И бросить Гордеева и ребят? Ради чего?

— Ради звезд, ради них, родимых. Поработаете у меня, получите звание подполковника, не понравится — вернетесь на Петровку. Отпущу по первому же требованию, обещаю. Мне нужен хороший аналитик.

— Так вы же меня не отпустите, если я вам нужна, — рассмеялась Настя. — Нашли дурочку.

— А мы с вами вступим в сговор, — весело возразил Заточный. — Я возьму на работу вас и еще кого-нибудь толкового, вы за годик научите его аналитической работе, подготовите себе замену — и с чистой совестью на волю, в пампасы городской преступности.

«А почему, собственно, я сопротивляюсь? — мысленно спросила себя Настя. — Иван предлагает мне то, о чем я мечтала давно. Заниматься только аналитикой и не чувствовать себя виноватой в том, что чисто оперативную работу я делаю от случая к случаю и не в полную силу. Ни перед кем не оправдываться, не терпеть косые взгляды в коридорах Петровки, не слушать за спиной противный шепоток о том, что полковник Гордеев создает своей любовнице тепличные условия. Как начальник Иван не хуже Колобка. Конечно, это совсем другой стиль, Заточный человек жесткий, крутой, безжалостный, он мне поблажек делать не станет, но в них и не будет необходимости. Главное — он мужик очень умный и, безусловно, порядочный. Чего я так цепляюсь за свое место? В майорах уже без малого пять лет хожу, по хорошему-то почти год назад должна была подполковника получить. И не в том дело, что мне эти погоны нужны, а в том, что по погонам, вернее, по их своевременной смене другие начальники и сотрудники судят о моем уме. Переходила в майорах? Значит, дура, значит, ни на что не годишься, а может, в личном деле у тебя не все в порядке. Ну-ка посмотрим, что там, в личном деле-то? Ах, вот оно что, отстранение от работы и служебное расследование по факту связи с криминальными структурами. Сам Эдуард Денисов в друзьях у Каменской. Ну и что, что ничего не накопали, это в документах так записано, мало ли по каким причинам. А на самом деле, значит, запятнана, прокололась, потому и не двигают по службе, и звание очередное не присваивают».

— Я подумаю, — очень серьезно ответила Настя. — Для меня такое предложение неожиданно, я не готова сразу дать ответ.

— Подумайте, — согласился Заточный, — я вас не тороплю.

Через час Настя была дома, бодрая, свежая после прогулки и даже, как ей показалось, полная сил, что вообще-то было ей несвойственно. Из-за плохих сосудов она почти постоянно испытывала некоторую слабость, у нее часто кружилась голова, а от жары и духоты даже обмороки случались. Улыбаясь и что-то мурлыкая себе под нос, она с удовольствием принялась за уборку квартиры, удивляясь сама себе. Муж бросил, работа не ладится, а она поет и радуется жизни. Не к добру это, ох, не к добру.

Она уже закончила пылесосить и готовилась к осуществлению героического подвига в виде мытья окон, когда зазвонил телефон. Это был Дима Захаров.

— Чем занимаешься? — весело спросил он.

— Домашними делами.

— И долго тебе еще трудиться?

— По желанию. Могу прямо сейчас закончить, могу до вечера провозиться. А что?

— Хочу напроситься к тебе в гости. Надо поговорить.

— Тогда напрашивайся, — разрешила Настя.

— Напрашиваюсь.

— Разрешаю. Можешь приехать, так и быть, — милостиво позволила она и засмеялась.

Дима приехал минут через сорок с огромным тортом в руках.

— Спасибо, — поблагодарила Настя, забирая у него объемистую коробку с ярким рисунком.

— Это не тебе, а легендарному профессору, которому посчастливилось стать твоим мужем, — ответил Захаров, снимая обувь.

— Придется тебя огорчить, профессора нет дома.

— Но он же вернется когда-нибудь.

— Боюсь, что нет.

— То есть? — Дмитрий внимательно посмотрел на нее. — Вы что, поссорились? Впрочем, прости, это не мое дело.

— Это действительно не твое дело, — согласилась Настя, — поэтому торт я отнесу на кухню, поставлю чайник, и мы с тобой будем поедать кондитерский шедевр в полное удовольствие.

— Погоди.

Дима придержал Настю за руку, повернул к себе.

— Повторяю, я не лезу не в свое дело, но если вы действительно поссорились, то мне лучше уйти отсюда.

— Ты же хотел поговорить, — насмешливо напомнила ему Настя.

— Поговорить можно и на улице. Я слишком хорошо знаю, как это бывает, когда муж ссорится с женой и уходит, а потом возвращается и обнаруживает в своей квартире постороннего мужчину. В этой ситуации не помогает ничего, кто бы этим мужчиной ни был: родственник, сотрудник, сосед, друг детства. Сам через это проходил, поэтому знаю точно. Не родился еще тот мужик, который в подобной ситуации не подумал бы: «Шлюха! Только я за порог, она уже привела. Небось жалуется на меня, сочувствия ищет. Может, даже специально ссору спровоцировала, чтобы меня выпроводить». Короче, Ася, если есть хотя бы малейший шанс, что твой профессор вернется, я ухожу. Давай поедем куда-нибудь, ну хотя бы в Сокольники, погуляем и поговорим.

— Он не вернется, — тихо сказала Настя. — И я больше не хочу это обсуждать. Просто поверь мне: он не вернется.

— Что, так серьезно? — сочувственно спросил Дима.

— Я же сказала: не обсуждается, — сердито повторила Настя. — Пошли на кухню, я чайник поставлю.

Ей было неприятно, что пришлось сказать Димке о ссоре с мужем, но разговор как-то так повернулся, что и не сказать нельзя было, чтобы не соврать. Можно было наплести что-нибудь насчет командировки, но Настя твердо знала, что даже самая невинная ложь может поставить человека в ужасно неловкое положение. Например, позвонит сейчас кто-нибудь Алексею, и придется в присутствии Захарова отвечать, что он в Жуковском. Или еще какая-нибудь неожиданность случится, например, явятся мама с отчимом. Такое за ними водилось, хотя и редко. Но ведь все, что случается редко и потому не принимается во внимание, имеет обыкновение происходить в самый неподходящий момент.

— Стало быть, ты у нас соломенная вдова, — заключил Дмитрий, оглядываясь на кухне и устраиваясь поудобнее за столом. — И часто у вас такое случается?

— В первый раз, — вздохнула Настя. — Дима, я же просила это не обсуждать.

— Ну, Настасья, с тобой тяжело. Куда ни ткни, о чем ни спроси — обязательно попадешь в перечень тем, закрытых для обсуждения. Про мужа нельзя, про наше романтическое прошлое нельзя, про секс нельзя. А про что можно?

— Про Юлию Николаевну, — улыбнулась она. — Про нее можно что угодно и двадцать четыре часа в сутки.

— Ладно, давай про Юлию. Я пошустрил немного в «Гранте», и один парень там мне очень не нравится.

— Кто именно?

— В том-то и дело. Как пел небезызвестный Герман в «Пиковой даме», я имени его не знаю.

— Так в чем проблема? Узнай.

— Ася, не все так просто. Я и так слишком упорно мелькаю в этом агентстве, хотя делать мне там совершенно нечего. Если я прав и этот паренек понял, что я туда нос сую по его душу, то больше мне там появляться нельзя. Ну что я тебе объясняю очевидные вещи, любой опер нутром чувствует, когда из разрабатываемого коллектива пора уносить ноги. Чувствует, и все. Короче, ситуация такова: я хочу сегодня показать тебе этого парня издалека, и дальше ты его работай своими средствами. А я уйду в сторону, иначе будет только хуже.

— Хорошо, — согласилась Настя, — покажи. А чем он тебе так не понравился?

— Я его застукал совершенно случайно, когда он рылся в картотеке директора. Доступ к картотеке имеет только Пашка, да ты его помнишь, наверное, мы же с тобой у него были. Такой противный блондинчик.

— Помню, — кивнула она, разливая кофе в чашки.

— Пашка мне показывал картотеку и говорил, что там хранятся сведения обо всех заключенных агентством договорах. Но поскольку сам принцип работы — это строгая конфиденциальность, то каждый конкретный сотрудник «Гранта» знает только о тех заказах, по которым работает. Сплетни всякого рода запрещены, я имею в виду обсуждение чужих дел. Доступ к картотеке имеет только Паша, больше ни у кого ключа нет. А кабинет свой он не особо запирает, там все секреты только в железном шкафу, где картотека, а все остальное открыто для всеобщего обозрения. Если, например, он в течение дня куда-то отлучается, то никогда дверь не закрывает. И даже разрешает пользоваться кабинетом в свое отсутствие, если нужно принять клиента, а во всех помещениях кто-нибудь да находится. Короче, приехал я вчера, без всякого повода приехал и даже без предупреждения, вроде как мимо проезжал и вроде как в прошлый раз оставил у Паши на столе зажигалку. Прохожу к директору в кабинет, стараясь не привлекать к себе внимания, тихонько открываю дверь и вижу прелестную картину из цикла «Не ждали». Парень перепугался насмерть, побелел, ну а я, как большой актер всех драматических и академических театров, смущенно извиняюсь, лепечу про зажигалку, быстро нахожу ее на столе и тут же ретируюсь, чтобы не спугнуть его. Мне пришлось притвориться, что в его присутствии рядом с открытой картотекой я не вижу ничего особенного. Поэтому я не мог ни спросить у других сотрудников его имя, ни остаться, чтобы подождать Пашу. Его нельзя было пугать, понимаешь? И если я в обозримое время снова появлюсь в агентстве, он задергается из страха, что я покажу на него Пашке и спрошу, какого черта он делал с картотекой.

— Ясно.

Торт был свежим и очень мягким, и Насте пришлось долго выбирать из имеющихся в наличии ножей тот, что был наименее тупым. Но даже самый нетупой нож в ее хозяйстве оказался все-таки недостаточно острым. Когда она начала резать торт, вся красота тут же разрушилась, по облитой глазурью поверхности пошли трещины, куски получились неровными.

— Извини, — виновато сказала она, кладя на тарелку Диме отрезанный кусок, — как умею.

— Да ладно, — добродушно усмехнулся он, — в желудке все равно скомкается. Но вообще-то хозяйка ты аховая, если у тебя в доме такие чудовищные ножи. И как только твой муж это терпит?

— Как видишь, не терпит, — огрызнулась Настя с неожиданной злостью. — Я же просила тебя не затрагивать тему моего мужа.

— Господи, да тебе уж слова сказать нельзя! — возмутился Захаров. — Я говорю не про мужа, а про ножи. Что, ножи — тоже запретная тема?

— Прости.

Настя на секунду отвернулась, сделав вид, что ищет что-то в кухонном шкафчике. Когда она снова села за стол, лицо ее было спокойным.

— Чего ты такая заведенная? — спросил Дима, отправляя в рот отнюдь не маленький кусок торта. — Переживаешь?

— Я не заведенная и не переживаю, — сухо ответила она. — Давай поговорим о приятном.

— Давай, — с готовностью согласился Захаров. — Может, тебе для снятия стресса нужно изменить своему профессору?

— Димка! — с шутливой угрозой в голосе произнесла Настя и демонстративно взяла в руки нож. — Прекрати.

— Нет, я серьезно. Ты подумай, это богатая идея. И вот он я к твоим услугам, восторженный и готовый к подвигам.

Настя не выдержала и расхохоталась.

— Димка, тебя только могила исправит! Ну сколько можно об одном и том же? Перестань меня уговаривать, я все равно не соглашусь.

— Почему?

Он спросил это совершенно серьезно, глядя на нее яркими синими глазами, в которых, как рыба в озере, плескалась ласковая улыбка.

— Почему, Настенька? — повторил он. — Разве то, что я тебе предлагаю, — плохо? Это прекрасно. Это совершенно замечательно. Это делает человека счастливым и свободным, это избавляет его от страданий и от страха смерти.

Она растерянно молчала, не ожидая такого резкого изменения тональности разговора. Захаров встал, обошел стол, нагнулся над Настей и нежно поцеловал в губы. В первый момент она ответила ему, потом резко отшатнулась.

— Захаров, не пользуйся моментом, это пошло.

— Что пошло? — не понял он.

— Затащить в постель женщину, пользуясь тем, что у нее

конфликт с мужем. Я могу пойти тебе навстречу, а потом буду сама себе противна.

Он медленно отступил и сел на место.

— Настенька, искренние чувства не могут быть пошлыми уже хотя бы потому, что они искренние. А я хочу тебя совершенно искренне. И если ты пойдешь мне навстречу, тебе не в чем будет себя упрекнуть.

— Я не пойду тебе навстречу, — сказала она, глядя прямо ему в глаза. — Ни-ко-гда. Забудь об этом.

— Ни-ко-гда, — с улыбкой передразнил он, — я никогда об этом не забуду, потому что это было одно из самых ярких впечатлений в моей бестолковой и безалаберной жизни. Но если на сегодня ты мне решительно отказываешь, тогда поехали смотреть на излишне любопытного частного сыщика. Сейчас уже половина второго, а я знаю, где он должен появиться приблизительно часа в три.

— Откуда ты это знаешь?

— Все тебе расскажи! Могут у меня быть маленькие профессиональные тайны?

— Сколько угодно.

Настя с облегчением подхватила шутливый тон, радуясь, что опасную тему они наконец миновали. Был момент, когда ей захотелось согласиться, так захотелось, что пришлось чуть не рот себе рукой зажимать, чтобы не сказать то, о чем впоследствии пришлось бы жалеть. Это не было желанием в физиологическом его смысле, оно шло от головы, от нервного напряжения, не отпускавшего ее уже несколько месяцев, от стремления хоть чем-то вывести себя из состояния апатии и безразличия ко всему. Но она удержалась, хотя и не была уверена, что поступает правильно.

Вымыв чашки и тарелки, она быстро убрала со стола.

— Я готова. Поехали.

\* \* \*

К ее удивлению, они приехали в тот район, где находилось сыскное агентство «Грант».

— Ты думаешь, он появится на работе в воскресенье? — с сомнением спросила Настя.

— Настенька, работа частного сыщика ничем не отличается от работы сыщика государственного, можешь мне поверить. По выходным дням жизнь не останавливается, к сожалению, и люди, с которыми надо работать, куда-то ходят и что-то делают. С ними приходится встречаться, за ними приходится следить, не говоря уже о встречах с заказчиками, которые далеко не всегда могут приходить в агентство в будние дни.

— Но он точно придет? — продолжала допытываться она.

— Надеюсь. Ладно, не буду тебя томить. Когда я разговаривал вчера утром с Пашкой насчет своей так удачно забытой в его кабинете зажигалки, он сказал, что я в принципе могу заехать в любое время, потому что кабинет всегда открыт, но если я хочу повидаться с ним, то лучше всего сделать это в воскресенье с трех до пяти. В это время он будет собирать весь личный состав для раздачи слонов. Теперь поняла?

— Теперь поняла, — послушно повторила Настя.

Дмитрий въехал во двор и припарковал машину.

— Мою колесницу уже все агентство знает, — пояснил он. — Оставим машину здесь, а сами пойдем ножками. До большого сбора еще как минимум полчаса, так что можно осмотреться и выбрать место для наблюдения. Кстати, эта подворотня совсем неплоха, здесь темно, с улицы не видно, кто стоит.

— Давай постоим здесь, — согласилась она, — если ты уверен, что нужный нам человек непременно пройдет мимо.

— Он не пройдет, они все на машинах, а какая у него машина, я не знаю, в том-то и беда. Зато отсюда просматривается охраняемая стоянка, где они ставят свои автомобили. Во-он там, видишь?

Чтобы увидеть место парковки, Насте пришлось сделать шаг из подворотни на улицу. Она покачала головой:

— Далековато. Я лицо не разгляжу.

— Плохо видишь?

— Не то чтобы плохо, но глаз все-таки не как у орла, а как у тридцатишестилетней женщины, которая много работает на компьютере.

— Тогда поищем место поближе. Там с другой стороны есть скверик, тоже вполне подходящий, много кустов и деревьев, есть где спрятаться.

Они вышли из подворотни и двинулись в сторону стоянки. То, что произошло в следующий момент, было совершенно неожиданным. Из-за угла вылетела машина, поравнявшись с ними, чуть сбавила скорость, раздался сухой треск выстрелов. Машина тут же набрала скорость и умчалась, а Дима Захаров остался лежать на тротуаре. Он умер мгновенно.

\* \* \*

Домой Настя вернулась около полуночи. Позади остались долгие разговоры и объяснения в милиции, допрос у дежурного следователя и прочие необходимые в таких случаях дела. Она была вымотана до предела. А день так славно начинался...

Сняв в прихожей кроссовки, она босиком прошла на кухню, чтобы выпить кофе. На глаза попалась большая яркая коробка с тортом. Димка, Димка... Так хотел уложить ее в постель, а она смеялась: «Тебя только могила исправит». Как в воду глядела.

«То, что я тебе предлагаю, замечательно. Это прекрасно. Это избавляет человека от страданий и от страха смерти. Это делает человека счастливым и свободным».

У него не было страха смерти. Или был? Может быть, именно поэтому он так настойчиво предлагал ей заняться любовью? А страдания? Были ли у него страдания? Она так мало знала о нем.

«Надо было согласиться, — внезапно подумала Настя. — Надо было согласиться и лечь в постель. Мы бы никуда не поехали. И он остался бы жив. Теперь мне начинает казаться, что он что-то предчувствовал. Я же видела, что он хочет остаться здесь и совсем не хочет никуда ехать. Но я, как обычно, думала только о себе. О том, что мне потом будет неловко и противно. О том, что изменять мужу, с которым поссорилась, — пошло. Господи, о какой ерунде мы порой думаем, носимся с ней как с писаной торбой, считаем самым главным в этой жизни, а потом оказывается, что самое главное в жизни — это именно жизнь, и ради ее сохранения можно пожертвовать чем угодно. В смерти Димы Захарова я виновата столько же, сколько и сами убийцы. Насильственная смерть — это пересечение времени жизни убийцы и его жертвы. И к точке пересечения привела Димку я».

Она вспомнила его яркие синие глаза, в которых плескалась готовая вырваться наружу ласковая улыбка, и расплакалась. Горько, навзрыд.

Минут через пятнадцать она умылась холодной водой,

вытерла полотенцем красное опухшее лицо и удивленно прислушалась к себе. Страха больше не было. Того самого страха, который брал ее за горло и мешал разговаривать с мужем и родителями. Все это казалось таким мелким и ничтожным. Она вдруг поняла, что пули, убившие Дмитрия, только чудом не задели ее саму. Она была на волосок от смерти. И по-настоящему значение имело лишь то, что она осталась жива. Страх смерти — это единственное, с чем надо считаться. Все остальное — дурь, блажь и розовые сопли.

Настя посмотрела на часы. Двадцать минут первого. Поздновато. Но, в конце концов, она же решила, что есть вещи главные и есть неглавные, которыми можно пренебречь. В данном случае пренебречь можно приличиями, это вполне простительно.

Она решительно набрала телефон Чистякова в Жуковском. Долго никто не снимал трубку, наверное, все уже спят. Наконец раздался сонный голос Алексея:

— Слушаю вас.

— Леша, приезжай, я все расскажу тебе.

— Надумала? — Его голос сразу перестал быть сонным, в нем послышались насмешливые интонации.

— Надумала. Я все поняла, Лешик. Я была полной дурой. Больше это не повторится. Честное слово. Ты приедешь?

— Пока нет. Отец болен, я должен побыть здесь. Так что твоим благим намерениям придется подождать. У тебя все в порядке?

— Да. То есть нет. То есть... Это все сложно, Леша. Ладно, отложим пока. Извини, что разбудила. Спокойной ночи.

— Счастливо, — ровным голосом ответил он.

«А чего же ты хотела? — с ненавистью к себе самой вслух произнесла Настя. — Ты так радовалась, что осталась одна, что можно ни с кем не разговаривать, когда приходишь домой с работы, что можно ни перед кем не отчитываться. Тебе даже казалось, что одной спать куда удобнее, чем с Лешкой. Ты сомневалась в правильности решения выйти замуж, ты считала, что не создана для семейной жизни. Ты обидела Лешу, он уехал, и ты столько времени ему не звонила, не попыталась вернуть его, не сделала над собой ни малейшего усилия, чтобы наладить отношения и возвратить вашу жизнь в нормальную колею. А сегодня на твоих глазах убили человека, который чуть было не стал твоим любовником, это стряхнуло пелену с твоих глаз, ты поняла, что была не права, и кинулась звонить мужу. Ты за все это время даже не поинтересовалась, как он живет, как у него дела, здоров ли он. Не обязательно было просить его вернуться, ведь он поставил условие: он не приедет, пока ты не созреешь для разговора, но хотя бы просто позвонить ты могла? Могла. Но не позвонила. Вот и получай все, что тебе причитается. И не думай, что верный и преданный Лешка будет мчаться к тебе по первому свистку, как дрессированная собака. Этого не будет».

Она подошла к окну и встала перед ним, обхватив себя руками и пытаясь унять противную дрожь. Интересно, что бы сказал Алексей, если бы узнал, что попытка сохранить ему верность стоила человеку жизни?

## Глава 13

Ночью Татьяна почувствовала себя плохо, до утра перемогалась, а утром ее увидела Ира и пришла в ужас.

— Ты с ума сошла! — завопила она на всю квартиру. — Что с тобой?

— Да что-то нездоровится, — вяло произнесла Татьяна, заваривая себе чай с травками.

— Немедленно к врачу! — потребовала Ира. — Не хватало еще, чтобы на седьмом месяце что-нибудь произошло. Немедленно.

— Мне на работу надо, — попыталась возражать Татьяна, но Ира была непреклонна.

— Работа перебьется, ребенок важнее, — заявила она.

— Но у меня люди вызваны...

— И люди перебьются.

Татьяна понимала, что родственница права. Люди, конечно, не перебьются, но рисковать здоровьем будущего малыша тоже нельзя. И она отправилась в женскую консультацию.

— Да, мамочка, — покачала головой пожилая женщина-врач, — вам надо не на работу ходить, а дома сидеть. У нас это называется «старая первородка». На течение беременности и родов может повлиять все, что угодно. В двадцать пять лет беременные этого могут даже не заметить, а в тридцать шесть все куда сложнее с первыми родами. Да и сердце у вас могло бы быть получше.

Из консультации Татьяна поехала на работу и первым делом зашла к начальнику. Совсем недавно, еще в декабре минувшего года в Петербурге, ей пришлось пережить несколько неприятных бесед со своим бывшим начальником, который не хотел отпускать ее в Москву к мужу, и она готовилась к тому, что сцена скорее всего повторится сейчас. Надо же, только-только перевелась — и на тебе, на сохранение, а потом в декрет. «Может, правы те руководители, которые не любят брать на работу женщин? — думала она, идя по коридору к кабинету начальника. — Меня это всегда смешило и возмущало одновременно, но теперь я начинаю их понимать. А в моем случае это особенно неловко. Ведь Стасов организовал мне перевод в Москву именно к этому начальнику, потому что они хорошо знакомы. Вроде как поручился за меня, напел, какой я хороший работник, а я четыре месяца всего проработала и уже ухожу».

Новый начальник, однако, оказался скуп на эмоции, как на положительные (что плохо), так и на отрицательные (что намного лучше).

— А потом на три года по уходу за ребенком сядете? — недовольно поморщившись, спросил он.

— Нет, — твердо ответила Татьяна. — Как только можно будет, сразу выйду на службу. У меня есть кому сидеть с малышом.

— Бабушки-нянюшки?

— Сестра мужа, — пояснила она.

— У Стасова есть сестра? — удивился начальник. — Он никогда не говорил об этом, насколько я помню.

— Это сестра другого мужа, бывшего.

Внезапно начальник рассмеялся так весело, что Татьяна не удержалась и тоже улыбнулась, не понимая, что могло его так рассмешить.

— Да, теперь я понимаю Влада! — сказал он. — То-то он так рвался вас побыстрее из Питера в Москву забрать. Боялся, видно, что уведут вас, и он тоже перейдет в категорию бывших мужей. Ладно, Татьяна Григорьевна, идите домой, сохраняйтесь, рожайте. Я очень надеюсь, что вы меня не подведете и в скором времени снова приступите к работе. Теперь с вашими делами. Сколько их у вас сейчас?

— Восемнадцать, — вздохнула Татьяна.

— Что-нибудь удалось закончить, или будете все восемнадцать передавать?

— По двум делам осталось составить обвинительное заключение, это я сделаю за сегодня и завтра. Остальные придется передавать.

До конца дня Татьяна судорожно доделывала все то, что еще можно успеть доделать по находящимся в производстве делам, и только часов около шести вспомнила о Насте. Ну надо же, она ведь хотела поговорить с ней об Уланове и совсем забыла! Вот растяпа! Собственно, Татьяна и в голове не держала Настин интерес к телеведущему и отказывалась от телевизионного интервью до тех пор, пока Уланов не понадобился ей самой в связи с делом об убийстве колдуньи Инессы. Нехорошо получилось, ведь это именно Настя устроила ей встречу с Улановым и познакомила с Дороганем, который эту встречу, грубо говоря, оплатил.

Найдя в записной книжке рабочий телефон Каменской, Татьяна набрала номер. Занято. Позвонила еще раз — снова занято. Она с досадой взглянула на часы, писанины еще часа на два, не меньше, жаль терять драгоценные минуты на тупое нажимание кнопок, а автоматический набор в этом хорошо пожившем аппарате давно сломался. Татьяна решительно набрала свой домашний номер.

— Ира, я тебя попрошу дозвониться Насте и пригласить ее к нам на ужин, — деловым и не терпящим возражений тоном сказала она, прижимая трубку к уху плечом и не прекращая печатать на машинке.

— Зачем?

— Мне нужно с ней поговорить. И ей со мной тоже. Если договоришься с Настей, перезвони мне, я у себя.

— На который час договариваться?

— Все равно. Когда она сможет. Но не раньше девяти, мне здесь еще часа два ковыряться.

— Ты поговорила с руководством?

— Да. Не беспокойся, еще пару дней поработаю, не больше. Нужно дела передать и документы оформить. Все, Ириша, дома поговорим, у меня дел много.

Ира перезвонила только через полчаса и скучным голосом сообщила, что Настя обещала приехать часам к девяти.

— Что-нибудь случилось? — дежурно поинтересовалась

Татьяна, не отрывая глаз от документа, который в это время заканчивала. — Ты чего такая унылая?

— У меня были планы на вечер... А теперь, раз у нас гости... — пробормотала Ирочка.

— Не выдумывай. Иди куда собиралась. Мы прекрасно без тебя справимся. Я же Настю не на пироги зову, а для разговора.

Ирочка заметно повеселела и стала давать Татьяне указания, что есть на ужин и что в какой кастрюле приготовлено. Образцова слушала вполуха, резонно рассудив, что вникать вовсе не обязательно, она придет домой и все сама найдет, подумаешь, бином Ньютона. Вспомнив историческую фразу, произнесенную булгаковским котом Бегемотом, Татьяна невольно перескочила мыслями на саму себя. «Я, наверное, тоже выгляжу сейчас как бегемотиха. А после родов, судя по всему, стану еще толще. Как жить с таким весом? Черт его знает. И так не могу приличную одежду на себя купить, а если поправлюсь, то вообще хоть караул кричи. Может, прав Стасов, и мне действительно надо дома сидеть и книжки писать, а не строить из себя активного государственного служащего?»

* * *

Войдя в квартиру Стасова, Настя поразилась. У нее была полная иллюзия, что она здесь впервые, хотя она отчетливо помнила, что приходила сюда совсем недавно, долго разговаривала с Татьяной, потом ужинала вместе со всеми. И в то же время ощущение новизны было очень отчетливым. Оказывается, между кухней и гостиной нет двери, а есть проем сложной геометрической формы. Как же она этого не заметила в прошлый раз? И пол в гостиной очень интересно сделан, наполовину покрыт ковролином, а наполовину — ламинатом, причем граница между покрытиями не прямая, а волнообразная. Ламинатом выложена та часть пола, по которой все время ходят из прихожей в кухню, а ковролин лежит там, где стоит мягкая мебель. «Господи, я же на этом диване в прошлый раз просидела как минимум час, вход в кухню и пол были прямо у меня перед глазами, а я умудрилась не увидеть. Ну, Каменская, ты даешь!» — подумала она.

— Ты чего, Настюша? — удивленно спросила Татьяна. — Оглядываешься, как будто в первый раз пришла.

— Ты будешь очень смеяться, но у меня именно такое ощущение, — призналась Настя. — Словно впервые все это вижу. Не обращай внимания, я в последнее время была ужасно рассеянной, много чего не замечала. А где твоя ангел-хранительница?

— На свидание побежала, — усмехнулась Татьяна. — Какой-то новый знакомый у нее появился. Ну и слава богу, не дело это, когда молодая красивая женщина целыми днями занимается моим домашним хозяйством. Я буду только рада, если у Ирочки образуется какой-нибудь роман.

— Ну вот, — расстроилась Настя, — а как же мой протеже? Такой хороший парень наш Миша Доценко, а ты его отвергла не глядя. Любимых родственниц надо отдавать в хорошие руки, а не абы кому.

Татьяна улыбнулась и весело махнула рукой.

— Да перестань ты, она взрослая уже, сама разберется. Ты голодная?

— Голодная. Но напрягаться из-за этого не стоит. Я могу схватить что-нибудь на ходу, бутерброд, например.

— Ну, зачем такие жертвы, — усмехнулась Татьяна, — в холодильнике полный набор для ужина из трех блюд.

Прислушавшись к себе, Настя обнаружила, что к ней вернулся аппетит, во всяком случае, о еде она думает с нежностью, а не с отвращением, которое испытывала на протяжении последних месяцев. «Ну точно, я моральный урод, — с горечью подумала она. — Вчера на моих глазах убили Димку Захарова, а я о еде думаю. Но с другой стороны, пока этого не случилось, я вообще ни о чем думать не могла, кроме собственных переживаний. Жевала, жевала одну и ту же сопливую жвачку, выстроила мировую трагедию на песке и смотрела эту пьесу целыми днями с утра до ночи. А вчерашняя настоящая трагедия меня будто встряхнула. Я даже благодарна Лешке за то, что он, мягко выражаясь, послал меня. Я это вполне заслужила, так что и не обидно. Ничего, я исправлюсь. Я все поняла. И словно ожила. И голова вроде лучше заработала. А аппетит — что ж, нормальная реакция нормального организма на голод, не более того. Не будем этого стыдиться».

— Настюша, я хотела поговорить с тобой об Уланове. Ты передачу в пятницу видела?

— Конечно, ты же предупредила меня. Извини, я тебе позвонила, закрутилась.

— Это ты меня извини. Я тоже закрутилась. И как тебе передача?

— Мне понравилось, — осторожно сказала Настя. — Во всяком случае, это не было похоже на все то, что я наблюдала на протяжении последних недель. Уланов сменил тактику?

— Да нет, — засмеялась Татьяна, — это я его немножко обманула. Пока он со мной знакомился, прикидывалась круглой дурой, он и расслабился, глупенький. Во всяком случае, я поняла его метод. Гостя приводят, поят чаем или кофе, лучезарно ему улыбаются, поют на все голоса о том, какой Уланов славный, добрый и как он любит своих экранных собеседников, потом появляется сам лично мистер Уланов и ведет с человеком дружелюбную светскую беседу, нащупывая его слабые места, то есть те темы, при обсуждении которых гость выглядит не самым лучшим образом, если не сказать хуже. А потом именно эти темы и поднимает в прямом эфире. У него в программе гример работает экстра-класса. Я все мучилась, не могла вспомнить, где ее видела, а потом сообразила: в журнале читала очерк о конкурсе визажистов, и там была фотография этой женщины. Она чуть ли не первое место на европейском туре заняла, так что гостя делают невероятно красивым, и это тоже часть спектакля, или, если хочешь, ловушки. Все примитивно и просто, как грабли. Что же касается самого Александра Юрьевича, то могу сказать тебе две вещи. Во-первых, он очень озабочен темой разводов и отношений бывших супругов. И во-вторых, он стоит на пороге больших перемен. Причем перемен приятных. Складывая первое со вторым, можно предположить, что он собирается разводиться и вступать в новый брак с горячо любимой женщиной. У тебя есть какие-нибудь сведения на этот счет?

— Никаких. А почему ты решила, что грядут перемены?

— Он похвалил меня после передачи и поблагодарил. Ты понимаешь? Я-то была уверена, что он разозлится, ан нет, ничего подобного, улыбался во весь рот и ручки целовал. Я ему на глазах у всех зрителей имидж испортила, а ему хоть бы что. Мне показалось, что ему в определенном смысле наплевать, что будет с передачей завтра. Он в ней уже работать не будет. Поэтому черт с ним, с имиджем и ведущего, и самой программы, все равно он Уланову больше не понадобится. Его ждут какие-то более приятные перспективы, и с «Лицом без грима» эти перспективы никак не связаны.

— Понятно, — задумчиво протянула Настя. — Это любопытно. Говоришь, улыбался и ручки целовал?

— Угу. И комплименты говорил.

— Надо же... Мне как-то не довелось увидеть его в хорошем настроении. Со мной он бывал подавленным, злобным, ехидным, а никак не благодушным. Что-то, видно, действительно произошло в его жизни. Только я не пойму, нужно мне в этом копаться или нет. Миша Доценко в среде телевизионщиков землю роет, но к причинам убийства Андреева и Бондаренко так и не подобрался. Может, зря я так вцепилась в этого Уланова? Конечно, он мне жутко неприятен, но это же не повод, чтобы подозревать его во всех смертных грехах.

Татьяна ничего не ответила, молча вертя в руках веточку петрушки и откусывая от нее по одному листочку. В квартире царила блаженная тишина, они были одни, не слышно было ни звонкого щебетания Ирочки, ни громкого голоса Стасова. Настя на мгновение отвлеклась от всего и с наслаждением погрузилась в эту мягкую тишину, наполненную домашними уютными запахами.

— Настюша, я могу вступить с тобой в преступный сговор? — неожиданно спросила Татьяна.

— В преступный? Можешь. Вступай.

— По твоим разработкам Уланов нигде не пересекался с некой гражданкой Лутовой Валентиной Петровной?

Настя наморщила лоб, вспоминая имена и фамилии людей, хотя бы раз мелькнувших в деле об убийстве сотрудников телевидения.

— Не помню такой, — наконец сказала она. — Она тебе нужна?

— Нужна. Помнишь убийство колдуньи Инессы?

— Помню, оно по сводке проходило. Но мы им не занимаемся.

— Я знаю, — кивнула Татьяна, — оно по округу проходит. Как раз по моему.

— Да что ты? — удивилась Настя. — И как тебе работается с колдовским материалом? Намучилась?

— Не то словечко, — вздохнула Татьяна. — Клиентура у нее была обширная, а записей никаких. То есть записи, конечно, есть, и довольно подробные, но ни одного имени. У этой колдуньи был забавный приемчик, она каждому клиенту давала свое имя, особое, ну вроде как в церкви при крещении, понимаешь? Так и говорила человеку: вы, дескать, на моих сеансах будете не Иван Иванычем, а Феофилактом, это будет ваше имя для общения с миром высших сил. Вот под этими новыми именами она и делала свои записи. Кое-кого удалось установить, среди них — Лутова. А к Лутовой недавно приходил Александр Юрьевич Уланов. Собственно, поэтому я и согласилась пойти к нему на передачу. Захотелось самой на него посмотреть и познакомиться. Кстати, на всякий случай предупреждаю тебя насчет того, что для Уланова я не следователь, а всего лишь писатель, ладно?

— А кто такая Лутова, чем занимается?

— Воспитательница в детском саду. Не так давно развелась с мужем. Можно предположить, что у нее роман с Улановым и он тоже наконец решил развестись. Но это только наполовину укладывается в то, что я видела.

— Да, — согласилась Настя, — непонятно, какие радужные перспективы ему светят от нового брака. Если он решил уйти из программы, то куда? Я понимаю, если бы он женился на миллионерше, но воспитательница... Не укладывается, ты права. Я поговорю с его женой. Она ходила к колдунье? С какой печалью?

— Не могла отделаться от мужа.

— Как это? — не поняла Настя. — Ты же сказала, что она с ним развелась.

— Ой, а то ты не знаешь, как это бывает! — с досадой пожала плечами Татьяна. — Сплошь и рядом. Оформить развод не всегда означает освободиться от человека, особенно если бывшие супруги продолжают жить в одной квартире. А многие и продолжают, потому что купить новое жилье — денег нет, получить — права нет, а разменивается хрущевская живопырка с совмещенным санузлом и крошечной кухней только на что-то совершенно неудобоваримое. Это еще если она двухкомнатная. А однокомнатную просто ни на что не поменяешь, чтобы разъехаться. Вот и живут.

— И что же Лутова? Хотела, чтобы колдунья Инесса извела ненавистного бывшего супруга до состояния полной мертвости, что ли?

— Нет, Настюша, там все не так. Лутову мы нашли по контактам с другим клиентом, навели о ней первоначальные справки и потом уже начали искать в записях Инессы клиента с подходящими данными. Нашли некую Евгению, которая впервые обратилась к Пашковой почти год назад с жалобами на эмоциональную зависимость от мужа, который плохо с ней обращается. Поколачивает, кричит, скандалит, изводит сценами ревности, а она не может сделать решительного шага и порвать с ним, потому что любит его. Короче, широко распространенное явление. Пашкова вела с ней планомерную работу по продвижению к разводу, и ей это вполне удалось. В ее записях по поводу Евгении есть отметка о том, что клиентка наконец созрела для решительного действия и подала заявление. Мы проверили в суде, дата подачи Лутовой заявления о расторжении брака подходит.

— А почему в суде? Муж развода не давал или они имущество делили?

— Нет, делить там нечего. Из-за мужа, конечно. Самое смешное, что в суде он легко согласился на расторжение брака и вообще произвел впечатление человека симпатичного и интеллигентного. Я разговаривала с судьей, она эту пару хорошо помнит, потому что у Лутова очень приметная внешность. Судье он показался невероятно привлекательным. В нем, как она меня уверяла, море обаяния. И жалобы истицы на его неправильное поведение судье показались необоснованными, она сочла, что Лутова все придумывает или по крайней мере преувеличивает, но брак расторгла с первого же раза, даже срок на примирение не дала, хотя обычно все судьи его дают. Возиться не хотела, понимала же, что и во второй раз они к ней придут, а у нее и без того огромная очередь на слушанье дел.

— И после развода Лутова перестала посещать колдунью?

— Как же, перестала! — усмехнулась Татьяна. — Еще чаще ходить стала. Жаловалась, что муж продолжает ею помыкать, ведет себя с ней, как с рабыней, а она не может ни в чем ему отказать. Будто околдовал он ее, какую-то невероятную власть над ней имеет. И развод в этом смысле совершенно не помог, как все было, так и осталось. Пока, говорит, не вижу его, кажется, что могу и отказать, и уйти, и нахамить, и даже убить, а как увижу, в глаза ему посмотрю — так все, превращаюсь в безвольную тряпку. Вот на этот предмет Инесса с ней и работала.

— Как же она работала, интересно знать? Порчу снимала?

— Да нет, Инесса-то, судя по всему, была далеко не дура и

не шарлатанка. Сейчас я тебе скажу еще более интересные вещи. Инесса когда-то была любовницей Готовчица.

— Кого?!

Настя вытаращила на нее глаза, от неожиданности выронив ложку, которой она то и дело залезала в баночку с креветочным плавленым сыром.

— Готовчица Бориса Михайловича, вдовца невинно убиенной Юлии Николаевны. Я только недавно об этом узнала. Так вот, Борис Михайлович уверял меня, что Инна Пашкова в бытность свою врачом-интерном проявляла большие способности в области психиатрии и обладала удивительным чутьем, которое и позволяло ей безошибочно нащупывать в жизни и душе человека то самое уязвленное место, которое мешает ему нормально существовать. И очень Борис Михайлович горевал по поводу того, что Инна, она же колдунья Инесса, оставила медицинскую практику и занялась шарлатанством. Даже негодовал, и весьма, надо заметить, праведно. А из рассказов оперативников, которые занимались клиентами Пашковой, с очевидностью следует, что Инесса только пользовалась антуражем колдуньи, а на самом деле вела нормальную практику психоаналитика. И, судя по всему, весьма успешно. Так что она не была шарлатанкой, она действительно помогала людям, только под другим прикрытием.

— Вообще-то ее можно понять, — сказала Настя, которая наконец пришла в себя и подняла с пола упавшую ложечку. — Ходить к психоаналитику — это как-то уж больно не по-русски, мы к этому не очень-то приучены, а вот сходить к бабке снять порчу — милое дело. Я думаю, клиентура у Инессы и у Готовчица была совсем разной. К Борису Михайловичу все больше крутые ходят или элита, известные артисты, художники, музыканты, бизнесмены. Даже, подозреваю, мафиози, хотя сам Готовчиц этого, разумеется, и знать не знает. А кто у колдуньи пасся?

— Ты права, — согласилась Татьяна, — те клиенты Инессы, которых нам удалось установить, — народ попроще. В основном несчастные женщины, которые не могут справиться с разладом в семейной жизни. Кто с мужьями воюет, кто с детьми, кто с родителями. Лутова — яркий тому пример. Так вот, Настюша, я хотела тебя попросить поиметь в виду мой интерес, когда будешь получать информацию по Уланову. Ладно?

— Какой же у тебя может быть интерес? — изумилась Настя. — Ты же дела передаешь. Разве нет?

— Передаю, — вздохнула Татьяна. — Но, знаешь... А, ладно, чего там! Короче, заволокитила я это дело, замоталась, все шло медленно, и теперь у меня проснулось здоровое чувство неловкости перед тем следователем, который будет после меня тянуть Инессу на себе. Поэтому если есть возможность чем-то помочь, то я тебя прошу...

— Понятно, — перебила ее Настя. — Конечно, не волнуйся, все будет в лучшем виде. Как твоя последняя книга? Движется?

— Стоит как вкопанная. Ни минуты выкроить не могу. Вот осяду дома на Иркиных пирогах, может, сдвинусь с мертвой точки. Кстати, что-то моя красавица загулялась, уже половина одиннадцатого.

— Ну, с кавалером-то не страшно, — заметила Настя.

— Это смотря с каким, — возразила Татьяна. — Ирка так легко знакомится с людьми, что мне иногда бывает страшно за нее. А вдруг влипнет в какую-нибудь беду?

— Но ведь до сих пор не влипала.

— До сих пор... Все когда-то случается в первый раз.

Татьяна прислушалась к шуму, доносившемуся от входной двери.

— О, кажется, идет. Слава богу!

Но это оказался Стасов, огромный, зеленоглазый, веселый и, как всегда, источающий дух здоровья, силы и оптимизма.

— Девочки, — закричал он прямо с порога, — я Ируськиного нового хахаля только что видел! Ну, доложу я вам...

Он влетел на кухню, обнял жену, схватил в охапку Настю, чуть не сломав ей кости, и плюхнулся со всего размаху на стул, оседлав его верхом.

— Танюшка, умираю с голоду!

— Ты про кавалера расскажи сначала, — потребовала Татьяна, — а то у меня душа не на месте. Я даже не знаю, кто это такой и где она его подцепила. И вообще, где ты его видел?

— Да только что, возле подъезда.

Стасов протянул руку и схватил со стоящей на столе тарелки помидор, фаршированный брынзой и зеленью.

— Вкусно пахнет, — одобрительно заявил он, потянув носом и тут же запихивая помидор целиком в рот.

— Ну Стасов же! — взмолилась Татьяна. — Поимей совесть. Два слова про кавалера — и получишь миску с горячей едой.

— Ты со мной обращаешься, как с непослушной собакой, — обиженно промычал Владислав с набитым ртом. — Я тебе муж или где? Ладно, слушайте. Ох, бабы, бабы, ничто вас не исправит: ни погоны, ни служба в милиции. Чужой кавалер для вас важнее родного мужа.

— Стасов, — предупреждающе подняла палец Настя, — не смей оскорблять беременную жену. Рассказывай в темпе — и я пошла, а то поздно уже.

— И ты туда же! — возмутился он, быстро утягивая с тарелки второй помидор. — Я еще понимаю Танюшку, все-таки речь идет о ее родственнице. Но ты-то, между прочим, могла бы оторвать организм от стула и положить мне в тарелку горячей еды, а?

— Могла бы, — согласилась Настя, вставая. — Я положу тебе еды, только рассказывай быстрее. Мне тоже интересно, я же Иришке нашего Мишу Доценко хотела сосватать, а Таня не позволила. Поэтому я хочу знать, на кого ваша дружная семья променяла моего симпатичного холостого коллегу.

— Настасья, — торжественно начал Стасов, — я с глубоким уважением отношусь к Мишане, которого знаю лично, но положа руку на сердце он может отдыхать рядом с тем мужиком, которого я только что видел с нашей Ириной. Девочки, это что-то!

— Стасов, ты хуже любой бабы, — с досадой сказала Татьяна. — Ну что за манера выплескивать эмоции, не добравшись до сути! Ты уже столько времени дома, а еще ни одного наполненного смыслом слова мы от тебя не услышали, одни только ахи, охи и упреки. Излагай фактуру.

— Фактуру? — Он хитро прищурился. — Ладно, получай фактуру. Подъезжаю я, значит, к нашему дому. Темно. Но фонари горят. И в аккурат под самым фонарем стоит автомобиль изумительной красоты — «Бентли-Континенталь», цена которому — в два раза больше, чем у «шестисотого» «Мерседеса».

— А сколько стоит этот «Мерседес»? — тут же спросила Настя, которая не разбиралась в автомобилях совершенно, но терпеть не могла никаких неясностей.

— В среднем сто двадцать тысяч плюс-минус двадцать, в

зависимости от движка, — тут же откликнулась Татьяна. — Не отвлекайся, Стасов.

— Не отвлекаюсь.

Настя поставила перед ним тарелку с огромным куском запеченного мяса и отварным картофелем. Владислав тут же отхватил ножом изрядный ломоть и принялся с аппетитом жевать.

— Вот, — удовлетворенно произнес он, проглотив первый кусок, — совсем же другие ощущения, нежели натощак. Продолжаю. Мне становится интересно, кто это в нашу богом забытую новостройку приехал на такой «тачке», поэтому сижу в машине и не выхожу. Вижу — из дорогого престижного автомобильчика выходит наша Ирочка. Но как выходит! Это надо было видеть! Сначала вышел некий мужчина, обогнул машину и открыл дверь со стороны пассажирского места. Подал руку, а уж потом появилась наша девочка. И у нашей девочки в руках такой букет, какие я видел только на кинофестивалях в руках у звезд неимоверной величины. Стоят они рядышком и о чем-то мило беседуют. О чем — мне не слышно. Кавалер то и дело Ирочку приобнимет и в лобик поцелует или в висок. А она к нему так и льнет, так и льнет. Но никакой сексуальной похабщины, чего не было — того не было. За ягодицы не хватал, к бюсту не прикасался, в губы не целовал. Только в лоб или в висок. Смотрю, они вроде как прощаются, кавалер Ирочке руку целует. Как же так, думаю, он ведь сей секунд уедет, а я его и не разглядел. Непорядочек. Выхожу из машины, иду прямо к ним, здороваюсь. Вежливо так, без претензий. «Ира, — говорю, — уже поздно, тебе пора домой». Строго так говорю, чтобы хахаль этот знал, что Ира у нас не без пригляда и есть кому за нее заступиться, ежели что. Но давить не стал, сразу зашел в подъезд, чтобы не смущать парочку. Значит, докладываю. Мужик чуть помоложе меня, лет тридцать пять — тридцать семь, лицо не прохиндеистое, на любителя легких развлечений не похож. Серьезный такой субъект. Одет очень дорого, под стать своей машинке. Одни часы у него на руке тысяч тридцать долларов стоят.

— Он красивый? — спросила Татьяна, которая слушала мужа как зачарованная.

— А черт его знает, — пожал плечами Стасов, — вас, девочек, разве разберешь, кто для вас красивый, а кто — урод. Вон Бельмондо, страхолюдина, если разобраться, каких свет не видел, а бабы по всему миру от него млеют. На мой вкус, Иркин хахаль хорош по всем статьям, а уж как вам покажется... Все, ненаглядные мои, рассказ окончен, начинается праздник открытого рта. Я больше не могу терпеть, мне нужно поесть.

Он накинулся на мясо с таким вожделением, будто его не кормили месяца три. Татьяна молча смотрела на мужа, потом бросила тревожный взгляд на часы.

— Что-то долго они прощаются. Может, пойти привести ее?

— Таня, возьми себя в руки, — с упреком проговорила Настя. — Ирина — взрослый человек, ты сама мне это объясняла всего час назад. Я все равно сейчас ухожу. Увижу Иру — шепну ей, что ты волнуешься. Если не увижу — поднимусь, тогда уж Стасов выйдет. А ты сиди спокойно дома, тебе нервничать вредно.

Спустившись вниз, Настя сразу наткнулась на Ирочку. Та стояла в подъезде возле почтового ящика, уткнувшись глазами в газету. Лицо ее было искажено яростью, по щекам стекали злые слезы. На деревянной панели, скрывающей батарею отопления, валялся небрежно брошенный огромный букет каких-то экзотических цветов.

— Ира! — окликнула ее Настя. — В чем дело? Твой кавалер тебя обидел?

Ирина с досадой скомкала газету и всхлипнула.

— Подонки! Ну какие же подонки! За что они ее так? Что она им сделала?

— Тихо, тихо, ласточка моя, — Настя успокаивающе обняла молодую женщину, — не надо реветь. Спокойно и последовательно: что случилось?

— Да вот! — Ира с ненавистью ткнула рукой в газету. — Облили Татьяну грязью за интервью с Улановым.

— Не может быть, — удивилась Настя. — За что? Я же видела передачу. Я понимаю, если бы Уланова наконец раскритиковали за некорректное поведение, но ее-то за что?

— А ты прочитай! — Ира горько расплакалась.

Настя взяла из ее рук газету, расправила скомканные листы. В глаза сразу бросился заголовок: «Прощай лицо, да здравствует грим!» Журналистка по фамилии Хайкина в выражениях не стеснялась. «Потрясая обтянутой тонким трикотажем пышной грудью, популярная писательница Томилина свысока поучала нас, ловко оперируя выдернутыми из классики и поставленными с ног на голову цитатами, как нужно относиться к массовой культуре. Ее терпимость в отношении оболванивания населения дешевым ширпотребом от литературы можно понять, ведь Томилина зарабатывает на жизнь именно им, накатав за три года полтора десятка низкопробных детективчиков. Но саму писательницу все это совершенно не смущает, и, отвечая на вопросы ведущего, она ничтоже сумняшеся упоминает в одном ряду со своим, безусловно, дорогим ей именем имена признанных мастеров, к примеру, Хемингуэя. Самомнения госпоже Томилиной, что очевидно, не занимать. Да и больное воображение писательницы не дает ей покоя: теперь она уверена, что все кинематографисты всего мира спят и видят, как бы им экранизировать ее бессмертные произведения. Более того, они собираются снимать фильмы по ее книгам подпольно, и Томилина с экрана прямо пригрозила им: не трожьте, нехорошие мальчики, мои чистые книжки своими грязными руками, а то в суд пойду. По-видимому, желание прославиться, пусть и скандально, в госпоже Томилиной столь велико, что заставляет ее забывать о грядущем материнстве. Вместо того, чтобы заботиться о здоровье будущего ребенка, она собирается таскаться по судам. Что ж, мы давно уже перестали удивляться и разного рода судебным искам, и тому, что у нас растет странное поколение странных детей. А откуда же взяться нормальным, если даже будущие матери думают исключительно о скандалах и читают ту нелитературную безвкусицу, которой потчует их пышнотелая мадам Томилина?»

В статье были и другие пассажи, еще более отвратительные и грязные. Когда Настя закончила читать, Ирочка уже перестала плакать и теперь смотрела на нее огромными глазами обиженного ребенка.

— Ну, видишь? — спросила она дрожащим голосом. — Таня будет в ужасе. Кто такая эта Хайкина?

— Не знаю. Может быть, Таня ее по следственным делам как-то задела? — предположила Настя. — Вот она и мстит теперь, как умеет.

— Я выброшу газету и ничего ей не скажу, — решительно сказала Ира. — Дай сюда эту гадость, я выкину в помойку.

— Это глупо, Ириша. Завтра Таня придет на работу, и, уверяю тебя, найдется куча доброжелателей, которые ей это покажут. А то и не покажут, а на словах передадут, прибавив кое-что от себя и все переврав в худшую сторону. Врага, как нас учили классики политической борьбы, надо знать в лицо.

— Нет, — Ирина упрямо покачала головой, — я не могу... Она не должна это видеть. Она с ума сойдет.

— Иришка, поверь мне, если она увидит это не у себя дома, где рядом с ней и ты, и Стасов, а где-то в другом месте, будет только хуже. Ты же не можешь сделать так, чтобы она гарантированно ничего не узнала. А коль не можешь, то половинчатые меры могут принести куда больший вред. Послушайся меня, отнеси газету домой и сразу же покажи Тане. Только не с трагизмом в голосе, а с веселым хохотом.

— Нет. Не уговаривай меня. Я не смогу... Мне так ее жалко!

Ира снова разрыдалась. Настя поняла, что с ней каши не сваришь, ухватила ее за руку и повела к лифту, не забыв при этом забрать букет.

— Пошли, я с тобой вместе поднимусь.

— Зачем?

— Попрошу Стасова, чтобы он меня до метро на машине подбросил, у вас такая глухомань, что и не выберешься вечером. На, неси свой букет, его же тебе подарили, а не мне.

Вдвоем они поднялись в квартиру. Из кухни доносился громкий голос Стасова, который с кем-то разговаривал по телефону, шум воды и звяканье посуды — Татьяна убирала со стола после ужина.

— Ира, что ты так долго? — спросила она, не выходя в прихожую.

— Я вернулась, — сообщила Настя. — Боюсь я по вашим потемкам в одиночестве шлепать, хочу попросить Владика, чтобы подвез до метро.

Татьяна вышла в прихожую.

— Это правильно, — говорила она на ходу, — прости, что я сразу не сообразила... Ира! Что случилось? Ты плакала? Я так и знала, что твое новое знакомство ни к чему хорошему не приведет.

— Оставь в покое Ирочкиного кавалера, — примирительно сказала Настя. — Дело не в нем.

— А в чем?

— Танюша, я очень перед тобой виновата, я втравила тебя в интервью с Улановым, а теперь какая-то журналистка по этому поводу изощряется. Текст, конечно, совершенно бредовый, но Иришка жутко расстроилась. На, прочти, и убедишься, что дело яйца выеденного не стоит.

Настя протянула ей газету и мысленно зажмурилась. Татьяна не была ее близкой подругой, знакомы они были совсем недавно, и изучить характер жены Стасова у Насти возможности не было. Как знать, как она отреагирует... А вдруг Ира была права? Волнения, истерика, отчаяние. А Таня беременна.

На кухне Стасов продолжал разговаривать по телефону, Татьяна стояла в прихожей и быстро читала, а Насте казалось, что каждая секунда — это шаг на эшафот. Все правильно, опять она во всем виновата, только она. Ведь это она свела Татьяну с кинопродюсером Дороганем, а все, что Таня говорила в эфире о возможности экранизации ее книг, было сказано по его просьбе. Ему нужен был скандальчик, а Тане нужен был Уланов. В тот момент каждый получил то, что хотел, но если для Дороганя все обошлось без последствий и даже, вполне вероятно, обернется с выгодой, то Таня в результате получила на свою голову ушат помоев. Журналистка Хайкина злобно брызгала слюной и исходила желчью, все, написанное ею, было прямой ложью и передергиванием, но кому от этого легче-то? Газету прочитали или еще прочитают сотни тысяч москвичей, которые поверят этим злобным оценкам.

Наконец Татьяна дочитала статью. Она спокойно сложила газету и убрала ее на полку.

— Стасов! — крикнула она. — Заканчивай переговоры, тебя Настя ждет.

— Сейчас иду, — откликнулся Владислав.

— Ну, что скажешь? — осторожно спросила Настя.

— А ничего, — Татьяна безмятежно улыбнулась. — Что можно сказать? Что у меня грудь не пышная? Пышная. У меня, слава богу, есть глаза, и я это прекрасно знаю. Я знаю, что я толстая, и меня невозможно обидеть тем, что об этом будет написано в газете. Даже в такой уважаемой. Все остальное действительно полный бред. Тот, кто видел передачу, поймет, что Хайкина передергивает карты. А тот, кто не видел, будет думать, что я глупая и склочная баба с переразвитым самомнением. Так что это, катастрофа? Те, кому нравятся мои книги, все равно не поверят ни одному слову, а те, кому они не нравятся — ну так они им уже не нравятся, и оттого, что я буду в их глазах выглядеть плохо, ничего не изменится. А ты что, Ириша, правда огорчилась? И из-за этого ревела? Вот глупышка!

— Я боялась, что ты расстроишься, — пробормотала Ира.

— Да что ты, миленькая, неужели я произвожу впечатление беззащитной курицы? Ты же меня знаешь не первый год. Не волнуйся, я умею себя защищать. И потом, во всем этом есть огромный положительный потенциал. Пока я читала эту галиматью, я придумала, как мне строить сюжет дальше. Вот уже почти месяц я не работаю над книгой, но не только потому, что очень занята, а еще и потому, что у меня сюжетный стопор: я не понимаю, что должно происходить дальше. Вернее, до этой минуты не понимала. А теперь я сообразила, как писать. Что ты стоишь как вкопанная? Раздевайся, ты же домой пришла, а не в гости.

Ирочка облегченно перевела дыхание, скинула плащ и туфельки, и уже через несколько секунд по всей квартире разносился ее звонкий голосок. Появился Стасов, облаченный в спортивный костюм, и начал зашнуровывать кроссовки.

— Владик, может быть, ты довезешь Настю до дома? Уже очень поздно, — попросила Татьяна.

— О чем речь, — добродушно прогудел Владислав, — конечно, довезу, если любимая жена не будет ревновать. Не будешь?

— Буду, — засмеялась Татьяна, — но, если Настя поедет одна, я буду бояться, что с ней что-нибудь случится. Из двух зол я выбираю то, что менее вредно для здоровья.

Около полуночи машин на дорогах было совсем мало, и ехали они быстро. Стасов молчал, думая о каких-то своих проблемах, а Настя вспоминала реакцию Татьяны на статью и не переставала удивляться тому, насколько жена Стасова не похожа на нее саму. Да случись такое с ней, Настей, она бы, наверное, уже билась в истерике от обиды и недоумения: чем она так досадила журналистке Хайкиной, что вызвала на себя такой поток грязи? А с Татьяны как с гуся вода. Прочитала и даже не поморщилась. Еще и их с Ирой успокаивала. «Она совсем другая, — думала Настя, — и у нее совсем другой взгляд на жизнь. А может быть, она уже давно поняла, что в жизни главное, а что — второстепенное, у нее хватает мудрости отделять одно от другого и реагировать на это по-разному. А у меня этой мудрости нет. Пожалуй, только вчера, когда на моих глазах убили Димку Захарова, я сделала первый робкий шажок на пути к этой мудрости и начала хоть что-то понимать».

Притормозив у Настиного дома, Стасов повернулся к ней.

— Ты мне сегодня нравишься больше, чем в прошлый раз, — сказал он, положив руку на ее плечо. — В прошлый раз ты была какая-то...

Он замялся, подыскивая слово поточнее, но так и не нашел.

— Какая? Вялая?

— Скорее убитая. Словно из тебя стержень вынули, и ты потихоньку оседаешь. А сегодня ты снова такая, как раньше. Усталая, замученная, но все-таки живая. Кризис жанра?

— Был, — кивнула Настя. — Но прошел. Стасов, если у тебя будет свободная минутка, наведи справочки о журналистке Хайкиной.

— Зачем она тебе?

— Пока не знаю. Может статься, и незачем. Но на всякий случай пусть будет. Пригодится.

— Ладно, — он пожал могучими плечами. — До квартиры проводить?

— Сама дойду, спасибо.

Она чмокнула Владислава в щеку и вышла из машины.

## Глава 14

— У нас не так много времени, мы должны успеть до ее родов. Поэтому возможности детально изучать личность Томилиной у нас нет. Обычно мы изучаем объект два-три месяца, а то и дольше, прежде чем составляем программу и приступаем к ее реализации, но в данном случае все должно быть закончено как можно быстрее. Через два с половиной месяца она родит, и тогда мы вряд ли сможем что-то изменить.

— Согласен. И что вы предлагаете?

— Я собираюсь на примере Томилиной отработать методику составления психологического портрета писателя по его произведениям. Нам это может пригодиться в будущем. Ведь Томилина, я надеюсь, не единственный в этом мире популярный писатель, у которого есть личные проблемы. Она должна стать первой ласточкой.

— Допустим. Какие соображения у вас на этот счет?

— Вы знаете, чем отличается женская литература от мужской?

— Не задавайте мне риторических вопросов. Меня всегда раздражала эта ваша манера. Говорите по существу.

— Простите. Человек начинает писать книги по двум причинам. Причина первая: он хочет поговорить с людьми, со своими читателями, о проблемах, которые кажутся ему важными, интересными, достойными глубокого осмысления и всестороннего обсуждения. Причина вторая: он хочет поговорить о себе.

— Минутку... Вас послушать, так никаких других причин не существует. А деньги? Великое множество писак марают бумагу, чтобы заработать деньги. К какой категории вы их отнесете? Кроме того, вы забыли о тех, кто банально хочет прославиться. Эти тоже пишут много и встречаются часто. Ваша классификация страдает неполнотой.

— Вы не поняли... Вернее, я недостаточно четко выразился. Почему человек решает опубликовать свою писанину — это совсем другой вопрос, и причиной этому, как вы справедливо заметили, может быть и жажда денег, и жажда славы, и стремление кому-то что-то доказать, и многое другое. Я же сейчас говорю о том, что движет человеком, когда он берется за перо. Это подсознательная материя. Основную массу произведений литературы можно разделить на две группы: те, где есть проблемы, и те, где есть безупречный герой. Так вот, женская литература — это всегда, ну на девяносто девять процентов, литература, в которой дама-автор олицетворяет себя с героиней. Она любуется ею, приписывает ей все мыслимые и немыслимые добродетели и при этом наделяет ее внешностью, о которой сама мечтает. Писательница хотела бы прожить такую же жизнь, совершать такие же поступки, встречать такую же неземную любовь, заниматься таким же восхитительным сексом и получать такие же неожиданные подарки как от жизни вообще, так и от красивых и богатых любовников. На этом построен любой дамский роман. Если изучить внимательно все творения дамы-автора, то можно составить полный перечень ее вкусов, желаний, мечтаний и даже детских страхов. Из этого получается полный и детальный психологический портрет писательницы, который ни в чем не уступает тому портрету, который мы составляем обычно после длительного и тщательного сбора информации об объекте.

— И вы полагаете, что Татьяна Томилина — именно такой автор?

— Ну конечно! Я прочел больше половины ее детективов. Там присутствует постоянная героиня, и я более чем уверен, что, препарировав образ этой героини, мы узнаем о Томилиной все, что нужно, чтобы правильно разработать программу. Вы все еще мне не верите?

— Хм... Ваши методы иногда кажутся мне сомнительными. Я, например, до сих пор не понимаю, какой смысл был в этом последнем трупе. Зачем громоздить одну смерть на другую? Чем вам помешал этот парень? Но не хочу быть несправедливым: вам всегда удается достичь желаемого результата. Не понимаю, почему вам это удается, но с фактами спорить трудно. Делайте как считаете нужным. Но помните об ответственности, которую вы сами на себя возлагаете, когда даете мне гарантии успеха.

— Я помню.

* * *

Следователь Борис Витальевич Гмыря, руководивший работой по делу об убийстве депутата Государственной Думы Юлии Готовчиц, был сильно простужен. Голос совсем сел, горло болело, а из носа текло постоянно. И полковник Гордеев, как ни силился сохранять серьезность в разговоре, то и дело съезжал на иронический тон, тем более что знал Гмырю он еще с тех пор, когда тот работал обыкновенным опером на территории. Хотя, надо признаться, серьезность совсем не помешала бы, ибо обсуждали они вещи отнюдь не смешные.

— Виктор Алексеевич, это с вашего тихого благословения майор Коротков водил меня за нос? — натужно сипел Гмыря, держа возле лица руку с зажатым в ней носовым платком.

Учитывая состояние настоящего, а не идиоматического носа следователя, вопрос прозвучал более чем забавно, и Гордеев не удержался и фыркнул.

— Что вы, Борис Витальевич, — ответил он, тем не менее стараясь оставаться вежливым, — Коротков никого не может водить за нос, у него хитрости на это не хватает. Он же прост, как дитя. Неужели вы сами не видите?

— И тем не менее... — Гмыря сморщился и чихнул. — Извините. Коротков предложил версию, в соответствии с которой убийцу Юлии Готовчиц надо искать через частное сыскное агентство «Грант». Мне версия, честно вам признаюсь, не понравилась, но я позволил Короткову по ней работать. И что же выяснилось? Прямо перед агентством в упор расстреливают Димку Захарова, которого я знал когда-то как неплохого опера, а рядом с ним в этот момент находится ваша Каменская. Это как же понимать?

— А как? — невинно спросил Гордеев.

— А так, что по делу работают еще какие-то ваши подчиненные, о деятельности которых мне ничего не известно. Виктор Алексеевич, не мне вас учить, потому что я сам когда-то у вас учился. Но речь идет об убийстве депутата, и здесь все должно быть четко и грамотно, потому что за каждым нашим действием руководство следит в десять глаз. Ну в какое положение вы меня ставите?

— Да ладно тебе, Боря, — примирительно сказал Колобок. — Не прикидывайся следователем, ты как был опером — так им и остался. Только петлицы на кителе сменил. Ничего закулисного я против тебя не замышляю. Версия была Каменской, тут ты прав, но я тебе подставил Короткова, потому что она девчонка еще, рано ей по убийству депутата работать. Сломается, не ровен час. Официально она этим преступлением не занимается, и ежели что, никто ее на ковер таскать и за нервные окончания дергать не будет. А Юрка — парень крепкий, битый, ему все нипочем. Вот и вся премудрость.

— Так бы и сказали с самого начала, — пробурчал Гмыря, громко сморкаясь. — Извините. Сами же говорите, что я в душе опером остался, так неужели я не понял бы? А то вчера с утра пораньше меня в прокуратуру вызвали, а я по поводу Каменской ничего вразумительного сказать не могу. Позорище. И хотел бы умолчать — да не вышло. Они требуют доложить ход расследования, а версия с «Грантом» оказалась единственной, по которой хоть что-то сдвинулось, пришлось рассказывать. Чего я им плел — вам того лучше не слышать. Изоврался весь. А все из уважения к вам, моему бывшему учителю.

— Ну спасибо, — хмыкнул Гордеев, — я всегда знал, Боря, что ты добро помнить умеешь. И чего же ты им врал, интересно?

— Не столько врал, сколько умалчивал. Самое главное было не проговориться, что Захаров работает в частной охранной фирме, иначе они бы мне голову откусили там же, на месте. Вы же знаете, как наша родная прокуратура любит частные агентства. Прямо обожает. Спит и видит, как бы их деятельность свернуть навсегда и бесследно. Если бы я признался, что за моей спиной, но с ведома уголовного розыска над раскрытием убийства депутата Госдумы работал частный сыщик, меня бы... А, да что там, сами знаете, что со мной было бы. Ну вот, а раз нельзя делать акцент на Захарове, то пришлось с ходу придумывать, что я дал поручение Каменской найти оперативные подходы к фирме «Грант», она нашла какого-то Захарова, у которого в этой фирме есть знакомые, и стала через него выяснять возможности утечки информации из агентства. Захаров кое-что накопал и обещал Каменской показать человека, который кажется ему подозрительным. В этот момент его и убили. На первый раз вроде сошло, но если узнают, что все было не так, тогда мне совсем туго придется.

— Не узнают, если сам никому не скажешь. Ладно, Боря, извини старика, подставил я тебя, но не со зла, вот ей-крест. Хочешь, правду скажу? Я и сам в эту версию не верил. Нелепая она какая-то. Но девочке хотелось поиграться в нее — почему я должен ей запрещать? Пусть работает, пусть опыта набирается, зубки обтачивает. Кто ж знал, что она опять в «яблочко» попала? Уцепилась за самую слабую версию, а оно вон как обернулось. Если бы я хоть на секунду допускал, что дело может дойти до трупа, я бы в жизни ей не позволил партизанить за твоей спиной. А теперь получается, что в «Гранте» действительно осела какая-то сволочь, которая продает информацию за хорошие деньги. И, поняв, что Захаров его раскусил, решил избавиться от Дмитрия. Причем, заметь себе, Боря, этот поганый частный сыщик — не кустарь-одиночка. За ним стоит большая сила. Я сам выезжал на место, потому что мне Анастасия позвонила. И перетряхнул весь «Грант» вот этими самыми руками, — Гордеев потряс пухлыми пальцами перед самым лицом следователя. — У всех сотрудников стопроцентное алиби. Большинство из них в момент убийства Захарова просто были в агентстве, ждали назначенного на пятнадцать часов совещания, остальные подъехали чуть позже, но и у них есть алиби. Их видели в других местах. Стало быть, этот сыскной гаденыш нашел кому пожаловаться на то, что Захаров его застукал, когда он рылся в картотеке директора. И к его жалобе отнеслись куда как серьезно, не отмахнулись, не послали его подальше самому разбираться со своими неприятностями.

— Ну да, — кивнул Гмыря. — Ценный кадр. И есть люди, которым он очень нужен. Ладно, черт с ней, с прокуратурой, главное — хоть что-то сдвинулось в деле, а то я уж совсем было надежду потерял. Виктор Алексеевич, дайте Каменскую, а?

— Перебьешься, — пошутил полковник.

— Ну почему? Хорошая же голова у нее, светлая. Не жадничайте.

— Я сказал: нет. Ей еще рано. Она к таким делам не приспособлена. Маленьким девочкам нужно держаться подальше от политики.

— Вы уж скажете! — Гмыря хрипло закашлялся. — Нашли себе маленькую девочку. Я же помню ее, мы вместе по убийству актрисы Вазнис работали. Такой маленькой дай один пальчик, так она не то что всю руку — она тебя целиком проглотит вместе с ботинками. Она небось всего на пару лет меня моложе.

— Дело не в годах, Боря, а в характере и в нервной системе. Вот убийство актрисы — это да, это то, что ей надо. А убийство депутата — не то. Знаешь, почему от меня люди не уходят?

— Потому что вы добрый, — ехидно поддел его Гмыря. — Всех любите, всем все с рук спускаете и всех жалеете.

— Нет, Боря, я не добрый, я мудрый. Я своих людей берегу. Сегодня я его сберег — завтра он, целый и невредимый, мне десять преступлений раскрыл. А не сберег, подставил, заставил работать за пределами собственных возможностей, довел до нервного перенапряжения и психологической травмы — и потерял его как минимум на полгода. Каждый должен делать то, что лучше всего умеет, только тогда будет толк. А если я хорошего стрелка не на стенд поставлю, а заставлю пятикилометровый кросс бежать, то он, конечно, дистанцию пройдет, но надорвется, сляжет, сердце не выдержит, руки будут дрожать. И рекорд в беге он не поставил, и на стенд мне выпустить будет некого. Байку понял?

— Байку-то понял, а насчет Каменской не понял. С чего вы решили, что она политическое убийство не потянет или, пользуясь вашей аллегорией, кросс не пробежит?

— Кросс, Боренька, она уже пробежала. И надорвалась. Теперь ни на что не годится, ни на бег, ни на стрельбу. Такие вот дела. Так что на Настасью ты не рассчитывай, а Коротков и Игорь Лесников — ребята толковые, если хочешь — Селуянова дам.

— Давайте, — оживился Гмыря, — я его знаю, он мобильный, одна нога здесь — другая там, все в руках горит. Давайте.

— У, глаза завидущие, руки загребущие, — засмеялся Гордеев. — Таблеток тебе надо выписать от жадности, и побольше, побольше. Ты на меня глазами-то не сверкай, все равно ты для меня пацан желторотый, хоть и дела особой важности ведешь. Скажи-ка мне лучше, чем же так прогневал муж покойную Юлию Николаевну, что она за ним слежку устроила, а?

— Причина одна из двух: или деньги, или бабы, — философски изрек следователь. — Все зло от них.

— От кого? От баб?

— И от денег тоже. Юлия была помешана на налоговых делах, безумно боялась, как бы муженек чего-нибудь от государства не утаил, очень она свою репутацию берегла. Видно, стала подозревать, что он зарабатывает куда больше, чем ей докладывает.

— По нашим сведениям, эти подозрения были беспочвенными, — заметил Гордеев. — Готовчиц ни в какой деятельности, кроме частной медицинской практики, участия не принимает. Проверено с точностью.

— Значит, женщины, — вздохнул Гмыря и снова высморкался. — Извините. Черт, да где же я эту простуду подцепил, ума не приложу! Теплынь на улице, даже под дождь не попал ни разу, а соплей выше головы.

— Нет, Боря, я все равно не понимаю, — упрямо качнул головой полковник. — Зачем устраивать слежку за мужем, если подозреваешь его в неверности? Ну вот ты скажи мне: зачем?

— Как это зачем? Чтобы вовремя пресечь блуд и вернуть его на стезю супружества. А то, если процесс запустить, и до развода дело дойдет.

Гордеев вперил в него тяжелый взгляд:

— Ох, Борька, бить тебя некому, и когда ты перестанешь всех людей по себе мерить? У тебя четверо детей, так для твоей жены развод — натуральная катастрофа, потому как все они маленькие и их еще растить и растить. А для Юлии Николаевны? Один ребенок, и тот пристроен в хорошие руки, живет в Лондоне в семье троюродной тетки, учится в хорошей английской школе. Сама Юлия — интересная, холеная тридцатишестилетняя, вполне состоявшаяся женщина, государственный деятель, имеет в руках профессию, кучу знакомых, наверняка и поклонники были. По отзывам знакомых и друзей, она была интеллигентной и умной дамой. С какого, извини меня, рожна ей так панически бояться развода? Зачем ей нанимать сыщиков для слежки за мужем? Ну зачем, Боря? Это же унизительно.

— Ну, не знаю, — проворчал Гмыря. — Значит, не ревность, а страх перед левыми деньгами. Что так, что эдак.

— Боря, проснись, — сердито сказал Гордеев. — Я понимаю, ты плохо себя чувствуешь, и голова, наверное, тяжелая из-за насморка, но давай уж одно из двух: или ты болеешь, или мы дело обсуждаем.

Гмыря с трудом поднял веки, которые то и дело норовили опуститься и закрыть от несчастного следователя опостылевший белый свет, и приложил ладонь ко лбу.

— Кажется, температура поднимается, — сиплым голосом констатировал он. — Виктор Алексеевич, у вас горячей водички можно раздобыть?

— Чаю хочешь?

— Нет, просто кипятку, я в нем «Колдрекс» растворю.

— И что получится?

— Полегче станет. Нет, кроме шуток, он температуру через пятнадцать минут снимает. Потом, правда, она опять поднимается, но часа два-три можно жить.

Когда Гмыре принесли большую кружку с кипятком, он высыпал в нее содержимое одного пакетика «Колдрекса» со смородиной и стал пить маленькими глотками. Колобок-Гордеев с опаской поглядывал на него, как обычно глядят, когда не понимают, как можно пить такую гадость.

— Противно? — наконец спросил он сочувственно.

— Да что вы, это вкусно, как чай с вареньем и лимоном.

— Лекарство не может быть вкусным, — с непоколебимой уверенностью произнес Гордеев. — Оно должно быть противным, чтобы человек с первого раза понимал: болеть — плохо. А если лекарство вкусное и лечиться приятно, то это сплошной обман и никакой пользы для организма. Брось ты эту гадость, Боря, давай я лучше тебе стакан налью.

— Вы что! — Гмыря вытаращил глаза и закашлялся, закрывая рот платком. — Какай стакан? Мне еще к себе на работу возвращаться.

— Ну ладно, пей свое пойло, травись, — Гордеев безнадежно махнул рукой. — Я пока воздух посотрясаю. Значит, мы с тобой решили, что не женщины-соперницы волновали Юлию Николаевну, а левые заработки супруга. Но я хочу знать, почему она стала беспокоиться об этом именно сейчас. Почему не год назад, не три месяца, а только в апреле этого года. Что-то должно было произойти, что заставило ее подозревать мужа. Не просто же так она все это затеяла, не с потолка и не с дурна ума. Что-то было. Ты согласен?

Гмыря молча кивнул, продолжая отпивать горячую жидкость из кружки.

— И после того, что произошло в воскресенье с Димой Захаровым, нам с тобой придется признать, что в чем-то покойная Юлия Николаевна оказалась права. Осуществляя по ее заданию слежку за Готовчицем, сыщики наткнулись на человека, которому все это дело страсть как не понравилось. Боря, наша с тобой задача — найти в среде знакомых Готовчица этого человека. Это убийца, Боря. К черту все парламентские дрязги, к черту журналистские расследования, все эти дороги ведут в тупик. Мы с тобой в этом тупике целый месяц простояли, а убийца глядел на нас из-за угла и мерзко хихикал. Мы бы никогда не поверили в Настасьину версию про частное агентство, если бы Захаров случайно не увидел того, кто продал убийце информацию о заказе Юлии, и после этого не погиб, так и не успев показать Насте этого типа. Ты согласен?

— Уф!

Гмыря залпом допил лекарство и отер с лица платком выступивший пот. Выглядел он и вправду плоховато, и Гордеев от души ему посочувствовал.

— Виктор Алексеевич, — просипел следователь, — вы мне друг?

— Я тебе учитель, — усмехнулся Колобок. — А ты всегда будешь пацаном для меня. Впрочем, я, кажется, тебе это уже говорил. Чего ты хочешь, сопливый?

— Вот только моя безграничная благодарность к вам и застарелое уважение к вашим сединам не позволяют мне обижаться, — заметил Гмыря, сумев даже слегка улыбнуться.

— А чего ж обижаться-то? — изумился полковник. — Ведь и вправду сопливый, вон носом-то как хлюпаешь.

— Уберите с этого дела Лесникова, — внезапно выпалил Гмыря, сдерживая рвущийся наружу кашель.

— Что?!

— Лесникова, говорю, уберите от меня, — повторил Борис Витальевич. — Не работается мне с ним. Добра не будет.

Гордеев внимательно посмотрел на бывшего ученика, потом снял очки и привычно сунул дужку в рот, что обозначало собой процесс глубоких раздумий.

— Вы не думайте, что это капризы. Ваш Лесников мне не верит. То ли себя больно умным считает, то ли еще что ему в голову запало, но он за каждым моим словом пытается второе дно нащупать. А это очень заметно. На кой ляд мне эта головная боль, а? Почему я должен терпеть его рядом с собой? Дайте лучше Каменскую, с ней я нормально работал.

— Про Настасью забудь. А насчет Игоря я подумаю. Ты не преувеличиваешь, Боря? Лесников хороший парень, серьезный. Может, показалось тебе?

— Мне, Виктор Алексеевич, никогда ничего не кажется. Хоть вы и говорите, что я как был опером, так и остался, а я все-таки следователь. Следователю не может ничего казаться, у него либо есть доказательства, подтверждающие его точное знание, либо их нет. А «кажется — не кажется» — это ваши штучки. Ох, полегчало. Хорошее все-таки это лекарство, зря вы его ругали. Так вот, Виктор Алексеевич, что я хочу вам сказать. Либо вы поручаете Каменской работать в бригаде под моим руководством, либо я перестану врать и покрывать ее самодеятельность. Договоримся?

Гордеев снова нацепил очки на нос и с любопытством взглянул на следователя.

— Это кто ж тебя, Боренька, старших шантажировать научил?

— Как это кто? Ваша школа. Сами говорите, что вы мой учитель.

— Выучил на свою голову... Нет, Борис Витальевич, не договоримся. С Лесниковым разберусь, если нужно будет — заменю его другим оперативником. А Каменскую ты не получишь. И не мечтай. Спасибо, что сам пришел, спасибо, что в генпрокуратуре не заложил меня, я это ценю и за это тебе благодарен. Если ты хочешь, чтобы Настасья что-то для тебя сделала — скажешь мне, я ей поручу. Я. Ты понял? Я, а не ты. Ты ею командовать не будешь. До поры до времени.

— Понял, — Гмыря снова улыбнулся, на этот раз широко. Было видно, что ему и в самом деле стало получше. — Так бы сразу и сказали. А то «не дам, не мечтай, не получишь». Я что, человеческого языка не понимаю?

— Ну, я рад, что понимаешь. И не вздумай меня еще чем-нибудь шантажировать, я ведь тебя не всему, что знаю, научил. У меня в запасе такие фокусы есть — не обрадуешься.

Когда Гмыря ушел, Виктор Алексеевич некоторое время занимался бумагами и текущими делами, потом вызвал к себе Настю.

— На тебя Гмыря зуб точит, хочет в свою бригаду получить, — сообщил он, не поднимая головы от очередного документа.

— У него и так полно народу. Неужели ему мало? — удивилась Настя.

— Выходит, мало. Я сказал, что против. Но строго говоря, деточка, он прав. Тебе надо подключаться. Давай-ка начинай работать плотнее. И в первую очередь займись неутешным вдовцом. Сиди у него в квартире день и ночь, стань ему лучшим другом, но выясни, что такое произошло, после чего Юлия Николаевна наняла частных сыщиков. Что заставило ее сделать это? Где-то в окружении Готовчица притаился убийца, но наш психоаналитик, насколько мне известно, почти не выходит из дома и ни с кем не общается, так что установить круг его контактов крайне затруднительно. Остается единственный источник информации — он сам.

— А агентство? — спросила Настя. — С ним ведь тоже нужно работать. Димка не успел мне показать того, кто рылся в картотеке. Но его надо найти другим путем.

— Другим путем и будем искать. Но не тебе же этим заниматься. Ты туда приходила с Захаровым, тебя видели. Теперь скажи мне, что у нас с телевидением? Есть что-нибудь новое?

— Миша Доценко мне сегодня поведал изумительную по простоте и изяществу историю. Теперь мне понятно, за счет каких денег существовала программа «Лицо без грима» и почему она так резко изменилась после гибели Андреева и Бондаренко...

Не сумев выяснить ничего внятного у сотрудников программы, Доценко отправился искать тех, кто появлялся на экране в качестве гостей Уланова. Первых же десяти встреч оказалось достаточным, чтобы больше никого не беспокоить, ибо поведанные этими людьми истории были похожи друг на друга, как две капли воды, различаясь только финалом.

В один прекрасный день раздавался телефонный звонок, и мужчина с приятным голосом вежливо спрашивал, не согласится ли имярек принять участие в программе «Лицо без грима». Имярек — человек, безусловно нуждающийся в рекламе и паблисити, — радостно соглашался. Далее следовал вопрос о том, когда ему удобно будет встретиться с корреспондентом. Назначалась встреча. Приезжала корреспондент Оксана Бондаренко, очаровательная молодая женщина, которая долго и подробно выспрашивала будущего гостя обо всех перипетиях его жизни, о его пристрастиях, вкусах, привычках, любимых книгах, фильмах и политических деятелях. Беседа занимала часа три-четыре, после чего Оксана предупреждала, что до съемки нужно будет встретиться еще раз, а может быть, и два, и просила к следующей встрече подобрать фотографии имярека разных периодов его жизни. Имярек подбирал. Старался, естественно, чтобы были получше. Во время второй встречи Оксана снова задавала вопросы, что-то все время записывала и по ходу обдумывала. Смотрела фотографии. Просила показать гардероб и, мило смущаясь, говорила, что лучше определиться сразу, в чем имярек пойдет на съемку, потому что не всякий костюм (рубашка, платье, блузка) будет хорошо смотреться на фоне голубых стен студии и при ярком освещении. Одежду выбирали вместе. Наконец назначался день съемки. Если у имярека были проблемы с транспортом, за ним присылали машину.

Перед съемкой устраивалось чаепитие с конфетами и пирожными, во время которого происходило знакомство с ведущим, Александром Улановым. Потом имярек поступал в распоряжение гримера. Потом начиналась съемка, которая длилась примерно час. До этого момента все, как обычно, за исключением, может быть, уж слишком дотошной работы корреспондента, но это только делает честь программе.

Дальше начинается пьеса под названием «Мы так вас любим, вы такой умный». Имярека приглашают в студию и показывают ему сорокаминутную запись. Из часовой кассеты, отснятой во время записи, осталось только сорок минут, потому что вырезаны самые неудачные куски. Но передача идет всего двадцать минут, при этом по минуте в начале и в конце — реклама, и еще в общей сложности три минуты — заставка и перебивки, во время которых на экране показываются фотографии всех периодов жизни гостя, а голос за кадром излагает основные вехи его биографии. То есть чистой беседы гостя с Улановым должно быть не больше пятнадцати минут. Иными словами, из оставшихся сорока минут еще двадцать пять надо сократить. И вот этот самый процесс происходит при непосредственном участии самого гостя. Ему дают возможность посмотреть, как неудачно он может выглядеть на экране и какие глупости иногда говорит, не подумавши. Он с ужасом слышит собственные корявые фразы, видит некрасивые жесты и приходит в восторг, когда камера ловит удачный ракурс, а с экрана доносится связная грамотная речь, перемежаемая остроумными шутками. С ним вроде бы советуются. «Давайте вот этот кусочек уберем, — говорят ему, — а вот здесь вы просто великолепны. Посмотрите, как хорошо вас поймал оператор, просто чудо. Ой, как вы здорово это сказали! Так, а вот это, кажется, не очень удачно, как вы думаете?» Имярек, естественно, именно так и думает. И под его чутким руководством и при его непосредственном участии сорок минут непонятно чего превращаются в пятнадцать минут беседы Уланова с интересным, глубоким, образованным и необычным человеком, имеющим собственные взгляды на жизнь. При этом, заметьте себе, после гримера имярек выглядит раз в двести лучше, чем в обыденной жизни. Это Миша Доценко видел собственными глазами, ведь он в первую очередь навестил тех, чьи беседы с Улановым удалось записать на видео сразу после трагедии с Андреевым и Бондаренко.

Увидев результат, имярек начинает больше всего на свете хотеть, чтобы передача увидела свет. Его можно понять: он нуждается в паблисити, и эта передача ему просто необходима. Кроме того, он нормальный живой человек, и, как всякому нормальному человеку, ему хочется произвести хорошее впечатление. Если уж ему удалось так хорошо выглядеть и так здорово выступить, то об этом должно узнать как можно больше людей. Поэтому он с горящими глазами спрашивает: когда? Когда вожделенная пленка будет обнародована и показана по всероссийскому каналу? Ему отвечают: как только — так сразу. Мы вам позвоним. Да-да, разумеется, заранее, а не в день эфира, чтобы вы смогли предупредить всех знакомых, родственников и друзей. Да, конечно, и кассету после передачи мы вам подарим, мы специально для вас сделаем копию, чтобы у вас осталась память, так что записывать на видео не обязательно.

Имярек уходит домой, счастливый и вожделеющий славы, а тем временем начинает разыгрываться вторая пьеса, под названием «За все надо платить». Можно полагать, что делалось это не каждый раз. По Мишиным прикидкам, примерно в каждом четвертом-пятом случае. По какому сценарию ее играют — еще предстоит выяснить, но это на самом деле не столь важно. Важен результат. У имярека есть состоятельные знакомые (будем пока называть их так), состоящие с ним в деловых отношениях. Может быть, спонсоры, может быть, партнеры, может быть, просто люди, чем-то ему обязанные. И вот эти самые знакомые вдруг звонят имяреку и спрашивают, настаивает ли он на том, чтобы передача пошла в эфир. Разумеется, он настаивает! А как же может быть иначе? Для чего же тогда все это делалось? Понимаете ли, говорят ему богатые знакомые, нам предложили внести спонсорский взнос на программу «Лицо без грима», в противном случае уже записанная и смонтированная передача в эфир не пойдет. Сколько? Много. Двадцать тысяч долларов. Мы, конечно, можем заплатить, от нас не сильно убудет, так что если вы настаиваете... Имярек в растерянности. Он ведь уже видел себя на экране, и это было так хорошо! И ему так хочется... Он просит время на размышления, но чем больше размышляет, тем больше ему хочется, чтобы передача вышла. Ах, если бы он ее не видел! Тогда можно было бы разумно опасаться, что там не все гладко, что он, возможно, выглядел не лучшим образом, и тогда черт с ней, с этой передачей, деньги заплатят, а окажется только во вред. Если бы так... Но вся беда в том, что он уже ее видел. И в ней нет ни одного слабого места, ни одного неудачного выражения, ни одного некрасивого поворота лица. Человеку свойственно любить самого себя, это признак здоровой психики, это нормально и правильно. Ему показали его самого, привлекательного, обаятельного, умного и неординарного, и он попался на этот крючок. Расчет безошибочный. Надо иметь совсем особый характер, чтобы не попасться.

И в итоге имярек твердо заявляет, что он настаивает на выходе передачи. Передача выходит. Вот и все.

Оксана Бондаренко свое дело знала отлично. Долгие беседы с будущим гостем программы были нужны для того, чтобы выявить самые сильные его стороны, нащупать те проблемы и вопросы, обсуждая которые он высказывает наиболее интересные взгляды и суждения. Она даже одежду помогала выбирать, чтобы гость смотрелся на экране как можно лучше. Когда Оксаны не стало, готовить передачи стало некому. Можно было бы через очень короткое время найти такого же толкового и расторопного корреспондента и вернуться к былой практике, но Уланов с той поры работает только в прямом эфире. О чем это говорит? О том, что он не знает, где и как искать таких гостей, за спиной у которых стоят богатые спонсоры. Совершенно очевидно, что этим занимался директор программы Виктор Андреев, и с его смертью милое вымогательство прекратилось...

— Действительно, милое, — покачал головой Гордеев. — Можно предполагать, что Андреева и Бондаренко как раз из-за этого и убили. То ли запрашиваемая сумма возмутила гостя и его благодетелей, то ли телевизионщики надули кого-нибудь, деньги взяли за эфир, а передачу не показали.

— Могло быть и по-другому, — заметила Настя. — Ход переговоров был таким сложным, напряженным и наполненным взаимными оскорблениями, что команда Андреева — Уланова, взяв деньги, перемонтировала пленку, убрав самые удачные куски и оставив самые плохие. Как вам такая версия?

— Ну, деточка, это несерьезно. Это уж просто детский сад какой-то, мелкое злобное хулиганство. Хотя как знать... На этом свете все бывает. Надо срочно раздобыть кассеты с программами, которые пошли в эфир в последние полгода. Скажи Мише, пусть займется. Посмотрим, нет ли хоть одной такой передачи. И вот еще что, Настасья...

Гордеев умолк и уставился взглядом в окно. То, о чем он собрался поговорить с Настей, ему самому не нравилось, но сказать все равно надо.

— Да, Виктор Алексеевич? — полувопросительно сказала она.

— Гмыря просит забрать из бригады Игоря Лесникова. Не могут они найти друг с другом общий язык. Ты не знаешь, в чем там дело?

— Игорю не нравится Гмыря, вот и все, — она пожала плечами. — Обычное дело, когда оперативнику вдруг начинает не нравиться какой-нибудь следователь или наоборот. Мне тоже, если вы помните, Костя Ольшанский долгое время не нравился, потом притерлись и даже подружились. Ничего особенного.

— Гмыря утверждает, что Лесников ему не верит и за каждым словом ищет второе дно. Это так?

Она посмотрела на начальника светлыми глазами, в которых не было ни смущения, ни неловкости, хотя фактически получалось, что они за спиной обсуждали сотрудника, и ничего хорошего в этом не было. Но за то и любила Настя полковника Гордеева, что знала совершенно точно: он никогда не сделает по отношению к своим подчиненным ничего непорядочного, и в его присутствии можно не напрягаться. Если он обсуждает Игоря — значит, так надо.

— Да, — ответила она, — это так. Игорь ему не верит. А чего же вы хотите в деле о политическом убийстве? Игорь, как всякий нормальный милиционер, всегда имеет в виду, что на следователя уже оказывают давление, что его уже купили или запугали. И всякий раз, когда следователь начинает педалировать какую-то одну версию и повышает голос, как только речь заходит о чем-нибудь другом, так вот, всякий раз возникает здоровое подозрение. Было бы странно, если бы оно не возникало. Игорь — опытный сыщик и просто умный человек, с логикой и тревожностью у него все в порядке. И если бы на его месте оказалась я, то тоже не верила бы Гмыре. Игорь хочет выстроить такую версию, в которую укладывался бы взлом квартиры Готовчицев, а Гмыря кричит, что кража не имеет к этому никакого отношения и чтобы Игорь вообще забыл о ней, будто ее и не было. Вы-то сами что делали бы на его месте?

— Я-то? — усмехнулся Гордеев. — Я, деточка, свою сыщицкую жизнь прожил ярко, интересно, результативно, но неправильно. Партизанил много, законы регулярно нарушал. Зато когда стал начальником, понял, что вас, моих подчиненных и моих детей, надо учить работать по-другому. Сейчас адвокаты не те, что были раньше, и законы другие, сейчас за малейшее нарушение можешь получить полностью разваленное уголовное дело. Мне ваших трудов жалко, мне до слез обидно, когда вы мучаетесь, мозги напрягаете, ночами не спите, жизнью рискуете, а из-за какой-то поганой мелочи, которую адвокат опротестует, и совершенно, надо сказать, справедливо, все это катится псу под хвост и дело прекращается. Так что ты имей в виду, что начальник Гордеев — это совсем не то же самое, что сыщик Гордеев.

— Вы мне не ответили, — напомнила Настя. — На месте Игоря как бы вы себя повели?

— А я на месте Игоря не бывал, потому что в мое время политических убийств не случалось. Все больше по пьянке, из-за баб или из-за денег. Ты меня не подначивай, я тебе все равно не скажу то, что ты хочешь услышать. Ты хочешь, чтобы я тебе сказал, можно верить Гмыре или нет? А я не знаю. Не знаю я, Стасенька. В этой жизни все так круто поменялось, что где друг, где враг — ни хрена не разберешь. Пока жив буду, всегда буду помнить о нашем Ларцеве. У кого рука поднимется назвать его врагом? Ни у кого. А ведь работал на ту сторону. Не по призванию, не по убеждению, а из-за страха за дочь. Можно его простить? Не знаю. Можно его понять? Можно. Вот и думай. Сама думай. Когда Борька Гмыря зеленым опером начинал, мне казалось, я его насквозь вижу, но это было лет двадцать назад. Каким он стал за эти годы? Может ли он продаться? А испугаться? Он ведь с оперативной работы на следствие ушел именно из-за детей, это все знали. Боялся жену вдовой оставить, а малышей — сиротами. Но это случилось лет пять назад, когда работать следователем еще было не так опасно и трудно, как сейчас. Борькина жена дома сидит с детьми, так что они вшестером живут на одну его следовательскую зарплату да на детское пособие. Не разгуляешься, сама понимаешь. Короче, я это все к чему веду-то...

Он снова умолк, делая вид, что ищет что-то в ящике стола. Настя терпеливо ждала продолжения.

— Ты поговори с Игорем. Мне самому не с руки, он мальчик неглупый, сразу поймет, что Гмыря жаловаться приходил. Не стоит отношения между ними напрягать попусту. Насчет недоверия друг к другу в деле о политическом убийстве ты все правильно сказала, вот и постарайся убедить Игоря, что не нужно демонстрировать свои чувства на всех перекрестках, а особенно в кабинете следователя. Следователь ведь тоже не на грядке вырос и не вчера работать пришел, у него ровно столько же оснований в деле о политическом убийстве не доверять любому из оперативников, верно? И то, что Игорь расценивает как проявление продажности, может оказаться просто проявлением того же самого здорового недоверия.

— Хорошо, — кивнула Настя, вставая, — я поговорю с ним.

## Глава 15

Выполняя поручение начальника, Настя не уходила домой, пока не появился Игорь Лесников. Он был усталым и измученным, лицо приобрело какой-то землистый оттенок, глаза ввалились. Настя знала, что со здоровьем его ребенка возникли серьезные проблемы, немудрено, что Игорь так плохо выглядит.

— Ты чего засиделась? — спросил он, проходя мимо по коридору и даже не глядя на Настю.

— Тебя жду, — честно ответила она.

— Зачем?

— Поговорить надо о Готовчице. Что-то там не все ладно. Кстати, Игорек, я хотела с тобой посоветоваться. Гмыря хочет, чтобы меня назначили к нему в бригаду. Я упираюсь, а Колобок считает, что мне уже хватит в тенечке отсиживаться.

— И что? — равнодушно спросил он, по-прежнему шагая вперед и не глядя на нее.

— Хочу спросить: он очень противный?

— Кто? Гмыря? Не очень. Выдержишь.

— Игорь, я ведь не шучу. Я с Гмырей работала по убийству Алины Вазнис, и он мне тогда показался нормальным мужиком. Но я точно так же хорошо помню, что тебе он не понравился. Ты даже говорил какие-то слова о том, что ему не веришь. Вот я и хочу спросить, насколько серьезны эти твои высказывания.

— Серьезны.

— Ты можешь разговаривать по-человечески? — взорвалась Настя. — Что ты цедишь слова сквозь зубы, как будто я нищий на улице и выклянчиваю у тебя милостыню.

Лесников остановился посреди коридора и с интересом взглянул на нее.

— Ожила, что ли? Эмоции какие-то появились. А то ходила как вареная вобла.

— Вобла не вареная, она сушеная, — с улыбкой возразила Настя.

— Сам знаю. Но если сушеную воблу как следует поварить, то как раз получишься ты. Ася, у меня цейтнот, так что извини.

Он снова быстро зашагал по коридору, но Настя не отставала.

— Подожди, Игорь, ну еще два слова. Это для меня важно.

— Ладно, только я сначала позвоню.

— Пошли ко мне, — предложила она, — моя конура ближе, а я тебе кофе налью, у меня как раз кипятильник включен.

Лесников молча кивнул на ходу и свернул к Настиной двери. Войдя в кабинет, он тут же схватился за телефонную трубку. Настя наливала кофе, краем уха прислушиваясь к разговору, хотя и понимала, что вообще-то это не совсем прилично. Но ей нужно было выполнить поручение Гордеева, а Игорь явно не расположен к задушевным беседам, и ей необходимо быстро понять его настроение, чтобы найти подход к неразговорчивому коллеге. Из его реплик стало понятно, что очередной врач, к которому ребенка возили на консультацию, тоже ничего вразумительного сказать не смог и посоветовал обратиться к специалистам по заболеваниям крови.

— Игорь, — сказала она, когда Лесников положил трубку, — может, тебе сходить к Колобку?

— Зачем?

— Пусть он заменит тебя в бригаде у Гмыри. Возьми две недели в счет отпуска и займись ребенком, так будет лучше.

— Кому лучше? — сухо спросил Игорь.

— Всем. В первую очередь — твоей жене и дочке. А дело не пострадает, все равно ты не работник, у тебя голова не тем занята.

— И Гмыре будет лучше?

Настя вздрогнула. Откуда он узнал, что следователь просил забрать его из бригады? Или не узнал, а просто почувствовал неприязнь и желание избавиться?

— Чего ты на него взъелся? — как можно миролюбивее заметила она. — А сам только что говорил, что он не очень противный. Сказал, что даже я выдержу. Пей кофе, а то остынет.

Лесников молча взял чашку, сделал несколько глотков, потом поставил ее на стол и вытащил из кармана сложенный пополам лист бумаги.

— На, прочти.

— Что это?

— А ты прочти сначала.

Настя развернула листок. Две строчки, отпечатанные на обычном матричном принтере:

«Твой следователь давно куплен. Если хочешь раскрыть убийство депутата, не верь ни одному его слову».

Она аккуратно сложила листок и положила на стол.

— И что теперь? Давно ты это получил?

— Неделю назад.

— И до сих пор молчал. Ты что, с ума сошел? Почему Колобку не доложил?

— Потому что не люблю анонимок. Прежде чем бежать к начальству, надо прислушаться к себе и понять, веришь ты этой анонимке или нет. И потом, какой смысл идти к Колобку? Все закономерно, кто-то убил депутата Готовчиц и хочет, чтобы преступление не раскрыли, а кто-то другой этого не хочет. Если Гмыря куплен, мой поход к руководству ясности все равно не внесет. На основании анонимок следователей от дела не отстраняют. А если это поклеп, то у Бориса Витальевича будут неприятности ни за что ни про что.

— Как к тебе попала эта прелесть?

— В почтовый ящик бросили, даже без конверта. Жена вместе с газетами достала.

— Может, это не тебе? — на всякий случай безнадежно спросила Настя, хотя прекрасно понимала, что письмо было адресовано именно Игорю. Глупо было бы надеяться, что кто-то из соседней квартиры или даже из соседнего дома тоже работал в уголовном розыске и занимался убийством еще какого-нибудь депутата, а письмо по ошибке бросили не в тот ящик. Никакого другого убийства депутата ни у кого в производстве нет, это Настя знала точно. Подобные преступления всегда стоят на жестком контроле, и не может такого быть, чтобы хоть об одном из них на Петровке не знали.

— Не может, — жестко ответил Игорь. — Так что ты хотела спросить насчет Готовчица?

Настя с ходу не смогла сообразить, о чем он спрашивает. Фраза о Готовчице была обыкновенным «крючком», чтобы разговорить Лесникова, на самом же деле ее интересовало совсем другое.

— Погоди, о нем потом. Ты уверен, что Гмыря не получил такую же бумажку?

— Гмыря? Я не понял.

— Игорь, мы с тобой давно уже живем во времена всеобщей гласности, ты не забыл об этом? Если есть на свете человек, искренне заинтересованный в раскрытии убийства депутата, то почему он шлет тебе подметные письма? Это же полная глупость. Человек получает сведения о том, что следователь подкуплен, и, желая, чтобы процессу раскрытия и расследования преступления ничто не мешало, он садится за стол и пишет письма в МВД, в Генпрокуратуру, в Верховный суд, в прессу. Он обивает пороги в инстанциях, он кричит о своих подозрениях на всех углах, дает громкие интервью. Вот так себя сегодня ведут. А если он пишет анонимки, то он либо псих, либо дурак, либо хочет внести разлад в работу бригады. И в первом, и во втором, и в третьем случае ему верить нельзя. Но в первых двух случаях он вполне мог ограничиться только одним письмом — вот этим. В третьем же случае он со стопроцентной вероятностью напишет точно такое же письмо и Гмыре, и Юрке Короткову, и кому угодно. Ему нужно породить между вами взаимное недоверие. Зря ты о письме молчал столько времени, давно бы уже все выяснил.

Игорь молчал, и видно было, что думает он о чем-то другом. Когда у тебя тяжело болен маленький ребенок, то какое уж тут убийство депутата. И проблема подкупа следователя как-то меркнет...

— Я возьму письмо, — решительно сказала Настя. — И ни о чем не беспокойся. Только я тебя прошу, не демонстрируй Гмыре свое недоверие, помни о том, что и он может тебе не верить.

— А я тебя прошу — не вмешивайся, — холодно произнес Игорь. — Отношение к следователю — это интимное дело каждого опера. Прояви, будь любезна, деликатность.

Настя с изумлением слушала Лесникова и не понимала, что происходит. Да, Игорь всегда был замкнутым, с коллегами ничем особенно не делился, редко улыбался и вообще был как бы «вещью в себе». Он был совершенно не похож на Юру Короткова, который вспыхивал моментально, как порох, и тут же бежал к Насте делиться любыми новостями, и плохими, и хорошими, причем привычка все обсуждать с Каменской была в нем настолько сильна, что он не задумываясь звонил ей домой и в пять утра, и в два часа ночи. Игорь же ни с кем из отдела не был близок, держался со всеми ровно и дружелюбно, в просьбах не отказывал, но сам почти никогда ни о чем не просил.

— Хорошо, извини, — смущенно сказала Настя. — Я не хотела лезть в твои интимные отношения с Гмырей. Ты настаиваешь на том, чтобы я никому не рассказывала о письме?

— Делай как знаешь. Но не жди от меня никаких действий. Гмыря мне не нравится, и на этом закончим. Разбираться с письмом я не буду, у меня и без него проблем достаточно.

По дороге домой она не могла отделаться от неприятного осадка после разговора с Лесниковым. Его реакция на письмо была необычной, более того — неправильной и непрофессиональной. Уж чего-чего, а этого она от Игоря никак не ожидала. «А ты на себя посмотри, курица! — с внезапной злостью сказала она себе. — Кто ты такая, чтобы судить о его профессионализме? Главный сыщик всей России? Игоря дважды признавали лучшим оперативником главка, а тебя? Вспомни лучше, какие высоты профессионального мастерства ты сама демонстрировала не далее как в минувшем январе, когда очертя голову кинулась подозревать отчима, вместо того чтобы сесть и хладнокровно все продумать и взвесить. Прав был Готовчиц, чужую беду все мы горазды руками разводить. А когда тебя самого коснется, мозги полностью отказывают. У Игоря болен ребенок, и болен, судя по всему, тяжело, у него голова занята только этим. Кто осмелится его осудить? Когда все вокруг начинают кричать, что милиция не раскрывает преступления, подразумевается, вероятно, что в милиции работают исключительно киборги, у которых нет души, нервов, семейных проблем и болезней. Считается, что все наши помыслы должны быть направлены только на поиски преступников и разгадку криминальных секретов, и это, наверное, правильно. Так действительно должно быть. Но природа распорядилась иначе, мы не киборги, а живые люди, и мы далеко не всегда можем сосредоточиться полностью на деле, потому что мысли отвлекаются на всякие человеческие проблемы, потому что мы точно так же, как все, болеем, страдаем, нервничаем, любим, женимся и разводимся, хороним близких и друзей, считаем копейки до зарплаты, которую еще неизвестно когда дадут, и выслушиваем справедливые упреки жен в том, что ребенок обносился и ему нужны новые ботинки, а денег нет. Мы такие же, как все, никто не освободил нас от обычной повседневной жизни со всеми ее тяготами, и от этого мы часто делаем ошибки, не можем додуматься до очевидного, не успеваем сделать необходимое. Нужно ли нас за это осуждать? Можно ли нас за это простить? Не знаю...»

Квартира показалась Насте неожиданно пустой, холодной и одинокой. Душевная боль, столько времени заставлявшая ее стремиться к молчанию и уединению, прошла, словно вместе с Димой Захаровым убили и ее, эту изматывающую, тупую боль. И теперь Насте хотелось, чтобы рядом с ней был Леша, такой теплый, родной и надежный. «А вдруг он не вернется? — мелькнула сумасшедшая мысль. — Вообще никогда не вернется. Пожил со мной в браке два года и понял, что это типичное не то. Пока мы жили отдельно и виделись раз в неделю, все было по-другому, и мы смогли поддерживать отношения на протяжении двух десятков лет. Господи, страшно подумать, как давно мы вместе! С девятого класса. Когда мы познакомились, мне было пятнадцать, а теперь уже почти тридцать семь. Я хочу, чтобы он вернулся. Мне плохо без него. Сегодня вторая годовщина нашей свадьбы. Я в своем репертуаре, вспомнила об этом только сейчас. Интересно, Лешка тоже забыл или помнит и дуется на меня за то, что я его не поздравила?»

Отрезая хлеб, чтобы сделать бутерброд, она думала о том, что сейчас позвонит Алексею в Жуковский. Она не будет просить его вернуться, она просто поинтересуется, как себя чувствует его отец. «Детский сад какой-то, — сердито сказала она себе, укладывая на хлеб толстый кусок телячьей колбасы и намазывая сверху плавленым сыром, — я позвоню тебе, но как бы не тебе, то есть как бы тебе, но якобы для того, чтобы спросить про отца, потому что мы как бы в ссоре. Любопытное выражение это «как бы», у людей моложе тридцати оно сегодня повторяется через слово, как у некоторых «блин». И откуда оно взялось?»

Оставив на столе готовый к употреблению бутерброд, она сняла телефонную трубку.

— Лешик, это я. Как папа?

— Спасибо, плохо, — коротко ответил муж. — А ты как?

— Я тоже плохо, — призналась Настя. — Но, наверное, лучше, чем твой отец. Что с ним?

— Тебе понадобилось три дня, чтобы этим поинтересоваться? — осведомился Чистяков. — Ладно, не будем мелочиться. Вчера его положили в больницу, мама сегодня там ночует. Если к утру не станет хуже, будут оперировать.

— Я нужна? Поручи мне что-нибудь, я все сделаю. Леш, не злись на меня, я чудовищная дура, но я все поняла. Хочешь, я приеду?

— Толку-то от тебя, — усмехнулся он. — Ты даже суп сварить не сможешь.

— Я могу подежурить в больнице, чтобы вы с мамой отдохнули. Могу достать лекарства, даже самые дефицитные. Лешенька, не отталкивай меня, ты же всегда умел меня прощать.

— Да при чем тут это, Ася, — с досадой ответил он. — Я не сержусь на тебя, у меня есть другие проблемы. Если хочешь — приезжай, но это не обязательно, мы вполне справляемся.

— Я приеду, — решительно сказала она. — Позвони мне завтра, когда станет известно насчет операции, хорошо?

— Хорошо, я позвоню. Ты Сашу с Дашенькой поздравила или опять забыла?

Ах ты, господи, про брата-то она забыла! У них ведь свадьбы в один день состоялись, специально подгадывали, и у Саши с Дашей сегодня тоже вторая годовщина.

— Понятно, — констатировал Алексей, правильно истолковав возникшую паузу, — значит, забыла. Позвони, пока еще не очень поздно, они дома, я с ними полчаса назад разговаривал.

— Прости, Лешенька, я совсем голову потеряла, — пробормотала она. — Я тебя поздравляю, солнышко. Или ты считаешь, что уже не с чем?

— Не говори глупости. Я очень тебя люблю. Но любить человека и уметь жить с ним бок о бок — это не одно и то же, и ты лучше меня это понимаешь.

— Ты не хочешь больше со мной жить?

— Это ты не хочешь. Или не можешь.

— Я могу с тобой жить. И хочу. Пожалуйста, возвращайся, когда с папой все уляжется. Вернешься?

— Куда ж я денусь, — усмехнулся Чистяков. — Правда, не обещаю, что это будет скоро.

— Я подожду. Ты только пообещай.

— Ладно, ложись спать, время позднее. Саше не забудь позвонить.

Конечно, она позвонит. Поздравит брата и его очаровательную жену Дашеньку, съест свой нехитрый бутерброд, примет душ и ляжет спать. Нельзя сказать, что в жизни все прекрасно, но наличие проблем и неприятностей — дело обычное и нормальное. Лешка вернется. Это главное. А все остальное можно к этому прикладывать с разных сторон. Нужно уметь отделять в этой жизни главное от второстепенного, в этом и есть настоящая мудрость. И почему только она приходит к людям так поздно, когда уже сделаны все мыслимые и немыслимые ошибки и глупости?

\* \* \*

Владислав Стасов уже поужинал, придя с работы, и собирался улечься на диван перед телевизором, когда позвонила его первая жена, Маргарита. Поговорив с ней, он начал быстро одеваться.

— Что случилось? — встревоженно спросила Татьяна, наблюдая за поспешными сборами мужа.

— Лилька чудит. Отвернулась к стене и плачет, а в чем дело — не говорит. Рита уже часа три с ней бьется, и никакого толку. Я поеду к ним.

— Конечно, — кивнула Татьяна, — поезжай.

Десятилетняя Лиля, дочь Стасова от первого брака, была спокойной и рассудительной девочкой, которая больше всего на свете любила читать, причем все без разбора, и почти никогда не плакала. Истерика длительностью в три часа (если, конечно, Маргарита, по обыкновению, ничего не преувеличивала) была настолько для нее нехарактерна, что было чего испугаться. Опыт следственной работы подсказывал Татьяне, что речь может идти о самом неприятном: девочку напугал сексуальный маньяк, но она стесняется рассказывать об этом взрослым. Такое встречается гораздо чаще, чем многие думают, и при неправильном поведении окружающих приводит подчас к страшным последствиям в виде искалеченной психики и изломанной в будущем личной жизни. Сам Стасов такое тоже видел, Татьяна знала, что года полтора назад он вместе с Настей Каменской занимался раскрытием убийства известной кинозвезды Алины Вазнис, вся жизнь которой пошла под откос именно из-за такого вот урода, растлевающего маленьких девочек, которые не могут поделиться со взрослыми своими страхами.

Проводив мужа, она легла в постель с книжкой, но мысли с книжного текста все время съезжали на служебные дела, хотя с ними, строго говоря, было покончено. На работу больше ходить не надо, и можно расслабиться. И тем не менее в голову постоянно лезли какие-то соображения по поводу убийства колдуньи Инессы.

Стасов вернулся около двух часов ночи, расстроенный и злой.

— Ты почему не спишь? — спросил он, увидев, что Татьяна по-прежнему лежит с книгой в руках.

— Тебя жду. Ну, что там с Лилей?

— Да бред какой-то! — в сердцах выпалил он, стягивая через голову свитер вместе с майкой. — Вбила себе в голову, что после рождения нашего с тобой малыша я перестану ее любить. И откуда в ее головке появляются такие глупости? Ведь разумная же девочка, так много читала, и нас с тобой все хотела побыстрее поженить, помнишь?

— Конечно, — улыбнулась Татьяна, — она себя вела покруче профессиональной свахи, все уши нам прожужжала о том, что взрослые люди должны жить в браке.

— Вот-вот, а теперь переживает, что я буду любить нового ребенка, а про нее забуду. Уж я ей и объяснял, и уговаривал, и обещания давал. Плакать перестала, но, кажется, все равно не поверила мне и не успокоилась. И Ритка тоже масла в огонь подливает, совсем мозгов у нее нет.

Стасов забрался в постель, натянул одеяло и прикрыл глаза.

— Все, Танюша, гаси свет, давай спать. Завтра разберемся.

Через несколько минут послышалось его ровное дыхание, засыпал Владислав быстро даже при волнениях и тревогах. А Татьяна еще долго ворочалась, инстинктивно прикладывая руки к животу и думая о том, не повредит ли маленькому, если она не будет все время сидеть дома. Уже засыпая, она все-таки решила, что не повредит. Говорят, ходьба в умеренном темпе полезна для беременных.

* * *

Утром, едва за уходящим на работу Стасовым закрылась дверь, Ирочка заявила:

— Таня, я все приготовила, и обед, и ужин. Ты без меня справишься?

— Справлюсь, невелика премудрость, — засмеялась Татьяна. — А ты куда-то собираешься?

— Да, — коротко ответила Ирина, скидывая халатик и распечатывая пакет с новыми колготками.

— Надолго?

— На весь день. Вернусь поздно вечером. Тань, посмотри, эти колготки не слишком темные для белого костюма?

Татьяна внимательно осмотрела стройные ножки своей родственницы, обтянутые тонкой тканью.

— По-моему, нормально. Ну-ка приложи юбку.

Ира достала из шкафа длинную элегантную юбку из тонкой белоснежной лайки и приложила к себе.

— Пойдет, — кивнула Татьяна. — И с кем ты собираешься провести день? С новым кавалером?

— Ну, он не такой уж новый, мы знакомы уже неделю.

— Да, это солидный срок, — покачала головой Татьяна. — И как он тебе до сих пор не надоел?

— Сама не знаю, — шутливо вздохнула Ира. — Как ты думаешь, к белому костюму пойдет вот этот зеленый шарфик? Или лучше вот этот, ярко-розовый?

— Ирка, не морочь мне голову, надевай любой.

Пока Ира металась по квартире, собираясь на свидание, Татьяна тихонько сидела за кухонным столом, чтобы не мешать столь ответственному процессу. Родственница упорхнула, на прощание чмокнув ее в щеку и дав последние указания по части обеда и ужина, и Татьяна тоже стала потихоньку собираться. Она до конца не понимала, что гонит ее из дома, но постоянно ощущала неловкость из-за плохо проведенного следствия по делу об убийстве Инны Пашковой. И с этим надо было что-то делать. Правда, она не знала точно, что именно.

Выйдя из дома, она с удовольствием прогулялась неторопливым шагом до метро, хотя было довольно далеко. Вечная проблема новостроек — отдаленность от транспорта. Но сегодня это Татьяну не раздражало, она радовалась солнцу, теплому весеннему дню и тому, что Ирочка наконец нашла себе кавалера и у нее стала налаживаться личная жизнь. Из-за того, что молодая женщина целиком посвятила себя домашнему хозяйству родственников, не имея в чужом городе ни поклонников, ни подруг, Татьяна чувствовала себя неуютно и неловко.

Она доехала до станции «Лубянка» и пошла по Мясницкой в сторону Садового кольца. Вот и дом, где жила, вела прием клиентов и была убита колдунья Инесса, она же Инна Пашкова. На двери металлическая панель с кнопками, когда-то в прошлом бывшая домофоном, но давно уже сломанная. Татьяна толком не знала, зачем пришла сюда. Войдя в подъезд, она стала бессмысленно разглядывать почтовые ящики и наткнулась глазами на прилепленное скотчем к стене объявление, написанное от руки: «Кто потерял ключи, обратитесь в кв. 14».

«Вот в эту квартиру я и пойду, — подумала она. — Если человек не просто поднял валяющиеся на полу ключи, не бросил их тут же, возле почтовых ящиков, а забрал домой и потрудился повесить объявление, чтобы они не пропали окончательно, то с этим человеком можно иметь дело. Он не настолько равнодушен к окружающим, как большинство из нас, городских жителей, а стало быть, есть надежда, что он хоть что-то знает о своих соседях».

Дверь квартиры 14 открыла пожилая женщина с добрым круглым лицом. До Татьяны долетали звонкие детские голоса, очевидно, хозяйка была бабушкой, с которой оставляли маленьких внуков.

— Вам кого? — подозрительно нахмурясь, спросила женщина.

— Я насчет ключей.

— Наконец-то! А то лежат они у меня, лежат, и никто их не спрашивает. Вот они.

Женщина заулыбалась и протянула Татьяне два ключа на колечке с брелоком.

— Ваши?

— Извините, — сказала Татьяна, забирая ключи, — я не совсем точно выразилась. Меня действительно интересуют эти ключи, но они не мои.

— Так! — Женщина вмиг посуровела. — Ну-ка дайте-ка их сюда. Давайте, давайте, нечего на меня смотреть. Ходят тут всякие, а потом у людей квартиры обчищают. Такая приличная женщина с виду, а туда же. И как только не стыдно! Отдайте ключи немедленно, а то в милицию заявлю.

— Не надо, я сама из милиции. Вот мое удостоверение. Я занимаюсь убийством вашей соседки.

— Ох!

Женщина испуганно отступила назад в прихожую и приложила ладонь ко рту.

— Ох, простите, ради бога, простите! Что же это я, старая, говорю. Вы не обиделись?

— Нет, что вы. Если бы все были такими бдительными, как вы, у нас хлопот было бы меньше. Как вас зовут?

— Полина Петровна.

— А меня — Татьяна Григорьевна. Полина Петровна, мы можем немножко поговорить?

— Конечно, конечно, проходите, пожалуйста. А что, убийство так и не раскрыли до сих пор?

— К сожалению, нет.

Вслед за хозяйкой Татьяна прошла в просторную комнату. Квартира у Полины Петровны была в точности такая же, как у Инессы, однокомнатная, но очень большая. Двое ребятишек лет пяти носились вокруг стоящего в центре круглого стола с визгом и воплями. Сначала Татьяне показалось, что у нее галлюцинации, но потом она сообразила, что малыши — двойняшки, к тому же совершенно одинаково одетые.

— Витя, Вова, а ну-ка быстренько на кухню, там молоко и печенье приготовлено. И не визжать. Нам с тетей поговорить надо, — скомандовала Полина Петровна.

Мальчики тут же послушно умолкли и исчезли из поля зрения.

— Ловко вы с ними управляетесь, — заметила Татьяна. — Редко бывает, когда внуки с первого слова слушаются бабушек.

— Так это уж правнуки, — Полина Петровна улыбнулась счастливой улыбкой. — Потому и слушаются, что я в свое время на внуках натренировалась. Внуки-то меня, как и всех бабушек, не слушались, балованные росли, но я все свои ошибки учла. И с правнуками у меня разговор уже совсем другой получился. Вообще-то они хорошие, они и родителей слушаются, не только меня. Знаете пословицу: первый ребенок — последняя кукла, а первый внук — первый ребенок. Вот и со мной так же. Пока детей растила — ничему не научилась, молодая была, глупая. Только когда внуки появились, начала их воспитывать, но, сами понимаете, неправильно. С первого-то раза ничего не получается правильно. А когда правнуки родились, вот тут у меня уже и опыт был, и ума прибавилось. Вы присаживайтесь, вам, наверное, тяжело стоять. Сколько месяцев у вас?

— Скоро семь.

— И чего ж вы все работаете, — завздыхала хозяйка, — не жалеете себя. Ладно бы еще работа была приятная да легкая, а то ведь с убийцами и ворами дело имеете. Не страшно?

— Нет, — честно призналась Татьяна. — Но противно. Тут

вы правы. Для будущих мам такая работа не полезна. Но ничего не попишешь. Полина Петровна, вы знали Инну?

— Так кто ж ее не знал? Весь дом знал. Как же, колдунья, к ней народ толпами ходил.

— А вы сами ходили?

— Нет, спаси господь! — Полина Петровна взмахнула руками, словно открещиваясь от нечистой силы.

— Почему? В колдовство не верите?

— Не верю, — твердо ответила хозяйка. — Я, Татьяна Григорьевна, выросла в семье убежденных коммунистов, в церковь никогда не ходила и в бога не верила. А раз бога нет, то и дьявола, по моим понятиям, тоже нет. Не верю я в эти сказки. В коммунизм верила свято, а в колдовство — нет. А сами вы неужто верите?

— Да нет, — засмеялась Татьяна, — я тоже не верю. Но ведь вы сами сказали, что к Инессе толпами люди ходили, не могут же все они быть не правы. Наверное, что-то все-таки есть. Может, и не колдовство, а другое что-нибудь. А в квартире у Инессы вы бывали?

— Один раз только, когда еще не знала, что она этим делом промышляет. Зашла по-соседски, когда Инна только-только переехала. Мы в то время всем подъездом собирались домофон ставить, чтобы всякая шантрапа по лестнице не ошивалась, вот я и зашла сказать, что надо деньги сдать. Она деньги дала, зайти не пригласила, а я и не напрашивалась.

— И больше не заходили?

— Нет.

— Как вам показалось, у нее в квартире было уютно?

— Да какой там уют! Вещи кругом свалены в кучи, не пойми — не разбери. Я ж говорю, она только-только переехала. Нелюдимая она была, если встретишь ее на лестнице или возле подъезда — никогда не поздоровается, посмотрит так, будто сквозь тебя видит, и дальше идет.

«Сквозь тебя видит». Теперь Татьяна вспомнила отчет оперативников о поквартирном обходе дома, где жила Пашкова. Хозяйка квартиры номер 14 не сказала ничего нового по сравнению с другими опрошенными, но употребила это выражение: сквозь тебя видит. Все жильцы дома знали, что их соседка Инесса именует себя колдуньей, но услугами ее не пользовались и близко знакомы с ней не были. Собственно, и не близко — тоже не были, просто знали ее в лицо, а некоторые — по имени. Ни у кого не было с ней общих знакомых, никто не бывал у нее в гостях.

— Полина Петровна, где вы нашли эти ключи? — спросила Татьяна.

— Ключи-то? — удивленно переспросила хозяйка, не понимая, чем вызван такой резкий переход от одной темы к другой. — Кстати, ключи-то вы мне отдайте, раз они не ваши. Может, владелец и объявится еще.

— Не объявится. Так где вы их нашли?

— Да возле подъезда валялись. Знаете, их, наверное, обронили, когда еще снег лежал, а потом он стаял, и я их увидела. Грязные, мокрые такие... Вот что-то никто не идет за ними. Я ведь и в соседних домах объявление повесила, думала, может, хозяин не в нашем доме живет, а потерял, когда мимо нашего подъезда проходил. А почему вы думаете, что за ними никто не придет?

— Потому что это ключи Инессы.

— Да вы что?!

На лице у Полины Петровны отразилась смесь ужаса и отвращения, словно сам факт прикосновения к ключам убитой женщины был равен прикосновению к окровавленному трупу.

— Ой, господи, — запричитала она, — это ж я вещь колдуньи-покойницы в своем доме хранила! Ой, батюшки! Как бы беды не было.

Татьяне стало смешно. Только что эта славная, добродушная женщина твердо заявляла о своем непоколебимом атеизме и о неверии во всякие таинственные силы, а сама так по-детски испугалась, узнав о ключах колдуньи.

— Не будет беды, Полина Петровна, не переживайте. Вы же не знали, чьи они, — успокоила ее Татьяна. — А я их заберу, и все будет в порядке. Скажите мне точно, когда вы их нашли.

— Да где-то... — Полина Петровна задумалась, наморщив лоб. — Где-то в начале апреля, кажется. Да, в начале апреля, снег-то как раз сошел.

Значит, в начале апреля. Понятно, почему оперативники ничего об этом не знали. Поквартирный обход проводился сразу после обнаружения трупа Инессы, а это было намного раньше, чем сошел снег.

— Сможете показать, где именно они лежали?

— Конечно, я помню. Сразу из подъезда направо, возле урны. Да нет, я и в самом деле лучше покажу. Витя, Вова! — крикнула она.

Тут же в дверном проеме появились две мордашки, по уши перепачканные шоколадом, которым, вероятно, было облито печенье.

— Что, баба? — хором произнесли двойняшки.

— Я сейчас выйду вместе с тетей ровно на десять минут. Без меня не бояться и не хулиганить. Вопросы есть?

— Не-ет! — так же хором ответили пацаны.

Полина Петровна накинула на плечи шаль и открыла входную дверь.

— Пойдемте, — сказала она Татьяне.

Вместе они спустились вниз. Выйдя из подъезда, Полина Петровна пошла направо и метра через три остановилась.

— Вот здесь у нас урна стояла, и кому понадобилось ее убирать? Кому она мешала? Сколько я в этом доме живу, столько урна здесь была, а теперь как Москву начали к юбилею в порядок приводить, так урна исчезла. Ведь наоборот должно быть, я так считаю: если порядок наводить, так надо через каждые десять метров по урне поставить, верно? Чтобы любой человек, если надо что-то выбросить, сразу видел, куда. А то ведь что получается? Ребятишки мороженое съели, а бумажку грязную в карман, что ли, запихивать? Конечно, бросают прямо на тротуар, потому что больше некуда. А потом удивляемся, что город у нас грязный.

— И давно урну убрали? — поинтересовалась Татьяна, разглядывая место, которое показала ей Полина Петровна.

— Да нет, недели две, наверное. Когда я ключи нашла, она еще стояла.

— Хорошо, Полина Петровна, спасибо вам. Вы возвращайтесь домой, у вас же малыши безнадзорные остались, как бы не натворили чего.

— Эти-то? — усмехнулась женщина. — Эти не натворят. Вот внуки были — это да, та еще песня, ни на секунду оставить нельзя было, обязательно что-нибудь разобьют или сломают. А эти у меня вышколенные, я им бегать и возиться разрешаю сколько угодно, но они накрепко усвоили: если баба Поля сказала, что нельзя — значит, нельзя. И пикнуть не посмеют. Я пока внуков растила, самое главное правило поняла.

— И какое же? — с интересом спросила Татьяна. Эта женщина с каждой минутой нравилась ей все больше и больше.

— Надо с младенчества приучать ребенка к тому, что есть слово «можно» и есть слово «нельзя». И эти слова — святые. Сказано, что можно играть и шуметь — играйте сколько влезет, бегайте где хотите, я вам слова не скажу. Но если я сказала «нельзя», значит, все, никаких поблажек и исключений. Если нельзя садиться за стол с немытыми руками, то всем нельзя, и их родителям, и бабушкам с дедушками, и мне, прабабке. Как только ребенок хоть один раз увидит, что всем нельзя, а кому-то можно, — всё, считай, дело пропало. Больше он ни одного твоего слова не усвоит.

Попрощавшись с Полиной Петровной, Татьяна двинулась в сторону метро, обдумывая то, что произошло. Ключи Пашковой она узнала сразу, ей даже не нужно было подходить к ее квартире и проверять, подойдут ли они к замку. Ключи были очень приметные: у Пашковой стояли две стальные двери с сейфовыми замками итальянского производства. И обе они были заперты, когда по вызову соседей приехала милиция. Точнее, не заперты на четыре оборота ключа, а просто захлопнуты. Убийце не нужны были ключи, чтобы закрыть за собой двери. Но они были нужны, чтобы войти в квартиру.

Нет, что-то не так... Убийца каким-то хитрым способом умудряется сделать копии с ключей Пашковой, чтобы беспрепятственно проникнуть в квартиру с целью совершения убийства хозяйки. Или с целью совершения кражи, например, которая ввиду непредвиденного присутствия Инессы дома превратилась в разбойное нападение и убийство. Допустим. Будет ли в таком случае преступник вешать эти ключи на кольцо с брелоком? Не будет. Это полная глупость.

Другой вариант. Преступник проникает в квартиру, истязает и пытает хозяйку, а уходя, прихватывает с собой второй комплект хозяйских ключей, которые выбрасывает, едва выйдя из подъезда. А зачем он вообще их брал? Тоже глупость.

Третий вариант. У преступника не было ключей, Пашкова сама впустила его в квартиру. Далее — как в варианте номер два. Забирает вторые ключи и выбрасывает их. Но зачем? Зачем?

То, что ключи именно вторые, а не первые, сомнений не вызывает, потому что точно такой же комплект из двух ключей от сейфовых замков на кольце с брелоком лежал в прихожей на полочке рядом с входной дверью. Разница была только в том, что брелок был другим и в комплекте Пашковой наличествовал ключик от почтового ящика. Так что первым, основным комплектом был именно тот, который обнаружили в квартире. Там же, на полочке, лежали ключи от машины Инессы и от гаража, стало быть, это было место привычного хранения ключей, которыми Пашкова пользовалась постоянно.

Что же за хитрость такая с этими вторыми ключами? Кто их взял и зачем выбросил?

## Глава 16

Нет, все-таки жизнь прекрасна! Черт возьми, она прекрасна и удивительна! Особенно когда знаешь, что не придется через минуту умереть. Я даже к Вике стал относиться более терпимо. Она, кажется, воспряла духом, поняв, что можно получить желаемое, не пачкая руки в крови. Во всяком случае, теперь она ведет себя со мной куда более дружелюбно и уже не повторяет через каждые пять минут, что я сошел с ума.

— Где ты будешь жить? — спрашивает она меня ежедневно, как будто я могу дать не тот ответ, что давал накануне.

— Не беспокойся обо мне, на улице я не останусь, — отвечаю я всякий раз одно и то же.

— Ты переедешь к ней? — спрашивает она снова, подразумевая выдуманную мною женщину, которая ждет от меня ребенка и ради которой я развелся.

— Возможно, — уклончиво говорю я.

— И ты твердо решил все оставить мне и не делить имущество?

— Да, да, да! Сколько раз нужно повторять одно и то же, чтобы ты наконец это усвоила!

— Некрасиво, наверное, садиться на шею женщине, жить на ее площади и тратить ее деньги, — задумчиво произносит Вика.

Это выводит меня из себя. А ее хахаль, интересно, как собирается поступить? Красиво, что ли? Чем он отличается от меня, хотел бы я знать? Тоже хочет переехать на Викину (и мою заодно) жилплощадь, ездить на ее (и, между прочим, моей) машине и тратить деньги, которые я заработал за последние два года. Так что же она из себя строит образец нравственности!

Но вспыхиваю я только в душе, и негодование тут же гаснет под прохладными струями радости оттого, что я жив и в ближайшее время не умру. Я так счастлив, что готов всем прощать. И в душе благодарен Вике за то, что она не спрашивает: когда же я съеду с квартиры и предоставлю ей свободу трахаться со своим сельским Ромео. Она проявляет чудеса деликатности и ни единым словом, ни единым жестом не дает мне понять, что ей не терпится от меня освободиться. Съезжать мне пока некуда, Лутов сказал, что принять меня в центр они смогут только тогда, когда я закончу все дела с опекунством и уйду из телепрограммы. Вике я наплел что-то невнятное насчет временных трудностей, дескать, сейчас у моей возлюбленной гостят многочисленные родственники, и мне там просто нет места. Вика приняла это как должное, молча кивнула и больше вопросов не задавала. Более того, она продолжала готовить мне еду и мыть посуду, покорная и покладистая, как Золушка. Еще бы, чуть не угробила меня из-за своей неземной страсти, теперь, наверное, мучается угрызениями совести. Ничего, пусть помучается. Я свое отмучился, теперь ее очередь.

Лутов помогает мне побыстрее оформить документы по опекунству над матерью. Собственно, помощь его заключается лишь в том, что все делается не в порядке живой очереди, а быстро. Все остальное происходит своим чередом, ибо основания для признания матери недееспособной очевидны всем и каждому. Правда, одна ушлая чиновница все-таки спросила меня, криво ухмыляясь:

— Значит, вы хотите продать квартиру матери, а ее саму пристроить в дом инвалидов?

— С чего вы взяли? Я хочу, чтобы за ней был надлежащий уход. Она будет жить в своей квартире, но у меня должно быть право распоряжаться этой квартирой, чтобы заинтересовать тех, кто будет за ней ухаживать.

Чиновница мне, кажется, не поверила, но меня это совершенно не волновало. Пусть думает, что хочет. Я ведь действительно не собираюсь оставлять мать без крыши над головой. Я только хочу, чтобы у меня были развязаны руки, чтобы я мог жить где мне нравится, ездить куда мне нужно, и заниматься тем, чем мне хочется, не думая каждые три минуты о том, что надо хотя бы через день навещать сумасшедшую старуху.

Продюсерская компания, которая производила программу «Лицо без грима» и еще несколько других программ, выразила сожаление по поводу моего скорого ухода и уже подыскивает человека, который будет вместо меня ведущим «Лица». Честно сказать, эта программа мне опротивела донельзя. Мне и раньше-то было не по себе, когда Витя Андреев нагло вымогал деньги у спонсоров и покровителей наших гостей, но получаемые в результате этого суммы были столь велики, что неловкость быстро умолкала. Витя был шустрый малый и не гнушался ничем, вплоть до шантажа. И где только он добывал информацию, при помощи которой вытягивал из людей деньги — ума не приложу. А теперь, когда приходится унижать людей, чтобы сделать программу скандальной и продать ее подороже, мне совсем тошно. Особенно неприятный осадок остался после эфира с писательницей Томилиной. Собственно, осадок появился не сразу, а когда я прочитал в газете статью о передаче. Ведь то, что происходило в эфире, было прямым продолжением нашей беседы во время знакомства, я спровоцировал ее, и она разговаривала со мной, совершенно не думая о том, что люди, не слышавшие начала беседы, поймут ее совсем иначе. Вот и резвая журналистка Хайкина истолковала слова Томилиной абсолютно превратно, все поставила с ног на голову, все исказила. Я вел себя некорректно по отношению к гостье, и она ставила меня на место, чего я и заслужил. Как можно было из этого сделать вывод, что Томилина всех поучает? Во-первых, не всех, а меня, Александра Уланова, а во-вторых, все, что она говорила, было справедливым и правильным, а мои вопросы и реплики — вызывающе глупыми и бестактными. Я бы еще понял, если бы Хайкина написала материал в таком ключе, что, дескать, Уланов довыпендривался и нашелся наконец человек, который смог публично его осадить. Это было бы по крайней мере справедливо, потому что я сам именно так и воспринимал ситуацию. Но то, что написала Хайкина, было чудовищным по своей глупости и неприличным по тону и стилю. И я чувствовал себя виноватым перед Томилиной. Ей-то за что досталось? Неужели только за то, что она сказала насчет экранизации? Но об этом ее просил Дорогань, он и меня предупредил. Собственно, за эти самые слова он и заплатил деньги. Мне, а не ей. Так что бедная писательница вообще пострадала безвинно.

Но слава богу, эта омерзительная эпопея с публичным насильственным раздеванием гостей заканчивается. Лутов уже просил, чтобы я подумал над концепцией той передачи, которую буду делать для кризисного центра. Это будет моя программа, мое детище, я сделаю ее такой, как мне самому хочется, не думая о деньгах. Есть ли большее счастье для творческой личности, чем возможность самовыражаться, не считая при этом копейки, не заглядывая просительно и униженно в глаза сытым богатеньким спонсорам и не наступая себе на горло, чтобы сделать это «самовыражение» более прибыльным!

Вика по поводу статьи Хайкиной выразилась неожиданно резко. Она, как выяснилось, видела передачу, более того, являлась поклонницей Томилиной, что оказалось для меня новостью. Я и не знал, что моя жена любит детективы. Правда, Вика призналась, что книги Томилиной она стала читать совсем недавно, месяца два назад, и я понял, что это скорее всего вкус не Викин, а ее любовника. Немудрено, что я об этом не знал.

— Саша, ты должен позвонить Томилиной и извиниться перед ней, — заявила моя бывшая супруга.

— За что? Разве статью написал я?

— Ты вел себя так, что дал повод написать этот мерзкий пасквиль. Тебе нужен был скандальчик — ты его получил. Ты что же думаешь, что я слепая и ничего не вижу? С тех пор, как погибли Витя и Оксана, тебя как подменили. Я думала, это их смерть так на тебя подействовала, но теперь-то я понимаю, что ты просто не мог разобраться со своей личной жизнью. Ладно, это твои проблемы, но при чем тут люди, которых ты приглашаешь на передачу? Почему они-то должны страдать из-за того, что у тебя в душе смута? Ты завел себе любовницу, она ждет от тебя ребенка, ты собираешься разводиться со мной — а в результате достойная и талантливая женщина получает такой плевок в лицо. Неужели тебе не стыдно?

— Нет, мне не стыдно, — спокойно ответил я, хотя при этом, конечно, врал. Мне было стыдно, и еще как!

Этот разговор состоялся поздно вечером. Я пришел домой (интересно, сколько еще времени я буду называть эту квартиру своим домом? Наверное, недолго), так вот, я пришел домой около десяти часов, Вика явилась почти в одиннадцать и сразу завелась насчет статьи. Я понял, что она чем-то раздражена и пытается сорвать злость на мне. «Наверное, милый оказался не на высоте», — злорадно подумал я.

Заявив Вике, что мне совершенно не стыдно, я демонстративно начал раскладывать стоящий в гостиной диван, на котором спал после развода. Но Вика не захотела понимать мой более чем прозрачный намек на усталость и желание остаться одному.

— Саша, я понимаю, ты больше меня не любишь, но это не означает, что ты должен отвергать каждое сказанное мной слово. Давай поговорим спокойно, — предложила она.

Я разложил диван и с размаху плюхнулся на него, раскинув в стороны руки и ноги.

— Ну давай, вещай, прорицательница, — снисходительно разрешил я.

Вика проглотила оскорбление, не моргнув глазом. Да, великая вещь — чувство вины! Что с людьми делает, а?

— Я знаю, как вы делали деньги раньше, — сказала Вика очень спокойно. — Я все знаю, Саша. Мне Оксана рассказывала.

Я мгновенно сел, весь подобравшись, словно перед лицом опасности. Она что, шантажировать меня собралась? Очень интересно.

— Я никогда не призналась бы тебе, что знаю об этом, если бы ты не развелся со мной. Ты поступал мерзко, но я очень тебя любила и не хотела, чтобы тебе было стыдно передо мной. Ты думал, что я ничего не знаю, и так было лучше. Потому что если бы ты понимал, что я все знаю, но продолжаю тебя любить, ты бы, наверное, перестал меня уважать. Это сложно, Саша... Я дорожила твоим отношением, я дорожила нашей любовью и поэтому молчала. Я не могла перестать тебя любить, и была противна сама себе, но все равно любила. В конце концов, все как-то делают деньги, потому что всем надо жить, а ты по крайней мере никого не убиваешь и не обкрадываешь. Я закрыла на все глаза. Когда ребята погибли и ты резко изменил тональность передачи, я поняла, что с этой грязью покончено, ты теперь зарабатываешь на скандалах, что не менее противно. Началась другая грязь. Но я готова была мириться и с этим, потому что люблю тебя. Ты следишь за моей мыслью?

— С трудом, — сквозь зубы процедил я, ошалев от такого неприкрытого цинизма. Она меня любила, она меня до сих пор любит, она хотела закрыть глаза на все, что мешает нашей любви, а сама в это время укладывается в постель с любовником и нанимает убийцу, чтобы избавиться от меня и бросить к ногам своего нового мужа все эти «грязные деньги» и все, что на них куплено! Да как у нее язык поворачивается! Неужели я так плохо знал свою жену?

— Повторяю, чтобы тебе легче было понимать меня, — сказала она тоном терпеливой учительницы, объясняющей двоечнику теорему Пифагора. — Я знаю, что все средства массовой информации работают ради денег, а не ради информации. Но пока это касалось телевидения и тебя, Александра Уланова, я терпела, потому что люблю тебя. А журналистку Хайкину я не люблю, я ее не знаю, она мне никто. И я хочу, чтобы ты мне ответил: зачем она это написала?

Я пожал плечами:

— Не вижу связи между первым тезисом и вторым. Откуда я знаю, зачем она это написала? Захотела — и написала, вот и все. Может, ей Томилина не нравится.

— Саша, не прикидывайся идиотом, — сердито сказала Вика. — Ты же прекрасно понимаешь, что Хайкиной заплатили за этот текст. Ты знаешь, кто это сделал?

— Да перестань ты выдумывать! — взорвался я. — Никто никому не платил, просто любой газете нужен оскорбительный материальчик, потому что народ обожает его читать. Газета должна хорошо продаваться, и ради этой цели в ход идут любые средства. Кто такая Томилина, чтобы платить за материал о ней? Обыкновенная писательница, каких сотни и тысячи.

— Но ни об одном из твоих гостей таких публикаций не было. Ты прав, кто такая Томилина в ряду остальных? У тебя на передаче были и бизнесмены, и кинодеятели, и врачи, и политики — кого только не было, и выглядели они на экране далеко не лучшим образом, в отличие от Томилиной, но почему-то гадости написали именно о ней. Почему, Саша? Я хочу знать, в чем тут дело.

— Почему? Да потому, что всегда под рукой были другие поводы написать язвительную статью, а сейчас случилось затишье, кинулись искать по сусекам, кого бы грязью полить в завтрашнем номере, а тут «Лицо без грима» на глаза попалось.

И вообще я не понимаю, почему ты так близко к сердцу это принимаешь. Ты что, знакома с Томилиной? Чего ты завелась на ночь глядя?

— Потому что я знаю, что никакой журналистки Хайкиной нет. Нет ее, понимаешь? Это миф. И я хочу знать, почему кто-то, оскорбляя в прессе моего мужа, прячется за псевдоним. Саша, я боюсь.

— Я уже не твой муж, — брякнул я первое, что пришло в голову.

Но Вику эта реплика не смутила. Она упорно шла к цели, которую видела перед собой. Однако я, к сожалению, этой цели не видел, как ни силился разглядеть.

— Это не имеет значения. Мы прожили вместе много лет и продолжаем пока что жить под одной крышей. И когда у тебя начнутся неприятности, они коснутся и меня. Если сейчас в дверь позвонят и в квартиру ворвутся вооруженные головорезы, которые захотят свести с тобой счеты, они не станут разбираться, оформили мы развод или нет.

Я в изумлении воззрился на нее.

— Что ты несешь? Какие головорезы? Почему они должны врываться и сводить со мной счеты? Ты в своем уме, Виктория?

— Да! — заорала она. — Я в своем уме! А вот ты, по-моему, нет! Ты жил на деньги, которые вытягивал из людей Андреев, и что же ты надеешься, что все тебя за это безумно любят? Что все приняли это как должное и на все закрыли глаза, как я их закрывала? Я вообще не понимаю, почему ты до сих пор жив после всего этого. Я молчала, потому что любила тебя, а они, они-то почему молчали и не трогали тебя? Я каждый день с ужасом ждала, что с тобой что-нибудь случится. И я уверена, что Витю и Оксану убили из-за этого. А ты — следующий.

— Тише, тише, — успокаивающе произнес я, — все соседи тебя услышат. Сбавь тон. Хорошо, я — следующий. Дальше что? Каким боком ты сюда прицепила статью о Томилиной?

— А ты не понимаешь? — Вика заговорила тише, но все так же возбужденно. — Статья была не о Томилиной, а о тебе. По тебе там как следует прошлись и ноги вытерли, а Томилина — так, повод, ничего больше. Их основная мишень — ты. Попался им под руку хороший писатель — они и по нему проехались, а чего там, подумаешь, стерпит. Послушай теперь, что я по этому поводу думаю. Пока был жив Андреев, они вас не трогали, потому что у Виктора было против них какое-то оружие. Он умел с ними разговаривать, с каждым из них, иначе они не платили бы вам за программу. Каждый был чем-то замаран или чем-то ему обязан. Ты знаешь, что Андреев работал в КГБ и ФСБ?

— Нет, — растерянно ответил я.

Я действительно этого не знал. Ну надо же! А Вика-то откуда это знает?

— Работал. И на всех этих бизнесменов и предпринимателей у него была куча компромата. Они его боялись, поэтому платили и молчали. А теперь его нет в живых. И они хотят получить свои денежки обратно. Или стереть тебя с лица земли, сломать твою карьеру и жизнь. Саша, я подозреваю, что статья заказная, это начало акции против тебя. Вспомни, что там написано: передача умерла, я больше никогда не включу телевизор в привычное время, ведущий истощил все запасы интеллекта, ни один уважающий себя деятель не сочтет возможным участвовать в этом шабаше, а если кто и примет участие, то это человек, не достойный ни внимания, ни уважения, потому что все кругом куплено. И это только начало. Завтра появится еще какая-нибудь публикация, еще более резкая, послезавтра — еще одна. Я знаю этот механизм, каждая следующая статья будет все более грубой и безжалостной, потому что расчет идет на психологию толпы. Первый удар может быть совсем легким, даже незаметным, но если человек его пропускает и молча отступает, не давая сдачи, то обязательно следует еще один удар, потом еще и еще, и в избиение включаются все присутствующие, потому что действует мощный стадный инстинкт «на добивание». Уже никто не помнит, чем провинился человек и велика ли его вина, все думают только о сладости нанесения ударов и наслаждаются видом чужой боли и унижения. Возьми годовые подшивки газет и проследи развитие любого скандала, ты сам поймешь, как это происходит. Ты прав, Томилина тут действительно ни при чем. Но тебе должно быть стыдно, что из-за этой истории пострадал ни в чем не повинный человек.

— Мне не стыдно, — холодно сказал я, — мы, по-моему, этот вопрос уже прояснили. Чего ты добиваешься? Чтобы я позвонил Томилиной и извинился? У меня нет ее телефона.

— Как же ты с ней связывался?

— Через Дороганя. Он мне ее сосватал, он же и привез в студию. Чего еще ты от меня хочешь?

— Я хочу, чтобы ты не пропускал удар, пока не стало поздно. Делай же что-нибудь, Саша, я тебя умоляю!

Ее глаза налились слезами, губы задрожали.

— Я не хочу, чтобы тебя сломали и испортили тебе жизнь. Положа руку на сердце ты это заслужил, но я люблю тебя и не хочу, чтобы разразился скандал, который тебя угробит как тележурналиста. Ты вел нечестную игру, грязную, отвратительную, но ты талантливый человек, ты талантливый журналист, и будет несправедливо, если все это погибнет.

Я с трудом сдерживался, чтобы не сказать ей все, что думаю по этому поводу. И любит она меня, и талантливый я, и простить она меня готова за все мои игрища с грязными деньгами, и о моей карьере-то она заботится, невзирая на то, что я ухожу к другой женщине и готовлюсь стать отцом (якобы, ха-ха!). Но я твердо помнил: моя жена хотела меня убить, и если я дам ей понять, что знаю об этом, мне конец. Я до сих пор жив только лишь потому, что вовремя нашел возможность отступить, предоставив ей право распоряжаться всем имуществом и сделав вид, что хочу создать новую семью. Как только она поймет, что все это вранье, что я знаю о заказе, она меня все-таки убьет. Зачем оставлять в живых мину замедленного действия, которая может взорваться в любой момент? Поэтому я должен делать вид, что не знаю ни о киллере, ни о любовнике. И, хлопая ушами, как африканский слон, слушать Викины истерические выкрики о том, как она меня любит. Конечно, она была права, если не во всем, то во многом, я-то ни секунды не сомневался в том, что Витю и Оксану убили те, кто платил за передачи. У кого-то гонор взыграл. А может быть, еще какие-то причины были, но то, что взрывное устройство в Витину машину подложили именно «спонсоры», было для меня несомненно. И статья Хайкиной тоже была направлена против меня, а бедная беременная толстуха Томилина случайно попала под каток. Дальше все будет развиваться по той схеме, о которой мне только что так красочно поведала моя бывшая супруга. Все правильно. Только меня это больше не волнует. Я не собираюсь оставаться на телевидении, поэтому пусть с моей репутацией делают что хотят, хоть режут на кусочки, хоть задницу ею подтирают. Я буду работать в центре у Лутова и заниматься совсем другими программами, которые будут покупать не только российские каналы, но и телевидение во всем мире.

— И каких же действий, позволь спросить, ты от меня ожидаешь? — насмешливо поинтересовался я, снова вытягиваясь в горизонтальном положении. — Кстати, откуда тебе известно, что никакой Хайкиной не существует?

— Я узнавала. Ты, вероятно, забыл, что мы с тобой вместе учились на факультете журналистики, и у меня среди газетчиков знакомых не меньше, чем у тебя. В редакции этой газеты журналистки с такой фамилией нет. Более того, это имя не является хорошо известным псевдонимом. Очень часто журналисты материалы по одной проблеме дают под настоящей фамилией, а по другим проблемам или в других изданиях публикуются под псевдонимами, но в принципе из этого никто секрета не делает, и все обычно знают, чей это псевдоним. А в случае с Хайкиной никто ничего не знает. Или знают, но не говорят. И это означает, что дело тут нечисто.

Я не мог не согласиться с ней. Журналисты обожают кичиться тем, что посмели поднять руку на кого-то, и никогда не скрывают авторства скандальных материалов, напротив, всячески его подчеркивают: вот какой я смелый, бесстрашный и принципиальный, смотрите на меня! Если же человек пишет такой материал, но при этом скрывает свое имя, это уже попахивает «заказухой», к тому же хорошо оплаченной.

Вике надоело стоять надо мной в позе оскорбленной невинности, она присела на краешек дивана рядом со мной, обхватила руками колени и тяжело вздохнула. Через прозрачную ткань блузки мне было видно, что бретелька бюстгальтера у нее съехала с плеча, и от этого Вика, изменявшая мне с провинциальным красавчиком, казалась еще более противной. Я уже с трудом выносил ее присутствие, особенно такое близкое, и отодвинулся подальше.

— Вика, я хочу спать. И я не собираюсь ничего предпринимать в связи со статьей. Пойми это раз и навсегда и оставь меня в покое.

Она долго молча смотрела на меня, и глаза у нее были такими же, как когда-то давно, когда мы ссорились, и виноватым был я. Она в таких случаях глядела на меня с немым укором и выражением безграничной нежности и сочувствия, потому что знала, что я сознаю свою неправоту, но никогда не наберусь мужества в ней признаться. Я раньше всегда бывал благодарен ей за это сочувствие, потому что Вика принимала меня таким, каким я был, и не добивалась от меня покаянных речей. Она просто знала, что я все понимаю, но ни за что не скажу нужных слов и не попрошу прощения. Однако сейчас мне ее сочувствие не было нужно. Она нашла себе другого, она хотела убить меня, чтобы не делить деньги, и я отрезал Вику от своего сердца, как отрезают от куска сыра заплесневелый край. Мне было больно, но я это сделал.

Не дождавшись от меня больше ничего, она встала и ушла в спальню.

* * *

Следователь, которому Татьяна Образцова передала неоконченные дела, ничего не имел против того, что где-то в сейфе у нее завалялся не приобщенный к делу протокол. Протокол допроса свидетеля и изъятия ключей был оформлен задним числом, когда Татьяна еще числилась «при исполнении». Конечно, это был подлог, но вполне невинный.

— Ага, давай, — сказал он, протягивая руку и не глядя на Татьяну, потому что в этот момент ему позвонили по телефону.

Она терпеливо дождалась, пока коллега закончит выяснять, когда же наконец будет готово заключение экспертов по фальшивым стодолларовым купюрам. Разговаривать с этим следователем ей было легко, потому что был он мужиком незатейливым, со всеми сразу переходил на «ты», а его круглое чернобровое лицо излучало такое простодушие и дружелюбие, что как-то не хотелось обижаться на панибратство.

— Ваня, ничего, если я немножко покопаюсь со своими бывшими делами? — осторожно спросила Татьяна.

Она поставила себя на его место и поняла, что сама, конечно, возражала бы. У дела не должно быть двух хозяев, иначе потом концов не соберешь. Но Иван придерживался, судя по всему, иного мнения, потому что весело улыбнулся и подмигнул.

— Валяй. Как чего накопаешь — неси в клювике. Чего тебе дома-то не сидится, Образцова? Скучаешь?

— Скучаю. Делать нечего. Да и привыкла. Знаешь, незаконченное дело как зуд, покоя не дает. И идеи кое-какие появились.

— По всем делам?

— Нет, по убийству Пашковой.

— Ах, колдунья... — протянул Иван. — Да, тоска зеленая. Небось наворожила кому-то что-нибудь не то, вот с ней и посчитались. Ищи теперь этого народного мстителя.

— Тогда я возьму записи, которые были изъяты на месте убийства, ладно?

— Что за записи? — спросил Иван, и Татьяна поняла, что он уже успел основательно забыть все, что она ему говорила при передаче дел.

— Записи, которые Пашкова вела о своих клиентах. Что-то вроде истории болезни на каждого.

— А, эти, бери, конечно.

Иван достал из сейфа конверт с материалами и протянул ей.

— Работай, труженица. Когда книжка новая выйдет?

— Ой, не знаю, — она покачала головой. — Ее еще дописать надо.

— Много осталось?

— Почти половина.

— Так что же ты дурака валяешь? Книжку бы лучше писала, а не в трупах разбиралась. Мне жена всю плешь проела, что ей читать нечего. Спроси, говорит, у Томилиной, когда что-нибудь новенькое появится.

— А она меня читает?

— Еще как! Запоем. Как купит твой новый роман, так все хозяйство побоку, муж и сын голодные, пол не метен. Когда узнал, что ты приходишь к нам работать, все собирался тебе нарекание высказать, дескать, подрываешь супружескую жизнь.

— Отчего же не высказал? — улыбнулась Татьяна.

— Вот, высказываю. А вообще ты, Танька, молодец. И на хрена ты тут корячишься, хотел бы я знать? Сидела бы дома и книжки писала. И тебе удовольствие, и людям радость.

— Не знаю, Ваня. Когда столько лет ходишь в погонах, не так просто их разом взять и снять. Страшно.

— Да тебе-то чего бояться? У тебя муж, говорят, огромные деньги зашибает.

— Врут, Ваня. Деньги хорошие, но не огромные. Все, что было, угрохали на переезд и на ремонт.

Выйдя на улицу, она хотела было взять такси, чтобы доехать до дома, но передумала и пошла в метро. Нечего деньги почем зря тратить, новая книга еще не дописана, и неизвестно, когда она сможет ее закончить, а семейный бюджет — штука не безразмерная. В конце концов, не очень-то она и устала.

Пересаживаясь на свою ветку и идя по длинному подземному переходу, она в очередной раз отметила огромное количество нищих и калек, просящих милостыню. Татьяна никогда не подавала милостыню, и вовсе не из жадности, а из инстинктивной боязни быть обманутой. Она слишком хорошо знала, в какие группы и бригады на самом деле организованы такие вот «нищие». И женщина, стоящая в позе молчаливой скорби с картонной табличкой в руках, извещающей прохожих, что ей не на что похоронить дочь, не вызывала у Татьяны сочувствия уже по одному тому, что женщину эту она видела по крайней мере на четырех разных станциях в течение двух месяцев. Что же она, два месяца тело из морга не забирала? Что-то слабо верится.

Очередная нищенка, сидящая на полу в окружении троих чумазых ребятишек, протянула ей руку. Татьяна молча прошла мимо, но в этот момент откуда-то из-за спины раздался визгливый голос:

— Как не стыдно! Такие деньжищи гребет, а нищим детям копейку пожалела! Смотрите, люди добрые, на эту писательницу! Во отъелась на своих гонорарах, глаза жиром заплыли, а на прокорм детишек малолетних денег не дает! Стыдоба!

Татьяна в изумлении обернулась и увидела тетку лет пятидесяти, худую, с испитым морщинистым лицом и бешено сверкающими глазами. Тетка тыкала в Татьяну трясущимся пальцем, привлекая внимание спешащих мимо людей. Народ стал оглядываться на них.

— Чего глядишь? — не унималась тетка, подходя вплотную к Татьяне. — Доставай кошелек и плати, если в тебе совесть есть. Небось по пятьдесят тысяч долларов-то получать — кошелек охотно открываешь, а как на детишек маленьких да голодных — так тебе жалко? У, бесстыжая корова!

Вокруг них стали останавливаться. Татьяна даже услышала краем уха чей-то шепот:

— Смотри, Томилина. Ну да, та самая, которая детективы пишет. Да точно, точно она, у нас на работе все ее читают, а там на всех книжках фотография. Надо же, неужели правда, что она такие деньги получает.

В воздухе явственно запахло скандалом.

— Товарищи, вызовите, пожалуйста, «Скорую помощь», — громко и четко произнесла Татьяна. — У женщины острое психическое расстройство, у нее галлюцинации. И не пускайте ее на платформу, а то под поезд попадет.

С этими словами она повернулась и спокойно пошла дальше. Сердце колотилось, дыхание останавливалось, ей хотелось присесть, но она шла по длинному переходу, изо всех сил стараясь справиться с собой. Сначала было просто противно. Ну, подумаешь, узнала ее какая-то сумасшедшая и разоралась в общественном месте. Всякое бывает. Но что за бред насчет пятидесяти тысяч долларов? Таких денег Татьяна сроду в руках не держала, только, может быть, когда продавала питерскую квартиру.

Ей довольно быстро удалось взять себя в руки и успокоиться. Ну что такого страшного произошло? Ничего. Ровным счетом ничего. Конечно, неприятно, когда тебя публично оскорбляют, громко называя жирной бесстыжей коровой на глазах у десятков людей, но это можно пережить.

Сердце все-таки начало болеть, и от метро до своего новостроечного дома Татьяне пришлось взять машину, чтобы не рисковать. Войдя в квартиру, она в первый момент удивилась тому, что не слышит Ирочкиного веселого голоса и не чувствует привычного запаха вкусной стряпни, но уже в следующую секунду вспомнила, что Ира на целый день убыла развлекаться со своим кавалером. Накапав себе валокордина, она прилегла на диван в гостиной в надежде немного вздремнуть, но сна не было. Минут через двадцать Татьяна встала, завернулась в теплый клетчатый плед и разложила на столе принесенные с собой записи колдуньи Инессы. У нее не было какой-то определенной цели, просто где-то в глубинах сознания шевелилась мысль: материалы — ключи. Мысль появилась по дороге от дома Пашковой до метро «Лубянка» и с тех пор не давала Татьяне покоя.

Около восьми вечера позвонил Стасов и предупредил, что придет не скоро.

— Ужинайте без меня, девочки, — сказал он, — а я смотаюсь к Лиле, чтобы она больше не плакала по всяким глупым поводам.

— Конечно, поезжай, — согласилась Татьяна. — Я тебя подожду с ужином.

— Ни в коем случае. Ты должна соблюдать режим питания. Скажи Ире, что я велел садиться за стол строго по расписанию.

— Ничего у тебя не выйдет, диктатор, — засмеялась она. — Иры нет, так что командовать некому.

— Как это нет? А где она?

— На свидании.

— С этим «Бентли-Континенталем»?

— С ним самым. Поезжай, Стасов, и ни о чем не беспокойся.

Ей предстоял долгий одинокий вечер, каких давно уже не случалось в ее жизни. Там, в Питере, у Ирины постоянно бывали какие-нибудь романы, и вечерами она частенько убегала то на свидание, то к подругам. Но с тех пор, как они переехали в Москву, Ира обычно сидела по вечерам дома. А если ее не было, то был Стасов.

Что ж, семейного ужина сегодня не получится, Стасова, наверное, покормит Маргарита, и он вернется сытым, Ира же поужинает в обществе своего «Бентли». Татьяна открыла холодильник, вытащила, в соответствии с данными утром указаниями родственницы, блинчики с творогом и банку сметаны. Поставив на огонь сковороду, она налила в ковшик топленого молока, которое очень любила, и отрезала большой кусок мягкого «Бородинского» хлеба. Ира еще велела, кажется, съесть салат из капусты, но это Татьяна решила проигнорировать. Капуста подождет до завтра.

Покончив с ужином, она вернулась к записям Пашковой. Читала их подряд, совершенно бесцельно, надеясь на то, что какое-то слово или фраза бросится в глаза. Не случайно ведь мысль «записи — ключи» появилась в голове, что-то в памяти сохранилось и подает сигнал.

За окном начало смеркаться, когда Татьяна нашла то, что искала. Записи Пашковой о человеке, по-видимому, художнике или скульпторе, который хотел избавиться от навязчивого образа сломанной руки. «Жалобы на то, что без этого образа произведение, на его взгляд, не выглядит законченным, а все критики в один голос утверждают, что он уже излишний, что это повтор. Р. и сам понимает, что повторяется, но не может испытать творческого удовлетворения, пока не воплотит образ. Первый сеанс — общее знакомство и погружение до событий трехлетней давности. Результата нет. Второй сеанс — погружение примерно на 10 — 12 лет. Похоже, была суицидальная попытка, которую Р. отрицает. Третий сеанс — суицидальная попытка подтвердилась, но Р. по-прежнему ее отрицает. Пока не пойму, почему, двигаться дальше нельзя».

«Р.» в записях Пашковой означало «Рафаэль» — именно это имя дала она неведомому клиенту для «контакта с высшими силами», именно это имя стояло сверху на листе с записями.

Тяжело поднявшись с мягкого дивана и придерживая одной рукой плед, который так и норовил соскользнуть с плеч, Татьяна подошла к книжным полкам. Где-то здесь стоят книги по искусству и альбомы с репродукциями. Она точно помнила, что в этих альбомах видела картины, в которых присутствовал образ «сломанной руки». Поиски увенчались успехом. Вот они, репродукции картин художника Фролова. Да, смысл его жалоб теперь Татьяне понятен. Действительно, в каждой картине либо изломанная ветка дерева, либо безжизненно повисшая рука, либо цветы со сломанными стеблями. Хоть в мелочи, но пресловутый образ обязательно есть.

Значит, Фролов. Народный художник России, личность известная. И ходил к банальной колдунье? Что-то не вяжется. Хотя творческие личности — люди неординарные, богемные, и поступки их непредсказуемы. Ведь есть же модные художники и поэты, которые зарабатывают очень много, а носят не костюмы от Кардена, а старые, затертые джинсы и свитера с порванными локтями. И вовсе не от скупости, а потому что они «так самоощущаются».

Она посмотрела на часы — справки наводить уже поздно, одиннадцатый час. Ладно, Фролов никуда не денется до завтра. Аккуратно собрав разбросанные по столу записи в большой коричневый конверт, Татьяна достала толстую папку с рукописью недописанной книги. Пора браться за ум и работать над повестью. А она даже не помнит, что написано в начале. Надо все перечитать и садиться дописывать.

Стасов вернулся около полуночи, и был он непривычно молчаливым и притихшим.

— Как Лиля? — спросила Татьяна, глядя, как он снимает костюм и вешает его в шкаф.

— Ничего.

— Больше не плачет?

— Плачет. Таня, мне нужно с тобой поговорить.

— Какие проблемы? — усмехнулась она. — Мы и так разговариваем. Ты хочешь сообщить мне что-то малоприятное?

— Ничего особенного. Понимаешь... Лиля просит, чтобы я в июне поехал с ней к морю. Я пытался ей объяснить, что не хочу тебя оставлять, что ты не очень хорошо себя чувствуешь, что тебе скоро рожать, но она твердит одно и то же: ты меня больше не любишь, ты теперь будешь любить того ребенка, которого родит тетя Таня. Она так плачет... Сердце разрывается.

— Так поезжай. Со мной ничего не случится, рожать я буду в конце июля или в начале августа, ты прекрасно можешь отдохнуть с Лилей месяца полтора. Стасов, не создавай проблем на ровном месте.

— Это еще не вся проблема.

— А что еще?

— Рита поедет с нами.

— Кто это придумал? — поинтересовалась Татьяна.

— Так хочет Лиля. Она очень просит, чтобы мы поехали все вместе.

— Прекрасно! Новая жена ждет ребенка, а муж едет отдыхать с бывшей супругой. Стасов, тебе самому не странно так ставить вопрос? Если ты поедешь с Лилей, я буду воспринимать это как должное, потому что Лиля — твоя дочь. Но, если ты при этом будешь проводить время с Маргаритой, я не уверена, что приду от этого в восторг.

Татьяна резко повернулась и вышла из комнаты, оставив Владислава одного. Через минуту он вышел к ней в коротком махровом халате.

— Танечка, ну пойми меня, ну не сердись, родная.

— Я не сержусь, — спокойно ответила она. — Лиля — твоя дочь, и ради ее душевного спокойствия можно приносить любые жертвы. Поезжай к морю, отдохни как следует. За мной Ира присмотрит.

— Нет, ты не так скажи. Я же вижу, что ты злишься. Ну Таня!

Она прижалась к нему, уткнувшись лицом в плечо, ласково поцеловала и погладила по затылку.

— Все, Стасов, вопрос решен. Ты поедешь с Лилей к морю. А будет ли при этом с вами Маргарита — значения не имеет. В конце концов, она мать Лили, а не только твоя бывшая жена.

— Дай слово, что ты не сердишься, — настаивал он.

— Я не сержусь. Выбрось это из головы. Иди спать.

— А ты?

— Я буду ждать Иру. Все равно не усну, пока она не вернется.

— Не обидишься, если я лягу? Я действительно чертовски вымотался за день.

— Ложись. Есть не хочешь?

— Нет, Ритка накормила, я же у них весь вечер просидел.

Стасов ушел в спальню, а Татьяна снова устроилась в гостиной с рукописью. Она успела прочитать почти половину, когда в дверном замке робко заклацал ключ. Вернулась Ира. Лицо ее сияло, руки с трудом удерживали очередной букет, на этот раз еще более роскошный, нежели предыдущий.

— Таня, ты не спишь? — спросила она громким шепотом, заглядывая в гостиную.

— Нет, — так же шепотом ответила Татьяна. — Как погуляла?

— Таня, я выхожу замуж, — выпалила Ира.

Татьяна быстро встала с дивана, по-прежнему кутаясь в плед, схватила родственницу за руку и потащила ее на кухню.

— Вот так, — сказала она вполголоса, плотно притворив дверь в спальню, чтобы не разбудить мужа. — А теперь излагай четко и последовательно.

Ира бросила букет на кухонный стол и забралась с ногами на мягкий угловой диванчик.

— Он сделал мне предложение. И я его приняла.

— Это славно, — улыбнулась Татьяна. — Может быть, нам уже пора с ним познакомиться? Кто он, чем занимается?

— Он президент банка, — сообщила Ирина и счастливо засмеялась. — Ты представляешь? Мне нужно было пережить сто двадцать пять неудачных романов с женатыми мужчинами и холостыми придурками, мне нужно было выплакать море слез и изгрызть сотню подушек, чтобы в конце концов найти прекрасного принца. Умного, красивого, богатого и разведенного. Господи, мне даже не верится, что это происходит со мной. Танюша, ты рада за меня?

— Конечно, родная. Если все так, как ты говоришь, то ты это заслужила. А помнишь, как ты не хотела переезжать в Москву? Хороша бы ты была, если бы я тебя послушалась. И когда свадьба?

— Ой, пока точно неизвестно, но скоро. Мы хотим сначала съездить куда-нибудь за границу, к океану. Он предлагает в

Америку, в Майами. Говорит, что там роскошные курорты. Ты без меня не соскучишься?

— Это смотря когда ты собираешься плавать в океане.

— Мы хотим уехать где-то в начале июня, если получится. Он сказал, что с визами и билетами проблем не будет, это очень дорогая поездка, и желающих не так много. У него самого мультивиза на пять лет, а его американские партнеры пришлют приглашение мне как его невесте. Ой, Тань, неужели так бывает?

— Бывает, как видишь. Я очень за тебя рада. Ты почему цветы бросила на стол? Поставь их в воду, жалко же, если завянут, они такие красивые.

Счастливо улыбаясь, Ирочка занялась цветами, а Татьяна с грустью думала о том, что скоро останется совсем одна. Стасов уедет с Лилей и Маргаритой к морю, Ира упорхнет на побережье Атлантики, а она останется в одиночестве, никому не нужная, наедине со своими страхами потерять ребенка еще до того, как он родится. Совсем одна в чужом городе, ни родных, ни друзей, и даже работы нет. Впрочем, это, наверное, и к лучшему, она сможет сосредоточиться и быстро дописать многострадальную книгу.

## Глава 17

Рабочий день для Насти Каменской начался с неожиданности. Она была в кабинете Гордеева, кода раздался звонок. Виктор Алексеевич снял трубку, потом бросил быстрый взгляд на Настю.

— Да, она здесь, — сказал он невидимому собеседнику. — Кто? Уланова? Сейчас спрошу.

Он прикрыл микрофон ладонью и повернулся к ней.

— Ты Уланову ждешь?

— Нет, — удивленно ответила Настя. — Это какая Уланова?

— Виктория Уланова. Знаешь такую?

— Это, наверное, жена Уланова, — догадалась она. — Она что, пришла?

— Да, стоит в бюро пропусков и тебя домогается.

— Пусть выпишут пропуск, я за ней схожу.

Настя пошла вниз, недоумевая, что могло понадобиться жене Александра Уланова. Они встречались всего один раз, почти сразу после убийства Андреева и Бондаренко, когда шли массовые опросы всех сотрудников программы «Лицо без грима» и их близких. Виктория показалась тогда Насте спокойной, уравновешенной женщиной, не агрессивной и не способной на решительные действия. Что же такое случилось, что заставило ее прийти на Петровку?

Увидев Викторию Уланову, Настя остолбенела. Перед ней стоял совсем другой человек. Более ухоженная, с хорошо прокрашенными волосами и тщательным макияжем, в дорогом плаще поверх элегантного костюма, жена Александра Юрьевича производила впечатление женщины, дошедшей до последней грани отчаяния. Лицо стало жестким и каким-то сухим, глаза горели холодным огнем, губы сжаты.

Настя привела ее в свой кабинет, предложила раздеться.

— Что у вас случилось? — спросила она. — Вы так сильно изменились внешне.

— Я пришла посоветоваться, — сказала Уланова. — Александр не в состоянии адекватно оценивать ситуацию, и я хочу взять дело в свои руки. Если ему наплевать на свою карьеру и жизнь, то мне это все еще небезразлично, хоть он и развелся со мной.

— Как это развелся? — глупо спросила Настя, понимая, что сейчас на ее глазах происходит нечто важное, и самое главное — не упустить нить, а она ничегошеньки не понимает. И ведь собиралась же она поговорить с женой Уланова как раз об этом, еще тогда собиралась, когда Татьяна рассказала о контактах Уланова с гражданкой Лутовой, а руки так и не дошли.

— Как все разводятся, — пожала плечами Уланова. — Вы знаете, из-за чего погибли директор программы и Оксана Бондаренко?

— Догадываюсь, — осторожно сказала Настя, стараясь уловить связь между разводом супругов Улановых и гибелью сотрудников телепрограммы.

— Витя Андреев тянул деньги из спонсоров за показ передачи в эфире. И Александр в этом участвовал. Я имею в виду не в вытягивании денег, а в их получении. Он знал, на какие средства существует программа, и его это устраивало. И я уверена, что спонсоры решили с ними расправиться. Витю и Оксану убили, а Сашу начали травить. В газете появилась ужасная статья. Вот, я вам принесла.

Она протянула Насте тот самый выпуск ежедневной газеты, который Настя уже видела и читала, стоя в подъезде рядом с плачущей Ирочкой.

— Да, я знаю эту публикацию, — кивнула она. — Мне, честно говоря, показалось, что она направлена против писательницы Томилиной в первую очередь, а уж вашему мужу досталось постольку-поскольку.

— Вовсе нет, — горячо возразила Виктория, — все как раз наоборот. Удар направлен против Саши, а писательнице досталось случайно, походя. Саша не хочет понимать, чем это чревато. Он увлечен своей новой жизнью и ни о чем не хочет думать, в том числе и о завтрашнем дне. А я очень хорошо понимаю, что будет завтра.

— И что будет? — поинтересовалась Настя.

— Будет еще одна статья, потом еще одна, а потом его втянут в скандал, после которого он не отмоется до самой смерти. И работе тележурналиста придет конец. А он больше ничего не умеет и не хочет уметь, потому что он создан для этой работы. Если ее отнять у Саши, он кончится как личность, понимаете?

— Погодите, Виктория Андреевна, не так быстро. Я не успеваю следить за переменами в вашей жизни. Из-за чего вы развелись, можно узнать?

Уланова помолчала, глядя в окно. Было видно, что вопрос ей неприятен, но решимость, написанная на ее увядающем милом лице, красноречиво говорила о том, что женщина готова идти до конца и отвечать даже на те вопросы, на которые отвечать совсем не хочется.

— У него есть другая женщина, и она ждет ребенка, — наконец выдавила она.

— Но, когда мы с вами разговаривали месяц назад, вы не упоминали, что собираетесь разводиться, — заметила Настя.

— Это случилось внезапно. Саша поставил меня в известность, и мы тут же оформили развод.

— Так не бывает, — не поверила Настя. — Разводы не оформляют в течение двух часов.

— Нам оформили, — грустно усмехнулась Виктория. — Саша постарался, у него какой-то блат есть. Анастасия Павловна, я не жаловаться к вам пришла. Мне нужна помощь.

— В чем конкретно?

— Помогите найти того, кто заказал эту статью.

— Вы думаете, она заказная?

— Уверена.

— Так спросите у журналистки Хайкиной, кто ей заплатил. Чего проще.

— Я пыталась, — Уланова как-то странно улыбнулась. — Но дело в том, что такой журналистки в этой газете нет. Это заказной хорошо оплаченный материал, который подписан вымышленным именем. Поэтому я и уверена в том, что это начало акции против Саши.

— А почему, собственно, вас это так беспокоит, Виктория Андреевна? Александр Юрьевич уже вам не муж, у него другая женщина и скоро родится ребенок. Почему вы так близко к сердцу принимаете его профессиональную карьеру?

Уланова снова помолчала. На этот раз пауза длилась дольше.

— Я люблю его. Да, я продолжаю его любить, несмотря ни на что. И я не могу оставаться равнодушной. Я хочу ему помочь.

— Каким образом?

— Я хочу узнать, кто стоит за этой статьей.

— И что потом? Виктория Андреевна, вы же не собираетесь пойти к этому человеку и застрелить его, правда?

Уланова посмотрела ей прямо в глаза. Лицо ее было спокойным и сосредоточенным.

— Разумеется, нет. Но я хочу знать, кто это сделал. А уж как остановить скандал, я придумаю.

— Шантаж? — спросила Настя.

— Ну зачем же? — снова усмехнулась Уланова. — Это грубо. Я узнаю, кто этот человек, и приду к нему с деловым предложением.

— С каким же?

— Я предложу вернуть ему деньги, которые он заплатил за передачу. Если таких недовольных несколько, я думаю, что смогу вернуть деньги всем. В конце концов, если они мстят, потому что их обобрали, проще всего возместить ущерб.

— Подождите, подождите, — Настя схватилась за голову. — Я ничего не понимаю. Какие суммы с них брали за показ программы?

— По-разному, от пяти до двадцати тысяч долларов.

— С каждого?!

— Нет, что вы. Брали избирательно, примерно с каждого пятого-шестого. Остальных делали бесплатно.

— Но я все равно не вижу смысла, — упрямо возразила Настя. — Речь ведь шла не о похищении ребенка, когда ты готов на все, лишь бы вырвать его из рук вымогателей. Речь шла всего лишь о телевизионной передаче. И если она не жизненно необходима, то зачем платить? А если она так сильно нужна, что люди готовы платить, то зачем потом сводить счеты? Никто же не заставлял их давать деньги. Коль они решили мстить вымогателям, то возмещение ущерба их не устроит, уверяю вас.

— А я вас уверяю, что устроит, — холодно ответила Уланова. — Ситуация меняется ежедневно. Один заплатил потому, что счел возможным, другой заплатил, третий, а потом они встретились, поговорили и объединились. Когда человек думает, что обобрали его одного, он почему-то готов с этим мириться, но как только он обнаруживает, что это был лишь единичный факт долговременной акции, в нем просыпаются злоба и желание хотя бы отомстить, а если получится — и вернуть деньги. Тем более он не одинок, ряды крепнут, так почему не попробовать.

Что ж, подумала Настя, в этом есть смысл. Пожалуй, Виктория Андреевна не так уж не права. В логике ей не откажешь.

— И вы готовы все эти деньги вернуть? — спросила она недоверчиво.

— Чтобы остановить расправу с Сашей? Да. Может быть, не все, но сколько смогу. Продам квартиру, Саше она все равно не нужна, он же переезжает к новой жене. Продам украшения, машину. И наличные есть в банке. Если тех, кто за этим стоит, не больше семи-восьми человек, я с ними рассчитаюсь полностью, если же их больше, придется возвращать сумму не целиком, но я надеюсь с ними договориться. Анастасия Павловна, подскажите мне, куда обратиться, чтобы найти этих людей. Я, собственно, только за этим к вам и пришла.

Куда обратиться, чтобы найти тех, кто заказал статью «Прощай лицо, да здравствует грим!»? Конечно, если верить версии Виктории Улановой, материал был направлен против ведущего программы, а вовсе не против Татьяны, но все-таки... В голове у Насти появилась сумасшедшая мысль. Но без разрешения Гордеева она не посмеет ее высказать.

— Пойдемте со мной, — сказала она решительно. — Я проконсультируюсь у знающих людей.

Вдвоем они дошли до кабинета Колобка. Настя попросила Уланову подождать в коридоре, а сама зашла к начальнику.

— Виктор Алексеевич, а что, если направить Уланову в «Грант»? — предложила она. — Мы же должны выяснить, от кого в агентстве идет продажа информации. Вот и посмотрим, чтобы самим там не светиться.

Гордеев задумался. Настя понимала, что именно его беспокоит. Нельзя втягивать частных лиц в процесс раскрытия преступлений. То есть это, конечно, делается сплошь и рядом, но все-таки лучше использовать тех, у кого есть хотя бы маломальский опыт, изворотливость, смекалка. В идеале это должны быть бывшие оперативники или бывшие сотрудники других милицейских служб. А тут милая спокойная женщина, никаким боком к милиции не привязанная. Хотя, с другой стороны, профессия у нее такая, что иному милиционеру фору даст.

— Чем занимается эта Уланова? — спросил полковник.

— Она журналистка на вольных хлебах, пишет по заказам нескольких иностранных изданий о женских проблемах в современной России. Насколько мне известно, она брала интервью...

Настя назвала несколько очень известных фамилий: певицы, топ-модели, кинозвезды.

— Ах, вот даже как, — протянул Виктор Алексеевич. — Это делает ей честь. К этим дамочкам не так легко прорваться, а угодить им еще труднее. По крайней мере об одной из них мне рассказывали, что ей раз пять приносили на визирование текст одного и того же интервью, и она все пять раз его не подписывала, потому что ей не нравилось, хотя все было записано с диктофона слово в слово. Материал так и не вышел. А Уланова, значит, сумела. Молодец.

— Так что вы скажете? — робко спросила Настя. — Можно рекомендовать ей обратиться в «Грант»?

— Пожалуй, я бы разрешил, — задумчиво произнес он. — Но с оговорками. Если она права и те люди, которых она ищет, организовали убийство Андреева и Бондаренко, то направить ее с этим вопросом к частным сыщикам — это и ее подставить, и самим подставиться. Этого нельзя ни в коем случае. Придумай ей легенду поспокойнее и поправдоподобнее. Но не слишком далеко от истины, иначе заинтересованные фигуры сразу почувствуют подделку.

— Можно сказать, что она хочет собрать компрометирующие сведения о Хайкиной, чтобы поквитаться с ней за статью о муже, — сказала она.

— Ну, например, — согласился Гордеев. — Договорись с ней о взаимопомощи. В легенде должно быть что-нибудь такое, что позволит нам сразу определить утечку информации. С агентством надо разбираться как следует, убийство депутата на нас висит, а мы ни с места. А тут еще письма эти подметные... Черт знает что. Ты с Коротковым поговорила?

— Поговорила. Он никаких писем не получал.

— И Гмыря не получал. Выходит, только Лесников наш удостоился. Ты, деточка, конечно, во многом не права, но то, что ты не любишь политику, — это правильно. Я тоже ее любить перестал. Грязное это дело. А помнишь, как мы в восемьдесят девятом году репортажи с Первого съезда народных депутатов слушали? Вся управа не работала, к десяти утра собирались перед телевизорами и смотрели, как люди, которых мы олицетворяли с российской совестью, развенчивали коммунизм. Кажется, даже ты тогда стала политикой интересоваться.

— Было, — согласилась Настя. — Но к девяносто второму году это прошло. Переболела. Я пойду, Виктор Алексеевич, а то меня Уланова в коридоре ждет.

— Подождет, — неожиданно жестко сказал полковник. — Я знаю, что с тобой Заточный разговаривал насчет перехода.

— Да, — растерянно ответила она. — Он вам сказал?

— Нет, сорока на хвосте принесла. И что ты думаешь по этому поводу?

— Я не знаю. Как вы скажете, так и буду думать.

— А своего мнения у тебя нет?

— Пока нет.

— Тогда уходи. Поработай у Ивана, это тебе на пользу пойдет. Сейчас грядут трудные времена, Стасенька, в верхах в любой момент могут случиться большие перемены, а это повлечет за собой постепенную смену руководства в городе, потом и до нас доберутся. Я-то пенсионный уже, не забывай. Пересиди смуту под крылом у Ивана, а там посмотрим. Если отдел сохранится в нынешнем виде, вернешься, а нет — так и тебе нечего тут делать.

— Виктор Алексеевич...

— Все, иди к своей Улановой. Иди. Мне работать надо.

Он демонстративно полез в стол за бумагами и тут же уткнулся в них, словно в данный момент не было для него дела важнее, чем эти вот бумаги.

\* \* \*

Утром, подавая мужу завтрак, Татьяна попросила:

— Стасов, ты можешь оказать своей беременной жене услугу?

Владислав удивленно посмотрел на нее и даже отложил вилку, которой уже нацелился было на аппетитные румяные блинчики с творогом, оставшиеся со вчерашнего дня.

— Я весь твой, моя королева, — наконец вымолвил он. — Повелевай.

— Мне нужен народный художник России по фамилии Фролов.

— Зачем? Ты хочешь заказать ему поясной портрет?

— Нет, я хочу задать ему пару вопросов. Стасов, еще три дня назад у меня для этого были оперативники, которым я могла это поручить, но сегодня у меня никого нет, кроме тебя и Насти. А Насте я вчера не смогла дозвониться, похоже, она дома не ночевала. Поэтому остаешься ты.

— Погоди, я не понял. Это что, по уголовному делу, которое ты уже передала?

— Именно.

— А что же следователь, который теперь его ведет? Пусть он сам этим занимается.

— Стасов, ты уже все забыл, — засмеялась Татьяна. — При существующей нагрузке у следователя руки до моих нераскрытых трупов дойдут еще не скоро, а поскольку дело уже далеко не свежее, то и вообще никто надрываться не будет. А у меня жуткий комплекс вины, потому что следствие велось вяло, и я хочу хоть что-то сделать, коль скоро у меня есть такая возможность. Следователь, кстати, не возражает, я с ним говорила. Так я могу рассчитывать на твою помощь?

— Таня, ты ставишь меня в тяжелое положение, — сердито ответил Стасов. — С одной стороны, ты — моя любимая жена и я не могу тебе ни в чем отказать, но с другой стороны, я категорически против того, чтобы ты занималась работой, вместо того чтобы заниматься сохранением беременности. Сиди дома и дописывай книгу. Считай, что я тебе велю.

— Что ты делаешь? — переспросила она, приподнимая брови в удивленной гримаске.

— Ве-лю. В смысле даю указание.

— Ух ты! А ты округл, Стасов. Скажи-ка, ты помнишь известную истину о том, что все болезни от нервов?

— Ну, помню. И что?

— А то, что для сохранения моего душевного покоя я должна раскрыть убийство колдуньи Инессы. И у меня такое чувство, что я его уже почти раскрыла. Мне будет приятно осознавать, что я все-таки довела это дело до конца, даже находясь в состоянии глубокой беременности. Ну можешь ты мне подарить такой праздник или нет?

Стасов сердито молчал, энергично двигая челюстями и поедая один за другим симпатичные блинчики, убывающие с тарелки с космической скоростью.

— Стасов, у меня в запасе есть еще один аргумент. Я не могу дописывать книгу, пока не раскрою это убийство. Понимаешь, мозги не в том направлении работают. Зато если я его раскрою, то про это и напишу. Все равно у меня какой-то творческий застой получается. Я вчера перечитала то, что уже написано, и поняла, что для дальнейшего развития сюжета нужно еще одно преступление, позагадочнее. Как раз такое, как убийство колдуньи. Это послужит мне хорошим толчком. Ну как, уговорила?

Он отодвинул тарелку и вытер губы салфеткой.

— Наша Ира — чистое золото, а блины у нее — райские. Она поздно вчера явилась?

— Поздно, ты уже крепко спал.

— Как ей погулялось?

— Отлично. Дядя из «Бентли-Континенталя» сделал ей предложение. А в июне они собираются ехать в Майами купаться в океане. Стасов, не увиливай от ответа на прямо поставленный вопрос. Ты найдешь для меня художника Фролова, или мне к Насте обращаться?

— Нет, погоди. Как это они уедут? А ты?

— А я останусь. Что тебя не устраивает?

— Но ведь я тоже уеду. И ты останешься совсем одна. Нет, так не годится.

— Годится, Стасов, все годится. Ничего со мной не случится, я не маленькая. Так я в третий раз спрашиваю: ты найдешь Фролова? Имей в виду, я все равно не успокоюсь. Сяду на телефон, буду обзванивать все творческие союзы живописцев и скульпторов и все равно найду. Но у тебя это получится быстрее.

Стасов быстро допил чай, посмотрел на часы и встал.

— Веревки ты из меня вьешь, вот что я тебе скажу, — проворчал он. — Найду я тебе этого Тинторетто. Но с одним условием.

— Никаких условий, — резко сказала Татьяна.

— Нет уж, голубушка. Я его найду и сам с ним встречусь, чтобы тебе не ездить никуда. Скажи, что я должен у него спросить.

— Меня интересует, когда и к какому психоаналитику он обращался.

— Ну вот, здрасьте, — протянул Стасов. — А при чем тут психоаналитики, если ты занимаешься убийством колдуньи?

— А она тоже психоаналитик. Просто прикидывалась колдуньей, чтобы клиентуру не отпугивать.

— Вон оно что... Ладно, золотая моя, все сделаю. Не скучай без меня.

Выйдя в прихожую, он натянул легкую куртку и взял «дипломат». Татьяна привычно подставила ему щеку для поцелуя, но Стасов, вопреки обыкновению, поцеловал ее в губы.

— Танюша, я, сегодня, наверное...

— Да, конечно, — она вымученно улыбнулась, — ты опять поедешь к Лиле.

— Таня...

— Но я же не против, Стасов. Не надо все время извиняться. И потом, почему бы тебе не привезти ее к нам? Я по ней скучаю, раньше она бывала у нас почти каждый день.

— У нее трудный период. Раньше она не думала о том, что у нее будет братик или сестричка и она перестанет быть единственным обожаемым существом у нас, четверых взрослых. А теперь она... как бы это сказать...

— Ну не мнись, Стасов, — резко сказала она, — не надо меня щадить. Лиля настроена против меня?

— В общем... Да.

— Ну что ж, я должна была это предвидеть. В таком случае

не следует еще больше ее травмировать и привозить сюда. Не забудь о моей просьбе.

Закрыв дверь за мужем, Татьяна вернулась на кухню и стала мыть посуду. И даже не сразу заметила, что плачет.

* * *

Ирочка снова убежала на свидание с женихом, и Татьяна потихоньку занималась домашними делами, когда позвонил муж. Услышав в трубке его голос, она подумала, что он уже разыскал художника Фролова, и порадовалась. Но, как выяснилось, радовалась она напрасно.

— Ты слышала о статье «Бешеные деньги»? — спросил Стасов.

— Нет, только о пьесе Островского, — пошутила Татьяна.

Она чувствовала себя виноватой за утреннюю вспышку, и теперь ей хотелось разговаривать с мужем легким веселым тоном, чтобы показать ему, что вовсе не обиделась. Однако оказалось, что поводов для шуток не было. Какой-то шустрый журналист пособирал по миру сплетни и слухи и опубликовал «достоверные», на его взгляд, сведения о гонорарах, которые получают российские писатели. Татьяна Томилина была названа в статье одной из самых состоятельных околитературных дам, гонорары которой составляют пятьдесят тысяч долларов за книгу.

— Что за чушь! — удивилась она. — Откуда это взялось?

— Из статьи.

— Это я понимаю, — нетерпеливо прервала Татьяна, — а слух-то такой откуда взялся? Эти цифры ничего общего с реальностью не имеют. Почему пятьдесят тысяч, а не сто, не двести?

— Танечка, это вопрос не ко мне. Ты когда-нибудь в интервью вопрос о гонорарах обсуждала?

— Да никогда! Ты что, шутишь? У меня с издательством подписано соглашение о том, что размеры гонораров являются коммерческой тайной, и за разглашение и мне, и им грозит ответственность. Мне скрывать нечего, со всех моих гонораров налоги уплачены, но издательство не хочет, чтобы один автор знал, сколько платят другому. Это вопрос их политики поведения с авторами. И я их понимаю. Я и сама не хочу знать, сколько платят другим, потому что, если окажется, что им платят больше, чем мне, я начну терзаться и завидовать. Начну думать, что я хуже пишу. Или что я глупее, и меня можно обманывать. Зачем мне эта головная боль?

— Интересно, — задумчиво сказал Стасов, — откуда же тогда появился этот слух? Он ведь должен на что-то опираться, на чьи-нибудь слова, например.

— Не обязательно, — возразила она, — можно просто выдумать. В Москве уйма газет, где работают специальные выдумщики, творящие жуткие, душераздирающие истории про людоедов или про девочек, которых беркуты выкармливают и воспитывают. Сама читала такое. Ты мне художника нашел?

— Таня, ты не о том думаешь, — с досадой произнес Владислав.

— А о чем я должна думать?

— О том, что завтра, когда ты будешь одна, в квартиру придут бандиты, которые прочитали в газете, сколько денег ты получаешь. Будут тебя пытать и истязать, чтобы ты сказала, где хранишь свои десятки тысяч долларов. И ты никогда в жизни им не объяснишь, что журналист, который это написал, — идиот. Они тебе все равно не поверят. А журналисту поверят. Еще Пушкин отмечал патологическое доверие русской души к печатному слову. Вот о чем ты должна думать, а не о каком-то там художнике с нарушениями психики.

— Дорогой, — вздохнула она, — что толку думать об этом? Я же все равно ничего не могу изменить. Статья уже написана и напечатана, и тысячи людей ее уже прочли. Так что мне теперь, на улицу не выходить? Бандиты ведь могут не только в квартире на меня наехать, но и на улице, и в метро...

Она осеклась. В метро. Да, вчерашняя тетка, которая орала на нее и обзывала. Теперь понятно, откуда в ее бессвязных истерических выкриках взялась цифра в пятьдесят тысяч долларов. Тоже, видно, «желтую прессу» почитывает. Прочитала и поверила. И другие поверят. Сколько их еще будет, таких теток в метро и на улице?

— И все-таки найди мне художника, — попросила она и добавила: — Пожалуйста, Стасов. Это важно для меня.

Ее душила бессильная злость. Господи, ну кому она на мозоль наступила? Что они к ней прицепились? И по телевидению выступила плохо, и гонорары бешеные гребет. Кому мешают ее книги? Что могло вызвать такую неистовую ненависть прессы?

Мелькнула предательская мысль, а не бросить ли совсем эту литературную деятельность? Родить ребенка, через несколько месяцев выйти на работу и продолжать жить, как живут все следователи. Расследовать преступления, составлять протоколы и обвинительные заключения, допрашивать свидетелей, потерпевших и подозреваемых, растить детей, заниматься хозяйством. Зачем ей нужна эта дурацкая литература, если из-за нее одни неприятности? Стасов прав, в любой момент в квартиру могут вломиться «отморозки», и она ничего не сможет им доказать. Вообще у этого журналиста хоть какие-нибудь мозги есть или они полностью отсутствуют? Ладно бы еще, если бы он написал про сверхвысокие доходы известного политика, у которого и так есть личная охрана и который один по улицам не ходит и в общественном транспорте не ездит. Но так подставить ее, женщину, которая не может себя защитить! Зачем? Неужели не понимал, что делает?

«Я могу себя защитить, — внезапно подумала она и улыбнулась. — Я могу. И я это сделаю. Главное — успеть».

Когда Стасов позвонил во второй раз, Татьяна снова была в хорошем расположении духа. Отогнав все тяжелые мысли, она сидела за компьютером и работала над очередной главой новой книги.

— Я нашел твоего Джорджоне, — весело сообщил муж. — И даже съездил к нему.

— И что он сказал? — нетерпеливо спросила она.

— Неувязочка вышла, госпожа следователь. Не ходил он к твоей колдунье, и слышать про нее не слышал, и знать не знает. И по-моему, не врет.

— Не врет, — согласилась Татьяна. — Он ходил к другому специалисту.

— А ты откуда знаешь? — удивился Стасов.

— Я пока не знаю, а только догадываюсь. Он ходил к Готовчицу, да?

— Да ну тебя, Танюха, — огорченно сказал он. — Хотел кролика из шляпы вытащить, а ты помешала. Никакой радости с тобой. Слушай, Готовчиц — фамилия редкая. Он не муж ли той парламентской леди, которую убили недавно?

— Муж. С тобой, Стасов, тоже радости мало, все с полуслова ловишь. Спасибо, дальше я сама.

— Ты мне обещала никуда не ездить, — строго напомнил он.

— Неправда, я обещала не ездить к Фролову. И не поеду. Все, Стасов, не буду тебя больше отвлекать, иди работать.

— Таня! Я тебя прошу, не выходи из дома одна. После этой статьи я за тебя боюсь.

— Перестань. Я же не могу запереть себя в четырех стенах. Не волнуйся, со мной ничего не случится. Счастливо!

Она быстро положила трубку, не ожидая ответной реплики мужа, потому что знала все, что он может ей сказать. И будет прав.

Не успела она отойти от телефона, как он снова зазвонил. Татьяна поняла, что это Стасов, и предусмотрительно не стала снимать трубку. Звонки шли один за другим, но она не обращала на них внимания. Выключила компьютер и стала одеваться. Когда телефон умолк, быстро набрала номер Каменской.

— Настюша, мне нужно срочно с тобой увидеться. Очень срочно.

— Мне сейчас отсюда не сорваться, — ответила Настя. — До вечера терпит?

— Нет. Это действительно срочно. Я могу приехать на Петровку.

— Давай, если тебе не трудно, — согласилась Настя. — Я буду на месте.

На этот раз Татьяна не стала рисковать и поймала «частника», который запросил на удивление скромную сумму, и уже через час она входила в здание на Петровке, 38. Настя сидела за столом среди вороха огромных листов со статистикой и готовила для Гордеева очередную ежемесячную аналитическую справку о состоянии дел с тяжкими насильственными преступлениями. В кабинете было накурено, и при виде Татьяны Настя тут же вскочила и распахнула настежь окно.

— Не замерзнешь? — заботливо спросила она. — Надо проветрить, тебе вредно дышать табачным дымом.

— Ничего, я привычная, — усмехнулась Татьяна. — Ты к Готовчицу в ближайшее время не собираешься?

— Собираюсь, — кивнула Настя. — Как раз сегодня. Он меня ждет к шести часам. Есть поручения?

— Скорее просьба. Помнишь, я тебе рассказывала про убийство колдуньи Инессы?

— Конечно. Среди ее клиентов была некто Лутова, а к Лутовой в гости захаживал мой фигурант Уланов. На этом мы с тобой и сомкнули ряды. Кстати, хочу тебе сообщить, что роман у Уланова вовсе не с Лутовой. Его пассия ждет ребенка, а Лутова, как ты мне говорила, вовсе не беременна.

— Что ж, можно констатировать, что ряды смыкаются плотнее, — заметила Татьяна. — Твой Готовчиц и моя колдунья в прошлом были любовниками.

— Да, ты говорила.

— Но это, как говорилось в одном известном кинофильме, еще не все. У меня есть сильные подозрения, что они поддерживали отношения до сих пор, то есть до гибели Инессы.

— Ну и что? — удивилась Настя. — Подумаешь, криминал. Адюльтер — дело обычное. Или там что-то еще?

— Там многое, Настюша. Готовчиц сказал мне, что у Инны Пашковой было невероятное чутье, позволяющее ей быстро добираться до болевых точек человеческой души. Она, по его словам, была психоаналитиком от бога, а не только по образованию. И вот представь себе, в записях Инессы я нахожу сведения о человеке, который у нее никогда не бывал, но зато посещал сеансы у Готовчица. Каково, а?

— Ничего себе! — выдохнула Настя, в изумлении глядя на Татьяну. — Получается, он бегал к ней консультироваться?

— Думаю, да. И делал это постоянно. Настолько постоянно, что имел собственный комплет ключей от ее квартиры. И в какой-то момент эти ключи выбросил прямо у дома, где жила Инесса. Напряги фантазию, и картинка у тебя получится страшно интересная.

— Ну, насчет фантазии — это не ко мне, — засмеялась Настя. — По части фантазии главный специалист у нас — ты. Но картинка действительно получается любопытная. Думаешь, он ее убил?

— Допускаю. Но, с другой стороны, зачем? Ведь если он с проблемами своих пациентов бежал к Инне советоваться, то что он будет делать без нее? Репутация поставлена под угрозу, если он не сможет выглядеть блестящим специалистом, он растеряет клиентуру. Причина убийства должна быть очень веской, чтобы пойти на него.

Настя задумчиво покачала головой, машинально потянулась за сигаретой, но вспомнила, что в комнате находится беременная женщина, и спрятала пачку в стол, от глаз подальше.

— Не обязательно. Если он действительно убил Инну и, выйдя из подъезда, выбросил ключи, это говорит о том, что он в тот момент плохо соображал. Если бы он соображал хорошо, он бы спокойно унес ключи куда-нибудь далеко и выбросил, например, в Москву-реку или в Яузу. Или в канализационный люк. Он же сделал самое глупое, что только можно себе представить. Из этого можно вывести предположение, что если он за несколько минут до этого совершил убийство, то скорее всего в состоянии сильного душевного волнения. Типичное убийство по страсти. Тем более они были любовниками. Ты хочешь, чтобы я поговорила об этом с Готовчицем?

— Да. Вообще-то я даже не знаю, как лучше... Я хотела бы сама побеседовать с ним. Но вместе нам, наверное, не стоит к нему идти. У тебя какой план на сегодняшнюю встречу?

— Да нет у меня никакого плана, — Настя с досадой взмахнула рукой. — У меня есть задача, которую я должна как-то решить, а как — непонятно. В двух словах: супруга Бориса Михайловича наняла частных детективов для слежки за мужем. Вопрос: почему она сделала это именно сейчас? Вероятно, что-то в его поведении натолкнуло ее на мысль, что с ним не все в порядке. Судя по всему, это так и было, ибо в один прекрасный момент слежка была обнаружена кем-то из числа контактов Готовчица, кому это дело жутко не понравилось. Этот кто-то через сыскное агентство выяснил при помощи энной суммы, кто заказал слежку, и, узнав, что это сделала Юлия Николаевна, организовал ее убийство. Более того, когда по моей просьбе мой знакомый попытался выяснить, через кого идет утечка информации из агентства, его убили прямо на моих глазах. Он уже видел того, кто приторговывает конфиденциальными сведениями, но не смог узнать его имя, чтобы не настораживать никого, и хотел показать его мне вживую. Но не успел. То есть дело там — серьезнее не бывает. Все очень круто замешано. Но мне нужно найти исходную точку. Почему Юлия Николаевна забеспокоилась? Что такое произошло, что заставило ее обратиться к частным сыщикам? Официально я убийством депутата не занимаюсь, и Гордеев поручил мне выяснить только этот малюсенький фактик. Но с ним, как оказалось, большие проблемы. Я хожу к Готовчицу, делая вид, что у меня личные проблемы, с которыми я не могу справиться, мы с ним дружно играем в сеанс психоанализа, а противный маленький фактик никак наружу не вылезает.

— Сколько времени проводилось наблюдение за Готовчицем? — спросила Татьяна.

— Неделю.

— Отчеты заказчице представлялись?

— Обязательно. Я их уже наизусть выучила, отчеты эти. Мы копии сразу же запросили. Ребята буквально на шею сели всем, кто в них упомянут, глаз с них не спускали — и ничего. Ни одной подозрительной фигуры. Обычные люди, такие же, как мы с тобой. Коллеги по научной работе и медицинской практике, пациенты, редактор издательства, выпускающего книгу, в которой у Готовчица две главы. Надо сказать, он человек не больно общительный, контактов у него немного. И из дому выходил нечасто. А сейчас, по-моему, вообще не выходит. У нас только два пути: либо узнать правду у самого Готовчица, либо выяснить у того человека в агентстве, кому он дал информацию. Вот с двух сторон и подбираемся.

— Можно, я к нему сегодня съезжу? — попросила Татьяна.

— Ты? Разве ты все еще работаешь? Ты, кажется, говорила, что уходишь на сохранение, — удивилась Настя.

— Даю прощальную гастроль, — пошутила Образцова. — Давай я попробую с ним поговорить. Разговор пойдет, естественно, о моей колдунье, но ведь Готовчиц нас с тобой никак не связывает и о событиях, предшествовавших убийству жены, будет со мной разговаривать более свободно, не следя за каждым словом. Если ему, конечно, есть что скрывать.

Идея показалась Насте перспективной. И кроме того, она хотела снова поехать в Жуковский. Свекру сделали операцию, вчера она вместе с Алексеем просидела в больнице до глубокой ночи. Они с мужем говорили о чем угодно, только не о том, из-за чего, собственно, и возник конфликт, но ей показалось, что Леша уже не сердится. В любом случае она должна быть рядом с ним, потому что он переживает за отца. И потому, что все может в любой момент обернуться трагедией. Нельзя оставлять Чистякова одного.

* * *

Ровно в шесть вечера раздался звонок в дверь. Он привычно испугался, помертвел, но сумел справиться со страхом. На часах шесть, это она, Каменская, женщина из уголовного розыска. Одна из многих, кто занимается убийством Юли. Но на пороге стояла та, другая, которую он определил для себя как многодетную и обремененную хозяйством нескладную толстуху, готовящуюся в очередной раз стать матерью. Он сперва удивился, но потом успокоился. Когда к нему приходил въедливый и дотошный Гмыря или красивый паренек Лесников, Борис Михайлович напрягался и каждую минуту ждал подвоха. С женщинами всегда проще иметь дело, а уж с такой, как эта...

С того момента прошло почти полтора часа. И вот он сидит перед ней и не понимает, о чем она спрашивает. То есть слова все понятные, знакомые, но мозг упорно отказывается понимать страшный смысл ее вопросов.

— У вас были ключи от квартиры Пашковой. Я точно знаю, что они были. Где они сейчас?

Она задает этот вопрос уже в третий или четвертый раз, а он все не может ответить.

— Хорошо, я отвечу сама, — спокойно произносит женщина-следователь, и в этот момент Готовчиц почему-то пытается вспомнить, как ее зовут. Ведь она же говорила, называла имя, и в прошлый раз, и сегодня, когда пришла. А он не помнит.

— Ключи вы выбросили на Мясницкой, когда в последний раз вышли из квартиры Инны Пашковой. Я не спрашиваю, зачем вы к ней приходили, потому что и так знаю. Вы использовали ее как дармовую рабочую силу, вы эксплуатировали ее талант, чтобы выглядеть в глазах своих пациентов проницательным и квалифицированным специалистом. С чем вы приходили к ней? С цветами и шампанским? Или с диктофоном, на который были записаны ваши беседы с пациентами во время сеансов? Она любила вас все эти годы и все эти годы доказывала вам, что тоже кое-что умеет. Вероятно, вы постоянно в этом сомневались. Во всяком случае, давали ей понять, что цените ее невысоко. И она доказывала вам, что вы ошибаетесь. Вы помните, как она специально пришла когда-то, чтобы показать вам свой диплом? И как просила, чтобы для прохождения интернатуры ее направили именно к вам, в клинику, где вы заведовали отделением? Все ваши сказочки про стандартный и ничего не значащий роман врача-интерна и завотделением — это полная чушь. Ваш роман начался гораздо раньше, Инна была беременна от вас, но ребенок так и не родился. И не смейте мне говорить, что вы этого не знали. Борис Михайлович, я не требую от вас ни подтверждения, ни возражений по поводу только что сказанного. Я хочу, чтобы вы мне сказали, что произошло во время вашей последней встречи и почему вы выбросили ключи. Только это.

Она замолчала, подперла рукой подбородок и стала смотреть на него своими темно-серыми глазами терпеливо и внимательно. Он молчал.

— Я не уйду отсюда, пока вы мне не ответите, — сказала она.

Он молчал. И вспоминал тот ужас, который охватил его, когда он привычно открыл дверь Инны своими ключами, вошел и увидел ее лежащей на полу, в луже крови, избитую и истерзанную. Он не убивал ее, нет. Он никогда не поднял бы на нее руку. Он ее боготворил, он ею восхищался, как восхищаются людьми, которые умеют делать что-то невероятное.

Он ее не убивал. Но он оставил ее без помощи, хотя можно было вызвать врачей и спасти ее. Он постоял в оцепенении над окровавленным телом, повернулся и ушел, тихонько захлопнув за собой дверь. И, выйдя из подъезда, выбросил ключи.

— Я ее не убивал, — наконец выдавил он.

— Я знаю, — тихо ответила следователь. — Никто не станет убивать курицу, несущую золотые яйца. Инна была вашей правой рукой. В сущности, она была вами, потому что вы слабый психоаналитик, а все ваши успехи в лечении пациентов — это ее заслуга. Со случаями попроще вы справлялись сами, а с более сложными — шли к Инне за помощью. Вы честно просили ее помочь или продолжали делать вид, что экзаменуете ее, предлагая в виде тестов записи ваших бесед с пациентами?

— Я любил ее, — пробормотал он едва слышно.

— А вот это неправда, — мягко поправила она. — Это Инна вас любила, а не вы ее. Она любила вас безрассудно и преданно, вы были главным человеком в ее жизни, и она ничего не могла с этим поделать, несмотря на то, что прекрасно умела разбираться с аналогичными проблемами других людей. К ней приходили десятки женщин, которые не могли собственными усилиями вырвать из сердца тягу к мужчине и перестать ему подчиняться, и этим женщинам Инна помогала. А себе — не могла. И вы, Борис Михайлович, этим пользовались совершенно беззастенчиво. Скажите-ка мне, ваша жена знала о связи с Пашковой?

— Нет!

Он сказал это быстро, громко и уверенно, словно сама мысль показалась ему кощунственной.

— Вы точно знаете?

— Точно. Юля никогда... Нет, что вы... Нет. Она не могла ничего знать.

— Может быть, у нее появился повод подозревать об этом? Подумайте, не сказали ли вы что-нибудь такое... неосторожное. Или, может быть, сделали что-то необычное.

— Нет. Почему вы спрашиваете? Разве Юля кому-нибудь говорила, что подозревает меня в неверности?

— Я думаю, неверность вашу супругу испугала бы меньше. Но она могла заподозрить, что вы — не тот, за кого себя выдаете. Вы — очень средний психиатр или психолог, но вовсе не такой специалист, каким вас все считают и которому платят такие большие гонорары. Кстати, Инна получала от вас какие-нибудь деньги в виде благодарности за консультации или вы эксплуатировали бесплатный труд?

— Вы не смеете! — Готовчиц повысил голос, но осекся под ее спокойным взглядом. — Я вас прошу, не надо так говорить. Что бы вы ни думали, я любил Инну. Любил, как умел. Как был способен.

Он понял, что сейчас все ей расскажет. Он не может больше молчать, и не потому, что тщательно скрываемая тайна рвется наружу, а потому, что его измучил страх. Постоянный, иссушающий и выжигающий все внутри, мешающий думать, дышать, жить. Он больше не может терпеть. Он все расскажет и будет надеяться, что ему помогут.

Он все никак не мог сосредоточиться и почему-то разглядывал пушистую светло-серую кофточку, в которую была одета женщина-следователь. Он так и не вспомнил ее имя, но эта кофточка, так похожая на ту, что носила его мать, стала последней каплей. Ей он все расскажет. Именно ей, толстой, неторопливой и доброй, а не этому злому, недоверчивому следователю Гмыре и не той странной девице с Петровки, рядом с которой у него постоянно возникает чувство опасности.

...В конце января Инна неожиданно позвонила ему домой, хотя почти никогда этого не делала. Она была разумной женщиной и понимала, что звонить домой женатому любовнику не следует.

— Ты не был у меня сегодня днем? — взволнованно спросила она.

— Нет, — удивленно ответил Готовчиц. — Мы ведь и не договаривались.

— Значит, я сама забыла дверь закрыть, — с досадой сказала Инна. — Представляешь, пришла — а дверь не заперта. Я подумала, что ты пришел и ждешь меня. А тебя нет. Ладно, извини, что побеспокоила.

Однако еще через пятнадцать минут она позвонила снова. На этот раз голос у нее был испуганный.

— Боря, ты меня не разыгрываешь? Ты точно не приходил сегодня?

Он начал раздражаться. Ну сколько раз можно повторять одно и то же? Он же сказал: не был.

— Понимаешь, в квартире кто-то был, но вроде ничего не пропало. Вещи только не на своих местах.

— Может, тебе показалось? — предположил Готовчиц. — Вспомни, ты, наверное, сама их перекладывала.

— Да нет же, Боря. Рылись в мебельной стенке, там, где я храню записи о клиентах. Все бумаги лежат в понятном мне порядке, и я этот порядок никогда не нарушаю, потому что потом не смогу быстро найти то, что нужно. Я не могла ошибиться.

Готовчиц произнес какие-то необязательные успокаивающие слова, будучи абсолютно уверенным, что Инна все напутала в своих бумагах сама. В самом деле, ну кому придет в голову взламывать квартиру, чтобы ничего не взять? Не бывает такого. Инна через пару дней успокоилась и даже стала подшучивать над своим испугом. Она, похоже, тоже решила, что ей померещилось. А по поводу незапертой двери сказала:

— У меня замок — ножницами открыть можно. Наверное, какой-нибудь начинающий воришка польстился на легкий замок, вскрыл дверь, вошел и увидел, что брать у меня нечего. С тем и убыл.

Но дверь она все-таки поменяла, поставила двойную стальную с сейфовыми замками. И дала Готовчицу второй комплект ключей взамен старого ключа.

В тот день он пришел к Инне, как обычно, открыв двери своими ключами. То, что он увидел, было страшным. Она еще дышала, более того, была в сознании. Увидев его, мучительно зашевелила губами, пытаясь что-то сказать. Он наклонился к ней, стараясь не испачкаться в крови. Еще не слыша ее слов, он уже решил, что уйдет и не будет вызывать врачей. Какова бы ни была причина происшедшего, он не может позволить себе быть втянутым в следствие и в сомнительные отношения с сомнительной дамой-колдуньей.

— Имя... — шептала Инна в последнем усилии.

— Какое имя?

— Имя... В бумагах нет... Там другое... Они требовали имя... Помоги мне...

Больше она ничего не сказала, потеряла сознание. Борис Михайлович осмотрелся судорожно, пытаясь понять, не испачкался ли он и не оставил ли следов. Потом на цыпочках вышел из квартиры и аккуратно притворил дверь. Раздался щелчок, дверь захлопнулась. Он не стал запирать замок на четыре оборота, сбежал по лестнице вниз и выскочил на улицу. Сделал глубокий вдох, стараясь выглядеть как обычный прохожий, замедлил шаг и направился к машине. Ключи тут же выбросил, сам не зная, зачем. Машинально хотел избавиться от всего, что связывало его с Инной.

Дни шли, никто его не беспокоил. Он хорошо знал свою возлюбленную-помощницу, знал ее скрытность и нелюдимость и надеялся на то, что она никому об их отношениях не рассказывала. Так оно, вероятнее всего, и было, потому что следствие до него не добралось. И он успокоился. Только потеря Инны его тревожила. Как он теперь без нее? Кто будет помогать ему искать «ключи» к душам пациентов? Без Инны он — ничто. И те пациенты, к которым он привык и которые привыкли к нему, скоро от него уйдут. Состоятельные люди, представители элиты, в том числе и политической, и, наверное, криминальной. Очень «новые русские». Люди искусства. Как только два-три человека скажут где-нибудь, что ходят к Готовчицу уже три месяца, а толку никакого — все. Репутация погибла. Надежда только на ту новую работу, о которой говорила одна пациентка. Она осталась очень им довольна и порекомендовала Готовчица какому-то большому начальнику в Министерстве внутренних дел. Там вроде бы его кандидатуру не отвергли и сейчас рассматривают. Борис Михайлович хорошо понимал, какого рода работа его ждет, если все сложится благополучно, и очень хотел ее получить. Потому что та информация, которой он будет располагать, сделает его могущественным. Если нельзя властвовать над душами, потому что больше нет Инны, то он будет властвовать над умами.

И вдруг... Дверь его квартиры оказалась взломанной. И тоже ничего не пропало. И тоже явные следы того, что кто-то рылся в его бумагах. Его охватил ужас. Он слишком хорошо помнил, что именно так все началось для Инны. И видел, чем это для нее кончилось. Имя. Они хотели узнать у нее какое-то имя. Но какое?

Он потерял покой, каждую свободную минуту посвящая пересмотру и перечитыванию своих записей о пациентах и пытаясь понять, что взломщики искали у него. Какое имя? О чем речь? Он ничего не мог придумать и от этого боялся еще больше. Разве мог он сказать работникам милиции, что воры не ценности искали, а рылись в бумагах в поисках како-го-то имени? Не мог. Они бы обязательно спросили, откуда ему это известно, и немедленно выплыла бы история с Инной. Этого он допустить не мог. И он молчал. Молчал и жил в постоянном страхе.

А потом убили Юлю. И ему стало еще страшнее.

Вот, собственно, и все...

## Глава 18

Татьяна даже не очень удивилась, выслушав рассказ профессора Готовчица. Чего-то подобного она и ожидала, а уди-вить ее после стольких лет работы следователем вообще было непросто. Борис Михайлович бросил умирающую женщину без помощи, потому что боялся быть втянутым в скандал, ко-торый помешает его новому назначению? Да таких случаев в ее практике был не один десяток. Известный психоаналитик доктор наук Готовчиц оказался несостоятельным специалис-том и в особо сложных случаях пользовался услугами более квалифицированной помощницы? И такое встречается на каждом шагу. Книги, написанные вовсе не теми людьми, чье имя стоит на обложке, давно стали притчей во языцех, как и диссертации, подготовленные якобы аспирантами, а на самом деле от первой до последней строчки выполненные за большие деньги каким-нибудь желающим подработать про-фессором или доцентом. Чувство гадливости, возникающее у нее каждый раз при столкновении с подобной ситуацией, было сродни чувству, которое появляется, когда после долгой борьбы с тараканами эти очаровательные насекомые появля-ются вновь. Противно, но не удивительно, потому что это уже было.

Удивительным, или, если хотите, странным в этой исто-рии было только одно: повод для убийства. А заодно и для взлома квартиры. Если Готовчиц не лжет, то все дело заключалось в каком-то имени. В каком? И что это за имя, которое пытались узнать сначала у Инессы, а потом вломились в квартиру к Готовчицу?

Татьяна очнулась от раздумий и обнаружила, что уже дошла почти до самого дома. Вон и подъезд виден, осталось пройти несколько десятков метров. Но при мысли о пустой квартире ей вдруг стало грустно. Все ее покинули. Стасов занят дочкой, Иришка — своим новоявленным женихом, а она осталась совсем одна, никому не нужная, кроме, может быть, журналистов, которые вдруг увидели в ней лакомый кусочек и вознамерились, как следует его поджарив, преподнести читателям в виде пикантного блюда, обрамленного гарниром из сплетен и домыслов.

Она решила, что домой не пойдет. Пока не пойдет. Прекрасный майский вечер, еще совсем светло, в воздухе приятно переливается свежая прохлада, омывая яркую сочную зелень. А беременным полезно не только ходить, но и дышать кислородом. Татьяна огляделась и заметила симпатичную скамеечку, рядом с которой росли два мощных дуба. Вот там-то она и посидит.

Итак, имя. Пройдем весь путь сначала. Преступникам нужно было некое имя, которое они надеялись найти в записях Инессы. Они его не нашли, поскольку Инесса наделяла своих клиентов выдуманными именами. Тогда они пришли к ней и стали задавать вопросы. Судя по всему, Пашкова не торопилась давать ответ, иначе они не истязали бы ее. Сказала она им в конце концов это имя или нет? Вариант первый: сказала. Тогда зачем они залезли в квартиру Готовчица? Вариант второй: не сказала. Потеряла сознание, преступники решили, что она мертва, и начали искать заветное имя в записях Готовчица. Чье имя может оказаться в бумагах и Инессы, и ее любовника? Ответ очевиден: имя одного из пациентов профессора. Но тогда возникает другой вопрос: почему Инесса не назвала его? Почему пожертвовала своей жизнью, но сохранила тайну? Ради кого она могла так поступить? Ради человека, который ей очень дорог. Но все свидетельствует о том, что таким человеком в ее жизни был только профессор Готовчиц. Нет, не складывается...

За спиной послышался шум мотора, Татьяна оглянулась и увидела машину, которая остановилась прямо возле ее подъезда. Из машины вышли двое мужчин, один постарше, другой совсем молодой, обвешанный фотоаппаратурой. Остановившись возле подъезда, они стали живо что-то обсуждать, поднимая голову и разглядывая окна. Тот, что помоложе, обернулся, увидел Татьяну, что-то сказал мужчине постарше. Они еще какое-то время посовещались, потом повернулись и дружно двинулись к ней. Примерно на полпути они вдруг убыстрили шаг, и лица их при этом засияли, как медные чайники.

— Простите, пожалуйста, вы — Татьяна Томилина? — запыхавшись, спросил молодой фотограф.

Татьяна попыталась быстро сообразить, не прикинуться ли ей дурочкой, но не успела ничего ответить, как фотограф быстро заговорил:

— Как нам повезло! Мы же специально к вам ехали. Номер дома знали, а номер квартиры нам не сказали. Мы уж собрались по соседям идти, спрашивать, где живет известная писательница. А тут вы сами...

— Что вам угодно? — сухо спросила она.

Общаться с журналистами не было ни малейшего желания. И настроение не то, и после двух последних публикаций симпатии они не вызывали.

— Нам угодно интервью! — резво выпалил молодой.

Но тот, что постарше, осторожно взял его за плечо и отодвинул в сторону.

— Не сердитесь на нас, Татьяна Григорьевна, — мягко сказал он. — Мы не хотели нарушать ваше уединение. Я понимаю, в вашем положении вам хочется покоя и тишины, и наше появление, наверное, вас раздражает. Но я хочу, чтобы вы знали: мы глубоко возмущены тем потоком оскорблений, который сыплется на вас. Мы бы хотели опубликовать совсем другой материал и реабилитировать ваше имя.

— Не надо преувеличивать, — холодно ответила Татьяна. — Речь идет всего о двух статьях, так что о потоке оскорблений говорить, по-моему, преждевременно. Я не нуждаюсь в реабилитации.

— Почему о двух? — удивился журналист. — Их как минимум семь или восемь. Вот, они все у меня с собой, я специально их захватил, чтобы, задавая вам вопросы, дать вам возможность ответить на каждую.

— Восемь? — переспросила Татьяна, с трудом шевеля онемевшими губами. — И что же в них написано?

— А вы действительно не знали? — встрял фотограф. — Что вы, вся Москва только о них и говорит.

Журналист, который постарше, достал из висящей на плече сумки папку и протянул Татьяне.

— Хотите ознакомиться?

— Да, — кивнула она.

— А интервью дадите?

— Не знаю. Сначала я прочту это, а потом решу. Погуляйте пока, — сказала она таким же тоном, каким иногда выпроваживала из кабинета подследственных со словами «Подождите в коридоре».

Журналист и фотограф послушно отошли на некоторое расстояние и стали что-то обсуждать вполголоса. Татьяна открыла папку и начала читать статьи, заголовки которых были отмечены желтым маркером. С каждым прочитанным абзацем ее охватывали недоумение и обида.

«Книги Томилиной — плохое подражание западным образцам, столь же неумелое, как печально известные «Жигули», которые делались по образцу «Фиата»...» Но она никогда не старалась подражать кому бы то ни было, она писала так, как чувствовала и думала сама. И все ее книги были о России, о сегодняшнем дне, о людях, которые ходят по улицам рядом с нами и пытаются решить свои чисто российские жизненные проблемы. При чем тут западные образцы?

«Госпожа Томилина выпекает свои книжонки как блины, и такая невероятная скорость наводит на мысли о том, что на нее работает целая бригада литературных рабов. Не случайно, наверное, произведения, подписанные ее именем, порой разительно отличаются друг от друга по стилю». Какие рабы? О чем говорит автор этой статьи? Все книги от первой буквы до последней точки написаны ею самой. И множество людей может это подтвердить, да хоть та же Ира, на глазах у которой Татьяна творит свои повести и романы. А что касается стиля, то Татьяна сама стремится писать книги по-разному, чтобы не повторяться. Одни вещи у нее получаются неспешными, задумчивыми и наполненными психологией, другие — динамичными и более крутыми, третьи — таинственными и страшными. Но ведь нельзя все время писать одинаково, это ей самой скучно! И нельзя писать в одном стиле о разных преступлениях и о разных проблемах. А вот теперь это истолковано как признак того, что она пользуется чужим трудом и чужим талантом, присваивает себе чужую славу, и вообще она этой славы совершенно недостойна, потому как произведения ее написаны плохо.

«Вероятно, скоро нам придется распроститься с автором популярных детективов Татьяной Томилиной. Произведения ее раз от раза становятся все слабее и скучнее. Талант, и без того небогатый от природы, постепенно иссякает. Если первые ее книги мы читали запоем, то, взяв в руки ее новые повести, мы с трудом продираемся сквозь путаницу слов и оставляем это бесплодное занятие уже на тридцатой странице, не испытывая ни малейшего интереса к тому, кто же все-таки преступник». Господи, неужели это правда? Но ведь никто ей этого не говорил... Ни Ира, которая читает каждую вещь в рукописи, ни Стасов, ни Настя Каменская, которая (Татьяна это точно знает) читала все ее книги. Может быть, они ее щадили? Но издательство тоже никогда никаких претензий не предъявляло, ее не просили переделать вещь, усилить какую-то линию, что-то убрать, что-то добавить. Это означало, что книги ее по-прежнему раскупаются хорошо и читателям нравятся. Так в чем же дело? Просто в несовпадении вкусов журналистов и читателей? Может быть, и так.

А может быть, журналисты правы, она действительно исписалась, талант, «от природы небогатый», иссяк, и книги ее становятся раз от раза все хуже и хуже.

«Найдется ли кто-нибудь, кто остановит раз и навсегда поток низкопробной литературы, хлынувшей на наши прилавки? Высокое искусство забыто, наших сограждан оболванивают бесконечными триллерами, киллерами, трупами и кровавыми разборками, описанными плохим языком. Впрочем, чему удивляться? Эти новоявленные писатели получают такие гонорары, которые заставляют их выбрасывать на наши головы все новые и новые плоды своего творчества. Яркий тому пример — популярная Татьяна Томилина. По слухам, за каждую свою плохо написанную книгу она получает по пятьдесят тысяч долларов. Кто же откажется от таких денег?»

Она закрыла папку и уставилась неподвижным взглядом в темнеющее небо. Ей было тошно.

— Прочитали? — раздался совсем рядом приятный негромкий голос журналиста, который успел незаметно подойти к ней. — Так как насчет интервью? Мне бы хотелось дать материал, который разом опроверг бы все эти публикации. Показать вас интересным, ярким, талантливым человеком.

Татьяна медленно перевела на него глаза и покачала головой.

— Я не буду давать интервью.

— Но почему? Неужели вам нравится то, что вы прочитали?

— Естественно, мне это не нравится. Я же нормальный человек.

— Тогда почему вы отказываетесь? Вам предоставляется возможность ответить, возразить, реабилитировать себя, — настаивал журналист.

— Я не буду давать интервью, — повторила Татьяна.

Журналист помолчал немного, потом присел на скамейку рядом с ней. Татьяна чуть отодвинулась, такое близкое присутствие чужого человека было ей неприятным.

— Татьяна Григорьевна, выслушайте меня, — заговорил он. — Я читал все ваши книги и являюсь вашим горячим и преданным поклонником. И когда я вижу, что ваши книги называют плохо написанными, я расцениваю это как оскорбление, которое нанесли лично мне. Понимаете? Не вам, автору этих книг, а мне, их читателю. Потому что они мне нравятся, потому что я считаю, что они прекрасно написаны, и вдруг кто-то, кого я не знаю и в глаза не видел, обвиняет меня в плохом вкусе и отсутствии культуры. Вы попробуйте посмотреть на ситуацию с этой точки зрения. Ваши книги отлично раскупаются, и это означает, что нас, ваших почитателей, — сотни тысяч. А те, кто написал вот это, — он кивком головы указал на лежащую у нее на коленях папку, — одним росчерком пера всех нас обидели и унизили только потому, что лично им ваши книги не понравились. Не принимайте это близко к сердцу, журналистов единицы, а нас — целая армия. И от лица этой армии я вас прошу об интервью, в котором вы встанете на нашу защиту.

— Если вас так много, как вы говорите, вы сами сможете себя защитить, — ответила она. — И меня заодно. Но мне кажется, что вы превратно толкуете ситуацию. Если человеку говорят, что у него нет таланта, он не может и не должен себя защищать. Защищать можно доброе имя, репутацию, но не способности. А человек, который борется за то, чтобы его признали талантливым, просто смешон. Человек, который вступает в борьбу с теми, кому не нравятся его творения, не достоин уважения. Вы меня понимаете? Если человек в жизни не взял чужой копейки, а про него пишут, что он вор, он может доказать, что это неправда, и вернуть себе доброе имя, потому что сам про себя он совершенно точно знает, что он не вор. Но если про человека говорят, что он плохой писатель и таланта у него нет, то что он должен делать? Доказывать, что он пишет хорошо и талант у него есть? А вдруг он ошибается, а его критики правы? Как он тогда будет выглядеть?

— Вы удивительная женщина, — негромко произнес журналист. — Не понимаю, как вам удается существовать в нашей действительности? Вы пишете прекрасные книги, в вас такое чувство собственного достоинства, и в то же время вы так ранимы и беззащитны. Я очень хотел бы помочь вам. Вы, наверное, страшно одиноки, да?

— Почему вы так решили?

— Талантливые люди всегда одиноки. Им нужно побыть наедине с собой и с богом, а окружающие этого не понимают, требуют внимания и каких-то повседневных дел, обижаются, лезут в душу, обременяют ненужной суетой. Простите меня за вторжение. Теперь я и сам вижу, что моя попытка взять у вас интервью была глупой и бестактной. Вы очень расстроились?

— Из-за чего? Из-за статей? Да, очень. Но жалеть меня не нужно. Всего доброго.

Она тяжело встала со скамейки и не оглядываясь пошла к подъезду.

Ей снова предстоял одинокий ужин в пустой квартире. Сердце сдавила тоска, Татьяна почувствовала себя всеми брошенной и незаслуженно обиженной. Открыв холодильник, она поняла, что не может ничего есть. Закуталась в плед и легла на мягкий кожаный диван, отвернувшись лицом к стене.

\* \* \*

— Томилина еще раз приходила к психоаналитику Готовчицу. Вероятно, он назначил ей цикл сеансов. Это означает, что проблемы у нее достаточно серьезные.

— Будем надеяться. Как развивается комбинация?

— Отлично! Все идет без сбоев. Она чувствует себя одинокой, у нее опустились руки, она даже не хочет бороться за восстановление репутации. Знаете, есть люди, которые склонны сразу верить любой критике в свой адрес. Томилина, несомненно, принадлежит к их числу. Об этом говорят все ее книги. Опираясь на психологический портрет, воссозданный по ее произведениям, мы выстроили комбинацию, и она дает блестящие результаты. На сегодняшний день Томилина отказывается от помощи, потому что привыкла, что рядом с ней есть люди, которые всегда помогут и поддержат. Она — человек семьи, если вы понимаете, о чем я говорю. Она всегда жила с кем-то, будь то мужья или родственники, она высоко ценит семейное сосуществование и не привыкла к одиночеству. Пройдет еще несколько дней, и она поймет, что заблуждается. Близких людей рядом нет, и помогать ей никто не будет. И тогда она примет ту помощь, которую предложим ей мы.

* * *

Когда открылась входная дверь, Татьяна решила, что пришел Стасов. Еще только половина двенадцатого, Ира вернется со свидания намного позже. Однако она ошиблась, это была именно Ирина.

— Так рано? — удивленно спросила Татьяна. — Только не говори мне, что вы поссорились и ты разочаровалась в своем банкире.

Она и на этот раз легко справилась с тоской и плохим настроением и давно уже сидела за компьютером, работая над книгой и не замечая хода времени. Сегодня был удачный день, текст, по ее собственному выражению, шел легко, пальцы быстро порхали по клавиатуре, и Татьяну охватило уже несколько подзабытое ощущение радости и восторга, когда совершенно понятно, что и как писать дальше, и слова подбираются сами собой точные, емкие и выразительные. Она даже пожалела, что ее творческое одиночество оказалось нарушенным, она могла бы работать еще несколько часов подряд не прерываясь.

Из комнаты ей было слышно, как Ира раздевается. Поскрипывала дверца шкафа, мягко стучала пластмассовая вешалка, звякали бросаемые на туалетный столик украшения. Родственница молчала, и это было необычным и тревожным.

— Ира, что случилось? — крикнула Татьяна. — Почему ты в плохом настроении?

Ирочка появилась в комнате, уже одетая в длинный сиреневый пеньюар, из-под которого сверкали соблазнительно приоткрытые короткой сорочкой стройные ножки. Ее темные большие глаза яростно сверкали на бледном лице со сжатыми губами.

— Где твой муж? — требовательно спросила она.

— У Лили. А в чем дело? Он тебе нужен? И почему такой официоз, почему «твой муж», а не Владик?

— Потому что. Ты уверена, что он у Лили?

— Конечно. Я тебя не понимаю.

— А вчера где он был? Тоже у Лили?

— Тоже. Объясни, будь добра, что происходит. Почему ты такая злая?

— Потому что твой муж нагло обманывает тебя, — звенящим от негодования голосом заявила Ира. — Уж не знаю, где он сегодня, а вот вчера он со своей Маргаритой благополучно сидел в ресторане и развлекался, а вовсе не утешал свое рыдающее чадо.

— Откуда ты это знаешь? Ты его видела?

— Еще чего! — фыркнула Ира. — Если бы я его увидела, я бы ему глаза выцарапала прямо там же, в ресторане. Но ему повезло. Его видел Андрей, а не я.

— Андрей? — переспросила Татьяна. — Это твой жених, что ли?

— Ну да. Ему нужно было заехать в ресторан «Золотой дракон» буквально на три минуты, с кем-то встретиться и взять бумаги. Я осталась в машине, а он зашел внутрь и действительно минут через пять вышел с папкой. А сегодня спросил: «Тот мужчина, который загонял тебя домой, действительно муж твоей родственницы?» Я говорю: «Да, муж». Тогда он и сказал, что, мол, странный это муж. Мою нравственность блюдет, а сам поздним вечером по ресторанам с другими женщинами рассиживается. Я спросила, как женщина выглядит, он мне описал ее. Это Маргарита, совершенно точно. Нет, ну как тебе это нравится? Прикрывается Лилей, а сам... Слов нет! Подонок!

Татьяна молча смотрела на экран компьютера и силилась понять, что там написано. Но не могла. Буквы как бы существовали сами по себе, а смысл слов, в которые они складывались, — сам по себе. И смысл этот стал для нее неуловим.

Стасов... Ну как же так? Что же происходит? Ни разу за все время, что они вместе, она не заметила в нем ни малейших признаков чувства к бывшей жене. Он был уже в разводе, когда они познакомились, и нельзя сказать, что Татьяна увела его из семьи, а теперь в нем проснулась тоска по Рите, с которой его насильно разлучили. Все было не так.

Маргарита Мезенцева, по мужу Стасова, была очень красивой женщиной. Была и есть. В мире кино она заслуженно считается одной из первых красавиц. Может быть, все дело в этом? Ему надоела толстая неуклюжая жена, которую беременность отнюдь не украсила. У Татьяны серьезные проблемы с вынашиванием плода, и начиная с четвертого месяца беременности врачи наложили строжайший запрет на интимную близость. А Стасов — здоровый сорокалетний мужчина, у него нормальная, естественная потребность в сексе. Так стоит ли удивляться тому, что его потянуло к бывшей жене?

— Ну что ты молчишь? — сердито заговорила Ира. — Ты собираешься что-нибудь предпринимать или нет?

Татьяна вскинула на нее недоуменный взгляд.

— Что, например? Ты хочешь, чтобы я побежала проверять, действительно ли Стасов сейчас в Сокольниках, у Лили?

— Хотя бы.

— Это невозможно проверить. У него сотовая связь, и он ответит на звонок, где бы ни находился.

— Позвони по телефону Маргариты, — настаивала Ира. — У тебя же есть номер.

— С какой стати? Если я звоню, то звоню своему мужу, а не его бывшей жене. Оставь меня в покое, Ирочка.

— Как это «в покое»? — возмутилась та. — Надо же что-то делать. Нельзя это так оставлять.

— Можно, — Татьяна глубоко вздохнула. — И нужно. Если сегодня ему больше нужна Рита, чем я, то это так, как оно есть, и никакими действиями это невозможно исправить. Все, Ириша, закончим на этом. Ты мне лучше скажи, почему твое свидание сегодня так рано закончилось. У вас разлад?

— Да нет же, это из-за Стасова. Когда Андрей мне сказал, что видел его в ресторане, я так разозлилась... Прямо не знаю. Места себе не находила. Все не в радость стало.

— Глупенькая, — Татьяна слабо улыбнулась, — нашла, из-за чего переживать. Все образуется, милая, перестань нервничать. Прими душ и ложись спать. Завтра у тебя опять день любви?

— Нет, завтра в первой половине дня перерыв. У него же

уйма дел, просто удивительно, что он находит столько времени для меня. Таня, ты что, совсем не расстроилась?

— Расстроилась, — спокойно призналась Татьяна. — Но это не означает, что жизнь должна остановиться. Ложись, а я еще поработаю.

— Я бы на твоем месте тоже легла спать, — авторитетно посоветовала Ирочка. — Нечего показывать ему, что ты его ждешь. Вот он видит, что ты всегда его ждешь, когда бы он ни заявился, и думает, что он тебе безумно нужен и никуда ты от него не денешься. А ты покажи ему, что ты его совсем не ждешь и не очень-то в нем нуждаешься. Может, он одумается.

— Это детский сад, Ира, — недовольно поморщилась Татьяна. — Я в эти игры давно уже не играю.

Ирочка недовольно передернула плечами и ушла на кухню инспектировать холодильник. Через минуту оттуда донесся ее сердитый звонкий голосок:

— Ты опять ничего не ела! Таня, ну как так можно?! Я стараюсь, готовлю, продукты покупаю самые свежие, стою у плиты как дура, а ты ничего не ешь, и все пропадает. Как тебе не стыдно? О себе не думаешь, так хоть о ребенке позаботься!

— Оставь меня в покое! — внезапно заорала Татьяна. — Не трогай меня!

И тут же устыдилась своей вспышки. Но было поздно. Из кухни донеслись всхлипывания, быстро перешедшие в рыдания. Татьяна так и сидела перед компьютером, не в силах пошевелиться. Все рушится. Стасов отдаляется от нее. Этого следовало ожидать, очень часто между супругами становятся дети от предыдущего брака. Ира увлечена новым любовником и собирается замуж. Понятно, что при муже-банкире она ни при каком раскладе не останется жить здесь, с Татьяной. Писательская карьера тоже дала трещину. Может быть, правы журналисты, она действительно бездарь, непонятно как выплывшая на книжные прилавки? Что же ей остается? Родить ребенка и растить его в чужом городе, без близких и друзей, а вполне вероятно, и без мужа. Если не будет рядом Ирочки, то ни о каком выходе на службу сразу же по окончании периода кормления грудью не может быть и речи. Придется брать отпуск на три года и сидеть с ребенком, заперев себя в этой пустой квартире. Все рушится. Все рушится...

Ей так хочется работать. И так хочется писать книги. И жить в семье, в окружении любящих и любимых людей. Но ничего этого не будет. И зачем она послушалась Стасова и переехала в Москву? Обратно пути нет, квартира в Петербурге продана. Да и не хочется возвращаться и проситься на работу, расписываясь в ошибочном решении. Придется терпеть.

Что там говорил этот журналист? Что поклонников Татьяны Томилиной — сотни тысяч? Что им нравится, как она пишет, что они глубоко оскорблены критическими публикациями в прессе. Сотни тысяч... Пусть не друзей, но людей, которым ее судьба хотя бы небезразлична. Людей, которые ее любят и ждут новых книг. Разве она может их обмануть? Нет, не может. Она будет писать свои книги и со страниц этих книг разговаривать с ними, своими читателями. Она расскажет им о тоске и одиночестве, о своих горестях и радостях. И они ее услышат. Что говорил этот журналист? Что талантливый человек обязательно одинок? Ну что ж, значит, она не талантливый человек. Потому что она никогда не будет одинокой, пока существуют люди, которые читают ее книги. Эти люди поймут, как ей плохо, и простят, если книга окажется не очень удачной. У всех творцов бывают произведения посильнее и послабее, это естественный ход жизни, абсолютно ровного творчества не бывает. Потому что творец такой же человек, как и все остальные, может быть, чуть больше одаренный от природы, но во всем остальном — точно такой же. Он болеет, страдает, радуется, у него бывают приливы сил и случаются депрессии. Она, Татьяна Томилина, будет разговаривать со своими читателями при помощи своих книг, расскажет им все, и они поймут. Порадуются ее удаче и простят неудачу. Собственно, именно так и поступают друзья. Кто сказал, что она одинока? У нее тысячи друзей. Сотни тысяч. Надо только уважать и любить их, и они не подведут.

Татьяна встала из-за стола и решительно направилась на кухню, где Ирочка рыдала, уронив голову на руки.

— Прости, милая, — сказала она. — Я не сдержалась. Я не хотела тебя обидеть. Ну-ка прекращай плакать, все отлично, и жизнь по-прежнему прекрасна. Ты скоро выходишь замуж, и давай вместе будем этому радоваться. Пригласи к нам своего жениха, я хочу посмотреть, в какие руки тебя отдаю.

Ирочка подняла опухшее от слез лицо, покрытое красными пятнами.

— Что ты на меня кричишь? — сказала она дрожащим

голосом. — Что я тебе сделала? Я стараюсь заботиться о тебе, а ты...

— Ну прости, родная. Я же извинилась. Ты должна быть снисходительна ко мне, беременные женщины страдают вспышками раздражения.

Татьяна присела рядом и ласково обняла ее. Ирочка все еще дрожала, но плакать уже перестала. Надувшись, она отвернулась и смотрела в сторону.

— Ирусик! — Татьяна шутливо пощекотала ее по шее. — Перестань дуться и улыбнись немедленно. Бери пример с меня. Муж мне изменяет, журналисты меня ненавидят и разделывают под орех, но я бодра и весела, как будто ничего не случилось.

— Как же, не случилось... — пробормотала Ирочка, все еще глядя в сторону.

— Именно: не случилось. Ирка, я за свою следственную жизнь видела столько горя и смерти, что то, что происходит сейчас со мной, это полная ерунда. Запомни, девочка моя: горе — это неизлечимая болезнь или смерть близких. Только это, потому что это невозможно исправить. Все остальное — просто неприятности большей или меньшей степени тяжести и сложности. Из них можно выйти. Выхода нет только из небытия. Вот я на тебя накричала, а ты уже плачешь, как будто у тебя горе. Какое же это горе? Это так, маленькое недоразумение. Я извинилась, ты меня простила — и все, инцидент исчерпан. И нечего тратить на это такое безумное количество нервных клеток.

Ира наконец повернулась к ней и уткнулась лицом в мягкую грудь Татьяны.

— Как у тебя все просто, — вздохнула она. — Я так не умею.

— А ты учись, пока я жива, — засмеялась Татьяна. — Давай лучше поужинаем, что-то я есть захотела.

Ирочка тут же вспорхнула с диванчика и захлопотала у плиты. Татьяна с улыбкой наблюдала за ней, обдумывая следующий эпизод в своей ненаписанной книге.

* * *

Работа по раскрытию убийства сотрудников программы «Лицо без грима» Виктора Андреева и Оксаны Бондаренко прочно увязла, как в мокром песке. С того момента, как стало известно, что за показ программы в эфире вымогались деньги, на причастность к преступлению стали отрабатываться все гости программы и их связи. Но гостей было великое множество, за год — двести пятьдесят человек, и хотя все они были известны поименно, отработка каждого требовала массы времени и сил.

— Придется брать за жабры господина Уланова, — со вздохом решил следователь, — хоть и не хочется мне этого делать. Не в моих правилах заставлять людей давать показания против самих себя, это означает, что я никудышный профессионал и не могу раздобыть нужные сведения никаким другим путем. Но делать нечего, без Уланова мы не узнаем, с кого именно брались деньги, а отрабатывать всех — задача непосильная.

— Давайте я допрошу его. Дайте мне поручение, — предложила Настя.

— Что, своих дел мало? — с усмешкой осведомился следователь. — В бой рвешься?

— У меня есть о чем поговорить с Улановым, — сказала она. — Заодно и об этом спрошу.

— Валяй, — согласился он.

На этот раз Настя не пошла ни на какие компромиссные варианты типа «встретимся на полдороге, где вам удобно» и твердым тоном попросила Уланова приехать на Петровку. Она очень тщательно готовилась к разговору, по десять раз пересматривая и переделывая план беседы, уточняла список вопросов, которые необходимо задать.

Уланов приехал с опозданием минут на сорок, но Настя решила сделать вид, что не обратила внимания. Она снова подивилась тому, как быстро меняются люди. Недавно только в ее кабинете сидела разительно изменившаяся Виктория Уланова, а теперь вот ее муж (кажется, бывший?) тоже предстал в совершенно новом обличье. Никакой замкнутости, ни следа подавленности или самоуглубленности. Перед ней стоял жизнерадостный и уверенный в себе человек, смотрящий вперед с неизбывным оптимизмом и вполне довольный жизнью.

— Это развод на вас так подействовал? — поинтересовалась она.

Реакция Уланова показалась ей какой-то неестественной. Он вздрогнул, как вздрагивают люди при упоминании опасных тем, которых хотелось бы избежать.

— Развод? — зачем-то переспросил он, будто не понимая, о чем это она. — А, да. Конечно. Откуда вам известно, что я развелся?

— А это что, тайна? — удивилась она. — Кстати, Александр Юрьевич, я буду вам весьма признательна, если вы назовете имя своей будущей жены.

Он высокомерно приподнял брови, всем своим видом выказывая недоумение.

— Зачем? Это мое личное дело.

— Вы ошибаетесь. Наши сотрудники провели огромную работу среди ваших коллег по программе и по всей продюсерской фирме. Выясняли характер и образ жизни каждого. И никто ни словом не обмолвился о том, что у вас серьезный роман вне брака. Я бы хотела, чтобы вы мне это как-то объяснили.

— Я не буду ничего вам объяснять, — ледяным тоном заявил он. — Мои отношения с этой женщиной — это мое личное дело, и ничего удивительного, что никто о них не знал. Об этом как-то не принято кричать на всех углах.

— И снова вы ошибаетесь, — терпеливо возразила Настя. — Каждый человек в подобной ситуации полагает, что никто не знает о его отношениях с любовницей, а на самом деле об этом знают все или почти все, просто ему об этом не говорят. Есть множество мелких примет, по которым определяется наличие романтических отношений, а люди далеко не слепцы, уверяю вас. Так вот, никто из ваших собратьев по телевидению ни разу никаких таких примет не заметил. И я вынуждена сделать вывод, что вы особо тщательно охраняли тайну вашего романа. А теперь встаньте на мое место и представьте себе, что вы раскрываете убийство Андреева и Бондаренко. Все как на ладони, и только у одного фигуранта есть какая-то тайна. Вас бы это заинтересовало?

— Я не стою на вашем месте, — сухо сказал Уланов. — И прекрасно чувствую себя на своем. Раскрытием убийства занимаетесь вы, а не я. Не пытайтесь переложить на меня ваши собственные проблемы.

— Это не мои проблемы, Александр Юрьевич. Это ваши проблемы. Вы же понимаете, что установить личность этой женщины для нас не представляет никакой сложности. Привлечем службу наружного наблюдения, походим за вами два-три дня — и все узнаем. А вот ваше упорное нежелание ее назвать меня настораживает. И я начинаю думать, что с именем этой дамы связано что-то касающееся убийства ваших коллег. Попробуйте меня разубедить.

— Но это полная чушь! — возмутился он. — Как вам такое в голову пришло?

— Пришло, как видите. И не уйдет оттуда, пока вы молчите.

Она собралась уже произнести следующую фразу, как зазвенел телефон. Это был Гордеев.

— Настасья, ты одна?

— Нет.

— Выйти не можешь?

— Не хотелось бы.

— Но к тебе можно зайти?

— Конечно.

— Сейчас Игорь зайдет с таблицей, туда надо вписать две цифры. Это срочно, начальство ждет документ. Сделаешь?

— Конечно, — коротко повторила она. — Пусть заходит.

Пока она разговаривала, Уланов расслабился. Он до такой степени не чувствовал опасности, что даже не прислушивался к тому, что она говорила по телефону. Может быть, он и вправду не имеет к убийству никакого отношения? Уж очень он благодушен. Настю не обманул его холодный сухой тон, это была обычная манера вести себя, присущая людям высокомерным, которые априори считают окружающих значительно глупее себя. Это высокомерие не было проявлением враждебности, Уланов действительно не чувствовал опасности, не нервничал и не напрягался. Кажется, она напрасно тратит время с ним. Впрочем, есть ведь поручение следователя, и надо узнать поименно всех тех, с кого Андреев вымогал деньги, чтобы очертить круг подозреваемых.

Лесников появился спустя несколько секунд после того, как она положила трубку. Уланов со спокойной улыбкой оглянулся на вошедшего.

* * *

Я увидел его и остолбенел. Хорошо, что я в этот момент сидел на стуле, а не стоял. Наверняка упал бы. Что здесь делает этот тип? Наверное, его тоже вызвали на допрос. У меня пытаются выведать имя моей несуществующей будущей жены, и вполне логично, что так же пристально изучают личную жизнь Вики. Вот и до ее хахаля добрались.

Это была первая моя мысль, когда я увидел в дверном проеме стройную фигуру этот лощеного красавчика. Но вторая мысль совершенно завела меня в тупик.

Я ничего не понимал. Почему он протягивает Каменской какие-то бумаги? Она открыла сейф, достала папку, полистала ее, положила на стол, прижимая ноготь к строчке, вписала в принесенный документ шестизначное число. Потом снова полистала папку, вписала еще одну цифру. Красавчик поблагодарил и вышел из комнаты. Неужели я ошибался, и Викин любовник вовсе не провинциальный искатель богатеньких столичных штучек, а работник МУРа? Впрочем, кто сказал, что в МУРе не работают провинциалы, желающие получше устроиться?

Это объяснение меня не удовлетворило. Я хотел ясности. Неужели Вика могла иметь любовника-милиционера и связаться с наемным убийцей? Это же верх неосторожности. Она никогда бы так не поступила. А если милиционер-любовник в курсе? Значит, он не милиционер, а оборотень, безнравственное существо, которое не имеет права здесь работать. Господи, да мне-то какое дело? Пусть живут как хотят и сами борются со своими врагами. И все-таки я не удержался.

— Кто это? — спросил я у Каменской.

— Наш сотрудник. А что, вы его знаете?

— Нет. То есть... Мне кажется, у него роман с моей женой. С бывшей женой, — тут же поправился я.

— Этого не может быть, — спокойно сказала она. — У него прекрасная семья, и он очень привязан к своей жене. Вы ошибаетесь, Александр Юрьевич.

— Да нет, — усмехнулся я, — на этот раз не ошибаюсь. Я совершенно точно знаю, что он завел шашни с Викторией.

Я говорил какие-то глупости, даже не слыша самого себя, потому что судорожно пытался сопоставить одно с другим. Он женат? Тогда зачем ему Викина квартира и Викины деньги? Что он будет с ними делать? Покупать модную одежду? Он не сможет объяснить жене ее происхождение, а значит, не сможет носить. Автомобиль он тоже не купит, потому что об этом сразу же станет известно налоговой инспекции, и ему придется объяснять, откуда у него такие деньги. И отношения с Викой моментально выплывут наружу. Скорее всего он собирается разводиться и увольняться из милиции. Тогда это хоть как-то можно объяснить.

— Игорь встречался с Викторией Андреевной один-единственный раз, — сказала Каменская. — Он опрашивал ее, выясняя подробности о вас лично и о вашей работе, а также об Андрееве и Бондаренко. Разве она вам не рассказывала?

— Нет, — растерянно ответил я. — Когда это было?

— Сейчас скажу точно.

Она снова открыла сейф, достала другую папку и вытащила из нее листок. Назвала дату и место встречи. То самое место, где мы с Викой так любили пить кофе и где я впервые увидел ее с любовником. Якобы с любовником. Что ж, значит, настоящего любовника я еще не видел. Любопытно было бы взглянуть, ради чьих роскошных гениталий принесены такие жертвы.

— Александр Юрьевич, вернемся к нашим делам. Мне нужен точный перечень тех людей, за передачи с участием которых Андреев брал деньги.

Я оторопел. Откуда она узнала? Глупо делать вид, что не понимаешь, о чем она говорит. Раз говорит, значит, уже знает.

— Это трудно, — уклончиво ответил я. — Виктор никогда этого не говорил нам. Просто один раз в месяц раскладывал деньги по конвертам и раздавал нам. Мы не спрашивали его, чьи это деньги, потому что он все равно не сказал бы.

По ее лицу я видел, что она мне не верит. Ну и пусть не верит. Она все равно не докажет, что я лгу. Конечно, я знал, за кого конкретно получены деньги. Но признаться в этом было для меня равносильно признанию в прямом соучастии. Почему-то мне казалось, что выглядеть неосведомленным в данном случае лучше.

— Послушайте меня, пожалуйста, — сказала она. — Недавно ко мне приходила ваша жена, Виктория Андреевна. Она очень обеспокоена. Ей кажется, что против вас в прессе начата кампания, и организовали ее те, кто платил деньги за показ передачи в эфире. Виктория Андреевна хочет найти этих людей и предложить им отступные. Иными словами, она хочет вернуть им деньги, чтобы они оставили вас в покое и не ломали вашу карьеру тележурналиста. Вы, Александр Юрьевич, должны отдавать себе отчет в том, что если она сумеет это сделать, то останется, образно говоря, голая и босая и без крыши над головой. Намерения у нее твердые, настроена она весьма решительно и готова продать все, вплоть до квартиры, чтобы рассчитаться с ними. Я же, со своей стороны, уверена, что эти люди причастны к убийству ваших коллег. И я их найду. Просто если вы мне поможете, я это сделаю достаточно быстро, если же вы будете по-прежнему хранить молчание, нам придется отрабатывать всех гостей вашей передачи подряд, и это займет очень много времени. А пока мы будем мучиться с этим немереным списком, Виктория Андреевна найдет их и расплатится с ними. Вы ушли от нее, создав новую семью, а она осталась ни с чем исключительно из желания вас спасти. Я все сказала, господин Уланов. А теперь я хочу выслушать вас.

— Это ложь!

Я выпалил первое, что попалось мне на язык. На самом деле я сказал то, что думал, другое дело, что, может быть, не надо было этого говорить. Но я не справился с собой. Слишком быстро все происходит, я не успеваю перестроиться с одной правды на другую и от этого теряю способность соображать.

— Что — ложь? — вежливо осведомилась Каменская. — Вы полагаете, что я вас обманываю?

— Нет, это Вика вас обманула. Ничего этого не может быть.

— Зачем же она это сделала? Зачем ей было приходить сюда и обманывать меня? Я жду ваших разъяснений, Александр Юрьевич.

В самом деле: зачем? Я ничего не понимаю. Все, что еще полчаса назад казалось мне понятным и точно установленным, перевернулось с ног на голову. Или с головы на ноги?

— Вы говорите, она готова отдать все деньги и даже продать квартиру?

— Да, так сказала Виктория Андреевна.

— Но почему? Зачем ей меня спасать, если я с ней развелся? По-моему, это глупо.

Я демонстративно пожал плечами, подчеркивая полную абсурдность Викиного поведения.

— Она любит вас. Ей было непросто в этом признаться, но она понимала, что, если не объяснит мотивов своих поступков, я тоже ей не поверю, как не верите вы. Она очень вас любит, и ей небезразлично, что будет с вашей жизнью дальше.

— Она так сказала? — тупо переспросил я.

— Да, она так сказала. Так как, Александр Юрьевич, вы готовы оставить без гроша женщину, которую вы бросили и которая вас любит? Или в вас все-таки еще осталось что-то мужское?

И внезапно я поверил ей, этой невзрачной женщине, сидящей напротив меня за столом с сигаретой в руках. Она смотрела прямо мне в лицо своими светлыми глазами, и я ничего не мог с собой поделать. Я ей верил. Но я сопротивлялся этому изо всех сил.

— Вика обманула вас, — сказал я. — У нее есть любовник, и она искренне рада, что я развелся с ней.

— У нее нет любовника, — тихо сказала она, не отводя от моего лица взгляд светлых глаз и почти не шевеля губами. — Мы, Александр Юрьевич, хоть и плохие, но все-таки профессионалы, и за вашей женой мы наблюдали, поскольку не исключали ее причастности к махинациям с вымогательством денег. И я могу сказать вам совершенно точно, что никакого другого мужчины, кроме вас, в ее жизни нет.

— Этого не может быть, — прошептал я.

— Почему? Почему вы так уверены, что Виктория Андреевна вам изменяла? Вам кто-то сказал об этом?

Кто-то сказал? Да, мне сказали. Все сказали. Но я молчал, потому что, во-первых, хотел остаться в живых, а во-вторых, не хотел отправлять Вику за решетку. И что же получается?

...Это случилось в тот день, когда я впервые побывал на Петровке сразу после убийства Вити и Оксаны. Меня тогда долго допрашивали, и на улицу я вышел совершенно вымотанный. Не успел я пройти и двух шагов по тротуару, как на меня налетел приятного вида молодой человек.

— Александр Юрьевич! Хорошо, что я успел вас поймать. Надо же, еще минута — и разминулись бы.

Я с недоумением смотрел на него, пытаясь вспомнить, кто он такой и знакомы ли мы вообще. Он представился, назвал звание и фамилию. Капитан такой-то из РУВД Северо-Восточного округа. Фамилия у меня тут же выветрилась из головы.

— Я узнал, что вы сегодня будете на Петровке, — быстро заговорил капитан, — и специально приехал, чтобы с вами побеседовать. Но раз вы уже закончили... Не возвращаться же. Давайте поговорим прямо здесь. Не возражаете?

Я не возражал. Я смертельно устал и перенервничал, и мне хотелось как можно быстрее вернуться домой.

— Дело в том, что мы проводили операцию по поимке киллера, на совести которого много убитых людей. Мы знали, что он чрезвычайно осторожен и вооружен, поэтому прежде чем приступать к захвату, некоторое времени следили за ним. К сожалению, не все получается так, как нам хочется, и при захвате он погиб. Взять его живым не удалось. Но при нем оказался список некоторых имен, мы полагаем, что это список его заказов на ближайшее время.

Он сделал паузу, глядя на меня, будто пытаясь убедиться, что я понимаю его рассказ. Я кивнул, показывая ему, что можно продолжать, хотя и не понимал, к чему он все это мне рассказывает.

— Пока мы следили за ним, этот киллер вступал в контакт с разными людьми, в частности, с Викторией Улановой, вашей женой. Но вы должны понимать, что отличить случайный контакт от запланированной встречи очень трудно, если сама эта встреча организована именно как случайный контакт. Вы понимаете, о чем я говорю? Например, один человек подходит к продавцу газет в подземном переходе и покупает два экземпляра «МК». Почему два экземпляра? Это пароль, или он покупает две газеты, потому что его товарищ по работе попросил ему тоже купить? Ваша жена подошла к человеку, за которым мы следили, и попросила разменять пятидесятитысячную купюру. Случайный это контакт или нет, мы не знаем. Но если предположить, что ваша жена каким-то образом причастна к заказу на чье-то убийство, то спрашивать об этом у нее самой нельзя, можно спугнуть. Поэтому я бы хотел, чтобы вы взглянули на найденный нами список и сказали, нет ли там имени, которое вам знакомо.

— Давайте, — кивнул я, полностью уверенный, что ничего интересного в этом списке нет.

Но я ошибся. Только взглянув на бумажку, в которой было написано четыре имени, я сразу увидел слово «Стрелец». Именно так называли меня наши с Викой сокурсники. С одной стороны, я был нищим студентом и постоянно стрелял у ребят сигареты и трешку до стипухи. С другой, я был Стрельцом по гороскопу, и прозвище приклеилось ко мне намертво. Вика до сих пор называла меня так. Подошла и попросила разменять пятьдесят тысяч... А в результате мое имя оказалось в списке киллера.

— Нет, — дрогнувшим голосом сказал я, — эти имена мне ничего не говорят.

— Вы совершенно уверены?

— Совершенно уверен. Я не знаю этих людей. Вероятно, встреча с моей женой была случайной.

— Да, наверное, — капитан с забытой мною фамилией огорченно вздохнул. — Вся беда в том, что у нас есть точная информация о передаче этих заказов. Тот киллер, за которым мы следили, почуял опасность и был готов к тому, что мы в любой момент попытаемся его задержать. А у них контора серьезная, все организовано, и он позаботился о том, чтобы заказы передали другому исполнителю. Вот только мы не знаем, какому. Если бы не это, можно было бы вздохнуть спокойно и ни о чем не волноваться. Киллер мертв, и люди, на которых выписали контракты, останутся живы. А так нужно ждать, что заказы будут выполняться. Ладно, Александр Юрьевич, простите, что задержал вас.

— Ничего, — великодушно ответил я.

В душе моей разлился мертвенный холод. Еще десять минут назад я был жив. Страдал, переживал из-за гибели Вити и Оксаны, чувствовал усталость, стремился домой к Вике. А теперь я умер...

* * *

— Как вы могли поверить в такую чушь?

Настя внимательно выслушала Уланова, не переставая удивляться доверчивости людей. У убитого при задержании киллера найдена бумага со списком заказов. Кино про шпионов! Да ни один уважающий себя наемник не будет держать такую бумагу при себе. И вообще не будет ее хранить. Координаты своих жертв он должен помнить наизусть. А если он не уважающий себя киллер, а так, салага с пушкой в кармане, то он, во-первых, не почует опасность и, во-вторых, не будет заботиться о том, чтобы передать заказы преемнику. У него просто нет преемника, он не принадлежит ни к какой организованной группировке, потому как салага и дурак. И в-третьих, если уж он передал заказы, потому что почувствовал запах паленого, то зачем ему вообще эта бумажка? Тем более если он ожидает в любой момент задержания, то нельзя ее хранить при себе. Чепуха полнейшая. Набор информации, под которым нет знания элементарных вещей. Только дилетант мог все это выдумать.

Но эти аргументы — для Уланова. Потому что для самой Насти Каменской существовал совсем другой аргумент. Ничего этого не было. Никакой операции по поимке киллера в Северо-Восточном округе в апреле этого года не было. И вся эта история — сплошное вранье.

Но кто ее выдумал и зачем?

## Глава 19

Татьяна Образцова была следователем до мозга костей. И это означало не только безусловную преданность своей службе. Вся ее душа, весь образ мысли как от чумы шарахались от понятий «верю — не верю» и тем более от таких источников информации, которые в народе принято называть «ОБС», или «Одна Бабушка Сказала». Она признавала только слова «доказано — не доказано». И не терпела никаких неясностей. Разумеется, она была женщиной, к тому же личностью творческой, и эмоции были ей вовсе не чужды, она обижалась, сердилась, тосковала, горевала, расстраивалась ничуть не меньше, чем другие, но прежде чем впадать в пучину депрессии, считала необходимым прояснить все до конца.

Поэтому утром, дав пришедшему поздно ночью Стасову как следует выспаться, задала вопрос:

— Ты был на днях в ресторане «Золотой дракон»?

Спросила спокойно, без напряга в голосе и без прокурорски-пристального взгляда, как спрашивала пять минут назад, хочет ли он на завтрак картофельные пирожки или лучше сварить сардельки и сделать овощной салат.

И Стасов ответил точно так же спокойно:

— Нет, не был. А в чем дело?

— Мне сказали, что тебя там видели.

— Обознались.

Он пожал могучими плечами и отправился в ванную умываться и бриться. Выйдя оттуда минут через пятнадцать и усаживаясь за накрытый стол, он спросил:

— А что там с «Золотым драконом»? Кому я померещился?

Татьяна отметила это про себя как хороший признак. Муж не избегает опасной темы и не радуется втихаря, что торпеда мимо прошла, а вместо этого сам возвращается к выяснению.

— Померещился не только ты, но и твой пиджак, твоя рубашка и даже твоя зажигалка «Ронсон», а также внешность твоей спутницы, которая почему-то ужасно похожа на Маргариту Владимировну Мезенцеву. Стасов, я не прошу, чтобы ты мне что-то объяснял или оправдывался. Я только хочу знать, правда это или нет.

Он медленно положил вилку на стол, отодвинул от себя тарелку и встал. Татьяна стояла по другую сторону стола, глядя на него вопросительно, но вовсе не тревожно.

— Кто тебе это сказал?

— А это важно? — ответила она вопросом на вопрос.

— Важно. Я хочу знать, кто и зачем тебя обманул. Я, знаешь ли, как-то слабо верю в такие комплексные галлюцинации. Человек не просто обознался, увидев похожее лицо, он еще одежду увидел, мою спутницу и даже зажигалку. Либо это злая и неумная шутка, либо кто-то намеренно вводит тебя в заблуждение. С какой целью? И кто этот доброжелатель?

— Ирочкин жених. Он видел тебя тогда у подъезда, помнишь? И узнал.

— Повторяю, — голос Стасова стал металлическим и жестким, — он не мог меня узнать. Потому что меня в этом ресторане не было. Ни несколько дней назад, ни месяц назад, ни вообще когда бы то ни было. Я никогда не бывал в нем и знаю только, что он находится в районе трех вокзалов, на Каланчевке.

Татьяна тяжело опустилась на стул, машинально придерживая живот рукой.

— Ты хочешь сказать, что с этим банкиром что-то не так? Сядь, пожалуйста, мне неудобно на тебя смотреть, когда ты так возвышаешься надо мной.

Стасов послушно сел и снова придвинул к себе тарелку. Никто и ничто не могло повлиять ни на его крепкий сон, ни на здоровый аппетит.

— Таня, мы непростительно увлеклись собственными проблемами и совершенно выпустили Иру из рук. Давай скажем себе честно: мы оба чувствовали себя виноватыми за то, что сорвали ее из Питера и разрушили ее налаженное существование, сделав, по существу, домработницей. Поэтому мы так обрадовались, что у нее складывается какая-то личная жизнь и появляются перспективы удачного брака. Нам казалось, что этим наша вина как бы искупается. Я прав?

— Ты прав, — со вздохом ответила Татьяна. — Ирка сама говорила, что, если бы не переезд в Москву, она никогда не встретила бы свое сокровище, а я радовалась, что она думает именно так, потому что этим как бы умаляется наша с тобой вина.

— Вот именно. Можно мне еще пирожок? Обалденно вкусно. Так вот, я продолжаю свой страстный монолог. Мы с тобой даже не удосужились поинтересоваться личностью этого жениха, настолько наша радость за Иришку затмила все на свете. Кто бы он ни был, лишь бы она была счастлива. А она счастлива, это несомненно. Не исключаю, что мы с тобой познакомились бы с ним только на свадьбе. Я каждый вечер провожу с дочерью и скоро вообще уеду с ней на юг, ты поглощена мыслями о нашем будущем малыше, и интерес к новоявленному жениху у нас отошел на задний план. Ну есть он — и слава богу, пусть нашей Ирочке будет хорошо. Танюша, я старый опер, и мне это все ужасно не нравится.

— А я молодой следователь, — она улыбнулась и ласково дотронулась до его руки, — но мне тоже почему-то это не нравится. Скажи, пожалуйста, у Маргариты Владимировны есть брючный костюм-тройка от Версаче, черный с тонкой белой полоской?

— Понятия не имею. А что?

— А то, что в ресторане она была якобы в нем. Глазастый у нашей девочки жених, с первого взгляда определил, что костюм от Версаче. Я, например, не смогла бы. А ты?

Стасов взглянул на часы и потянулся к телефону.

— И я не смог бы. Давай спросим у Риты, чего проще-то.

— Может, не стоит? — засомневалась Татьяна. — Неудобно как-то.

— Перестань, — отмахнулся Стасов, набирая номер. — Неудобно не понимать и теряться в догадках. А знать всегда удобно. Или мы с тобой не милиционеры? Лиля? Здравствуй, доченька. Как ты спала? Хорошо? Умница. В школу собираешься? Молодец. А мама где? Спит еще? Ушла? Куда же это она в такую рань умчалась? А, понятно. Котенок, у меня к тебе просьба. Открой, пожалуйста, шкаф, где висит мамина одежда, и посмотри, есть ли там черный костюм с брюками. Нет, ты все-таки посмотри.

Он прикрыл трубку ладонью и прошептал:

— Лилька говорит, что смотреть не надо, она и так знает, что у мамы есть черный брючный костюм.

Пауза длилась недолго. Видимо, Лиля снова взяла трубку.

— Есть? А цвет какой? В полоску? А полоска какая, тонкая или широкая? Ясно. Это тройка или двойка? Ну, там только пиджак и брюки или еще жилетка есть? Есть жилетка? Замечательно. Возьми пиджак в руки, пожалуйста. А я сейчас скажу, что надо делать. Посмотри с изнанки там, где воротник. Видишь ярлычок? И что там написано? Я понимаю, что не по-русски. Ты же в школе учишь английский, вот и читай, как будто это по-английски написано. Спасибо, котенок, ты нас очень выручила. Ну, беги в школу, а то опоздаешь. Да, постой, еще один вопрос. Мама часто этот костюм надевает? Что? Недавно купила? Ах вот оно что... Хорошо, доченька, целую тебя.

Он положил трубку и задумчиво поглядел на жену.

— Интересное кино у нас с тобой получается, Татьяна Григорьевна. Черная брючная тройка от Версаче у Риты есть. Но никто не мог ее видеть в этом костюме, потому что он куплен совсем недавно и она ни разу в нем никуда не ходила. На нем еще бирки неотрезанные висят.

— Но тем не менее кто-то знает, что этот костюм у нее есть. Кто-то, кто вхож в дом и кому она хвастается покупками. Подруга? — предположила Татьяна.

— Возможно, — согласился Стасов. — Какие еще предположения?

— Или человек, который видел, как она его покупала. Продавец, например, или покупатель, который в это время находился в магазине.

— Принято. Спасибо, Танюша, все было очень вкусно. Я помчался на работу, вечером заеду в Сокольники и выясню у Риты, кто знал про костюм.

— Ты лучше про Иришкиного жениха разузнай. Уж больно у них все ладно выходит. В наше время так не бывает, прекрасных принцев сейчас не делают.

— Как это? — возмутился он. — А я? Не прекрасный принц, что ли? Обижаешь, хозяйка.

— Ты не принц, Стасов, — Татьяна легко рассмеялась, чувствуя, как груз ревности и тоски сваливается с ее души. — Ты мой любимый муж, и этого достаточно.

Проводив мужа, она некоторое время позанималась домашними делами, стараясь ступать на цыпочках и не шуметь, чтобы не разбудить Иру, которая после вчерашнего бурного объяснения и истерики долго не могла уснуть и успокоилась только ближе к рассвету. Перемыла оставшуюся с вечера посуду, замочила в отбеливателе белые рубашки и белье Владислава, вымыла зеркала в ванной, после чего решила сходить в магазин. В принципе можно было бы этого и не делать, все необходимые продукты в доме есть, тем более Ира сегодня никуда не уходит и, если нужно, сделает все покупки сама. Но ей хотелось выйти на улицу, пройтись по свежему воздуху. Внезапно она поняла, что хочет мороженого. Огромный торт-мороженое с миндалем, политый шоколадным сиропом, так явственно встал перед ее глазами, что слюнки потекли. Татьяна знала, что как раз такие торты продаются в магазине в двадцати минутах ходьбы от дома.

Она вышла на балкон, чтобы определиться с одеждой. Теплый плащ сегодня явно лишний, она в нем упарится. Но в юбке и свитере будет, пожалуй, холодновато. Надо бы накинуть тонкую ветровку, на всякий случай, простуда сейчас ей совсем не нужна.

Однако, выйдя в прихожую, Татьяна вспомнила, что красивая белая с синим ветровка висит в шкафу, который находится в комнате, где спит Ира. Переезжали в новую квартиру ранней весной, ветровка была не нужна, и ее повесили вместе с остальными «неходовыми» на тот момент вещами в большой шкаф. Будить родственницу не хотелось, и Татьяна огляделась в поисках чего-нибудь подходящего. На вешалке висел тонкий кожаный плащик, принадлежащий Ире, но Татьяна в него ни при каких условиях не влезет, все-таки у Ирочки сорок шестой размер, а у нее... Лучше не вспоминать. Тут же висела и куртка Стасова, если отстегнуть «молнию» и снять теплую подстежку, получится вполне подходящая ветровка. Цвет, правда, мрачный, и покрой мужской, да и великовата она для Татьяны, Стасов-то почти двухметровый гигант, и плечи соответствующей ширины, и руки куда длиннее, но это лучше, чем ничего.

Накинув куртку поверх юбки и джемпера, Татьяна взглянула на себя в зеркало и не смогла удержаться от улыбки. Вид у нее, как у беженки, ночующей на вокзале. Тем более она сегодня макияж не делала, хотя вообще-то никогда не позволяла себе выходить из дома, не накрасившись. Но ведь это только за мороженым... Толстая тетка с одутловатым лицом, покрытым пигментными пятнами, и в куртке с чужого плеча, производила впечатление жалкое и неприятное. Она подумала, может, все-таки подкрасить лицо, но сообразила, что для этого нужно идти в ванную, и придется снимать короткие сапожки, которые она только что с таким трудом зашнуровала. И решила идти в том виде, как есть.

Народу в этот час на улице было немного, рабочий день уже начался, а домохозяйки еще не вышли за покупками, да и район совсем новый, недавно застроенный, жильцов мало. Но сочувственные, а порой и брезгливые взгляды Татьяна все-таки поймала несколько раз. В магазине она сразу направилась к прилавку-холодильнику, как вдруг услышала совсем рядом:

— Татьяна Григорьевна! Это вы?

Она обернулась и увидела давешнего журналиста, который предлагал ей восстановить поруганную репутацию.

— Добрый день, — поздоровалась она. — Какими судьбами?

— У меня мать здесь живет неподалеку, я сегодня у нее ночевал, вышел вот продукты ей купить. Знаете, вас просто не узнать. У вас беда, Татьяна Григорьевна?

— С чего вы взяли? — удивилась она. — У меня все отлично.

— Нет-нет, не обманывайте меня, я же вижу, что у вас что-то случилось. Вам плохо. Могу я вам помочь?

Она улыбнулась. Ну конечно, прохожие на улице принимали ее за опустившуюся алкоголичку, списывая на это и одутловатость лица, и одежку не по плечу, а этот журналист, который точно знает, что она никакая не нищенка, а преуспевающая писательница, сделал единственно возможный вывод: ей плохо, у нее горе, и ей совершенно наплевать на свой внешний вид. Но не объяснять же постороннему человеку про спящую Иру, про ветровку, которая находится в ее комнате, и про то, что ей трудно нагибаться и шнуровать сапожки.

— Чем же вы можете мне помочь? — весело спросила она. — Все, что могло случиться, уже случилось, статьи в газетах напечатаны, а отвечать на них я не собираюсь, это я вам уже объясняла. Какую еще помощь вы хотите мне предложить?

В этот момент к прилавку наконец соизволила подойти сонного вида продавщица. Она встала прямо напротив Татьяны и стала с отсутствующим видом ждать, чего пожелает покупательница.

— Вот этот торт, пожалуйста, — попросила Татьяна, указывая пальцем на яркую коробку.

— Все? Или еще что-нибудь?

Татьяна быстро окинула глазами прилавок. Сколько всего вкусного! И так всего хочется... Правда, если набрать все это, то нести будет тяжело, а врач велел воздерживаться от поднятия более чем двух килограммов. Ладно, цветную капусту она не возьмет, и шампиньоны тоже, но вот от гавайской смеси она не удержится, это точно. И еще котлеты по-киевски, Ира всегда их здесь покупает, они ужасно вкусные.

Сложив покупки в пакет, она собралась выйти из магазина, когда заметила все того же журналиста, который терпеливо ее поджидал. Он вышел на улицу вместе с Татьяной.

— Можно, я вас немного провожу? Или вы торопитесь?

— Мне некуда торопиться, я же домохозяйка, на работу не хожу. А зачем вам меня провожать?

— Мне приятно беседовать с вами. Вы очень неординарная женщина, Татьяна Григорьевна.

— Хорошо, и о чем мы с вами будем беседовать?

— О вас. Мне кажется, у вас наступил трудный период. Я не ошибаюсь?

Она с удивлением взглянула на своего спутника. Приятное лицо, внимательные добрые глаза, бархатный голос. И выражение безбрежной доброты, сочувствия и понимания. Неужели она действительно производит впечатление несчастной?

— Вы ошибаетесь. У меня замечательный период. Ожидание материнства, творческий подъем — чего еще желать? Я абсолютно счастлива.

— Ваши глаза говорят о другом.

— Мои глаза говорят только о том, что мне тяжело ходить, но с этим я мужественно борюсь. Это проблема чисто физического порядка, и потом, я надеюсь, она скоро закончится.

Она засмеялась и переложила пакет из одной руки в другую.

— Давайте я понесу, — спохватился журналист.

— Не стоит, сумка не тяжелая.

Некоторое время они шли молча, потом журналист заговорил снова:

— Мне кажется, вам с вашим талантом должно быть очень трудно существовать в нашей жизни.

— Вы это уже говорили, — заметила Татьяна, — в прошлый раз. Но разве у меня есть выход? Жизнь такова, какова она есть, и больше никакова. Это не мои слова, но я с ними полностью согласна. Я существую в той действительности, которая есть. Другой-то не будет.

— Вы заблуждаетесь, — с горячностью возразил ее собеседник. — Возможна совершенно другая жизнь, в которой вы будете творить свободно и независимо, и никто никогда не скажет о вас худого слова. Вас не будут обманывать, вас не будут предавать, вам будут помогать растить ребенка. Но самое главное — вы не будете одиноки, вы не почувствуете себя покинутой и никому не нужной. Вот о какой помощи я говорю.

Татьяна остановилась и внимательно посмотрела на него. Потом слегка улыбнулась.

— Все это прекрасно. Но мне это не нужно.

— Почему?

— Потому что я и так свободна и независима. Потому что я не одинока, меня никто не обманывает и не предает. Что же касается худых слов, то это вещь абсолютно естественная. Нет людей, которых бы любили все поголовно, и обязательно найдется кто-то, кто говорит про тебя плохо, так что глупо пытаться этого избежать. И у меня нет ощущения, что я покинута всеми и никому на этом свете не нужна. Не обижайтесь на меня. Я ценю ваш порыв и благодарна вам за готовность помочь. Но мне все это не нужно.

— Не отказывайтесь сразу, — попросил он. — То, что я сказал, звучит не совсем обычно, согласен. Может быть, поэтому мои слова вызвали у вас реакцию отторжения. Но вы все-таки подумайте.

— Хорошо, я подумаю, — согласилась она исключительно из вежливости. Ей не хотелось обижать этого славного человека, который так близко к сердцу принял оскорбляющие ее публикации и от имени всех читателей обиделся на своих собратьев по перу.

Оставшуюся часть пути до ее дома они прошли, изредка перебрасываясь ничего не значащими фразами о современной журналистике и о положении с печатными изданиями.

— Знаете, читая ваши книги, мне показалось, что вы по-чему-то очень не любите журналистов, — сказал он с улыб-кой. — У вас иногда появляются персонажи, занимающиеся журналистикой, и все они как на подбор малосимпатичные. Это связано с вашим личным отрицательным опытом обще-ния с ними?

— Ну что вы, я к журналистам прекрасно отношусь. Они же не виноваты, что в их профессии такие правила игры, и честно их соблюдают. Нельзя же обвинять врачей-гинеколо-гов в убийствах только потому, что они делают аборты. Работа такая. Журналисты поливают людей грязью и публично сти-рают их нижнее белье, потому что газета должна приносить прибыль, иначе она умрет. А приносить прибыль она может только тогда, когда ее будут активно покупать. Чтобы газету или журнал покупали, нужно, чтобы они будоражили мысли и чувства максимально большого числа людей. А дальше все просто: каково население, такова и пресса. Если людей в дан-ной стране и в данное время будоражат исключительно чужие прегрешения, если населению хочется каждый день читать о ком-то, что он сексуальный извращенец, сволочь, вор и взя-точник, то нужно всего лишь пойти навстречу этим пожела-ниям, и все будет в порядке. Издание будут покупать, и оно будет приносить прибыль. Вот и все. Так что обижаться на них совершенно не за что.

— Да, нелестное у вас мнение о нас, — покачал головой журналист. — Но вы удивительно мудры, Татьяна Григорьев-на. От вас даже такое выслушать не обидно.

— Мы пришли, — заметила Татьяна. — Спасибо, что про-водили.

— Вы обещаете подумать о том, что я сказал?

— Обещаю, — быстро ответила она, чтобы отвязаться от него, и тут же вошла в подъезд, чтобы он не успел попросить ее номер телефона или сунуть ей визитную карточку со свои-ми координатами. Иначе как же он сможет узнать о результа-тах ее раздумий?

* * *

— Почему вы не докладываете мне о ходе комбинации с Томилиной? У меня такое впечатление, что вы избегаете раз-говора на эту тему. Возникли трудности?

— В некотором роде. Но я полагаю, они легко преодолимы.

— Мне не нравится ваше настроение, и оптимизма вашего я не разделяю. В чем дело? Что с этой Томилиной не так?

— Она отказывается от помощи. Я не понимаю, в чем дело. Все было разыграно как по нотам, а она соскакивает.

— Вот! Я так и знал, что ваш метод ни к чему хорошему не приведет! Вы вечно гонитесь за какими-то новациями, витаете в эмпиреях, изобретаете бредовые теории, придумываете черт знает что, вместо того чтобы действовать старыми проверенными методами. Надо было работать с ней так же, как со всеми, изучать личность, собирать сведения, знакомиться, входить в доверие, а вы придумали какой-то идиотский литературный анализ и полагаете, что на его основе сможете выявить личностные характеристики объекта. Не сможете! Я и раньше это подозревал, а теперь это стало для меня абсолютно очевидным. Томилина оказалась совсем не такой, какой вы ее себе нарисовали, и вся ваша схема на нее не действует.

— Подождите...

— Не прерывайте меня! Я ждал достаточно долго, пока полагался на ваши заверения. Мы не можем упустить Томилину, потому что она с ее популярностью принесет нам огромные деньги. И я не желаю слышать ни о каких затруднениях, которые у вас, видите ли, возникают. Вы дали мне гарантии, и я их принял. Через два часа я жду от вас новую разработку. Никаких литературных портретов, никакой писательской зауми. Мне нужен четкий и грамотный план действий, который в самое короткое время приведет Томилину к нам. И не забывайте о главном: ребенка быть не должно. Ребенок будет держать ее, ради него она будет терпеть все: и измены мужа, и одиночество, и все остальное, что вы там ей припасли. А без ребенка она наша. Идите. И через два часа возвращайтесь с нормальным планом.

* * *

Попытка выяснить при помощи Виктории Улановой, от кого в частном агентстве «Грант» идет утечка информации, пока не привела ни к чему. Важно было даже не столько «от кого», сколько «к кому». Сотрудники агентства сработали на совесть, и имя того, кто заказал статью, подписанную «Е. Хайкина», стало известно. За этим человеком установили круглосуточное наблюдение с целью выявить, с кем из бывших гостей программы «Лицо без грима» он общается. Результат оказался ошеломляющим. Ни с кем. Ни с кем, кроме одного-единственного гостя, имя которого не фигурировало в списке Александра Уланова. Иными словами, именно этот гость был человеком, за показ передачи с участием которого деньги не вымогались. Руководитель какого-то странного благотворительного фонда помощи людям, попавшим в кризисную ситуацию. Ни один из «оплаченных» гостей передачи в поле зрения так и не попал. А ведь их было никак не меньше пятидесяти человек. Так что контакт заказчика статьи с человеком из фонда можно было считать чистым совпадением, случайностью.

Первое, что приходило в голову: Уланов назвал не всех. Или просто запамятовал (что и немудрено при таком количестве «оплаченных»), или не назвал этого человека умышленно. Почему? Это необходимо было выяснить как можно скорее.

Несмотря на то, что Александр Уланов во время последней встречи был достаточно откровенен, Настя все время чувствовала, что он рассказывает не все. Известие о том, что никакого наемного убийцы не было и его просто-напросто обманули, подействовало на него достаточно сильно, чтобы заставить продиктовать список тех, за кого Андреев брал деньги. Но было что-то еще, о чем Уланов умолчал, в этом Настя не сомневалась. Именно поэтому не задала ему всех вопросов, которые наметила себе, когда готовилась к беседе. Не задала, потому что поняла: только перед лицом неожиданности Александр Юрьевич может растеряться и начать говорить то, о чем хотел бы умолчать. А поскольку сказал он явно не все, нужно оставить какие-то козыри про запас, чтобы выложить их в нужный момент.

В последние дни Настя почувствовала, что стала соображать медленнее. Наверное, сказывалась усталость, ведь она постоянно ездила по вечерам к Алексею в Жуковский, и вставать приходилось ни свет ни заря, чтобы к десяти поспеть на работу. За это время она трижды оставалась в больнице на ночь, дежуря возле свекра, который перенес операцию не очень хорошо и до сих пор находился под капельницей. К выяснению отношений они с мужем так и не приступили, делая вид, что ничего не случилось и что самое главное сейчас —

это здоровье его отца, а все остальное можно отложить на потом.

Трясясь утром в переполненной электричке, Настя с трудом боролась с дремотой, заставляя себя принять решение: поговорить сначала с Улановым или попробовать познакомиться с некой гражданкой Лутовой, к которой Александр Юрьевич, как стало известно, наведывался в гости. Если Лутова вовсе не та женщина, ради которой он развелся, то что между ними вообще может быть общего? Это и был один из тех вопросов, которые Настя собиралась ему задать, но воздержалась, оставив для следующего раза.

Когда поезд прибыл на вокзал, решение созрело. Она поедет к Лутовой. Как знать, может быть, эта дама знает что-то интересное.

\* \* \*

Валентину Петровну Лутову Настя отыскала в детском саду, где та работала воспитательницей. Окруженная галдящей и носящейся вокруг малышней, стройная невысокая Валентина издали показалась Насте совсем молоденькой, и, только подойдя ближе, можно было разглядеть множество мелких морщинок, опутавших ее приветливое улыбчивое лицо.

— Уланов? — с искренним удивлением переспросила Лутова. — Нет, я его не знаю.

— Но ведь он бывал у вас дома. Как же вы можете его не знать?

— Наверное, он приходил к мужу. Знаете, мы с бывшим мужем все еще живем вместе, никак не разъедемся. У него своя жизнь, к нему какие-то люди приходят, но он меня с ними не знакомит.

— Трудно, наверное, с разведенным супругом под одной крышей существовать, — сочувственно сказала Настя.

Лутова на секунду отвернулась, а когда снова встретилась глазами с Настей, губы ее дрожали, лицо как-то сразу обмякло, обвисло и стало казаться совсем старым.

— Я ничего не могу с этим поделать. Даже к колдуньям ходила, к ворожеям всяким: порчу снимала. Да все без толку. Как приворожил он меня. Помыкает мной как хочет, а я слова не смею ему сказать. Если бы вы знали, как я измучилась! Одна колдунья была хорошая, Инесса, очень мне помогла, я даже на развод смогла подать, сил хватило. А как она умерла — так все снова началось. Может, вы знаете, отчего так бывает, а? Зельем он меня, что ли, опоил?

По ее лицу потекли слезы, но она не отворачивалась и продолжала смотреть на Настю с выражением мольбы и надежды.

— Видите, я совсем самолюбие потеряла, каждому готова рассказывать, у каждого совета просить. Вдруг кто поможет? Сама я не могу... Когда не вижу его, кажется, убить готова. А как встречусь с ним, так сил нет сопротивляться. Я ведь даже фотографию его с собой до сих пор ношу. Давно уже положила ее в портмоне, лет десять назад. После развода хотела выбросить и не смогла. Достала ее, собралась порвать на кусочки, а он смотрит на меня с фотографии такими добрыми глазами и улыбается так ласково... Руки сами собой опустились. Так обратно и положила.

Да, именно об этом рассказывала Насте Татьяна. Слово в слово. Все это было в записях Пашковой.

— Можно мне взглянуть?

— Ради бога.

Валентина всхлипнула и отошла в угол комнаты за сумочкой. Достала из кожаного портмоне фотографию и протянула Насте. Человек на снимке показался ей совсем обычным. Ну разве что череп абсолютно лысый. А взгляд действительно добрый, и улыбка ласковая. Ничего демонического в нем не было. А вот привлекательность была, это точно. И холодный объектив фотокамеры не смог уничтожить природное обаяние, присущее этому человеку.

— Чем занимается ваш муж? Кто он по профессии?

— Да актер он. Погорелого театра. Всю жизнь в статистах ходил, а теперь вообще неизвестно чем занимается. Не понимаю, на какие деньги он живет. Но у меня не просит, и на том спасибо.

— Как вы думаете, какие общие дела могли быть у вашего мужа и у ведущего телевизионной передачи? — спросила Настя, чувствуя острую жалость к этой симпатичной женщине, которая не умела противостоять личному обаянию и магнетизму своего бывшего супруга.

— Понятия не имею. Мне вопросы задавать не разрешается.

— А вы пытались?

— Конечно. Сколько раз спрашивала, где он работает, чем на жизнь зарабатывает. Без толку.

— Что, не отвечает?

— Отвечает. Только так, что лучше бы вообще не отвечал. Грубит, издевается. Сделал из меня дармовую домработницу.

— Почему же вы терпите это?

— А что мне делать? Выгнать его? У нас квартира общая, мы оба в ней прописаны. И потом...

Она замолчала и судорожно отерла слезы платочком, который достала из кармана брюк.

— Вы не представляете, какой он. Ругается, грубит, даже руку на меня поднимал, случалось. А потом попросит чаю, выпьет, чашку поставит и скажет: «Спасибо, Валюшенька. Что бы я без тебя делал, родная моя?» Руку мою возьмет, прижмет к щеке, поцелует. И так посмотрит, что я для него под поезд готова броситься.

«И так посмотрит... И так посмотрит...» — твердила мысленно Настя, возвращаясь на Петровку. Можно ли считать эту женщину глупой и безвольной? В первый момент именно так и хочется думать о ней. Но уже через десять секунд Настя вспоминала генерала Заточного и приходила к выводу, что сама она ничем не отличается от Лутовой. Ведь она тоже не может ни в чем отказать Ивану Алексеевичу. Она тоже не может противостоять теплому взгляду его желтых тигриных глаз. Она тоже не может на него сердиться, хотя в глубине души считает, что он не прав и поступает с ней несправедливо. Наверное, это и есть тот самый личный магнетизм, некое свойство, делающее человека невероятно притягательным, обаятельным и вызывающим доверие. Разница только в том, что Иван Алексеевич не пользуется этим своим качеством во зло, а господин Лутов ведет себя разнузданно и по-хамски, самодовольно радуясь, что измученная жена не дает ему отпора. Встреча с Валентиной Петровной ничего интересного Насте не принесла, придется снова беседовать с Улановым и спрашивать его, кто такой Лутов и какие дела их связывают. Вопрос на самом деле совершенно нейтральный и к следствию по делу об убийстве Андреева и Бондаренко отношения не имеющий, но для раскачки вполне подойдет. Вообще дело это какое-то сомнительное и странное. Кто бы мог подумать, что появление Игоря Лесникова у нее в кабинете вызовет целый поток любопытнейших историй про измены Виктории и про наемного убийцу. Вполне вероятно, что и невинный вопрос о Лутове спровоцирует очередную порцию признаний. Логики во всем этом нет никакой, так что придется действовать по наитию.

С убийства сотрудников телевидения Настя мысленно переключилась на другое убийство, с которым тоже никакого существенного движения не наблюдалось. Благодаря Татьяне она теперь знает или приблизительно представляет, что произошло в доме у супругов Готовчиц. Поскольку Юлия Николаевна мертва, ответить на вопрос точно вряд ли кто-то сможет, так что остается лишь строить предположения. Итак, что случилось такого, что заставило депутата Готовчиц нанять частных детективов для слежки за мужем? В квартиру кто-то влез, ничего на первый взгляд не украл, но муж с этого момента потерял покой. Постоянно запирался в своем кабинете и, если не вел прием, рылся в бумагах. Перекладывал их с места на место, с полки на полку, из ящика в ящик, перебирал по листочку. Борис Михайлович осунулся, почти не спал, плохо ел, стал раздражительным и даже начал покрикивать на жену. На прямо поставленные вопросы о криминальных источниках дохода не отвечал ничего определенного. А Юлия Николаевна известна своей принципиальностью и добропорядочностью. Лучше она узнает неприятную правду, чем будет жить рядом с преступником.

Но никакой неприятной правды она узнать не могла. Почему же ее убили?

Пойдем с другой стороны, поскольку с этой подход затруднен. Сначала кто-то забрался в квартиру Инны Пашковой и тоже, кажется, ничего с собой не унес. Потом кто-то (тот же самый или другой?) пришел к Инне и стал требовать назвать какое-то имя. Непонятно, назвала она его или нет. Теперь уже спросить не у кого. После того, как точно таким же манером кто-то навестил Готовчица, психоаналитик запаниковал, ибо видел своими глазами, к чему это может привести. Примем на веру его утверждение о том, что за ним следили. Судя по количеству следящих, это были не только «наружники», выполняющие задание министерства, а также посланные женой частные сыщики. Вероятно, Готовчиц прав, и люди, залезшие в его квартиру, тоже поучаствовали на каком-то этапе в этом празднике всеобщего надзора. Вот они-то как раз и узнали, что Юлия Николаевна обратилась к частному сыску. И в какой-то момент она стала им мешать.

А что? Идея сама по себе неплохая. Не те люди, с которыми контактировал Готовчиц, причастны к убийству его жены, а совсем другие, о существовании которых он даже и не подозревает, которых никогда не видел, но которых безумно боится. Те, которые убили Инну Пашкову.

Настя схватилась за голову. Боже мой, сколько усилий потрачено на отработку всех, кто был упомянут в отчетах, представленных агентством «Грант» заказчице Юлии Николаевне! А они тут вообще ни при чем...

Стоп, сказала она себе. Как это «ни при чем»? Юлию Николаевну убили именно из-за того, что она имела дело с агентством. Это совершенно несомненно, иначе не погиб бы Дима Захаров.

Тогда остается только один вариант. Самый нелогичный и необъяснимый, но единственный.

* * *

Татьяна заявила Ире, что плохо себя чувствует и просит не оставлять ее одну. Ирочка переполошилась, заохала, заахала и собралась вызывать врача, но Татьяна ее отговорила, невинно солгав, что с утра уже посетила женскую консультацию, и врач ее смотрел и велел по возможности не оставаться без присмотра. Поскольку утром Ира крепко спала и встала лишь около полудня, она не могла знать, что на самом деле Татьяна выходила только в магазин за мороженым.

— Конечно, я никуда не пойду, — с готовностью согласилась Ира. — Ничего страшного, если мы с Андреем один день не увидимся.

Татьяна открыла было рот, чтобы сказать, что жених может и в гости зайти, уже пора, но удержалась. Пока Стасов не выяснит, что это за «Бентли-Континенталь», который умеет с одного взгляда определить женский костюм от Версаче, лучше воздержаться от встречи с ним.

Настроение у нее было отличное, работа над книгой шла легко и доставляла истинное удовольствие, и даже тревога, оставшаяся после утреннего разговора с мужем, не могла омрачить эту радость. В конце концов все выяснится, они узнают, зачем Ирочкин жених обманул ее, и все встанет на свои места. Правда, интуиция Татьяне подсказывала, что родственнице придется распрощаться с розовыми мечтами о скорой свадьбе и еще более близком отдыхе на Майами-Бич, и она уже заранее сочувствовала Ирочке и снова начинала чувствовать себя виноватой. История с рестораном могла быть дурацкой шуткой только в одном случае: если Иришкин банкир знаком с Маргаритой и знает о том, что она купила себе такой костюм. Но сюда требовались и привходящие обстоятельства. Например, он должен был знать, в каком пиджаке и какой сорочке был в тот день Стасов и даже какой зажигалкой он пользуется. Можно, конечно, представить себе такую картинку: банкир Андрей, будучи знакомым Маргариты Мезенцевой и зная о том, что она купила себе дорогущий костюм, случайно видит где-то того человека, в семье которого живет его невеста. Видит скорее всего днем где-то в официальном месте. Может быть, Стасов с кем-то приходил в его банк, а может быть, сам Андрей по каким-то делам оказался в том месте, где работает Владислав. Или просто увидел его на улице. И решил придумать маленькую гадость.

Но это говорит о двух вещах, и обе они не радуют. Во-первых, он дурак и мелкий мерзавец. А во-вторых, для того, чтобы придумать такую гадость, он должен был знать, что Стасов когда-то был мужем Маргариты. Почему же в разговорах с Ирочкой он ни разу не дал понять, что знает об этом? Чем больше Татьяна размышляла над всем этим, тем меньше ей нравилась ситуация и тем сильнее корила она себя. Как можно было так невнимательно отнестись к новому знакомству Ирины? Непростительное легкомыслие. В результате в доверие к молодой женщине втерся (об этом можно с уверенностью судить по ее светящимся счастьем глазам) проходимец, пытающийся разрушить нормальную семейную жизнь Стасова.

Версий здесь может быть множество, и Татьяна, как человек опытный, недостатка в них не испытывала. Кто-то, кто раньше попадался Стасову на пути, когда тот еще работал в уголовном розыске. Человек ушел от правосудия (а может быть, и не ушел, отсидел и вернулся), стал преуспевающим бизнесменом, раскатывает на машине неимоверной стоимости и в один прекрасный момент решил поквитаться с тем, кто попортил ему столько крови. Нет, не получается. Стасов его видел и не узнал. Вносим поправку: решил поквитаться и нанял для этой цели роскошного красавца. Молодой женщине голову заморочим и бросим, нанеся неизгладимую душевную травму, мужа с женой рассорим и будем гадко подхихикивать из-за угла, глядя на разрушенный семейный очаг.

Вообще-то не по-мужски это. Такая месть больше подходит женщине. А почему бы и нет? Разве мало мы знаем женщин-преступниц, да таких, что иным мужикам с ними не тягаться. Из собственной практики Татьяна знала, что мужчина-преступник почти всегда остается мужчиной, в том смысле, что какие-то понятия о благородстве и чести, пусть и искаженные, у него есть и он им следует, даже когда совершает преступление. Что же касается женщин, то если они принимают решение идти по криминальному пути, это порой приводит к таким «вершинам низости», что вам и не снилось. Когда мстит мужчина, он обычно старается лишить обидчика денег или жизни. В крайнем случае, опорочить доброе имя. Когда мстит женщина, она, как правило, нацеливается в первую очередь на любовь. На счастье, на семейную жизнь. Интересно, встречались ли Стасову такие женщины, которые могли бы захотеть отомстить ему?

Эти мысли существовали как бы сами по себе, не мешая Татьяне набирать текст книги на компьютере. Она давно уже научилась совмещать работу творческую с работой служебной таким образом, чтобы обе линии размышлений существовали параллельно, не мешая друг другу. Ира на кухне возилась с обедом, стараясь производить как можно меньше шума, ибо к писательским трудам Татьяны относилась с благоговением. По квартире постепенно начали расползаться упоительные запахи, источаемые очередным кулинарным шедевром. Периодически звонил телефон, но Татьяна не отрывалась от работы, предоставляя Ирине отвечать на звонки.

— Таня, иди обедать! — позвала Ирочка.

Татьяна дописала фразу до точки, быстро пробежала глазами последний абзац и вышла из комнаты.

— Звонила Настя, спрашивала, может ли прийти к нам сегодня. Я сказала, что может, потому что ты вроде никуда не собираешься. Я правильно сказала? Или нужно было тебя позвать к телефону?

— Все правильно, — кивнула Татьяна. — А что у нее случилось? Или просто так, визит вежливости?

— Не знаю. Но голос у нее был озабоченный.

— А кавалер твой звонил? — осведомилась Татьяна.

— А как же, — Ира лучезарно улыбнулась. — Ужасно расстроился, что мы сегодня не увидимся. Ничего, пусть делами позанимается, впереди выходные, еще успеем побыть вместе.

Татьяна рассеянно доела какое-то экзотическое блюдо, в

котором, по уверению Иры, была немыслимая куча витаминов, полезных для беременных, и снова вернулась к работе. Как вовремя случились все эти статьи в газетах и журналах! Если бы не они, ей бы в голову никогда не пришло, что со страниц своих книг можно и нужно разговаривать со своими читателями, потому что те, кто читает ее постоянно и кому нравятся ее книги, являются не кем иным, как ее друзьями, и с ними просто нельзя не поделиться и своими радостями, и своими печалями, и своими раздумьями. Рассказать им хороший анекдот и порадоваться их смеху. Посетовать на несправедливость жизни и встретить в них понимание и сочувствие. В тот момент, когда она поняла, что писать книги можно и так, ей сразу стало легко, и недописанная повесть, лежавшая в столе мертвым грузом, вдруг ожила и стала двигаться дальше.

Она не замечала, как идет время, и очень удивилась, когда пришла Настя и оказалось, что уже половина девятого вечера.

— Вот славно, как раз к ужину! — радостно воскликнула Ира.

Однако Татьяна тут же остудила ее порыв, заявив, что ужинать они будут попозже, а сейчас им с Настей надо поговорить. Ира огорченно вздохнула и ушла в свою комнату. Настя тут же залезла с ногами на мягкий диван. Она еще в прошлый раз облюбовала себе это место, здесь ей было удобно и уютно.

— Как книжка? Пишется? — спросила она.

— Представь себе, пишется, хотя жизнь этому упорно препятствовала, — пошутила Татьяна.

— Каким образом?

— А ты разве не знаешь?

— О чем? — непонимающе спросила Настя. — Что ты имеешь в виду?

— Я имею в виду тот позор и поношение, которому меня подвергли средства массовой информации.

— Ты имеешь в виду ту пакость, которую мы вместе читали?

— Да что ты! Это был маленький такой, нежненький цветочек. А потом как пошли ягодки — одна другой увесистей, размером с арбуз. Ты что, Настюшка, правда не знаешь?

— Да честное слово! Впервые слышу. Я же газеты не читаю.

— Как, вообще не читаешь? — изумилась Татьяна.

— Крайне редко, по большим праздникам.

— Ну, тогда ты много себя лишаешь. Неужели тебе не интересно узнать, что министры берут взятки или, например, не платят налоги, или покупают по десять квартир и по двадцать дач?

— Не-а, не интересно. Так что там в газетах о тебе написано?

— Написано, что я бесталанная графоманка, что я оболваниваю своими окололитературными писаниями наше несчастное затюканное население, тем самым лишая его прекрасной и светлой русской культуры. Что я получаю за свои книги огромные гонорары. Что меня заклеймила вся писательская общественность, собравшаяся на заседание Совета по культуре при Президенте России. Ты представляешь, какая честь мне оказана? В России сотни самых разных писателей, но заклеймили одну меня. Только я удостоилась.

Настя слушала ее, приоткрыв рот и не веря собственным ушам.

— Не может быть, Таня. Ты меня разыгрываешь, — наконец произнесла она, обретя дар речи.

— Да ни капельки, — Татьяна весело расхохоталась. — Все так и было. Более того, меня активно пытаются рассорить со Стасовым.

— Кто пытается?

— Не знаю. Стасов сейчас это выясняет. При такой ситуации я должна была бы, по идее, или руки на себя наложить, или начать пить, или уйти в монастырь. Но я же настоящая русская баба, меня голыми руками не возьмешь. Поплакала я, поплакала, а потом поняла, что надо делать, и села за компьютер. И все как рукой сняло.

— Господи, да чем же ты так насолила журналистам, что они на тебя накинулись?

— Понятия не имею. Вроде мы с ними не ссорились. Правда, к их чести должна сказать, не все считают меня полной идиоткой. Нашелся один такой, который предлагал мне опубликовать материал, в котором восстановил бы мою поруганную репутацию и реабилитировал бы мое честное имя.

— Ну и?..

— И ничего. Я отказалась. Надеюсь, уж тебе-то не надо объяснять, почему.

— Не надо, я понимаю. Ты думаешь, он действительно тебе сочувствовал? Или подозреваешь, что это обычные газетные игрища: вы пишете так, а мы напишем эдак, вы с нами конкурируете, а мы выскажем противоположную точку зрения. Нет?

— Да бог его знает, Настюшка. Все может быть. Но вообще-то этот журналист симпатичный дядька, очень доброжелательный, умеет сочувствовать, сопереживать. И глаза у него добрые.

— Ага, — тихонько пробормотала Настя, — глаза добрые, а череп лысый.

Она сказала это совсем тихо, просто мысли вслух. Вспомнила виденную утром фотографию мужа Лутовой. И не поняла, почему Татьяна вдруг так напряглась. Глаза ее сузились, губы сжались.

— Откуда ты знаешь? — спросила она жестко.

— Что знаю?

— Что череп лысый.

— Ничего я не знаю. Ты о чем?

— А ты?

— Я сегодня встречалась, между прочим, с гражданкой Лутовой. С той самой, которая ходила на колдовские сеансы к твоей убиенной Инессе. У меня с Улановым возникли сложности, и я решила побеседовать с его знакомой в надежде выяснить какие-нибудь пикантные подробности, на которых его можно зацепить в разговоре. Оказалось, что Лутова с ним вообще незнакома и Уланов приходил в гости не к ней, а к ее бывшему мужу. Они же продолжают жить вместе.

— Да, я помню, — кивнула Татьяна. — Продолжай.

Голос ее был сухим и холодным, и в этот момент она показалась Насте такой чужой, что даже неприятно стало.

— Тань, расслабься, ты не на работе, — сказала она.

Татьяна глубоко вздохнула, зажмурилась и потрясла головой. Лицо ее расслабилось, губы дрогнули в улыбке.

— Извини, Настюша. Рефлекс сработал, как у охотничьей собаки. Рассказывай дальше.

— А дальше ничего и не было. Валентина Петровна жаловалась мне на жизнь и на то, что не может избавиться от эмоциональной зависимости от мужа. Одним словом, все то же самое, что было в записях Инессы и что ты мне пересказывала. Даже, говорит, фотографию его выбросить не могу, так и ношу с собой в сумочке. И показала мне фотографию этого грандиозного Лутова, который ею помыкает и всячески ее унижает. Ты знаешь, он действительно чертовски обаятелен. Причем это обаяние не самца, а именно человека, личности. Оно действует одинаково и на мужчин, и на женщин. Ему хочется верить, за ним хочется пойти на край света. Хочется вести себя так, чтобы заслужить его одобрение. Представляешь, каков он в жизни, если даже черно-белая фотография производит такое впечатление?

— Кажется, представляю, — задумчиво сказала Татьяна. — И что, у него череп лысый?

— Абсолютно. Как бильярдный шар.

— А кто он по профессии?

— Лутова говорит, что он актер второго плана, но какое-то время назад ушел со сцены. Чем муж занимается сейчас, она не знает.

— Прелестно. По-моему, ты измаялась без сигарет. Закури, не мучайся.

— Не надо, Таня, я потерплю, — смущенно ответила Настя. — При тебе не буду.

— А мы выйдем в лоджию, на улице совсем тепло. Пойдем, Настюшка, пойдем, ты закуришь, а я тебе кое-что интересное расскажу.

Татьяна сделала выразительный жест в сторону кухни, и Настя поняла, что она не хочет, чтобы их разговор слышала Ира. Двери-то между кухней и гостиной не было. А Ирина, пережив пятиминутное огорчение, уже давно вышла из своей комнаты и снова принялась хлопотать у плиты.

Они вышли на большую застекленную лоджию, где стояли три стула и небольшой овальный плетеный столик. Татьяна отдернула жалюзи и распахнула створку окна.

— Можешь спокойно курить, пепельница на подоконнике. Для начала сообщу тебе, что тот самый добрый журналист имеет абсолютно лысый череп. И если быть объективной, то нужно признать, что он чертовски обаятелен. Так и хочется ему верить. Жаль только, имени я его не знаю. Специально не спрашивала, чтобы не углублять знакомство. Хотела побыстрее от него отделаться. Но одну любопытную вещь он мне успел сказать.

— Какую?

— Он мне предлагал совершенно другую жизнь, в которой меня не будут обижать и унижать... И так далее. Знаешь, я сразу как-то не вникла в ситуацию, мне, честно говоря, не до него было. Мысли вокруг другого крутились. А сейчас я сообразила. В первую нашу с ним встречу он мне принес все эти публикации, в которых меня поливали грязью, и предложил ответить на них. А сегодня утром он напирал на то, что в этой другой жизни я не буду чувствовать себя обманутой и покинутой. Понимаешь? Обманутой и покинутой. Какое отношение это имеет к тем публикациям? Никакого. И теперь я понимаю, что он все знал.

— Господи, да что он знал? — в нетерпении спросила Настя, судорожно стряхивая пепел. — Говори толком.

— Он знал, что Ира собирается замуж и скоро нас покинет. Он знал, что у меня и Стасова сейчас трудный период, Лиля нервничает в преддверии появления маленького ребенка, который отнимет у нее отцовскую любовь, и Стасов собирается ехать с ней на юг. Более того, с ними вместе поедет и Маргарита, потому что об этом просит Лиля, а своей любимой дочери Стасов отказать не может. И еще более того, поступила информация о том, что Стасов не проводит все вечера с плачущей Лилей, а ходит по ресторанам в обществе Маргариты, одной из первых красавиц в мире российского кино. Согласись, ситуация для меня не из самых простых. И журналист все это знал. Вопрос: откуда?

— Подожди, Таня, я ничего не понимаю. Насчет Лили — это правда?

— Правда. А чему ты удивляешься? Это совершенно естественная реакция ребенка, двое из каждых трех детей относятся к появлению братьев и сестер именно таким образом. К этому надо быть готовым, особенно когда дети появляются в разных браках.

— А насчет Стасова и Маргариты?

— А вот это вранье. Причем состряпанное достаточно ловко. То есть настолько ловко, что оно прошло бы без сучка и без задоринки, если бы у меня был другой характер. Есть люди, которые годами мучаются подозрениями, терзаются, сходят с ума, но никогда не спрашивают напрямую. Хуже всего, что такие люди готовы верить первому встречному, который доносит до них отрицательную информацию. И не готовы верить тому, кого, собственно, эта информация порочит. К счастью, у меня другой характер. Я вообще никогда ничему не верю, я все выясняю и подпираю доказательственной базой. Наверное, это профессиональная деформация. Поэтому я не стала долго страдать, а просто спросила у Стасова, был ли он в указанном месте в указанное время с указанной спутницей. И мы очень быстро выяснили, что это ложь. Кто-то хочет нас поссорить.

— Кто?

— Не знаю.

— Как это ты не знаешь? А кто тебе сказал об этом?

— Ирочкин жених. И не мне сказал, а ей. Это уж она потом мне передала, вся трясясь от негодования. Но я вполне допускаю, что этот «Бентли-Континенталь» просто исполнитель чужой воли. У него может и не быть собственного интереса. Ему поручили — он сделал.

Настя некоторое время молча курила, глядя через плечо Татьяны в серое темнеющее небо.

— Как все похоже, — тихо сказала она наконец, — как все похоже. Вокруг тебя выстраивают ситуацию, которая делает твою жизнь невыносимой. Все вокруг рушится, все, что еще вчера казалось надежным и незыблемым, сегодня оказывается хрупким и ложным. И в этот тяжелый для тебя момент рядом оказывается обаятельнейший человек с добрыми глазами, ласковой улыбкой и протянутой рукой помощи. А теперь послушай еще одну историю, которую я тебе расскажу. Жил-был тележурналист, талантливый, преуспевающий. Не особенно, правда, чистоплотный, но это отношения к делу не имеет. У него была любимая жена и любимая работа. И вдруг в один прекрасный день все это начало рушиться прямо на глазах...

## Глава 20

Борис Витальевич Гмыря окончательно разболелся, и при всей серьезности сложившейся ситуации смотреть на него без смеха было трудно. Нос от постоянного трения платком покраснел и распух, глаза слезились, голос был сиплым и метавшимся между зловещим шепотом и истерическим фальцетом. Он не мог уйти на больничный, ибо в его производстве находилось дело об убийстве депутата Государственной Думы, стоящее на контроле и в МВД, и в Генеральной прокуратуре. То есть по закону, конечно, болеть никому не запрещается, но косые взгляды и недовольство начальства были бы ему гарантированы.

Он снова сидел в кабинете полковника Гордеева, но на этот раз пришел не по собственному почину, а по настоятельному приглашению Виктора Алексеевича.

— Боря, надо собраться, — не терпящим возражений тоном заявил ему Гордеев по телефону. — Мне отлучаться сегодня нельзя, так что ты уж будь любезен, донеси свое больное тело до Петровки. Сделай одолжение бывшему начальнику.

К приходу следователя в кабинете полковника уже находились Каменская, Лесников, Коротков и тот здоровенный зеленоглазый парень, начальник службы безопасности киноконцерна «Сириус», с которым Гмыря познакомился в девяносто пятом году, когда расследовал убийство киноактрисы Алины Вазнис.

— Давай, Настасья, рассказывай нам, — без долгих предисловий скомандовал Гордеев. — Четко, ясно, ничего не упуская. Так, как ты мне сегодня с утра рассказывала.

Настя глубоко вздохнула, собираясь с мыслями, и на всякий случай положила перед собой блокнот с записями. Эти записи она делала всю ночь, сидя в палате свекра, притулившись в уголке, пристроив блокнот на коленях и прислушиваясь к его неровному дыханию. Поспать ей удалось только в электричке по дороге в Москву, и то не поспать, а лишь подремать. Но и это неплохо. Сегодня суббота, рано утром поезда идут в сторону Москвы полупустые, и Настя смогла сесть в уголке, прислониться головой к стенке вагона и чуть-чуть отдохнуть.

Она стала рассказывать обо всем, что узнала за последние дни. О приходе Виктории Улановой, о выдуманном от начала до конца заказе на убийство ее мужа, о несуществующей журналистке Хайкиной и о человеке, который заплатил главному редактору газеты за оскорбительную статью «Прощай, лицо, да здравствует грим!». О газетной травле писательницы Томилиной и о почти удавшейся попытке рассорить ее с мужем и разлучить с родственницей-подругой как раз в тот момент, когда Татьяна больше всего нуждается в помощи и поддержке. Об убийстве колдуньи Инессы, о ее любовнике профессоре Готовчице. И, наконец, об убийстве жены Готовчица, Юлии Николаевны. Она старалась излагать последовательно, но это не всегда получалось. Слишком уж все было переплетено в этих странных и, казалось бы, никак друг с другом не связанных историях.

— Стиль, как видим, просматривается один и тот же. Сделать жизнь человека трудной, почти невыносимой, устроить ему, образно выражаясь, обвал по всем фронтам, но не для того, чтобы отомстить, а единственно для того, чтобы он с готовностью принял помощь, которую ему предложат в самый сложный момент. В чем должна заключаться эта помощь, мы пока не знаем. Татьяна от помощи отказалась, так что она нам ничего сказать не может. Остается Уланов. Я уверена, что он уже в курсе, потому что ситуация с ним начала развиваться намного раньше, чем с Татьяной. Более того, если в начале нашего знакомства Александр Уланов действительно был похож на человека, у которого множество неразрешимых проблем, то сегодня он выглядит совсем иначе. Он бодр, оптимистичен и уверен в себе. Во всяком случае, именно таким он был, пока не узнал, что жена вовсе не собиралась его убивать и что вся эта история с наемным убийцей — сплошное вранье. Так что он скорее всего помощь принял и уже знает, в чем она состоит. Таким образом, сегодня мы можем констатировать, что убийство Виктора Андреева и Оксаны Бондаренко почти наверняка не связано с их финансовыми делами и не является актом возмездия. Это была часть операции, направленной против Уланова. Выбить из его команды людей, без которых передача перестает быть прибыльной. Напугать его, расстроить, заставить думать об уходе с телевидения, отдалить от любимой жены. Заморочить ему голову. Запутать. И не только его, но и нас. Мы ведь искали преступников совсем не там и продолжали бы искать, пока терпение не лопнет. А потом дело закрыли бы.

Гмыря чихнул, шмыгнул носом и сиплым голосом спросил:

— А Готовчиц? Я все жду, когда ты про депутата начнешь рассказывать. Меня сюда зачем позвали?

— Не торопитесь, Борис Витальевич, — примирительно произнес Гордеев, который политес соблюдал и при оперативниках называл следователя по имени-отчеству, никоим образом не демонстрируя, что Гмыря для него был и остается просто Борькой. — И до депутата дойдем. Уже близко. Давай дальше, Настасья.

— Одним из приемов, которые активно используют преступники, являются ложные ходы. Таких ходов за последнее время было сделано несколько. При этом надо отметить, что ложные ходы, которыми они пользуются, бывают двух типов. Тип первый: действие, абсолютно не нужное, но сбивающее нас с толку. Например, письмо, которое получил Игорь Лесников. В этом письме сказано, что вы, Борис Витальевич, давно куплены и верить вам нельзя.

— Я — что?

Следователь поперхнулся и закашлялся, хрипло и натужно.

— Что вы куплены и верить вам нельзя, — пряча улыбку,

повторила Настя. — Мы вам ничего об этом не говорили, потому что и не думали верить тому, что написано в письме. Письмо имело две цели. Во-первых, дать понять, что убийство Юлии Готовчиц действительно политическое, раз следователя покупают, а во-вторых, внести разлад в работу группы, посеять недоверие и тем самым спровоцировать конфликты. Надо заметить, что и это почти удалось. Вам стало трудно работать с Лесниковым, а Игорю — с вами. Еще один пример: убийство Дмитрия Захарова. Мы с самого начала пошли по ложному пути, пытаясь связать убийство Юлии Готовчиц с утечкой информации о ее отношениях с частным сыскным агентством. Захаров, используя личные связи, старался выяснить, кто в агентстве имеет доступ к информации о заказах и клиентах. И когда ему это удалось, его убили. И снова мы пошли на поводу у этого ложного хода. Раз убили — значит, дело серьезное, значит, действительно тут есть связь с убийством депутата. А связи нет. Никакой. Да, в агентстве нашелся сотрудник, который проявляет повышенный интерес к картотеке руководителя, но к убийству депутата это никакого отношения не имеет. Захарова убили просто так, на всякий случай, чтобы сбить нас с толку. Он никому не мешал и никакой опасности для преступников не представлял.

В кабинете повисла гнетущая тишина. Здесь сидели люди, жизнь которых была постоянно связана с трупами, с убийствами, со смертью. Но все равно трудно было осознать и смириться с тем, что человека можно убить просто так. Не в порыве гнева или злобы, не из корысти или страха перед разоблачением, а просто так. Чтобы заморочить кому-то голову.

— Идем дальше. Ложные ходы второго типа, — снова заговорила Настя. — Это действия, имеющие определенную цель, но совершенные таким образом, что цель эта никак не просматривается. Более того, та же самая цель может быть достигнута и другим способом. Поясню на примере. После проникновения неизвестных в квартиру Борис Михайлович Готовчиц стал жить в постоянном страхе. Я уже объясняла почему. Поскольку поведение его стало, мягко говоря, неадекватным, его жена забеспокоилась, не втянулся ли муж в какой-нибудь криминал. Она обращается в агентство «Грант» и получает подробные отчеты обо всех контактах Бориса Михайловича. Копии этих отчетов, как вы знаете, были нам представлены. Сегодня с утра я обзвонила всех указанных людей и выяснила, что с некоторыми из них Юлия Николаевна успела встретиться. Она знакомилась с ними под разными предлогами, представлялась то журналисткой, то социальным работником, то еще кем-нибудь. Стало быть, она проверяла знакомых своего мужа, желая лично убедиться в том, что они не связаны с криминалом. Или, наоборот, связаны. Мы с самого начала предполагали, что убийство совершено из-за того, что Юлия Николаевна проявила интерес к контактам супруга. Но мы искали среди этих контактов тех же, кого и покойная Юлия Николаевна. И не находили. Но если среди знакомых профессора нет людей, связанных с ним криминальным бизнесом, то почему же ее все-таки убили?

— Да, между прочим, — подал голос Гмыря. — Я все жду, когда ты нам расскажешь, почему же убили депутата.

— Потому что дело не в самих людях, с которыми контактировал Готовчиц.

— А в чем?

— Дело в тех, кто их порабощает. В тех, от кого они находятся в сильной психологической зависимости, от которой не могут избавиться годами, а то и всю жизнь. Вспомните, сколько раз мы читали о таких феноменах, сколько раз сталкивались с ними лично. Лидеры каких-то невероятных движений, сект, групп, сумевшие увлечь людей совершенно бредовыми идеями, — разве вы никогда об этом не слышали? Разве не читали о сектах, лидеры которых умудрялись повести десятки людей на коллективное самоубийство?

Она замолчала, и по кабинету Гордеева разлился тихий гул. Каждый из присутствующих вспомнил, что действительно читал о чем-то подобном, и все живо обменивались впечатлениями.

— А сколько раз нам приходилось слышать о невероятной личной преданности кому-то? — продолжала она. — Мы этого человека видим сотни раз по телевизору, он кажется нам тупым и ограниченным, и мы совершенно не понимаем, почему он пользуется такой любовью огромного числа людей, почему у него есть верные соратники, которые следуют за ним всю жизнь и ни при каких условиях его не предают. А нам объясняют, что этот человек обладает личным магнетизмом, что, находясь рядом с ним, общаясь с ним, невозможно его не любить. Мы разводим руками, качаем головой и считаем, что все это полный бред. Потому что на себе не испытали. А это есть, и с этим нельзя не считаться. Самая жестокая ошибка человека — считать, что чего-то быть не может, только потому, что сам он этого не видел. Как меня когда-то учили, отсутствие знания — не аргумент. А теперь представьте себе, что вам с какой-то целью нужно найти нескольких человек, обладающих вот этим самым личным магнетизмом. Причем найти достаточно быстро. Где и как вы будете их искать?

И снова в кабинете возникла тишина. На этот раз первым сориентировался Игорь Лесников. Гордеев был не в счет, поскольку ему Настя уже успела все изложить до общей встречи.

— Ты хочешь сказать, что проще всего действовать через людей типа Готовчица или колдуньи Инессы?

— Может быть, это и не проще, — возразила Настя, — но это один из вариантов. Наверняка есть и другие пути, но та команда, с которой мы столкнулись, действует именно так. Влезть в квартиру, когда хозяина или хозяйки нет дома, просмотреть записи, найти человека, который жалуется на сильную зависимость, от которой не может избавиться. Это может быть зависимость от мужа, любовника, подруги, начальника и так далее. Дальше все просто. Имя пациента или клиента в записях указано, его разыскивают и довольно быстро находят того, кто его так поработил. И с ним уже начинают работать. Вербуют его, переманивают к себе. Расчет точный, ведь если человек, обладающий сильным личным магнетизмом, является добрым и порядочным и не использует свой дар так, что другие страдают, то у близких такого человека и не возникает с ним проблем. А коль они обращаются к колдунам и психоаналитикам, значит, человек этот явно злоупотребляет любовью окружающих. Это как раз то, что нужно. И если я права, то становятся понятными обстоятельства убийства Инны Пашковой. Она никогда не указывала в записях настоящие имена своих клиентов. Она ведь изображала колдунью и потому давала каждому некий псевдоним, якобы для общения с высшими силами. Это была всего лишь часть антуража, но эта часть стоила ей жизни. Преступники нашли в ее записях то, что их заинтересовало, но там не было имени. Настоящего имени. Вот это имя они из нее и выколачивали. Можно теперь только догадываться, как все это происходило, но, судя по рассказам тех, кто знал Инессу, она была человеком чрезвычайно сильным. Не физически, конечно, а морально. Она умела держать язык за зубами, она умела хранить секреты, и свои, и чужие. И заставить ее ответить на вопрос, смысла которого она не понимала, наверное, было непросто. Может быть, ей предлагали деньги, может быть, ее запугивали, но она не назвала имя до тех пор, пока ее не начали пытать. Выбив из нее заветное слово, преступники бросили ее истекающей кровью и ушли. Вероятно, им показалось, что она уже умерла, иначе они бы точно ее добили. Судя по всему, что мы знаем на сегодняшний день, они абсолютно безнравственны и безжалостны. Зато сегодня мы можем утверждать, что имя, которое им было нужно — это имя Валентины Петровны Лутовой. Лутова долгое время была клиенткой Инессы, пытаясь избавиться от зависимости от мужа, который ее оскорблял, унижал и даже поколачивал. Преступники нашли Валентину, рядом, естественно, оказался и муж. Мужа быстро взяли в оборот. Уж не знаю, что он успел для них сделать, но он работал с Улановым, а в последнее время изображает доброго журналиста, навязчиво предлагающего помощь несчастной, всеми обижаемой и предаваемой писательнице Татьяне Томилиной.

— Ну а Готовчиц-то! — снова в нетерпении выкрикнул Гмыря, при этом голос его сорвался на фальцет. — Ты про Готовчица говори.

— Да с Готовчицем все то же самое. Влезли в квартиру, посмотрели записи. Готовчиц колдуна не изображает, он нормальный психоаналитик, доктор медицинских наук, и у него в записях все имена и фамилии названы. Нашли то, что им нужно, и благополучно смылись. А пациент, история которого их заинтересовала, пришел на очередной сеанс к Готовчицу. К этому времени Борис Михайлович уже начал терять человеческий облик от ужаса, и Юлия Николаевна уже наняла частных сыщиков, которые добросовестно принялись за дело. Имя этого пациента попало в их отчет. А отчет представлен заказчице. Поскольку команда, о которой мы с вами говорим, достаточно серьезна, они обязательно должны были присматривать за самим психоаналитиком и его женой. На всякий случай. Ведь взлом и проникновение — не шуточки, хозяева милицию вызывали. И в ходе этого присматривания обнаружили, что Юлия Николаевна сначала посетила частное сыскное агентство, а потом начала ходить к пациентам мужа. Зачем? Что она делает? Совершенно непонятно. Но ведь она в любой момент может прийти и к тому пациенту, рядом с которым находится человек, который им нужен. Кто такая эта жена психоаналитика? Депутат? Журналистка? Человек прямой и принципиальный? И что ей надо? Что она вынюхивает?

Еще, не приведи господь, явится по интересующему их адресу в самый неподходящий момент и столкнется с их представителем, поскольку человека-то в оборот уже взяли, на поиски всего полдня ушло. И потом, сам человек еще мало проверен. А вдруг Юлия придет, неизвестно ведь, зачем она приходит и что говорит, а человек окажется дома и возьмет да и расскажет ей об интересном и очень выгодном предложении, которое ему сделали. Одним словом, допускать этого нельзя. Контакту нужно помешать. Есть множество способов, при помощи которых это можно сделать. Самый простой и безболезненный — срочно убрать под любым предлогом нужного им человека из Москвы на некоторое время. Настырная Юлия Николаевна придет, поговорит с пациенткой или пациентом своего мужа и уйдет. Вот и все. Потом человека можно вернуть на место. Но они выбирают самый жестокий способ. Они убивают Юлию Николаевну. И тут расчет почти безошибочный. Раз она депутат и к тому же журналистка, то поиски убийц будут вестись в совершенно определенном направлении. Будут трясти народ в Думе, будут искать врагов среди тех, о ком она делала свои статьи в газету. Ну и пусть ищут. Флаг им в руки. То есть нам в руки. Еще и письмецо гадкое подбросим, дабы подлить масла в огонь. Пусть лишний раз уверятся, что убийство действительно политическое.

Настя закрыла блокнот и перевела дыхание.

— Я все сказала.

Гордеев водрузил на нос очки, которые до этого вертел в руках на протяжении всего времени, пока Настя излагала результаты своих ночных раздумий.

— Приступим к обсуждению. Чтобы не терять времени даром, скажу для информации, что Доценко в настоящий момент устанавливает тех людей, которые упоминаются в записях профессора Готовчица. Я имею в виду людей, с которыми возникли серьезные психологические проблемы, у тех, кто был указан в отчетах агентства «Грант». Самих людей, поименованных в этих отчетах, мы уже отрабатывали, но теперь взгляд на них будет совсем другим. Теперь второе. Прошу всех присутствующих не надеяться на то, что, имея в руках господина Лутова и найдя второго такого же, мы откроем все секреты и раскроем одним махом все преступления. Во-первых, Лутов и этот второй, которого сейчас Миша Доценко ищет, знают далеко не все. Их используют для личных контактов, для оказания нужного влияния. Но к убийствам они не причастны. Задумывают убийства одни люди, а организуют и выполняют их другие. Уж конечно, не лутовы там всякие. Взять за жабры этих контактеров означает моментально провалить все дело. Выдавать себя за журналиста — не преступление. Давать деньги за публикацию тех или иных материалов — тоже не преступление. Ничего криминального они не сделали, привлекать их не за что, а потому и напугать их пока нечем. Из этого следует неутешительный вывод, что они ничего нам не скажут. Только напортим все и спугнем главных действующих лиц. Поэтому ставлю задачу нашего сегодняшнего обсуждения: понять, что это за команда, какова ее цель. Сформулировав цель, мы сможем понять, кто заинтересован. И дальше будем плясать именно от этого. Итак, я слушаю. Кто первый начнет?

— Я все-таки не понимаю, — снова подал сиплый голос следователь Гмыря. — Зачем городить такой огород? Анастасия же только что рассказывала об Уланове и выразила полную уверенность в том, что он уже принял предложенную помощь. Так давайте допросим его как следует, он нам все расскажет.

Он оглушительно чихнул, высморкался, однако и на этот раз не забыл извиниться.

— Борис Витальевич, Уланов ничего не скажет, — ответила Настя, поворачиваясь к нему.

— Почему? Он ведь теперь знает всю правду, знает, что жена его по-прежнему любит и никаких любовников у нее нет. Почему ты думаешь, что он будет молчать?

— Потому что он уже попал в зависимость от Лутова, понимаете? Если вы можете понять меня правильно, то рискну сказать, что Уланов влюблен в него, как влюбляются в кумиров. Если бы у Александра Юрьевича была в голове хоть капля критического отношения к новому знакомому, он бы сразу все сообразил и сказал бы мне о Лутове еще тогда, когда я ему объясняла про наемного убийцу. Но он ничего не сказал. Ни единого слова. И это означает, что он и теперь не скажет. Нужны очень и очень веские аргументы в беседе с ним, чтобы он заговорил. А этих аргументов у меня нет.

— Тогда задействуйте эту писательницу, как ее, Томилину. Вы же сами говорили, что Лутов к ней подкатывался. Она что, дала ему окончательный отказ?

— Нет, отказа как такового не было, но она ясно дала понять, что не нуждается в помощи. Борис Витальевич, Татьяну трогать нельзя.

— Почему это?

Настя бросила короткий взгляд на Стасова, который хранил молчание и с любопытством прислушивался к обсуждению, ожидая, когда очередь дойдет и до него.

— Потому что Татьяне рожать через два с небольшим месяца. Мы не можем втягивать беременную женщину в оперативные комбинации. Влад, повтори, пожалуйста, как можно ближе к тексту, чем Лутов соблазнял твою жену.

— Он обещал ей жизнь, в которой Таня сможет творить свободно и независимо и не будет чувствовать себя покинутой, одинокой и обиженной.

— Вот! — Гордеев поднял палец, призывая всех быть предельно внимательными. — Почему никто не вникает в то, что нам сейчас рассказывала Настасья? Вы что, вполуха слушаете? Повторяю для рассеянных: Лутов предлагал Татьяне Томилиной другую жизнь, в которой не будет всего того, что на сегодняшний день выбивает ее из колеи. После всего, что они ей устроили, она должна была почувствовать себя в глухом тупике, в тяжелейшем кризисе. По их представлениям, ей впору руки на себя наложить. А что установили ребята из агентства «Грант», выполняя заказ Виктории Улановой? Они установили, что заказ на статью, подписанную некой Хайкиной, был сделан человеком, имеющим контакты с руководителем какого-то благотворительного фонда поддержки людей, оказавшихся в кризисной ситуации. Ну, дети мои, вы проснетесь наконец или так и будете спать, пока мы с Настасьей тут воздух сотрясаем неизвестно для чего?

— Минутку, Виктор Алексеевич, — просипел Гмыря. — Не все у вас складно выходит. Если допустить, что все это правда, то придется признать, что преступники не очень умные люди. Вы говорите, Томилина ждет ребенка? Тогда ей должно быть совершенно наплевать и на газетные статьи, и на измены мужа. Можете поверить мне, многодетному отцу, ожидание ребенка, если он желанный и особенно если он первый, полностью переворачивает все мировоззрение женщины. Жизнь для нее настолько прекрасна, что значения не имеет ничего, кроме грядущего материнства. Неужели преступники этого не понимают? Сам факт того, что их жертва ждет ребенка, сводит на нет все их усилия.

— Он прав, — тихо сказал Стасов, глядя на Гордеева. Лицо его было бледным и напряженным. — Он абсолютно прав. И если все так серьезно, как мы думаем, то ничего еще не кончилось. Они не отступятся от Татьяны. Они не успокоятся, пока не лишат нас этого ребенка.

* * *

Юра Коротков метался по маленькому Настиному кабинету от двери к окну и обратно.

— Сколько работы псу под хвост! Это же черт знает что такое! Я в Думе три пары штанов просидел, со всем депутатским корпусом перезнакомился, собственные мозги так закомпостировал, что там уже живого места не осталось, сплошь одни дырки, и все зря! Ведь сколько раз говорено было, что политики — такие же люди, как все, и жизнь у них точно такая же, так нет: стоит какого-нибудь депутата убить, сразу крик на всю страну, ах, политическое убийство, ах, депутатов убивают! Какой кошмар! Наступление на демократию! Душат правовое государство! Правоохранительные органы расписались в своей беспомощности! Как будто если дядю Васю-слесаря убили, то это нормально, а депутата тронули — вселенская катастрофа. Пока убивают дядю Васю, милиция хорошая, а когда убили депутата — так она сразу плохая. А то, что депутата убили вовсе не по политическим мотивам, никто и предполагать не хочет. Сразу дело на контроль ставят, ежедневно по три шкуры дерут со всей бригады и еще следят, чтобы версии обязательно были с политическим уклоном. Стоит только следователю выдвинуть бытовую версию, сразу косые взгляды: дескать, подкупили его, потому он и пытается спрятать политические концы в бытовую воду.

Настя сидела за своим столом и молча чертила какие-то схемы, давая Короткову возможность выпустить пар. Вода в высокой керамической кружке уже закипела, и Настя достала две чистые чашки и банку с растворимым кофе.

— Тебе наливать? — кротко спросила она, улучив паузу между двумя гневными фразами.

— Наливать, — буркнул Юра. — Вот ты мне объясни, зачем все это?

— Что — это?

Настя насыпала в чашки кофе, бросила по два кусочка сахара и налила кипяток.

— Формулируй четче, солнце мое незаходящее, а то под руинами твоих бурных эмоций уже ничего не найдешь.

Коротков внезапно остановился посреди кабинета и громко расхохотался.

— Аська, все-таки я тебя обожаю. Ты — единственный человек, который умеет справляться с моим настроением одним движением пальца. Как у тебя это получается?

Она улыбнулась и протянула ему чашку.

— По наитию. Я же тебя много лет знаю. Бери осторожнее, чашка горячая. Так что ты хотел спросить?

— Я хотел спросить, зачем эта фантастическая команда напрыгнула на нашу Танюшку?

— А ты не понял? Деньги, Юрик. Огромные деньги, которые можно делать, став единоличным издателем ее книг. После нашего вчерашнего разговора Таня позвонила своим издателям в Питер, и выяснилось, что совсем недавно к ним приходил некий журналист какой-то заштатной зауральской газеты, о которой в Питере никто и не слыхивал, и очень интересовался личностью популярной писательницы, ее тиражами и гонорарами. И пока мы в кабинете Колобка изображали Новгородское вече, наш друг Коля Селуянов навел справочки. Нет такой газеты. В природе не существует. Отсюда ясно, что команда, как мы ее условно назовем, интересуется Татьяной именно как писателем. И еще один момент. Танины издатели по ее просьбе никому не говорят о том, что она работает следователем. Когда-то давно из этого секрета не делалось, но потом Таня поняла свою ошибку и с тех пор она для своих читателей просто писательница Томилина. А о том, что говорилось раньше, все уже как-то подзабыли. И наша с тобой, Юрочка, таинственная команда этого не знает. Отсюда и все их ошибки.

— Почему ты думаешь, что они не знают?

— Они бы к ней не сунулись, если бы знали. Это же очевидно. Но тут есть еще один хитрый момент. Эта команда — не мафиозная структура. И это вселяет надежду. Мафию обмануть трудно, потому что у нее всюду есть свои люди и постоянно идет утечка информации. А у нашей с тобой команды своих людей в правоохранительной системе нет. Поэтому они и про Таню не узнали. Они на нее вышли просто как на писательницу, которая может приносить доход. Попытались довести ее, что называется, «до ручки», чтобы потом взять под свое крыло, обаять, обласкать, приручить, вызвать чувство глубокой и непреходящей благодарности до самой смерти и накрепко связать с собой. В том числе и все права на все книги получить. Пожизненно.

— Ну хорошо, ты меня убедила. А Уланов? Он-то им зачем понадобился? У него что, миллионы долларов в заначке спрятаны?

— Похоже, что нет, — покачала головой Настя. — Судя по разговору с его женой, они люди состоятельные, но не настолько, чтобы ради этих денег заваривать такую сложную и многокомпонентную кашу. Тут доходы ненамного превысят расходы. Представь себе: Андреева с Бондаренко убить, человека нанять, который будет изображать киллера, охотящегося за Улановым, до этого еще разобраться с Инессой и с Готовчицем, потом убить Юлию, заказать публикации в десятке изданий... А ведь надо еще постоянно взятки давать. Что ты на меня так смотришь? Да-да, дружочек, обыкновенные банальные взятки. Меня сразу насторожило, что супругов Улановых развели в течение суток. И я попросила Мишеньку Доценко поехать в загс по их месту жительства и обаять там заведующую. Она, конечно, не призналась, что ей дали на лапу, но то, что были ходатаи, не отрицала. Причем ходатаи, как она сказала, не из властных структур, а просто пришел человек, который так просил, ну так просил, что отказать было невозможно. Это же все денег стоит, и немалых. Я допускаю, что команде не нужно каждый раз нанимать новых исполнителей, у нее есть свои штатные взломщики, штатные убийцы и даже штатные «наружники», но тогда это должна быть очень богатая организация. А она не может быть очень богатой, если гоняется за копейками. С Улановым что-то совершенно непонятное. Надо с ним разговаривать. А я не знаю как. Нужно заставить его рассказать о Лутове. А для этого нужно каким-то образом заставить его преодолеть свою личную преданность этому человеку. Есть, правда, вариант...

Юра поставил чашку на стол и потянулся за сигаретой.

— Тебя что-то смущает? — спросил он.

— Смущает. Я так никогда не работаю.

— Понял, — усмехнулся он. — Ну что ж, когда-то надо начинать. Не все тебе в девках-то ходить, пора и замуж собираться.

\* \* \*

Я так и не смог вернуться домой. После того, что мне рассказала Каменская, я не смог прийти как обычно и посмотреть Вике в глаза, привычно видя за ее покорностью и покладистостью проявление чувства вины за желание убить меня. Бедная Вика, что ей пришлось вытерпеть за последние недели! Наверное, я трус, но я не смог встретиться с ней. Ночевать я поехал к матери, и даже ее сумасшествие казалось мне в тот момент более приемлемым, чем общение с Викой, которую я смертельно оскорбил ни за что ни про что. Вышла ошибка, чудовищная ошибка, заставившая меня подозревать жену во всех смертных грехах. И как теперь выкарабкиваться из этой ямы? Господи, как хорошо, что в моей жизни есть Лутов! Надо только потерпеть еще несколько дней, пока не будут окончательно завершены формальности с документами, потом быстро решить вопрос с квартирой матери и с теми, кто будет за ней ухаживать, и все. Можно обрывать концы. Меня примет кризисный центр, я буду работать, и мне не придется ежедневно видеть Вику и испытывать при этом непереносимое чувство вины перед ней.

В тот вечер, придя с Петровки прямо к матери, я позвонил Вике и предупредил, что ночевать не приду.

— Родственники твоей невесты наконец разъехались? — осведомилась она, впрочем, без малейшей враждебности в голосе.

— Да, — малодушно солгал я. — Теперь я буду жить здесь.

— А как же твои вещи? Разве ты не будешь их забирать?

— Заберу как-нибудь при случае, — отмахнулся я.

— Если тебя будут искать, что говорить?

— Спрашивай, что передать. Я буду позванивать тебе.

Вика не спросила, по какому телефону можно со мной связаться, и я был этому рад.

Три дня после этого я приходил по вечерам к матери, выслушивал ее бесконечные монологи о врагах, которые стремятся извести на корню всех русских в России, но все равно это было лучше, чем Викино покорное молчание. Мать хоть и сумасшедшая, но не совсем безумная, поэтому у нее сразу возник вопрос, а почему, собственно, ее сын не ночует дома. И поскольку сын не смог придумать более или менее сносное вранье, то после монологов об антирусских настроениях в правительстве на мою голову выливались не менее длительные и эмоциональные монологи о том, какая сука и проститутка моя жена Вика, какая плохая она хозяйка, совершенно за мной не ухаживает и ни капельки меня не любит.

На четвертый день я, как обычно, позвонил Вике, чтобы узнать, кто меня искал, и услышал, что звонила Каменская из уголовного розыска, оставила свой телефон и очень просила ей перезвонить. Я дисциплинированно перезвонил.

— Нам с вами нужно еще раз встретиться, — сказала она.

— Хорошо, я приеду, — послушно ответил я.

На этот раз она встретила меня холодно, смотрела с нескрываемой враждебностью и вообще была какой-то другой.

— Вы нашли убийц Вити и Оксаны? — спросил я.

— Нет, пока не нашли. И в этом, Александр Юрьевич, есть и часть вашей вины.

— Не понял, — озадаченно протянул я.

— Вы назвали мне не всех, с кого Андреев брал деньги за передачи.

— С чего вы взяли? Я назвал всех.

— Может быть, забыли кого-то?

— Не может, — резко ответил я. — Я всех отлично помню. И всех назвал.

— Понимаете, какая штука получается, — задумчиво сказала Каменская, — мы нашли человека, который заказал газете статью о вашей передаче. Совершенно нейтральный человек, ни в чем плохом не замешанный. Понятно, что он выполнял всего лишь роль посредника. С него и взятки гладки. Но ни с кем из тех людей, которых вы назвали, он не контактирует. Среди его знакомых есть только один человек, который был гостем вашей программы, но в вашем списке его нет. Как же так, Александр Юрьевич? Выходит, одного-то человека вы умудрились забыть. Нехорошо.

Я начал злиться. Что она дурака валяет? Никого я не забыл. Кроме одного, которого не назвал умышленно. Того самого, благодаря которому я познакомился с Лутовым. Я просто не хотел, чтобы этого человека дергали работники милиции, я не хотел, чтобы у него были неприятности из-за меня. К убийству он не мог иметь никакого отношения, в этом я был абсолютно убежден. А всех остальных деятелей я наизусть помню, хоть ночью разбуди. И чего она ко мне привязалась? Крыса белобрысая. В этот момент я уже забыл, что именно благодаря ей, белобрысой крысе, я узнал, что моей жизни не угрожает и никогда не угрожала опасность, что никакого наемного убийцы не было. Сейчас эта странноватая женщина вызывала во мне только раздражение.

— Я вам еще раз повторяю: я назвал всех и ни одного человека не забыл, — зло сказал я. — Если вы не можете найти преступников, так это ваша головная боль, и нечего перекладывать ее на меня.

— У-у, вот как вы заговорили, — негромко произнесла она, глядя на меня с нескрываемым любопытством. — Ладно, не хотите вспоминать своих оплаченных гостей, будем с вами кино смотреть.

Только тут я заметил, что в кабинете появился видеомагнитофон, которого в прошлый раз здесь не было. Каменская вставила кассету и снова уселась за стол с пультом в руках. На экране возникло мое собственное лицо. Не успел я удивиться, как появилось второе лицо, и по оформлению задника я сообразил, что это запись одной из моих передач. Как раз той, где гостем был руководитель кризисного центра. Каменская остановила воспроизведение.

— Припоминаете?

— Да, конечно, — рассеянно кивнул я. — И что из этого?

— Пока ничего. Смотрим дальше.

Теперь на экране было лицо мне незнакомое. Человек сидел прямо перед камерой, но было понятно, что в съемке участвуют по меньшей мере двое, потому что чей-то голос задавал ему вопросы.

— Ко мне обратился человек с вопросом, может ли он опубликовать в газете свой материал. Я ответил, что на рекламное пространство существуют расценки. Он может купить место и печатать на нем все что пожелает. Он сказал, что это будет авторская статья, а не реклама.

— И что вы ему сказали?

— Сказал, что если суть написанного в статье не противоречит концепции издания, то возражений не будет. Он заверил меня, что в статье нет ничего политического и ничего оскорбляющего властные структуры. Кроме того, в ней нет ничего, что могло бы послужить поводом обращения кого бы то ни было в суд с иском о защите чести и достоинства.

— Вы сами видели статью?

— Нет, этим занимался редактор, ответственный за выпуск.

— Как называлась статья?

— «Прощай, лицо, да здравствует грим!»

— Вы знаете человека, который к вам обратился?

— Он был мне незнаком. Но он оставил свою визитку.

— Где она? Вы можете ее показать?

— Вот, пожалуйста.

Теперь весь экран занимала белая визитная карточка, на которой золотистыми буквами были написаны фамилия и имя. Они ровным счетом ничего мне не говорили.

Каменская снова нажала кнопку «стоп».

— Вам знакомо это имя?

— Нет. Я никогда его не слышал.

— Хорошо, пойдем дальше.

Теперь на экране был человек, которого я помнил очень хорошо. Татьяна Томилина. В студии я видел ее уже в гриме, и она тогда показалась мне довольно привлекательной дамой. Теперь же она выглядела просто уродиной. Без грима, да еще и свет неправильно поставлен...

— Я просто в отчаянии, — говорила она в камеру дрожащим голосом. — Журналисты набросились на меня со всех сторон, обвиняя в бесталанном графоманстве и в загребании бешеных гонораров. Я полностью утратила уверенность в себе, я не могу дописать книгу, которую начала. Наверное, я вообще больше никогда не буду браться за книги. Не знаю, как теперь жить... Хорошо, что есть человек, который старается мне помочь. Он — моя единственная надежда. Только он пришел на помощь в трудную минуту. Все близкие от меня отвернулись.

— Кто этот человек? — спросил голос за кадром.

— Как ни странно, журналист. Он пришел ко мне с предложением подготовить материал, который восстановил бы мою репутацию. Я отказалась, потому что унизительно оправдываться, если тебя считают бесталанной. Я очень переживала, и тогда он сказал, что может предложить мне другую жизнь, в которой все мои проблемы будут решены. И теперь я надеюсь только на него.

Снова остановка пленки.

— Ну как, Александр Юрьевич, вам это ничего не напоминает?

— Ничего, — я пожал плечами. — На меня журналисты со

всех сторон не набрасывались. Так, куснули легонько один раз, гавкнули — и в будку спрятались.

Я действительно не видел ничего общего между собой и этой писательницей. Никто не обвинял меня в бесталанности, и творческий запал у меня не иссяк. А то, что в трудную минуту какой-то журналист протянул ей руку помощи, как протянул ее мне в трудную минуту Лутов, так ничего удивительного. У каждого человека случаются трудные периоды, и почти каждому кто-то рано или поздно приходит на помощь.

— Ну, раз не напоминает, тогда будем смотреть еще, — сказала Каменская, в очередной раз нажимая кнопку.

Теперь сюжет был более динамичным. На экране появилось еще одно знакомое лицо. Это был мой сокурсник, я знал, что сейчас он работает в одной из крупных газет.

— В вашей газете опубликована статья «Бешеные деньги», подписанная вашим именем. Кто ее написал на самом деле?

— Это не имеет значения. Мы с вами уже выяснили, что статья заказная.

На экране появилась газетная полоса. Мне хорошо были видны и заголовок, и отмеченные голубым маркером строчки и абзацы, где постоянно мелькало имя Томилиной в соседстве с пятизначными цифрами.

— Вы можете назвать человека, который ее заказал?

— Я его не знаю. Он имел дело не со мной, а с главным редактором. Но я его видел.

— Вы можете его узнать по фотографии?

— Разумеется. У него очень заметная внешность.

Теперь на экране появились чьи-то руки, раскладывающие фотографии на столе перед моим сокурсником. Надо же, я не могу вспомнить его фамилию. Помню только, что Вовчик.

— Посмотрите, нет ли среди этих людей того человека, который заказал статью.

— Есть.

— Вы его узнали?

— Да, узнал.

— Возьмите, пожалуйста, фотографию в руки и покажите в камеру.

У меня потемнело в глазах. С экрана на меня смотрел Лутов. Я еще не успел осознать случившееся, а сюжет уже стремительно двигался дальше. Еще один газетчик, еще один крупный план газетной статьи с выделенными маркером абзацами, снова раскладываются фотографии, и опять со снимка прямо в камеру смотрят добрые глаза Лутова. И опять: сотрудник газеты, статья, фотография...

— И последний сюжет, Александр Юрьевич. Наберитесь терпения, он совсем короткий, — сказала Каменская.

На экране снова появилась Томилина. Перед ней тоже раскладывали фотографии.

— Есть среди этих людей человек, который вам знаком? — задается ей вопрос.

— Есть.

— Кто этот человек? При каких обстоятельствах вы познакомились?

— Я не знаю, как его зовут, он не назвал своего имени. Это тот самый журналист, который хотел реабилитировать меня в печати. Он единственный, кто поддержал меня и предложил помощь.

— Покажите нам фотографию, на которой он изображен.

Когда я уже в десятый раз увидел на экране лицо Лутова, я даже не удивился. Но все равно ничего не понимал.

Экран погас, а я все сидел, как будто превратился в камень. Внезапно сильно разболелась голова, заныло сердце.

— А вам что он обещал? — спросила Каменская.

Я молчал. Разум отказывался верить в происходящее. Лутов не мог меня обмануть. Пусть он трижды, пусть десять раз обманщик, но он же обещал мне помочь, и он слово сдержит. Потому что надеяться мне вообще больше не на кого. Жить мне негде, вернуться к Вике я не смогу, мне стыдно. Остаться в программе я тоже не смогу, я ведь заявил уже о своем уходе, и на мое место подыскали человека. В другую программу меня не возьмут, потому что репутация испорчена. Ребята погибли, я не смог удержать программу на нужном уровне и в газетах появилась разгромная статья, сам я после этого быстренько смотал удочки — кому такой работник нужен? Если я сейчас начну давать показания о Лутове, у него будут неприятности, может быть, эти неприятности коснутся и того центра, куда я собираюсь уйти. А я останусь ни с чем.

— Александр Юрьевич, я повторяю свой вопрос: что вам обещал Лутов?

— Я не понимаю, о чем вы говорите, — с усилием пробормотал я.

— Вы знакомы с тем человеком, фотографию которого вам показывали только что на кассете?

— Нет.

— Неправда, Александр Юрьевич. Вы бывали у него дома, это подтвердила его жена. Я понимаю, вам этот человек очень симпатичен и вы не хотите навлекать на него неприятности. Я уважаю ваши чувства. Поэтому я просто порассуждаю вслух, а вы вольны соглашаться со мной или не соглашаться. Но я очень надеюсь на ваш здравый смысл. Некая организация решила, что вы ей очень необходимы. Просто позарез. И начала против вас развернутое наступление. К вам на передачу приходит руководитель некоего кризисного центра, в связи с чем вы знакомитесь с Лутовым, неудачливым актером. Лутов делает первые шаги, общается с вами, но, вероятно, недолго. Присмотревшись к вам, они стали действовать активно и целенаправленно. Для начала они убили директора вашей программы Андреева и корреспондента Бондаренко. Дав вам несколько дней попереживать, к вам подсылают человека, который ловко разыгрывает спектакль прямо у стен этого здания, где мы с вами сейчас находимся. Этот человек не имеет никакого отношения к уголовному розыску и вообще к милиции, но он умело вкладывает вам в голову мысль о том, что ваша жена заказала убийство, желая от вас избавиться. После этого вы начинаете жить в постоянном ожидании смерти. Ваша жизнь превратилась в кошмар, и вот тут-то вы очень удачно вспоминаете о Лутове. Вернее, он не дает вам забыть о себе. Вы вдумайтесь, Александр Юрьевич: чтобы заполучить вас, они не остановились перед тем, чтобы убить двух человек, которые им ничем не помешали. Вас нужно было выбить из седла, и для этого были принесены в жертву две жизни. Вам самому не страшно принимать помощь от таких людей?

Я не хотел ее слушать. Что она говорит? Что за бред? Все это специально подстроено? Но зачем? Нет, нет и нет. Лутов — умный, добрый и достойный человек, он не может иметь к этому отношения. Он просто хочет мне помочь.

— Вы несете чепуху, — твердо сказал я. — Я не верю ни одному вашему слову.

— Хорошо, — неожиданно легко согласилась она. — Разубедите меня. Я готова выслушать ваши доводы. Но прошу вас не забывать о Томилиной. Именно Лутов организовал травлю ее в прессе, и именно он потом пришел с предложением помочь. Не исключайте, пожалуйста, эту историю из ваших рассуждений. И еще одно: если я не права и убийства Андреева и Бондаренко совершены по другим мотивам, то придумайте мне объяснение, кому и зачем понадобилось выдумывать историю с наемным убийцей.

Я пытался что-то сказать, но мысли разбегались в разные стороны, и ни одной связной фразы в голове не появлялось. Я хотел убедить ее, что Лутов ни в чем не виноват и ни к чему не причастен, но понимал, что сам хочу в это верить. А факты были против. И с этим ничего поделать было нельзя.

— Пока вы размышляете, я расскажу вам еще одну историю, — сказала Каменская. — У Татьяны Томилиной есть муж, который раньше был женат на другой женщине. От первого брака у него растет ребенок, прелестная девочка десяти лет. И вот практически одновременно с началом газетной кампании против Томилиной возникают осложнения с этим ребенком. Девочка рыдает, бьется в истерике и считает, что с рождением малыша в новом браке папа перестанет ее любить. Естественная реакция? Верно. Папа, то есть муж Томилиной, начинает каждый вечер после работы навещать дочь, чтобы успокоить ее и убедить в своей любви. И вдруг Томилина узнает, что ее муж не к дочери ездит по вечерам, а посещает дорогие рестораны в обществе своей бывшей жены, красивой и светской женщины, одетой в неимоверно дорогой костюм от Версаче. Можете себе представить душевное состояние Татьяны Григорьевны?! Собственно, как раз на этом душераздирающем фоне и появляется добрый журналист с предложением помощи. И знаете, что происходит потом? Томилина прямо спрашивает у мужа, был ли он в ресторане с бывшей женой. Муж в полной растерянности, потому что он там, естественно, не был. А ведь неизвестный доброжелатель не просто сказал, что видел их, он даже одежду подробно описал. И муж Томилиной, не желая мириться с неизвестностью, идет к своей бывшей супруге и, образно говоря, припирает ее к стенке. И выясняет очень интересную вещь. У нее, оказывается, завелся поклонник. Жутко состоятельный. Но без амурных претензий. Чисто деловые отношения. Он даже ей костюм от Версаче подарил и еще много денег обещал. А от нее требовалось только одно: настроить дочь против новой жены отца. Вот и все. Какая малость, правда? Ничтожная малость.

Подумаешь. Зато в награду — костюм за тысячу с лишним долларов.

— Замолчите! — закричал я, не справившись с собой.

Отчаяние захлестнуло меня. Боже мой, что же это происходит?

— Что вы со мной делаете? Вы же лишаете меня всего! Последней надежды... Не трогайте Лутова, я вас умоляю!

Я нес какую-то чушь, и сам осознавал, что говорю глупости, но слова помимо моей воли вырывались из меня. Разум понимал одно, сердце хотело другого.

— Да, пусть он все это подстроил, пусть он убил кого-то, пусть развел меня с Викой, оставил без работы, но он это уже сделал, понимаете? Это УЖЕ случилось. И поправить это можно только одним способом: дать мне возможность принять его помощь. Вы же лишаете меня этой возможности.

— Я все понимаю, — тихо сказала Каменская. — Я понимаю, как вам тяжело, Александр Юрьевич. Но я хочу найти ответ на вопрос: зачем? Зачем он все это сделал? Зачем ему нужно, чтобы вы приняли его помощь? С Томилиной мне все понятно. Она — автор книг, на издании которых можно заработать очень большие деньги. А вы? Зачем вы ему нужны? Кроме вас, никто мне на этот вопрос ответить не сможет.

— Я не знаю, — растерянно прошептал я. — Я не знаю. У меня ничего нет. Лутов сказал, что им ничего и не нужно. Правда, все мои будущие доходы будут принадлежать им. Но сейчас им не нужно ничего, я могу прийти к ним в одной рубашке и без копейки в кармане.

— А у вас предвидятся большие доходы в будущем? — спросила она.

— Нет... Откуда?

## Глава 21

— У них все чисто, все пристойно, ни с какой стороны не подкопаешься.

Юра Коротков оседлал стул верхом и раскачивался на двух ножках, как на детской лошадке-качалке. Два дня он занимался тем, что выяснял подробности деятельности кризисного центра, организованного благотворительным фондом помощи людям, оказавшимся в кризисной ситуации. Центр находился в Подмосковье, занимая когда-то полуразрушенную, но ныне приведенную в порядок на деньги фонда больницу. Туда приходили люди, попавшие в тяжелую жизненную ситуацию и не видящие иного выхода, кроме смерти. С ними занимались врачи, психологи, психотерапевты, им подыскивали рабочие места с учетом образования, имеющейся профессии и личных склонностей. Им возвращали вкус к жизни, их окружали любовью и заботой. В основном пребывание в центре было платным, но некоторым категориям пациентов оказывали бесплатную помощь. Например, инвалидам, участникам вооруженных конфликтов, многодетным матерям, безработным. Короче, все как полагается. И никаких самозванцев или шарлатанов, все врачи имеют дипломы.

— Там особенно не развернешься с нашей оперативно-розыскной деятельностью, — сообщил Юра. — Фонд, между прочим, международный, основан группой частных лиц исключительно из соображений благотворительности, имеет такие кризисные центры во многих странах мира, и все они являются частной собственностью. А проникновение в частное владение, сама понимаешь... Так что извини, что смог — то сделал.

Настя слушала его, задумчиво постукивая шариковой ручкой по чистому листу бумаги.

— И что, пациенты там взаперти находятся? — спросила она.

— Да бог с тобой! Гуляют где хотят, на работу ездят. Некоторые вообще в своих семьях живут, а туда только каждый день приезжают на занятия с психологами и прочими специалистами. Нет, Ася, там действительно все чисто и пристойно.

— На первый взгляд, — уточнила она. — Потому что на самом деле там среди пациентов есть люди, которые приносят фонду огромные деньги. И людей этих подбирают специально, как Уланова или нашу Татьяну. Высматривают, примериваются к ним, а потом берут в такой оборот, что надо иметь недюжинную моральную силу, чтобы не попасться. И ведь не зацепишь их ни на чем. Даже если случится невероятное и мы найдем среди пациентов центра людей, принесших ему большие деньги, мы никогда в жизни не докажем, что эти люди приведены туда умышленно. Понимаешь? Да, человек оказался в тяжелой ситуации, мы предложили ему помощь, пока не случилось непоправимое. Да, это не он к нам пришел, а мы сами сделали первый шаг к знакомству, а что в этом зазорного? Мы же видим, что человеку плохо, зачем же ждать, пока он попытается руки на себя наложить. Беду надо вовремя предотвратить, иначе вся наша деятельность бессмысленна. И вообще это концепция нашей организации. «Предотврати беду». Красиво звучит, правда? У нас в милиции ведь тоже считается, что лучше предотвратить преступление, чем потом его раскрывать. Да, пациент отдает им все свои доходы, но он делает это добровольно, потому что, во-первых, благодарен за помощь, а во-вторых, разделяет идеи фонда и хочет принять посильное участие в благотворительности, чтобы помощью таких кризисных центров могли воспользоваться как можно больше людей во всем мире. База железная, Юра. Никаких аргументов против. Потому что мы не можем сделать самого главного. Мы не можем доказать, что тяжелая ситуация, в которую попадают некоторые состоятельные пациенты, создана умышленно самим фондом или центром. Вокруг этих пациентов ложатся трупы, их бросают любимые жены и мужья, их дети становятся преступниками и наркоманами, их выгоняют с работы, но у нас нет способов привязать эти события к людям из фонда. Так что перспективы никакой. Это Уланова мы сумели обмануть и подсунули ему на кассете чистую липу, чтобы заставить его заговорить. А на самом деле все статьи в газетах заказывали разные люди. И найти их мы никогда не сможем. И костюм Маргарите покупал вовсе не Лутов, а какой-то совсем другой мужчина. А Иришкин жених — вообще мифическая личность. Ни в одном банке Москвы Стасов его пока не нашел, но даже если и найдет, так что? Ухаживать за красивой молодой женщиной и предлагать ей руку и сердце — это криминал? Обознаться и принять одного человека за другого — тоже большой грех? А то, что он окажется случайно знакомым с кем-нибудь из фонда или из центра, ни к какому уголовному делу не пришьешь. Куча косвенных улик, и больше ничего толкового. Из суда за такое уголовное дело старыми рваными тряпками погонят. Никогда нам с тобой, Юрик, это дело до конца не размотать. Если, конечно, случайность какая-нибудь не поможет. Единственное, что у нас есть, это Лутов, но что мы ему предъявим? Познакомился с тележурналистом Улановым, а потом тот сам прибежал помощи просить. За это в тюрьму не сажают. Татьяне представился журналистом? Ну и что? А он тебе скажет, что увидел в газетах многочисленные статьи, направленные против известной писательницы, книги которой ему очень нравятся, и по согласованию с центром решил предложить ей помощь, пока до беды не дошло. Почему представился журналистом? А почему бы и нет? Он — актер, профессиональный актер, и он счел эту роль наиболее приемлемой для знакомства с писательницей. Ведь ему нужно, чтобы она его выслушала. А как еще он мог с ней познакомиться? Ох, Юрка, так обидно бывает, когда столько сил положишь на какое-нибудь дело, бьешься с ним, бьешься, ночей не спишь, голову ломаешь, пока все не распутаешь. А когда распутаешь — понимаешь, что все без толку. Доказательств — минус ноль целых восемь десятых. И никого не зацепишь. Если бы мы могли найти убийц Андреева, Бондаренко, Юлии Готовчиц, Инессы или Димки Захарова, мы бы из-под себя выпрыгнули, но выявили бы их связь с центром. Хотя бы одного убийцу, а? Ну что ты смеешься, Юрка! Дай помечтать.

— Ася, хочешь, я тебе продам грандиозную идею? И твои мечты воплотятся в явь.

Он говорил шутливым тоном, но глаза его были серьезны. Настя медленно положила ручку на стол. Ей было страшно даже обсуждать это. Потому что она очень хорошо знала своего давнего друга и коллегу Юру Короткова и могла вполне безошибочно предугадывать ход его мыслей.

— Юра, не смей, — твердо сказала она. — Даже думать об этом забудь.

— Да чего ты, Ася? Все сделаем как по маслу, комар носа не подточит.

— Я сказала — не смей. Не дай бог что не так, мы до смерти себе не простим.

— Да ну тебя, — Коротков огорченно махнул рукой, — вечно ты прямо в полете крылья подрезаешь. Ты сегодня злая, и я тебя не люблю. Вот проспишься за ночь, завтра и поговорим.

* * *

Татьяна не торопясь вышла из женской консультации. Она и позавчера сюда приходила, и вчера, и вот еще сегодня. Шла она тяжело и осторожно, и лицо у нее было расстроенное. Доехав на метро до своей станции, она вышла и дальше добиралась на автобусе. Автобусная остановка была далеко от дома, и Татьяна шла медленно, глубоко вдыхая теплый воздух, наполненный весенними ароматами. Единственное достоинство новостройки, думала она, — это невысокая по сравнению с центром Москвы загазованность. Здесь хоть подышать есть чем. Возле магазина она еще больше замедлила шаг, размышляя, нужно ли что-нибудь покупать домой. Кажется, холодильник забит битком, все необходимое есть. Но вдруг глаз на что-нибудь упадет? На что-нибудь невероятно вкусное и соблазнительное. Весь период беременности Татьяна мучилась неожиданными и непредсказуемыми гастрономическими желаниями. То ей хотелось салат из морской капусты, хотя за всю предыдущую жизнь она его ела раза два и без всякого удовольствия, то, как недавно, мучительно хотелось мороженого, к которому она всегда была равнодушна.

Она вошла в магазин и почти сразу увидела его, того самого журналиста с добрыми глазами. Теперь она знала его фамилию — Лутов. Он покупал в молочном отделе йогурты и пудинги. Татьяна решила не окликать его и остановилась возле ближнего к двери прилавка.

— Татьяна Григорьевна, — услышала она его голос. Повернувшись, Татьяна изобразила вежливую улыбку:

— Здравствуйте. Вы опять навещаете маму?

— Да, опять. Я часто у нее бываю. Просто удивительно, что мы с вами раньше здесь ни разу не встретились. Как ваши дела?

— Неважно, — она грустно вздохнула. — Проблемы со здоровьем.

— Да что вы? — сочувственно сказал Лутов. — Что-нибудь серьезное?

— Боюсь, что да. Знаете ли, первые роды в моем возрасте — это всегда сложно. А тут еще лишний вес, сердце не справляется. Врачи говорят, что мне нужно очень беречься, потому что малейшее волнение или испуг могут оказаться роковыми. Короче, сплошные беды на мою голову. И чем я так перед судьбой провинилась?

— Ну полно, полно, Татьяна Григорьевна, — ласково заговорил Лутов, — не надо так убиваться. Кстати, вы подумали над моим предложением?

— Я... Знаете, мне как-то не до этого было. Я очень плохо себя чувствую, и все мысли у меня сейчас о ребенке. Извините, я не хотела вас обидеть.

— Что вы, — он улыбнулся ей приветливой и очень доброй улыбкой, — это вы меня извините, что пристаю со всякими глупостями, когда у вас столько проблем. Может быть, вам нужны хорошие врачи? Могу помочь, у меня есть связи в медицинском мире.

— Да нет, спасибо вам, у меня и так хороший врач. Но даже он предупредил, что бессилен перед моим сердцем. Мне надо быть очень осторожной, расстраиваться нельзя, плакать нельзя, нервничать нельзя. Короче, жить вредно, от этого умирают.

Она резко повернулась и пошла к выходу. Лутов не стал ее догонять.

* * *

— У нас хорошие новости. Перед Томилиной стоит реальная угроза потерять ребенка. Так что если мы ей в этом поспособствуем, никто ничего не заметит и не заподозрит.

— Так, может, не надо дергаться зря? Все само собой произойдет.

— А если не произойдет? Вдруг она окажется такой крепкой, что сможет его нормально доносить? Нет, на судьбу полагаться не будем. Врачи говорят, что ей ни в коем случае нельзя волноваться, нервничать и пугаться. А ведь жизнь кругом полна неожиданностей. В любой момент и в любом месте может случиться что-нибудь, что ее испугает или расстроит. Ей станет нехорошо, закружится голова, заболит сердце. И тут как тут под рукой должен оказаться врач со шприцом и лекарством. Ты понял меня? В любой момент и в любом месте. Глаз с нее не спускать.

— Да ладно, раскомандовался, тоже еще. Власть почувствовал, пока шеф в отъезде? Вот он на днях вернется, покажет тебе власть.

— Так то, милый мой, на днях, а не раньше. А пока я здесь главный, заруби это на своем искривленном носу. Чтобы через час были врачи с лекарством наготове. Три человека как минимум, чтобы работать в три смены и не примелькаться. И круглосуточно дежурить возле дома, где живет Томилина. Как только она выходит на улицу, быть с ней рядом неотлучно. Упустите момент — башку оторву.

* * *

Сегодня Настя наконец ночевала в своей московской квартире. Состояние свекра стабилизировалось, и его перевели в общую палату, где круглосуточно дежурить родственникам уже не разрешали, да и необходимости в этом не было.

Квартира показалась Насте какой-то запущенной и чужой. Особенно по контрасту с только что отремонтированной и сверкающей чистотой квартирой Стасова. «Что поделать, — подумала она, — у Стасова две энергичные домохозяйки, а в этой квартире только одна, да и то, во-первых, ленивая, а во-вторых, работающая с утра до ночи. Но меня это, конечно, не оправдывает. Я веду себя просто безобразно».

Приготовить ужин было не из чего, она не была здесь больше недели и никаких продуктов не покупала, а то, что оставалось в холодильнике, или уже пришло в негодность, или не годилось для употребления в чистом виде. Масло, майонез, лимон — из этого, как говорится, каши не сваришь. Остатки «Докторской» колбасы скрючились от горя и одиночества и даже слегка позеленели от злости на то, что их вовремя не съели. Единственный выход — сварить гречку и употребить ее со сливочным маслом. Как Лешка ее учил? Кажется, залить крупу кипятком в пропорциях два к одному и варить на маленьком огне. Ладно, попробуем, не помирать же с голоду.

Поставив греться воду, Настя пошла в комнату раздеваться. Не успела она стащить через голову свитер, как требовательно зазвенел телефон. Это оказалась ее приятельница по университету. Они перезванивались очень редко, но все эти годы сохраняли друг к другу искреннюю симпатию. Приятельница по имени Лена была замужем за каким-то преуспевающим адвокатом, но Настя не была с ним знакома и ни разу не видела его.

— Настя, ты извини, что я без предисловий. Мне нужна твоя помощь, — заявила Лена. — Ты все еще в розыске работаешь?

— Пока не выгнали, — улыбнулась Настя. — Какие у тебя проблемы?

— Мне нужно найти одного человека. Поможешь?

— Смотря зачем он тебе, — осторожно ответила Настя.

Она не любила такие просьбы, ибо знала, что даже самые

хорошие знакомые могут поставить тебя таким манером в очень сложное положение.

— Это... Нет, не так. Я не хотела говорить...

Лена замолчала, и Насте показалось, что она всхлипнула.

— Что случилось, Леночка? — встревоженно спросила она. — Ты что, плачешь?

— Вадик погиб, — прорыдала приятельница в трубку.

Вадик? Кто это? Ах да, это же ее муж, вспомнила Настя. Ну надо же, беда какая!

— Ты прости, — продолжала говорить Лена, стараясь подавить рыдания, — я не хотела говорить тебе, потому что я сразу начинаю плакать. Но если не говорить, ты не поймешь.

— Ничего, не извиняйся. Как это случилось?

— Машина... Он попал в аварию... Сгорел вместе с машиной. Сейчас, извини...

В трубке послышались всхлипывания и глубокие вздохи.

— Все, — сказала Лена уже спокойнее, — я в норме. С тех пор, как это случилось, каждый раз одно и то же. Стоит только заговорить об этом — и сразу в слезы. А как не говорить? Ему звонят, и что мне отвечать? Что он за хлебом вышел? Ладно, не обращай внимания. В общем, это было ужасно, но я это пережила. Вместе с Вадиком в машине сгорели все документы, которые были у него с собой, но дома кое-какие бумаги сохранились. Не все, конечно, но кое-что. Он работал в адвокатской конторе «Горенштейн и компаньоны». У них были постоянные связи с зарубежными партнерами, и понятно, что дела Вадика, которые он не закончил, перешли к партнерам. Но некоторые поручения он принимал и выполнял лично, минуя контору, понимаешь?

— Понимаю. И что в связи с этим?

— Эти поручения очень хорошо оплачиваются, потому что носят достаточно конфиденциальный характер. А у меня сейчас такие проблемы с деньгами... И я решила попробовать сделать то, что Вадик не успел. Я имею в виду эти конфиденциальные заказы. Я же все-таки юрист, почему бы не попробовать. Вот я порылась в его бумагах и нашла заказ на розыск наследников, проживающих на территории России. Он совершенно точно не успел этот заказ выполнить. И я подумала, что с твоей помощью... В этом же нет ничего плохого, правда?

— Правда, — согласилась Настя. — Все вполне законно.

А почему ты думаешь, что твой муж не успел выполнить этот заказ? Мы с тобой сейчас напряжем интеллект, поставим на уши кучу людей, и вдруг окажется, что эта информация никому не нужна, потому что Вадим ее уже добыл и деньги за нее получил.

— Нет, я точно знаю. У него документы по выполненным заказам подшиты в архивные папки. Он же был жутко аккуратный, каждая бумажка на своем месте. А те бумаги, которые я нашла, все в текущих делах лежали и неподшитые. Так как, Настя? Поможешь? Знаешь, деньги очень нужны.

— Ну конечно, Леночка, какие проблемы. Говори, какие сведения есть.

Прижав трубку к уху плечом, Настя старательно записывала то, что диктовала ей университетская приятельница, и одновременно прикидывала, кому ей завтра нужно будет позвонить и куда обратиться, чтобы как можно быстрее разыскать родственников человека, уехавшего из России бог знает сколько лет назад.

Закончив разговор, она вышла на кухню и с огорчением обнаружила, что вода, предназначенная для приготовления гречневой каши, не только закипела, но уже почти вся выкипела. Тяжело вздохнув, Настя начала все сначала. Налила в кастрюльку воды, на этот раз побольше, поставила на огонь и отправилась принимать душ.

Стоя под горячими упругими струями воды, она размышляла над тем, что рассказала Елена. Надо же, какие странные люди бывают! Уехал человек из России чуть ли не в начале века, еще до революции, маленьким ребенком был вывезен родителями, спасавшимися от наступления большевизма, оставшихся в лагере социализма родственников и знать не хотел, стал на Западе крупным промышленником, окончил свои бренные дни в возрасте девяноста двух лет, сколотив немалый капитал. И вдруг на пороге кончины вспомнил о том, что товарищем его детских игр был троюродный братик, ровесник. То есть ему кажется, что ровесник, но точно он не помнит. Братик остался в России, потому как его семья взглядов своих родственников на исторические перспективы не разделяла и считала, что все обойдется. Не обошлось, как мы теперь знаем. Но канадскому мультимиллионеру с русской фамилией Дымковец на десятом десятке лет воспоминания о маленьком братике грели душу. А тут еще многочисленная родня наготове у смертного одра столпилась, наследство делить собирается. Почему-то это господину Дымковцу ужасно не понравилось, он высказал каждому в глаза все, что думает о них, и отписал в завещании всем им по чуть-чуть (в пределах прожиточного минимума), а все остальное — оставшимся в России потомкам своего троюродного брата или даже ему самому, ежели он жив еще. Есть, конечно, подозрение, что миллионер к моменту кончины впал в маразм, но медициной это не подтверждено, родственнички не успели вовремя подсуетиться, стало быть, опротестовывать завещание невозможно. И волю покойного придется исполнять. А вот если наследников в России в течение года после смерти Дымковца не найдут, тогда все миллионы останутся тем, кто в Канаде. Так написано в завещании. Более того, хитроумный Дымковец, неплохо представляя себе трудности, которые возникнут в связи с поисками семьи его брата, особо указал в завещании, что если его адвокатам удастся разыскать русских наследников, то им причитается немалая сумма в виде вознаграждения за труды. Так что старик простимулировал своих юристов, чтобы землю носом рыли, а не дремали на солнышке.

Вот эти адвокаты и обратились к мужу Елены с просьбой посодействовать в поисках. И сумму вознаграждения оговорили весьма солидную. И что плохого, если Ленка заработает эти деньги, а кому-то в России на голову свалятся несчитанные канадские миллионы? Всем радость. Кроме канадской родни, разумеется.

Поглощенная своими мыслями, Настя снова забыла о пресловутой воде для гречневой каши. В ужасе спохватившись, она судорожно вытерлась большим махровым полотенцем, накинула халат и выскочила на кухню. Вода уже давно закипела, но, к счастью, ее еще оставалось достаточно.

Она с трудом дождалась, пока гречка сварится. Многодневное недосыпание давало о себе знать, и, набив желудок горячей вкусной кашей, Настя забралась в постель и мгновенно провалилась в сон.

На другой день она проснулась со странным ощущением. Она совершенно не помнила, чтобы ей что-то снилось, но чувство было такое... Даже и не выразить словами. Вот иногда пишут: «Ей было видение». Когда читаешь, кажется сказкой для дураков. Но сейчас Насте казалось, что именно это с ней и произошло. Ей было видение.

Она боялась думать об этом.

«Так не бывает», — твердила она себе, пока чистила зубы и умывалась.

«Этого не может быть», — думала она, держа в руках вибрирующую и оглушительно жужжащую кофемолку.

«Мне померещилось», — в джезву заливается горячая вода.

«Это случайность, это просто совпадение», — ароматный кофе наливается в большую фарфоровую чашку.

«Судьба не посылает таких подарков. Это было бы слишком просто», — два первых глотка обжигающего кофе бальзамом разливаются по сонному организму.

«Подарки судьбы надо заслужить. А я не заслужила», — первая утренняя сигарета и первая, с наслаждением, глубокая затяжка.

— В конце концов, чего я так мучаюсь? — громко сказала она вслух и от звука собственного голоса почувствовала себя увереннее. — Надо проверить и убедиться, вот и все.

* * *

Ирочка уже второй день ходила угрюмая, и по квартире больше не разливался ее звонкий голосок. Она внимательно выслушала все, что ей рассказали Татьяна и Стасов о ее женихе. Это был удар, с которым справиться было непросто.

— Ну почему вы оба думаете, что он нарочно оклеветал Владика? — вытирая беспрестанно льющиеся слезы, говорила Ира. — Он просто обознался. Такое с кем угодно может случиться.

— Ириша, он не обознался. Он точно описал мою одежду и костюм, в котором якобы была Рита. Не может быть, чтобы он увидел в ресторане человека, похожего на меня, с женщиной, подходящей по описанию под Маргариту, да еще эти люди были бы одеты так, как надо. Не бывает таких совпадений, — терпеливо объяснял ей Стасов уже, наверное, в двадцатый раз. — Я понимаю, он тебе очень нравится, ты влюбилась, но что ж поделать, детка, надо смириться. Он тебе звонил сегодня?

— Звонил, — всхлипнула Ира.

— На свидание приглашал?

— Нет, ему надо уехать на несколько дней по делам.

— Можешь быть уверена, он больше тебе не позвонит, — вставила Татьяна. — У тебя есть его телефон?

— Нет.

— И фамилию его ты, конечно, тоже не знаешь.

Ира подавленно молчала. Татьяна знала, о чем сейчас думает ее родственница. Задним-то умом мы все крепки. Зачем тебе номер телефона, если человек и без того все дни проводит вместе с тобой? Зачем тебе его фамилия, если он ласково смотрит в глаза, дарит невероятные букеты и водит в дорогие рестораны, предлагает руку и сердце и обещает отдых в Майами? От свалившегося внезапно счастья так плавятся мозги, что и собственное имя забудешь. А Ирка такая влюбчивая... И такая доверчивая. Смотреть на ее горе было невыносимо.

— Слушай, а чего там наша Настасья говорила насчет женихов? — шепотом спросил Стасов, когда Ира вышла из комнаты.

— Она нам Мишу Доценко сватала, — так же тихонько ответила Татьяна. — Говорит, он хороший парень. Холостой, умненький, и внешность удалась. Ты думаешь, Иришку надо отвлечь?

— Ну... Отвлечь не отвлечь, но попробовать не мешает, — неопределенно откликнулся Стасов. — А вдруг у них срастется?

Разработку коварных планов пришлось прервать, потому что вернулась Ира. Насупившись, она уселась перед телевизором и принялась «скакать по каналам». Эту ее привычку Татьяна совершенно не выносила, но сегодня решила сдержаться и ничего не говорить.

— А как же Лиля? — внезапно спросила Ирочка, не отрываясь от экрана, где как раз начался очередной раунд правосудия по-техасски.

— С ней все в порядке, — ответил Владислав.

— Вы поедете на море?

— Конечно, я же обещал ей.

— А Маргарита Владимировна тоже поедет?

— Нет, Рита с нами не поедет.

— Неужели она действительно могла из-за какого-то костюма так обойтись с ребенком? Я этого не понимаю.

— Ириша, не примеряй на себя. Рита совершенно другой человек. Она светская дама, она постоянно крутится в среде киношников, и для нее костюм за тысячу долларов — это все равно что визитная карточка, на которой написано, что она преуспевает и у нее все в большом порядке. Она сама никогда не смогла бы купить себе такой костюм. И потом, уверяю тебя, она не ожидала, что Лиля отреагирует так бурно. Она рассчитывала, что девочка просто надуется и начнет требовать моего постоянного присутствия. А когда Лиля начала рыдать без остановки, Рита тоже растерялась, но хода назад уже не было. Что сказано — то сказано. И костюм уже в шкафу висит. Да бог с ней, с Маргаритой, ее не переделать.

— Все равно это жестоко. Нельзя так с детьми обращаться, — по-прежнему не оборачиваясь, сказала Ира. — Даже со взрослыми так нельзя.

Она снова заплакала, на этот раз совсем тихо, давясь слезами. Стасову и Татьяне были видны только ее подрагивающие плечи. Они ее не утешали. Что толку? Ей больно, это понятно. Но свою боль каждый человек должен переживать сам. Он должен сам к ней привыкнуть и сам научиться с ней справляться.

\* \* \*

Он шел за ней уже второй час. Томилина, видимо, действительно плохо себя чувствует, потому что за час с небольшим прошла совсем немного. То и дело присаживалась на скамейки, отдыхала. Преследовать ее в этом новостроечном районе было трудно, приходилось держаться на расстоянии. Людей немного, улицы еще не застроены киосками и палатками, все просматривается. Но, с другой стороны, если повезет и Томилиной понадобится медицинская помощь именно здесь, то все шансы за то, что он окажется первым и единственным врачом, который окажется поблизости.

Томилина остановилась, оперлась одной рукой о дерево, другой отерла выступившую на лбу испарину. Постояла немного и двинулась дальше. Его восхищало то упорство, с каким эта грузная нездоровая женщина продолжала выходить на прогулки несмотря на то, что ей это явно было не по силам.

Она дошла до угла и скрылась за поворотом. Это был ее постоянный маршрут, и он знал, что дальше идет прямая, как стрела, улица, поэтому близко подходить нельзя. Надо отпустить ее подальше, чтобы не попадаться лишний раз на глаза.

Он замедлил шаг, и в этот момент с той улицы, куда свернула Томилина, послышался нарастающий рев мотора и визг тормозов. И тут же раздался женский крик. Он рванул вперед и пулей домчался до угла.

Вот он, тот случай, которого они ждали! Томилина стояла на коленях на проезжей части, держась обеими руками за живот. Перед ней — красные «Жигули» с распахнутой дверью. Какая-то девица, затянутая в умопомрачительно узенькие брючки, склонилась над Томилиной и, кажется, пытается помочь ей встать. Немногочисленные прохожие, ахая и качая головами, уже группируются вокруг места аварии.

Он стремительно подлетел к ним. Оттолкнул девицу и схватил Томилину за запястье.

— Я врач, — произнес он как можно увереннее. — Что здесь произошло? Где водитель?

— Это я, — тоненько пискнула девица в брючках. — Я не виновата, здесь нет ограничения скорости. А она стала дорогу переходить передо мной...

— Носятся как угорелые! — послышались возмущенные голоса обступивших их прохожих. — И как не стыдно! На похороны свои, что ли, опоздать боишься?

— Но здесь даже пешеходного перехода нет, — оправдывалась девица-водитель. — Откуда я могла знать, что она на проезжую часть выйдет.

Девица вступила в перепалку с прохожими, которые, убедившись, что ничего интересного не происходит и никто не умер, стали потихоньку расползаться.

— Машина вас задела? — деловито спросил он, нащупывая пульс. Пульс был так себе, частил, и наполнение плохое.

— Да, немного, — дрожащим голосом ответила Томилина. — Я очень испугалась.

— Куда пришелся удар?

— В бедро. Как голова кружится... Я, наверное, идти не смогу.

— Ничего страшного, — успокоил он ее. — Давайте я помогу вам встать, мы дойдем вон до той скамеечки, и я сделаю вам укол. Подстимулируем сердечко, и все будет в порядке.

Он помог ей встать и повел на противоположную сторону, где действительно в тени густой листвы стояла скамейка.

— Вы правда врач? — спросила она, тяжело опираясь на его руку.

— Честное слово. Работаю на «Скорой помощи». В свободное время подрабатываю, хожу к пенсионерам укольчики делать.

Он усадил ее на скамейку и раскрыл сумку.

— Все свое, как говорится, ношу с собой. У моих пенсионеров сердце и сосуды — главная проблема. Так что все нужные вам лекарства у меня есть.

Он незаметно огляделся по сторонам и убедился, что никто не обращает на них ни малейшего внимания. Ну надо же, как все удачно сложилось! Что бы ни произошло в дальнейшем, все можно будет списать на этот инцидент с машиной. Упала, ударилась, испугалась — целый букет факторов, повлиявших на потерю ребенка.

— Рукавчик закатайте, пожалуйста, — попросил он, доставая шприц и ампулу.

Томилина расстегнула манжету на рукаве красивой синей с белым ветровки и обнажила руку. Он бросил взгляд по сторонам. Улица снова пустынна, только девица, сбившая Томилину, так и стоит возле своих красных «Жигулей», бледная вся, перепуганная, кажется, даже больше, чем сама пострадавшая.

— Может, ее в больницу отвезти? — крикнула она.

— Не надо, — громко ответил он. — У нас все в порядке. Поезжайте. Только не гоняйте больше как угорелая.

Девица поколебалась, потом села в машину и медленно тронулась. Он протер ваткой, смоченной в спирте, место укола.

— Ну вот, сейчас все будет в порядке. Вам не лучше?

— Нет, — пробормотала Томилина, вдруг сделавшись синюшно-бледной, — кажется, хуже стало.

— Ничего, ничего, сейчас... Вон как у вас веночка хорошо видна...

Он взял в руку шприц и в первый момент не понял, почему не может ввести иглу в вену. Рука стала непослушной и не могла двинуться ни вперед, ни назад. И только потом он сообразил, что какие-то люди держат его с двух сторон. Откуда-то снова появились те самые красные «Жигули». Выскочившая из машины девица тоже вихрем подлетела к ним и аккуратно вынула шприц из его сжатых пальцев. Задняя дверца «Жигулей» распахнулась, вышли двое мужчин и подошли ближе.

— Начнем, пожалуй, — скучным голосом сказал один из

подошедших. — Валентина, отвези Татьяну Григорьевну домой и возвращайся сюда. Коля, съемку сделал?

— Обязательно, — отозвался один из тех, кого он не видел, потому что этот человек стоял у него за спиной и крепко держал за локоть.

— Ну и славненько. Ребятки, быстро фиксируем обстановку на месте, все шприцы и ампулы маркируем — и в управу. Гражданин, может, вы нам сразу скажете, какой препарат пытались ввести?

Он, конечно, молчал. Но в общем-то понимал, что эта мера временная и абсолютно бесполезная. Он попался. Ах ты, черт возьми! Как же так? Неужели они его заманили в ловушку?

\* \* \*

Настя не помнила, приходилось ли ей когда-нибудь так кричать. То есть она, конечно, не кричала в полном смысле слова, но говорила на таких повышенных тонах, что сама себе удивлялась.

— Как ты мог?! Как ты посмел?! Вводить беременную женщину в комбинацию! У тебя в голове есть хоть капля разума?

Коротков ничего не мог с собой поделать. Он в глубине души признавал, что Аська права, но все равно не мог справиться с улыбкой, помимо воли растягивавшей его губы.

— Ну чего ты кричишь? — увещевал он ее как малого ребенка. — Чего ты кричишь? Во-первых, Таня сама предложила эту идею. Во-вторых, ее муж Стасов ее поддержал. В-третьих, ты же знаешь Валюшку, она машину водить научилась раньше, чем по земле ходить. К твоему сведению, она с восемнадцати лет состоит в ассоциации каскадеров и систематически снимается в кино со всякими автомобильными трюками. Для нее поставить такую сцену — плевое дело. Гарантия безопасности — двести пятьдесят процентов. Татьяне всего-то и нужно было в определенный момент тихонечко опуститься на колени, вот и все. Чего ты психуешь?

— А вдруг что-нибудь не получилось бы? Вдруг она упала бы, ударилась, испугалась? Ты об этом подумал?

— Но она же не упала и не ударилась, — возразил Коротков. — Аська, не порти мне праздник. Ты же мечтала найти хоть одного убийцу. Вот я тебе его доставил на блюдечке с упоительными розочками, а ты все недовольна. У него полная сумка всякой отравы, при помощи которой он собирался лишить Таню и Стасова их ребенка. Теперь ты можешь вцепиться ему в глотку и разматывать весь клубок до самого фонда. Ну, Ася, перестань дуться. У нас же все получилось.

— Получилось у них, — проворчала она, все еще кипя от возмущения. — Самоделкины несчастные. Бить вас некому.

— Как это некому? А Колобок на что? Мы еще от него получим все, что причитается. Так что ты, подруга, можешь отдыхать пока.

* * *

Я не понимал, о чем она говорит. Какое наследство? Какие миллионы? Да, мать как-то упоминала, что у моего деда были дальние родственники, которые эмигрировали из России еще до революции, но с тех пор от них не было ни слуху ни духу. Мать даже фамилии их не знала.

— Троюродный брат вашего деда оставил все состояние вашей матери. Соответственно и вам, поскольку ваша мать недееспособна, а вы являетесь ее опекуном, а потом и наследником. Фонд вступил в сговор с адвокатами наследодателя, и они в частном порядке через одного московского юриста стали разыскивать наследников. Как только этот юрист выяснил, что наследниками являетесь вы с матерью, его быстренько убрали. Он стал не нужен и опасен, ибо обладал знанием о ситуации. И принялись за вас. Теперь понятно?

— Я не могу... Не могу поверить в это.

— Вам придется, — мягко сказала Каменская. — Вам же не зря Лутов говорил, что вы можете прийти в центр босым и голым, но все ваши последующие доходы будут обращены в их пользу. Вот они, эти последующие доходы. Ради них все и затевалось. Вы написали бы официально заверенный документ о том, что доверяете юристам фонда распоряжаться всем вашим имуществом, и на этом все закончилось бы. У нас в России законы другие, но на Западе это в порядке вещей. А введение вас в наследство происходило бы именно там. Вы по-английски говорите?

— Нет...

— А по-французски?

— Нет. Я учил немецкий, — зачем-то уточнил я.

— Ну вот, видите. А коль адвокаты наследодателя являются лицами заинтересованными, то будьте уверены, вас бы обвели вокруг пальца в пять секунд. Вы бы и заметить ничего не успели. Вам скажут, что ваш двадцатиюродный дедушка оставил вам маленький домик для гостей в своем поместье, вы распишетесь в том, что не претендуете на него и дарите благотворительному фонду помощи людям, попавшим в кризисную ситуацию, и на этом все закончится. Вы никогда и не узнали бы, что на самом деле вам отошли миллионы. Вот к чему подводил вас Лутов.

Она давно уже ушла, а я все сидел в том самом кафе на Колхозной площади, где мы с ней когда-то встречались. Что стало с моей жизнью? Во что она превратилась?

Миллионы долларов. Что мне с ними делать? Наверное, можно начать какое-то свое дело, но я этого не умею, у меня к этому нет вкуса. Я не организатор, я журналист. Можно просто жить на эти деньги без забот и хлопот. Просто жить... как жить? Как?

Говорят, если перекрыть доступ кислорода в мозг даже на три минуты, могут начаться необратимые изменения и человек становится инвалидом на всю оставшуюся жизнь. Вот и со мной произошло то же самое. Всего несколько недель я был живым мертвецом, но больше я уже не оживу. Я потерял Вику, я потерял друзей, потерял работу. Мне ничего больше не хочется в этой жизни. Даже жить не хочется. Этих нескольких недель оказалось достаточно, чтобы я утратил всякую связь с окружающей меня жизнью. После того, как я поступил с Викой, я не смогу больше любить никого, даже ее. После того, что со мной сделал Лутов, я не смогу никому верить. После того, что я сделал со своей жизнью, я не могу жить.

Все стало ненужным и неинтересным. У меня не может быть никакого «завтра», потому что вчера я уже умер.

*Апрель — август 1997 г.*

Литературно-художественное издание

**Маринина Александра Борисовна**
**Я УМЕР ВЧЕРА**

*Издано в авторской редакции*
Художественные редакторы А. Стариков, С. Курбатов («ДГЖ»)
Художник С. Атрошенко («ДГЖ»)
Технический редактор Н. Носова
Компьютерная верстка Г. Дегтяренко
Корректор Н. Бахолдина

На первой сторонке обложки использованы
рисунки И. Варавина, В. Федорова и фото В. Майкова

Налоговая льгота — общероссийский классификатор
продукции ОК-005-93, том 2; 953000 — книги, брошюры

Подписано в печать с готовых монтажей 29.05.2000.
Формат 84 × 108$^1/_{32}$. Гарнитура «Таймс». Печать офсетная.
Усл. печ. л. 21,84. Уч.-изд. л. 21,93.
Доп. тираж 5000 экз. Заказ № 1504.

ЗАО «Издательство «ЭКСМО-Пресс»
Изд. лиц. № 065377 от 22.08.97
125190, Москва, Ленинградский проспект,
д. 80, корп. 16, подъезд 3.
**Интернет/Home page — www.eksmo.ru**
Электронная почта (E-mail) — info@ eksmo.ru

Отпечатано с готовых диапозитивов
в полиграфической фирме «КРАСНЫЙ ПРОЛЕТАРИЙ»
103473, Москва, Краснопролетарская, 16.

*Книга — почтой:*
**Книжный клуб «ЭКСМО»**
**101000, Москва, а/я 333**
E-mail: bookclub@ eksmo.ru

*Оптовая торговля:*
109472, Москва, ул. Академика Скрябина, д. 21, этаж 2
Тел./факс: (095) 378-84-74, 378-82-61, 745-89-16
E-mail: eksmo_sl@msk.sitek.net

*Мелкооптовая торговля:*
Магазин «Академкнига»
117192, Москва, Мичуринский пр-т, д. 12/1
Тел./факс: (095) 932-74-71

*Всегда в ассортименте новинки издательства «ЭКСМО-Пресс»:*
ТД «Библио-Глобус», ТД «Москва», ТД «Молодая гвардия»,
«Московский дом книги», «Дом книги на ВДНХ»

ТОО «Дом книги в Медведково»
Москва, Заревый пр-д, д. 12 (рядом с м. «Медведково»)
Тел.: 476-16-90

ООО «Фирма «Книнком»
Москва, Волгоградский пр-т, д. 78/1 (рядом с м. «Кузьминки»)
Тел.: 177-19-86

ГУП ОЦ МДК «Дом книги в Коптево»
Москва, ул. Зои и Александра Космодемьянских, д. 31/1
Тел.: 450-08-84